风云

FENG YUN

旷荣 / 著

文汇出版社

图书在版编目（CIP）数据

风云 / 旷荣著. -- 上海：文汇出版社，2023.1
　　ISBN 978-7-5496-3939-7

　　Ⅰ．①风… Ⅱ．①旷… Ⅲ．①长篇小说－中国－当代
Ⅳ．① I247.5

中国版本图书馆 CIP 数据核字（2022）第 242856 号

风云

著　　　者 /	旷　荣
责任编辑 /	乐渭琦　周卫民
装帧设计 /	手掌文化
策　　划 /	刘　言
出版发行 /	文汇出版社
	上海市威海路 755 号
	（邮政编码 200041）
经　　销 /	全国新华书店
印刷装订 /	广东虎彩云印刷有限公司
版　　次 /	2023 年 1 月第 1 版
印　　次 /	2023 年 1 月第 1 次印刷
开　　本 /	720×960　1/16
字　　数 /	350 千字
印　　张 /	25.25
书　　号 /	ISBN 978-7-5496-3939-7
定　　价 /	68.00 元

目录

第一章　凤凰涅槃..1
第二章　野性男人..15
第三章　宾州风云..35
第四章　莫逆之交..55
第五章　阴差阳错..75
第六章　风流才子..95
第七章　选举风波..114
第八章　"宾州律王"..133
第九章　引狼入室..149
第十章　政治新贵..168
第十一章　忘年之恋..184

第十二章	两面人生	199
第十三章	反目成仇	217
第十四章	"一号标地"	235
第十五章	聚头冤家	254
第十六章	烫手山芋	271
第十七章	惺惺相惜	289
第十八章	龙争虎斗	307
第十九章	地产大鳄	322
第二十章	鹿死谁手	341
第二十一章	男人本色	355
第二十二章	赤膊上阵	368
第二十三章	无解之局	379
第二十四章	尾声	395

第一章　凤凰涅槃

2016年9月30日，对东江省宾州市来说，是个极不平凡的日子，接二连三的爆炸性新闻所产生的轰动效应，足以吸引眼球。

那天，天气异常诡异。刚步入中秋时节的大地，仍然弥漫着浑浊沉闷的气息，被烈阳炙烤得滚烫的空气仍在燃烧，仿佛极不情愿退出盛夏似的。

忽然间，乌云翻滚，风魔肆虐，天仿佛就要坍塌，毫无疑问，一场暴风雨即将席卷大地。随着天气的骤变，狂风吹得树上衰败了的叶儿纷纷落下，落叶不甘寂寞，奋力追赶着被大风掀起的滚滚沙尘。放眼望去，尘土、落叶结伴起舞，不停地翻滚，毫不留情地扑向路上急走的行人，打到脸上隐隐作痛。

被暴风折腾得乱作一团的行人，似乎在冷酷无情的天老爷面前显得渺小无助，只能任其欺负、任其暴虐、任其摧残。这时，被恶劣天气折腾得胆战心惊的行人，怨声连连，纷纷骂起娘来："老天爷邪门了，咋这样跟人过不去！"边骂边涌入街道两旁的楼盘背风处，寻找遮雨避风的地方。

大风所到之处，暴雨随之即来。庆幸的是，突如其来的暴风雨让本来十分炙热的广袤大地变得凉爽起来。这前后反差变化，有意无意警示着世人，主宰世界的力量，或许摆脱不了惯性羁绊，但条件一旦成熟，潜能或将激发，迅速聚合并无限放大，成就着颠覆固有秩序的能量。

奇怪的是，饱经暴风雨折腾的人们，似乎并不讨厌不速之客的到来，也不准备去拒绝它，甚至还有了久违的企盼。

果不其然，被雷电与暴风雨簇拥的老天爷，积聚足够的能量后，肆无忌惮地向大地发威。暴风雨所到之处，天昏地暗，乌云翻滚，一派狼藉不堪的景象，伴随着电闪雷鸣，大雨哗哗啦啦地向大地倾泻。雨水模糊了视线，视野里茫茫一片。雨水漫过低洼地，把稍低一点的洼地变成了积水潭，没多久汇聚成宽阔无垠的水面，有如一片浩瀚汪洋，无边无际。

暴风雨过后，被雨雾笼罩着的冷暖空气，在强气流的撞击作用下，形成了具有恢宏气势的云中有雨、雨中有云的水汽世界。腾腾升空的水汽，在天地之间不断翻滚，向上延伸快速扩张，不一会儿与无垠的天空无缝对接，呈现出一派蔚为壮观的景象。

历经这场罕见的暴风雨，由不得你不浮想联翩，似乎一下子明白了许多。这个世界上，也许老天爷才是命运的主宰，倘若有人做了伤天害理的事，冲撞了天条戒律，老天爷准会发怒咆哮，挥舞强有力的臂膀，清除世间肮脏丑恶，还清明世界于人间。

来也匆匆，去也匆匆。一小时过后，发完淫威的老天爷，像个闹够了的调皮孩子，再没有力气折腾了，自然而然地安静下来。

转眼之间，雨停了，云也散了，空气里弥漫着温馨与清新，尽管地上还流淌着积水，却在快速地消退。远处的天空呈现出少有的蔚蓝，数片云彩从天空飘过，在太阳光的照射下，留下一波又一波流动影儿。大雨过后，被雨水洗涤得洁净明亮的天空，似乎又在告诉着世人，被暴风雨施虐暴戾的日子已经过去，世界将迎来阳光沐浴的季节。

就在这一天，身价过亿的东江省远泰水泥实业有限公司总经理关锐，因侵占6万元公私财物犯罪，被法院判处有期徒刑3年，刑满释放。迄今为止，关锐在东岭市看守所的监房里蹲了整整3年，共计1094天又10小时。

第一章 凤凰涅槃

上午 10 点 30 分，当看守所高达 5 米，重达 1 吨的铁门，被两个全副武装的武警战士打开时，个子不高、衣冠不整、胡子拉碴的关锐，拖着沉重的脚步，移动着消瘦得不成人形的身子，缓缓地侧着身，从尚未完全打开的铁门缝隙里挤了出来。

此时的关锐，已全然没了明星企业总经理的那种咄咄逼人的气势。看得出来，三年的牢狱生活，让他与生俱来的彪悍个性消失殆尽。关锐着一身抢眼的黄色囚衣，显得猥琐不堪，与曾经尊贵无比的身份格格不入。

庆幸的是，漫长的监禁不经意间卸掉了关锐身上的肥肉，那是他曾经怎么锻炼都卸不下的累赘，同时失去的还有曾经的荣光。这一剧烈变化，难免让人产生疑惑：历经牢狱之灾的他，是否听从于命运安排？然而，了解他的人不以为然，有过 30 年商海沉浮经历的关锐，咋会轻易击垮？他的血管里仍流淌着不安分的血液，保留着抗争命运的执着和男人的坚韧底色。透过关锐不动声色的表情，仍能够感受到他骨子里的倔强，那种饱含憋屈却不屈服于命运安排的内心躁动。

关锐明白，过往的辉煌都将随风而去，即将面对的是一个十分迷茫的未来，接下来的人生路，注定崎岖不平，注定荆棘丛生。不过留得青山在，不怕没柴烧，眼下的自己，无论命运的枷锁多么沉重，无论人生路走得多么艰难，都得先恢复几乎垮掉的身体。

看守所里的 1000 多个日日夜夜，像一汪无边苦海，严重损伤了关锐的身心健康，生命的指针几乎可用"窒息"来形容，要不是几十年的风风雨雨，练就了非同凡响的意志力，没准会在密不透风的监牢里痛苦死去。关锐靠的是强大意志力，挺住了身心折磨，战胜了表面强大而内心脆弱的自己。尽管如此，失去自由的生活，还是带给了自己难以愈合的创伤。

确切地说，关锐的精神与肉体已严重透支，出现了诸多未曾有过的症状。关锐清楚，那是意志力与体能消耗到极限的本能反应，自己亟须快速恢复身体，还有很多事情等着自己去做，有很多问题等着自己去解决，有诸多残梦等着自己去圆，甚至还有更多的挑战等着自己打赢。这一切，得有撑得起人生崛起重任的身体，否则一切归零，一切无从谈起。

走出看守所大门的那刻，因长时间与世隔绝，关锐对现实世界有了诸多陌生感。强烈阳光刺激下的关锐，感到一阵眩晕，要不是送行的狱警眼明手快一把抓扶，他差点倒地。

关锐习惯性地揉了揉布满血丝的眼睛，挪动疲惫得几乎不听使唤的身子，当他环顾四周，笨拙地寻找家人的时候，耳边传来一声清脆的童音："你是爷爷吗？"关锐触电似的身子一哆嗦，露出茫然不知所措的神情来。旁边的狱警见状，拉了拉他的手，轻轻提醒："家里人接你来了！"关锐这才缓过神来，看见仍然年轻漂亮的女友小云领着儿子、儿媳、女儿蜂拥而至。关锐与家人打完招呼后，眼睛一眨不眨，死死盯着儿媳牵在手里的小女孩，俯下身子问："你是雅雅？""嗯，我就是雅雅呀！"眼前的小女孩似乎有些害羞，发出来的声音怯生生的。"我是爷爷，我是爷爷，我就是爷爷呀！"第一次见到孙女的关锐，十分激动，呼吸急促，语无伦次，只见他使劲地点着头，嘴里不停地念叨着，"让爷爷抱抱！让爷爷抱抱！"边说边伸出双手。雅雅对突然间冒出个生面孔的爷爷，既充满戒备又充满好奇，脸上疑惑不解，行动犹豫不决，只见她眼睛一眨不眨地盯着关锐，身体却本能地左右躲避。儿媳脑子转得快，不停地鼓励雅雅："让爷爷抱抱！让爷爷抱抱！"说着，顺势抱起女儿，将胖乎乎、灵气十足的雅雅往关锐怀里一塞。雅雅在爸爸、妈妈的鼓励下，慢慢解除了戒备心，终于张开了小手臂，投进了爷爷的怀抱。

关锐脸色绯红，声音哽咽。此时的他沉浸在悲喜交加中，无法控制情绪，止不住鼻子一酸，泪水在眼眶里打转。他赶紧憋住气，深呼吸，强忍着泪水，亲吻着雅雅的小脸儿，恨不得把亏欠孙女的爱全补上……

狱中，关锐想过出狱后与家人团聚的无数场景，唯独没有想到爷爷与孙女的首次见面，是这样一种场合，是这样一出场景。当关锐的思绪回归现实的时候，理智告诉他，不能再在雅雅面前失态了，无论如何，都不能让她看爷爷的笑话。

儿子32岁，在自己入狱次年结的婚，雅雅是同年出生的。面对与儿子一同前来、从未谋面的儿媳,联想到孙女来到这个世上的那一刻,作为爷爷的自己遗憾地缺席,无法尽到长辈应尽的职责,关锐无限内疚,甚至无地自容。这个在监狱里无论受多少委屈、遭受多少磨难、领略多少冷嘲热讽的男人,这个从来不知道啥叫伤心啥叫流泪的汉子,竟再次止不住热泪盈眶。

在关锐出狱的同一天,被媒体炒得沸沸扬扬的"宾州市顶风建办公楼事件"的组织处理出台了。这一结果,对原市委书记、现任东江省政府副秘书长的曾峰来说,犹如卸下压在心头的巨石。

曾峰主政宾州期间,推动"迁府"建楼一事,经媒体曝光,被中央新闻媒体报道后,东江省纪委经过认真调查,慎重地得出定性结论:宾州市委、市政府借"行政中心"之名建办公楼,有悖于"中央八项规定"与加强"四风"建设精神,但鉴于行政中心的搬迁确实有利于当地经济发展,对相关责任人酌情给予处理。基于这一定性,对建楼事件负主要责任的宾州市委书记曾峰,给予党内严重警告、行政记大过处分。与此同时,对市长章志、市委秘书长郑林等相关责任人,分别给予党政纪严重警告、警告处理,并全省通报违规建楼事件。至此,建楼风波总算尘埃落定了。

这天,因建楼事件接受组织调查的曾峰,驱车赶回老家参加母亲的八十寿辰。可以说,建楼事件牵动了曾峰整个家族的敏感神经,一家人都替他捏了把汗,正想利用老太太八十寿辰的聚会一探究竟。

其中,最担心的人莫过于母亲。老太太虽年事已高,但身子骨硬朗,反应也敏捷,加上平时识大体明事理,为人处世有口皆碑,很是受人尊敬。自老太太的大儿子曾峰出息后,家里迎来送往的事从来就没消停过,尽管老太太知道,来访者多是捧热屁子的,借看望老太太之名献殷勤表忠心,特别是曾峰调任省政府副秘书长后,更是门庭若市。坊间邻里,特别是在上年纪的人眼里,曾峰鸿运当头,政治上有望乘势而上,更上一层楼。每当有人夸奖儿子的时候,老太太总是谦逊地回应:"曾峰官当多大都还是以前的曾峰,再怎么发达还不是你们看着长大的侄儿子?在长辈面前,他永远是后生晚辈。我这做母亲的,不指望他大贵大富,只希望他平平安安、健健康康就行。"

老太太的话向来得体，既顺耳又暖心，少不了又是一顿夸奖。退休老干部王三爷有觉悟有水平，话讲得贴心到位："还是峰妈妈说得对，曾峰再怎么升迁高就，不还是俺看着长大的侄子？"当过曾峰班主任的张老师，把学生的优秀当自己的成就，喜欢串会儿门，且从不吝啬赞美："难得老母亲家教那么好，培养出这么个优秀儿子，不仅给俺老师争了光，也给俺家乡人长了脸！"与老太太年龄差不多的汪奶奶，一边用手比画，一边煽情地讲着曾峰的童年趣事："谁说不是呢？曾峰这伢子，我是摸着他的屁股长大的。小时候他就乖巧伶俐，懂事好学讲礼貌，讨人喜欢。我这老婆子可能啥都不会，就会识人，不是我老婆子事后诸葛亮，老早就看出来了，曾峰这伢子就是坐轿当老爷的命！"汪奶奶与老太太投缘，惯来嘴巴子甜，几句话下来，老太太喝了蜜似的。每逢这种场合，老太太知道大家的话，很大成分是恭维是客套，不能太当一回事，心里头仍然十分开心。这当母亲的，谁不希望儿子被人宠被人夸？

省纪委调查"建楼事件"的时候，家里的客人明显少了，即使有人串门，也闭口不谈曾峰的事。老太太虽然大字不识几个，却深谙世故，从大家"犹抱琵琶半遮面"的反应中，发现一些端倪。老太太喜欢收看《新闻联播》，关注着国家政治生活的演变，看到中央推动声势浩大的反腐运动，反下来的腐败不是高官就是达贵，联想到曾峰许久没回家，是身体出了状况还是摊上事了？虽然没有人能够回答她的问题，老太太还是从不断得到的碎片信息里，以及身边人的异常反应中，猜到儿子摊上了麻烦事。所以，从来不会为自己的事给儿子添乱的老太太，八十寿辰前接二连三打电话，反复交代儿子："曾峰呀！我都这把年纪了，老骨头不知道还能熬几天，过些天我八十寿辰了，再怎么忙你也得回家吃顿饭，记住了没有？"母子连心，曾峰如何不明白母亲的心思？虽然心里酸楚，话语却全是安慰："好的，好的，我会回来的。请放心，您老的寿辰我时刻记着！"

这天，老太太起了个早，一个电话接一个电话催促曾峰回家："动身了没有？全家人等你吃饭哈！"没过几分钟，又电话提醒："路上开车注意安全哈！"面对母亲的牵挂，曾峰不厌其烦地保证："妈，你放心，我会按时回家的。"尽管得到承诺，老太太还是不放心，隔一会儿就一个电话问："还要多久到家呀？"这还不算啥，那天的老太太，固执地搬条凳子，倚靠大门，两眼一眨不眨地盯着大路，等待曾峰归来。

母亲喋喋不休的电话唠叨，让曾峰忐忑不安，自己是快奔六的人，不仅没带给母亲安全感，相反还让她牵肠挂肚、丧魂失魄，情以何堪？想到这，愧疚之情油然而生。此时此刻，惯来强势有加的曾峰，竟抑制不住内心的悲怆，鼻子一酸，泪水溢满了眼眶。

母亲一次次地催促儿子回家，曾峰又何尝不明白其良苦用心。老太太不是为自己，而是牵挂儿子的安危，她就想利用这个机会，验证由来已久的传闻是真是假。曾峰能够感受到母爱的力量，老太太怀揣着深沉无比的护犊之心，张开消瘦得几乎只剩把骨头的臂膀，想着还能像从前一样帮衬着儿子一把，再当回儿子的保护神。

本来，组织上已经向曾峰吹风："建楼事件虽然客观上推动了宾州的发展，调查中也没发现有其他问题，但楼堂馆所毕竟是中央明令禁止的，得有人为此担责，希望你能够正确对待组织处理，做好受委屈的思想准备。"听话听音，曾峰晓得组织处理免不了，但组织处理的强度是可控的，不会一棍子打死。对于这样一种结果，曾峰不可能不理解，原本就做好了思想准备。起初，曾峰想等到处理结果出台后再回家，向日夜关注自己的母亲解释，可母亲一个电话接一个电话地催自己回家，自己根本就拗不过母亲的执着，也无法让母亲放下缕缕牵挂。母命不可为，曾峰只得向组织请假，把自己当作道具，只身向母亲报平安。

曾峰，1959年8月出生在东江省西陵县的一个农民家庭。他中等个子，大平头，国字脸，眼睛炯炯有神，一对扫帚眉又浓又黑。他说话慷慨激昂，声音抑扬顿挫，充满磁性的语言极具感染力。他激情四溢，全身上下有使不完的劲，是个看一眼就能够让人记住的家伙。

曾峰热衷于时事政治，从小学到大学，几乎都在领导岗溜达来的，历任班长、学生会主席、校团支部书记、校学生会党支部书记，学生生涯里有过的"官"都当了个遍。他喜欢畅谈理想，抒发豪情壮志，对社会宏观治理与人事管理学情有独钟。他口才好，言谈举止得体大方，语言流畅极具鼓动性，常用带家乡方言的口音演讲，激情四溢地表达政治理想，凡听过他演讲的人，无不受其感染。可以说，曾峰自小就显现出政治抱负，一看便知道是个志存高远的人。他身上特有的政治人文素养，让他日后的政治人生格外耀眼。

曾峰从东江省农大毕业后，被分配到西陵县一个偏远乡镇工作，他从乡镇管理员做起，先后担任过副镇长、副书记、镇长、镇党委书记，县政府办主任、县委常委兼县委办主任，常务副县长、县长，后调任东岭市任市长。组织部门对他的评价是："曾峰基层起家，工作经验丰富，熟悉社情民意，办事风风火火，决策雷厉风行，是个有思想有抱负有激情、想干事能干事干大事的人，是个难得的人才。但他个性鲜明，行事高调张扬，与同僚共事难，缺点与优点同样不含糊，老让组织不省心。"本来，组织上有意让他在东岭市市长的位置上历练两年，再接任市委书记，终因其张扬的个性而破局。

市委书记是个博导、大学教授"双料货"，半路出家弃教从政，怀揣着一肚子学问，自以为了不得，戴着有色眼镜看同僚，对基层起家的"土包子"市长曾峰，自然是看不顺眼，工作上多有挑剔。殊不知行政决策能力不是仅靠理论就能成就的，更多的是实践中摸索总结出来的。俗话说，百无一用是书生，治市理政不是大学讲堂，当得了好教授，不一定就能当好市长。曾峰这个历练完整、精力充沛、经验丰富且充满政治理想的人，与自命清高的市委书记搭班子，不对号则是大概率的事。本来，组织上向两人通了气，市委书记拟提拔到地级市任职，曾峰拟接任书记。组织一谈话，曾峰跃跃欲试，巴不得早日接盘大展宏图。

一年之计在于春，一日之计在于晨。既然组织上有意让自己主政东岭，就要勇于担当敢于作为。此时的曾峰，想着如何快速进入角色，如何加快地方发展，借市委书记去中央党校学习、自己临时主持市委工作之机，突击提拔了多个干部，得了政治幼稚病，犯了干部任用大忌。干部人事问题向来敏感有加，涉及干部切身利益，牵一发而动全身，稍不留意便会引发权力角斗。

果不其然，这常委会刚散会，小报告便打到了市委书记那里，气得他当场摔手机骂娘："我人还没调走，你曾峰就隔桌子抢肉吃，迫不及待抢权调动干部，眼里还有没有我这个市委书记？"一怒之下，将电话打到地级市委组织部："请组织上核实一下，我是不是提前免职了？不然的话，曾峰市长怎么背着市委书记提拔干部？"这通质疑电话，点到了组织路线的"穴位"：干部任用是党委的专属权力，你一个市长怎么想插手就插手呢？结果曾峰所主持的人事调动案被冻结，终演化成不大不小的"政治事件"。

现行地方干部体制，两个政治强人搭班子，通常情况不是强强联合、强强叠加，而是强强对碰、强强削弱。曾峰背离潜规则的工作方式，市长任上与书记不对号，弄得下属无所适从，以至于影响到东岭市的整体工作。任职市长的一年半时间里，缺乏书记强有力的支持，想打开市政府的工作局面，无疑是缘木求鱼。

地级市党群副书记与两人都相处得不错，出于工作与关心双重考虑，亲自上门做工作。他自恃资格老威信高，说话不拐弯抹角："党政班子团不团结，工作配不配合，事关一个地方的发展稳定大局，你们都是老同志了，对待这个问题，相信你们有足够的政治智慧。"没想到自命不凡的市委书记，当面矢口否认，甚至还说了句不阴不阳的话："我与曾峰市长没有矛盾，只有文化上的差异。"此话一出，无疑是当着领导的面公开羞辱了曾峰一回，气得他当场向地级市党群副书记请辞："既然组织上看到了问题的症结所在，为了东岭的工作，请求组织将我调离。"酒不好喝看糟面，两人当场"杠"上了，让地级市党群副书记很是不爽，脸色立马阴沉下来，丢下一句话："个人服从组织，全党服从中央，这是组织原则，道理你们懂的！"说完，头也不回地走了。

组织部门干的管人识人用人的活，能够混这碗饭吃的，都不是吃干饭的。没过多长时间，或许组织出于惜才，认为曾峰更适合当"一把手"，放在配角位置上屈才；或许与市委书记搭班子不合拍，触动了组织敏感的神经，改变了对曾峰的任用初衷，于是将其与宾州市长薛民对调，交换到宾州任市委书记。虽然东岭与宾州都是县级市，曾峰与薛民都是市委书记，但东岭是省计划单列市，含金量明显高过宾州市。无疑，组织上的这一安排，让曾峰心存芥蒂。无独有偶，东岭市委书记原本拟任地级市副市长，此次意外地转任有职无权的省科技厅副厅长，虽然职务升高了一个层级，却排除在一线领导干部的安排之列。组织上这一人事安排，很难说不是对任性干部的变相组织处理。

熟悉曾峰的人都知道，他喜欢下属遵从式落实工作，不接受下属自作主张，对占着茅坑不拉屎尤为反感。他做事执着，认准的事十头牛拉不回，决定好的事必须办好，不会中途歇火，更不会接受妥协。他思想前卫，常有一些惊世骇俗的想法，讲出来往往让副手措手不及。跟着他做事，你无须太多的创造性思维，他会把工作思路厘清，交给你去执行，从目标任务到人事安排，差不多都为你设计好了，你只须按他的意思做就行，且效果往往不差。只要是他交办的事，一定会当面交代："责任明确了，任务到了人，办法自己去想。"你得记住，一旦任务交给你，他就不会关注过程，但会扭住结果不放，办好了又夸又奖，获得信任与重用，办不好轻则受训挨骂，重则调离撤职。

曾峰习惯于放手做职权范围内的事，不喜欢他人品头论足，尤其拒绝"隔桌子抢肉吃"。无怪乎每逢仕途的关键时刻，总有伯乐提醒他："你呀你，总是主角演得好，配角表现差。成大事的者，不仅会唱主角，更要会当配角。你得记住：政治舞台的主场就是配角！"

依现代政治伦理，勇于担当，各司其职，无疑是值得倡导的，原本就不应该受到指责。可现实版官场更偏重于中庸之道，什么事都得事前通气，事后打招呼，仿佛通了气打了招呼，就是尊重就是谦让，就是配合工作，否则，就是"不晓得搞"，"不晓得搞"无疑会受到怠慢与抵制。曾峰极具个性的施政方式，引得自由媒体人赵德峰的神点评："他天生是做'一把手的料'，放在'一把手'位置上，无疑是最好也是最具期待的组织任用；放在副手岗上，以其张扬担当的个性，难免让组织忧心忡忡。"

在同僚眼里，曾峰就是一个特立独行、不折不扣的政治人物，满脑子事业成就，满嘴巴人生理想，满门子责任担当，是个把理想事业当过日子、当人生享受的人。理解他的称他为"政治素人"，不理解他的当他是"政治狂人"，无论是褒还是贬，无论别人怎么评价，他就是不会放在心上，往往一笑了之："嘴巴长在别人身上，管得了吗？谁爱叫啥就叫啥，谁想酸就酸，管他怎么说！"

到了知天命的年纪，曾峰知道，自己的提升空间不大了，这次被组织任命为市委书记，尽管不甚满意，但既来之则安之，既然组织上给自己主政宾州，展示政治才华的机会，是骡子是马牵出来遛遛，得好好珍惜，得用心表现，用政绩证明自己。

曾峰是从基层上来的，工作勤勉接地气，喜欢把抽象的道理用通俗易懂的语言来表达，所推出的社会治理新政，大都民生气十足，容易让人理解接受。主政宾州后的首次市委全会上，他用"打陀螺"与"烧开水"做比喻，论述经济与社会均衡与科学发展的重要性。论述均衡发展时，他形象地解说："打陀螺用力大了，容易栽跟头，用力小了旋转不起来，只有均衡发力，才能快速平稳转动。社会与经济如何协调发展？急躁不得，越急越乱，欲速则不达，甚至可能引发倒退；慢过头更不行，越慢越停滞，越慢越落后，越慢越糟糕。因此，要稳字当头，做足做活'稳步发展'这篇文章，做到稳打稳扎，稳中求进，稳中求快。"

论述科学发展时，曾峰的表述形象生动，观点引人入胜："经济发展离不开统筹规划，没有长远设计，就像无头苍蝇瞎转悠，瞎碰瞎撞，结果是人吃了苦，戏又不好看。谋划经济社会发展就像烧开水，把水放在大壶里烧，可能耗时费劲，一时不被人理解，但大壶烧水着眼未来，注重统筹规划；小壶烧水固然见效快，但缺乏深谋远虑，势必难以为继。"说到动情处，曾峰起身敲打桌子，声情并茂地告诫同僚，"谋划经济发展是用大壶还是用小壶？是先建后扩边建边扩，还是泥塘挖藕挖一截吃一节？正确的方法是统筹兼顾，慎重决策。"曾峰摆事实讲道理，思辨无懈可击，表达通俗易懂，"因此，政府谋划经济社会发展，必须冷静应对，兼顾眼前与长远，务必行稳致远，摒弃头痛医头、脚痛医脚的短视行为。"

曾峰口才好，语言形象生动，让台下政治精英们耳目一新。可以说，曾峰的首场施政报告一炮走红，获得上下一致认可，赢得了不俗口碑。

50岁才上大位的曾峰，心里装满了使命感，大器晚成的他，潜意识里满满的是理想信念，满满的是政治抱负。要撬动宾州经济结构板块发展，就要打造活力与效能俱佳的政经机制，曾峰一上任就谋划市域经济跨越式发展，他以政治家的视野，酝酿着宾州大变革、大发展的构想。曾峰明白，要打造宾州的辉煌，就要从经济发展与行为教化两方面入手，通过城市提质升品改造，培养经济发展活力；通过行为教化，提高市民素养，提升宾州的"软实力"，两者不可偏废，两者不可或缺，两手都要抓，两手都要硬。

可以说，推行时间长达10年的"曾"式发展方略，在曾峰主政宾州不久就已具雏形了。

打那以后，在他的强势推动下，宾州放出开发建设南城区大招，以"迁府"来助推地方经济与社会发展。如果说开发南城区是道大宴席的话，那么建市委、市政府办公楼，当然就是这道宴席的主菜。要撬动南城区的开发建设，若是拿不出气势恢宏的建设架势来，如何宴请到仁人志士、八方宾客赴宴逐席？如何实现南城区开发建设大战略？

不过，任何政见的付诸实施，难免产生争议，难免有反对派。南城区开发建设原本就是一道大菜，涉及诸多利益调整，反对意见自然很大，理由耸人听闻："南城区开发建设摊子铺得太大，想法太超前了，事实终将证明，这个决策就是个彻头彻尾的错误。"好在曾峰已有了思想准备，清楚建楼"迁府"这档子事触碰到"楼堂馆所"禁令红线，迟早会被人拿来说事。但为了践行政治理想，曾峰愿意去蹚这浑水，愿意去豪赌一次人生，大不了撤职免职，大不了不干这个市委书记。一开始，曾峰就做了最坏的思想准备。

曾峰担任宾州市委书记10年里，他不遗余力地践行"曾"式发展方略，全力推动"迁府"，快速推动南城区开发建设。颇具讽刺的是，当初所预见的政治风险最终全都出现了，只是组织启动调查在曾峰调离宾州多年、政见实践获得成功之后，完全出乎曾峰的预料。

当全家人围着桌子准备就餐的时候，曾峰接到省纪委的电话通报："曾峰同志，对你在宾州市委书记任上发生的建楼事件，经省市联合调查组调查，报经省纪委批准，认为你应负主要责任，决定给予党政纪律处分，希望你能够正确对待组织处理。"那一刻，曾峰脸色凝重，努力平息情绪，只见他两眼蒙眬潮湿，举杯的手微微颤抖，嘴里不停地发出"嗯嗯"声，声音数度哽咽。良久，他才缓过神来。自联合调查组进驻宾州的那一刻起，在等待调查处理的100多个日日夜夜里，他诚惶诚恐，如今结果出来了，悬挂在他头上的千斤大锤终于落了地！曾峰表面不动声色，内心激流涌动，沉浸在无限感慨、无限遐想之中……

庆幸的是，他没有被组织处理这把大锤砸扁砸垮，长久以来的忐忑与压抑，终于烟消云散了。这时的曾峰努力屏住呼吸，极力控制住几乎失控了的情绪，静默良久之后，缓缓地起身举杯，一边敬酒一边安慰母亲："母亲放心，儿子没事了！"老太太一听，紧张得不行，以为听错了，连连反问："你说什么？你说什么？"曾峰以毋庸置疑的口吻告诉母亲："没事了！没事了！"听到儿子的话后，老太太似乎仍不放心，呼吸急剧加快，紧张得直打哆嗦，一不小心筷子抖落在地。只见她两眼放光，手忙脚乱地移拢凳子，生怕听不清楚，侧过身子靠近曾峰，眼睛一眨不眨地盯着儿子，继续刨根问底："真的没事了吗？"看着极度紧张的母亲，曾峰鼻子一酸，泪水在眼眶里打转，情不自禁地拥抱母亲大声说："没事了，没事了，真的没事了！"

当老太太得到准确答复后，哇的一声号啕大哭，好一会儿才安静下来。老太太接下来的举动，更让儿女们心痛不已，只见她擦拭眼泪，端起杯将酒一饮而尽。浓烈的酒精呛得她咳嗽不已，她没等自己喘过气来，就用筷子夹了块肥肉往嘴里放，三两下吞入肚，然后起身离席，自顾自往房间走去，嘴里不停地念叨："没事就好，没事就好，只要孩子们都平安了，我就放心了安心了。"接着，她长长地嘘了口气，边走边丢下一句痛彻心扉的话，"我再没啥牵挂了，随时随地都可以走了！"

老太太的声音虽小,却宛如平地惊雷,震得儿女们个个目瞪口呆。望着老太太一颤一颤离去的背影,个个泪眼模糊,就连在政坛混了大半辈子,啥大场面都见过的曾峰也不例外。

第二章　野性男人

关锐系宾州市琅江乡人，1962年出生，他的外公是个老红军，打过游击，遗憾的是，土地革命战争时期不幸牺牲，年仅28岁。严格来讲，关锐算是革命先烈的后代。本来，他可以在外公的光环下顺利成长，可外公英年早逝，让关锐显赫的背景徒有虚名。战争年代，外公像其他英烈一样，置生死于度外，一心闹革命，连性命都尚且难保，哪有精力顾及后人？关锐与外公的其他后人一样，成了布衣一族。

更让关锐耿耿于怀的是，求知若渴的年龄辍了学，成了那个时代最新潮时髦的一分子，等热情消退后，才发现学业荒废了，美好青春耽搁了。外婆系地主家的千金小姐，家庭出身上的先天不足，让关锐几乎没沾过外公的光。好在有与外公出生入死的老战友、老部下的关照，包括关锐在内的外公后人，没受啥大委屈，纵然没大出息，比起其他人则幸运得多。

关锐虽没有得到外公的荫庇，却承继了外公好学与争强好胜的性格。关锐没上几天学，却天生一双匠工巧手，画得一手好画，见什么画什么，画什么像什么，且画出的画栩栩如生，人见人夸，画画竟然成了关锐谋生的本领。

那时候，读书识字求校无门，拜师学艺成了时尚，会画画的人顺理成章地学油漆活，于是关锐拜了个名师，潜心学油漆工艺。他脑子灵活，不仅懂礼貌，而且嘴巴甜，很是讨人喜欢。手艺人吃的是百家饭，干的是百家活；手艺人讨饭吃找事做，能说会道成了看家本领。

关锐天资聪颖，学油漆工不用一年就上了路，且手艺出众，甚至某些方面超过了师父。十步留一步，莫让徒弟打师父。师父是地地道道的宾州人，"势力范围"在本土，按照潜规则，徒弟不能在师父的势力范围内讨饭吃，无论如何不能抢师父的饭碗，否则就会被世人唾弃。徒弟要赚钱找事做，只能开疆拓土。出师后的关锐，只身到毗邻的西陵县艺卖，好在他亲和力足，人见人好鬼见鬼熟，人缘关系好得不得了，加上西陵原本缺油漆工，关锐的到来受到了热捧。

那时，高档家具是嫁妆，床桌柜椅流行虫草鸟兽雕刻，让关锐有机会展示油漆画画装裱技艺。关锐做艺很卖力，使出浑身解数，潜心研究画艺，赢得艺卖区客户的信任。他走街串巷不到两三年时间，便打开了艺卖市场，一年到头忙不停，买艺的人排队预约，一时声名大噪，收了十几个徒弟。那时的关锐一行十几人，穿着格子衫、喇叭裤，留着长头发，骑着自行车艺卖，一路浩浩荡荡，好不时髦，好不威风。关锐前卫的衣着装扮及不俗的艺卖业绩，抢足了风头，不仅赚了20来万元，还在年轻的族群里掀起了学油漆工艺的旋风。

那时，国家经济十分艰难，党和政府把发展经济、解决吃饭问题当成了要务。好在实行党的一元化领导，全国上下一盘棋，只要党决定好的事情，上升到讲政治的高度，用运动的方式去加以推行，效果立竿见影。生活在讲政治的国度里，人们习惯于政治化思维，只要提到讲政治的高度，任何人不敢懈怠，谁也不会瞎议论。那时候，工农干部都是实践中摸爬滚打出来的，虽然文化程度普遍不高，口才却十分了得，语言犀利无比，连骂人都挺威风的，要是有人捣乱，一句话扔过去："不要翘尾巴，好生摆正位置，夹着尾巴去做人！"准能把人镇住。

第二章 野性男人

既然党发出了号召,那就得认认真真、不折不扣地加以贯彻执行,什么"以经济建设为中心""让一部分人先富起来",多数人虽然心存疑惑,担心走到资本主义老路上去,但口号仍是喊得震天响,推行起来丝毫不含糊。党和政府摒弃"以阶级斗争为纲",鼓励人们发展经济,把"万元户"当勤劳致富典型,拿到万人大会上去表彰。那时候,大家一贫如洗,谁要是不小心当上了万元户,便可威震一方名噪一时,成为致富明星。

你可别小看"万元户",那是计划经济时代的"超级富豪"。那时,农村尝试着小承包,还保留着"集体所有、三级分配"的形式,农民向生产队交统筹,用粮食换工分,年底还得拿工分到生产队参加再分配。庆幸的是,以生产队为统一核算单位的集体经济,比之前好了许多,单个劳动日价值翻了番,由原来的六七角涨到了1元多,有的到了2元,一年下来,一个劳动力也有五六百元收入,生产队年终一决算,劳力户多的也就两三千元。后来推行的"责任制","责任制"是啥东东?流行的说法是"交足国家的,保证集体的,剩下的归自己",农民打下的粮食,先交国家定购粮,再完成集体统筹任务,剩下的粮食农民才有自主权。虽然国家对粮食管理得相当严格,"责任制"还是给农民留下了部分粮食处分权,这对饿怕了的农民来说,是天大的好事,既解放了生产力,又激发了生产积极性。意想不到的是,党和政府处心积虑想要解决的吃饭问题,摒弃"一大二公"体制后便迎刃而解。

这种形势之下,要成为"万元户"比登天还难。若是熟悉时代背景,便知道成为"万元户"在那个年代多么遥不可及。

靠做手艺赚了20万元,符合勤劳致富政策。党和政府来真的干实的,不遗余力推行富民政策,把关锐当作勤劳致富标杆人物,拿到"万人大会"去表彰,鼓励大家发家致富,一时间关锐成了焦点人物。一个毛头小伙赚了那么多钱,让人羡慕得要死,人们开始把赚钱当出息当本事,时间一长,僵化了的思想开了窍,不再讨厌资本主义了。

那时,对有出息的年轻男人,最时尚的褒奖莫过于给他们说媒提亲,一些媒婆找上门来,把方圆几十里的漂亮姑娘介绍给关锐,更有胆大的女孩毛遂自荐，倒追起男人来了。这时的关锐自我感觉非常好，一个单身男人出门有十几个徒弟陪着，回家有络绎不绝的媒婆说媒提亲，还不时有人带着靓妞送上门相亲，连徒弟们都傍着过足了眼瘾。那时的关锐飘飘然，美女看得眼花缭乱，与多个女孩子尝试着相处，过起了放荡不羁的生活。什么事都有个度，玩多了总有腻的时候，他慢慢地厌倦了这种生活，最终选择了成家立业。

关锐艺卖的时候，恰逢国家大力发展钢铁产业，把钢铁提到与粮食并重的位置，甚至把粮食、钢铁产量的多少，作为考核干部政绩的重要指标。钢铁产业的大力发展，带动了上下游产业链的升级，尤其是矿产业的快速发展。

西陵县盛产铁、铜、锰矿，尤其是小铁矿遍地开花，所到之处都是矿山，采矿业成为地方经济发展的一个支柱。关锐在西陵艺卖时，目睹了矿产业的迅猛发展，见证了矿产业造就了无数商贾大佬，耳闻目睹了矿产人横空出世的诸多成功，这一切的一切，极大地刺激了他并不安分的神经。关锐脑子一激灵，数字脱口而出："铁矿40元一吨，每人每天挖两三吨，一天有百元收入，一个月两三千，这等好事放谁都会抢着干。若组织百十人挖，一天能挖两三百吨，每吨按10元毛利计算，每天进账数千元，一年下来不赚个盆满钵满那才叫怪。现在做手艺，一天也就三四十元，连徒弟的工资提点，年收入十来万。不比不知道，一比吓一跳，简直是一个在天上一个在地下。这等好事，此时不干，更待何时？"这一算不要紧，把他骨子里的赌性全激发出来了。

不是冤家不聚头。就在这一年，关锐遇到了合作了大半辈子的桂平，就这个满身匪气的搭档，关键时刻临门一脚，让关锐自绝退路，义无反顾地弃艺从矿，把积蓄全砸在了铁矿开采上，拉开了土里淘"金"、地下取"宝"的序幕。

桂平浓眉大眼国字脸，长得五大三粗，脸色黝黑颧骨突出，两颗大门牙挂在嘴上，显得霸气侧漏。桂平生就桀骜不驯、好勇斗狠的模样，一看便知道是个不好招惹的角色。他喜欢摆弄发型，头发梳得油光可鉴，走起路来足下生风，气场十足。他说话大喉咙高嗓子，一开口就"突突突"，像机枪开火似的，一副大哥的模样。好在他讲义气，人也直率，尽管样子凶神恶煞，但做人做事凭良心，熟悉他的人不在乎他的外在形象，大都愿意与他交朋结友，其中不乏铁杆兄弟。

桂平生于宾州市琅江乡产矿区，从小调皮捣蛋，是大人眼里的坏孩子。但现实往往如此，越是调皮捣蛋越有出息，像人们常挂在嘴里的那样："小时不（造）孽，长大不（作）力。"这种人思想活跃，观念开放，容易接受新生事物，当然更善于混社会。桂平早期四处游荡，到处惹是生非，学会了一套混社会的本事，什么赌钱打牌、红黑押宝、打情骂俏、强卖强买等，样样行家里手。时间一长，桂平在当地混出了名气，无论是圈内还是圈外，是个"能办事也能搞事"的主，一来二往，圈里人有事没事找他商量，出了事找他"了难"，渐渐声名鹊起，成了圈内公认的"老大"。

老大自有老大的过人之处。桂平渐渐明白，圈子里当老大这种日子，养家糊口不是问题，却终究难成气候。桂平是个有野心的主，对他这种读书不多、满脑子出人头地想法的人来说，混社会虚度时光终究不是个事，也不会有啥出息。于是，他削尖脑袋巴结政府领导，哪怕进政府干个临聘也行，那样的话，就可以出入政府大门，与政府干部一口锅里吃饭，好歹也算是个"吃皇粮"的人。弄个正当职业养身子，在那个年代绝对是件光宗耀祖的事。好在桂平脑瓜子灵活，社会混得好，加上人讲义气，政府也喜欢"能干事也能搞事"的人。确切地说，搞农村工作，打开工作局面确实需要这种人。

关锐与桂平的见面，颇具政治意味。那时，宾州市委、市政府放出新一轮招商引资大招，拿出若干政策"牛肉干"吸引商客，还把任务量化到乡镇局行，纳入干部政绩考核范围，鼓励他们走出去沉下来去"引凤筑巢"。桂平肩负着领导交给的任务，盯上了致富名人、声名远扬宾州、西陵两地的关锐，费尽周折在他乡异地见了面。桂平与关锐都是琅江乡人，彼此相识甚早却交往不多，好在彼此熟悉，见面少了诸多客套。

邓公南方谈话当年的一个傍晚，见到关锐的桂平，不由分说地把人拉到舞厅。那个年代，全国流行交谊舞，年轻人都以跳舞为时髦，要是身边有个靓女伴舞，更是牛得不得了，几曲下来不知道自己姓啥来着。桂平为这次招商，早就策划好了"引资戏"，特意带了几个美女去伴舞，没想到这道菜很合关锐的口味。这次相见，他们谈笑风生，感叹人生苦短，一边与美女相约跳舞，一边洽谈返乡投资的事。两人觥筹交错，开怀畅饮，你来我往，不久勾肩搭背，俨然成了把兄弟了。那天的桂平与关锐，饮的是美酒，伴的是美女，谈的是大男人的事业，美酒佳人一件都不缺，感觉非常爽，颇具英雄豪气。

桂平是个性情中人，话到投机处，忽地站起来，只见他一把将凳子拉出，左脚直立右脚踏在凳子上，三两下解开外衣扣子，手臂往后一扬，外衣飞出老远。接着，拿起酒壶斟满酒，端起杯一口喝完，江湖气十足地喊话关锐："关兄！我今天过来，就是代表琅江乡党委、政府，邀请你来家乡投资铁矿。你我都是土生土长的琅江人，都清楚琅江这山旮旯里啥出产都没有，只有铁矿石，且是一等一高品质矿。我大道理不讲，就讲生财之道。关兄是个明白人，这铁矿在普通人眼里就是'黑疙瘩'，在你我眼里应当是'金子'。这只螃蟹谁第一个来吃？我想你老兄不会没有想法，也绝对不会缺席，以我对老兄的了解敢肯定，缺席压根儿就不是你关锐的性格！"桂平参加过一年一度的全市经济工作会议，他把市长会上号召干部打破常规"招商引资"比作"吃螃蟹"的激情演说，活学活用上了。也就是这天，关锐在桂平的鼓动下怦然心动起来，种下了挑战人生、挑战未来的野心。

关锐原本并不怎么看好桂平，目睹了他今天的表现后，由衷地发出感叹："时势造英雄！你桂平进官府才几天呀，居然修成正果，把嘴皮子给练了出来，一个没当过几天的乡镇管理员，能讲出这番大道理来，让人不得不刮目相看。看来之前小看人了，没想到桂平还真是个人物。"

只是关锐表面不露声色，露出一副漫不经心的模样。其实，这个江湖老油子，就算是打定主意返乡投资，也得讨价还价，盘算着如何以最少的代价，吃好矿产这只螃蟹，如何让政府拿出更多的政策"牛肉干"招待自己。他不动声色地问："桂平兄弟，你来看看我的面相，能成为琅江第一个吃螃蟹的人吗？"桂平工于察言观色，一听便知道关锐上心了，有意夸张地伸出大拇指，给关锐忽悠："你老兄走南闯北，什么世面没见过？这螃蟹你都不能吃，谁还敢吃？"接着细数着政府放出的招商引资优惠政策，自己又添油加醋了一把项目愿景，把关锐灌得云里雾里。在桂平嘴里，仿佛政府不是引资招商，而是送票子送财富来了。

关锐在西陵混了多年，见证过矿产人捞金的神话，这人与人一攀比，就攀出了心理落差，也攀出了转艺从矿之心。经桂平"两张嘴巴皮子"一鼓捣，关锐便有了回乡发展，当琅江"吃螃蟹第一人"的想法。但以关锐惯来的狡黠，怎么也不会轻易亮底牌，讨价还价成了顺理成章的事情："如果我来投资，政府如何支持我？"桂平一听，以为关锐还在犹豫，便一把手拽着他的脖子，侧脸贴近关锐的耳朵，送上一颗定心丸："这个你放心，政府白纸黑字，与你签订招商引资协议，书面承诺兑现优惠政策，包括减税、矿权出让与用地审批、政府奖励等。关兄呀关兄，这白纸黑字的，你还怕偌大的政府耍赖？"关锐虽然怀疑政府干部的办事效率，却懂得白纸黑字的道理，只要签了协议，"政策牛肉干"才会有保障。

那天，两人相谈甚欢，桂平借着满身酒气，拍着胸脯下着保证："只要关兄来投资，我就心甘情愿当你的'大马仔'，这百多斤就交给你来支配，想怎么使就怎么使，保证随叫随到。不过，有句丑话我得先讲出来，不知道关兄愿不愿意听？"桂平卖起了小关子，装出一本正经的样子。关锐见状连声回答："你说，你说，你我已经是兄弟了，有话就直说，千万不要藏着掖着。"桂平听后故意放慢语速，一字一顿地说："要是开矿发达得大红大紫了，关兄你可别忘记了兄弟我哟，说不定有一天我会找上门来，向你讨碗饭吃。"关锐听后先是一愣，用手摸了摸桂平的额头，连声发问："你没发烧吧？你没发烧吧？"桂平佯装未听见，继续忽悠："琅江乡与西陵县一衣带水，山脉相连，都盛产铁矿石，早在1958年大炼钢铁时，就有人在琅江采过矿炼过铁，若是组织一支队伍采矿，准能发大财。"桂平巧舌如簧，让关锐义无反顾地弃艺从矿。只是他俩谁都没想到，桂平引商不仅促成了关锐转行铁矿开采，让他成了琅江铁矿"吃螃蟹"的第一人，也引来了两人半辈子的合作缘分，还引来了日后的牢狱之灾。

当年的关锐,已经有了百十万元的原始积累,手里有钱组织队伍挖矿不是难事,难就难在如何找矿,如何找到优质矿。他像当年开拓艺卖市场一样,开启了"三顾茅庐"式的"拜师取经"。这一年,距离1958年已经35个年头了,当年的毛头小伙变成了白发老人。经过两个多月的走访,找到了当年的采矿技术员,有了他的助力,关锐如鱼得水,终于在面目全非的山沟里,找到了废弃的矿井,通过继续勘查发现了连片的矿脉,且品位好储量足,前景十分光明。有了这一发现,关锐激动得一连数天睡不着觉,满门子心思想着如何开拓未来人生、如何打造矿产业的辉煌。

那一年,钢铁市场异常火爆,矿产品搭上"顺风车",水涨船高十分行销,关锐一鼓作气上了七八十个人,头一个月就挖了1000多吨铁矿石,除去成本每吨加15元销售,当月净赚2万多元。开局就打了个胜仗,把靠手艺讨饭吃的关锐,高兴得不知道自己姓啥来着。尝到甜头的他,决定甩开膀子大干,他多渠道筹集资金,成立了宾州首家私营矿产贸易公司,开启了大规模的铁矿石采掘与经营。

时年,邓公南方谈话就像一缕春风,激活了大地,大家像打了鸡血似的,铆足劲赚钱谋发展。那时候,全国到处搞建设,钢材价格一天一个样,把个惨淡经营多年的钢铁企业捧得大红大紫,成了炙手可热的行业。随着钢材价格飙涨,皇帝女儿不愁嫁,山旮旯里的黑疙瘩铁矿石,一下子成了紧俏货,钢铁企业家家等米下锅,个个吃不饱,用汽车驮着钱找铁矿石。那一年,关锐开足马力,生产铁矿10万吨,还向社会收购了十多万吨原矿,遇上30年不遇的市场行情,这运气实在是忒好,敞开袋子装钱,钱来得跟放水一样容易。

市场有市场的游戏规则,有大涨就有大跌,有大跌就有大涨。钢铁价格的疯涨,极大地刺激了产能建设,钢铁厂如雨后春笋,遍地开花,导致国民经济结构比例严重失调。好在中央及时进行了宏观调控,让一度发烧了的经济开始降温。受此影响,钢铁的市场价格暴跌,连同上下游的链条产业,遭遇了20年不遇的寒冬期,铁矿石更是惨不忍睹,由畅销转为滞销,金凤凰变成了丑小鸭。关锐的矿业公司也未能幸免，生产销售急剧萎缩，公司陷入严重亏损。

百日砍柴一日烧，关锐辛辛苦苦打拼积攒下来的财富迅速缩水。国家此轮宏观调控，让关锐损失惨重，切切实实体验了一回"一夜回到解放前"的尴尬。

进山容易出山难，关锐千辛万苦搭建起来的采矿团队，不能说没了就没了。要知道，管理团队中的每个人，自跳槽到采矿业那一刻起，就已经有了牺牲有了放弃，他们对采矿有着太多太多的期待。可以说，采矿连着他们的梦想，期待着通过采矿改变生活境遇，改变人生命运。更何况不少人是冲关锐本人来的，相信他能够带领大家致富，义无反顾地放弃了曾经有过的事业。别的不说，就说合作搭档桂平，他是琅江乡政府干部，当过企业办主任，家里有产业，个人有事业，日子过得红红火火，选择辞职参与关锐的采矿，就等于选择放弃了"铁饭碗"。

琅江乡地处偏远山区，穷山恶水，经济十分落后，这里的人日出而作，日落而息，守着自己的一亩三分地，靠天吃饭。这样的境遇，让他们习惯了宁可抱着膝盖等死，也不愿意尝试改变。

琅江乡蕴藏着丰富的铁矿石资源，本来这是上帝赐给琅江子民的厚礼，助他们脱贫致富，可这里的人长期生活在信息闭塞的社会环境里，根本就不懂啥叫"就地取宝""借地生财"。琅江乡这届党委书记，思想解放，观念前卫，知道要想出政绩，就要发展地方经济，要发展地方经济，归根结底得靠自己，靠勤劳致富，靠想法子赚钱。可如何在任内推动琅江发展，他开出的"药方"是："琅江要资金没资金，要人才没人才，可以说要啥没啥，发展地方经济只能靠山吃山靠水吃水，只能因地制宜，下地取宝，开发矿产资源。"要下地取宝，自然少不了"能办事也能搞事"的人，于是，琅江党委、政府出台政策，以引进人才的名义，招聘桂平为乡管理员，这下山鸡变成金凤凰，桂平摇身一变，堂而皇之地成了"吃皇粮"的政府干部，没多久就当上了产业办主任。

桂平没有辜负领导期望,把政府交给他的"地下取宝"的任务,只用了一年时间便搞得像模像样,其中,最耀眼的政绩就是招商引资,引进本土老板关锐投资矿产。这两个挺能折腾的人一联手,一口气打了数十口矿井,把个矿产经营搞得风生水起。从此,宾州最贫穷最偏远的琅江乡政府咸鱼翻身,每年净增过百万元财政收入,惯来捉襟见肘的乡本级财政困局彻底扭转,一跃成为宾州财政基础较为殷实的乡镇。解决政府数十号干部职工的吃喝拉撒,在时下县乡财政普遍吃紧的情况下,是多么了不起的一件事情。招商引资的成功,奠定了桂平在琅江乡的社会地位。

关锐与桂平的个人合作,发生在关锐改行铁矿开采的次年。采矿就得组织人找矿,就得征地租地,就得与形形色色的人打交道,就会发生诸多利益碰撞的事,在贫穷落后、固执守旧的偏远山区,摆平这些事说有多难就有多难,说有多烦就有多烦,只有亲身体验过的人,才能明了其中难处。

关锐初入采矿行当,碰上当地小混混搞事,这帮混混以开山打洞伤了当地龙脉、风水为由,上来闹场,一连数天开不了工,怎么交涉都不管用。无奈之下,关锐找到了桂平,见面就数落:"桂平兄弟呀,人我是你召回来的,这么多矿工拖家带口要吃要喝,工地瘫在这里,长时间开不了工怎么办?问你一句话,我的事你到底管还是不管?"桂平一听混混搞事,脖子上青筋暴起,胸脯一拍江湖劲就来:"关兄,还是那句话,这百多斤交给你,保证你说一我不说二,说到做到。你说,要我干吗?"说罢,拉着关锐就往山里跑,见到混混头儿二话不说,上去就掴了两个耳光,嘴里不停地骂娘:"你也不睁开狗眼看看他关锐是谁!不妨告诉你,他是我大哥,是我代表党委、政府招商引资过来帮地方搞发展的,这请来的兵召来的将,你想搞事就搞事呀?"混混头儿一见桂平就怂,挨了耳光,眼冒金花连头都晕了,哪里还敢犟嘴,赶忙低头认错:"大哥,我真不知道是大哥您的事,要早知道是您的人搞矿,就算是给我一百个胆子,我也不敢搞事呀!"说罢踢了身边小瘪三两脚,骂骂咧咧招呼他的人,"还想在这儿丢人现眼?还不快滚!"这头儿一发话,那帮子小混混连滚带爬逃走了。

第二章 野性男人

在琅江这个不大不小的地方，谁不知道桂平是当之无愧的江湖老大，他混社会的时候，别人还不知道在哪儿尿尿呢。桂平力挺关锐开矿的事一传十、十传百，立马疯传了琅江。自此以后，关锐的采矿少了诸多麻烦。关锐采矿业起步的那些年，桂平左手捏着多年混社会打造出来的"个人名片"，右手挥舞着政府产业办主任的旗号，把一件件一桩桩棘手的事，全都给办得妥妥当当。

尽管有桂平时不时两肋相助，但关锐在琅江毕竟是单打独斗，孤掌难鸣，常常是顾得了首顾不了尾，忙得有上顿没下顿。如今摊子大了，需要人来真正帮衬，尤其是桂平这样的人，既玩得转上层关系，又震得住下层草民，是个打着灯笼都难找的合作拍档。此时的桂平已正式招聘为乡镇干部，吃上了"皇粮"，要他放弃"皇粮"岗，难免顾虑重重。关锐就学当年刘备三顾茅庐，游说桂平辞职与他一起打拼事业。物以类聚，人以群分，就这两个性格原本不安分的人，终于走到了一起。

不久，桂平正式辞职下海，与关锐一起创立了"东江远泰矿业有限公司"，关锐持股51%任董事长，桂平持股49%任总经理，开启了长达20年的蜜月合作，大规模开采铁矿，开展矿产品经营，共同打造了宾州矿业神话，成为搅动当地经济、聚焦地方新闻的人物。

东江远泰矿业公司创立后，一口气打了数十眼矿井，每天生产数千吨原铁矿。那时，铁矿石归口市乡企局统购统销，远泰矿业只管产不管销，三年下来，乡企局拖欠货款200多万元。你可别小看这200多万元欠款，如今这个数字只够买一台好车，根本不算啥，可那时的干部月工资才1000多元，宾州当时的财政收入也就3亿，可用财力不到一半，200多万元的货款被拖欠，对一个刚起步的私营企业来讲，简直是天文数字，事关企业的生死存亡。

为收回这笔货款，关锐与桂平费尽心机，用尽苦招烂招，耗费了数年时间。时隔多年，关锐每每提起收欠的事都心有余悸。历经收欠路上的切肤之痛后，两人意识到，必须杀开一条血路，打破销售上的人身依附。于是，远泰公司推行"以销促产、产销并行、分工合作"战略，关锐负责公司操盘，分管营销，桂平负责生产，分管采矿，各司其职，各管一摊子事。

公司能否正常运营关键在销售。为打开销路，关锐背着一袋子铁矿石样品，一个人跑到一大型国有钢铁厂，在供应科门口排队等候接见，没想到等了一周，竟然连门都进不了。心急如焚的关锐意识到这样等不是个事，遂耍了个小聪明，租了辆摩托车"盯梢"，连续盯了一周，总算摸清了供应科科长的行踪，把供应科科长的"家底儿"搞了个一清二楚。

一天晚上10点，供应科科长喝得醉醺醺地赶回家，当他前脚一进门，关锐后脚就跟了进去，见面就不停地道歉："科长，对不起！对不起！我是东江远泰矿业公司董事长关锐，因矿产品积压，公司差不多破产了，没有办法只好冒昧地找您来了，可苦等了半个月，连科长您办公室的门都没能进去，全给您的手下给挡了，没有办法，只好晚上登门到您家里来打搅了，您大人大量，千万别生气！千万别生气！"关锐一脸诚恳，边道歉边递上烟酒礼品。俗话说伸手不打笑脸人，供应科科长本来对关锐不请自来窝火，没想到给关锐的一脸诚恳一张甜嘴巴，把气消了个干干净净。"你回去吧，明天一早到办公室来。"科长脸色逐渐舒展开来，丢下一句话给关锐，然后摇摇晃晃地洗漱去了。关锐一听甭提有多高兴，兴奋得一夜睡不着觉，第二天一早来到科科长办公室，供应科长一见啥也没说，丢下一份空白购销格式合同，让手下人与关锐签了一份产品购销试用协议，约定"20个车皮、10天时间到货"，还约定了"供货方若是不能按约定时间供货，合同自动取消，还得承担支付合同总额5%的违约金责任"。

20世纪90年代，车皮供应非常紧张，车皮计划捏在铁路局管车皮调度的几个领导手里。那个时候，车皮计划很紧俏，不是想拿就能拿得到的。拿车皮有整套的潜规则，先得报预计划，铁路部门指定几个代理商负责预申报，计划批下来后每个车皮按230元左右给回扣，代理商除了自用车皮，多出部分按时间的紧迫程度，每个车皮加价500至1000元不等倒卖赚钱。倒卖车皮计划，无本经营，靠嘴皮子赚钱，而且利润十分可观，一些代理商干脆啥都不做，就与铁路调度部门联手，当车皮贩子，做倒卖车皮计划的生意。

第二章 野性男人

关锐拿着只有10天期限的发货合同,如此短的时间拿车皮,只有出高价找车皮贩子,花2万元买了20节车皮计划。车皮一到手,关锐便调度车辆短途发运,没日没夜守在货场发货,丝毫不敢懈怠,终于在合同约定的10天期限内,将整整20节车皮的铁矿石,发至钢铁厂专用货场。

当货运单摆到钢铁厂供应科科长桌子上时,科长目瞪口呆了。本来,他只想敷衍一下关锐,让他知难而退,没想到这愣头儿青硬是把事给办成办好了,就凭关锐竭尽全力发货这一带点,让这个位卑权重、不可一世的供应科科长刮目相看了一回。供应科科长在供销圈里闯荡了大半辈子,虽然读书不多却积累了丰富的社会经验,他考察供应商的方法别具一格,就用"10＋20"的土法筛选,方法虽然简单却十分管用。在他的眼里,10天时间代表着你的办事能力与处事风格,20节车皮代表着你的社会背景。计划经济时代,车皮计划象征着社会地位,谁能弄到车皮,谁就能在运力极为紧张的经济大潮中赚大钱,谁想成为钢铁厂稳定的原材料供应商,谁就得老老实实过他的"面试"关,否则一切免谈。他独创了个不成文的考核规矩:能在10天时间组织20个车皮到位,就足以证明有资格做本厂的供应商。你还别小看供应科科长的土规矩,居然屡试不鲜、效果奇佳,就这招让他在供应科科长的位置上,干得得心应手,干得风生水起。

看到20个车皮的铁矿石如约而至,供应科科长对关锐的态度立马来了个180度大转弯,与之前相比判若两人,见面像个老熟人,还没说话就当胸给了关锐一拳头:"没想到,你小子真犟,居然把不可能办到的事给办成了。"科长不无赞赏的口吻,让关锐本来还七上八下的心放下了,凭借多年的经验,断定面试这关过了。关锐顾不上解释,先递上支"中华"牌香烟,从袋子里掏出电子打火机,"啪"地一按火苗冲了出来,踮起脚尖为又高又大的科长点火,然后一脸真诚地回答科长:"我已无路可走了,科长您给了我一条路走,我岂敢不珍惜?哪怕悬崖峭壁也得上,要是兑现不了您的合同,岂不是自绝生路?"关锐朴实的几句话,把个居高临下惯了的科长给感动了。

科长是个军转干部,长得高大魁梧,走路昂首挺胸,说话声音洪亮,做事雷厉风行，典型的军人形象与性格。只见他豪爽劲一上来，立马安排手下人验收结算，还破天荒地请关锐吃饭，特意安排科室干部，到家里拿来两瓶珍藏了20年的茅台酒。

茅台的包装纸老化陈旧，一触就响一摸就碎，包装上的"抓革命，促生产"的最高指示仍然清晰可见，一看便知道是酒中珍品。只见科长从科室干部手里接过酒往桌子上一放，对着关锐下起命令来："酒品即人品，今天你陪我尽兴喝几杯，酒喝好了才好办事，你说对不？"关锐感动不已，连声应允："是，是，是，我听科长的，我听科长的。"那一刻的关锐，悲喜交加，喜的是这长期供应合同八成有戏了，悲的是自己滴酒不沾，不知道喝下去之后该如何收场了。这"财神爷"发了话，岂有不服从之理？关锐心里悲壮起来，有了大义凛然、奔赴前线打仗的感觉。供应科科长久经沙场，看架势就知道关锐不怎么喝酒，破天荒地说了句软话："看来有点难为你了！"事已至此，关锐只得硬着头皮表态："科长发话了，我别无选择，只能舍命陪君子了。"科长是个酒桶子，一听兴趣上来了，拍着关锐的肩膀表态："从今天起，你就成了我的供应商，每月给你15000吨供应计划，不够的话随时找我。"关锐一听，感动得差点掉下眼泪来。此时的关锐，被供应科科长的豪爽劲给彻底感染了，从不喝酒的他，端起酒杯一饮而尽，接下来陪着供应科科长你一杯我一杯地干，最后两人都喝得烂醉如泥，床上整整躺了两天两夜。从此，关锐与供应科科长成了至交，好到称兄道弟了。

20世纪90年代，国家刚步入经济转型社会，谁能拿到原材料供应合同，谁就等于拿到了财富的入门券。关锐一签订钢铁厂的长期供应合同，远泰矿业就取代了市乡企局，成了宾州矿产业的龙头老大。

接下来角色进行了转换，远泰矿业当了"爹爹"，成为乡企局的"东家"，乡企局沦为"儿子"，成了远泰矿业的二级组货商，为远泰矿业提供组货服务，赚取差价提成发员工工资。乡企局经营矿产多年，在矿区有数量众多的收购点，还有多年来建立起来的客户群，且拥有车皮计划报批代理权。这些"软实力"与硬件设施，不是一天两天能够打造出来的。关锐的精明就在他把乡企局的这些资源,当作远泰矿业崛起的垫脚石,而不是简单地排斥出局。当然,要用好计划经济时期遗留下来的已老掉牙的"旧机器",需要付出相当程度的改造代价。

关锐敏锐地意识到并购公有制企业,是件合算的事,即使公有制企业存在这样那样的诟病,但总比从零开始、重组一个团队、重建一个企业合算。于是,关锐实施并购乡企局旗下公司的计划,并对其进行脱胎换骨式的改造,使之真正成为属于自己的、适应市场经济发展的产供销企业。正是这颇具包容式的理念,对乡企局技术骨干产生了吸引力,他们目睹公有制企业在市场经济中的败落,失去了对其管理体制的信心,纷纷跳槽投奔关锐,成为远泰矿业的中坚力量。

岁月如梭,乡企局这个名为事业单位实为公有制企业,人去楼空,名存实亡。经过市场经济的优胜劣汰,乡企局的负数资产被悉数剥离,存留下来的全是市场经济的正能量。不久,乡企局在新一轮体制改革中并入经信局,旗下的公司被迫改制,员工买断身份走人。远泰矿业抓住了历史机遇,悉数接盘该局矿产经营业务,以低价盘下了其优质资产,成为宾州矿企改制的受益者。

市场经济中的项目投资,它的高效率、高产出,再次验证了关锐的前瞻性。有了公有制企业的优质资源加盟,解决了长期困扰企业的车皮计划申报代理问题,不仅保证了足量的自用车皮,还能获取可观的车皮计划代理收入。此外,乡企局旗下人才济济,找矿、选矿、经营行行有行家里手。国家钢铁行业转型升级后,对铁矿石原材料的要求相应提高,发展精选洗矿成了必由之路。远泰矿业不失时机地组织该局原矿产经营技术班底,兴建了十多家选矿厂,抢占了矿产市场制高点,赢得了发展先机。

数年里,远泰矿业从小打小闹到规模发展,从经营低谷攀上事业巅峰,成为宾州市矿产业产供销一体化龙头企业。据《宾州市志》记载:"远泰矿业发展的高峰期,毗邻市县铁路沿途货运场被其垄断,沿途到处是它的矿产品。远泰矿业月发车皮496节,日均16.5节,铁路部门每天都有一个专列帮其发货，创东江省铁路货运史上，单个企业月发车皮最高纪录。远泰矿业年销售矿产品30万吨，税收4000多万，成为宾州市首屈一指的纳税大户，所缴税收占宾州财政收入的三十分之一。"

远泰矿业的膨胀式发展，成为东江省矿产业的"带头大哥"。远泰矿业的非凡业绩，引起了宾州市委、市政府的高度重视，关锐被宾州市委、市政府评为优秀企业家，市县两级劳动模范。两年之后，他当选为县市两级人大代表，成为宾州家喻户晓的农民企业家。

那时的关锐日进斗金，钱多得没地方放，事业上的高歌猛进，让他飘飘然，头脑一发热又进军冶炼行业。这年，国家开展大规模基础设施建设，极大地刺激了金属材料市场需求，尤其是工业用铜更是一"货"难求，看到市场行情那么好，关锐投资千万建铜冶炼厂。小厂炼铜见效快成本低，靠的是牺牲环境来换取效益，这冶炼厂一开工生产，方圆一公里粉尘飞扬，天空立马被二氧化硫烟气笼罩，加上生产含酸废水直排江河，污染了下游水源，危害了农户的畜禽养殖，引发沿途村民频频上访。

那时的地方政府，一心一意只想着发展经济，脑海里没啥环保意识，对村民诉求不怎么重视。无奈之下，上访村民找到东江省赫赫有名的自由媒体人赵德峰，一篇《宾州"三无"冶炼厂贻害一方何时休？》新闻报道，引起省、市环保部门的高度重视，批示给宾州市委、市政府查处。宾州市环保局下达一纸行政处罚决定书，开出高达百万元罚单，还扬言提请司法部门追究刑责，把个向来胆大妄为的关锐吓得瑟瑟发抖，好在有合作拍档桂平的及时提醒："解铃还须系铃人，这事还得请作者赵德峰来解套，他要是紧盯着这事不放，谁敢帮你说话？"不是冤家不聚头，正是这次偶遇，让关锐的人生多了个大贵人。

赵德峰，土生土长的宾州人，出生于20世纪30年代。他脸色黝黑，个子瘦小，却精神饱满，体格健壮，是个典型的南方小个子精明男人。他性格倔强，铁骨铮铮，一身正气，从小酷爱写作，天生的新闻媒体人。他虽年近七旬思维却不失敏捷，加上文字功底深厚，用"如雷贯耳"四个字形容他在东江媒体的影响力，一点也不为过。赵德峰一出道便在宾州市委办工作，给10个市委书记做过秘书，他个性鲜明，与宾州一号性格相合用起来就顺手，不合他就会拍屁股走人，从来不会委屈自己，可能是能力特强的缘故，尽管性格犟驴，仍获多数宾州一号的喜欢，他们大都会钦点他做专职秘书。

赵德峰做过《宾州日报》社长兼总编，这还不算他的人生亮点，最让人敬重的是他的无惧无畏个性，他写过无数新闻报道，发表过诸多热评文章，曝光过不少热点事件。东江卫视对他的访评是："赵德峰为笔而生、为笔而活，他一生执着于新闻报道，以敢说敢写著称，用文字发声。他常用个性鲜明的笔触，抨击社会阴暗面，抵制官场的滥权枉法。他曾把宾州数个权势显赫的政治人物拉下马，用笔开启了他的传奇人生，用文字奠定了他在宾州老百姓心目中的位置。"赵德峰刚正不阿、做事较真的性格，让他的人生跌宕起伏，平添了诸多争议，连屡屡受他抨击的宾州官场，也不掩饰对他的敬畏："宾州多了他不得了，没有了他更不得了！"没想到一语成谶，若干年后，宾州市委书记、市长滥用职权、中饱私囊被抓，街头巷尾再次火爆了对他的评论："倘若赵德峰还在，谅这帮狗官不敢如此张狂，宾州的政治生态也不会烂成这样！"

赵德峰的率性与较真，没少给自己惹麻烦。有一年，一位宾籍中央首长回乡，按惯例，要与家乡市委、市政府班子成员合影。市委书记刚巧出国考察了，作为负责礼仪接待与文字报道把关的赵德峰，把市长与首长喜欢的党群副书记，一左一右安排在他两侧，唯独落下个职务比副书记高的人大常委会主任，恰恰这人大常委会主任是个老资格，与市委副书记相处得不是很融洽，市委书记的缺位，论资排辈应将他排在首长身边，更符合惯常的政治礼仪，可赵德峰只考虑首长的喜好，背离了官场规则，更没想到照片传开去之后，会产生怎样的政治联想，把个人大常委会主任弄得一肚子不高兴。可以说，赵德峰一不小心卷入了政治旋涡，这在后来的宾州这帮政治人物的权斗中，他只能选边站，用犀利的笔触帮助市委书记扳倒了对手。

杀敌一千，自损八百，参与权斗的结果可想而知，最终赵德峰被迫调离市委、市政府大院，远离了宾州权力中心。合影事件发生之后，满怀政治理想的他，有了强烈的人生挫败感。从此，他带着遗憾，义无反顾地走上了自由媒体人之路，用笔打抱不平，用文字替民请命。

让宾州人津津乐道的是，20世纪末，宾州发生一起党员干部致人死亡的命案，引发民怨如潮，数千群众自发组织抬尸游行，演化成一起不大不小的政治事件。出于维稳的惯性思维，当时宾州市委、市政府以"极少数不法分子借机煽动闹事"为由，抓捕游行示威组织参与者，包括死者妻子在内的十余人被刑拘。

出了命案，死者还没下葬，妻子又要被追究刑事责任，这事经别有用心的人一渲染，瞬间点燃了民众怒火，像是捅了个马蜂窝，一些群众自发组织捐款捐物，怂恿死者家属披麻戴孝，跪在赵德峰面前喊冤："赵老！您是咱宾州的包青天，丈夫被人打死，妻子还要坐牢，天底下还有没有公理王法？您老得为平民百姓申冤呀！"听了死者家属的哭诉，赵德峰血往上涌，"啪！"桌子上一掌，当着死者家属的面发誓："真是岂有此理！你们都给我起来，这事我管定了，不仅会管到底，而且非管出个结果来不可。"说罢关门赶稿，直至凌晨3时，一篇题为《一个大学生蒙冤而死，近万群众抬尸游行》的稿子，以最快速度循新闻特别渠道上传，次日某中央媒体内参如期发表，引起党和国家领导人的重视，做了"严厉查处，从严从重打击"的批示。案子惊天逆转，法院判处主犯死刑，其他四人分别判处无期、有期徒刑，市委常委、市委政法委书记因工作失职，受到撤职降级开除党籍处分。赵德峰一"文"成名，被宾州老百姓誉为"包公"。

笔杆子戳死人，历朝历代都只是一种传闻，更多的时候当作形象比喻，而在赵德峰的传奇人生中，竟然演绎成"笔杀人"的真实故事，成为威震宾州的媒体大佬级人物，也就不足为怪了。这不，内参连续登载他五篇曝光报道，篇篇引起党和国家领导人的重视，篇篇引发宾州的政治海啸。

这次冶炼厂环境污染事件被媒体热炒，引发职能部门追责，这把火就是赵德峰点燃的，被东江省权威媒体盯上的事，谁吃了豹子胆还敢打马虎眼？

这关锐行走江湖多年，脑子拐弯快，连夜开车从百十里开外的山里赶到赵家，见面就认错："赵老的稿子写得好，帮助我们提高了环保意识，使我们认识到环境污染的危害性，若是任由污染泛滥，还不知道会造成多严重的后果，最终害人害己。"赵德峰一听，这关锐不但不怪罪作者，还一口一个感谢，一句一个认错，听得心里头舒服，兴致上来就数落："看来你关锐是个明事理、顾全大局的人，起码是个敢于面对问题、主动化解矛盾的企业老板。如今，知错就改的人不多见了。我总是讲，媒体监督不是与人过不去，最终目的是解决问题，有了问题主动化解要比被动解决好，你能够找上门来，主动认错认罚，主动承担责任，这是好事。要不我们一起看看现场，探讨如何解决污染问题？"关锐的强项就是察言观色，见赵德峰主动提出跑现场，知道他心生慈悲，便不失时机献殷勤："好的，好的，您老亲临现场指导工作，是天底下打着灯笼都难找的好事，我马上安排，咱现在就动身。"边说边拉着赵德峰往厂里跑。

看到关锐的冶炼厂规模那么大，投资那么多，真要是因媒体曝光给关了，赵德峰实在是于心不忍。这时的他心存纠结，这人心都是肉长的，如果真关了冶炼厂，造成损失不讲，还要追究刑责，怕是关锐这一生都玩完了；而且这追责先河一开，传了开去，以后谁还敢来宾州投资？没等职能部门的处理结果出来，赵德峰倒是先动了恻隐之心。

纠结之余，赵德峰招呼关锐，语重心长地交代："关锐呀关锐，冶炼厂投资规模肯定不少，如今建也建好了，产能也形成了，关掉的话实在是可惜，但环境污染是板上钉钉的事，所引发的污染不容小觑，不解决好恐怕谁也交不了差。给我讲实话，你打算如何治理好环境污染？"此话一出，关锐如释重负，知道赵德峰刀子嘴豆腐心，千斤石头落了地，赶紧诉苦叫屈："赵老，您也知道，冶炼厂刚起步，还没收回三分之一的投资，要说没有压力那是假的，但既然赵老您已经管了这事，我就一定按您的要求，按环保部门的要求整改到位！"关锐一句一个赵老，听得赵德峰心里头高兴，当天就打电话给环保部门："我是文章作者赵德峰，冶炼厂的污染治理问题，老板关锐已经向我做了承诺，保证按环保部门的要求整改到位，希望你们站在支持企业发展的角度，人性化处理村民的信访问题。"这曝光稿作者一发话，环保部门自然多一事不如少一事，下了个处罚通知书应付应付完事。

谁也没想到，查处冶炼厂环境污染一事，在曝光稿作者的双向斡旋下，得到了圆满解决，不仅冶炼厂的污染得到了有效治理，而且关锐也没被深究追责，实乃不幸中之万幸。

不打不相识，以后的关锐有事没事就往赵德峰家里跑，不时带点山里的土特产去看望，把个赵德峰侍候得一脸笑，逢人就夸："关锐做事既认真又通情理，是个干实事的企业老板。"赵德峰对关锐的喜好溢于言表，话虽不多却十分入耳。关锐听了之后，免不了又是一番献殷勤表忠心："应该的，应该的，我只是做了该做的事情。您才是我人生的大贵人，要是没了您的支持，哪有我关锐的今天？"

颇具讽刺意味的是，关锐呓语成真，时隔多年，赵德峰果真成了关锐人生中的大贵人。

第三章　宾州风云

曾峰从政30年，多岗位历练，练就很强的行政能力。他拥有政治才干，满怀工作热情，有使不完的劲；他满怀政治理想，却大运不佳，政治上步履蹒跚；他坐拥治市理政之能，却怀才不遇，难有作为。曾峰从政起步早进步慢，快奔五的人，才成为地方主政大员。如此境遇，对一个颇具抱负的人不能说没有遗憾。

组织安排曾峰担任宾州市委书记，无论对宾州的发展，还是对曾峰本人都是件好事。可以想象，曾峰定当踌躇满志，满怀激情，竭尽全力践行政治理想。

新中国成立以来的宾州，都有排外情绪，近几届书记、市长都是外派任职干部，性格谦逊温和，缺乏主政强势，权力被副职瓜分，政令难出市委、市政府大院，是宾州最为流行的说法。拥有60多万人口，综合经济实力全省排名前八，这样一个具指标意义的县级城市，连续数届市委、市政府的政治生活，很难说处于正常状态，工作像打太极，需要开会妥协，会议成了班子成员间私下利益平衡的场所，不能说不是宾州的悲哀。

市委常务副书记龙之，五十挂零，一米七二的个子。他脸庞黝黑，小平头，国字脸，眼睛小，眉毛粗，相貌显得比实际年龄大。龙之岗位历练完整，30年前就担任过团市委书记，按照当时的干部任职规定，团市委书记"吃岗位粮"，由党委常委兼任。龙之由团市委书记转任乡镇党委书记，还先后担任开发区管委会主任，市委常委兼宣传部部长、常务副市长、市委常务副书记。他工作热情高，能力强，是个有思想有主见、敢于担当的领导。他尽职尽责，政绩可圈可点。套用其子弟兵的说法："龙之副书记是宾州特定历史时期，经济建设与社会发展的决策者、组织者与实施者。"客观地讲，不计后来查出的贪腐，他是宾州经济社会发展的有功之臣。

龙之一脸严肃，天生霸蛮相。他沉默寡言，让人一见便心生敬畏。龙之出生在一个农民家庭，懂人情世故，喜交朋结友，加上交友不设防，重感情讲义气，沾染江湖习气，开口"老弟"闭口"老兄"，圈内人听了自然高兴，圈外人看不惯，难免小题大做："一个领导干部不注意形象，与三教九流称兄道弟，这唱的是哪出？"龙之曾是工农兵学员，读的是医，却喜欢古典文学，对桃园三结义顶礼膜拜。他是个性情中人，为朋友办事两肋插刀，就这副臭脾性，既让他在官场如鱼得水，游刃有余，也常为朋友的事，一碗水端不平，厚此薄彼的事没少干，得罪过不少人。

本来，组织上把他作为宾州市长候选人培养，没想到上位前，中央推行干部"避籍"制度，地方党政一把手得异地交流，阴差阳错，"闪"过了做市长的机会，便有了失落感。正因为他任过诸多重岗领导，尤其是常务副市长、常务副书记期间，培养了大批干部，虽然无缘担任党政主要领导，但他在宾州的影响力超强，甚至超过书记、市长，大有功高盖主之势。

龙之是个能干事、会干事、想干事的官，从政30年里，与八届市委书记搭过班子，总的来讲，还能守住政治底线。

发展是硬道理，一个地方谁来主政都需要出政绩，都需要起用会干事的干部，过往市委与市政府一号，看中龙之的便是这点，尽管他不时使点小性子，但都能包容他。

龙之倚仗市委、市政府一号的信任，勇于担当敢于负责，大胆开展工作，人们常听到他颇具争议的讲话："自己的屁子自己揩，宾州的事要靠宾州人来做。爱国不是空谈，爱国必须先爱市；爱市不是空想，必须踏踏实实地干事。"这些话不往歪处想，就是责任担当，可一往歪处靠就格外刺耳，说穿了就是官场忌讳，就是不折不扣的政治由头，免不了引发争议："这话私下里讲讲也就算了，居然拿在大会上宣讲，岂不是公开排外？岂不是宣讲本土圈子文化？"若干年后，龙之鼓动干部去担当、去想事、去干事的口头禅，成了他搞非组织活动的口实。

曾峰从东岭市长调任宾州市委书记，虽说也上了半个台阶，却失去了冲大位的机会，为这事他备感憋屈，闹心了一段时间。东岭市是省计划单列市，政治含金量高，市委书记通常都被组织上高配使用，由地级市市委常委兼任。依干部任用惯例，东岭市长就地升任市委书记，只要升任市委书记，就会吃上"岗位粮"，进入地级市领导班子。毫无疑问，东岭成了干部升迁上的"兵家必争之地"。如此一来，曾峰由东岭市长与宾州书记交换任职，实际上是变相贬用，破了他就地上大位的美梦，这在东岭干部任用史上是绝无仅有的。组织破常规的人事安排，无疑是对曾峰的不够信任，让他情绪低落，备受打击。

起初，龙之同病相怜，多场合表达过同情，让曾峰既暖心又感动。一天，他接到龙之电话："书记忙不忙？不忙的话，我当面向书记报告想法。""有时间，有时间，你过来。"龙之主动约见，曾峰求之不得。

曾峰的办公室设在常委楼三楼，是个连环母子套，最里间是休息室，外间是秘书接待室，中间才是他的办公室。市委书记的接待由秘书来预约，资历深厚的龙之要见曾峰，秘书自然不敢懈怠，把书记所有的事推开，腾出时间给两位书记说事。

曾峰的办公室约60平方米，是常委楼最宽敞的房型。装修是按曾峰审定的设计完成的，体现了主人的性格特点。4米长的红木办公桌，摆放在办公室中央，显得高端大气；靠窗的一角插着两面落地旗帜，一面党旗一面国旗，符合主人的身份与格局；桌子对面摆着两张真皮椅，用于工作接待；背墙是画家刘九洲的《鹏程万里》真迹，蓝天之下的雄鹰，展翅翱翔，鸟瞰天下，气势磅礴；挡墙悬挂毛主席诗词《沁园春·雪》的名家书法，既能表达主人对伟人的崇敬之情，又能借伟人的博大胸襟与诗词意境咏物言志；正面墙上挂着三张地图，左边是世界地图，右边是中国地图，最抢眼的是中间的宾州地图。

曾峰上任不久，派市委秘书长郑林到省测绘局，订购300张宾州地图，统一装裱后发放给科局以上领导，寓意新一届市委期待领导干部时刻铭记使命，想着宾州的发展，并要求统一悬挂在办公室，成了宾州领导干部办公室的标配。

龙之一进门，曾峰便起身泡茶，并交代秘书："本日既定行程安排一律取消，择日另行安排，今天我与龙之书记商谈工作，就不要打扰了。"龙之自恃与曾峰早就熟悉，没有多少客套，见面就问："曾峰书记，早就想与你交交心，谈谈心里的想法，可能得多占用你一点时间，可以不？"龙之主动上门谈工作，曾峰很是高兴，他不假思索地回答："当然可以，早就想约你聊聊，今天你来得正好，啥事都不干只与你聊天。"龙之一听，备受鼓舞，开门见山表明心迹："曾峰书记，组织对你的安排，有悖于干部任用惯例，我能理解你的委屈，但既然到了宾州任职，就不要背思想包袱，我愿尽力辅佐你的工作，助你出政绩，助你打造宾州辉煌。"龙之的话让曾峰多有感触，但他作为市委书记，懂政治规矩，即使有憋屈也不能轻易表露。曾峰一言不发地走到窗前，"嗯嗯"了两声才说："既来之则安之，我也是这样想的，既然组织上作了安排，我只能服从组织了。"说罢凝视远方，露出欲言又止的神情。见曾峰沉默不语，龙之有意打破沉默，向前走近两步，递上烟，边点火边安慰："我担任宾州市委常委30年了，还不是副职岗趴窝，组织人事上的事，说穿了就是让人受了憋屈，还没地方去评理。这是现实，谁也没办法改变。"曾峰听了这掏心窝子的话，情不自禁地紧握龙之的手，连声道谢："感谢你的关心，感谢工作上的支持。"话语虽然不多，信息量却十足。龙之在这场对话中，主动表达全力辅佐的意愿，让曾峰备受感动。可以说，曾峰与龙之搭班子之初，便有了合作的默契。

　　龙之担任市委常务副书记多年，主管党群工作，熟悉干部任用规则。从部门到地方，都是"一把手"政治，这"一把手"是天，"一把手"是地，"一把手"就是"太上皇爷"，说你行就行不行也行，说你不行就不行行也不行。"一把手"的政治威信，任何时候都不容挑衅，作为副职就是再有本事，也只能在"一把手"的政治下发挥作用，否则就是无源之水，就是离经叛道。龙之这个政坛"老麻雀"，当然深谙此道，孰重孰轻心里清楚得很，一开始就用心向宾州一号靠拢。

　　龙之政治上算计得精准，自己几斤几两自有自知之明，他不能够也不会成为市委书记曾峰实现其政治理想的障碍。受干部避籍制度限制，本土干部不能担任县以上地方党、政主官，已成为铁律，你一个级别低两个层级的副书记，就算你有犯上之心，谅你也没有这个胆，就算你有这个胆，谅你也没有搞对抗的实力，与一号政治人物玩对抗，不是一个层级上的较量。

　　龙之自有盘算，自己五十出头了，船到码头车到站，政治上算是熬到了头，但毕竟官场混了几十年，怎么说在宾州也算是个人物，就这样沉寂下去，过不了心里的那道坎。多少年来，自己勤勤恳恳做事，政绩可圈可点，谁也不能抹杀自己的贡献。退一步讲，没有功劳有苦劳，只要不惹是生非，不管谁来主政宾州，起码的尊重应该会给的。到什么山唱什么歌，龙之不图别的，只图有基本的政治尊重。

　　殊不知，人在一个地方任职时间一长，资历一深厚，威望自然生成，话语权自重。这官场的事说不清道不明，功高不能盖主，居功不能自傲，否则就会犯忌，当作"犯上"与"越轨"。对"犯上"与"越轨"，组织上视为洪水猛兽，露头就打，甚至会组织干预，避免"帅弱将强"的情况发生。按干部使用惯例，将资深官员调离，再强势的人离开了生存土壤，谅你有天大的本事，也翻不出如来佛掌心。

　　龙之混了大半辈子官场，什么人没见过？什么世面没见过？咋不懂混官场的游戏规则？常务副书记是三号政治人物，若能韬光养晦，处理好与书记、市长的关系，日子自然舒坦，否则副职就是副职，纵有天大的能耐，也翻不了天。龙之主动向一号靠拢，就是展示甘居副手的姿态，希望得到政治包容，希望政治余生能够平稳过渡。这对于曾经权势无限，要风得风、要雨得雨的龙之来讲，可谓用心良苦。

每年，东江省在上海组织一次"东江省沪籍经贸洽谈会"，邀请在沪工作、发展的东江政经名流参加，请他们为家乡的经济发展献计献策。洽谈会通常由东江省政府一号首长主持，要求地、市、州、县主要领导带队，各地经贸界的数千精英参加，其规格之高规模之大，令人咋舌。上海是现代化、国际化大都市，引领全国经济发展新潮流，套用东江省政府一号的话就是："洽谈会旨在学习国际大都市发展理念，推动地方经济与国际接轨，推动异地间的经贸合作，全面促进东江省的招商引资与经济发展。"洽谈会举办多年，效果立竿见影，影响力与日俱增，已扩大到全国各地。纵观洽谈会全况，参与者已经不局限于在沪人士，全国各地东江商贸精英都踊跃参与，这对于东江这个内陆省来讲，重要性堪比南方"广交会"。迄今为止，东江沪籍经贸洽谈会举办10年，收获多多。一年一度的沪籍经贸洽谈会，早有了不成文规定，各级领导都把它当作扩大地方知名度、扩大主政者施政影响力、扩大招商引资及洽谈经贸合作的平台。

曾峰初来乍到宾州，很想参加洽谈会，却苦于没有合适的对接窗口。自龙之任常务副市长以来，洽谈会都由他操办，此时的他正在省委党校封闭式学习。获悉曾峰的想法后，龙之主动打电话："书记亲自参加沪籍洽谈会，这个想法很好，破了一个好例，无疑有利于提高宾州的影响力，有利于宾州的招商引资与经贸洽谈工作，这个桥我来搭，届时提前请假到上海做安排。""谢谢龙老书记！"龙之请缨牵线搭桥，曾峰内心感动，感受到对方的诚心，连称呼都改变了，特意在职务前加了个"老"字。对龙之来说，称呼的改变，意义非同一般，既有尊重也有感谢，还有宣示工作配合默契之意。打那以后，曾峰凡公开场合皆对龙之以"龙老书记"相称，哪怕他被抓前半小时，都不曾改口。龙之是何等精明之人，当然能悟出宾州一号的公开示好，那是对自己一再迎合、一再靠拢的回应。

洽谈会举办得非常顺利，曾峰在龙之的引荐下，主持了与宾州沪籍政要与各界名流的见面会。会上，龙之隆重推介了宾州一号："曾峰书记虽然是西陵人，但西陵与宾州山水相依，仅一水相隔，曾峰书记长期在毗邻宾州的西陵乡镇工作，是个懂宾州、熟悉宾州、对宾州怀有深厚感情的领导，期待宾州沪籍精英，支持宾州的发展，支持现任市委书记曾峰的工作。"会上，曾峰发表了热情洋溢的讲话："感谢沪籍宾州各位领导、社会同人、商界精英的热情接待，感谢龙老书记的特别引荐，让我在国际大都市上海，结识了各位情牵故土的政商精英。乡情难忘，乡音不改，不管你们离开宾州多少年，但你们魂牵故里、情系宾州、报效家乡的初心不曾改变。发展宾州、服务宾州、建设宾州，是在座每个嘉宾的共同愿望，也是本届市委、市政府义不容辞的责任，作为现任市委书记，我将竭尽全力与大家一起，共同打造宾州的辉煌。坦率地讲，虽然我不是宾州人，但我愿意成为宾州的一员。我向在座的各位领导、各位嘉宾、各位仁人志士表个态，也请各位做个见证人，本人将努力成为宾州之子，为宾州的发展竭尽全力，贡献自己的所有！今天，我与龙老书记，代表市委、市政府，诚恳地邀请你们，为宾州的建设与发展献计、献策、出力。宾州是你我共同的故乡，宾州是你我共同的家，欢迎你们常回家看看，欢迎你们回乡投资置业。"曾峰的讲话，赢得了雷鸣般的掌声，他的首场见面会一炮打响，获得巨大成功。曾峰的"话宾州、爱宾州、建设宾州"的主题演讲，引起了与会人员的共鸣，赢得了正面回应。洽谈会成功推介曾峰，无疑是龙之向新一届市委献上的一份大礼，也算是在公开场合，正式表达全力辅佐的意愿。

洽谈会结束前一天，龙之特意向曾峰建议："广州军区有几位宾籍将军，曾多次邀请市委、市政府领导前去观光，上海飞机极为便利，是否借此机会，南下拜会宾籍将军？"听到此话的曾峰，有些吃惊，不由得暗中思忖：龙之果真神通广大，连军界都搭上了，似乎关系还非同寻常。也许是出于好奇，也许是出于对将军的崇敬之情，曾峰尽管心存顾虑，还是接受了龙之的建议。

接下来发生的事情，让曾峰备感压力，当飞机在H省机场降落之时，部队首长亲临机场接机。此时，接机的跑道铺上了红地毯，看得出来，首长按高规格接待标准迎接曾峰一行，这阵仗让曾峰诚惶诚恐。饭后，部队举行了接待晚会，文工团名角到场献艺。此等接待规格让曾峰受宠若惊，不得不重新审视龙之。龙之职务不高能量之大令人瞠目结舌，他原本知道此人不简单，没想到他的社会、政治背景如此深厚。

此后共事相处，印证了曾峰的判断：凡是龙之支持的工作，推行起来雷厉风行；凡是他反对的事，推行起来阻力重重。曾峰个性鲜明，眼里容不得沙子，随着时间的推移，两人的关系渐行渐远，后来发展到几乎"冷战"的程度。

政治人物的博弈对垒，不在于台面之上指着鼻子骂娘，而在于台面之下的踢脚。曾峰与龙之的不对号，传得沸沸扬扬，引发不小的震动，不久台面化了，成了宾州官场公开的秘密。他俩的私下较劲，慢慢地由暗斗变成了明争，一些人不得不选边站队，逐渐发展成为"体制权力圈"与"本土权力圈"之间的博弈。卧榻之侧岂容他人鼾睡？龙之在常务副书记岗上，整天晃前悠后，让曾峰如鲠在喉，很是不惬意："你一个副职时不时跳出来，挑衅主政者，岂不是搞圈子文化？岂不是要与我明里暗里过不去？"

虽然公开场合曾峰仍称"龙老书记"，暗地里却在思考，如何遏制"本土权力圈"的影响力，为日后的顺利施政铺平道路。政治洗牌的风险很大，弄不好偷鸡不成蚀把米，对手伤不着反伤了自己。曾峰凭直觉判断，龙之在宾州的影响力无处不在，他的政治存在，是自己未来主政宾州的最大阻力。曾峰为此伤透了脑筋。

龙之官场混了半辈子，子弟兵遍布每个角落，也深得他们的信任。这些人明里叫龙之为"老干部"，私下里称他为"老板"。这老板是啥玩意？熟规懂行的人都知道，这"老板"是"主"，叫的人是"仆"，"主"与"仆"搅和在一起，针插不进水泼不出。

龙之在市委常委的任上干了30年，依情依理称老干部不为过，龙之对此称呼心安理得地接受。问题出在子弟兵,公开一喊就具戏剧性、导召力,而且什么事都会带上一句"龙之副书记怎么怎么的",这让现任书记、市长听起来怪怪的。有好事者在书记、市长耳边煽风点火:"这'老干部'到底算啥,是'太上皇爷'还是'民意支持力'?"兼有一些人不带政治头脑,时不时现出政治短视原形,甚至不乏市级领导在人代会分组讨论会上力挺龙之:"龙之副书记是宾州的一面旗帜!"此话一出,闹得满城风雨。龙之闻后跺脚叹息:"蠢,蠢,蠢,难道不清楚这是害我吗?"在龙之看来,这话很是犯忌。"这不是明里暗里给本土干部贴上'圈子文化'标签吗?这不是留下'搞非组织活动'的口实吗?"龙之闻后忍不住发飙。虽然他制止过,却消除不了它的消极影响。

龙之是个勤政官。这官府的事就这样,你越勤政担当越有干不完的事,越会办事越有人来找事;你要是不担当就无所事事,久而久之,找办事的人就会失望,弃你而去。而那些不干事的人,总能找到理由,且振振有词:"谁愿意没事找事?没人找更好,正求之不得!"这大概就是人们常说的"懒政官员"与"懒政现象"。赵德峰看不惯懒政,点评入木三分:"这懒政者,不管啥事都推给领导表态,领导签字就办,不签字就不办。懒政者之所以把领导推到前面,就是不担当的表现,天塌下来有高个顶着,出了问题责任在领导。这种人四平八稳,只想规避责任,不愿承担风险。懒政见怪不怪,怪就怪在它上不了纲上不了线,法律也好纪律也罢,竟然拿它没辙。"

龙之办事认真,算是个敢于担当的官,加上他历练完整,阅历丰富经验足,处理问题轻车熟路。找他办事,要么成要么不成,干干脆脆,老百姓便觉得他务实勤政,有事便想到了龙之,时间一长口碑出来了。那些年,宾州广为流传:"龙之不耍滑头,办事找他还算比较靠谱。"久而久之,龙之赢得了勤政担当的名声。

龙之的威信得益于常务岗,无论市委还是市政府,常务角色很重要,行政职别虽与其他副职一样,职责却大不相同,可以跨岗位理政,什么事都可以管,是跨岗位负责的领导。职责不同话语权不同,加上龙之的担当个性,在市委、市政府20年的常务岗上，任过10个重点项目指挥长，威望与日俱增。权重则势盛，势盛则染骄，免不了引发同僚妒忌："反正你龙之喜欢玩担当，喜欢玩就让你玩个够。"

一些官场老油子见缝插针，啥事都往常务身上推，啥事都要常务表态，理由冠冕堂皇，美其名曰尊重领导，实则是懒政不作为，推卸责任不干事。行政工作原本如此，只要有领导签字，千斤重担有人担，不惜沦为程序员。久而久之，宾州习惯权力集中在常务手上。

龙之常务岗时间过久，位尊言重惯了，开始飘飘然，不时流露出对权力的陶醉："书记、市长是把握大政方针的，具体事还得常务来办，对不对呀？"言下之意，在宾州我的话语权无所不在。龙之办事敢拍板担责，渐成威权，加上常务岗职责，自然一言九鼎，被上下尊为"宾州王"。

开始，"宾州王"的称谓仅仅是对龙之勤政的褒奖，正面肯定他的工作，褒扬他敢于担当的施政风格。自曾峰与"本土权力圈"的矛盾公开后，"宾州王"的绰号让龙之如鲠在喉，成为挥之不去的阴影。

按理，龙之有如此高的人气、如此高的威望，只要保持低调行事，只要处理好与书记、市长的关系，把准政治定位，仍然要风得风要雨得雨。可他误判形势，恃宠而骄，自以为在宾州已成政治气候，特别是与曾峰的矛盾公开后，人们常听到他发牢骚："我大错不犯，小事怕个屁？我一个混了大半辈子官场的人，没有功劳有苦劳，大不了不当这个鸟官罢了！"班子成员间的不对号，本来是常有的事情，可龙之这一公开叫板，让曾峰很不自在。

曾峰上任之初，不分昼夜地走访，探索宾州可持续发展之路。龙之是个宾州通，加上常务角色，调研自然少不了他。那时的两人心无芥蒂，早出晚归走访调研。就在走访结束前一天，曾峰忧心忡忡地对龙之说："过往宾州经济发展，靠的是两条腿走路，一是'五小工业'，曾经享誉全国，多次被评为全国工业示范市（县）。随着国家产能政策调整与实施环保经济战略，风光无限的小化肥、小农机、小水泥、小制造、小钢铁'五小工业'开始衰落，再不转型，传统产业难免全军覆没。二是煤铁矿，资源收入占财政总收入的一半，财政结构比例严重失调。矿产品一畅销，财政形势就好；矿产市场一冷，财政就吃紧，矿产业成了经济晴雨表。宾州过往经济发展就像泥塘挖藕，挖一截吃一截，后劲明显乏力；加上煤铁矿系一次性能源，挖了就没了，迟早有枯竭之日，继续走资源型经济发展的老路，势必难以为继。龙老书记，本届市委、市政府的当务之急就是振兴产业。"龙之深有同感："是的，是的，书记所描述的正是当下宾州财政、经济现状。"

曾峰忧心忡忡，沉默良久后自言自语："受全国性地方经济下行的影响，在可预见的未来，宾州的财政状况将会持续走低，倘若不积极应对，最终将成为一个打不开的死结。矿产经济难以为继，煤铁矿挖了几十年，产业转型与升级成了必由之路。"这话出自曾峰之口，连他自己也不清楚，是对龙之还是对自己讲的。

这番没有多少官场套话的感言，同样获龙之力挺："我完全支持书记的观点。但天无绝人之路，宾州的经济发展虽然面临着前所未有的困难，却拥有得天独厚的旅游资源。宾州系革命老区，与湘赣边区无缝对接，它位处中南地区东部，红色文化底蕴深厚，有独特的地理、人文与环境优势，加上交通便利、气候宜人，是全国并不多见的原生态城市，是不可多得的旅游资源型城市。宾州旅游资源丰富，境内宾江湖景区闻名全国，景区风景优美，湖水清澈见底，享有'西有张家界，东有宾江湖'的美誉。可以说，有着旅游开发巨大潜力的宾州，开发旅游是未来可持续发展的必然选择。"

"龙老书记说得对，经过两个多月的走访调研，我对宾州的发展有了一个基本判断：发展旅游事业，振兴传统产业，实施社会经济转型，将成为本届市委、市政府未来工作的重中之重。"曾峰以他政治家式的视野与高度，做出了对宾州经济社会综合治理的战略研判。确切地说，正是基于这一前瞻性的思维，逐步形成了"曾"式发展方略，推动宾州未来10年的跨越式发展。

曾峰是个政治家式的人物，他不能不谋划宾州的整体发展，也不能不考虑自己的主政政绩。发展产业、开发旅游替新娘作嫁衣，为后任谋政绩，虽惠及子孙，却不会起到立竿见影的效果。对于一个践行政治理想、急于出政绩的人来说，毕竟远水难解近渴。

曾峰清楚，自己已年过半百，按照干部任用规则，在主政宾州多则七八年，少则三四年，要想出政绩，须得干几件"看得见、摸得着"的事。老百姓很感性，要做了事，就会死心塌地支持你。他们不会掩饰自己的好恶："当官的做了事，贪点没关系，就怕光贪不做。"这话体现了基本民意，老百姓期待政府做事。

曾峰了解社情民意，理解民众诉求，深谙社会治理之道。老百姓虽然痛恨贪腐，却对贪官保持着相对容忍。宁可接受腐而干事的勤官，决不接受耍嘴皮子的庸官，他们对干部的唯一要求，就是帮老百姓办事，发展地方经济。在曾峰眼里，中国的老百姓憨厚、纯朴、善良，他常告诫身边同僚："老百姓对官员有着海量的包容心，倘若官员连做事这点要求都不能满足他们，还有执政良心吗？还配当政府官员吗？"曾峰任上力推干部为民办事，大讲特讲勤政务实、勤政为民，他大声疾呼："当官不为民做主，不如回家种红薯。为官者要是不担当不干事，老百姓唾弃也好，指着鼻子骂娘也罢，全是咎由自取，罪有应得。"

曾峰的政治智慧体现在踏踏实实干事上，10年里，他身体力行推动了"曾"式发展方略的社会实践，阻力重重，尽管走过不少弯路，却始终相信功过自有评说，唯一希望走后老百姓还会说："曾峰就是个想干事、能干事的官，'曾'式发展方略带给宾州的是切切实实的变化。"仅此就能满足。

曾峰经过两个月的密集调研，就宾州如何发展如何走出倚重资源型经济的困境，心里有谱了，他大胆勾勒出"曾"式发展蓝图。人代会上，他霸气地提出："到本世纪中叶，把宾州建设成为全国领先、世界闻名的中等发达城市。"在他的主导下，宾州推出了"以'三创四化'为切入点的城市提质升级改造，振兴传统产业，发展烟花鞭炮新兴产业，开发宾江湖旅游景区"等重大举措。尽管曾峰会上激情四溢地煽情演讲，苦口婆心地鼓动干部群众，参与他描绘的建设事业，但以龙之为首的本土官员，却一脸不屑，甚至是把"全国领先、世界闻名"，当作嘲讽"曾"式发展方略的笑话。

台前幕后，"本土权力圈"这帮人时不时发出抵制声："宾州就这么个小地方，咋会有惊天奇迹出现？什么'全国领先、世界闻名'，简直是痴人说梦！"

就在曾峰力推"曾"式发展方略，配套建设高速公路连接线上，与本土官员发生了政见碰撞。曾峰站在城市提质升级的高度，提出修建一条双向八车道环城道路，以此拉动南城区开发建设。按他的构思，在城南再造一座宾州新城，利用土地储备功能，预征万亩廉价山地，做活做足土地储备增值文章，践行经营城市理念，以此获取海量的建设资金，再以政府工程为龙头带动土地招商，以土地招商为引资手段，引入社会资金密集投入，全方位推动南城区发展。据此，高速公路连接线不仅要双向八车道，完善两边的辅道建设，还要沿途密集绿化，按"高大上"街道标准建设。

反观龙之为首的"本土权力圈"，坚持城市抱团发展，走"蚕"式城市扩张之路，一边对老城区进行升级改造，一边在城市周边扩容，拓展城市规模，做大做强老城区蛋糕。按他们的想法，高速连接线能满足交通需求即可，何必建环城双向八车道？何必耗资数十亿再造一个新城？

两组截然不同的意见，拿到市委全会与市政府常务会表决，竟然形成了外派干部与"本土权力圈"两条泾渭分明的阵线，虽然最终通过了，但阻力之大、反对声之强烈，是曾峰没有想到的。

曾峰预感到，通过环城连接线建设方案，仅仅是推行"曾"式发展方略中两条阵线博弈的开始，真正的阻力与较量，真正的政见对撞将接踵而至。每每想到此，后背不禁冒冷汗。

首次政见碰撞发生后，曾峰试图缓和矛盾。直觉告诉他，不要轻易陷入权斗旋涡，能趋缓则趋缓，能淡化则淡化，即使无法化解，非摊牌不可也要先礼后兵，仁至义尽。多年的经验告诉他，权斗的结果太残酷了。曾峰知道，"本土权力圈"代表人物龙之，官场失意心生怨气，只要他的心结解开了，子弟兵多半会作鸟兽散，或许问题就迎刃而解。既然龙之的怨气源于官场失意，最好的办法就是让他得意起来。为此，曾峰专程请示组织，将龙之调任人大常委会主任岗。依曾峰的想法，党政主职避籍是刚性条件，不是自己所能左右的，除了党政主岗，人大常委会主任算是最好的安排，让龙之升任市人大常委会主任，既安抚了"本土权力圈"，又有利于宾州通盘工作。等到组织明确答复后，曾峰兴致勃勃地来到龙之办公室，与之交流组织意图，没想到遭断然拒绝，龙之冷冰冰回复："不劳驾书记你了，我就在专职副书记岗干到退休。"曾峰自讨没趣，尴尬而退。

发生二次碰撞，意味着曾峰与"本土权力圈"彻底摊牌。那一年，省委组织部安排两个干部来宾州挂职，一个任组织部部长，一个任常务副市长。两个年轻人都颇有来头，一个省纪委，一个省委组织部，都是组织重点培养对象，需要下基层挂职锻炼。依惯例，挂职干部上任，班子成员要洗尘接风，算是非正式场合的组织会面。曾峰特意要求办公室通知龙之参加，龙之却以早有安排推托。阴差阳错的是，当餐会进行一半时，曾峰发现龙之与七八个子弟兵局长在隔壁包厢搞聚会。更有甚者，本土另一个指标性人物，餐会未结束就起身告辞，临走时还对两个挂职干部丢下句一语双关的话："年轻干部到宾州挂职是好事，必定大有作为，但要晓得搞。""晓得搞"是宾州方言，意思是提醒人要懂规矩，外人听了自然费解。就这上不着天下不着地的话，弄得两个挂职干部云里雾里，一脸茫然。其他本土派人物见状，也纷纷效仿退场，到最后只剩下曾峰与章志，此举无异于当众羞辱了党政主官一回。这事无论过多久，曾峰都难以释怀，直至龙之倒台后的一段时间里，他都拿餐会说事，大批特批"圈子文化"。

当年的人代会议上，新一届市委、市政府要向代表宣讲政见，也是新一届书记、市长亮相亮底牌的时刻，其政见好坏事关今后数年的施政顺畅与否。特别是市委书记的纲领性施政演讲，大到施政方针，小到口才表达，全方位接受全市中、基层干部的检验，检验范围包括驾驭能力、政见是否接地气，是否切合地方的实际，是否推陈出新、具超前发展意识，它无异于政治大考。主政者既要求真务实，又要站得高看得远，还要展现出格局与气度，这个度必须掐准，掐准了会给台下的人大代表留下深刻印象，才能获得他们的认可，否则其消极影响不是一朝一夕可以消除的。

这对主政者曾峰来说，无异于一场"面试"，过不过得了关，表现得好与坏，关乎他在代表心中的政治认可度。作为新任市委书记，他不敢马虎行事。为搞好"面试"，他亲自组织市委、市政府工作报告的起草，报告通篇贯穿"曾"式发展方略红线，拟定雄心勃勃的"三百"发展方针。所谓的"三百方针"，就是三年内新建百家上规模、上品质的新兴企业；升级改造百家老企业，使之适应市场经济发展，成为具有竞争力的市场主体；兴建百家烟花企业。发展烟花产业的思路，与他东岭市长经历不无关系。东岭烟花产业有百年历史，境内数百家烟花企业，产值数百亿，税收数十亿。可以说，烟花产业支撑了东岭半个财政，成了当地经济一大支柱，谁主政东岭都不可能忽视烟花产业。曾峰有意复制东岭的成功经验，让烟花产业在宾州扎根开花结果，没想到却遭龙之明里暗里抵制。

曾峰带着班子成员，率经济管理部门"一把手"，密集到境内烟花生产企业实地考察，调研烟花产业的发展，为政府工作报告做准备。

这天，他们一大早就出发了，在初春乍寒的晨雾里穿行，市委书记曾峰领衔、市长章志居中、市委常务副书记龙之断后，一行人浩浩荡荡，翻山越岭，一连跑了数个乡镇，一上午连续视察了多个烟花企业。

烟花企业属高危高风险行业，从安全角度考虑远离了居民区，建在人烟稀少的山旮旯里。对平日里办公室待惯了的局行领导来说，翻山越岭实地走访，实在是个不小的考验。这些位高权重的局长平日里吆喝惯了，一早跟着书记、市长马不停蹄地转悠，哪里曾吃过这样的苦？他们个个气喘吁吁，叫苦连天，看到曾峰、章志、龙之位列其中，谁也不敢开溜，虽然心里不乐意，表面上还得强装笑脸，硬着头皮死撑，好不容易熬到中午，来到最后一站琅江乡考察。

琅江乡党委书记、乡长是新提拔的"屌子古"，劲头足，工作热情高，党委、政府一班人都想做事出政绩，都想搭乘市委、市政府发展烟花产业的顺风车，全心思盘算着如何捷足先登，抢占发展先机。获悉曾峰亲自带队考察烟花产业的消息后，书记、乡长老早就找到市委秘书长郑林"通关节"，要求安排在琅江用餐，以便利用吃饭的机会，融通与新一届市委、市政府的关系，融通掌控国家项目资金的部门关系，好借机请市领导及部门多关注琅江的发展。

为搞好这次接待，琅江乡可谓煞费苦心。你可别小看这宴请接待，不是简简单单的吃喝问题，其实学问很深，既不能太奢华，太奢华容易引发争议；也不能太简单，太简单人家调研领导嘴里不说，心里瞧不起。市委书记、市长背后这帮局长，个个掌握重权，要风得风要雨得雨，不知多少人排着队巴结，什么山珍海味没尝过？这帮子官员舌头尖高，没有特色菜吃，根本不会领情。这次要不是书记、市长、常务副书记带队，他们根本瞧不起你这穷山恶水的地方。更何况新一届市委、市政府三巨头，本身就是权力核心，影响力覆盖宾州全境，他们亲临地方考察调研，足以影响到一地的发展，不接待好咋行？这送上门的生产力，你不去重视，还谈啥发展地方经济？

琅江乡专门弄来了山里特产，有野猪、甲鱼、石蛙，全是国家保护级动物，连蔬菜也挺考究，全是山里的珍品，有号称"土人参"的山姜，有现采现摘、清脆鲜嫩的野生木耳，山里该有的全都有了。菜总数六个，五菜一汤，不违背接待规定，分量则全是大脸盆盛着，不显山不露水。

琅江乡的接待工作，做得非常到位，特意请来五六个民间厨艺高人，把菜做得精致可鉴，吊人胃口。酒也是年份茅台，只是餐前特意倒入可乐瓶，美其名曰"民间窖藏特酿"。这餐会怎么看，吃的是土菜，喝的是土酒，合规中矩，无可挑剔，但餐宴的内在品质，丝毫不亚于星级酒店的豪华宴请。书记、市长、常务副书记，连同这帮子重权局局长，哪个没见过大场面？瞟一眼就知道这工作餐的分量，恐怕没个三五万，怎么也弄不下来。连乡党委书记的致辞都别具一格，既煽情感人又恰到好处："感谢书记、市长、龙之副书记以及各位局领导，调研路上特意留在琅江用餐，这是对琅江工作的支持，琅江人一定会记住今天这个日子，琅江人民为感谢书记、市长、龙之副书记的关心，感谢各位局行领导的厚爱，略备地道的琅江土菜土酒，宴请各位领导，若招待不周，敬请谅解。"说罢按职位高低顺序分别敬酒，后以主人的身份在龙之身边落座。接着书记曾峰、市长章志例行回敬，最后龙之出场，代表市委、市政府发表即席讲话:"同志们,大家跑了一上午山地,确实很辛苦,琅江乡党委、政府非常体谅大家,准备了山菜土酒餐宴招待。在座的各位局长,琅江是个偏远乡镇,条件艰苦,我替琅江党委政府向在座求个情,请多关注琅江的发展,项目上给予倾斜和支持。"龙之的话人情味十足,既情真意切又四平八稳,还替琅江乡党委、政府表达了诉求,让琅江党委、政府感激涕零。

开始,大家吃得津津有味,轮流给书记、市长敬酒,给龙之的待遇不低于书记、市长。酒醇菜香,大家兴致盎然,大口吃菜,大碗喝酒,调研中的劳累,在酒精的催化之下一扫而光。

酒至中旬,曾峰站起来,边敬酒边安排工作:"同志们辛苦了!感谢你们以实际行动支持市委、市政府的工作。大家都知道,人代会召开在即,主题报告的稿子至今敲定不下,请大家继续辛苦一下,餐后再开个调研总结会。"曾峰未打招呼,即兴宣布开会。龙之听得心里很是不爽,这一大早出门,跑了几十里山路,人困马乏的,刚落座吃饭,又宣布开会,还要不要人活了?大家醉醺醺的,餐桌上宣布开会,这饭还怎么吃?连饭都吃得扫兴,这会还能开好?再说,这又不是火烧眉毛的事,犯得着这么急吗?龙之心里有疙瘩,焦灼立马写在脸上,只见他阴沉着脸,大口大口地吃饭,没等大家吃完,丢下句话:"下午我有既定议程安排,会我就不参加了。"接着叫上司机头也不回地走了。子弟兵局长见状,没等曾峰表态,也是走的走溜的溜,剩下几个不痛不痒代会的局行副职陪会,曾峰一看这架势,脸色铁青,嘴里蹦出阴森森几个字:"会议取消!"然后谁也不搭理,驱车打道回府。

神仙打架,百姓遭殃!琅江乡党委、政府一班人哪里见过这阵仗,个个噤若寒蝉,傻傻地站在大门口,目送着书记、市长一班人离去。这次下乡调研之行,龙之有意无意地羞辱了曾峰一回,让曾峰恼羞成怒却无计可施。龙之毕竟是龙之,他是宾州市委、市政府九朝元老,在宾州有着超强的政治影响力。

距人代会不到10天时间,市委、市政府的主题报告还未敲定,仍停留在征求意见阶段，报告稿最具争议之处：一是认为把宾州建成"全国领先、世界闻名"的提法虚高，且不切实际。但严格来讲，它属于务虚范畴，虽争议颇多却不伤筋动骨，不影响宾州的发展，大家想得开，不就是个口号吗？爱怎么提就怎么提，反正不要太当回事儿就行；二是"三百"经济发展方针，前两个"一百"争议不大，容易通过，而兴建百家烟花企业的提法，引起了轩然大波。市委、市政府班子成员的意见都难统一，更何况寻常百姓家，甚至不乏有人消极抵制，龙之更是明确反对，让曾峰压力倍增。

依工作程序与职责，常务副书记负责市委、市政府重要会议材料的文字把关，龙之把此当分内事做，按他的想法，宾州有200多家煤、铁矿山企业，矿山企业有如火药桶，一点就着一碰就炸，具高危高风险性。近些年，宾州时不时发生煤矿死亡事故，让市委、市政府提心吊胆过日子。烟花企业同样是高危高风险行业，危险堪比矿山甚至更大。基于这一考虑，他把"兴建一百家烟花企业"，改为"兴建一百家外向型新兴外贸企业"。依龙之设想，烟花企业原材料外供、产品外销，其供应与销售两级端口都属外向，烟花行业难道不是典型的外向型企业吗？既然是外向型企业，那么"发展外向型新兴外贸企业"的提法，不仅可以兼容烟花产业，还具产业发展导向的灵活性与包容性。况且，烟花已入列国家限制发展产业，有必要举全市之力推广吗？即使大力发展烟花产业，也不一定要以数量为定向目标。没想到，报告稿送至曾峰签发时，他一字不改地恢复为"兴建一百家烟花企业"。

龙之气急了，把郑林叫来，不等落座就阴沉着脸，对着墙上的宾州地图问："一家烟花企业依安全规范，需要多少土地？""200亩。"郑林不假思索地回答。"一家200亩，100家烟花企业，光用地就要2万亩，占宾州整个土地面积的二百分之二。"龙之自言自语后，转过身又问，"一家烟花企业需要多少投入？""五六百万。"郑林如是说。"每家五六百万，百家烟花企业的总投入五六个亿，产业规模超过传统农业，比肩煤铁矿山产业，这符合宾州的经济发展实际吗？"龙之板着脸再问郑林。"老领导，您也别太较真，书记要坚持就随他吧。"郑林是龙之的老部下，说话少了些许客套，多了些许率性。一听这话,龙之火大:"作为决策层,要对宾州的发展负责,要对宾州人民负责,要对宾州的历史负责。来,来,来,你在地图上布100家烟花企业点,看摆放得下不?作为秘书长,有责任当好主要领导的参谋。"龙之语重心长,显然是心有期待。郑林面露难色,他太熟悉老领导的脾性,夹在他与宾州一号之间,除了让自己受委屈外,也许不能再有态度了。

类似事件接二连三地发生,曾峰意识到自己与"本土权力圈"的矛盾难以调和了,或许只有摊牌,否则宾州政坛将永无宁日了,"曾"式发展方略的社会实践必将阻力重重。阴差阳错的是,此时的龙之因一桩工程项目发包,帮朋友打招呼,开罪了本土政坛元老,引发震怒,于是他联合一批老干部,将龙之一干人告到省纪委,并蹲守省纪委要处理结果。省委巡视组接到举报后,与宾州市委交换意见,曾峰顺水推舟,如实反映了龙之搞圈子文化的问题。没多久,省纪委派出专案组进驻宾州,把龙之一干人查了个锅底朝天,五个本土市级领导、六个重权局局长相继倒台,沉重打击了"本土权力圈",排除了"曾"式发展方略上的政治阻力。可以说,曾峰取得了决定性的胜利,掌握了施政主动权,任上可放开手脚干了,套用他的话说:"清除圈子文化,净化政治生态,为宾州未来发展赢得了施政时间和空间。"

尽管曾峰政治上大获全胜,但龙之的影响力还在,加上他在市委、市政府多个重岗上任过职,关系网遍及东江,这些人对曾峰的做派颇有微词,甚至公开表达不满。

一次,地级市市委常委、组织部部长,调任省城任职前专程到宾州辞行,老领导的到来,曾峰、章志得设宴款待。席间,部长站起来举杯,神情严肃地说:"龙之在常务副书记任上10年,是我的老部下老搭档,今天他犯了罪,接受了法律审判,受到司法处理,但那是法纪层面的事,并不影响我与他的私人感情。就凭多年的工作关系,就凭他的为人,就凭他对宾州的贡献,这第一杯酒我敬龙之,你们谁替他接这杯酒?"老部长发了话,这酒须有人接。曾峰是调查龙之的发起人,无论如何都不好接这杯酒。章志有心接酒却心存顾虑,这接酒的事小,选边站的事大,若是接了这酒,岂不是摆明选边?尴尬之余,秘书长郑林做出反应,替曾峰、章志解了围:"龙之副书记是我的老领导，于情于理我都应该代表他来喝这杯酒。"谁都看得出来，老部长借酒发难，表达出对曾峰的不满，让他多有难堪。这尴尬事件何止一件两件？一路走来，明里暗里的指摘不绝于耳。就此来讲，曾峰扳倒龙之，很难说不是"杀敌一千，自损八百"的事。

龙之接受组织调查后，震撼了宾州政坛，引发官府民间的热议，其中不乏鸣不平者，连以曝光官场阴暗面而闻名东江的赵德峰，也给出了褒而不贬的评价："龙之思想前卫，勇于担当，他在市委、市政府常务岗任上，总是担纲重点工程建设总指挥，充当救火队长角色。客观地讲，他是个能干事、会干事的官，宾州近20年的发展，有他的辛勤汗水，有他的聪明才智，宾州的经济社会发展史上，有他浓墨重彩的一笔。可以说，龙之是个既幸运又不幸的人，倘若他一早弃政从商，以他的智慧定有别样人生。"

"'无官则不腐，无腐则不官'的官场生态下，贪腐已经成诟病，而反腐又成了权斗的重要手段。可悲的是，多数被'腐'击垮的人，并非因'腐'而倒，而是倒在权斗之下。龙之不能说没有贪腐，但绝对不是最贪腐的人；龙之算是个酷吏，曾以反腐之名，将政治对手打趴在地。数年之后的他，同样被反腐这把利剑击中，以这种结局收场，恐怕龙之自己都没想到。"龙之出事后，对他有提携之恩、非常看好他的秦书记，也扼腕叹息，留下诸多遗憾。

"权力是个好东西，能够随心所欲地干自己想干的事；权力是个魔鬼，成了双刃剑，在伤害别人的同时也伤害了自己。自己原本是农家子弟，当以事农经商为业，不该涉足政坛，阴差阳错的是，自己在官场混了一辈子，今天的结局，对争强好胜、涉足权斗的自己来说，其实并不意外。"入狱后的龙之，同样有了痛彻心扉的感悟。

毫无疑问，龙之的陨落是权力博弈的结果，他这样一个掌握宾州重权的人，最终成了权斗的牺牲品，这不能说不是他的悲哀。政治就是政治，它按它的固有逻辑，制约着权力分配，左右着权力消长变化，影响着政治人物的命运；也以其特有的斗争逻辑，推动着社会治理方式的进步。

自本土代表人物相继倒台，"本土权力圈"萎缩了，话语权式微了，宾州政坛始得风平浪静。经过激烈的权力博弈，曾峰站稳了脚跟，才得以打造自己的权力班底，树立自己的施政威望，无障碍地绘制"曾"式发展蓝图。

第四章　莫逆之交

　　一年一度的全市经济工作会议，对纳税大户进行表彰，是必不可少的议程。曾峰代表市委、市政府给纳税大户颁奖，认识了远泰矿业董事长关锐。

　　也许是长时间与矿打交道，生活在深山老林的缘故，关锐不修边幅，一年四季休闲装，肩上挂着长蓝布手巾，既可用来擦汗，又可拍打身上的灰尘，加上他形象憨厚，话语不多，浑身上下透着泥土气息，咋看都像个地道山民。

　　遇上大场合，关锐难免紧张，一紧张就结巴，就这么个不怎么养眼，放在人群中容易被湮没的人，但只要与他相处一段时间，就能感受到他的精明与彪悍，认定他是个能干事干大事的人。自曾峰首次接触关锐的那一刻起，就喜欢上了这个农民企业家，仿佛在他身上，看到了自己成长的影子，所不同的是，命运把两人区隔在人生两极，一个在政坛，在尔虞我诈的官场摸爬滚打；一个在商海，在变幻莫测的商场奋力打拼。

　　曾峰没有高学历，也没啥政治背景，靠勤奋执着，靠与生俱来的悟性，一步步地干到市委书记。眼前的关锐，也是靠发奋努力，一步一个脚印前行，从一个地道的农民干到企业家。

在曾峰的价值取向里，所谓的成功人生，就是要有咬定青山不放松的执着，要有百折不挠的韧性，要有踏踏实实做事的坚守。曾峰欣赏关锐的农民本色，喜欢他干事不要命的劲儿。单从这点讲，曾峰与关锐的性格非常相似，虽然两人走的路完全不同，却很容易找到共同点，也许两人身上的共同特质，让代表政商两条不同战线的人一见如故，成了莫逆之交。

经济工作会议之后，曾峰密集下基层视察，挨个走访本土企业家，与企业精英交流，探索宾州经济可持续发展路径。

一天，曾峰带着郑林一帮人视察了远泰矿业，无意中与关锐演绎出堪称宾州版的"隆中对"。市委书记突然造访，让关锐受宠若惊，不知所措，颇感意外的是，曾峰像个老朋友，一下车便握手，一点不生分。面对紧张得手足无措的关锐，曾峰开起了玩笑："在你这里，是不是得站着说话呀？"关锐听后，才意识到自己的失礼，忙不迭地道歉："对不起！对不起！你看我只顾着说话，忘了干正事，坐！坐！"关锐缓过神后赶紧让座，招呼人泡茶。"客随主便，当主人的都站着说话，做客人的怎么好意思落座？"关锐一听，扑哧一声笑了起来，连忙坐下说："是，是，大家都坐，都坐着说话。"就这简简单单几下子，消除了关锐的紧张，气氛一下子轻松起来。接下来，曾峰边抿茶边聊事："关锐，宾州过往发展靠的是传统产业，靠的是资源经济，如今传统产业夕阳西下，亏损的亏损，没落的没落，倒闭的倒闭，只落下个煤铁矿唱独角戏。振兴产业经济是地方发展的必修课，也是本届市委、市政府的头等大事。我今天走访就是带着振兴产业经济的课题，来倾听企业界意见的，特别想听听你的想法。""我一个农民大老粗，只晓得采矿，经营矿产品，其他事咋知道呀？"关锐怕自己说不好，连声推辞。"说不好没关系，说啥都行，只要肯说，我们就想听听你的意见。"曾峰一再鼓励着关锐。关锐局促不安，仍显得十分犹豫。曾峰继续开导："宾州吃的是资源饭，资源这出戏到底能唱多久，谁也不知道。再说，资源迟早有枯竭的时候，倚靠资源吃饭的宾州，经济发展后劲明显不足，疲软态势显露无遗。如何让宾州走上可持续发展之路，你是本土企业家，活跃在经济一线，对地方经济脉搏的

第四章 莫逆之交

把握可能更准确些，也更有发言权。"曾峰一脸真诚，话语里满满的是诚恳。宾州一号的穷追不舍，让关锐紧张得不行，习惯性地结巴起来："我……我一个农民大老粗，咋敢在书记面前班门弄斧？"

曾峰侧脸问郑林："带烟了吗？"郑林从口袋里摸出包烟，抽出三支，给曾峰与关锐发一支，一支留给自己。随着烟雾的腾腾升起，紧绷的气氛渐渐松弛下来，关锐慢慢地卸掉了顾虑，开始与曾峰交流。曾峰带烟走访的做法，无疑缓解了走访对象的紧张，也成了他下访视察的标配。

郑林原本不抽烟，跟班书记一段时间后，发现这办法很管用，当调研对象心存顾虑时，给对方发支烟可以，调节一下紧张气氛。你可别小看这不打眼的动作，竟然屡试不鲜，效果奇佳。此后的郑林，每逢调研都会备烟出门。

开始，关锐顾虑重重，吞吞吐吐，讲半句留半句。曾峰不时鼓励："咱们今天就是闲聊，闲聊就不要顾忌，心里有啥想法，都可以讲出来，别藏着掖着。"当关锐感受到曾峰期待的眼神后，为之一振，猛地端起杯子，"咕噜咕噜"一口气喝完，然后将杯子往桌子上一放，看得出来，他豁出去了，一副大义凛然的模样。"曾书记，您这样一说，我就不客气了，说错了您也别介意。"关锐喊着。曾峰手一摇，不停地勉励："不会，不会介意的，你放心讲就是。"关锐备受鼓舞，话匣子一下子打开来，拿出不吐不快的架势来："我一个农民，大道理讲不出，只晓得企业难搞。就拿我们远泰矿业来讲，经营范围单一，只晓得产矿卖矿，国家钢铁产业形势好，矿产形势就好，公司也就跟着好，反之日子就难过。远泰矿业要想长远发展就得转型，不转型就是等死，不开发其他项目，迟早得面对发展后劲乏力的问题。可以说，老套单一的经营模式，迟早会被市场经济淘汰。"说完，他瞟了曾峰一眼，没看出异常反应，接下来放肆起来，"就拿咱宾州来讲，'五小工业'的没落，有市场的原因，有产能落后的原因，但更多的是上届市委、市政府决策失误造成的。那时的煤、铁矿形势好，政府眼里只盯着矿产收费站，杠子上日进斗金，政府不缺钱花，把传统产业当'烂药'，巴不得早点卖光走人，这是'败家子'搞法，宾州迟早会为愚蠢的决定付出代价。现在市里绞尽脑汁谋发展，出台不少优惠政策,招商引资力度不可谓不大,结果好与不好,恐怕上帝才晓得。如今办个企业有多难,相信在座领导都能体会到其中艰辛。就拿远泰矿业来讲,若不是当年把握好机遇,把乡企局那摊子接过来,哪有今天的发展?"关锐的大白话,让在场的所有人振聋发聩。

眼前的关锐,把大家想讲却不敢讲的话讲了出来。曾峰明白,这话只有体制外的人才敢讲,即使讲过了头也没啥事,体制内的人虽然心里跟明镜似的,讲出来的全是温文尔雅,全是装疯卖傻,没人讲真话实话,即使讲也是遮遮掩掩,隐晦曲折,套话多真话少,讲得乖弯抹角,点到即止,有如隔靴搔痒。那次调研后,在曾峰眼里,貌似地道农民的关锐,着实接地气,很少虚假做作,让人感觉耳目一新。

那年春夏之交,省委书记视察宾州,调研新形势下发展县域经济新课题。这对曾峰来说,是个比天还大的事情,接待工作既要上升到讲政治的高度,又要围绕经济建设主题;既要隆重热烈,又要合领导意;既要规划好行程又要选好观摩对象,一句话,得变着法儿让领导认可,让领导高兴。省委书记日理万机,全省6000多万人、100多个县市,专程跑到宾州视察,咋讲都是宾州人的福气。在这样的高官面前,不用心卖力地表现,还有政治头脑不?还想不想混官场了?省委书记视察铁定不会微服私访,少不了省委常委、市委书记、市长陪同,这班人对县级市委书记来说,不是爹就是娘,哪一个不掐着自己的命门?哪一个不捏着自己的生辰八字?说穿了,接待工作的好坏,事关地方形象,事关地方未来的发展,也事关自己的政治前程。为迎接考察,曾峰不可谓不上心,他指示郑林放下所有的事情,专门策划接待。关键时刻,郑林不负所托,组织全市干部翻江倒海搞卫生,把个城区街道打扫得一尘不染,还对沿街、沿途绿化进行栽种、修剪和美容,搞得比重大节日还隆重。

国际酒店系宾州唯一的五星级酒店,位于宾州大道与新城路的交会处。不久前,为迎接地级市委书记的视察,沿途两侧抢栽了芭蕉树,不料市委书记不喜欢这树,随口说了句:"芭蕉树阴性重,不是吉利树,酒店接待八方来客,最好不要种。"说者无意听者有心,这话被郑林记住了。这次,省委书记还住这酒店,还要经过这条街,市委书记还来,总不能让省委书记也说一次吧,可芭蕉树刚栽不久,再挖肯定引发非议。郑林不傻,这老百姓看不惯的事,当然不能大张旗鼓地干,于是通知电力局通宵达旦开灯,组织交警、城管、市政、环卫、建设、街道等部门,一起封街栽树。

次日,当太阳冉冉升起的时候,市民发现酒店沿途焕然一新,沿街两侧绿化像变戏法似的,一夜之间换成了绿油油的杜鹃。虽然是半夜抢种,仍免不了说三道四,众说纷纭中,虽不乏啧啧称奇者,但更多的是骂娘:"这街上栽树走马灯似的,挖了又栽栽了又挖,政府不把纳税人的钱当钱,整个儿败家子的搞法。"但骂娘归骂娘,丝毫不影响城市绿化建设,这宾州市委、市政府讲的是政治效益,看重的是领导喜好。

街头巷尾的议论虽然刺耳,却影响不到郑林的心情,面对非议自有政治伦理:"老百姓只知其一不知其二,要成大事意见在所难免。这接待工作看似不打紧,实则是'情商化'的生产力,'艺术化'的社会效益。咱基层干部只能变着法儿让领导满意,只要侍候得领导高兴,高兴起来表个态,政治经济效益立竿见影。老百姓凡夫俗子身,眼睛只盯着鼻子尖,咋懂那么多道理?咋会有如此开阔的视野?"

策划省委书记来宾视察,曾峰可谓费尽心机。东江省100多个市县,不知多少人排队等着晋见省委书记,省委书记日理万机,哪能逐个接见?哪有时间跑到偏远县市调研视察?自国家相关部委全面肯定宾州的"乡城兼治",发文全国推广之后,宾州声名大振,这才引起了省委、省政府的重视,曾峰才有幸进入省领导的视野,才有机会争取到省委书记来宾调研。

时下,宾州市委、市政府为适应国家产能调整政策,决心整合落后产能,保住传统产业香火,让新型干法水泥项目落地宾州。干法水泥项目是国家倡导的先进产能,全国各地都在争立项,"合理布局""产能总量控制"是立项许可的前提条件,以至于许可批文成了最具价值的无形资产。该项目上报一年多,卡在国家发改委,而发改委管的是产能布局与总量平衡,批与不批关键看省里的态度。

曾峰利用汇报"乡城兼治"的机会，向省委书记报告了宾州产业发展的设想，特别邀请省委到宾州调研工作。省委书记正因宾州"乡城兼治"全国露脸的事高兴，兴致一来表态："省委正调研推动县域经济转型升级新课题，可以考虑纳入调研范围，将适时做出安排考察宾州。"省委书记一表态，曾峰欣喜若狂，作为政治家式的人物，他十分清楚此次视察的政治意义。省委书记位高权重，一言九鼎，其表态就是稀有的政治资源，既然是稀有资源，就得充分利用它。曾峰是个实用主义者，他得算好政治经济账，好好把握省委书记视察的时机，把干法水泥立项的事搞定。事前，曾峰特别交代郑林："省委书记来宾视察，是千载难逢的发展机遇，务必规划好行程，力争解决干法水泥立项问题。记住，不管用啥办法，必须确保这一目标实现！"曾峰发了狠，郑林压力山大，得绞尽脑汁让省领导高兴，多关注宾州的产业发展。

那时的关锐，在曾峰的鼓动下，开始关注干法水泥项目了。省委书记视察时，曾峰特意将考察团带到远泰矿业，把关锐的远泰矿业作为调研民营经济发展的重点对象。出乎预料的是，也还是这个关锐，同样的大白话，同样接地气的讲述，同样对企业发展的见解，同样直白裸露的表白，让省委书记刮目相看，成了整个视察行程的亮点。省委书记丝毫不掩饰对"土疙瘩"关锐的好感，当着考察团一帮子人说："不入虎穴，焉得虎子！领导调研要接地气，要走下去沉下来。同志们设想一下，不到基层一线考察，咋能听到基层同志原汁原味的声音？"省委书记意犹未尽，连连夸奖之后，挥笔留下"骑在牛背上的企业家"墨宝，鼓励关锐发展产业致富。

省委书记亲临远泰矿业视察，让关锐受宠若惊："我关锐闯荡江湖大半辈子，算是个见过世面的人，却从没见过这场面；有过数不胜数的荣耀，却从未有过如此尊贵的荣耀。怕是时来运转，后半辈子要撞大运了。"接受省委书记专访，这对任何人来说，绝对是件光宗耀祖的事。更引以为傲的是，省委书记当着随行一帮子高官的面，亲自题字，把宾州行推上了高潮。

获得墨宝后的关锐，高兴得到处炫耀："省委书记堪比皇亲国戚，咋会轻易给人题字？可这天上掉馅饼的好事，偏偏给俺遇上了。我就是再木讷，

第四章 莫逆之交

也分得清轻重，晓得题字的分量。"此后，关锐经常都拿出来炫耀，引来惊叹声一片。久而久之，人们把关锐当作走近省委书记的人。在东江人眼里，连省委书记都支持远泰矿业，谁还敢明里暗里来事？自收下墨宝的那一刻起，尽管关锐还是原来的关锐，社会地位却飙升了N个层级。墨宝的功效，让关锐备受启发，别以为就简单的几个字，其实是巨大的无形资产，是潜在的经济价值，它代表的是省委的政治态度。关锐灵机一动，花上20万元，重新装修了一间办公室，请最好的装裱师把墨宝裱糊好后挂在正面墙上。说来也怪，这墨宝一上墙，关锐声名大噪，办事顺畅了许多，直至关锐接手干法水泥项目，它等同于通行证，到哪儿都管用。

省委书记的宾州行，似乎对城市提质升级并无感觉，却对远泰矿业留下了深刻印象。可以说，关锐的出色表现给宾州增色添彩，也让曾峰刮目相看了一回。

那时，关锐的远泰矿业业务遍布毗邻县市，其中，西陵县铁矿吞进量位居首位，公司总部设在西陵原本是情理之中的事。总部的进驻，意味着给当地财政年贡献5千万元税收，这对贫困县来说，相当于上帝赐给一份厚礼。为此，西陵县委、县政府把关锐当宝贝，就差树碑立传建牌坊了。引来赵德峰入木三分的点评："在经济演绎着政治的社会环境里，大税户就是政府的爹，就是政府的娘，社会地位显赫得很。关锐凭借普通人无与伦比的纳税贡献，理所当然地成为西陵的座上宾。"西陵为留住纳税大户关锐，可谓费尽心机，动员他把户口迁入西陵，承诺助其当选上县、市人大代表。这人大代表在平头百姓眼里，是无上荣誉，象征着身份与地位，是政府对达官贵人、社会名流的政治肯定与奖赏。

民企老板当选人大代表，没有党委、政府主要领导支持，谈何容易？代表受法定条件限制，须有选区户籍，且得在户籍地参选。关锐是个聪明人，当然明白西陵官方的想法，知道他们并非冲人，而是冲年半亿税收贡献来的。铁打的营盘流水的兵！这矿产生意靠的是市场行情，吃的是政策饭，深受国家宏观经济政策影响，这红旗到底能打多久？金窝银窝不如自己的狗窝，更何况宾州富庶一方，经济发展久负盛名，与周边县市相比，至少保持着5～10年的优势，关锐自然不会为人大代表身份，米箩里跳进糠箩里。户籍不迁移，人大代表自然成了一句空话，不过，西陵县并没有抛弃关锐，给了个政协常委头衔。这政协是统战部门，招引八方来客，筑巢引凤谋划地方发展是分内之事，且委员身份不受户籍、性别、身份、年龄的限制，虽然名声没人大代表响亮，却体现了西陵官方意志，含金量怎么也不会低到哪儿去。西陵县主要领导力荐关锐当政协常委，自然没人敢小瞧他。

曾峰常到企业考察调研，与本土企业精英聊感情叙乡情，探索宾州可持续发展之路，与企业精英打得火热。领导干部与民企老板套近乎历来是敏感话题，面对所引发的议论，曾峰在全市务虚会上旗帜鲜明地阐明市委的态度："企业家是社会精英，是地方发展的生力军，社会贡献有目共睹。健康的社会不能没有企业家，如果连企业家都不能获得尊重，谁有资格获得尊重？企业家不仅是社会财富的拥有者，更是社会财富的创造者，更有能力为社会做贡献。作为肩负宾州发展重任的在座领导，不与企业精英打成一片，如何博得他们的信任？况且，企业家活跃在市场经济第一线，是最懂经济的社会群体，你不走近他们，不把他们当朋友，如何让他们放下包袱参与地方经济建设？"心底无私天地宽，公道自在人心，卷起舌头讲话的人，鼓噪了一会儿，便自觉没趣闭上了大嘴巴。

曾峰特立独行，大讲特讲友善企业的理念，也不掩饰对私企的喜好："为官一任造福一方，为官就得担当，就得发展经济。要发展地方经济，就要赢得民众支持；要赢得民众支持，就得为民办事；要发展地方经济，就得引凤筑巢，引老板投资；要引资招商，就得与企业精英聊感情叙乡情，敢与企业家打成一片。"曾峰交代身边人："凡企业老板来找，不管什么时候，哪怕睡了也要叫醒我。"他与职能部门约法三章："企业老板来找，不允许挡驾；企业有问题找政府，不允许刁难；企业需要政府提供支持，不允许推诿。"他倡导干部落实"马上就来，马上就办，马上就好"的政风。在曾峰的施政理念里，宾州经济能否快速发展，关键看产业规模与质量；而经济的快速发展，

第四章　莫逆之交

看发展环境的优化。他率先提出"工业强市"发展战略，鼓励干部招商引资、下企业蹲点、为企业排忧解难。他力推干部作风转变，公开承诺："任内治理慵懒差散，推动干部以身作则，鼓励干部做示范当表率，打造'容商、尊商、护商、活商'长效机制，打造宽松的社会容商环境。"

远泰矿业是远近闻名的纳税大户，理所当然成了重点巡视对象。关锐在西陵县的税收贡献，作为西陵培养的干部咋不知晓？曾峰一到宾州任职，就立意把关锐拉回宾州投资。世上没有无缘无故的恨，也没有无缘无故的爱。对关锐来说，市委书记身份地位显赫，统领一方要务，屈尊到企业巡视，主动向企业靠拢，肯定是无事不登三宝殿，再木讷的人也明白，无非是发展、税收与投资的问题。

曾峰上任市委书记后，推出首个招商引资举措，把宾州在外发展的成功商人纳入统战对象范围，通过统战工作，引导他们"爱乡回流"，把总部设在宾州，投资家乡建设，为家乡贡献税收。曾峰给该项工作取名为"总部经济"，设立"宾州总部经济指挥部""宾州护税引税领导小组办公室"，两块牌子一套人马，还配套组织措施，以此推动引税工作。曾峰指令常务副市长任指挥长，通过用足用活税收政策来增加税收、涵养税源。顺理成章的是，远泰矿业率先进入市委、市政府的视野，关锐成了重量级"统战"对象。

曾峰亲自上门做工作，让关锐诚惶诚恐，不敢懈怠，慌忙招呼领班小云泡茶，拿出最好的茶叶款待。"关锐呀，你是地道的宾州人，也是首批回乡发展的本土企业家，坦率地讲，作为现任市委书记，很想为宾州做点事，很想得到企业界精英的支持。我今天登门拜访，目的只有一个，请你把公司总部搬到宾州来，与市委、市政府一道共同打造宾州未来的辉煌。"曾峰开宗明义，表明了来意。关锐一听总部搬迁的事，头皮发麻。西陵县委、县政府同样看重招商引资，同样盯着自己，可以说用尽政策优惠，做足引商、留商的文章，咋会放任千辛万苦招来的税收大户流失？咋会让引来的凤凰轻易飞走？加上远泰矿业业务主要在西陵，总部搬迁的事还真不好办。面对满怀期待的曾峰，关锐感到非常为难，迟疑了好一会儿才说："曾书记，公司矿产品主要供应地在西陵，占三分之二的份额，短期内从西陵撤出总部条件不允许，若强行搬出势必影响公司经营与效益。"曾峰听后不无失落，虽然心有期待，话语里却饱含理解："宾州是宾州企业家的根，市委、市政府理解企业的难处，相信本土企业家的格局，也能深切感受到企业家饱含爱乡爱家的情感。"关锐听到的，虽然是曾峰一口一个理解，而感受到的，分明是来自他心里的落寞。这时的关锐，心里为之一动，情不自禁地说："市委、市政府发展地方经济的决心有目共睹，作为宾州人，能够感受得到书记您发展经济的迫切心情。虽然远泰矿业总部目前不能搬回宾州，但我会认真考虑书记的建议，一旦条件成熟将搬回家乡。今天，我当着书记的面表个硬态，在总部不能搬回家乡前，将一半的矿产经营税引入宾州，以示对您工作的支持。"关锐推心置腹的一席话，感动了曾峰。作为一个有格局的领导，他不可能不明白关锐做到这一步很不容易，兴致一来即兴表态："远泰矿业在宾州年上缴数百万元税收，却没个像样的办公场所，与企业格局、发展规模很不相称。目前，政府有一些闲置资产，建议你考虑一下，有合适的可租可买，任你选择。企业做强做大了，形象也要跟上来，碰到实际问题，遇到实际困难，有什么好的想法，包括具体要求，都可以找我，我的大门时刻向你敞开！"曾峰这番推心置腹的话，同样感动了关锐。多少年来，公司每年缴税少则数百万，多则上千万，却从来没有领导过问过，可曾峰就不一样，对待商家就像对待家人一样，让人备受感动。面对坦诚有加的曾峰，关锐不支持似乎过意不去似的。

  这次"统战"，曾峰虽然没能说服远泰矿业搬回总部，但仍算是战果辉煌，用满载而归来形容一点不过分。望着曾峰远去的背影，关锐轻轻地摇了摇头，自言自语："这就是曾峰书记，以他特有的人格魅力，让人心甘情愿做他的政治粉丝。"

  就在这年，国家实施压缩钢铁产能战略，严重影响到上游产业链的发展，宾州的煤、铁矿一路滞销，铁路沿线货场内矿产品堆积如山，整个行业徘徊在生死线上。无独有偶，矿产税费占财政半壁江山的宾州，财政全面吃紧，

第四章 莫逆之交

再不想办法将面临揭不开锅的困境。

那年的中秋节前夕，曾峰来到远泰矿业，与关锐探讨矿产品积压滞销问题。曾峰开门见山："关锐，宾州的矿产业遭遇寒冬，市委、市政府看在眼里急在心里，希望矿产龙头企业不仅自己要走出困境，还要带领中小规模矿企共度时艰，实现逆境突围。"醉翁之意不在酒！曾峰亲临驾到，关锐再木讷也知道不谈点想法过不了关，便横下一条心谈事："矿产业面临的困境，是国家周期性产能调整的结果，全国各地都一样，一年半载很难扭转困局。"曾峰听到诉苦就皱眉，手一摇打断关锐的话，手指节有节奏地敲着桌子，眼睛盯着关锐，话里饱含着忧心："宾州经济的半壁江山是矿产，没有矿产业发展，就没有宾州的经济繁荣，市委、市政府愿意与企业精英一道，风雨同舟，共渡难关。"听话听音，关锐知道曾峰既不是慰问，也不是访贫问苦，而是共商解困大计，遂移拢桌子靠拢凳，不无放肆地说："曾书记，其实我早有想法，不知道能不能解决问题，所以压在心里，不敢讲出来。"曾峰眼睛一亮，燃起了希望："你说，你说，实话告诉你，我今天过来，就是想听你的建议，有好的想法讲出来，不许藏着掖着。"曾峰语气平和，情真意切，让关锐顾虑全消，没丁点客套话："曾书记，矿产业当前所遭遇的困难是全局性的，只能局部性地缓解，建议政府主动出击，书记、市长亲自带队，找上门去与钢铁企业洽谈合作，争取钢企把宾州列入原材料供应基地，搭建与钢企的战略合作伙伴关系。"曾峰听得眼睛一亮："你说，继续说！""曾书记，钢铁企业都是国字号企业，个个举足轻重，要维持宾州矿产业持续稳步发展，只有请市委、市政府出面，拜钢铁巨头的码头，与之建立合作关系，最好是上升到战略层面，上升到政府意志层面。"此话一出，听得曾峰眼睛放光，立马表态："需要我做什么，尽管讲出来。"获悉宾州一号的态度之后，关锐不再藏着掖着，干脆竹筒倒豆子，来了个痛快："要想与钢铁巨头达成战略合作，政府必须主导洽谈，仅凭企业行为很难引起对方重视。只要市委、市政府肯出面，我关锐在这里表个硬态，一定穿好针引好线，竭尽全力来'架桥修路'。""好！好！好！"曾峰听得心花怒放，情不自禁地叫好，然后扭头指示郑林，"马上与章志市长沟通，请经贸、企发、招商、国地税部门，组成矿产品战略合作考察洽谈班子，邀请部分矿产企业精英参加，我与章志市长领衔参加合作洽谈。"

从古到今，中国就有重农抑商的传统，什么"商人重利轻义""商人唯利是图""商场尔虞我诈""商人眼里只有利益没有道德"等，连对商人的称呼都充满歧视性，甚至把商人称为"贩子"。贩子是啥东东？是从事商品贩进贩出的"部落"，与开赌场"抽水"获利一样。这"抽水"的活向来被人瞧不起，把商人与开赌场"抽水"的下三烂归类在一起，不能说不是市场经济的悲哀。市委、市政府主动出击，肯定能让不可一世的国企老总对关锐刮目相看一回。

"钢铁国企都是社会宠儿，钢企老总虽然任职企业，干的是商人活，但他们身上有政治等级标签，不是副部级董事长，就是正厅级老总，政治地位显赫，咋会与民商平等洽谈？这帮国企老总的潜意识里，自我感觉非常好，虽然干的是企业活，却念念不忘自己的政治身份，表现出的全是优越感。"关锐讲述的故事，引起曾峰的好奇心："这就是你请市委、市政府主导洽谈的理由？""是的！"关锐不假思索地回答，看到曾峰饶有兴趣，便继续讲解，"只要与这帮国企老总打交道，不难听到他们的歧视声音。什么'我们虽然也从事商业活动，所不同的是俺是代表政府管理企业，与党政干部的区别，仅在于分工不同而已。如果非把我们归类于商人，也只能算是红顶商人'，啥话都有，想听啥就有啥。"

曾峰听懂了关锐的委屈，故意调侃："在你关锐嘴里，国企老总高高在上，不通人性，要真像你说的那样，这生意还能做？""生意当然得做，人在屋檐下不得不低头，没办法只能'夹缝求生存，低头讨饭吃'。这帮官商老总要多傲慢有多傲慢，他要是当面贬你，你还不能有抵触情绪，好像冠上'官商''红顶商人'，身份就高人一等，就与民商、贩子划清了界限。在官商老总的眼里，我们叫商贩也好，叫私商也罢，再怎么牛掰，都是唯利是图的商人，贴上'贩子''奸商'的标签。"在关锐滔滔不绝的讲述中，国企老

第四章 莫逆之交

总骨子里轻视民商同类，哪怕其管理的国企，其商业活动一刻也离不开民商合作，但谁都不愿降低身份与之为伍，他们骨子里存在优越感，与民商做生意与"施舍"无异。

关锐把书记、市长叫来洽谈，让惯来戴着有色眼镜看人的副部、正厅级官商老总刮目相看了一回。曾峰是省委组织部红头文件任命的"副厅级市委书记"，尽管称谓不伦不类，却是红头文件上的权威表述，也是含金量十足的政治头衔，加上曾峰纯正的从政血统，就这身份足以让官商老总高看一眼。这副厅级市委书记的登门拜访，让官商老总们备受感动，接待规格提高了好几个档次。

关锐与钢铁国企打了多年交道，与官商老总混得精熟，但交往仍局限于生意上，咋都上不了政治台面。多少年来，关锐的诚信、精明与豪爽，虽然赢得了官商老总的信任，他们也算给足了关锐的面子，但仅仅在保证供应合同优先支付货款上。哪怕就这些，对原材料供应商来讲，足以把生意做好，足以获取巨额财富。当关锐领着书记、市长登门拜访时，官商老总们无不震惊："没想到这土不啦唧的关锐，居然是个人物，生意做到连书记、市长都给惊动了！"尽管官商老总"红顶商人"的身份依旧不变，但逐利本性显露无遗："多个朋友多条路，这矿产资源地书记、市长主动找上门来，对俺钢铁国企来讲，咋都不是个坏事！"

三十年河东，三十年河西。官商老总都是老油子，个个鬼精鬼精的，别看现在矿产品滞销，矿产资源地书记、市长放下身段上门求助，没准风水轮流转，黑乌鸦变金凤凰。再说人无千日好，花无百日红，钢铁产业自有其发展规律，有大起就有大落，有大落就有大起，矿产业也是一样，没准时来运转，有走红的那一天。钢铁业与矿产业的关系微妙，有如同一张桌子打牌，不在上一张就在下一张，谁当大爷谁做孙子还真不好说。别看现在矿产行情不好，个个有求于钢铁国企，跪着求着要当供货商；也别看钢铁国企这大爷当得很牛，若是到了矿产品紧俏的时候，这大爷变孙子、孙子变大爷的事常有。与资源地搞好关系，有如上了道保险，钢铁国企横竖不吃亏；加上关锐会做人，与钢铁国企老总私交不错，他们乐意给关锐争面子，给关锐家乡父母官的面子，等于变相还了个人情，至于是否真给对方打发点啥的，那得视情况而定了。起初，官商老总并没有"施舍"的想法，后来曾峰凭借其人格魅力征服了他们，让他们改变初衷，给了曾峰想要的一切。

　　酒会在钢铁国企的豪华酒店里举行，酒会既隆重又热烈，接待规格远超想象。这一切，源于副厅级市委书记曾峰的到来，酒会按官场对等惯例接待，由钢铁国企正厅级董事长主持，与会人员囊括了钢铁国企高层领导与部门负责人。

　　与钢铁国企交往已久，平日里这些国企老总没少请关锐吃饭，可那是私下交往，若上升到官方接待层面，那就是等级森严的政治待遇，如此高规格的接待，还没见哪个客户享有过，给曾峰的待遇可以说是绝无仅有。关锐虽是大老粗，对官场潜规则不甚了解，但再怎么外行还分得清东南西北，也晓得轻重缓急。钢铁国企破常规接待，冲的是曾峰的副厅级"政治身份"，而一个"民商"钱再多身价再高，也没有政治身份含金量高，再怎么牛掰也没有政治等级牛掰。

　　宴会厅的奢华程度，堪比豪华会所。大厅光泽柔和，荧光涌动，音乐悠扬悦耳，余音绕梁。酒会推杯换盏，觥筹交错，激情四溢，整个酒会弥漫着祥和与热烈。紧接歌舞暖场热身之后，迎来国企董事长热情洋溢的致辞："来宾们！先生们！女士们！今天是个特殊的日子，宾州市委曾峰书记、市政府章志市长一行，不远千里来到公司洽谈合作，奉献质优价廉的铁矿石产品，这是公司的荣幸，也是我个人的荣幸，更是咱全体钢铁人的荣幸。在这激动人心的时刻，我谨代表钢铁公司全体同人，向远道而来的尊贵客人表示诚挚的感谢！期待接下来的洽谈，彼此能够达成互利双赢的合作！预祝酒会取得圆满成功！预祝双方的合作取得圆满成功！"

　　曾峰的开场白同样充满感染力："尊敬的各位钢铁国企老总！尊敬的各位领导！今天，我与章志市长代表60多万宾州人民，专程拜访对宾州的经济建设与发展给予过全力支持的国企老大哥，给予过无私帮助的各位领导。

第四章 莫逆之交

宾州是个重情重义的地方，不管时间如何流逝，宾州人感恩的本色不改，重情重义的初心不变。今天，我谨代表宾州市委、市政府，诚邀各位老总去宾州走一走看一看，领略宾州的风土人情，领略宾州的淳朴民风，领略宾州人的热情好客，领略宾州人的粗犷豪放性格。你们的到来，宾州人民将以前所未有的热情拥抱你们，感恩你们。"话音未落，掌声响起，打断了致辞，没等掌声停下来，曾峰继续着他的煽情演说："目前，宾州的矿产业面临空前困难，我是带着困难，带着发展地方经济的使命，来向国企老大哥取经学习的，来向各位领导求助求援的，期待继续得到国企老大哥的支持，期待继续得到在座各位领导的无私帮助。"曾峰话锋一转，恰到好处地表达了诉求，他的热情洋溢、充满悲情诉求的演讲，感染了在座所有的国企人。

曾峰的致辞，一如既往地展现着惯来的坦诚，展现着非同凡响的人格魅力，也深深打动了钢铁国企老总。这帮高不可攀的"红顶商人"表现出超乎寻常的热情，他们轮番向曾峰、章志敬酒，透过曾峰的激情演说，感受到了宾州人的真诚与豪放，于是纷纷表态："愿与宾州建立战略合作伙伴关系，将宾州列为原材料供应基地。"作为回报，宾州向钢铁国企开放钢铁市场，尽管县市一级钢铁市场对巨无霸的钢铁国企可有可无，之所以把它当作协议条款，仅仅是满足合同条款对等的形式需要。那天的曾峰、章志性情洞开，沉浸在营销破冰的喜悦中，放开酒量与官商老总们叙聊，喝得酩酊大醉。

不管怎么说，宾州市委、市政府矿产洽谈合作考察之行，结出了累累硕果，让钢铁国企放下架子，与宾州建立了"战略合作伙伴关系"，给宾州挂上"铁矿产品供应基地"牌儿。市委、市政府主导洽谈的结果，完全应验了关锐此前的推断，倘若不是书记、市长的亲自出马，这帮不可一世的官商老总是不会轻易放下身段，随随便便与一个县级市签订"战略协作伙伴"协议的。

当然，作为此次考察行的提议者关锐，也成了最大的赢家，他的远泰矿业成了钢铁国企在宾州原材料采购的总代理。在全国矿产业普遍下行之际，关锐的远泰矿业迎来了经营上的春天，当年税收超过4000万元，成了东江省一枝独秀的明星矿产企业。关锐的成功引荐与洽谈，不仅解决了宾州矿产品滞销的问题，也让自己成为宾州最忙碌的人，让远泰矿业成为最忙碌的公司。

风 云

因业务需要，关锐长年奔波在全国各地，活跃在矿产经贸的前沿阵地。一天，关锐参加毗邻省的矿产洽谈会，不巧的是司机有事，关锐只得自己驾车前往，归途中发生了交通肇事事故，致对方车损人伤。关锐的酒醉属于醉驾，依交通法规须负全部责任。这酒驾是交通肇事里的严重违法，谁碰上谁倒霉，何况是醉驾交通事故，更是在劫难逃。屋漏偏逢连夜雨，船迟又遇打头风。无独有偶，受伤的还是当地县长，县太爷被酒驾撞伤，成了当地天字一号新闻。本来一起简简单单的交通肇事事故，转眼间炒作成了刑事恶性案件，当地公安闻风而动，立案调查，大有不查出个惊天大案不罢休的架势。当获悉关锐是知名矿山企业董事长时，案件承办人如获至宝，将案子层层上报，直至惊动了县、市刑侦部门，并顺理成章当作大案要案来办。这刑事案件调查程序一启动，刑事拘留是板上钉钉的事，接下来便是移送起诉与审判。

与曾峰两年的交往，关锐对宾州一号的崇敬之心，可以用"顶礼膜拜"来形容了。本来，关锐安排洽谈会后的第二天回宾州，因曾峰指名道姓，要他参加"4500t/d干法水泥项目"论证会，虽然项目与矿产业风马牛不相及，但市委书记曾峰的指示对关锐来说，理解的要执行，不理解的也要执行，不得讲任何价钱。

关锐原本只是一个商人，对官府的事向来漠不关心，从不赶潮跟班。他曾给自己立了个规矩："矢志不渝地搞市场经济，决不蹚政治这浑水；只能成为市场经济的弄潮儿，决不在政治经济的边缘游荡。"自曾峰主政宾州以来，关锐把坚守多年的清规戒律，连同"在商只言商、言商莫言政"的人生信条，一夜之间灰飞烟灭。受曾峰耳濡目染的影响，关锐似乎有了脱胎换骨的改变，变成一个热衷于政治经济的商人，有了"士当以天下为己任"的情怀，开始关注身外之人、身外之事，更愿意把家事与宾州事关联起来思考。这种变化虽然是缓慢的，但随着时间的推移，从量变累积到了质变。直到有一天，关锐静下心来审视自己，突然发现已找不回原来的自己了。目睹自己的变化，关锐由衷地发出感叹："曾峰书记以他独特的人格魅力，潜移默化地影响着我，改变着我，让我不由自主地成了他的铁杆粉丝！"

第四章 莫逆之交

"4500t/d干法水泥项目"论证会，由市委书记曾峰亲自主持，直到论证会结束，都未见到关锐的影子。关锐参加曾峰主持的会议，向来不迟到不早退，更不会无故缺席，是什么原因让他消失了整整一天呢？关锐的凭空消失，令曾峰百思不得其解，以自己对关锐的了解，这是不可能发生的事情。"真是奇了怪了，莫非出了意外？"正当曾峰自言自语，感到纳闷之际，他接到案发地看守所打来的电话："关锐因醉驾致交通肇事事故，被刑拘了。"这一消息宛如平地一声惊雷，震蒙了关锐家人，也震蒙了曾峰。情急之下的曾峰，一个电话打给郑林："郑林，放下你手里的所有工作，由你亲自带队，会同公安等对口部门，迅速赶赴事发地，与当地公安部门对接，不管采取什么办法，都得把人捞出来，这是政治任务。"听话听音，市委书记曾峰把话说到这份上了，郑林当然别无选择，他必须把事搞定，否则无法向宾州一号交代。

郑林当了两年市委秘书长，与曾峰朝夕相处了700多个日日夜夜，对曾峰的性格脾气了如指掌。以曾峰应有的政治素养，不会傻到调动政府力量，冒着干扰办案的政治风险去影响异地司法，留下不依法办事的口实。此时的曾峰，揪心的是宾州日趋严峻的矿产品销售形势，本来他指望关锐当好"领头雁"，利用不久前与钢铁国企达成的协议，带动整个矿产业实现逆境中突围，助推传统产业走出低谷，没想到关锐节在这个骨眼上出事，打乱了曾峰稳定矿产业的计划。

此外，曾峰力推干法水泥项目立项，自把它当作落实"曾"式发展方略重要举措以来，虽然有多个外地水泥企业抛出橄榄枝，试水的鱼儿也不在少数，却没有一个是真"咬钩"的主。这让市委、市政府绞尽脑汁得到的项目，有可能陷于进退维谷的境地。可以说，为项目落地，曾峰主政下的宾州竭尽全力，以"宾州的小水泥曾闻名全国，全部关闭则无法向60多万宾州人民交代"为由，据理力争，才获得省、地级市政府的支持。若是千辛万苦争取过来的项目到头来无人问津，传出去岂不是笑话？为此，曾峰有意识地把远泰矿业等本土实力派企业纳入项目建设备选对象范围，万一招商不成，就只能捉羊抵鹿，让本土企业家硬着头皮上。一句话，无论如何都不能让项目中途夭折。

眼下,关锐因醉驾致交通肇事而被刑拘,如果本土最合适的项目人选关锐入刑,则极有可能把干法水泥项目推到尴尬境地。

曾峰有着政府多个经济管理岗位的历练,对宏观经济治理、企业经营管理多有了解。在他的经济管理学词典里,特别注重人才对企业发展的重要作用,推崇"兵熊熊一个,将熊熊一窝"的企业治理文化。多年来的从政经验告诉他,企业能否稳健发展,取决于企业灵魂人物的胸襟格局与思想高度。曾峰对此多有研究,深有感悟,颇得真传。

干法水泥项目经过无数次的论证考察,多轮回引资招商洽谈之后,冥冥之中,曾峰预感到宾州的水泥产业香火,最终还得靠宾州人来延续。宜未雨而绸缪,毋临渴而掘井。曾峰习惯于深谋远虑,在他的治市理政、推动宾州快速发展的大构想里,引资当是优先选项,但还得有"备胎"计划,万一引资招商不成,项目总得有人搞。一开始,他就给本土企业预留了一扇门,暗中考察本土企业家,寻找合适的投资人选。经过一段时间的观察,认为关锐做人做事很合自己的口味,是自己很看好的本土投资人选,但以曾峰思维缜密、谨慎有加的办事风格,绝对不会在一棵树上吊死。基于这点,曾峰在项目论证会召开前,特意点名通知本土几个实力派企业家参加,美其名曰听取他们的建议和意见,实质上是让他们提前了解干法水泥项目,着手培养包括关锐在内的本土企业家,作为接棒项目的后备人选。

没想到的是,在解决矿产品积压问题与快速推进干法水泥项目的节骨眼上,关锐因酒驾致刑拘,给市委、市政府添乱添堵了一把。可以预见的后果是,倘若关锐的酒驾交通肇事犯罪成立,势必影响到宾州整个矿产品的外销,而一旦矿产品市场疲软下来,依赖矿产资源的宾州财政将会雪上加霜。到了这个时候,搭救关锐已不仅仅是远泰矿业的事,也是关乎宾州矿产业发展的大事。可以说,搭救关锐已上升到宾州市委、市政府对企业家义不容辞责任的层面。到了这步田地,曾峰不得不向郑林交底:"要不惜一切代价保关锐出来,有必要的话,我亲自出面去解决!"

关锐血液中的酒精浓度接近 80mg/ml,位于酒驾与醉驾的临界点,因伤

第四章 莫逆之交

者系事发地的一县之长，身份特殊，让事故的处理成了非常微妙、非常敏感、高度政治化的一件事。按照交通法规的相关规定，酒驾或醉驾所造成的交通肇事犯罪，应当追究肇事者的刑事责任，但交通肇事不是恶性刑事犯罪，案子处理上会考虑事故双方的和解意愿。普通交通肇事的受害一方，往往为了多赔一些钱，对案子构不构罪、罪轻罪重不会过分追究，只要钱能解决的问题，根本就不是什么问题，也给案子留下了可操作空间。加上案子处理过程中，潜规则多猫腻更多，只要舍得花钱，给办案人员"通融通融"，只要受害方与办案人员被"潜规则"了，什么事都好说，什么事都好办，没准"大事化小小事化了"。

关锐系临界状态的醉驾，伤者的身份过于敏感，把原本简单的问题复杂化了。这县太爷因公出差，根本就不差钱，加上办案人员都是捧热屁子的主，早把案子当"投名状"、当政治案件来办，一上来便兴师动众，拼命往刑责上靠，谁不想搭个顺风车讨好县长？遂一路上纲上线，把案子办成了交通肇事犯罪铁案。这案子只要依程序往检察院、法院移送，准能判个两三年有期徒刑。

郑林多岗位历练，算是人精中的人精，案子办到这份上了，咋不清楚关锐所面临的危险处境；换句话说，案子查到这份上，几乎没有可通融的空间了。除非受伤县长愿意主动放关锐一马，否则关锐就是砧板上的鱼肉，只有任人宰割的份了。郑林明白，要与一县之长搞通融，显然自己的资历与分量都不够，只能搬救兵："曾书记，关锐的案子从程序上看，很难逆转，只有取得伤者的谅解才有望解决。我位卑言轻，只能请书记您亲自出面找县长交涉了。"

这曾峰一听汇报，二话没说，火急火燎地赶到事发地，代表宾州市委、市政府看望受伤县长。这县长也是个有胸怀、有格局的领导，还是个爱惜人才的主，听完曾峰的介绍之后，立马表态："这事让曾书记挂心了，不解决好，我也不好意思，加上本来也不是什么大事，我看能够通融就尽量通融吧！"说完，一个电话把公安局局长、交警大队长叫过来当面交代："这关锐是当地的纳税大户，为了地方经济发展，不幸发生了交通事故，事故属于因公性质，处理上是不是考虑一下此情节？我们县与宾州市向来睦邻友好，往来密切，没想到案子惊动了曾峰书记，他百忙之中亲自了解案子的处理情况，足以表明案子在宾州市委、市政府心目中的分量。作为案发地县长兼伤者，我对进入司法程序的案件，本不该持有态度，但遇到眼前这种情况，就不能没有态度了。我看案子要办，睦邻关系也要照顾，好在我受伤不重，处理上可以人性化一点，可以兼顾大局利益。需要强调的是，我不是以一个县长，而是以一个伤者的名义，向公安部门提出请求：建议本案做罚款处理结案。"

县长的话入情入理，滴水不漏，既显政治觉悟，又富有人情味，让在场的公安部门的领导无话可说，办案人员立马把案子抹得干干净净。曾峰也没想到如此复杂的问题，就这么轻轻松松地给解决了，于是主动提出："关锐是因公出差，他的远泰矿业也是个知名民企，这受损车就不要再修补了，建议由远泰矿业买辆新车置换。"虽然县长出于客套推辞了一番，却终究难却曾峰的一片盛情，在做足了谦让功课之后，最终接受了曾峰的置换车辆建议。

这起原本小题大做的交通肇事案，在两个政治人物的政治智慧作用下，得到了圆满解决，这让大难临头的关锐，体验了一回大难不死后的人生庆幸，见识了一回政治人物温情脉脉的政治洒脱，也领略到曾峰身上特有的人格魅力。

第五章　阴差阳错

经过密集调研，曾峰描绘了宾州社会经济发展蓝图。这一蓝图被人总结为"曾"式发展方略，它覆盖了宾州长达10年的社会实践。其核心含义是发展三部曲：一是唱好城市提质升级"改""建"两台戏，改造老城区，建设新城区，以经营城市的理念推动城市建设，推动市域经济发展；二是开发宾江湖景区，发展旅游产业，谋划宾州长远发展战略；三是在振兴传统产业的同时，着力发展新兴产业经济。依靠三条腿走路，闯出可持续发展的新路。

在曾峰的治市理政的词典里，政治就是一个力学场，政治家就是社会治理杠杆的操手，努力挖掘政治潜能，动员全社会力量，推动社会经济快速发展。"给我一个支点，我可以撬动地球！"古希腊物理学家阿基米德杠杆力学上的至理名言，成了曾峰治市理政的座右铭。

曾峰从政30年，对"党政军民学，东西南北中，党是领导一切的"这句话，深有感悟。曾峰知道，现行政务体制是党委书记体制，书记才是真正的主政大员。自己担任过诸多重岗领导，但全是配角，哪怕当市长，充其量算"首席配角"。不在其位，不谋其政，作为配角绝对不可以喧宾夺主，哪怕能力再强也不得抢镜，否则就是犯忌。即使干出了成绩，也不能居功自傲，头功非主角莫属。自己到了知天命的年龄，才被组织任命为宾州市委书记，才成为地方主政大员。

组织上的这一安排，无疑是"迟来的爱"，尽管"爱"姗姗来迟，但毕竟是组织重用，得珍惜这来之不易的机会。

他暗中发誓："任上不计毁誉得失，无惧压力阻力，纵有千难万险，也要践行施政理念，实现政治理想。"他告诫身边干部："既然大家和我一样，选择了从政选择了为官，就得认真为民办事，用心搞好工作，竭尽全力服务于地方发展。"

在全市经济工作会上，曾峰慷慨激昂地发表演说："不要患得患失，不要瞻前顾后，作为新时代的人民公仆，要有大无畏的牺牲精神，要有壮士断腕的英雄气概，要有时不我待的使命意识，我愿与在座各位迎难而上，为宾州可持续发展闯出一条新路来。"他甚至发出豪言壮语："宾州要瞄准目标，急起直追，全面赶超历史悠久、经济基础雄厚的省计划单列市东岭市。"此话引起了薛民的不满，这位与曾峰交换任职的市委书记，不甘示弱地放话抗议："任上若被宾州赶超，将带着东岭市委常委集体跳宾江。"这下可热闹了，全省综合经济实力前十、东江省赫赫有名的两个县级市的市委书记隔空杠上了，相互攀政绩比发展，这在东江发展史上绝无仅有。

两年后，东岭市委书记薛民升任地级市委常委、市委政法委书记，他专程跑到宾州检查信访维稳工作，借机羞辱了曾峰一回。

官大一级压死人。地级市委常委、政法委书记来宾州检查工作，曾峰不敢怠慢，通知"四个班子"班子成员及对口部门负责人，参加信访维稳工作汇报会。

汇报会还是在常委楼会议室举行，薛民在宾州市长任上，曾无数次在此主持过会议，所不同的是，今天的地位更加显赫尊贵。薛民首次以地级市领导身份视察工作听取汇报，此行当是荣归故里，风光无限。今天的薛民依然故我，保持着惯有的威严，他头略上扬，目不斜视，一脸严肃相，面无表情

第五章 阴差阳错

地仰靠在主席座位上，一副唯我独尊的架势，怎么看都派头蛮大，气场十足。

薛民是土生土长的宾州人，哪怕升迁后，回到故里仍以宾州人自居："一方水土养一方人，俺薛民就是靠家乡水土养育大的，走到哪儿都忘不了根在宾州，忘不了自己是宾州人。"薛民少年得志，官路畅通，三十出头就进入县级领导班子，因为起步早进步快，自我感觉非常好。自那时起，听取下级汇报跷起了二郎腿，仰靠在沙发上，边品茶边抽烟，一副居高临下的模样。也许这派头过于张扬，引来诸多非议，没多久便风传至薛民的耳朵里，让他有所顾忌，悄悄地把二郎腿收了，但为保持威严形象，坚持不改仰靠的习惯，仿佛不仰靠就不足以保持威严。如今，薛民身居更高位，掌管地级市的政法大权，一言九鼎，级别远甩宾州市长好几条街，身份不同地位不同，自然威风八面，嘚瑟得不得了。

听完曾峰的汇报，薛民喉咙里"咳咳"两声，语速放慢，一字一句地总结："宾州近几年的社会经济发展，是历史最好时期，城市提质升级改造成绩斐然，宾江湖旅游开发井然有序，特别是'乡城兼治'一枝独秀，名扬全国。尽管宾州以上工作成绩突出，但问题仍不少，尤其是维稳工作全市排名倒数第二，远远落后于其他县区，仍需要继续努力。"接着，他不客气地下指示，"请宾州市委、市政府对不稳定因素认真排查，看看哪些是正常上访，哪些是非正常上访，对越级上访、重复上访人员的身份，要认真排查，逐个甄别。对缠访不休的，要查清有无精神方面的疾病；对非正常上访要切实采取措施，严加管控，决不能听之任之。"这番先褒后贬、杀气腾腾的话，貌似点评中肯，实则严厉指责。"是，是，是，宾州维稳工作没做好，责任首先在我这个市委书记，宾州市委、市政府要深刻检讨，尤其是本人更要认真反省。今天，我代表宾州市委、市政府表个态：今后的维稳工作，一定对照薛民书记的指示要求，认真加以贯彻落实。"曾峰一口一个反省，一口一个服从，尽管心里不服，表现出来的却是满满的谦卑。

此时的薛民，也许意识到语气过于严厉，接下来的口吻缓和了许多，甚至是不乏感情色彩："常言道，爱之深，痛之切。宾州是我的故乡，也是生我养我的地方，我对家乡素怀深厚感情，作为一个家乡人，作为宾州一分子，始终不改的是爱家爱乡之心。衷心祝愿家乡发展得更快、建设得更好，同样期待家乡的维稳工作不拖全市的后腿。"薛民先掴耳光后摸头再递糖果，打了人不让人哭，政治手腕高超。这位宾州前市长，原东岭市委书记，现任地级市委常委、政法委书记，不动声色地羞辱了曾峰一回。这一次，宾州因维稳工作授人以柄，落人口实，让向来不甘服软的曾峰不得不认怂。

一粒老鼠屎，脏了一仓谷。信访工作没做好拖了后腿，这状况必须改变，得杀鸡儆猴。等薛民一走，曾峰把气撒在信访局局长身上，把他调到局行书记闲职上。

作为政治家式的人物，曾峰如何不清楚这七政绩八政绩，不发展地方经济就不是真政绩。衡量地方工作的好坏，最终看经济发展，经济搞上去了，一俊遮百丑，其他工作跟着沾光；经济上不去，一丑遮百俊，其他工作搞得再好也白搭。倘若主政期间不做足做活经济这篇文章，不在发展上取得重大突破，不解决捉襟见肘的财政问题，就啥都不是，更别谈政绩二字。想到这里，曾峰有了从未有过的压力，也有了"时不我待""舍我其谁"的使命感。

"越是有压力就越有动力！"这是曾峰对下属常说的一句话，他在鼓动别人的时候，很难说不是在鞭策自己。"曾"式发展方略是曾峰力推创造宾州历史的新政，是前无古人后无来者的事业，成功与否事关自己的历史定位，必须一步一个脚印地摸索前行，不得走弯路，不得有闪失，就像捧着一钵子油，提心吊胆，生怕出什么幺蛾子。曾峰明白，"曾"式发展方略重在实践，要得以顺利施行，就得开创"言必信，行必果""敢闯敢干敢担当"的政风，要开创新政新风，就得从自我做起，通过表率示范作用，推动各项工作落到实处，否则，什么"政治理想""政治作为"，什么"打造宾州辉煌""创造宾州历史"，一切的一切都将不复存在。可以说，推动"曾"式发展方略全方位落地，用"殚精竭虑"来形容曾峰，一点不为过。

城市提质升级改造，虽然争议最少，也容易凝聚共识，可还是引发了非议，其中不乏别有用心者。宾州文化名人谢蒙，以好出风头闻名，时不时鼓捣点新闻来,看到城市提质升级多有议论,遂站出来添堵:"这届市委、市政府班子热衷于清洁卫生,疏于经济发展。这道路是宽敞了,街道是亮堂了,环境是优美了,不知道能不能代替经济建设。"更有脑子一时拐不过弯的老同志,找上门问政:"文明卫生真能当饭吃吗?不知道这文明卫生搞好了,肚子是不是不饿了?"这还不算最糟的,怕就怕网上抹黑,既丑化形象又影响工作,什么"城市提质升级呱呱叫,经济工作无人管"之类的帖文,光回帖删帖就让人够烦的。林子大了啥鸟都有,非议城市提质升级,要么认识上有局限,要么打个人的政治"小九九",不管其立意如何,有一点是共同的:都不约而同地向"曾"式发展方略发难。

曾峰心知肚明,办大事不能寄望于民主。城市提质升级原本是一道难题,原本是一道坎,遇到阻力、遭遇抵制很正常。这过坎闯关的事,少不了强权政治,少不了铁腕手段。面对流言蜚语,他指示有关部门官宣回击:"城市提质升级就是破旧立新,与城市陋习做斗争,革除根深蒂固的顽疾,无异于深刻的社会变革,心慈手软也好,瞻前顾后也罢,迁就这迁就那,啥事都做不成,啥事都办不好,市委、市政府要坚定不移地推进城市提质升级工作。"

干部存畏难情绪,曾峰适时打气:"没有金刚钻,别揽瓷器活。摒弃千年陋习,光靠嘴炮肯定不行,必须来硬的动真的干实的,没有锲而不舍的精神,没有大刀阔斧的招式,没有横刀立马的架势,没有置之死地而后生的勇气,就别想打赢革故鼎新之仗。"

"政治路线确定以后,干部是关键。"曾峰非常推崇毛主席的政治谋略,这老百姓的事咱可能不好管,也管不到位,干部是自己起用的,想怎么用就怎么用,不听话随时可以免。他特意交代组织部,要把城市提质升级工作的好坏,作为干部考核的硬指标。此棋一下,立竿见影,城市提质升级遇到的阻力骤减,问题迎刃而解。

曾峰坚信,城市提质升级决策是正确的,即使城市提质升级尚存争议,哪怕还有人不理解,人间自有公道在,当人们享受文明成果的时候,宾州人民终会还自己一个公道。

政治上的事好说，曾峰可以强势回击反对派的发难；经济上的事难讲，不是喊口号那么简单。城市建设能否提质升级，关键看投入，两军交战粮草先行，只要不差资金，咬咬牙挺一挺攻攻坚，坚持坚持就算过去了；只要投入到了位，工作吹糠见米，效果立竿见影。城市建设工作的好坏，最终落到资金上，而资金问题的解决，最终要靠发展，发展才是硬道理，发展才是"曾"式发展方略的重头戏。

作为宾州主政大员，曾峰思考的不仅仅在局部时空，更关注经济社会发展全局，这城市提质升级改造，只是"曾"式发展方略中的一项内容。在曾峰治市理政这盘棋局里，重要的是如何发展产业，如何振兴经济，事实上，真正能够给主政宾州盖棺论定的，还是经济发展速度与经济运行质量。

尽管地方政府把招商引资当重头戏，赵德峰却对引资上的谄媚做法，常发表激进言论："曾经臭名远扬的'资本'二字，丑小鸭变成了金凤凰。在地方大员眼里，资本不是爹就是娘，在资本面前总是一副谄媚相，极尽讨好巴结之能事。我就不理解，地方官员为何要在资本面前打躬作揖？似乎他们少了些许老祖宗马克思对资本邪恶定性时的骨气。"此言一出，招商引资工作压力倍增。

赵德峰熟读马恩列斯著作，对《资本论》顶礼膜拜，这样一位资深媒体人，对"资本"二字心存芥蒂，尤其对不计后果的引资多有看法。看到引资决策上的失误，忍不住上书曾峰，直指"土地换投入"的弊端，发出危言耸听的警告："资本根本就不是什么好鸟，它是万恶之源，它是魔中之魔，它吞噬着社会财富，侵蚀着社会健康肌体，践踏着社会公平正义。时下资本的罪恶，比起当年马克思对资本所做出的邪恶定性，有过之而无不及，不管当下它的身价如何飙涨，都掩饰不了嗜血的本性。"

赵德峰反对资本成为打开政府优惠政策大门的"万能钥匙"。他痛心疾首地呼吁："政府引资有利有弊，引得好就是引凤筑巢，引不好就是引火烧身。在招商引资这部戏里，资本家就是吸血鬼，资本就是吸金工具，吸血养肥自己，政府像穷怕了的饿汉，明知道引狼入室，却不惜与狼共舞，就像瘾君子吸毒，明知道坑人，可不吸还不行。与资本打交道，无异于与魔鬼共进晚餐，务必谨慎小心。"

不管赵德峰把资本的嗜血成性讲得如何耸人听闻，曾峰却有所保留，影响不了他引资发展的决心。曾峰主管过招商引资，咋不清楚资本是啥东西，只是苦于囊中羞涩，迫于无奈才引资发展。在他看来，推动地方经济发展，少不了引资这道菜。曾峰清楚"民意"二字的重要性，懂得任何政见的出台，绝对不可以引发媒体反感，即使不能让媒体成为支持者，至少不能成为反对派。尽管他认为赵德峰的警告不无偏激，接到赵德峰的上书后，曾峰没有回避问题，主动邀请赵德峰面对面沟通。

当赵德峰现身宾州一号办公室门口，曾峰迎上前，握手让座泡茶，显得亲和力十足："赵老，您的建议书我仔细看过，坦率地讲，我并不认同您的观点，反而觉得要推动地方经济发展，必须加大招商引资的力度。""曾峰书记，今天我专程反映对招商引资的看法，准确地讲，我并不反对引资发展，却反对不计后果的招商，反对视而不见资本危害性的引资，宾州失败的招商引资案例，足以证明这点。"能够得到市委书记的重视，赵德峰很领情，但以其个性，不会轻易改变观点。"资本的特性就是追求利润，政府不放血让利，如何引资招商？让利就是为了更快更好地发展。"曾峰以惯来的坦诚，表达对让利引资的看法。"不瞒你说，我对投资资本，对政府让利引资向来就有成见，作为一个热切关注宾州发展的老同志，不能不把自己的担心讲出来。"赵德峰虚怀若谷，阐明自己的观点。"赵老，让利引资意在谋长远发展，有如产前阵痛，是躲不开的坎。坦率地讲，我不赞成因噎废食，更不赞成闭关锁市。但我能理解您的心情，也感谢您的提醒。作为市委书记，我代表市委、市政府表个态，日后的招商引资会加强监督管理，力求避免失误。我也坦诚地告诉赵老，任内将积极推动招商引资，期待能够得到您的理解与支持。"曾峰见时机成熟，亮出施政底牌。"我知道，我对资本与引资上的看法，无法影响到市委、市政府的决策，作为老同志又不得不说，既然书记把话讲到这份上了，我也就无话可说了，只能寄希望于引资不会成为引'乱'，引商不会成为引'狼'了。"没能说服曾峰，赵德峰显得非常惋惜。

告别的时候，曾峰特意交代郑林："赵老跑一趟不容易，你负责安排好他的就餐，派车送赵老回家！"之后转身与赵德峰握手道别："饭已经安排好了，我另有议程安排，只能由郑林陪您了。欢迎赵老多走走，多交流交流思想，相信通过沟通，彼此能加深了解，增进理解。"就这几刷子，把赵德峰"收拾"得服服帖帖。这次交流，两人虽没达成共识，但有了这次坦诚对话，赵德峰对本届市委、市政府有了更多的政见包容。让一个以曝光阴暗面为己任的自由媒体人，不过多地挑剔工作，不能不说是曾峰的政治智慧。

土地财政模式开启后，政府垄断了土地一级市场，由土地管理者变成了经营者。在房地产聚焦社会财富的时代，谁垄断了土地，谁就等于掌握了开启财富的钥匙。政府靠土地换投入，推动招商引资，商人逐利，咋能抵挡诱惑？遂投入换土地，拿到了地等于圈到了钱，土地一开发，财源滚滚来。于是，引来资本商争相竞技，圈地吸金捞钱。

宾州市委、市政府为推进招商引资工作，一口气出台了十几项惠商政策，最诱人的是"零地价供地"与"招商引资奖"，前者让利给资本商，后者奖励引资人。书记、市长亲赴北上广深一线城市，宣讲招商引资优惠政策，力度空前绝后。这对混出名气的宾籍老板来说，家乡书记、市长找上门来招商，多长脸的事情呀，他们一个个心花怒放，巴不得登台亮相炫耀。

凡被邀的宾籍老板，不管何方神仙，都是一方有头有脸的主。这帮人聚在一起，参加家乡政府组织的座谈会，聚餐联谊合影照相，好不热闹好不风光，谢幕前还得成立个商会，老板中的头面人物按地位实力，坐享商会会长、副会长等职位。商会在家乡政府的主导下，顺势成立了全国首创的流动党支部，一成立便吸引眼球，被媒体热捧，获中组部首肯，当作新生事物在全国推广，成为当年宾州组织工作最耀眼的政绩。

可想而知，商会有了如此背景，一成立就获官方力挺，牌一挂便声名鹊起。商会会长、副会长都是生意场上的"老麻雀"，利弊得失算得相当精准。这帮人在外打拼多年，做梦都想荣归故里，回乡的时候，又是接见又是接待，

第五章　阴差阳错

没准组织一场在外商界精英联谊会，新闻媒体一亮相，嘚瑟得不得了，眨眼间大名远扬，煞是风光煞是得意。一线城市商会一成立，示范效应立显，二、三线城市依葫芦画瓢，请求家乡政府挂牌。一时间，一口气成立了数十家商会，遍及全国各地。

随着商会雨后春笋般冒出来，形形色色的人顺着商会渠道粉墨登场，演绎着或是精彩纷呈或是荒诞不经的故事。一时间，鱼龙混杂，真假难辨，各种各样的人蜂拥而至，打着"考察项目投资"的旗号，以投资为名旅游为实的，多得数不胜数，让市委、市政府眼花缭乱，导致当年宾江湖景点农家乐政府签单，签出个天文数字来。

那年，宾州的商务接待费用激增，严重超出预算，店主小本经营，一年到头结不了账，腊月二十七，打着"政府签单不付款"的横幅上访。小报闻风而动，这小报喜欢八卦，巴不得出状况，等着抓拍吸引眼球的新闻。曾峰政治敏锐性强，这政府签单的事小，社会影响的事大，传出去岂不是政治笑话？遂与郑林一起对话店主。

信访接待现场，情绪激动的店主说出来的话不是枪就是炮，既激烈又尖刻，甚至不缺脏话骂娘。曾峰始终保持着微笑，一边听一边不停地降温熄火："大家慢慢来别激动，一个一个来，慢慢说，反正今天会给足你们时间，让每个人都有机会表达意见，想骂娘也行，有怨气的发泄一下，让市委、市政府领导都来听听，未尝不是一件好事。"店主带着怨气而来，一副兴师问罪的样子，看到曾峰始终一脸微笑，情绪逐渐平息下来。等这帮子店主都发泄完，曾峰这才开始说话，语气饱含着诚恳："签单久拖不结，是干部观念、作风出了问题，也是政府工作的失误，作为市委书记有责任有义务解决好你们的诉求。请店主们尽快与签单单位结好算，年前结算好了的年前付款，年前不能结算好的，可以采取'先借后清'的办法，以解你们的燃眉之急；什么时候结算好了，什么时候付款，任何签单单位不得继续拖欠，要把签单的事当事，否则拿'一把手'是问。"表态之后，当着店主们的面，半假半真地指着郑林，"这事由市委秘书长郑林跟踪落实，有困难就找他去解决。不妨出个'馊主意'，如果他也敷衍塞责，没解决好签单问题，允许你们纠缠他，还可以到他家里蹭饭吃，这些都不算违法。"店主们一听，哄堂大笑。曾峰直面上访人，谈笑之间轻松解决问题，让店主们欢天喜地，纷纷竖起大拇指："书记心里装着老百姓，长时间解决不好的问题，他一出面就解决了，真是清官呀！可惜，如今这种人太少了，宾州有清官书记，是俺老百姓的福分呀！"店主都是普通市民，凭着他们的直观感性，把史上最溢美的"清官"名号加在曾峰头上，尽管签单付款的事与清官不清官的并无关联。

曾峰当场批示："请章志市长尽快解决商务接待签单的问题。"有了市委书记的介入，签单事件很快平息了，结果皆大欢喜，小报记者再怎么刁蛮，也挑剔不出毛病来，遂顺水推舟做了个人情，以《老百姓的事无小事——宾州市委书记治理签单"顽疾"》为题，正面报道了签单事件。正是因为曾峰的政治敏锐性，把坏事变成了好事，避免了媒体负面新闻事件。

次日的市委常委会上，曾峰啥都不讲，就说签单的事："政府签单原本不是大事，解决起来也不是难事，因干部敷衍塞责，演化成了群访事件，值得大家深思！同志们，还有多少类似签单的事，相信在座各位都碰到过，都有能力解决好，可偏偏就没人管，也没人从政治高度去思考问题，以至于矛盾激化，险些闹到不可收拾的地步。签单事件究其原因，本质上是政风，是干部作风的问题，大家要认真反思，吸取教训。"依政治潜规则，一号政治人物一做定调性讲话，批评与自我批评是必须的。郑林作为大秘，自然得拿出姿态率先表态："书记的话切中要害，要害是什么？要害就是缺失担当精神，缺乏政治敏锐性。签单事件要不是书记处置果断，没准闹出个惊天丑闻来。签单的事管与不管，效果截然不同，值得大家深思！"郑林一带头，其他常委跟着和尚拜下，做了官样自我批评。曾峰对这类不痛不痒的检讨，显然并不领情，接下来的话更是不留情面："老百姓纯朴善良、直观感性，你对他们好他们记在心里；你帮他们解决了困难，他们会感恩戴德你一辈子。更何况签单的事，吃饭付费天经地义，跟清官不清官的没丁点关系。这吃也吃了，喝也喝了，完事后拍屁股走人，大家摸摸良心问自己，这能行吗？拜托大家引以为戒，少做官样文章，多帮老百姓办实事。"曾峰深谙政治艺术，拿准尺寸，用轻松的手法化解了热点矛盾，事后端出来教育干部转变作风，获得最大的政治利益。连一贯挑剔的赵德峰，看到签单问题解决后，忍不住唱了回赞歌："当签单事件的社会效益与政治效益加倍释放出来的时候，你还不得不佩服曾峰的政治智慧。"

  签单事件发生不久，赵德峰把一件曝光国土违规的稿子，送至曾峰桌上。面对问题，曾峰主动介入危机处理，做出三点批示："一是请国土部门认真核查严肃处理，并将处理结果报作者；二是请国土、规划部门以此为契机，建立预防预警机制，防止类似事件再度发生；三是请郑林秘书长代表市委、市政府与作者沟通，能否从维护宾州形象大局出发，不予发稿。"批示转至赵德峰后，让这位媒体大佬感慨万千："我写了那么多曝光稿子，也见过无数领导的批示，唯独曾峰的批示有处理结果，有防范措施，还有给作者不发稿的建议，让人不得不心悦诚服。"此后他逢人便夸："曾峰书记驾驭危机的能力堪称一流，工作做到堪称完美的程度，近几届市委能够做到这份上的，恐怕只有曾峰。"感慨之余，主动撤回了新闻发稿。因曾峰的主动面对、果断处置，避免了一起负面新闻。在他主政宾州的10年里，把媒体监督当使命的赵德峰，竟然没给他添过堵，算是以另类方式对其政见的支持吧。

  功夫不负有心人，宾州市委、市政府放出的招商引资大招，终于结出了累累硕果，广东旭日升建筑陶瓷集团的成功引进，成了曾峰招商引资的巅峰之作。该集团是国内建筑陶瓷的"领头雁"，旗下拥有数十家工厂，产品销往世界各地，也是全国赫赫有名的出口创汇百强企业。时下，集团在全国铺开生产基地建设，内陆省份城市闻风而动，派人前去招商。曾峰获悉后前去拜会，这人心都是肉长的，市委书记亲自登门招商，感动了集团总裁。

  那天，曾峰通过广东宾州商会的引荐，拜会了旭日升集团总裁。总裁行伍出身，说话掷地有声，做事干净利落，一口唾沫一颗钉，一看便知道是个干实事的人。他身体魁梧，五官端正，虽年过半百，精气神不减当年。总裁性格爽朗，举手投足豪放之气尽显。他是个潮汕人，始终保留着潮汕人特有的精明,尽管在商界摸爬滚打了多年,历经岁月消磨,仍依稀可见军人本色:"欢迎曾书记来家做客,我出身于军人世家,直来直去惯了,有事尽管讲,无须客气。"短短几句寒暄,便让曾峰一见如故起来。

爽快人喜欢与爽快人打交道,曾峰开门见山直奔主题:"总裁先生,我今天专程拜访,邀请旭日升集团赴宾州投资。坦率地讲,作为地方的主政官员,我想做事想出政绩,任内努力向任职地人民交一份合格的答卷。今天,当着总裁的面表个态,发展地方经济是我的第一要务,保护投资方利益是我义不容辞的责任,任上我会始终坚守这一承诺。宾州是个劳动力充沛、资源充足的城市,完全能够对接旭日升集团的扩张发展战略,倘若您到宾州投资,我相信,一定是个互利双赢的选择。"曾峰情真意切,寥寥数语,言简意赅,他的直率表白打动了总裁。"谢谢,感谢曾书记的信任!"旭日升集团全国各地投资建厂,对投资环境的优劣深有体会,听了这番话后,总裁感触颇深,起身与曾峰握手。曾峰从对方的回应中,感受到了投资意愿。

接下来,总裁在与曾峰的交谈中,彼此都能够领略到对方的亲和力,感受到对方的人格魅力。总裁是个实干家,不喜欢夸夸其谈,他行事讲究执行力,喜欢与豪爽人打交道,喜欢简简单单地做事。总裁也是个精明人,数十年的商海摸爬滚打,练就了穿透时空的观察力,直觉从来不会欺骗他。这一次,他又作出判断:"与曾峰书记洽谈投资合作,将是最愉快的一件事。"次日,双方达成了在宾州投资建厂协议。一年之后,旭日升集团在宾州投资数亿元,建成年产值10亿元的陶瓷生产线,且当年建设当年投产,年产值破亿,税收数千万元。

好事不过三。连续数宗大项目引资成功后,宾州发生了一起惊天引资丑闻。一位号称掌控6个亿投资资金的内蒙古商人张军找上门来,洽谈投资10亿元的干法水泥项目。一个偶然场合,张军认识了关锐,就这阴差阳错的交往,把关锐带到了人生尴尬的境地。

张军四十挂零,长得相貌堂堂,典型的东北大汉模样。他凭借一米八几的身高,人模人样的装扮,走到哪儿都抢眼,加上谈吐不凡,嘴巴子能说会道,

第五章 阴差阳错

跟抹了蜜似的，一不小心，就被人当成人物了。张军善察言观色，偶然的一次机会见过关锐，凭着一身精明，一眼看出他在宾州产业界的分量。

张军行走江湖多年，善于项目"走穴"与"牛贩子"捏手，拿到项目后忽悠老板来投资，从中"抯水"提点讨生活。闯荡江湖多年的张军十分清楚，宾州领导不呆也不傻，没有真枪实弹，拿不出资本实力，谁肯相信你？现在的政府官员一个个鬼精得很，先让你按投资比例，打上千儿八百万"诚意金"，才肯与你洽谈合作。上10亿元项目，说啥也得三五千万诚意金，若拿不出实打实的"毛爷爷"来，连正眼都不会瞧你一下，更别谈项目的事。张军看中的是关锐的人脉资源，是"远泰矿业"这块金字招牌，它代表的是实力、是含金量、是影响力。只要关锐肯当自己的项目投资担保，就省掉一大堆烦琐的考察程序，没准被宾州市政府点将，直奔主题进入项目投资。

果不其然，关锐一接触张军，就被他的气场所折服，虽然对引荐之事还心存芥蒂，却经不起张军巧嘴簧舌的蛊惑，竟不知不觉地钻进了他的圈套，顺着他的思路一想，做个引荐并没有什么不好，反正不出钱不出啥的，不就是做个引荐吗？啥损失没有，更何况引资成功的话，为地方经济发展、为宾州做了件好事。做人总得有点社会担当吧，这你好我好大家好的事，何乐而不为？就这样，关锐稀里糊涂地在项目招商引荐人一栏签上了自己的名字，当然还得按照张军的要求，加盖远泰矿业的公章。这样一来，有了年缴税数千万元的远泰矿业做引荐，市委、市政府还有啥顾虑的，大可放心地洽谈招商了。

仅从外表来看，张军完全是个儒雅商人。他出身高干家庭，当过兵做过公务员，后辞职下海经商，搞过矿产开采经营，办过水泥厂，曾经是个混得不错的主，有过短暂的人生辉煌；后因投资失误负债累累，眼看再难东山再起了，便流落江湖行哄打骗。正因为他的人生阅历丰富，练就了一身混社会的本事，懂得如何讨人欢心，知道怎么去行哄打骗，往往一出手就能成功，鲜有失手的时候。

张军在网上获悉宾州干法水泥项目招商后，敏感地意识到这是巨大商机。

在国家实施环保经济与淘汰落后产能的大势之下，水泥产业首当其冲，率先进入关停并转行业。可以预见的是，全国大部分中小型水泥厂，由于工艺陈旧设备老化，环境污染大，最终将被淘汰；加上国家加大基础设施投入，谁取得了水泥项目生产许可批文，谁就垄断了一个区域的水泥生产经营权，谁就掌握了打开财富宝库的钥匙。只要捷足先登，把项目抢到手，再找个好主顾"倒腾"出去，没准也发大财，一口吃出个胖子来。

要想得到项目，关键是获得官家人的信任，而取得信任谈何容易？偌大的项目，仅首期投资超过数亿，哪个政府把此当"儿戏"？哪个政府会草率选择投资商？张军明白，政府主要是看资本实力，就凭身上仅有的区区数百万元，亮实力的事打死都不敢做，一亮相岂不露馅了？既然不敢亮实力，就只能打歪主意，请本土实力派企业家引荐，让他们做项目担保，借别人的名声来圆自己的梦。张军脑子灵活，有股子霸蛮做事的劲，特别是关键时刻，总能保持冷静想出办法来。

后来的轨迹沿着设想发展，张军不仅得到了关锐的引荐，还让他做了担保。项目有了"远泰矿业"的加持，省了一大堆考察程序，张军顺利进入了招商洽谈。

请人做引荐担保，在张军的行哄打骗生涯里，曾屡试不鲜地帮他骗了不少人。只是这次动静闹得太大，让他不得不心存顾虑，有如十五个吊桶打水七上八下。他时刻提醒自己，项目运作必须慎之又慎，只许成功不许失败，否则堂堂的宾州市委、市政府，咋肯跟啥都不是的人谈项目投资？

张军像往常一样，做足了前期准备，他多次潜伏宾州实地摸底排查，认为远泰矿业董事长关锐是最合适的引荐与担保人选，然后找个机会搭上关锐，取得他的信任，请他做项目担保，利用他的名声与人脉资源，搞定"天字号"干法水泥项目。这年头，撑死胆大的饿死胆小的，张军玩的是人生豪赌，且并不讳言："不成功则成仁，要么不玩，要玩就是石破天惊的玩法。"

请毫不相干的人关锐做干法水泥项目投资引荐人，担保项目投资谈何容易，想法堪比天方夜谭。等到一切真相大白、大戏落幕之后，关锐唏嘘不已。

第五章　阴差阳错

多少年后，每每想起这段被骗的经历，关锐仍不得不佩服张军，恐怕天底之下，只有他这种人才敢想敢做这事，也只有他这种人才能左右自己，让自己不知不觉地跳进陷阱里。

那时候，国家实施经济新常态，一边调整产业结构，一边压缩过剩产能。受国家大政策影响，市场疲软，产品滞销，钢铁产业再次步入低谷。在钢铁产业步履蹒跚的大势下，产业链上游的矿产业，连续火爆了10年之后，遭遇了措手不及的寒冬，日子过得很是艰难。作为远泰矿业的当家人，关锐十分清楚眼前的严峻形势，面对趋于恶化的公司经济状况，关锐心里头焦急，却束手无策。

那时，远泰矿业已积压了数量庞大的矿产品，铁路沿途货运站矿产品堆积如山，如不能及时销出去，企业将断粮断炊，面临空前危机。就在这时，对关锐早有图谋的张军找上门来，主动请缨当义务推销员："关董，我曾搞过矿产品经营，累积了丰厚的客户资源，让我去试试，看能否帮您打开销路。"关锐听得一愣，半晌才缓过神来，两眼紧盯着张军，将信将疑地问："那敢情好，这能行吗？"没想到张军回答得异常响亮："关董，您就放心好了，在家等好消息吧。"当关锐还在发愣之际，张军挥挥手大步离去。一周后，关锐接到张军从内蒙古打来的电话："关董，矿产品找到销路了，钢铁国企愿意签订20万吨供应合同。"天上掉下个林妹妹！从天而降的喜讯，让关锐激动不已，语无伦次起来："这是……是真的吗？真能签合同了？""是的，千真万确，真的可以签合同了，而且马上可以发货。"张军不假思索地回答。"好，好，好，你在那儿等我，做好洽谈准备，我马上飞过来签合同。"得到消息后的关锐，马不停蹄地赶赴内蒙古。八小时之后，在张军的引荐下，关锐与某钢铁公司总裁见了面，拿到了20万吨铁矿石供应合同。

数天之后，远泰矿业堆积如山的矿产品源源不断地发往内蒙古某钢铁公司，回笼积压资金数千万元，这份矿产合同等于救了关锐。张军成功地上演了现代版"英雄救美"的故事，助关锐走出了困境，让远泰矿业转危为安。事后，关锐感激万分，握着张军的手不停地道谢："这次多亏兄弟你了，帮公司渡过难关。谢谢，谢谢啦！"张军的能耐有目共睹，其办事能力得到了有力证明。

张军的此次表现，让关锐佩服得五体投地，这以后，两人开始走近，没多久便称兄道弟了。看到时机成熟，张军像煞有介事地告诉关锐："我手上有六个亿资金，想参与宾州干法水泥项目竞标，本人十分看好该项目前景，预计参与竞标的人不少，如果没有贵人相助，中标无疑困难重重，关董能否协助我参与项目竞标？"关锐见证了张军的能量，况且在自己最困难的时候帮过一把，受人滴水之恩，当以涌泉相报，这忙怎么讲都得帮。更何况，做张军的项目投资引荐与担保，是举手之劳的事。大恩言报小恩言谢，是自己坚守多年的江湖道义，更是闯荡世界、行走江湖不败的秘籍。再说，帮了张军不就等于帮宾州经济建设出力，何乐而不为？关锐胸脯一拍，立马答应："兄弟放心！这事我来帮你，需要我做什么，你一句话就行。"话音一落，他拉着张军拔腿就找曾峰，关锐几乎是拍着胸脯引荐了张军。同样对宾州市委、市政府来说，有了实力声名俱佳的远泰矿业董事长关锐的举荐，对张军的信心也会倍增。

正苦于找不到合适人选的曾峰，抓起电话给市政府下指示："章市长，关锐引荐项目投资商一事，请你亲自部署落实，尽快推进项目挂牌与招商签约。"有了宾州一号的支持，张军毫无疑问地成为干法水泥项目头号种子选手。

没多久，干法水泥项目在市人代会顺利通过立项，列入了当年地级市重点工程项目，并纳入东江省招商引资重点项目范围。次年春，项目在省、市的全力支持下，通过了国家发改委的立项初审，半年之后，干法水泥项目获国家发改委批准正式立项。

当曾峰接到国家发改委批准立项通知后，第一时间把关锐叫到办公室："关锐，国家发改委项目立项批文下来了，你可以通知张军过来签约了，但还得按正规程序走挂牌招标流程。不过，也用不着担心，挂牌仅仅是程序需要，最终项目让他来做。"没等曾峰说完，平日里处乱不惊的关锐，内心感激不已，连连道谢："谢谢书记，谢谢书记，感谢市委、市政府的关心。"一出门，他便把消息通报给了张军。

此时的张军,正急得像热锅上的蚂蚁。这个骗术老到、胆子忒大的人,世上就没有他不敢干的事。可这次玩过火了,干法水泥项目是个烧钱的主,实打实要七八个亿的投入,有几个玩主玩得起?自进入项目运作以来,张军使出了浑身解数,先是跪着求着八十好几的老父亲出面。老爷子爱子心切,找到钢铁国企董事长等一大帮子老部下,解决关锐的矿产品积压问题,还赔上不少的高档烟酒礼品,不可谓不上心。为了让老头子出这个面,张军又是保证又是承诺。老头子目睹了儿子的所作所为,虽然对这个逆子不学好不成器极度失望,但毕竟儿子血管里流着自己的血液,哪个父亲不希望儿子改邪归正学好?谁不希望儿子混出个人模人样来?遂抱着"死马当活马医"的心态,厚着脸皮做了次违心事,破天荒地求了一次人。好在所求的这些在岗领导都是自己提拔的,他们都敬重老头子为人,知道他脾气倔强,不到万不得已不会低头,也许老头子迫于无奈,才委屈自己去求人。人到了这步田地,老部下还有啥可说,尽心尽力地帮了他一回。

为取悦于关锐,张军把老头子给端了出来,算是费尽心机了。张军清楚父亲对自己失望透顶,若不是一把眼泪一把鼻涕地表决心下保证,一副洗心革面、重新做人的模样,老头子根本不会理这个茬。老头子是个老八路,做事做人硬硬朗朗,一生堂堂正正、公正无私,从来没有为私事放弃过原则,哪怕儿子犯了事,也没有向老同事、老部下打过招呼求过情。这次,张军使出吃奶的劲,让老头子出面求情,利用老头子对儿子改邪归正尚存的一丝希望,才让他做了件违心的事。

张军费尽心机取得关锐的信任,让关锐帮自己引荐并担保项目投资,才顺利进入干法水泥项目前期运作。按照地方政府招商引资惯例,只要进入了前期运作,算是拿到了项目准开发资格,挂牌招标签约仅仅是走流程了。此前,张军非常乐观地认为,国家实施绿色环保大战略之下,项目批文一到手,打个时间差引资招商,只要招商一搞定,财源滚滚来。原以为这一切都会顺理成章,没想到这次失算了,慕名前来的要么是骗吃骗喝骗玩的主,要么是走了眼看不上项目的前景，前前后后接触了十几班人马，没一个是项目投资的真玩主。

如今，项目弄假成真，眼看自己精心导演的骗局就要被揭穿了，这时的张军意识到了危机，知道大难临头，脊背阵阵发凉。张军不呆也不傻，非常清楚自己的处境，别看他行哄打骗这套玩得风生水起，玩得令人瞠目结舌，但这事实在是闹得太大了，要真是玩砸了，让宾州那帮子官家人识破庐山真面目，那祸就闯大了。要是真弄得让他们下不了台，一个电话打到公安局，让刑警带着铐子把自己给办了，就算腿脚长跑得快，终究躲得了一时躲不了一世，只有乖乖认栽的份，说不定还会把自己陈年烂谷子的事给抖搂出来，下半辈子都得在监狱里蹲着了。

就在宾州市政府大张旗鼓准备项目招商签约之际，张军却为骗局行将被揭穿而急得团团转，仿佛天就要塌下来似的。这时候的张军，虽然害怕得不行，但头脑仍然十分清醒，知道此刻只有关锐才能够救自己。只有获得关锐的原谅，或许自己还有活路可走。与关锐接触两年多时间，他知道他是个重感情、讲义气的人，相信他不会见死不救。

无奈之下的张军找到关锐，声泪俱下，苦苦哀求："关董，你救救我，看在相识一场的份上，求你再拉我一把，来生定当感谢你的大恩大德。"关锐听得云里雾里："兄弟，你我交往不是一天两天了，有什么难处照直说好了，还是那句老话，只要能帮到你的地方，一定尽力而为。"关锐被张军语无伦次的求救声弄得一脸茫然。此时的张军别无他路可走了，只能实言相告："我该死，我对不起你，我欺骗你了。实话告诉你，我根本没有什么钱，所谓的掌控6个亿的投资资金，全是谎言。"突如其来的变故，惊得半天说不出话来，惯来惹事不怕大、胆子忒大的关锐，也被吓傻了，老大会儿才缓过神来，眼睛一眨不眨地盯着张军问："你说的这一切是真的吗？""是，是……全都是真的。"得到肯定答复的关锐腿脚发软，一屁股坐在凳子上，陷入了苦思冥想之中。关锐万万没想到，自己拍着胸脯向市委、市政府引荐与担保的投资人，竟然是个惊天大骗子。

第五章　阴差阳错

纸终究包不住火，诚惶诚恐的关锐只能如实汇报，否则会更加被动。当他把张军行哄打骗的事实真相报告给市委、市政府之后，把个曾峰、章志彻底逼到了墙角。曾峰怎么也想不到，宾州市委、市政府大张旗鼓推动的招商引资项目，其投资人张军竟然是个惯骗，这要是传出去让宾州市委、市政府的脸往哪儿搁？此前，项目招商引资牛皮吹得震天响，项目也是根据洽谈的条件公开挂牌的，项目投资商拥有6个亿的资金实力，就差挂牌揭牌签约最后一步了，转眼竟然变成了一个骗局，这岂不是惊天笑话！

那天，惯来处惊不乱的曾峰，也淡定不起来了，听完关锐的汇报之后，他一句话也没说，时而面无表情地看着关锐，时而注视着窗外的远方，满脸心思，满脸严肃。之后，他背着手在办公室里踱步。看着曾峰不声不响地来回走动，关锐心里发毛，连大气都不敢出。此时的他连肠子都悔青了，恨不得地上有条缝钻进去。郑林一看这架势，就知道曾峰着实犯了难。在郑林的记忆里，以自己形影不离两年对宾州一号的了解，曾峰还是第一次表现得如此不淡定，这个别人可以不理解，作为大秘的自己却不能不理解。一个洽谈一年有余的引资招商项目，就在结果即将揭晓的最后一刻出了状况，而且状况堪比惊天丑闻，这种事情搁在谁身上都是个事，谁遇上了都淡定不起来。

郑林清楚，此时的曾峰最需要的是冷静思考，需要时间来找到解决问题的办法。于是，他吩咐值班秘书："书记今天有重要的事情，取消一切既定行程安排，谢绝任何工作接待。"

时间一分一秒地过去，室内的空气像是凝固了似的，静得几乎可以听到自己的呼吸声。那天，平时不太抽烟的曾峰烟不离手，一根接一根地猛抽，不一会儿整个办公室里烟雾缭绕，就像个木炭窑子，弥漫着尼古丁的味道。关锐傻傻地坐在曾峰对面，紧张得连大气都不敢出。这时的关锐，内心充满了自责，也做好了心理准备，静候着曾峰的处理。

良久，曾峰停下脚步打破沉默，像是对自己更像对别人自言自语："事情既然发生了，再去说长道短纠结对错已无实际意义了。重要的是项目不能停摆，还得有人去做。宾州'五小工业'只留下这点血脉，无论如何都不能再沉沦了，无论如何都要让它存活下来，得穷尽一切手段去保全这点老家底，否则无法向社会交代，无法向宾州人民交代。"关锐一听这话，热血上涌，骨子里的赌性一下冒了出来，起身向曾峰鞠了一躬，江湖气十足地说："对不起！给您添麻烦了，要杀要剐任由书记您。签约会早传开了，倘若贸然中止签约，会造成很不好的社会影响，而且还会影响到您的政治声誉。千错万错都是我的错，我有责任来协助市委、市政府消除事件所带来的不利影响，要不让我先顶下项目，有合适的人选我再退出来，您看这样行吗？"曾峰听后，眼睛死死盯着关锐，不知道是问自己还是问关锐，嘴里冒出四个字："这样行吗？""我一定尽力而为！"尽管没有多少底气，关锐还是言不由衷地表着决心。到了这份上，或许黔驴技穷，或许找不到更好的替代办法，曾峰只能将错就错，临阵换将，让关锐的远泰矿业顶替张军签约。

就这样，关锐临危受命，他的远泰矿业成了干法水泥项目的投资建设主体，阴差阳错地与宾州市政府签订了项目建设合同。

第六章 风流才子

宋臻自命不凡，行事特立独行，在权斗中率先倒下不足为怪。

宋臻长相精致，胖瘦高矮适中，体态匀称有型，配上一副金丝边框眼镜，儒雅气十足。他少言寡语，在常人眼里是个孤高自傲的主。

宋臻出身于教师家庭，家教严谨，成绩优异，东江省知名高校经济管理专业毕业，被分配到宾州国家粮库。那时，粮库属事业单位企业管理，宋臻不仅是个吃皇粮的人，还有着行政事业单位干部的高贵身份，是"一大二公"时期的"香馍馍"。那时的干部政策分为三六九等，等级间森严壁垒不可轻易逾越。企业干部禁止进行政事业单位，事业单位的干部限制进行政机关，行政事业单位干部下派企业任职，除非组织上承诺保留其行政事业编制，否则打死也不去。

20世纪80年代，行政机关干部是干部提拔任用的重点对象；其次是事业单位干部，可勉强跻身干部任用行列，能否出息得看机遇，看组织部门的眼色；地位最低的是企业干部，进机关门槛最高，更重要的是看身后背景，背景坚实硬茬，才有可能跨门槛调动。企业干部的政治地位最低，虽归属于干部之列，却很难跨过干部身份的等级鸿沟。对等待安置的大学生、退伍军人来说，行政机关是首选，但编制控制得相当严，普通人想都别想，削尖脑袋往里钻也白搭，便退而求其次，事业单位成了最佳选择。

宋臻凭借名校大学生金字招牌，进入粮库工作，自然不能算攀高枝，充其量半斤对八两，没有辱没名校大学生身份罢了。粮库大都干苦力活，用工文化程度要求不高，工人的素质参差不齐，大学生便显得奇货可居。一个名校大学生，在土老帽打堆的地方混，身份显赫，可用"至尊至贵"来形容。

宋臻在粮库干了两年技术员，被提拔为办公室主任。办公室主任是啥东东呢？说穿了，就是给泥腿子出身的领导当"拐棍"，这些领导论魄力论能力无可挑剔，他们啥都不缺就缺文化，大喊大叫呱呱叫，舞文弄墨蹩手蹩脚，只能交由办公室做。也算近水楼台先得月，这办公室主任天天给领导端屎端尿，提拔到领导岗概率自然高。因此，对年轻人来说，办公室是梦寐以求的岗。宋臻被提拔为办公室主任，无疑是天大的好事。

薛民是宾州政界的一个才子，他曾是市级高考状元，以全市总分第一名上了清华北大的录取线，后因意外漏录，落下终生遗憾。东边不亮西边亮，没想到他运气好，被宾州市委组织部相中，录为组织干事。组织部是培养干部的摇篮，这伙夫还能饿肚子？干部提拔要啥条件就满足啥，学历文凭更好说，送到党校镀下金就行。

薛民虽没上过正规大学，却不缺党校的任何学历，他凭借天资与后天的努力，读了一肚子书，论知识不比正规院校大学生差，还沾尽了组织部门的光。薛民边学习边工作边提拔，官运顺畅，等到宋臻大学毕业，薛民已升任组织部干部组长。你可别小看这组长，不仅仅是堂堂的正科级，还大权在握，守着干部提拔第一关，身份地位显赫。

薛民与宋臻都是宾州一中的品学兼优生，薛民是学长，宋臻是学弟，虽相差一个年级，但曾同台出现在领奖台上，彼此算"老相识"。

那时的社会风气正，干部作风硬茬，能不能提拔主要看能力看表现。宋臻在办公室主任岗，少不了与组织部打交道，加上与薛民是校友，都崇尚文

第六章　风流才子

字和文人，都怀揣着梦想，都有一股子干事的劲，一来二往便成了"哥们"。

宋臻与薛民走得近，明眼人都知道，提拔是早晚的事，粮库不是宋臻养老送终的地方。更何况，宋臻年纪轻轻晓得搞，把老领导侍候得跟大爷似的舒舒服服。这些领导大都是早期受过委屈的老同志，年纪大资格老，不久就得退休。那一年，恰逢选拔"四化"干部，年龄、文凭是首要条件，这些老领导知道自己在位时日无多，推荐宋臻，做了个顺水人情。此时的薛民，已升任组织部常务副部长，专给干部"发帽子"把关，后备干部都得过这关，可以说，话语权今非昔比。有了老干部的推荐，薛民堂而皇之地把联名推荐信送到部长及市委、市政府主要领导手上。有了薛民的极力举荐，宋臻的干部选拔流程没遇到阻力，没多久，宋臻成了是时宾州学历最高、年纪最轻的厂长经理；加上宋臻言谈举止斯斯文文，一看便知道是个有深度、有厚重感的男人。就凭此，在那个文化匮乏而又崇尚文化的年代，宋臻走到哪儿都抢眼，自然搅乱芳心一片。

宋臻的妻子芳，是远近闻名的美人儿。她出身于教师家庭，一头大波浪卷发，精致得几乎挑不出毛病的五官，镶嵌着一对水汪汪、会说话的大眼睛。芳文静不失机敏，端庄不失妩媚，娇艳不失高贵，娇贵不失灵气，一副典型的大家闺秀模样。她的高贵令人窒息，让爱慕她的人不敢有非分之想，不敢有亵渎之心。少女时期的芳，让无数俊男帅哥倾心暗恋过，把她比作仙女下凡，仅在梦里想着恋着，仿佛有了邪念就是对美的亵渎。芳心高气傲，一般人看不上眼，家里摊上个大美女，上门提亲的人络绎不绝，差点踏破门槛。对象有高官之子、名门望族之后，乃至事业有成的高考状元，却没一个被芳看上。可以说，她的高贵让多少男人梦断心碎过。可谁也没想到，这个心高气傲的女孩，看上了其貌不扬的宋臻，宋臻打动芳的不是长相，作祟的居然是芳的少女之心。

那时，流行琼瑶的小说，俊男靓女在一起，聊的全是小说的主人公，仿佛与琼瑶笔下的主人公连在一起，一起爱一起恨，一起笑一起哭，仿佛自己就是书中的主人公，活在精彩纷呈的故事里。琼瑶笔下的少女个个柔情似水，个个善解人意，个个仙气十足；少男侠骨柔情，彬彬有礼，才气逼人。琼瑶笔下的故事深入人心，被少男少女们顶礼膜拜，就差搬到现实里当日子过了。

宋臻的魅力不在外表，而在他丰富的内心世界。虽然他没有魁梧的身材，却有着健谈且富有感染力的口才；虽然仅一米六几的个头，怎么看都是个二等残废，却有着那个年龄段难得的沉稳。在平常人眼里，文弱书生模样的宋臻，这个乳臭未干的后生伢子，怎么看都不符合少女的审美标准。可偏偏普通得不能再普通的小个男人，凭借着精明能干，凭借着乖巧灵活，凭借着勤奋努力，坐到了粮库主任位上，统率着数百号工人，有条不紊地指挥着企业生产经营。就这么个其貌不扬的宋臻，俘获了芳清丽无比的少女之心，把芳心搅得稀里哗啦。

芳是个不折不扣的追梦人，全身心活在琼瑶的一帘幽梦里，她把自己当痴情女，把宋臻当梦中情人，把爱情当梦来追逐；她始终相信，自己与宋臻注定有段不平凡的情感，注定有不平凡的故事发生。

可以说，宋臻与芳的初恋，充满着浪漫主义色彩。那时的年轻人流行同学聚会，女孩骑上个红色小跑车，男孩斜挎个大吉他，节假日骑上单车，唱着流行歌儿，别出心裁地制造浪漫，一阵风似的登上山顶下到河滩，做个野炊点个篝火，围在一起搞个晚会，奏上几曲，尽情地跳着唱着喊着，无论会唱的还是不会唱的，在繁星闪烁的夜空下，亮开嗓子喊上几下，舒缓一下情绪，就是快乐无比，就是精彩人生，比现在流行的明星演出还要精彩还要火热还要疯狂。年轻人喜欢户外活动的另一个原因，就是利用浪漫的交往氛围，发现意中人，寻觅异性知己，找到人生另一半。

芳是粮库团支部书记。那时，自上而下都重视后备干部培养，重视共青团工作，作为团支部书记的芳，向粮库党政领导请示汇报少不了，随便编个理由就能见到宋臻。

宋臻是单位"一把手"，大模大样惯了，坐主席台讲个话发个指示，总板着个面孔，摆领导谱儿，但他毕竟是年轻人，掩饰不住青春好动的天性。芳是个古灵精怪的女孩，自暗恋宋臻后，总能够想出个办法来，编个理由，变着法儿把宋臻叫上，邀请他参加团员青年的活动，而且理由充分，让人无法拒绝。"青年工作也是单位工作的重要组成部分，作为单位唯一的青年领导，关心青年工作，关注团支部建设，参加团支部组织的活动，当是你这位青年领导的份内之事，你总不会缺席活动，让年轻人失望吧？"宋臻是何等精明之人，当然晓得芳的苦心，面对几乎不能拒绝的邀请，面对如花似玉的女孩，内心激流涌动。那一刻，宋臻醉了，而且醉得不轻，只是他生性孤高自傲，不轻易表现出来罢了。

"男人像一部书，看似枯燥乏味，只要潜心戏里，用心角色，细心品尝，就像挖掘宝藏一样，定能收获惊喜。男人这部书，看似平淡无奇，实则殷实丰满，嚼之回味无穷。"宋臻的沉稳，他的事业人生，让芳春心荡漾，有了情感炽热，连与闺密谈论爱情，都满满的是崇拜和诗意。

那一年的五四青年节，芳以团支部的名义，联合了全市厂矿企业团组织，到百里开外的宾江河上游景点郊游。活动前一天，芳特意跑到宋臻的办公室，以不容回绝的口吻发出邀请："宋臻同志，我们单位是团市委挂点单位，也是全市先进支部，团市委批准我单位团支部牵头，组织大型联谊活动，届时团市委正、副书记都参加。你虽然是单位的领导，但你首先是个青年，这样的活动，我想你不会缺席吧？"宋臻打量着满脸绯红的芳，故意耸了耸肩，夸张地摊开双手："听你这丫头的口吻，是不是我只有服从的份，没有拒绝的权利？""是的，你不能拒绝，还得代表我们单位主持这个活动。恕我直言，虽然你是单位领导，却无法改变青年的身份，而参加团支部组织的活动，也是义不容辞的责任。我想请你参加团组织活动，这要求不算过分吧？"宋臻被芳的调皮劲逗乐了，但他佯装严肃，故意板着个面孔，装出极不情愿的样子回答："那我就服从团支部的决定。""耶！"芳高兴得跳起来，只见她眼里溢满了泪水，对宋臻鞠躬，连声道谢："谢谢领导，谢谢宋臻青年。"说罢飞奔而去。

夏天的郊外，泥土芬芳，稻香四溢。随着夜幕的降临，天空繁星点点，沙滩微风习习，田间蛙声四起，萤火虫闪闪烁烁，在空中不停地舞动。在这静谧的夜色里,远处时不时飘来几声狗吠声,伴随着孩子们的追逐打闹,各种声音糅合在一起,像是奏起了欢快的小夜曲,让夜幕下的郊外沙滩充满着神秘、浪漫与温馨。

劳作了一天的人们回家歇息了,喧嚣了一天的鸟儿落了巢,世界渐渐归于平静。此时,从城里争先恐后赶来的年轻人,正在为即将到来的狂欢夜忙碌。按照分工,男孩子准备篝火晚会,有的捡拾柴火,有的搭建帐篷,还有的架设音响;女孩子也没闲着,做饭的做饭,烧烤的烧烤,排练的排练,所有人都在为晚会添砖加瓦、贡献力量。不一会儿,沙滩上的篝火点燃,熊熊燃烧的篝火把夜晚照得如同白昼。年轻人不约而同地在篝火旁围成圈,翘首等待着晚会的开始。当报时的钟声敲响时,少男少女们一齐倒数着:"五、四、三、二、一,开始!"音乐骤然响起,晚会拉开序幕。沙滩上,年轻人正以前所未有的热情,尽情地唱着舞着呐喊着,一时间掌声四起,欢歌笑语连成一片,欢乐穿越了时空,激情刷新了极限。犹如重大节日一般,整个沙滩成了欢乐的海洋。

"期盼已久的篝火晚会,春潮涌动,蓄势待发。在这难忘的时刻,特别感谢粮库领导的高度重视,感谢宋臻主任的莅临参加,让市企业团组织联谊篝火晚会办得有声有色,办得丰富多彩,办得隆重热烈。"团市委书记口才极佳,他的开场白引发掌声雷动。接下来,他的演讲更加煽情,直接催生高潮的到来:"今天是个特殊日子,也是团市委特意为适龄青年牵线搭桥,为少男少女们提供接触的机会,希望年轻人把握时机,寻觅到情感皈依,找到人生另一半。"此话一出,瞬间点燃了少男少女们的热情。年轻人沸腾了,如醉如痴地欢呼:"找到另一半!找到另一半!"此时的宾江河畔,掌声、口哨声、口号声响彻云霄,惊动了周边村民涌来观摩。

芳暗恋宋臻是公开的秘密,那天的篝火晚会,大家好像有了默契,跳舞的时候把机会留给他俩,有意无意地把他们撮合在一起。芳也不做作,落落大方地邀请宋臻跳舞。不知过了多久,年轻人渐渐地停下了脚步,到最后,圈子中央仅剩下芳与宋臻独舞。所有人都在专注地看着他们,用掌声鼓励他

第六章 风流才子

们跳了一曲又一曲。那天的芳风情万种，妩媚动人，陶醉在初恋的甜蜜里。伴随着音乐节奏，芳闭着眼睛用心舞着，仿佛世上只剩下臻与自己。此时的芳，心里全是宋臻，只见她紧紧依偎着宋臻，仿佛变成了一根多情的蔓藤，缠上了参天大树，与大树缠绵悱恻，融为一体，树长藤高，树倒藤亡。

夏天的夜晚瞬息万变，刚才还是满天繁星，一下子乌云密布，电闪雷鸣，大雨滂沱，把参加篝火晚会的年轻人淋得七零八落，淋得全身湿透，一个个缩进帐篷里，狼狈不堪地挤在一起。山区的气温低，加上衣服湿了，河风一吹，个个冻得瑟瑟发抖，起了鸡皮疙瘩。此时的芳紧紧依偎着宋臻，身体上的凉意，并没有熄灭她心中燃起的爱之火，她甚至在感谢老天作美，让她听到心上人的呼吸声，闻到他的体味，感受他的脉搏跳动。这是她第一次与异性零距离接触，而且是与仰慕已久的男人。这幸福突然降临，让她心跳加快，不由自主地抱着让自己魂牵梦萦的男人。

宋臻外冷内热，虽然平日里一本正经地板着个脸，那是岗位职责练就出来的。一个单位的"一把手"，总不能嘻嘻哈哈吧，要是那样的话还像个领导？还能建立领导威信？要是没了威信，还怎么管理几百号人的企业？

宋臻内心深处早就接纳了芳，把芳的一笑一颦藏在心里，只是在别人面前装模作样，保持着领导的傲慢，保持着男人的矜持罢了。眼前，这个令人心动的女孩触手可及，几乎能够闻到她的体香，听到她的呼吸声，几乎能够感受到她的体温，以及她身上无法抗拒的诱惑。此时的宋臻心跳加速，内心激流涌动，男人的原始欲望从根部冉冉升起，开始发热碰撞燃烧爆炸……那一刻的宋臻，头脑空白，无法管住自己的意识，他不由自主地把芳拉入怀抱，嘴唇迎了前去，与芳的舌头胶着在一起。此时的芳被宋臻的炽热熔化，心跳加速，呼吸加快，意识到一场风暴正在向自己袭来；她脑子一阵眩晕，感到灵魂将要飘出躯壳，飞向极乐世界……

不久，宋臻与芳成家立业，结婚生子。妻子貌若天仙，儿子乖巧听话，宋臻有了让人艳羡的家庭。

政治上最大的收获，莫过于跟对人入对圈。在宋臻管理的粮库走下坡路时，薛民已大权在握，掌握着干部调配大权，他以宋臻有企业工作背景，有助于发展城区工商企业为由，把他调到街道办事处任党委副书记，由企事业岗转为行政岗，有意让他韬光养晦，积聚能量，日后好担当重任。宋臻调至党政机关后，行政职级不升反降，但有了薛民这层关系，没人敢小瞧他。这宋臻虽然孤高清傲，再怎么清高也食人间烟火，不把人当回事却把薛民当爷供着，走哪儿跟哪儿说啥干啥，对薛民交办的事从不含糊。

近水楼台先得月。薛民官运亨通，六年"四连跳"，沾了组织部任职的光，他从干部组长升任常务副部长，后被提拔为市委常委、市委秘书长，两年后官至常务副市长，常务任上干了一年，又被破格提拔为宾州市长。伴随着薛民的快速升迁，宋臻的政治行情也是水涨船高，搭上"顺风车"连续"三级跳"，从街道党委副书记升为主任、街道党委书记，后经市长薛民提名当选为副市长。这宋臻从事业单位调到行政机关，再到副市长，虽与其自身优裕条件分不开，却没缺少过薛民的提携。

每每市里有什么出风头的事，只要能和宋臻沾得上边，薛民就习惯地点宋臻的将，常挂在他嘴边的话就是："宋臻我使着顺手，这个人给我留着。"这常务副部长点将，谁还敢争，一来二往，大家都知道宋臻"名花有主"，晓得是薛民的人。加上宋臻乖巧灵活，只要是薛民交代的事情，肩扛不动背顶。这人心都是肉长的，宋臻的鞍前马后、尽力用心，薛民自然记在心上。

领导干部是人不是神，尤其是极品男人，人格魅力足讨女人喜欢。只是薛民顾忌自己的身份，不敢肆意妄为罢了，风花雪月的事，只能私底下来。对政治人物来说，当然不敢张扬，薛民唯一信任的人是宋臻，除了在他面前不避嫌隙，率性而为，他人面前仍是正人君子，不食人间烟火的形象。俗话说，同过窗、扛过枪、嫖过娼，这几种关系最铁，比肩于过命交情。薛民连私生活都不避宋臻，足见两人铁的程度。在宾州，薛民与宋臻都是极品男人，极品男人好女人这一壶，不足为奇，也符合品位男人的行为惯例。

薛民当选为市长后，得到省委党校接受三个月的岗前培训。此时宋臻在薛民的提携下，已升任街道党委书记，等所有的人捧完热屁子，他才去晋见。

第六章　风流才子

宋臻了解薛民，也了解薛民最信任的人是谁，之所以"赶末班车"，是因为他还肩负着一项使命，帮薛民物色女子陪读。这是薛民这种级别的领导应当享有的待遇，也是当下的"流行病"。

薛民与妻子若即若离，说不上好也算不上坏，却总是有那么点不合拍。作为政治人物即使对妻子不满意，也不能选择离婚，唯一能做的，是玩婚外情满足心理平衡。

宾州文化名人谢蒙，喜欢八卦故事，对婚外情情有独钟，只是点评不合政治伦理，让人吐槽："领导干部都是凡夫俗子身，都有七情六欲，搞点婚外情不足为怪，但必须搞定'大后方'。现在的官太太对男人搞婚外情见怪不怪，只要不影响家庭，不闹到家里就行。"他的话虽然不伦不类，却道出了政治人物的婚姻家庭现状。

"家庭不吵，对方不闹，群众没举报，组织可以不查不究。若是群众举报，家里又吵又闹，组织还能不究？"谢蒙给官太太出的主意，尽管荒诞不经，却成了拯救婚姻家庭的"良药"。

如今的官太太，面对现实很无奈，只能自己解套："这没出没息的男人，没人想没人要；有出有息的男人，有人抢有人泡。极品男人本来就是公众人物，公众人物搞点婚外情，有啥大惊小怪？要是没完没了地纠结，日子还过不过了？与其管不了不如装点迷糊，啥都别知道更好。"这就不奇怪了，尽管官员的私生活乱七八糟，却大都能够保持婚姻家庭的基本稳定。

宋臻物色的"陪读"，是一个在读研究生，家境贫寒，父母无力负担学费，靠暑假赚钱维持学业。现在的女孩子想得开，与其跟同龄人玩情感游戏，不如找个暑假情人，边学习边赚钱，学习赚钱两不误，假期一满，孔雀东南飞，老死不相往来，啥后遗症没有，难道不是好事？现代女性贞洁观放得开，陪男人的事不当回事："不抢不偷的，不就是陪个睡？就当长途旅游，啥也不丢啥也不会损失，既不影响家庭又不影响社会，值得大惊小怪吗？"当然，这陪读费绝对不低，研究生这层次的，月入两万是个基数，姿色好一点的还要加码。宋臻找了个合适女孩替薛民陪读两个月，管吃管住，只是陪读费用不宜单位报销，只能自己替他付了。

薛民处事沉稳而又不失洒脱，文质彬彬而又不失霸气，风流倜傥而又不失庄重，是个有深度的男人。宋臻熟悉薛民的审美口味，知道他喜欢内涵美女，喜欢知识女性，与晚辈级别的知性，同床共枕云里雾里，那才是极品男人的极品享受。宋臻读懂了薛民的内心世界，知道他追求极品人生，想在他就任市长前彻底放松一下，点燃激情之火，既能满足男人的征服欲，又能丰满男人的成就感，那才是极品人生的感受。

女研究生灵气十足，瘦条高个不失丰满，长发披肩不失妖娆，煞是清秀煞有气质。最让薛民刻骨铭心的，是女孩睿智含蓄而又不失妩媚的表现。那天，薛民被宋臻从省委党校接到了酒店，宋臻留下一个总统套房钥匙后离开了。薛民知道，宋臻一切都安排好了，学习期间这里便是自己的家，自己就是家的主人，连女人都匹配好了，只管享用就是。薛民是个见过大场面的人，但临时组家的事还是头一次，的确不习惯，他甚至不敢贸然使用钥匙，轻轻地敲敲门。不一会儿门开了，里面站着一个高挑、白皙、秀气的女孩。她刚洗完澡，穿着洁白的连衣裙，两只手拿毛巾捂着一头湿漉漉的秀发，显得清秀腼腆。女孩似乎一点不陌生，倒像个老熟人似的，轻轻问了问："你回来了？"就这话，把薛民首次见面的诸多尴尬，轻松地带走了。接着，女孩招呼着薛民："累了吧？先去泡个澡，放松放松。"就在薛民脱完衣服准备进浴室的时候，女孩还不忘提醒："半小时后用餐，你得抓紧时间哟。"那声音有如天籁，轻轻柔柔的，听得人骨头酥酥麻麻的。就这小鸟依人的声音，震撼了薛民的灵魂。

等薛民出来后，女孩递上睡衣，那情那景就像一个妻子做份内事一样。此时，餐桌上已上好菜，全是薛民爱吃的，还有一瓶法国葡萄酒。女孩熟练地打开酒瓶，分别倒上两个半杯，将其中的一杯递给薛民，然后碰了碰杯："上了一天课，辛苦了！喝点红酒舒筋活络，缓解一下疲劳吧。"这一席热乎乎的话，把薛民之前的顾忌，带走得一干二净。此时的薛民，一脸诧异，这女孩咋那么熟悉自己，而且熟悉程度堪比朝夕相处的妻子？薛民喜欢与知性女打交道，喜欢聪明女人的独特表达方式，眼前这个女孩完全符合自己的审美。他不得不重新审视眼前这个浑身上下透着知性美的女孩。

那晚，薛民把自己当饿狼，把女孩当成了猎物，折腾撕扯了她整整一个晚上。事后，连薛民自己都吃惊，都40岁的人了，竟然还如此粗放、如此生猛、如此雄壮有力。那晚，他见证了啥叫飘飘欲仙，啥叫刻骨铭心！

新官上任三把火。薛民上任宾州市长后，第一记大锤砸向企业改制，放出"卖光走人""买断走人"大招，粮库事业单位企业管理，被改制办列入改制之列。宋臻的兄弟姐妹都是粮库职工，加上自己经营多年，凭借商海沉浮、摸爬滚打出来的满身精明判断，哪个朝代不重视"填肚子"的事？粮食企业是国计民生行业，衣食住行的事就是天大的事，别看现在政府拿它不当回事，总有一天会凸显它的重要性。身为资深粮企人，自然懂得粮库改制存商机，无论如何不能一走了之。更何况兄弟姐妹都是靠岗位挣钱吃饭，需要这份工作，参与竞买天时地利人和，啥条件都符合。

那年，宋臻调动一切力量，以家族的名义，花350万元烂柴价买下百亩土地、设备过千万的粮库。宋臻拿到粮库项目，同样没缺少薛民的支持。这一具有重大意义的决策，不仅保住了兄弟姐妹的饭碗，还打造了完全属于自己的粮食加工、仓储与经销企业平台。这一平台为他的人生再崛起，打下了坚实的基础。

果不其然，宋臻拿下粮库后，国家对农产品加工企业实行政策性扶持，企业每年可获5000万元涉农贷款额度支持，还争取到2000万元政府贴息贷款项目资金。惯来紧紧巴巴的粮企，像是扎进了钱孔里，不得不考虑如何去花钱了。宋臻有了钱后，指使兄弟姐妹进入房地产，岂料牛刀小试斩获成功，为他日后进军房地产积累了经验。

宋臻拿下粮库后，原本有机会参与竞价的各路玩主，肠子都悔青了，却不得不认怂："政治身份虽不能明码标价，但它绝对是含金量极高的'无形资产'。这无形资产在别人手上，或许仅是张亮眼的名片，可到了宋臻手里成了点石成金的魔杖。宋臻借改制把粮库收归囊中，其智慧与能量不得不服。"

烨是音乐学院的高才生,在宋臻任职地的市办中学当教师,人长得甜美,嗓子甜润柔美,是宾州有名的美女加才女的"双料货"。宋臻任街道党委书记后不久,该街道举办了年度联谊晚会,邀请驻地单位参加。以烨的演艺专长,当然不会缺席,且无争议地成为晚会的绝对主角。果不其然,舞台上的烨一如既往地受到热捧,在掌声的一再鼓励下,一连献唱了数曲经典民歌。烨的歌喉玉润珠圆,表情丰富投入,唱得如醉如痴。她直抒胸臆、意犹未尽的台风,感染了台下无数观众,也感染了宋臻。毫无疑问,烨的压轴曲《兵哥哥》,把晚会推上了高潮。台上的烨激情澎湃地演唱,台下的宋臻与观众一样,心随着烨的优美歌喉起舞。"想死个人的兵哥哥,去年他当兵到哨所;夜晚他是我枕上的梦,白天他是我嘴里的歌……"恍惚间,宋臻融入歌的意境中,自己成了守卫边关的兵哥哥,家里有个知冷知热的美人儿,梦中与心爱的人缠绵悱恻,白天被美人儿惦记着,化作嘴里的歌谣。这情这景,感动了无数人,让无数男人为之倾心。当烨唱到"妹妹心中的星一颗,家中的事儿交给我;边关的冷暖托付你……"宋臻的思绪随着歌曲的旋律起舞,仿佛来到戎马边关,白天与将士南征北战,饮马长江;晚上倚靠在哨卡的大树上,遥想着心爱的人儿,凭借着心灵感应,星空中互诉衷肠。烨把歌后宋祖英的原唱,演绎得精美绝伦,演绎得出神入化;烨把男女之间的真情爱恋,演唱得如歌如泣,演绎得感天撼地。烨煽情的歌喉,触动了宋臻心灵深处的情愫。

宋臻从烨如歌如泣的演唱中,读懂了情感丰富的烨,也读懂了她渴望爱情的内心。冥冥之中,他感到烨是上帝赐给自己的礼物,终将有一天属于自己,上天注定了自己与烨的缘分,注定了与她有一场前世今生的故事发生。

确切地说,宋臻的人生并不缺美女,不过那是欲望不是爱,充其量算逢场作戏,对烨他是发自内心的,是烨让他魂牵梦萦,让他魂不守舍,让他夜不能寐。为见到烨,他找了很多理由,不得已才把街道工会主席叫过来商量:"街道干部的业余文化生活枯燥,你这个工会主席能否想点办法?"工会主席是宋臻一手提拔的,自然把他的话当圣旨,联想到"老板"有事没事往市属中学跑,咋不晓得其中的"弯弯绕"?遂连声附和:"是的,是的,干部

第六章 风流才子

的文化生活的确枯燥乏味，是该想办法解决了。现在流行卡拉OK，能否将会议室改造一下，改成歌舞功能房？"宋臻当即表态："这主意很好，有创意，就由你负责落实。"说办就办，有了"老板"的支持，卡拉OK厅很快装修好了。工会主席意犹未尽，干脆把"丰富干部业余文化生活"当政绩工程搞，隔三岔五地举办歌舞比赛、联谊会啥的，想方设法给宋臻制造见烨的机会。

无论舞会还是联谊，前提是得有女伴。政府部门光棍多，女性成了"紧俏货"，如何能够满足需求？工会主席找中学校长沟通："校长老弟，政府为丰富干部的业余文化生活，定期举办舞会，其他啥都不缺，就缺女同志，能否帮忙'调火力'？"工会主席"调舞女"仨字说不出口，话到嘴边变成了"调火力"。校长与工会主席是同乡，平日里讲话随便惯了，突然冒出个"调火力"，先是一愣，缓过神后一边摸头，一边"嘿嘿嘿"地会意一笑。本来，中学与镇政府行政级别相当，充其量算协作关系，学校的工资、人事调动，与街道办没任何关联，"调火力"参加文化交流，可以不理这个茬。可校长情商极高，街道办频频邀请校方联谊，绝不是空穴来风，而且这风还刮得多有蹊跷，想必大有来头，自己得做个明白人，别稀里糊涂当了"冤大头"。

校长脑瓜子灵活，多了个心眼，当他获悉联谊活动是宋臻倡导的，且每次点烨参加，后脑勺子一拍，终于知晓了谜底，随即洞开了方便之门，每次调一帮美女教师参加歌舞联谊，还投其所好地叫上烨，安排她做镇政府文化兼职教员。宋臻也投桃报李，以"支持学校工作"为由，每年给中学拨个十万八万的赞助费，把个校长喜得合不拢嘴，大会小会夸奖："烨除帮助学校协调好与当地政府关系外，还帮学校拉了那么多赞助费，工作可圈可点，成绩有目共睹。"这双文明建设先进个人都给烨留着，烨不用争不用抢，立功受奖年年有。

烨是个简单女人，被副市长家的公子哥追到手后，当作一道凉菜便不管不顾了。烨原本很满足，以为傍个官二代做靠山，安安稳稳过小日子，没想到丈夫不学好，落得红颜薄命。

丈夫嫖赌逍遥欠下百万赌债，不时有人上门讨债，把个副市长公公气得吐血，但气归气骂归骂，儿子毕竟是儿子，为保全儿子的家，想方设法替他还清了赌债。没想到赌没戒着还染上了毒，最终债台高筑，被债主逼得"跑路"。前世造了孽，这世受磨折。事已至此，公公只得睁一只眼闭一只眼，找个理由安慰自己："罢罢罢，天要下雨娘要嫁人，无可奈何的事。家道如此，就当没生这个儿子罢了。"从此心灰意冷，不闻不问不管了。

无奈之下的烨，只有离婚躲债，整天躲在被窝里以泪洗面。自己花样的容貌，花季的年龄，花般的梦想，就这样毁了，从此种下了对男人的偏见。面对宋臻的殷勤表现，她何尝不明白。这些年，讨好自己的男人太多了，都无一例外地被挡在门外。在烨的词典里，男人与女人打交道，多由下体说话，因而筑起了一堵心墙，时刻警醒自己："男人的示好不能太当真，多半是为了花心，多半是为了占有。"

直到有一次，烨因为感冒缺席联谊会，宋臻知道后冒着大雨，跑到她的单身宿舍，把几乎高烧得晕厥过去的烨，驮着送到医院，陪她吊水给她喂药，忙了一个晚上，让烨感动不已。当宋臻准备离开的时候，烨轻轻的一句："留下来陪我吧！"这话如天籁，震撼了宋臻的灵魂。虽然与烨零距离接触仅几小时，可他在短暂的接触中读懂了烨，这话出自孤高自傲的烨之口，犹如乾坤扭转、斗移星转。他傻傻地返过身，与眼里充满期待的烨对视良久，突然间，彼此发疯似的冲向对方，紧紧地拥抱在一起。两人穿越了时空，忘却了道德伦理，抛开了猜忌隔阂，像初恋情人一样，回到了少男少女时代。

那一刻，两人放开了，坦然了，准备面对来自世俗的压力。那一刻，彼此生怕对方走失，生怕自己错过，拼命追寻着对方的嘴唇，拼命吸吮着对方的舌头，贪婪地占有对方的身体，用行动演绎着诗意与浪漫……

自遇上宋臻后，烨尝到了人生真爱，也看到了生活的希望，虽然这个人有家有室，但她愿意把自己交给珍爱自己的男人。有过一次失败婚姻的烨，似乎对感情有了更深的理解，她不在乎有个名义上的家，更在乎有爱的生活。烨与宋臻走在一起后，渐渐恢复了人生自信，体验到生命的意义。

做了两年副市长的宋臻，没有因官位升迁而有所节制，使小性子的事时

第六章　风流才子

有发生。以他特立独行的个性，与同僚相处自然不能算是和谐，碍于薛民的面，大家相忍为安。倒是龙之与宋臻私交不错，出于关心，主动找宋臻谈话，当面敲了警钟："宋臻老弟，恕我直言，你走的是从政路，却始终像个独行侠，不太讲究官场的游戏规则。听我一句话，从政就得有从政的样子，从政就得尊重官场文化，就得讲点政治规矩。"此话传到曾峰的耳朵里，引来神点评："龙之的评价入木三分。客观地讲，宋臻是个不入流的政客，但他智商情商堪称一流，是个商业奇才，倘若经商准成大器，遗憾的是他走的是从政之路，虽官路顺畅，政治上却始终不成熟，不该有的毛病都有，还时不时使点性子，隔三岔五地政治犯忌一回。"

这一年，地级市检察院侦办宾州一起贿赂案，涉及宋臻的手下，检方通知宋臻协助调查。本来，这正常调查程序讲清楚即可，反正跟自己没关系，能担担的担担，不能担担的撇清关系就行。在腐败难以根除的大环境里，当官的谁能保证自己干净？这检察院是反腐败的专门机构，掌握着渎职犯罪侦查权，相当于掌控了官员的身家性命，掐着他们的"生辰八字"，当官的谁不忌惮？特别是素质差的检察官，平日里居高临下惯了，看谁都不顺眼，看谁都像罪犯。"这个人很狂，该治治了，不然尾巴翘到天上了。""抓个人还不容易？只要当了官掌了权，就不怕查不出问题。""别看那些当官的咋咋呼呼，除非不查，要查的话，保证一查一个准。"光从他们的口头禅里，就知道检察官有多牛掰。当官的与他们打交道，表面文章该做还得做，该当孙子还得当孙子，尽管当官的心里不喜欢他们，还得时刻提醒自己："得罪谁也不能得罪检察院，招惹检察院，岂不是阎王桌上抓供果——送死！"

当承办检察官了解情况时，没想到宋臻以工作忙加以搪塞，把他们晾在宾馆，坐了三天冷板凳。这老虎不吃人吓死人，气得承办的检察官跺脚骂娘："你一个副市长牛啥？连检察院都叫不动你了，莫非反了你不成？宋臻狗眼看人低，看你能张狂个啥子来！这笔账老子给你记着，迟早找你算，早晚得收拾你！"这还不算结束，进而放言调查宋臻所主管的部门，把个国土、城建、规划局局长吓坏了，一齐向市长薛民汇报。薛民一听更急，脸色阴沉得像猪

风 云

肝一样难看，立马给宋臻发号施令："宋臻，你在哪儿？限你10分钟内赶到我办公室来。"话没说完，话筒一扔，没想到歪了，"啪"的一声滚在一边，发出"嘟嘟嘟"的声音。

当宋臻气喘吁吁走进门来，薛民二话不说，指着宋臻的鼻子开骂："你是不晓得人间的事，七不得罪八不得罪，偏偏去得罪检察官，知道你在干吗吗？我来告诉你：你是在跟自己过不去，你自己活腻了想找死也就算了，莫非还要连累鞍前马后帮你干事的弟兄们不成？"把个宋臻骂得狗血喷头，连大气都不敢出，宋臻这才知道自己惹了大事。

宋臻怠慢办案检察官这事，是典型的政治幼稚病，把斯斯文文的薛民气得粗话脏话一齐上，就差动粗了。宋臻平日里清高，眼珠子往上翻，很少看人眼色行事，唯独在薛民面前唯唯诺诺，不敢乱来，薛民指东打东指西打西，不问对错是非，一路走来，只要是薛民交代的啥账都认。当然，薛民记着宋臻的好，该骂还得骂，该保还得保，骂完之后还得替他擦屁股。当天，薛民带着宋臻到检察院负荆请罪，一路赔礼道歉，一路赔小心打圆场，还设宴款待承办检察官，总算把这事给摆平了。

其实表面上这事过去了，但承办检察官对宋臻的怨气，远不是几句好话消除得了的，这争长论短比输赢的事，不在乎一天两天。时隔多年，宋臻还是栽倒在当年遭冷遇的检察官手里。

宋臻的任性表现，不仅在工作，也在私生活上。他原本就是个我行我素的玩主，不在乎别人说三道四，无须看人眼色行事，不管别人如何生事议论，与烨该怎么交往还怎么交往，更不在意妻子的争风吃醋。在他的口头禅里，始终有着大男人主义："大男人敢作敢为，敢恨敢爱，敢为人先。"芳起初排斥烨，又是哭又是闹的，把宋臻惹得心烦了，扔下句硬邦邦的话："你也不用吵也不用闹了，有两条路供你选择，要么包容要么离婚。"就这话，"噎"得芳说不出话来，将惯来通情达理的她吓傻了，晓得再怎么闹都无济于事了。她熟悉宋臻脾性，知道他走火入魔，被烨这狐狸精迷住了。

芳是典型的贤妻良母，与宋臻生活了近30年，晓得他一根筋，晓得闹

第六章 风流才子

不仅不能拯救婚姻，还会把丈夫推给别人，闹腾的结果最终是伤害家庭伤害自己。芳非常珍惜这个家，再委屈也只能默默承受。闺密不忍心芳受欺负，闹着要找宋臻理论，被芳死死抓住，眼泪汪汪地替丈夫说话："妹的心意我全领了，我是自己犯贱，不能怪他，要怪就怪我命不好。"之后叹着气自言自语，"知道自己没得救了，我习惯了他的体味、他的任性，连他的固执与横蛮都习惯了。宋臻花心也好背叛也罢，我生是他的人，死是他的鬼，这辈子恐怕离不开他了。"气得闺密甩手就走，边走边数落："你真不争气，活该受欺负，从此以后，我再不管你了。"芳无法想象，失去宋臻的日子还怎么过，自30年前宾江河畔那场篝火晚会起，就与他融为一体了，注定了这辈子只能将就不能分离，或许只能包容烨的存在，除此别无选择。

宋臻与烨的感情不管如何深厚，但毕竟难登大雅之堂，不为社会接受，尽管宋臻对烨情有独钟，变着法儿制造激情与浪漫，但碍于身份，休闲度假旅游啥的，只能私底下来，有时连薛民都不知道宋臻的去向。一次，上级突击检查城市规划工作，这下可好，主管副市长失联了，弄得手下到处找人，这下把薛民惹毛了，差点"挥泪斩马谡"，好在两人私交非同一般，这嫡系部队毕竟是嫡系部队，最终还是高高举起，轻轻放下完事。当然，宋臻免不了挨顿臭骂，要是换上别人，就绝不会有这等好事了。

"失联事件"之后，宋臻与烨的男女关系引爆，一时间传得沸沸扬扬，更为尴尬的是，每逢市里的大型活动，同为副市长的烨公公与宋臻同在主席台上，这地球人都知道的事，台上台下岂能没反应？宋臻我行我素惯了，他才不会在乎别人说长论短。可难为了烨公公，免不了被人指指点点，难听的话应有尽有。

薛民任职市长两年，经组织安排与曾峰交换至东岭任职。薛民走后，宋臻作为本土副市长，原本不属于龙之的"本土权力圈"，自曾峰放言赶超东岭之后，薛民做了近似于抗议的隔空回应。这宋臻是薛民的紧跟派，你曾峰与薛民隔空交火，作为子弟兵不能没有态度，虽不至于站出来挑衅，但私下里却与龙之走到了一起，被曾峰当作"本土权力圈"一员。

风 云

薛民调离当年，灯具厂建厂元老对肖敏毁约开发的事耿耿于怀，遂把账算到了薛民头上，这薛民前脚一走后脚报告就到。好在薛民政治敏锐性强，一看势头不对，主动向省纪委交出了牌桌上的钱。此时的薛民，在东岭市委书记任上吃岗位粮，兼任地级市市委常委，进入高干行列。这纪委对高干审查，有严格的组织批准程序，加上他刚刚提拔，又是主动上交，遂做了内部消化处理。之后，省纪委将举报信反映的其他问题，移交到地级市检察院处理，没想到冤家路窄，案子又落到曾遭宋臻冷遇的检察官手上。或许命该有此劫难，灯具厂土地是宋臻主管国土、城建期间变性的。这承办检察官"一根筋"，使尽了吃奶的劲，把案子翻了个遍，想一雪前耻，遂提请组织批准对宋臻的立案调查。本来事过了多年，又不是受贿之类的硬伤，曾峰可以找组织说情把他捞出来。

可此时的"曾"式发展方略，遭遇"本土权力圈"的强力抵制，曾峰与龙之明争暗斗正酣，几乎掀桌子摊牌了。以曾峰的政治敏锐性，意识到检察院的介入，是打击圈子文化的契机，调查本土派要角，符合长远政治利益。

正当检察院大张旗鼓启动对宋臻调查之际，宋臻本人还蒙在鼓里，正带着烨畅游海南三亚，享受着浪漫甜蜜的爱情。当两人走下飞机，被案子承办检察官带走。至此，宋臻告别了翻手为云覆手为雨的官场，步入了人生辉煌的另一极。

起初，承办检察官以为逮着大鱼了，千方百计往大案要案上靠，从宋臻的粮库受让，到涉农项目资金贷款；从主管国土城建工作渎职，到职务贿赂犯罪；从宋臻本人，查到他的亲属情人，查了个锅底朝天。没想到，平日里清高孤傲的宋臻特精明，啥事都上了道防火墙，规避了法律风险，让承办检察官暗中吃惊，自己办了大半辈子案子，不知查过多少贪官污吏，还从来没出现过"筐瓢"情况。

从过往办案经验来看，官场上的大官小吏，有几个洁身自好的？进入调查后独善其身能有几人？没想到宋臻鬼精得很，把法律责任撇得干干净净。可以说，查办宋臻一案，承办检察官不可谓不用心，也未放过任何蛛丝马迹，竟然没查出过硬的腐败证据，最后，只得把红包礼金加起来算受贿。平心而论，一个主管国土规划的副市长，站在权力的风口浪尖，就这么点红包礼金，算得上是廉洁干部。可面对宋臻任职期间，家族财富暴增的事实，承办检察官心有不甘。

司法代表着正义，对手握司法重权的检察官来讲，不可能让调查对象倒打一耙，"儿子打老子"绝不允许发生，没有其他犯罪红包礼金也算受贿，霸蛮起诉到法院，判处宋臻两年有期徒刑。预想不到的是，这宋臻在侦查、审判与服刑中，既不上诉又不喊冤叫屈，直到刑期执行完毕，异常平静地从监狱大门走了出来。

此后，宋臻所有的讲话，再不触及政治与法律了，他一心一意经营自己的事业，以积累起来的人脉和经济实力作为后盾，大举进军房地产业并成功崛起，成为宾州屈指可数的房地产大鳄。

第七章 选举风波

曾峰上任宾州市委书记的那一年，正值换届选举，宾州市委、市政府、市人大、市政协"四个班子"班子配备方案，是按照省委统一部署，经地级市组织部门严格考察后敲定的。

龙之任过10年常务副书记，对组织人事工作感触颇深，意味深长地告诫下属："组织人事涉及不同层次的人，有着复杂的背景，牵扯到方方面面的利益。别以为组织部门大权在握，掌握干部调配大权，就可以翘尾巴摆谱，横冲直撞地来事，其实是捧着一钵子油，生怕有闪失出差错，弄不好里外不是人，一不小心便得罪人，个中苦楚只有行业里混的才清楚。因此唯有谦虚谨慎，才能担当选人用人重任。"那时的龙之，与下属关系融洽，常以一家人自居，说话不顾忌，常敲警钟："外人看我们组织干部，要风得风要雨得雨，威风八面势头蛮大。有些人确实忘乎所以，趾高气扬，仿佛这个世界上，只有自己才是主宰，才是时代的宠儿。真正熟悉组织人事工作的人，才晓得这是费力不讨好的活，不仅受条条框框制约，还要承担用人失察的责任，一旦举荐出了差错，睡到被窝里都要认账。"

事实上，干部配备合不合适、好与不好，组织部门说了并不完全算数，民意检验才是动真格的，用错人难辞其咎，免不了要接受群众的批评："组织干部脱离群众，偏听偏信，乱做豆腐乱点膏，不知道是不是吃干饭的。用错人就得追责，要追责得先追究用人失察的责任。"

如何评议舆论压力，龙之自有说法："老百姓心里有杆秤，做得好又夸又褒，做得差挨骂受过。林子大了啥鸟都有，说长论短也好，横挑鼻子竖挑眼也罢，做错了事就得面对舆论监督，就得接受组织的追责。若果真到了这一步，你也别觉得委屈，谁叫你把关不严？谁叫你选人用人不当？"

干部选拔程序复杂，除遵循避籍制度、民主党派任职比例、女性干部配备等种类繁多的规定，还得考虑机关干部挂职锻炼安置。龙之告诫下属："第一难事是人事，既要体现组织意图，又要保证配备干部顺利过选举投票关。这选人用人的事，最终还得靠代表投票，毕竟投票是一票票加出来的，民意才是重中之重。"

曾峰主政宾州的当年，选举换届成了他最头痛的一件事。宾州文化名人谢蒙，作为文化界的代表，已连续当选几届人大代表，算是老资格了。他倚老卖老，对宾州的换届选举颇有微词，虽然没斤没两却不失文采："宾州的换届选举，就像一池湖水，水面波澜不惊，水下暗流涌动，看上去平淡无奇，却泛起片片涟漪，惊起一行鸥鹭。"

在宾州这块土地上，谢蒙是个颇具争议的文人，喜欢横挑鼻子竖挑眼，啥事都看不惯。这样一个总戴着有色眼镜看世界的人，聊起代表投票，自然酸酸溜溜："这换届选举投票，其实就是一句话、一件事、一个表情、一个示意、一个招呼的事情。"这话说得没据没量，很是犯忌，只有他这种口无遮拦的人才敢讲，也只有从他嘴巴里讲出来的，才不会被人当回事。

虽然谢蒙的话没人较真，可还不得不承认，恰恰这话掐准了宾州选举的总筋，道出了事实真相。一些代表跟着感觉走，凭一己好恶投票；多数代表了解不到候选人的情况，不清楚他们的德才表现，稀里糊涂把投票这一神圣权利，当作领导交给的任务来完成。

风 云

按惯例，宾州成立了市、乡两级换届选举领导小组，分别由两级党委、政府、人大一号领军，组织人大代表投票。实践中，换届选举领导小组尽管对人大代表投票极具影响力，却仍难免百密一疏，时不时地会出点状况。

于是宾州市委、市政府通常情况下需要做三件事：一是精心组织，由选区党委、政府、人大一号分别任换届领导小组组长、副组长，党政班子成员任成员，统领换届选举工作；二是发挥纪委、监察的作用，严格执行选举纪律；三是对候选人进行全面考察和诫勉谈话。

市委秘书长郑林算是个有选举故事的人。他相貌堂堂，一表人才，就凭一米九的块头，走哪儿都引人注目。他22岁任团市委副书记，25岁任市委办副主任，28岁当乡镇党委书记，一出道就被重用，成为重点培养对象，就这年纪轻轻、光彩夺目的履历，让人羡慕不已。郑林31岁被领导相中，列为副市长候选人，或许领导觉得他年纪轻需要历练，没打算让他真选，只安排个陪选角色考验他，与下派干部主选搭配选举。尽管身为陪选，仅凭这年龄与履历优势，足以成重量级候选人。加上郑林工作可圈可点，不仅得民意还得官意，让他真选铁定高票当选，下派干部不是对手。

不过郑林组织观念强，晓得政治上的轻重，他一连几天到代表团做代表工作。候选人会见代表是惯例，联络一下感情、套套近乎是最正常不过了。可让大家傻眼的是，郑林一进门就拜托大家让票，话里满是诚恳："承蒙各位代表看得起我，郑林心里领情了。宾州人向来宽以待人，向来讲政治规矩，相信这次投票也不会让领导失望。"代表本以为郑林讲场面话，走走过场罢了，没想到郑林来真的，这下可不乐意了，头摇得跟货郎鼓似的，异口同声地拒绝："不行，不行，投谁与不投谁，是《组织法》赋予我们的权利，你当你的候选人，我投我的票，两不相干好不？"郑林一听更急："使不得，使不得，代表的好意郑林心领了，但我还是拜托代表别让我为难。"说罢，推金山倒玉柱，向前鞠上一躬。郑林一鞠躬，让代表真犯了难："这票真不能任性投了，总不能好心办坏事，给人家帮倒忙吧。"尽管心有不甘，最终迁就完事。

郑林深谙官场政治，以他的政治智慧，怎么可能触碰"集体意志"这条红线呢？为防节外生枝，他多次做亲叔叔的工作。叔叔干了30年村支书，连续当了数届代表，凭着老资格老面孔，与市领导混得精熟，是个基层人大代表中的"大社员"。谁都能想到，当了30年的村支书，没几把刷子，支书位置上能坐那么久？当他获悉郑林的来意后，断然拒绝："我是你叔叔不假，但我是选民选出来的，代表有代表的权利，投谁与不投谁你总管不着吧？"郑林听得直冒冷汗，他非常清楚叔叔不撞南墙不回头的性格，要是真把他给逼急了，凭他的资历与威信，振臂一呼准弄出个选举事件来。郑林急中生智，把叔叔拉到一边，煞有介事地说："叔，算算你40年党龄了，组织决定的事，老党员不听行吗？再说，你是看着我长大的，对不？我当选与不当选的事小，犯错误的事大，做叔叔的总不会看着侄儿犯错误，对不？""你说啥来着？选举投票还会犯错误？"叔叔一听"犯错"就蒙，虽然他不完全理解郑林的话，但看到郑林火急火燎的样子，知道侄儿的话绝非空穴来风；既然说出这话来，就得引起重视，否则好心办坏事帮了倒忙，自己可担待不起。最终，叔叔极不情愿地把票投给了主选。等选举结果一揭晓，主选高出一票当选，"集体意志"得以全面实现，郑林这才松了一口气。

郑林铁心让票的做法，让领导亏欠了他一把。没想到领导有情有义，当年便把他推到市委常委、市委秘书长的位上，比副市长高了"0.25级"。这事让郑林感慨万分，至今庆幸当年的让选选择。

郑林的落选，他自己倒没啥，叔叔却为他让选票的事后悔得要死，无论多久都不能释怀，跺脚叹息了好长时间。叔叔热衷于走上层路线，凭着资深老支书的招牌，年年都能到市里弄个项目、拉点赞助啥的，以维持村里的运转。就在选举当年，叔叔找市长化缘："薛市长，村里又揭不开锅了，能不能打发几万助俺渡过难关？"薛民认识他不是一天两天，见面自然少不了开玩笑："郑书记呀，不是我多嘴，你确实不晓得搞，肥水咋能流外人田？哪有选票不投侄子投外人的道理？你要是把票投给了郑林，他早当了副市长，还要你这当叔叔的到处化缘？这副市长的权多大呀，大笔一挥十万八万到账了。"叔叔一听，果真是这个理，郑林不就差一票吗？自己这票要是投给了侄子，一加一减算一下，这副市长不就是郑林了？侄子当上副市长了，还要这七老八十的亲叔叔叫花子似的到处要钱？

这一想不要紧，他连肠子都悔青了，床上躺了半个月，自己生自己的闷气，直到郑林专程开车前去看望，他还拉着郑林的手不放，反反复复念叨着："侄儿，是叔叔老糊涂了不晓得搞，该骂该罚你看着办就是，叔叔毫无怨言。"叔叔一副大义凛然的模样，弄得郑林哭笑不得，一次又一次地解释："别多想了，我哪敢怪叔叔呀，你明明是在帮我。"郑林不解释还好，越解释越解释不清。叔叔听得云里雾里，困惑不已，翻来覆去思忖着，却百思不得其解，直至到龄卸任都没弄明白。

"'集体意志'是啥呀？它代表的是领导的决定，这领导的决定能挑衅吗？若是有人傻乎乎地不晓得搞，非要整出个事来，岂不是自找麻烦？领导威权不可挑衅，谁挑衅谁倒霉。要是连这个道理都不懂，还想混官场？"郑林的政治智慧岂是叔叔可比的？这话当然只能意会，不能言传。

郑林非常清楚，入列候选人名单，并不代表自己有十足的竞选资格，选举投票仅仅是法定程序，宪法赋予的民主，该保证的还得保证。候选人若是头脑不清醒，守不住分际线，玩闯关上位的小把戏，与拿脑袋撞墙有异吗？正是基于这种理解，郑林才力阻自己当选，避免了一起"选举事件"。

换届选举有了如此微妙的背景，就不再是单纯的选举了。更何况，领导拿捏换届选举，难免受人际关系影响，到头来还得用"集体意志"来护盘。选举投票是《选举法》明确规定的，一旦选上就得任命。可"集体意志"再怎么高调，最终得靠选票来兑现。每逢换届选举年，领导安排纪委、监察保驾护航，且不讳言："就是要把影响到选举投票的非组织因素，消灭在萌芽状态。"

宾州市的换届选举和过往一样，地级市委提前半年考察，组织部常务副部长与纪委常务副书记带队，进驻宾州调研编制班子配备方案。它是换届选举最重要的环节，一旦敲定，就打上"集体意志"标签，成了最大的选举政治，必须无条件遵照执行。

第七章 选举风波

季宗科班出身，长得高大匀称，刚毅而不失儒雅，活脱脱的标准美男儿。农门出身的他，言谈举止接地气，待人接物讨人欢喜。季宗长期在组织部干部组长岗历练，亲和力超强，凡接触过他的人都说他晓得搞，职权范围内没少帮人说话，没少做好事。他从不讳言要做个好人："我一介书生，能够走出农门，多亏组织栽培，是组织把我推到干部组长岗，今生秉承'多种花少栽刺'的家训，为组织选拔优秀干部，为干部提供贴心服务。"这话既表明了职责所在，又表达了乐于助人之心，反映了季宗做人八面玲珑，秉承与人为友、广积善缘的意愿。更重要的是，政治上中规中矩，无可挑剔，仅此足以证明季宗的政治智慧。

干部的选拔任用，首先得过干部组这一关。干部组长位卑言重，哪个干部的提拔重用，少得了干部组长的进言？组织人事工作人际关系复杂，众口难调，是个招惹是非的岗，可季宗凭着热心诚心，赢得了不俗口碑。

干部组长的不俗表现，成就了别人也成就了自己。季宗是宾州干部任用史上，少有的直接从干部组长升任乡镇党委书记的，也许是组织人事岗长期历练的缘故，让他在党委书记位上如鱼得水，干得风生水起。

季宗用心与乡村两级干部交往，与他们结成了朋友，连生日都能记下来，甚至同过事的镇村两级干部，至今都能收到他的生日祝福。能收到党委书记的祝福，对基层干部来说，是多么荣耀、感人的一件事。工作做到这份上，还怕没人为你冲锋陷阵挡子弹？

宾州年度检查考核中，季宗对检查工作的龙之汇报了工作感想："农村工作说到底是人的工作，配备好村级班子，稳定好基层政权，处好与乡村干部的关系，把他们当朋友当家人，他们就会与你掏心窝子，也把你当家人当兄弟，搞不好工作那才怪。"龙之基层经验丰富，听后忍不住赞叹："本来组织上担心你缺基层历练，没想到老弟那么快进入状态。你成熟了，可胜任更重要的工作！"有了常务副书记的赏识，季宗从小乡调到大镇，从重镇调到了市直机关，还轮任过多个组阁局局长，走完他人一辈子走不完的路。

在诸多岗位的历练中，对季宗上位帮助最大的，是组织部副部长兼人事局局长岗。人事局管普通干部调动,为组织培养后备人才。季宗喜欢这项工作,更喜欢与年轻人交流,他常鼓励年轻人:"你们需要岗位历练,不懂不会并不可怕,只要肯学习钻研就行。把你们输送到两办当秘书,输送到组织部当干事,就是组织重用,就是人生机遇。你们也不想想,天天与领导打交道,还怕得不到重视?只要勤奋学习,嘴、笔都练得出,最终铁嘴练成钢嘴,毛笔练成钢笔。年轻人有了这两门功夫,脱颖而出是迟早的事,没准坐上直升机,一飞冲天。"万丈高楼平地起!人生起步至关重要,经季宗的鼓动,年轻人热血沸腾,全身心投入工作。

那些年,季宗选拔了不少后备人才,到季宗列为副市长候选人的时候,经他手选拔的干部都成了乡镇、局行正副职领导,成了季宗"越位"当选的支持者。此外,季宗任上的不俗表现,改写了人事工作守旧形象,让领导刮目相看了一回。加上政治上成熟,深得领导喜欢,这些领导后来提拔到高位上,成了他上位的重要推手。有了如此丰厚的政治人脉资源,季宗不脱颖而出才怪。

按照宾州班子配备方案,季宗做陪选、谭素做主选搭配竞选副市长,不能说不是宾州换届选举史上的"败笔"。季宗任过数个乡镇党委书记,担任过劳动、人事局局长,组织部副部长,哪个不是"圈"票的岗?加上季宗民意基础好,政绩可圈可点,选举实力雄厚,让他做陪选不选上还真难。

主选谭素是个女同志,还是无党派人士。她长期在医院工作,担任宾州中心医院副院长,这次入围候选人名单沾了干部政策的光。按干部任用规定,县以上政府班子成员,要有民主党派人士和女同志参加,谭素以无党派人士身份担任中心医院副院长,本来就是组织安排,这次提名为副市长候选人,亦是政治上的需要。熟悉谭素的老同志对这一安排多有微词,与谭素颇有交往的龙之,如是评价她:"谭素是个业务型干部,也是颇受尊敬的教授级专家,若不是从政,业务上定有长足发展,没准成为医院学科首席专家。"

让一位业务型专家改行从政,不能说不是现行干部选拔体制的诟病。正如赵德峰剖析的那样:"干部掌握着诸多社会、政治资源,其社会地位、提拔升迁、医疗保险、住房保障、子女升学就业等,有着无可比拟的优势,而

第七章 选举风波

这些优势可转化为现实利益,因而影响到专业人员的从业稳定,也重塑了专业人才的价值取向,仿佛当干部才算出息,才算修成正果。可以说,专业人员转行从政已成时尚,且渗透到社会血液里。"

谭素凡夫俗子身,自然也不例外。当组织上告诉她,需要一位民主人士入选院领导岗时,谭素失去了过往的从容淡定,决定放弃专业,选择并不完全适应的从政之路,当上中心医院副院长没两年,组织上又安排她竞选副市长,对她来说,无疑是一桩天大的好事。

业务人员转岗从政,通常难适岗,"头过身子不过"很普遍,这一点在谭素身上表现得尤为明显。一次,中心医院出了差错死亡事故,死者家属为赔偿金闹腾了数天。炎热的夏天,尸体摆放在医院大厅里,发出阵阵恶臭,再不处理势必影响到医院的正常营运,情急之下,医院报请信访局会同主管部门出面调解。

医疗责任事故死了人,死者家属情绪激动,言辞激烈在所难免。"谁愿意出医疗事故?谁愿意死人?出了事故医院也是受害者,患方动不动抬尸医闹,这医院还能办下去吗?"谭素开口就发飙,一发飙就与死者家属杠上了。这死者家属正在伤心处,见谭素既不得理又不饶人,无异于火上浇油:"岂有此理!医院治病治死人了还有理?这世道还讲不讲理了!"一有人点火,死者家属数十人立马起哄,死者妻儿更是觉得憋屈,躺在地上打滚,边哭边骂:"这哪里是救死扶伤的医院?简直是草菅人命!包公在哪里?你要帮老百姓主持正义、洗雪冤枉呀!"把个医院吵了个天翻地覆,就差上房揭瓦砸场子了。闹到这份上了,谭素还是不知进退,嘴巴子依旧不依不饶:"医院出差错在所难免,一出事就医闹,这医院的正常秩序还要不要了?"明眼人一看这架势,便知道谭素不像来解决问题,更像是擂台比武,丝毫不顾忌身份,竟然在这种时候,想与死者家属理论出个是非结果来。

眼看闹僵,信访局局长不得不出面制止:"谭院长,能不能不吵了,静下心来听听部门的意见?"正在兴头上的她,哪里听得进,正憋着劲与死者家属"嘴炮",逼得信访局局长不得不敲桌子,说重话制止:"谭院长,既然医院请市直部门来解决问题，那就请你尊重一下部门的意见。若你吵架上瘾，等我们退场后，爱怎么吵就怎么吵，没人管得着你。"话语虽然不多，敲打的分量却很重，让谭素难堪至极。主管部门领导虽然嘴上不说，私下里却在议论："谭素也就这水平，当领导着实勉为其难，无须用驾驭能力、领导艺术来衡量她了。"

类似越帮越乱的事，在谭素身上时有发生，可她偏偏全身心往政路上靠。这也难怪她，中国自古就崇尚为官，做官成了主流价值，当官骑马坐轿，身份地位显赫，谁能够抵御诱惑？谭素凡夫俗子身，当然也不会例外。

谭素既是女同志，又是无党派人士，名副其实的"双料货"，就凭这响当当的政治条件，合适与不合适无关紧要。可明眼人都清楚，谭素凭选举实力，循投票上位着实勉为其难。好在选举讲政治，条条框框摆在前面，政府组阁得有民主人士、女同志参与，这些都是刚性规定，符合规定就是最大的选举政治。至于候选人资历、阅历、能力行与不行，合适与不合适，不是领导考虑的重点范围。一句话，对刚性条件十足的谭素，要从讲政治的高度确保选上。

谭素长期在业务岗，没多少阅历，更无人脉资源，加上客观上受性别歧视的影响，选举前景不看好；反观陪选季宗，人气如日中天，选举实力超强，让他俩组合搭配选举，明显陪强主弱，不是同一个级别选手的较量。主政官员口口声声要确保谭素选上，惹恼了谢蒙，他不管不顾地发声："凭谭素的实力，通过选举投票上位，无异于把代表当傻子搞，无异于是在戏弄代表的智慧，领导这一安排，简直是瞎胡闹！"

依组织程序，宾州市班子配备方案，在任宾州市委一号是主角，但得征求接任市委书记的意见。曾峰政治敏锐性强，懂政治规矩，知道这届班子配备方案，与接任市委书记没多大关系，所谓的"征求意见"，仅仅是礼节性通报而已，上级组织并非真想听什么意见，加上自己初来乍到，情况不熟，还真提不出合适的意见来。事实上，当换届领导小组组长、地级市组织部常务副部长征求曾峰的意见时，曾峰表现得很谨慎，中规中矩，只是笼统地表示："服从组织安排，尊重并执行班子配备方案。"获悉曾峰的态度后，地级市

第七章 选举风波

组织部副部长耸耸肩,以为万事大吉,安安心心地走了。

不提意见并不代表没有意见,政府是做实事的,班子配备得不好,压力全在书记、市长身上。曾峰作为宾州下届主政官员,得靠政府的高效行政出政绩,谁不希望班子配强点。遗憾的是,市政府一正五副,挂职锻炼的副市长就占了两个,挂职副市长姓"鸽",进入状况要一两年,情况刚熟又要展翅高飞,剩下三个副职又配个女同志,工作还怎么开展?此时的曾峰,无论如何都高兴不起来,明知道配备方案不妥当,满肚子苦水没地方倒,只能暗中唉声叹气;加上班子配备方案一出台,说啥都不管用了,干脆啥都不说,私底下异想天开,寄希望于代表的选举智慧。

作为常务副书记,龙之也在谈话之列。地级市组织部常务副部长专门约见了龙之。他俩上下级关系多年,无须绕圈子,见面直奔主题:"龙老书记,你在宾州任职时间最长,多岗位待过,对宾州的情况了如指掌,今天找你,就是想听听你对班子配备方案的意见。"龙之直截了当:"部长同志,您这样一说,我就不客气了。您做常务副部长多年,算是个资深老组织了,不知道想听真话还是听假话?""当然听真话。"常务副部长连声肯定,那情那景,压根儿没把龙之当外人。

"那我照直说了哟,要是说漏了嘴,您也别介意。"客套几句后,龙之发表看法,"作为主管党群工作多年的常务副书记,凭直觉判断,本次干部配备方案存在较大纰漏。本着对组织对同志负责的态度,有的话又不能不讲,讲出来又怕有人不喜欢。"副部长知道龙之性格,见他心存顾虑,便笑着再三鼓励:"凭你我多年的交情,有想法更得讲出来,不许藏着掖着,咱约法三章:知无不言,言无不尽,言者无过,闻者足戒。好不?"副部长的鼓励,消除了龙之的顾虑:"本届政府增选副职,安排谭素主选季宗陪选,本身就有问题。您是我的老领导,我冒昧地问您:组织上可曾考虑过季宗的选举实力?让谭素与季宗搭配选举,就不怕出'脱轨'事件?"龙之不把部长当外人,直指要害。"谭素与季宗搭配选举方案,已报经市委常委会批准,再调整已经不现实了。"听了龙之的话后,副部长忧心忡忡,不得不放低身段求龙之,"龙老书记，你是宾州有威望的领导，拜托你多做工作，让配备方案顺利落地。"与龙之谈完后，副部长诚惶诚恐，似乎对配备方案没有了底气。"既然调整方案有困难，我保留意见好了。请领导放心，作为一个老组织，会无条件配合工作。"龙之知道此时该讲什么，不该讲什么。

龙之与季宗同乡，又是他的政治恩师，于公于私都应该交谈一次，至少要让他明白，闯关所面临的政治风险。那天，龙之专程找了季宗，龙之的到来，季宗受宠若惊，连忙让座泡茶。"季宗，从私人感情来讲，我希望你当选；从组织角度讲，我只能告诉你，守住政治分际线，更符合你的长远发展。你也算老组织了，换届选举的事，你懂的！"龙之丝毫不掩饰自己的担忧。

"老领导，在您面前我只能实话实说了，此次选举让我非常为难。您也知道，我是个有理想有追求的人，要说主动放弃选举，不是我的真实想法，真参选又面临诸多变数。"季宗愁容满面，嘴里虽没说啥，眼神里全是期待。

龙之读懂了季宗："我了解你，也理解你的心情，本着对组织负责、对同志负责的态度，不管中不中听我都得讲出来。让你陪选只是让你上个桌，摆个姿态而已，并不是真让你坐席吃饭。'集体意志'你懂的！"看到季宗苦笑，龙之仍继续开导，"强扭的瓜不甜，撒了你的米，迟早有一碗饭让你吃，早晚一年两年的事，若你不想退选，肯定就是你当选了。不过，作为老同志我得提醒你，不退选的政治风险实在是太大了，你得慎重呀！"龙之语重心长，话里饱含诚恳。

"老领导的心意我领了！说来我也是老组织了，懂政治规矩。请老领导放心，我会守住政治底线，不会落人口实，不会留下话柄。"季宗的话，既在意料之中，又在意料之外，龙之知道再说啥，已无实际意义了。

离开季宗后，龙之七上八下，从情理上讲非常理解季宗，既然安排让他当候选人，又不让他真选，岂不是折腾人？岂不是大庭广众之下让人丢人现眼？季宗的处境着实令人同情，但他的暧昧态度不能不让人忧心忡忡："宾州怕是要出大事了！"

就在龙之与副部长会面的当天，曾峰也约见了龙之，双方谨慎地交流了

第七章 选举风波

对配备方案的看法。英雄所见略同，想法竟然惊人相似。此时的曾峰与龙之，关系还算正常，彼此心无芥蒂，加上思想颇为接近，都希望选后的政府班子有利于宾州的工作，有利于地方经济发展。当曾峰获悉龙之向组织报告了担忧之后，特地起身与龙之握手。龙之明白，曾峰以行为语言告诉自己：他在感谢自己把彼此的共识报告给了组织。确切地讲，龙之的建议赢得了政治主动权，万一选举出现偏差，背离了班子配备方案，宾州市委可在事前表达过看法，也就有了堂而皇之卸责的理由。

季宗不愧是组织"老麻雀"，选举投票的前一天，他以书面建议的形式，向大会主席团报告："大会主席团，各位代表，选举投票前夕，本人以候选人身份，郑重地向主席团报告自己的想法。能够以候选人身份参与换届选举，是组织厚爱的结果，本人非常感谢组织。我是组织培养出来的干部，懂得'维护大局'四字的分量。为此，恳请主席团、恳请各位代表，投票支持谭素当选。"建议书四平八稳，政治上无懈可击。

投票前夕，季宗的书面建议书，经主席团一宣读，立马引起轩然大波，让人大代表备感憋屈，莫非把人大代表当傻子搞？这一问不要紧，把人大代表气得不轻，硬气地"主权"了一回投票，选票一边倒地给了季宗。选举结果最终验证了龙之的预言：主选谭素落选，陪选季宗当选。地级市端出的宾州班子配备方案，被实践证明是个彻头彻尾的错误。

事后，龙之不得不佩服季宗的政治老道："季宗不愧是组织'老麻雀'，这一大招的放出，为他赢得了主动权，否则无法洗刷这政治污点。"后来，领导启动选举脱轨事件追责，这建议书帮了季宗的大忙，替他挡了无数回子弹。

意料之中的是，宾州的换届选举被省委组织部定性为选举事件，予以通报批评。宾州换届选举脱轨走样，让新一届宾州市委压力倍增，更糟糕的是，引发东江省及地级市市委，对新一届宾州市委驾驭能力的质疑。为此，曾峰三番五次代表宾州市委作检讨，屁股还没坐热就被"家法"处理，让他备受委屈。

宾州的"选举事件"故事多多。早在 20 世纪 80 年代，宾州市委书记与市人大常委会主任在施政理念上发生了碰撞，两人都是土生土长的政治强人，行政能力都强，处事风格彪悍，这一山岂能容二虎？一个是主政的市委书记，一个是人大常委会主任兼市委常务副书记，两人搭班子的那段时间，摩擦没停歇过，到换届选举年集中爆发，书记有书记的市长提名人选，人大常委会主任掌握着选举机器，有常务副书记身份加持，也推出了自己的市长候选人。

那时，民主政治气氛浓郁，县级市可以差额提名，没有主、陪选之分，两个政治强人的提名人选，都成了市长候选人。只是没想到的是，人大常委会主任是个老组织，主管党群工作多年，子弟兵满大街都是。这一组候选人拿给代表投票，闹出"选举事件"则是大概率的事。果不其然，选举结果一出来，把市委书记提名的候选人选趴，市委书记恼羞成怒跑到省委告状，不给说法不出门，弄得省委下不了台。好在选举结果是代表投票出来的，你说选举是非组织活动的结果，得有上得了台面的证据，加上人大常委会主任平日里与省委组织部的关系处得不错，省委组织部部长关键时刻站台说话："选举结果是人大代表选票选出来的，只要没有明显的违规，就不能否认。"部长一锤定音，选举事件不了了之。

好在省委主要领导通人性，把宾州新当选市长作为农业专家选派出国，带队援助非洲小国，美其名曰是重用，实则调离市长岗免事。这落选的候选人怎么说也是落选，只能以常务副市长代理市长，屈尊主持一届宾州市政府的工作，选举事件才算平息下来。

这组织外派援非，对当选市长本人来说，受点小委屈不算什么，却苦了他的妻子。当选市长的妻子肺癌晚期，长期住院治疗，生命时间无多，算是个离天远距地近的人。妻子非常清楚，丈夫外派援非，怕是今生再无相见之日了。当选市长是个组织观念极强的领导，虽然忍心抛家弃子，不远万里去援非，却不忍心丢下身患绝症的妻子。男儿有泪不轻弹！以当选市长的倔强性格，绝不会向组织诉苦叫屈，他含着泪踏上了飞往非洲的航班。两年后，当当选市长风尘仆仆赶回家，见到的是妻子的一冢墓地。此时的他，止不住热泪滚滚，痛彻心扉了一回。

第七章 选举风波

当年宾州的政坛纷争，虽然在省委的直接干预下得以平息，但由此带来的后果，则永远留在了宾州大地。两届市委、市政府费尽心机，通过宾籍主管农业省领导，拿下兴建卷烟厂的生产许可，意外地成了权斗祭品。这烟厂是一本万利的买卖，建起来一投产，就成了宾州财政的"钱袋子"。宾州是个农业大市，烟厂建成后整个农业围着烟厂转，全市一半以上的耕地转型种烤烟，农民收入直线上升，宾州经济依托烟厂连级跳，一跃成为全省综合经济实力排名靠前的县级市。

换届选举那年，恰逢国家整合烟草产能与资源，关停并转小烟厂。这烟厂是地方政府的小银行，全国各地烟厂所在地地方党委、政府都使出吃奶的劲争保留，唯独宾州无动于衷，没有人再去关注烟厂的命运。在此背景下，宾州烟厂不关那才叫怪。烟厂关闭后，宾州财政像是断源的水，情势急转直下，农民收入持续减少，宾州向好的发展势头被打断，又回到了贫穷县市之列。

或许，宾州烟厂被关的命运乃大势所趋，原本无法改变，但偏激的宾州市民并不这样认为，他们把关厂的责任，固执地记在政治人物的纷争上。宾州老干部更是跺脚叹息、多有评论，其中，以赵德峰的点评具代表性："当年的宾州选举，影响了宾州未来数十年的发展，宾州人民无辜地为政治人物的不合而'埋单'，当了一回冤大头！"此话听起来耸人听闻，却真实反映了当下实际。

如果说20世纪80年代的那场选举事件伤害的是地方经济，那么20世纪90年代的另一场选举，对候选人个人来说，则是刻骨铭心的伤痛。郑羌是个老政府，从小通信员做起，兢兢业业工作，一步一个脚印，从基层岗一步步提拔起来的，一直做到市政府秘书长。这秘书长就是政府的大管家，时间一长，市政府大小事情，倒背如流，如数家珍。郑羌爱学习，什么四书五经、中外名著、名家大作，见什么学什么，涉猎范围包括政治、经济、法律、人文等诸多学科。郑羌对天文地理，样样精通，文章也写得如行云流水，多一个字嫌多，少一个字嫌少，是远近闻名的自学成才大家。

郑羌为人处事厚道，政府里的一帮子人，从办事员到市长都把他当自己人，连叫法都挺特别，姓氏都给免了，直呼"秘书长"。你可别小看这称呼上的改变，那是敬重有加的表现，情感上大家已经把他当家人、当家长看待了。叫的时间一长，整个市委、市政府大院都这么称呼他，仿佛只有这样称呼，才配得上大家对他的敬重。

郑羌惜才举才。市委、市政府办公室原本就是培养人才的地方，只要在两办待过，练就了能说会道、能写会画的功夫，最后殊途同归走上领导岗位。他任秘书长期间，从办公室走出去的领导干部，哪个不是他手把手调教出来的？经他推荐提拔的干部，数不胜数，这帮子人把他当恩师当伯乐。每年春节是郑羌一家子最忙碌的时候，从早到晚，给他拜年的子弟兵络绎不绝，把个年过半百的郑羌夫人年年累趴了。有知情人不忍心，实情转告子弟兵，此后初一走访拜年，变成了开年首条信息。郑羌收到拜年的信息创了纪录，在宾州成为公开的秘密。

郑羌官至秘书长后，连续两届子弟兵要把他推上位，都被郑羌阻止了，不知不觉熬到了第三次换届选举，此时的郑羌任秘书长超过10年了，再不上位，依干部任职年龄与年限，就得退居二线休息了。这下把子弟兵急得不行："这郑羌的品行、能力、威望有目共睹，难道一辈子只配做市政府秘书长？他任上10年，工作任劳任怨，帮大家端屎接尿，难道就你领导看不见？"

这帮子弟兵全都为他鸣冤叫屈，任性起来一声喊，轻轻松松联署推荐，把郑羌抬到副市长位上，把组织敲定的其他两个候选人双双选趴。这下可不得了，宾州又闹出个选举事件，好在郑羌民意非常强大，上下口碑极佳，论资历能力无可挑剔，别说选副市长，就是选市长、当市委书记都绰绰有余。这事让主政官员不好再霸蛮，郑羌的呼声那么高，倘若处置不当，定会引起众怒，遂破天荒认了个怂，做了个顺水人情，了却其子弟兵一桩心愿。

郑羌上位后，因资格老能力强，在市政府的话语权重，几乎到了一言九鼎的地步。这下，主政领导更不干了，容不得功高盖主的事，选前安排他任市委常委、市委秘书长。虽然市委秘书长也是副市级领导，职别未降职务却成了市直机关负责人，明眼人都知道玩的是明升暗降的把戏。这下把子弟兵

第七章 选举风波

更惹毛了，市人代会上振臂一呼，把非候选人的郑羌继续选为副市长。这下主政官员更犯难了，一个原本安排出局的人，又被代表抬到副市长岗，而且还多了个常委头衔，副市长不可能同时安排两人进常委，这下彻底打乱了组织意图。

郑羌作为代表联名推荐的候选人，拥有如此高的民意基础，除少数几个对选举需要担责的领导，几乎全投了他的票，他的高票当选让主政官员难堪至极，无可奈何地让他做了届常务副市长。等到任职期限一满，立马调到政协闲岗任副职，到退休连个正处级待遇都不给解决。按理，常务是个重岗，工作量大责任重，若不提拔到党政主岗任职，退居二线时，过渡到人大常委会主任或是政协主席位上退休，解决正职待遇，算是功德圆满了。然而，这组织人事惯例铁定与郑羌无缘，仿佛对他两次脱轨当选，耿耿于怀了似的。

季宗的当选让曾峰喜忧参半，喜的是政府终于配备了一个强档副手，忧的是这背离"集体意志"的结果，还能获组织认可吗？果不其然，季宗任副市长不到半年，被上级安排到毗邻的西陵县任副县长。季宗心里跟明镜似的，知道自己的越位当选，冒犯了组织意图，从此失去组织的信任。季宗有了越位当选的污点，好日子到头了，政治上铁定难有作为，好在他在西陵县的选举，也是在组织的安排下，当选得异常轻松，这不能不说是季宗官场人生值得庆幸的一件事。

季宗调离后，空缺的副市长岗继续由谭素补选。谭素此次选举也很轻松，一是有了前车之鉴，没人敢贸然挑衅"集体意志"了；二是补选是宾州市人大常委会的事，这人大常委会委员都是政坛老油子，晓得政治上的轻重，没人吃饱了没事找事；加上都是退居二线的局行乡镇领导，船到码头车到站，年纪一大把了，对他们来说，政治上的事该见的见了，该体验的体验了，早就失去了狂热。在这帮老油子的眼里，早把选举的事看透了："谁谁上位还不都一样，只要有工资发，不少自己的待遇就行，有必要跟着'瞎起哄'吗？就是闹腾又管用吗？组织的能量大得很，捏着你的'生辰八字'，你要这也看不惯，那也看不顺眼，这日子还过不？"

对基层代表来说，补选本来就没你啥事，犯不着狗拿耗子多管闲事。这经历过的人都晓得，胳膊还能拧过大腿？挑衅"集体意志"的结果铁定是害人害己，也应验了龙之的口头禅："领导自有领导的能量，虽然不能保证选举不变形、不走样，但总有办法让集体的意志不折不扣执行到位。"

无边落木萧萧下，不尽长江滚滚来。不管宾州的选举故事如何精彩纷呈，面对滚滚向前的历史洪流，终将成为过往，终将从记忆中慢慢淡忘，最终成为历史长河中的一粒尘埃。

就在换届选举的次年，龙之被查，于是又把选举脱轨事件翻了出来。

审讯室设在"双规"基地二楼，一大一小两间房子，里间与外间是全塑钢大栅栏区隔，既安全又结实。外间是监管室，监管室是监守专用房，里间是审讯功能室。功能室又大又高，窗户距地过两米，被厚厚的绒布覆盖得密不透光。整个房间进行了隔音与自残防范处理，犯罪嫌疑人有绝对安全保障。审讯室设施完备，功能房天花板居中挂着大功率聚焦灯，灯下摆了张椅子，供审讯犯罪嫌疑人专用。功能室正面是审讯台，上方是全天候监控探头，功能室两边墙体分别写着"坦白从宽""抗拒从严"几个大字。犯罪嫌疑人在这里能够感受到法律的震慑力。从被抓的当天算起，龙之已在这里待了整整四个月。

审讯中，主审突然抛出选举脱轨事件："我们掌握了季宗与你的情况，他既是你同乡，又是你手上提拔的，你能脱得了他越位当选的干系？"没等龙之回过神来，副审的呵斥声又起，"难道你龙之就那么干净？你就没搞过非组织活动？你就没为季宗的越位当选施加影响力？"面对连珠炮似的讯问，龙之一脸茫然："我……我搞了啥非组织活动呀？""你不是号称'宾州王'吗？分管了那么多年的组织工作，亲信遍布宾州，难道还有你不敢做的事？"一连串的质问，打得龙之措手不及。

良久，龙之才缓过神来。此前他吃尽了激将法的苦头，这下如临大敌，赶紧为自己辩解："我虽主管党群工作多年，自地方党委体制改革后，就不分管组织人事了，组织部直接对市委书记负责，干部任用上基本没我事了，

第七章 选举风波

担任两三年专职副书记,只是开开会走走流程,差不多成了摆设,就算选举脱轨需要追责,我能有多大责任呢?""不要狡辩,即使你没管党群工作,那也不能证明你没有责任,毕竟你的亲信还在,影响力还在。"审讯人员步步紧逼。

"选举前,我已向组织做了汇报,报告了宾州干部配备方案存在重大纰漏,却始终未引起组织上的重视。"龙之急于辩解,把组织考察中的机密事项抖搂出来。"你就没做过对不起组织的事?"审讯人员迅速反击。龙之丝毫不敢大意:"我专门找过陪选人季宗谈过话,做过工作,明确告诉他发生选举脱轨事件的政治后果,建议他向主席团提出书面让选报告,事实上季宗确实这样做过。"龙之把责任推卸得干干净净,摆出一副蒙冤受屈的样子。"住嘴,你是茅坑里的石头,又硬又臭!"审讯人员气急败坏,尽管骂得痛快,却始终没有办法让龙之低头认罪。

本来,审讯人员想找到突破口,最好能够查出权钱交易、破坏选举的铁证,没想到龙之拒不认罪,找了一堆理由为自己辩护。"龙之,别误判形势,以为自己还是宾州市委副书记?"审讯人员拿出撒手锏,打击龙之的气焰。"知道自己是审查对象,是犯罪嫌疑人。"龙之非常敏感,下意识地顶撞。"你还狡辩?我看你不忠诚不老实的老毛病犯了,是不是还想与组织搞对抗?"审讯人员怒斥。"你们不让说,那我闭嘴好了。"本来,提起换届选举,龙之还流露出对威权人生的眷恋,可审讯人员的训斥声,把他拉回残酷的现实中。"知道你在干啥吗?你是在自绝生路。有必要提醒你,抗拒组织调查,是要付出代价的。"审讯人员怒不可遏,指着龙之的鼻子开骂,"警告你龙之,这是'双规'基地,从这里走出去的,没几个清白人。不要自作聪明,不要心存侥幸。"不知啥话触动了龙之的敏感神经,让他在审讯室头丢下句赌气话:"我已经这样了,还怕多一个罪?想怎么定性就怎么定性。""别张狂,实话告诉你,经我手扳倒的腐败官员多了去,你也休想逃脱!"龙之案系地级市卫民检察长上任后的首案,专案组全是他点的将,案子能否取得重大突破事关他的政绩。审讯人员带着使命而来,见龙之拒不认罪,恼羞成怒起来。

对龙之的审查，从经济问题延伸到选举脱轨事件。龙之清楚，作为宾州选举有影响力的人物，可以对选举脱轨事件负有责任，但把责任全推给自己，自然是不会接受："这选举脱轨咋成了我的问题？若要追责，市委书记曾峰当是第一人，这账咋算在我一个人头上？"

第八章 "宾州律王"

方宾不胖不瘦，做人低调不足，做事张扬有余，是个其貌不扬却异常精明的男人。年轻时的他，长得细眼浓眉，眼低鬓宽，虽然五官布局不算匀称，却也棱角分明、玲珑有致，被人看好，觉得他是个有福之人，日后定能够发达起来。

方宾生于 20 世纪 60 年代，父母是地道农民，高考落榜后的他，总想做生意发大财，折腾两三年没啥结果。方宾读书不多却心比天高，成天想着出人头地，便想方设法到乡镇做临聘，后搞关系转为正式编制，成为司法管理员。方宾善于表现，是个一张嘴就让人记住的人，他工于心计善于辞令，伶牙俐齿嘴巴子甜，加上察言观色善做表面文章，后被领导相中选派企业当经理。

那时，国家为提高公民素质，推行全民自学考试，鼓励公民获取国家认可的学历。方宾算是个勤奋好学的主，一鼓作气拿下法律专业数门单科合格证，若是一以贯之，没准一年半载就能拿到自考文凭。可惜这小子少点耐性，还没站稳就想着比赛获奖、拔苗助长的好事，后耍了个小聪明，弄个假学历蒙混过关，参加律师资格考试，谁知运气好一次性过关，比全日制院校大学生还考得顺利。

方宾拿到律师资格后，以为万事大吉，一门心思想着揽案捞钱，把剩下两门自考科目丢到了九霄云外。不管怎么说，就这么个没受过正规法律专业教育的人，猛打猛冲，那么难的律考一考即过，而且还是宾州公职岗最早获取资格的人，仅此不得不让人佩服。那时，国家刚恢复律考，人们对律师敬重有加，把获取律师资格当作梦寐以求的人生目标。

律师虽然是自由职业，却处在金字塔顶，早期深受社会热捧，正因为律师职业充满神秘、神圣的色彩，不少人放弃"铁饭碗"加入，且不乏社会精英。其中，有个中学校长不惜辞职参加律考，运气好一考即过，也是宾州最早获取律师资格的人。随着时间的推移，两人当仁不让地成为宾州资深律师，区别仅在校长律考合规中矩，而方宾有了文凭造假的瑕疵，屡屡被同行检举，成了他的软肋。

国家恢复律师执业后，宾州成立两个律所，一个是"官所"，由司法编内人员合伙设立，方宾原本是司法管理员，取得律师资格后，被司法局任命为律所主任；另一个是"民所"，由社会人士合伙设立，校长社会地位最高，被推为律所主任。那时，"官所"的律师并未完全与公职身份脱钩，领导美其名曰"扶上马，送一程"，给这给那地加以照顾，"官所"执业律师难免有优越感，贱看"民所"同行。没想到的是，这"官所"与"民所"主任还因此伤了和气，掰手腕较劲了大半辈子，成了一对打不散、拆不开的冤家对头。

"民所"主任游平长得五大三粗、黑不溜秋，加上性格开朗，说话做事气场足，人群里只要有他，无疑就是个中心人物，别人都得听他说话，甚至连嘴都插不上。他喜欢抽烟，烟一根接一根，轻易不下火线，熏得牙齿黄里透黑黑里透黄，喷出的气烟味十足，让人不得不皱眉头。但他处事圆滑，深谙中庸之道，不钻牛角尖，给人的印象既不特别霸蛮，又不失原则分寸，庭上辩论常常见解独到，又息事宁人，案子调处结案率自然就高；加上他嘴巴子不饶人，庭上表现从来不吃亏，慢慢积累了名气，民间坊里对他敬畏有加。一些人以认识他为荣，更有一些愣头儿青打着他的招牌吓唬人："'民所'主任是俺哥们，你要是欺负人，俺拿你没办法，就不怕'民所'主任找麻烦？"

第八章 "宾州律王"

一来二往，遇上事找律师，首先想到的是"民所"主任，把他当成了克敌制胜的"法宝"。

律师揽案靠口碑。早期"民所"主任的一些逆向思维，让人不得不理解。沙场老板请"民所"主任做法律顾问，原本利用他的名声扫障排阻，保企业平安，没想到他枪口朝内，帮衬着对方说话，弄得沙场老板一肚子怨气。一天，沙场给一辆汽车装沙，没想到汽车没做加固处理，不能作为高负载运沙车使用。当车子往装沙机下一摆，沙子源源不断地落下来，啪的一声，把装沙车压趴在地。这下可好，装沙装成了个民事赔偿纠纷。摊上这等烂事，沙场老板当然会把法律顾问请来处理纠纷，没想到"民所"主任屁股坐歪，竟然帮对方讲话，苦口婆心地做沙场老板的工作："你一个大老板，生意红红火火，不缺钱不缺啥的，就缺'口碑'二字。再说，修车也得花两三万，不如添个三四万元购辆新车赔对方，这受损车修好自用，不仅没了修好修坏的争议，还白赚个口碑。再说，沙场也需要转运车，各得其所，这等好事打着灯笼都难找！"沙场老板一听，气不打一处来，劈头盖脸反问："你这法律顾问咋当的？胳膊怎么朝外扭，帮对方说话？"这"民所"主任也不争论，只是轻描淡写地说了句话："这人要是做了好事，人不晓得天晓得，就当积德行善，难道也不行吗？"话说到这份上，沙场老板即使不乐意，也不好说啥了，只得赔了辆新车完事。没想到提车的那天，车主一家子欢天喜地，一路放着鞭炮把车子开回家，逢人就竖着大拇指夸沙场老板："这是我上辈子修的福分，运气好碰上了个好人，旧车换新车，好人好报呀！"把个沙场老板夸得跟鲜花似的。更让他高兴的是，这车主母亲是个信佛的老太太，每天一早起来许愿，初一、十五到观音大庙烧香，祈祷菩萨保佑沙场老板身体健康发大财。这事传到沙场老板的耳朵里，笑得他合不拢嘴了，逢人就给"民所"主任脸上贴金："法律顾问出了个好主意，这不有人天天烧高香，祈祷我发财平安，开始我还不理解，怪罪于他，回过头来看这事，还是人家看得远，让我做了件大好事。"

游平成天与官司打交道，游走在矛盾纠纷的旋涡中，练就了乖巧伶俐的性格。他告诫年轻同行："讲好话是最廉价最有价值的资源。与人打交道，多些恭维少些自大,或许更有利于人与人之间的相处,更有利于案子的调处。"这话听起来肉麻麻的,难免让人起鸡皮疙瘩,却不能否认它的哲理性,道出了人际交往的秘笈。谁不是凡夫俗子身?谁不想听恭维话?游平一天到晚在"人精"里厮混,好听的话张口就来。说来也怪,接触时间一长,听了他一大堆好话套话,哪怕是空话假话,却不怎么"反胃"。游平精于此道,力避与人交恶,见人讲人话,见鬼讲鬼话,以致业内广为流传对他的评价:"游平的话听听而已,没必要太当真,没几句不是好话,多半中听不中用,让人起鸡皮疙瘩。"更有朋友当面揶揄:"你身上'四多',电话多、变化多、好话多、假话多,好就好在别人听到你讲好话的时候,明晓得全是假话套话,却不怎么烦你,这或许正是你的独到之处。"

与游平截然不同,方宾表现欲强,啥事都得吆喝一下,就连办了多年且有相当名气的律所,都想沾省城名所的光,满以为冠上个加盟所牌儿,就是名冠全省的大牌律所,就可以横冲直撞捞案,就能够居高临下俯视宾州的法务市场。方宾这个性,决定了其处事方式虚张声势、咄咄逼人。

方宾的强项在于处理上层关系上。他与省市司法部门、律协领导,个个混得精熟,熟到分不出你我来。近水楼台先得月,方宾傍着他们占尽了面子,什么"省、市优秀律师""省级规范律所",凡装裱门面的东西,应有尽有。更有甚者,他削尖脑袋钻营,把触角延伸到了官场,担任过宾州工商联合会副会长、宾州数届政协常委、市人大常委会委员。可别小看这花花绿绿的帽子,影响力非同凡响。如果不与本人接触,单从履历上看,他就是不折不扣的"宾州律王"。对这个绰号,方宾不正面肯定,也不刻意否认,他要的就是这种模棱两可的效果。

"真是奇了怪了,素来高调张扬、惜'名'如金的方宾,为何不正面回应'宾州律王'呢?"对他熟悉得不能再熟悉的游平也感到疑惑不已,怪不得引来众"猜"纷纭。方宾获悉后,表面不动声色,私底下自有其说:"政治族谱上没有的玩意,得不到政治认可尚且不说,谁要是接受了它,谁就是把自己放在火炉上烤,这'死要面子活受罪'的活,是傻子干的事。我方宾是啥人?

能干这事吗？"那时的方宾，虽然狂妄自大、目中无人，却保持着难得的政治清醒。他知道，在讲究中庸之道的国度里，人要是过于张扬，难免树大招风，若是被人揪着不放，出事是大概率的事情。

这些年，游走在司法体制边缘的律师业，拜金主义盛行，职业道德沦落，成为最具争议的行业。宾州自由媒体人赵德峰每每聊到律师执业，难免义愤填膺，说出来的话非枪即炮："上梁不正下梁歪！连号称'政法沙皇'的大老虎，都倒在了贪赃枉法的路上，可见司法腐败到了何等程度。缺乏有效监督的律师业更是乱象丛生、黑幕重重。可以毫不夸张地说，律师执业上的腐败，已到了无以复加的程度。"

那段时间里，赵德峰接到过无数对方宾律所的检举，对律师深存成见的他，数度高分贝怒斥："从检举信所反映的情况看，宾州的律师业沦陷了，律师哄吓骗拖无所不用其极，甚至有人为获取不义之财，不惜以身试法，屡屡踏踩法律红线。方宾作为律所主任，至今不知道收敛，只晓得一味巴结领导，一味捞取政治荣誉，说轻一点是自找麻烦，说重一点是自寻死路。方宾看似聪明实则愚蠢，只有他这种人，才会一条道走到黑，才会不撞南墙不回头。"

尽管遭遇非议，可方宾并不在意，他关注的只是利益。自从有了"宾州律王"的名声后，案子潮涌而来，一时间方宾声名大噪。"宾州律王"在诉民眼里，就是律界第一人，就是胜诉代名词。在政府法律服务采购中，方宾凭借响当当的名声，凭着一堆耀眼的执业头衔，披着满身的行业荣誉，击败了竞争对手，成为宾州数十家行政事业单位的法律顾问。可别小看这"顾问"二字，那可是了不得的政治资本，能够坐到职能部门法律顾问的位置上，就等于有了一定的行政话语权。胜者为王败者寇，手握诸多行政资源的方宾，自然飘飘然，不知道自己姓啥。

方宾对律王的名号，虽然从未表示接纳，但大牌律师的派头显露无遗。自做了诸多行政事业单位法律顾问后，自我感觉非常好，每逢顾问单位邀请议事，他西装革履，头发梳得油光发亮，派头十足地在助理的牵引下出场。这时的方宾居高临下，完全把自己当成了人物，一言一行都在表明，他的到来就是给顾问单位面子，就是带给顾问单位荣誉。通常情况下，他旁若无人地坐在主持席上，仿佛主持席专为他而设。方宾喜欢众目睽睽下显摆，这时的他心境极佳，不会顾及旁人的感受，独自大口大口地抿茶，哪怕茶水滚烫，嘴唇不停地顺着杯口自左往右一顺溜，发出"噜啦啦"的吸水声。与此同时，手指有节奏地轮换着敲打桌子，接着上来几个表演味很浓的动作，先"咳咳"地清清嗓子，然后慢条斯理地发表讲话，最后提出若干法律意见来，什么从法律角度来看，是什么什么的结果。意见虽然只是建议形式，但从方宾嘴里发出来的，却分明是权威性的结论，效力堪比法律文书。

行政机关干部差不多是"万金油"，啥事都能做，啥事都不太精，遇上烦心事就找方宾，既然"宾州律王"发了话，就没有不对的道理。倘若还有异议，便拿着鸡毛当令箭，立马反驳："这是方宾顾问给的建议，你还有其他意见吗？"一来二往，可把方宾惯得尾巴翘到了天上，凡事没个三请四请，没个三拉四催，根本不会出场；即使出了场，也得看顾问费办事，给多多办事，给少少办事，没少让一些行政事业单位的愣头儿青领导心里头添堵。久而久之，这些领导自然看不惯方宾装腔作势的派头，自作主张想换人。没想到方宾与主管市长的关系更铁，在领导面前一嘀咕，这下可好，市领导一个电话打过来，不仅人换不成，还得罪人，让自己难堪。应验了"民所"主任游平的话："请方宾当法律顾问，就好比嚼口香糖，咬不断嚼不烂，说穿了就是花钱买气受。"

在方宾的律师执业词典里，只要肯给钱就没有他不敢做的事，哪怕因此而毁了名声也在所不惜。宾州有一家投资公司聘请方宾当法律顾问，方宾帮其出谋划策，游走在法律边缘。其实这家投资公司是专玩高利放贷的，月息少则三四分，多则五六分，疯狂攫取社会财富，是公认的社会毒瘤。

有一次，方宾接了一宗数十万元标的债务纠纷，债权人是个腰缠万贯的煤窑老板。这煤炭老板性格温和，抱着息事宁人、见好就收、收回多少算多少的态度打官司。在宾州人眼里，煤老板钱多人傻好忽悠，方宾觉得有利可图，便怂恿投资公司老板买官司打："我逮了个发财机会，只是手头紧，没有启

第八章 "宾州律王"

动资金，专门邀请你合伙做这笔生意，用10万元买个五六十万元的官司来打，多则半年少则三四个月，赚他个几十万。这是一本万利的买卖，恐怕世上打着灯笼都找不到，你干还是不干？"说完，他还故意伸出五个手指，在投资公司老板面前来回晃悠，嘴里不停地念叨，"千载难逢的发财机会，你不会眼睁睁地看着银子化成水吧？"投资公司老板谁不是嗜财如命的主，一听能赚几十万，眼睛一眨不眨地盯着方宾："天下有这等好事，你不会骗我吧？""这种事还能有假？如假包换，决不食言。"方宾知道对方上了心，便信誓旦旦地保证。投资公司老板听了之后，眼睛泛着绿光，只是他多吃多占惯了，啥事都得讨价还价："行行，我出资你出力，利润六四分成，我六你四行不？"方宾给他做了多年法律顾问，晓得他的脾性，知道再争也无实际意义，干脆大度表态："四就四，反正我仅仅是动动嘴皮子而已。"之后，两人开着投资公司老板的新车，专程赶赴百里开外的煤矿，与债权人协商买官司打的事。此时的方宾，刚学会开车正发驾驶瘾，抢过方向盘就开，没想到半路出了个交通死亡事故，撞死了个担菜赶集的菜农，把平日里胆大包天的他们吓得差点尿裤子。

这无证驾驶致人死亡，是交通肇事上的重罪，一旦坐实，就得追究刑责。无证驾驶保险公司不赔付，经济责任由肇事者承担。对方宾来说，摊上无证驾驶交通肇事犯罪，经济赔付不讲，还得负刑事责任；一旦摊上刑责，不仅一堆荣誉头衔不保，连律师资格都得吊销。果真到了这一步，一切的一切都将灰飞烟灭。别看方宾平日里耀武扬威，不可一世，可功夫全在嘴巴上，除了出口出嘴的事，啥也干不了；倘若饭碗不保，恐怕连生存都会成问题。对投资公司老板来说，高利放贷无异于变相"打劫"，自己一生坑人无数，这受害者即使嘴巴不讲，却个个怀恨在心。可以想象，若是自己犯了事，受害者排着队等着看笑话，巴不得有机会推老牛下岸。

方宾与投资公司老板都是一等一的江湖玩主，谁不清楚对对碰的结果？一旦事故硬着陆，对谁都没有好处，没准拔出萝卜带出泥，牵出其他事来，遂不惜花重金找了个替罪羊顶罪，判了三年缓刑完事。可世上没有不透风的墙，这神不知鬼不觉的事，时间一长还是被死者家属窥出了些端倪，三番五次找上门来喊冤，好在他们没啥社会背景，加上上下左右都被两人摆平了，没人愿意站出来主持公道，死者家属闹腾一段时间后，最终不了了之地收场。这事对方宾与投资公司老板来说，虽然有惊无险地过去了，但还是常被对手挖出来说事，时不时把两人折腾一下。偷鸡不成蚀把米！这方宾"买官司打"的馊主意，让他与投资公司老板提心吊胆了好一阵子，虽不至于翻船，却没少吃苦头，耗费了不少时间与精力。

等到交通肇事事故一平息，方宾又得意忘形起来，尽管这"冒名顶替"的事令人不齿，但确确实实地被他办成了，就连与方宾较劲了一辈子、从不认怂的游平聊起此事时，也不得不佩服他的能耐："交通肇事案能够如此收场，对方宾来说堪称圆满。不管别人如何嚼舌头，不得不承认这样一个事实，这事摊在谁头上都是个事，落到方宾身上就不是。仅此来看，你还不得不佩服他的胆量和过人之处！"

方宾的高调张扬、目中无人，也引起了同行的反感，不时有人拿假文凭报考的事说事。方宾执业律师30年，可能啥都缺过，唯独没缺过被人举报，因与上级主管部门的关系处理得好，总是有惊无险，能平安渡过难关。事实上，源源不断的举报并未给他带来麻烦，甚至还因祸得福，提高了知名度。在他的潜意识里，连刑事案都有时效性，更何况报考这类鸡毛蒜皮的事，于是他开始冷嘲热讽举报人："天底下啥弄虚作假没有，难道就缺这一件？更何况我律考分数总是实打实地考出来的吧，你再怎么告，还能否定我的律考成绩？有人盯了我20年，也告了我20年，还不是啥也没告着。倘若还有不嫌麻烦不嫌累得，接着去告我好了，想告多久就告多久，想怎么告就怎么告！"此话从方宾嘴里一出来，把举报人的肺都快要气炸了，却拿他没丁点办法。这样一来，社会上又有了新说法："方宾还真练就了金刚不坏之身，这事要是搁在别人身上，没准早就做了党纪国法的'刀下鬼'，而且'死'得一定难看。"

宾州发生了一起交通事故死亡案，死者系煤矿矿工，留下孤儿寡母及年过花甲的老人。一脸悲伤的死者妻子背上驮一个,手上拉一个,冲方宾的"宾州律王"名声而来,期待着他帮自己维权,找肇事方多赔付点钱,好养家糊口过日子。

那天,坐在办公室的方宾正玩游戏,一见有人送"案"上门,把手机撂一边,凭借多年练出来的察言观色能力,晓得这是一条大鱼,内心窃喜却不露声色。他边倒水递茶,边问寒问暖,显得分外热心。此时的方宾,既像一个临床老中医,替人把脉看病,又像风水大师,掐算生辰八字,凭借多年的律师执业历练,几乎窥透当事人的内心世界。

当他了解到死者生前系煤矿矿工身份后,夸张地长嘘一口气,对着孤儿寡母说:"依现行理赔规定,城镇户口与农村户口的赔付金,一个在天上一个在地下,相差至少一半。同命不同价,这是生命的悲哀!"说完,他夸张地跺跺脚,发出连声叹息。方宾的这一连串动作,足以吊人胃口,任何人听了都淡定不了。沉浸在悲痛哀伤中的死者妻子,听后眼睛一亮:"那就拜托方大律师帮我们一把,您也看到了,孩子他爹一走,留下两个未成年的孩子,还有两个60多的老人,我一个弱女子,怎么撑得起这个家呀!"她说罢悲从天降,趴在桌子上号啕大哭。方宾见状,俯下身子安慰死者妻子:"别哭,哭要是能解决问题,那就多请些人来哭好了。我的意思是不能只顾着伤心,重要的是要找到解决问题的办法。"听了方宾的话,死者妻子才慢慢平静下来。"若要按城镇户口标准赔付,并不是一点办法也没有,但需要疏通关系,费用比较大。"死者妻子听后眼睛一亮,赶紧表态:"只要能按城镇标准赔付,反正牛毛出在牛背上,多点费用有啥关系?"方宾见火候已到,便开始亮出底牌:"取证要打点,法官要通融,啥都凭关系,啥都需要费用,哪个环节不要花钱?若要按城镇户口赔付,收费自然要高得多。"他边说边安排助理把城镇户口与农村户口的补偿标准白纸黑字给打印出来。这孤儿寡母接过来一看,眼睛发光,满脑子全想着好事。在死者妻子的眼里,这城镇户口多出数十万元补偿,差不多十年八载的养家糊口费用有了着落,绝望中的她燃起了希望,接着连连央求方宾:"那就麻烦您看在孤儿寡母可怜的份上,帮我们按城镇户口赔付,我们全家大小都会记着您的大恩大德。"话音刚落,她拉着一对孤儿齐刷刷地跪在方宾面前。也许是此情此景打动了方宾,他一边把哭成泪人似的孤儿寡母拉起来,一边不无坦诚地说:"本来,对这类赔付标准存在争议的案子,所里按赔付差额风险办案收费,溢价部分对半分成,不过看在你们孤儿寡母可怜的份上,我就包括代理费、打点费用,收45000元算了。"这话从方宾嘴里一出,好像给了天大面子似的,孤儿寡母听后虽然面露难色,却还是连声应允:"方大律师,只要您肯帮忙,就是沿途乞讨,也要把打官司的钱讨给您。"方宾一听,忙不失时机地递上《委托代理协议》,当场就让孤儿寡母签了,仿佛按城镇户口赔付的事已十拿九稳了。至于能否兑现,其实,方宾并无多少把握,得看法官的脸色。

得到方宾的口头承诺后,死者妻子东家讨西家借地凑了3万元,交款时还满怀歉意:"方大律师,我实在是借不到了,剩下的15000元代理费,等赔付费到位后再给您,行吗?"客观地讲,方宾对孤儿寡母的委托还算上心,亲自找用工单位打招呼,统一庭上做证的口径,打印好租房合同交死者家属,还找了个城区房东给签了。该准备的证据都准备好了,只等法官开庭审理,没想到半路杀出个程咬金,这交通事故肇事方赔付涉及保险公司,而保险公司一天到晚围绕理赔转,啥场面没见过?啥套路不熟悉?一看便知道租房合同是假的,非逼着房东到庭质证不可,还当庭举报做伪证,妨碍司法犯罪,把房东吓得连面都不敢露了,哪里还敢出庭作证?

碰上这样一位难缠的主,官司讨不到半点便宜,法院只能依葫芦画瓢,按农村户口标准判决给付。这官司没打赢,还白白花了数万元代理费,死者妻子的肠子都悔青了,心痛得不得了。更令她心寒的是,官司一结束,方宾拿着委托合同追讨欠费,没想到此举惹了众怒:"帮孤儿寡母打个官司,还收那么多钱,难道帮弱者维权,搞个法律援助,真的就那么难吗?"更没想到此事传到赵德峰的耳朵里,把这位疾恶如仇的倔老头气得不行,找上门去质问:"你方宾伤天害理,连人家救命钱都敢下手,真是要钱不要脸面,黑了良心!"这老虎不吃人吓死人,赵德峰站出来一发话,方宾立马就蔫,赶紧跑过去赔小心:"赵老您都发了话,我退款就是。"好在他见风使舵快,主动化解了危机,否则的话,逼得赵德峰出手,那才叫吃不完兜着走。

方宾虽热衷于走上层路线,但主要得看对方的利用价值,在位时鞍前马后,亲热得不行,落难时有多远跑多远,干脆连人影都见不着。煤炭资源支撑了半个宾州财政,处在经济一线的煤炭产业,自然成了矛盾聚焦区。方宾傍上煤炭局局长后,几乎垄断了煤炭行业大大小小案子的代理权。你可别小看这煤炭局长,行业影响力全覆盖,请法律顾问、打官司啥的,煤炭局长发了话,谁敢不听招呼,更何况窑主谁不想巴结掐着自己命门的煤炭局局长!

那时,方宾和煤炭局局长的关系好得不得了,连煤炭局长的老婆都心生嫉妒,牢骚满腹地找方宾讨说法:"方律师,不知道你天天缠着老头子干吗,莫非想搞同性恋不成?"这时的方宾,自然没啥好解释的,只得嘿嘿赔着笑脸。

煤炭局长在任上的最后一年,煤窑参股事发,把他受贿的事全给抖搂了出来,于是被检察院起诉到法院。煤炭局长老婆冲方宾这层关系,找上门请他做辩护。这下爷爷做了孙子,孙子升格为爷爷,位置全颠倒了。这会儿的方宾则亲戚归亲戚,办事可以钱却不能少。他先是寒暄了一番,然后煞有介事地说:"局长的问题相当严重,犯的是10年以上有期徒刑重罪,若要减轻处罚必须融通关系,否则会'烂场火'。"烂场火是宾州方言,意思是有天大的事发生。煤炭局长老婆被方宾一咋呼,吓得瑟瑟发抖,一把鼻涕一把眼泪地央求着帮忙。方宾一看火候已到,便开始摊牌:"当然,要摆平这事,并不是没有办法,但需要破费,你得准备8万元,其中1万元辩护费,1万元活动费,这样可以帮你疏通关系,减轻刑事处罚。"煤炭局局长的老婆救夫心切,自然不敢懈怠:"钱我想办法弄,老头子的事只能拜托您了。"说完还打躬作揖道谢,就差下跪磕头了。方宾知道大功告成,啥也不用说了。等到煤炭局长的老婆交钱的时候,方宾特地走到门口,环顾了一下四周,确认没别人在场,才煞有介事地说:"有的事只能做不能说。我得提醒你,活动费的事千万别乱讲,出了门我就不认账了。"煤炭局长的老婆早被丈夫的事吓蒙了,将方宾的话奉若圣旨,哪里还敢质疑,于是这事被一直保密到丈夫刑满释放。

风云

煤炭局长刑满回家后，获悉妻子曾四处借钱交律师费，气不打一处来气冲冲地来到律所，指着方宾的鼻子质问："我6万元受贿判了6年，本来就是重判，你说说看，你到底帮什么忙了？"方宾自知心中有愧，说话也结结巴巴了："老兄，你别急，听我解释，听我解释……"见方宾想耍滑头，煤炭局长火大："一审判决后，你连个面都不肯露，是否上诉的建议都不愿给，与你相处了多年，就算是踩牛粪也踩了那么久，做人咋能见钱眼开，咋能翻脸不认人？"方宾被骂得一时语塞："是，是，是我不对，是我做得不好……"煤炭局长窝着一肚子火，哪里还听得进解释："在我落难的时候，作为朋友不帮忙尚且可以理解，没想到你竟然趁火打劫，你还算是人吗？"方宾继续硬着头皮赔小心："我做了工作，只是不敢讲，你不知道罢了……"煤炭局长想想过往对方宾的好，顿感世态炎凉，跺脚叹息，只能自认晦气了。

方宾担任宾州国有资产处置办法律顾问多年，每年收取10万元顾问费。虽然聘用法律顾问是市领导的决定，与手下人没啥关系，可平常报账付款、增加顾问经费什么的，哪一件不是手下人给办妥的？这处置办是市政府成立的，负责处理企事业单位闲置资产的专门机构，所聘人员都是退居二线的老同志，这些人资历老作风硬，办事公道认真，退居二线后仍不改本色，不计个人得失，虽然看不惯方宾势利眼作派，却也谈不上计较，该给的方便照样给，该增加的顾问费照样帮忙。

可在方宾眼里，他压根儿就没把这帮老同志当回事，无论人家怎么帮忙，都当是他们份内之事，既然是职责所在，为何还要领情？甚至连口头上的尊重都懒得给了。无独有偶，有两个老同志被民营企业聘去做事，与担任法律顾问的方宾在工作上有些交集。这两个老同志在岗时没少给方宾方便，怎么讲也算是老熟人了，没想到方宾不念旧情，一不如意便拿起手机向民企老板告状："这帮退休老家伙能办成啥事？是不是你老板钱多得没地方放，找个人来发工资？"没想到民企老板习惯免提电话，被在场的两个老同志听到了，气得跺脚骂娘："方宾缺的就是口德，少的就是教养，该不是属狗的吧，不然怎么逮谁咬谁？"方宾使阴的事，风闻到其他老同志的耳朵里，也气得他们纷纷站出来打抱不平："你方宾算什么玩意，也不撒泡尿照照自己，这辈子除了昧着良心搞钱，还有啥子本事呀？"骂得方宾跟傻了似的。好在他脑筋急转弯快，知道众怒难犯，赶紧认错道歉，以后只要遇上事，该找谁还找谁，弄得这两个老同志啼笑皆非，忍不住又调侃："方宾就这样的人，可大可小，能伸能屈，大也能做小也能做，真难为他了！"

那些年，方宾顺风顺水，若是低调行事谦逊做人，没准名利双收。可他得了便宜还卖乖，一路往前冲，引发同行众怒，把自己逼到了风口浪尖。法务市场就像一块蛋糕，业内人眼巴巴地等着分享，争的就是份额，争的就是利益。方宾一路高歌猛进，名利场一家独大，自然而然抢了别人饭碗，伤了同行利益，在案源上难免与人掰手腕较劲，尤其是与游平的缠斗，让方宾吃尽了苦头。

那一年，方宾竞选"全省十佳律师"。这"十佳"是业内至高无上的荣誉，响当当的金字招牌，谁拿到了手，谁占尽揽案捞案便宜没的说，还增加了业内话语权。本来，凭方宾与上层的关系，几乎是坐着站着都有份的事。评选这一路，方宾走得十分顺畅，就差走流程报材料了。没想到，他阴沟里翻了船，在基层律所联名推荐上卡了壳，把方宾30年前用假文凭律考的事给翻出来。节骨眼上，游平振臂一呼，同行律师联名举报到东江省司法厅、省律协联合评选委，立马掀起惊涛大浪，逼得省厅不得不出手，责成省、市律协取消方宾的参选资格。偷鸡不成蚀把米，方宾不仅"十佳"没评上，还搞得声名狼藉，从此破了"十佳"梦。

评选风波刚消停，游平在一起工程合同纠纷中给原告当代理。原告与被告合伙从事工程项目建设多年，原告系土生土长的原住民，被告人脉关系丰厚，加上两人原本是好朋友，合作过多个项目，赚了不少钱，后来被告好赌摊上高利贷，挪用项目资金还赌债。这工程上的事，就怕资金断链，更忌讳合伙股东挪款私用，一旦挪款私用，轻则引发合伙纠纷，重则毁了整个项目。被告忌惮游平诉讼上的名气，特意请了方宾来抗衡。这场官司偶然成了导火索，把两个人的矛盾激化开来，斗了个你死我活。

风 云

合伙企业最重要的是财务管理，财务乱了套，股东打项目资金主意，无论什么项目不垮即亏，最后殊途同归，闹到官司收场。被告挪款私用，直接导致项目亏损，引发原告不满，双方协商多次无果，甚至还动了粗，无奈之下的原告向法院起诉，请求法院对合伙企业进行破产清算。合伙破产清算诉讼，胜诉与否关键看财务结算。原被告合伙多年，少不了经济往来，这你借我的、我借你的事不胜枚举，闹到法庭还是无法坐下来心平气和地算账，于是游平申请法院引入中介机构审计。引入专业机构对案子所涉专业问题进行评价，是法院审理案子的惯例，以此来保证判决的客观与公正。通常情况之下，法院没理由不支持。

令人颇感意外的是，方宾获悉原告提出审计申请后，策划被告把手脚做到了第三方机构身上。原告提出申请并交了鉴定费之后，自以为胜券在握，傻等着审计结论，没想到等来了噩梦。等审计结论一出台，包括"民所"主任游平在内的原告方全傻眼了，本来诉求法院判决被告偿还数百万欠款，谁知第三方机构出具的《审计报告》结论惊天逆转，被告不仅不存在欠款的问题，还认定原告倒欠被告 150 万元。这颠倒黑白的结论震惊了所有人，连案审法官都觉得荒诞至极。此报告函，是非高下立判，案子输赢已成定论。方宾自此声名大噪，士气大振；游平则败得极其窝囊，情绪低落到了极点。但气归气怨归怨，案子最终要开庭审理，最终要过法官裁判这一关。这案子上的事，胜也好败也好，最终靠证据说话。虽然法官对审计结论满腹狐疑，但毕竟是通过合法程序收集起来的证据，法官只能依葫芦画瓢，依据证据来判决。

此时此刻，最难堪的莫过于游平了。作为原告的代理律师，诉前会对案子做全面风险评估，没有胜诉的大概率，不可能贸然进入诉讼程序。一个执业 30 年、在宾州赫赫有名的大牌律师，如何不懂这个道理？如今，案子惊天逆转，影响案子判决结果的基本证据，摆到了法官桌上，可以说案子未判先决，输官司是铁定的。这一结果，把游平气得差点吐血，冤有头债有主，遂将账算在了方宾头上："这一切都是你方宾捣的鬼。我就不信老子的名声就毁在一个简单的案子上，就毁在狗娘养的方宾手上！"

第八章 "宾州律王"

更让游平气愤不已的是，方宾得了便宜还卖乖，庭上大模大样，辩论阶段公开奚落自己："审计结论有力地证明了原告是典型的恶意诉讼，在没有吃准证据的情况下，贸然发起诉讼，绝非明智之举，也是极其愚蠢的行为。"方宾不仅要赢官司，还得理不饶人。他把案子当作扬名立威的机会，当作奠定"宾州律王"地位的终局之战。此时的他，脸上全是鄙夷和幸灾乐祸："你游平不是很牛吗？就把你这个牛掰的人打趴在地，让全宾州人见识一下，什么叫'马王爷三只眼'！谁才是宾州律界真正的王者！"面对方宾的趾高气扬，游平愤怒地站起来驳斥："审计结论到底公不公正、合不合法，到底有没有猫腻，恐怕被告律师方宾最清楚不过了。举头三尺有神明，奉劝被告律师不要自以为是，坏事干多了迟早会遭报应！"方宾不依不饶，继续酸游平："原告代理律师要尊重事实，输了官司有情绪、有想法可以理解，但作为从业30年的资深律师，应当明事理讲证据，即使原告对审计结论存疑，也要依法依程序来办，不要道听途说、捕风捉影，有怀疑可以走举报程序。"

此时游平已血脉贲张，失去了理智，他不顾法官敲槌示警，纵身一跃，拿起手上的笔顺势往方宾脸上一戳。顷刻之间，血水伴随着笔尖上的墨汁一齐涌出。这"神笔功"可把方宾给戳傻了戳惨了，他良久才缓过神来，发出低沉的嚎叫声："庭上打人了！庭上打人了！"律师庭上动手打架，闻所未闻，主审法官气得脸色青一块紫一块，拿起法槌重重一砸"真是欺负人，真是欺负人，闭庭！"没多久，两个大名鼎鼎的律所主任庭上"大闹天宫"，成了宾州街头巷尾的笑料，疯传东江律界。

此风不可长！庭闹事件发生后，宾州法院意识到事态的严重性，不做处理恐将成为司法界笑话。院长政治敏锐性强，立马召开院长办公会研究处理，依法庭纪律对庭闹事件两个主角做出各拘留7天、罚款3000元的处罚。值得一提的是，法院在处理上，刻意未对庭闹当事方划分责任，处理上各打五十大板，此处貌似公平，却不能说没有偏袒。方宾对处理虽然内心不服，却也无计可施，总不能没完没了与法院较劲吧。游平平时与院方关系不错，得到多数法官的力挺，遂写了份公开检讨代替了强制性处罚，罚款加至1万元完事。方宾作为伤者,虽然皮肉上吃了点苦头,身份却是堂堂的律所主任;律所主任在庭上口无遮拦地诱发庭闹事件,似乎没理由不接受惩戒,于是同样比照游平的处理口径执行完事。

  出乎游平预料的是,当他走出法院大门,粉丝们特意在酒店设宴款待,搞得他像是个功臣荣归似的。游平败了官司,赢了气势和名声,至少属于虽败犹荣。此后,方宾对游平不得不敬畏三分,凡游平出庭应诉的案子,都会刻意回避,或者委托助手出庭,再不与游平面对面、硬碰硬了。唯独没有改变的是,方宾的嘴巴子仍是不依不饶,逢人就数落游平:"案子原告不晓得搞,乱做豆腐乱点膏。这打官司咋能随便打?若是请错了人,好比娶错了媳妇嫁错了郎,官司不输惨才怪。倘若原告请我出场,同样的代理费,我再把案子翻过来。"此话一出,社会上又有了不同议论:"游平就算名气再大,也斗不过方宾,不然咋会庭上动手打人?八成是斗不过人家方宾,气急败坏罢了!"

  只是这两个冤家对头谁也没想到,因一起简单的民事代理案件,引爆了他们之间长达数年的律斗。高手过招,比的是内功。可预见的是,宾州律界两个风云人物的较量,演绎的过程不一定精彩,结果却一定耀眼。

第九章　引狼入室

有心栽花花不开，无心插柳柳成荫。

自签下干法水泥项目建设合同后，关锐紧张的神经一天也没有松弛过。项目绝对是烧钱的主，没有上亿资本，没有点石成金的功力，如何当得起庄家？确切地说，远泰矿业是在一场起初并不用心，后来率性盲目的游戏中，成为项目建设方的。关锐对自己鲁莽引荐铸就大错，置曾峰于尴尬境地，连肠子都悔青了，就差花钱买后悔药吃。

阴差阳错进入项目，那么大规模体量的投资，自己根本就玩不起。退一步讲，即使玩得起，再怎么任性，少不了严格考察，少不了掂量实力，少不了可行性论证，只有做足了前期准备才会投资。糟糕的是，关锐轻率引荐张军，一不小心，自己由观众变成演员，身不由己地成为项目建设者。这在关锐轰轰烈烈的人生中，第一次有了措手不及，有了人生豪赌后的恐惧。签订项目建设合同后，关锐不仅自己信心不足，连亲戚朋友都不看好，遭遇冷嘲热讽："你关锐也不撒泡尿照照自己，就凭你这实力也敢蹚这浑水，简直是耗子给猫当'三陪'，要钱不要命，想成功想昏了头。"幸灾乐祸、等着看笑话的人，讲出的话更是尖刻难听："哼，什么玩意！自以为赚了点钱就不得了，这蛇吞象的游戏都敢玩，真不知道天有多高地有多厚。"

若干年后，事态的发展印证了关锐自己的预言："我进入干法水泥项目，说穿了是在进行一场人生豪赌：要么人生崛起，走上事业巅峰；要么粉身碎骨，身陷万劫不复。"遗憾的是，关锐并未走上辉煌，而是在一步步沉沦。

进入项目的另一原因，关锐与曾峰性情相投，都出身于草根族，都有强烈的责任感使命感，都想干事都能干事。面对扑面而来的质疑声，关锐做过如是解释："我与曾峰虽然属于不同阵线的人，但彼此站在各自的阵线视觉，尊重并欣赏对方，彼此相知相交，愿意去为对方付出。进入干法水泥项目看似偶然，实则是偶然中的必然。"

曾峰基于对自己的信任才被张军蒙蔽，关锐非常自责，倘若不是自己的鲁莽引荐与担保，就没有曾峰的误判与被动，虽然引荐行为没有造成直接经济损失，但消极的政治影响已经存在。如果自己不站出来顶项目，谣言将满天飞，没准引发舆情海啸，这是曾峰所忌惮的，也是关锐不愿看到的结果。政治人物看重的是政治效益，甚至会把政治效果、政治影响提升到压倒一切的高度。对曾峰来讲，负面影响一旦形成，将是政治人生上的不可承受之重，没准成为对手攻击的目标。

关锐与曾峰的交往，属正常的政商融通。关锐曾这样评价两人的关系："我与曾峰书记虽然不是同类人，彼此有时不我待的事业情结，无须刻意便可读懂对方，或许因为这个才惺惺相惜。"关锐敬重曾峰，在干法水泥项目招商上，原本就不想让他难堪，就算是天大的麻烦、天大的压力，先扛下来再说。士为知己者死，女为悦己者容。关锐不为自己就为曾峰，哪怕是在蹚浑水也是自食其果，躺着中枪也是咎由自取，谁叫自己没事找事，替张军搞啥子引荐担保？况且，项目前景确实诱人，没准捡漏子发大财，运气佳赚个盆满钵满亦未可知。

关锐清楚自己，骨子里原本具"赌"性，天生就是个赌徒，喜欢标新立异，喜欢当吃螃蟹的第一人，敢想别人不敢想的事，敢干别人不敢干的活，30年

第九章 引狼入室

的商海沉浮证明了这点。这一路走来，靠"闯"来立足，靠"赌"搏天下。换个说法，即使没有张军行哄打骗这段插曲，即使自己不碰干法水泥这个项目，注定是"赌"性难改，人生的道场上，必定会落下"赌"的足迹，留下"博"的身影。关锐明白，今天的困局不能怨人，是自己一手造成的，自己把自己"绑"上了干法水泥项目的战车，推上了背水一战、豪赌人生的不归路。这一切，貌似偶然实则必然。

接手项目不久，关锐着手对公司进行改组，正式将"东江远泰矿业有限公司"升级为"东江省远泰水泥实业有限公司"，企业转型为水泥生产与经营主体。你可别小看公司更名，实际上是战略转型，从矿产采掘、加工、销售经营性企业，转型为产品制造与经营复合型企业。

当年，矿产市场开始走下坡路，加上干法水泥项目建设任务繁重，正是用人之际，转型后的公司除保留少量人员继续维持矿产经营业务外，其他人员裁减的裁减，转岗的转岗，多数人转至项目筹建上来。如果说匆忙决策进入干法水泥项目是关锐第一次失误，那么收缩成熟的矿产生产经营则是第二次失误。从那时起，远泰矿业公司告别了昔日的辉煌，踏上了没落的不归路。

那一年，关锐裁减了过半员工，收缩了60%的矿产业务，撤销了一半矿产加工与收购点，矿产经营形势急转直下，一年之后全线告急。加上偌大的干法水泥项目全面启动建设后，花钱如流水，征地圈地、项目审批、石料矿收购、9000伏安供电配套线路建设，哪一项不得烧钱？不到一年时间，耗用资金七八千万元，加上矿产经营无利润可言，无法支撑建设支出，资金积累消耗殆尽。这时，项目勉勉强强才算起步，仅完成征地拆迁、项目配套论证与设计审批，接下来的土建工程、设备采购与安装，才是特别烧钱的。资金告罄，海量的项目资金缺口，已成为远泰水泥实业最突出最棘手的问题，成为它难以打开的"死结"。

为救项目，关锐调动一切手段融资，从银行到民间，能借到的钱借了，能融的资融了，所融到的资金对项目来说，仍是杯水车薪。项目就像一头吞金巨兽，张开血盆大嘴，撕裂着他多年的信用口碑，撕裂着他的人生未来。

高息融资就像超级病毒蔓延，侵蚀着远泰水泥实业的健康机体。

那时的关锐饥不择食，什么资都敢融，只要是钱就敢用，利息少则三四分，多则五六分，俨然成了见钱眼开的主。每当夜深人静的时候，想到高利贷后果，关锐脊背冒凉气，有了大难临头的预感。关锐闯荡江湖30年，从没遇到过迈不过的坎，也没有解决不了的问题。他一生经历无数，遇到过的挫折数不胜数，但无论遭遇多大的困难，总是直面挑战，逢山开路，遇水架桥，关关难过关关过，最终能化险为夷。没想到，此次遇到的麻烦比天还大，大到谈之色变，大到常人无法想象。

那些年，国家GDP增长率少则8%，多则10%，特殊行业维持在20%之内，相对应的投资回报水涨船高，水落船低，折合月利率六厘至二分，就这样的利息融资，少量、短期、应急尚可，海量资金高息融资，毫无疑问地成为企业发展的"罩门"。高息融资对任何行业来说，都是不可承受之重，更何况干法水泥这样海量资金的项目，依靠高息融资保运转，无异于饮鸩止渴，自寻死路。高息融资就像高压电，只要触碰结果非死即伤。对关锐来说，高息融资就像"瘾君子"吸毒，明知道是陷阱，却摆脱不了对它的依赖。关锐仿佛走到了人生断崖，崖的尽头是万丈深渊，稍不留意，就会坠入万丈深渊，结果是粉身碎骨。

到了这步田地，要保项目不垮，或许"赌"成了关锐的唯一选择，否则任由事态发展，输掉的将是整个人生。在残酷的现实面前，关锐一脸无奈，感叹不已："资本就像一只无形的手，紧紧掐着项目的命门，掐着自己的'生辰八字'。融资无门的自己，或许只能把赌注下在引资上，期待引资盘活项目。"走投无路的关锐，身不由己地进行下半场的人生豪赌，要么惨败要么死里逃生。表面镇定的关锐，有了从未有过的沮丧与恐惧感。

关锐受命于危难之中，撑起干法水泥项目，帮市委、市政府排了忧解了难，让曾峰再次刮目相看了他一回。在曾峰的力挺之下，市政府给项目的支持力度空前绝后，这些高效率、实打实的支持，既是市政府履约行为，也是落实"曾"式发展方略，振兴传统产业的具体行动体现。

第九章　引狼入室

合同签订当日，市政府召开了项目建设调度会，曾峰到会并参加了会议。历经张军事件之后，他怕再出什么幺蛾子，不得不谨慎小心。对干法水泥项目来说，市委书记现身调度会，本身就是政治态度，无异于向全市发出力挺的信号。按正常程序，市委大政方针一定，执行层面在市政府，市委只问结果不管过程，这次曾峰一竿子捅到底，破天荒出席了政府常务会议，足以见市委对项目的重视。

当曾峰步入会场时，包括章志在内所有人都起身，异口同声地问候："书记好！书记辛苦了！"大家目视着曾峰落座后才坐下。自龙之倒台后，曾峰威望直线飙升，一言九鼎，与会人员的起身迎接、瞩目落座，差不多成了他的专有礼遇。这种时候，曾峰无须太多客套，表现出来的是满满的谦逊随和，却不失威严。那天的他，还是和过往一样，保持着礼节性微笑，边点头边打招呼："大家好，都坐吧！"然后发表即兴讲话，他话语虽不多却振聋发聩："宾州过往的'五小工业'，曾经独领风骚30年，相信在座的同志，都目睹耳闻过它的辉煌，领略过它的风采。如今，'五小工业'日薄西山，几近全军覆没，仅留下'小水泥'这炷香火，让人不得不痛心疾首，不能不扼腕叹息。'五小工业'沦落到这一步，有国家政策大背景的原因，也有市委、市政府努力不够的因素，相信在座各位同志和我一样，备感惋惜，不是滋味。可以说，保住传统产业香火，既是宾州人民的迫切要求，也是宾州经济工作的重中之重，更是本届市委、市政府义不容辞的责任。"说到这里，曾峰面色凝重，起身鞠躬，动情地呼吁："在座各位不要忘记，是宾州人民养活着我们，他们别无所求，唯一期待的是帮他们做事，帮地方发展经济。作为一个有良知的领导，我们不能眼睁睁地看着传统产业一个个倒地身亡！可以说，干法水泥项目是市委、市政府历尽千辛万苦争取到的，保住传统产业就是发展经济。放水养鱼、涵养税源，是宾州经济发展的必修课，市委、市政府拜托大家，全力支持项目建设，全力推动各项工作落实。"有了市委书记的力挺，处在执行层面的市政府更不能没有态度。章志是曾峰力荐接任市长的，对他来说，书记的话就是金科玉律，唯马首是瞻，遂亲自部署推进工作："书记的话震耳欲聋，相信大家和我一样深有同感，也知道肩上的责任。市政府要把贯彻落实书记的指示精神，提到讲政治的高度来认识，切实做到工作不走样、不变形、不懈怠。经请示书记同意，决定由主管工交工作的副市长牵头，相关部门派领导参加，成立项目协调领导小组。市政府特别邀请市人大老领导挂帅，执掌小组重任，负责项目建设协调工作。领导小组对书记和我负责，总的要求是年内完成征地、拆迁、报批任务。市政府强调，军中无戏言，请同志们努力工作，确保各项任务完成，确保各个目标实现。"市委、市政府重视与否，很大程度上看组织架构，市人大老领导担任过多年市委常务副书记，主管党群工作多年，子弟兵遍布全市每个角落，让他来执掌小组帅印，足见阵容之强大，足见市委、市政府对项目的重视程度。这书记、市长一发话，其他人依葫芦画瓢，按部就班地跟进表态。可以说，有了市委、市政府的强力支持，干法水泥项目推进神速，当是情理之中的事。

此后的一年里，宾州市政府完成了500亩项目征地，并快速挂牌出让；完成了征地范围数千平方米的房屋拆迁安置；财政拨出1500万元专项资金，收购数家石料场挂牌给项目配套；为推动国家发改委项目立项审批，强行关闭了五条13.8吨水泥落后生产线。市委、市政府对项目的支持空前绝后，工作进展神速。对惯来拖沓的市政府来说，算得上超高效的行政行为，算得上"另类奇迹"。可以说，曾峰主政的市委用实际行动，支持了干法水泥项目。令人揪心的是，尽管有市委、市政府的强力支持，却仍看不到关锐走出困境、拯救干法水泥项目的希望。这一结果，让曾峰忧心忡忡。

那时，远泰水泥实业的大门口经常聚集着讨薪的民工、追款的供应商、讨债的债权人身影，关锐时不时被他们围堵。直到有一天，被高利贷投资公司盯上，叫来一帮混混逼债，把关锐堵在办公室，不打不骂，也不允许离开，不还钱不让走人，也不允许脱离视线半步，把关锐当牛一样看管。

"看牛"在高利贷行当里算是最损的招，高利贷之所以管这招叫"看牛"，也是颇具深意的。"看牛"游走在法律红线边缘，不算传统意义上的"非法拘禁"，可一定程度上规避法律风险；更重要的是，"看牛"以搞臭债务人

第九章 引狼入室

名声而著称。欠债人不怕欠账就怕毁誉,这"牛"说穿了就是"老赖"的代名词,"牛"要是名声毁了就啥都毁了。对高利贷公司来说,把讨债比作放牛,用绳牵着债务人的鼻子,哪儿也别想走,哪儿也别想溜,连手机都被那帮子人强行收缴了。一个叱咤风云的大老总被"看牛",消息像长了翅膀,在宾州红黑两道迅速传开,传成了宾州的焦点新闻。就这么一刷子,把关锐弄得灰头土脸,很是没面子。直到时任公安局副局长钟信带着十几个防暴警察救援,以涉嫌非法拘禁犯罪,把投资公司雇来的小混混一个个治安拘留,才让高利贷玩主有所收敛。钟信还将投资公司老板"请"到审讯室接受训斥:"你胆大包天!大庭广众之下,竟敢对省、市重点工程老板实施非法拘禁,知道这是什么行为吗?我来告诉你吧,这是犯罪。现在,我代表司法机关正告你:若胆敢继续以身试法,新账老账一起算,从严从重处理,决不姑息!"

"看牛"事件发生后,虽然堵门时有发生,却再也没人敢太出格,关锐的人身安全总算是有了保障。解围后的关锐,当日来到钟信办公室道谢:"这次多亏老弟及时出手,否则,不知道会狼狈到什么程度了。"钟信示意关锐坐下,一边泡茶一边拿出早准备好的两捆钞票递上,用手拍了拍关锐的肩,轻轻地说了句:"知道你这段时间日子过得很苦,我也帮不上啥忙,家里只有这20万元,给你救救急。"钟信与关锐交往多年,彼此熟悉对方的脾性,知道日子再怎么艰难,再怎么清苦,经济上不会亏待自己。关锐感动不已,知道再讲客套就显得生分了,拿起钱便走,走到门口顿了顿脚,也许觉得就这样走了有点不妥,转身冲钟信丢了句话:"兄弟这情分很重,来日定当报答。"钟信也不多说话,走近拍了拍关锐的肩膀:"就别讲客套了,拿去用吧,先渡过难关再说。"听得关锐心头一热,眼睛模糊,转身大踏步离去。

市委、市政府全力支持产业发展,对曾峰来说,不仅仅是与关锐惺惺相惜,更重要的是政治需要。"曾"式发展方略不能缺失传统产业,而干法水泥项目最具指针意义。曾峰大会小会讲产业振兴,鼓动干部助力产业发展,动情处敲着桌子,痛心疾首地呼吁:"宾州'五小工业'中的小钢铁、小制造、小化肥、小农机全军覆没,已经成为宾州的过往历史,再也翻不回来了,唯一存留下来的小水泥，无论从讲政治的高度，还是从发展经济的角度，不能再沦陷了，再沦陷就无法向宾州人民交代了！再沦陷就无法向老祖宗交代了！再沦陷就无法向子孙后代交代了！"

台下宾州这帮老油子对官场语言早习以为常，当作领导摆姿态做样子，登台造势忽悠人。他们熟悉官场潜规则，知道领导真想做啥会给你交底，明确想要的结果。除此之外都是普通事，普通事怎么处理那是你自己的事，相机办理即可，不给添乱就行。曾峰助力产业发展的煽情演讲，以前所未有的影响力，震撼了宾州的官场，也振奋了人心，书记、市长大会小会声嘶力竭喊着推动产业发展，让官场那帮老油子再也不敢耍滑头了，即使心里不待见，行动上却也不得不沉下心来帮扶企业发展。

混了一生官场的曾峰，识人用人上棋高一着，尺度拿捏得相当精准。为防止老油子耍滑头，他特意交代市长章志："干部当久了会油，你不推他就不动，因此，不仅要打气加热，适时敲打敲打他们，还要把经验足能力强的同志推到产业一线，推到想躲都躲不开的位置上，让他们唱主角挑大梁，还怕他们耍滑头不成？世上怕就怕认真二字，共产党最讲认真。只要发挥出干部的主观能动性，产业发展，不仅有戏可唱，还能唱实唱好唱出精彩来。"

主要领导思想一统一，一批精兵强将安排到产业发展岗位上。现行施政体制下，组织人事手段一到位，比大会上喊百遍还管用。加上市委、市政府逢会必讲干法水泥项目，该重视的重视了，该动用的资源动用了，该用的手段用了，谁吃了豹子胆敢没事找事？倘若还有不识相的添堵，岂不是自寻烦恼！

尽管被资金搞得焦头烂额的关锐，谈及市委、市政府对项目的支持，像是变了个人似的，喜悦溢于言表："谁说市场经济不需要政治？中国特色的市场经济，就是政治与市场有机结合的产物。建设有中国特色的市场经济，政治往往是第一考量因素，缺位了政治力量的支持力挺，结果一定是一事无成。"受曾峰耳濡目染影响，关锐开口闭口讲"政治"，常被手下人调侃："关董的讲话政治味越来越浓了，差不多成了准政治人了。"

正当关锐一筹莫展之际，网上发出的招商邀请函意外地传来了佳音。边

第九章　引狼入室

西省卯州金菱集团公司一行人在贵州洽谈投资项目的返程中，计划绕道到宾州考察干法水泥项目。值得一提的是，这次带队考察的是赫赫有名的金菱集团董事局主席廖芮。消息传开之后，犹如在宾州放了一颗震撼弹，震撼了宾州官府民间，也惊动了曾峰与章志。

廖芮一行人来到宾州考察的那一刻，关锐正在飞往北京的航班上，将参加一场引资合作招商谈判，试图找到投资商合作建设项目。当飞机刚落地，他就接到曾峰打来的电话："关锐，边西省卯州金菱集团董事局主席廖芮亲临宾州考察，金菱集团是国内外知名民企，资金实力雄厚，好好把握住机会，拿出最大诚意搞好合作洽谈，力争达成协议，彻底解决项目资金缺口的问题。"一听到金菱集团四个字，关锐眼睛发亮，激动得连声音都变了："曾书记，我有没有听错？是胡润榜上赫赫有名的金菱集团廖芮主席？""没错，就是他，廖芮已经到了宾州，专程来宾州考察项目。"得到曾峰的肯定答复后，关锐喜出望外，激动得语无伦次："好，好，好……我立马返回，尽快赶回宾州洽谈。"说完，他取消了酝酿已久的北京招商洽谈，订好返程机票，一边掉头返回机场登机，一边电话通知司机到东江机场接机，马不停蹄地往回赶。

廖芮出生于边西卯州的一个偏远农村，他思想开明，手脚勤快，是个喜欢搬弄脑子、满世界折腾找事做的人。廖芮圆脸，中等个子，身材板非常结实，两把铁扫帚眉毛，不怒自威，让人一见便心生敬畏；眉下的两只眼睛又大又黑，显得炯炯有神，一看便知道是个极顶聪明、不甘平庸且极具表现欲的男人。

他是20世纪50年代末颇为少见的高中生，在知识匮乏的年代，算得上是个知识分子。他喜欢钻研，思维特别活跃，总能鼓捣些别出心裁的想法来，所作所为常出乎意料。小时候的他，看见离自家不远的公路道班旁边穿过一条小河，就跑到道班找领导，游说利用水能发电解决道班的用电问题。道班领导经不起他的花言巧语，对水能发电的事上了心，当作大事来办。廖芮原本就不是学雷锋帮人做好事的那种人，千方百计鼓动道班搞水力发电，就是想搭上顺风车，解决自己家里的用电，只是这家伙脑瓜子十分灵活，想占便宜还得让别人心甘情愿地白送。道班发电机安装时，廖芮当家事来做，主动前去帮忙。等到机组发电后,道班领导觉得廖芮的主意出得好,又出了力,便做了个顺水人情,给他家拉了一条电线。廖芮就这么个人,一个小点子让他家比其他人早用电四年,提前接触到了现代文明。

　　廖芮能说会道,讲话颇具感染力,身边常围着一大帮子铁杆粉丝。他讲话慷慨激昂,常挂在他嘴边的话是:"勤奋就是发挥潜能,勤奋就是不断超越自我,勤奋就是付出百分之百的努力,勤奋就是思考更多和行动更多。"正是因为观念超前敢闯敢干,让廖芮抢占了发展先机,斩获诸多人生成功,成为边西卯州最早的万元户,成为边西最早创办公司的人。

　　改革开放初期,廖芮就创办过闻名边西、超过200辆规模的大型货运公司,原始积累完成后,抛砖引玉,利用地方政府招商引资扶持政策,在边西创办了数家上规模的齿轮机、汽车发动机等制造企业,为中国大众、现代汽车提供动力等组件配套服务,成为众多品牌汽车配件的代工厂。20世纪末,廖芮整合旗下企业组建金菱集团,此后高歌猛进,一发不可收拾,企业规模快速扩张,并进入矿山采掘与矿产品经营,踏入水泥钢材陶瓷建材领域,还一口气在省会二、三线城市拿下十几块旺地,高调进军房地产。经奋力打拼,金菱集团旗下拥有百亿资产,拥有数十家工厂及贸易分支企业,廖芮的个人声望高涨,成为边西省乃至全国赫赫有名的民营企业家。21世纪初,金菱集团被英国胡润榜评为"中国五百强民营企业",董事局主席廖芮登上胡润榜边西卯州首富宝座,成为边西有史以来获此殊荣的第一人。

　　拥有胡润榜卯州首富声名,以董事局主席尊贵的身份,莅临宾州考察干法水泥项目,这题材本身就是重大新闻,无论是宾州市委、市政府,还是引资方远泰水泥实业,都把此当成比天还大的事,丝毫不敢懈怠。

　　一踏上宾州,就看见市政府主管招商引资的副市长带着相关职能部门一干人前来迎接。此等接待规格,是比照省、市一级高官政要标准接待的。无疑,高标准的接待创造了良好的合作洽谈氛围,也暗示自己的到来对干法水泥项目有多么重要。以廖芮的商海沉浮阅历,能够轻易从所透露出来的碎片信息中,捕捉到重要商机,也能够精准判断出事态的走势。

第九章 引狼入室

关锐尚未出现，廖芮对项目就有了基本判断，甚至做好了投资准备。廖芮只需考虑如何在接下来的洽谈中，获得更有利的谈判地位，获取更多的经济利益。几十年的商海沉浮，几十年的摸爬滚打，几十年的合作洽谈，练就了他深藏不露的功力，练就了他高超的谈判技巧。无论如何，廖芮不会让对手从情绪反应中，窥视到自己的内心世界，而他恰恰可以做到凭对方不经意间流露出的一个表情，说出的一句话，下意识的几个小动作，对对方做出精准判断，知道对方顾忌着什么，期待着什么。只要给时间接触对方，就能像了解自己一样了解对手，这不能说不是廖芮的精明之处。

当关锐风尘仆仆回到宾州，已经是傍晚6点了。此时，主管副市长已带着廖芮一行视察完项目现场，熟悉了项目投资背景，以及宾州市委、市政府对项目的惠商政策。也就是说，所有洽谈前的基础准备工作，能到位的都到位了。大学讲师出身的副市长养成了务实严谨和思维缜密的工作习惯，他甚至连打印的文员，都安排好了人值班，一旦谈妥合作了，合作协议就可以随即打印出来。万事俱备，只欠东风，只等引资方远泰水泥实业董事长关锐的到来，就可以与金菱集团董事局主席廖芮展开实质性的合作洽谈。

廖芮与关锐一见面，这两个日后搅动宾州的商业巨头，除了必要的礼节性寒暄，洽谈中的客套几乎全免了，两人单刀直入，直奔主题。洽谈一开始，双方都表达了合作意愿，甚至非关键性问题谈得比较顺利，是整个洽谈最轻松的环节。金菱集团凭借雄厚的资本实力，以及超强的软实力，愿意承担起项目的融资责任，附加条件是必须控股，法人代表由控股方委派，还有融资款苛刻的利益回报。

准确地讲，让出项目主导权，关锐心存纠结却又无可奈何，受实力及巨额资金缺口的制约，自己似乎没有多少底气来捍卫主权了。投资干法水泥项目自己已经作出了巨大牺牲，被迫将公司转型，放弃曾经风光无限、经营数十年的矿产经营主业，意味着每年损失数千万利润；耗用两年多时间，历尽千辛万苦，取得了项目立项审批批文；耗时数百天，完成了土地征收、用地审批、征地范围居民拆迁安置等前期准备工作。自进入项目后，该吃的苦吃了，该付出的付出了，个中酸甜苦辣只有自己才能体会。

　　此前的关锐，非常看好项目前景，他曾自信地设置合作招商底线：保留过半股份，确保控股合作，引资招商是股权换资金的合作。没想到所设置的条件，仅仅是水中月、镜中花，被残酷的现实击得支离破碎，彻底背离了确保项目"主权""不易帜"的初衷。对关锐来说，让出项目主导权，是人生最痛苦的选择。他曾无数次劝告自己，接受现实："市场经济就是市场经济，市场经济倚仗的是资本力量，市场经济不相信眼泪，不同情弱者。实力决定命运，这就是生存法则，谁也改变不了，谁也不会例外，谁叫你关锐缺少经济实力？谁叫你是资本侏儒？人到屋檐下不得不低头，只能用'主权'换'生存权'，只能向资本大鳄跪拜磕头，只能认命认栽。"人到了这步田地，关锐只能屈从于现实与命运的安排，只能接受资本与实力的掣肘，除此别无选择。

　　控股权达成妥协后，接下来是融资方式谈判，融资回报成了争执焦点，成了谈判主战场。一开始，关锐意欲变被动为主动，极力描绘项目前景："干法水泥项目既是环保项目，更是民生项目，拿到了生产许可，就等于拿到了开启财富大门的钥匙。相信廖主席您是个聪明人，如果对项目前景缺乏信心，肯定不会贸然来谈投资。在您这样的财富大佬面前，只能实话实说，项目啥都不缺就缺资金，引商合作就是为了解决资金问题。"此时，服务员已泡好了茶，毕恭毕敬地将茶递给廖芮，却被他的助手礼节性地挡驾："谢谢！廖主席就不麻烦你了，我已经替他准备好了茶水。"廖芮从助手手里接过专用茶杯，放在桌子上，不动声色地从集团投资理念讲起，"关董，金菱集团是投资型公司，追求投资利润、注重投资回报是集团的经营理念，任何有悖于这一理念的投资，我们都不予考虑。集团只要谈好了回报，不管需要多少资金，我们都可以解决。"接下来话锋一转，开出了融资条件，"按照集团的融资惯例，必须确保50%年利率投资回报，否则集团不会考虑融资。"关锐一听就蒙，却仍然不死心，用商量的口吻试探："廖主席，追求融资利润最大化的想法可以理解，但高息融资并不是所有项目都承受得起的，能否站在项目前景的角度，降低投资回报预期？"廖芮对关锐的话不置可否，只是冷

第九章 引狼入室

漠地摇摇手："融资回报问题，是集团董事局决定的，我个人无法推翻，请关董理解。"关锐听后心里焦急，用近乎哀求的语气问："廖主席，您是知道的，只要项目运作成功，投资利润是绝对有保障的，期待廖主席放眼长远，着眼未来，将融资回报控制在银行基准利率四倍内行吗？"廖芮听后耸耸肩，夸张地摊了摊双手："如果关董坚持这点，则破了集团投资回报底线，集团将视同你方拒绝接受合作方案。"听话听音，关锐知道继续坚持己见，铁定是闹掰收场，想到此语气趋缓了许多："廖主席，您别误会，我只是建议，建议而已。"

没有金刚钻，别揽瓷器活。廖芮是人精中的人精，咋不清楚项目前景，基于利益考量，他同样不想放弃合作，便故技重演，以退为进："倘若融资回报达不成一致，可以考虑按股比增资合作，你看此方案如何？"关锐一听股比增资就懵，晓得被人拿捏住了软肋，犹如逼到了墙角动弹不得，嘴里仍言不由衷："廖主席……""两个方案任由关董选择，这也是集团参与项目合作的底线条件。"廖芮不想纠缠不休，不客气地打断了关锐的话，虽然没有把话说死，却没有留多少余地。

此时的廖芮，早窥透了关锐的内心世界，知道再逼下去，铁定是不欢而散，遂有意识地放缓洽谈节奏，缓和紧绷的气氛。这招数曾经屡试不爽，帮助他南征北战，横扫对手，让诸多对手俯首称臣，跪拜在脚下。

廖芮不急不忙地点上一支烟，连抽几口，头略上扬，嘴巴一张一合，无须刻意便吐出一个个烟圈来，放出来的烟圈不停地翻滚着，向上飞扬、扩散、融化。堪称一绝的是，从廖芮嘴里吐出来的烟圈，自然流畅，排列有序，旋转自如，看得大家目瞪口呆。关锐看着看着，慢慢地心跳加快，不由得暗自思忖，这功夫不知道需要多长时间才能练出来。随着烟圈频率的加快，数量的叠加，关锐似乎看懂了，廖芮是在有意识地展示独门绝技，向对手示威、施压，用另类方式表明："瞧！我才是独一无二的，任何人在金菱集团面前，只有接受、适应、臣服，除此别无选择。"目睹着烟圈一个接一个从廖芮嘴里吐出来，关锐一帮子人无不震撼，仿佛这烟圈就是滚滚向前的车轮，正碾压着自己已经千疮百孔的意志，碾压着自己苟延残喘的自信心。

此时的廖芮，似乎并不想就此打住，只见他在座位上闭目养神，似乎无感他人的存在，一边不停地吐着烟圈，一边用两个手指头轻轻地在桌子上轮换着轻弹，发出节奏感极强的嘀嗒嘀嗒声。等夹在手指上的烟一抽完，他站起来将烟蒂往烟缸里使劲一按，嘴里吐出"时间不早了，得告辞了"。关锐一看这架势，心一下子提到了嗓子上，犹如十五个吊桶打水七上八下。凭借多年江湖闯荡的经验，关锐知道廖芮已经失去了耐心，眼睁睁地看着洽谈露出，心里一沉，愁上心来。

此时的廖芮，喜怒不形于色，表现得相当城府，他仍然和往常一样，满脸微笑："关董，我方的融资条件可能让你为难了。这种情况下，也许只能搁置合作谈判，待双方冷静思考一段时间后重启，希望通过时间的磨合，彼此找到都能够接受的方案。不管结果如何，买卖不成仁义在，欢迎关董常到边西来做客。"听了廖芮的话，绝望中的关锐，似乎又燃起了希望。此时的廖芮，并没有忘记展示绅士风度，边说边与关锐握手告别。关锐虽然心里急得不行，场面上却不得不故作镇定，礼节性十足地向廖芮发出邀请："廖主席，您百忙之中来宾州考察，让我备感荣幸，不管合作成功与否，相信我们都能成为朋友。期待廖主席多从项目前景着想，期待家大业大的金菱集团给我们这些弱势群体留口饭吃，多给点生存空间。相信彼此只要有诚心，最终是能够达成合作意愿的。"

双方都没把话说死，都预留了妥协空间，这不能说不是廖芮与关锐的精明之处。分别时，廖芮仔细审视了一下关锐，眼前这个脸庞黝黑、性格豪放，却不失狡诈的小个子男人，身上有股子让人敬畏的东西。突然之间，他有了棋逢对手的感觉，有了擂台挑战的冲动。

捡起来是骨头，放下去是肉。与廖芮的合作洽谈，究竟是放弃还是重启，对关锐来说，原本就不是件容易的事。他表面不动声色，内心异常纠结：若不接受廖芮的融资条件，面临的是断米断炊，项目夭折是板上钉钉的事，结果是坐以待毙；接受廖芮的融资条件，等于刚脱离虎口又落入狼窝，最终还会"死"在高息融资的路上。

在此节骨眼上，关锐还得担心鲁莽的桂平，会沉不住气添乱，特意叮嘱他："桂平，你得给我记住，洽谈到了这一步，变成了比意志力、打心理战了。谁先提出恢复洽谈，就意味着谁沉不住气；谁沉不住气，谁就有可能做出更多的让步。通过本轮洽谈，我们已经知道廖芮是怎样的一个人。记住我的话，一个贪得无厌的人，不会轻易放弃发财的机会，预计他和我们一样，想尽快恢复洽谈，只是谁都不想输了气势。越是这种时候，越要稳住阵脚沉住气。"桂平大大咧咧惯了，平时讲话不计后果，但他粗中有细，自然理解关锐此时说出这话的含义。此后的他，像是变了个人似的，紧紧闭上大嘴巴，收敛了野性。

那段时间，关锐一刻也未闲着，权衡着与廖芮的合作。倘若还有路走，就不可能接受这自杀性的合作，不可能接受廖芮的融资方案。关锐是何等精明之人，咋不清楚高利贷的危害性，摊上它翻身比登天还难，他忧心忡忡地告诉桂平："别看廖芮表面憨厚，实则城府极深。他推出的融资方案，明眼人一看就知道他是'高利放贷'，就是借资本敛财。与廖芮合作，得时刻谨慎小心，即使能达成合作，迟早有翻脸的时候。"

就在合作洽谈陷入胶着之际，关锐的慢性放射性肠炎发作。这病说大不大，说小不小，平时不痛不痒的，发作起来腹部剧烈疼痛，恶心呕吐不止，严重的时候连胆汁、胃酸都会呕吐出来。关锐这病来得突然，事前几乎没有任何征兆。医生诊断，是急火攻心诱发了肠炎急性发作，引起肠穿孔，上了手术台。

急性肠炎伴随着高烧不退，关锐烧得人昏昏沉沉，烧得身子骨疼痛难忍，全身像散了架似的。人痛到生理极限的时候，难免胡思乱想，经历了那么多挫折之后，突然之间，关锐似乎对人生有了大彻大悟，他无数次质问自己："腰缠万贯，每日不过三餐；广厦千间，夜寝不过六尺。为啥要把人搞得那么累？为啥活得那么贪心？为何吃饱了没事找事，搞啥子干法水泥项目呢？"两年多来，关锐被项目融资折腾得意志消沉，就差破罐子破摔打发余生了。此时的关锐最想做的就是逃避现实，人生不带来死不带去，什么项目、什么奋斗、什么事业人生，都统统见鬼去吧！垮了就垮了，自己是山旮旯里走出来的孩子，大不了回归从前，仍过挖山药种红薯的日子。每每想到这里，关锐似乎有了看破红尘后的解脱，他有意识地麻痹自己。

等到理智慢慢回归的时候，关锐已经躺在手术台上，正接受麻醉注射。当麻醉药通过针头注入脊椎神经后，药性慢慢开始发作，渐渐地下体麻木，没多久便失去了知觉。尽管如此，手术过程中的关锐仍然保持着头脑清醒，手术医生一边拍打着他已经麻木的下肢，一边问："还痛吗？"关锐摇摇头。"没痛就马上手术了。"医生面无表情，冷漠地告诉手术台上的关锐。没多久，耳边传来人体组织切除的"唰唰"声，尽管声音低沉刺耳，身体却毫无丁点知觉。关锐对手术刀发出来的声音格外敏感，脑子里一下子冒出许多稀奇古怪的想法：倘若医生使坏，手术刀立马变成屠刀，刀下的猎物铁定在劫难逃，哪怕是大卸八块、碎尸万段，剁成肉酱去喂猫喂狗，也只能听之任之了。这想法一出来，连关锐自己都吓了一跳，却无法控制蔓延的伤感情绪。恍惚间，拿手术刀的医生面孔模糊，慢慢变成了陌生人，面目狰狞，挥舞着屠刀，双手沾满了鲜血，杀气腾腾地扑向猎物，瞬间猎物身首异处，场面惨不忍睹。

从手术台上的无奈与恐惧，联想到金菱集团高息融资的合作方案，关锐虽然下肢动弹不了，思维却异常活跃，极具跳跃性。干法水泥项目若是接受了廖芮的融资方案，引入金菱集团合作，合作终将成为腥风血雨式的战争，而且战争的惨烈程度，将不输于一场外科手术。在这场战争中，廖芮注定是拿刀的医生，他会毫不留情地用手术刀肢解自己、肢解远泰水泥实业的未来；自己就是手术台上的患者，面对的将是任人肢解的命运归宿，面对的将是大卸八块、支离破碎的悲惨人生。可悲的是，明知道这种事情会发生，自己却无法逃避，竟然毫无还手之力，只能听任于命运安排。

正当合作洽谈陷入僵局之际，曾峰正密切地关注着事态的发展，他不能看着项目因资金链断裂而停摆。曾峰清楚关锐的经济实力，不能指望其凭一己之力来完成项目了，如果不能获得有效途径的融资救济，恐怕项目大概率会烂掉。可以说，项目到了生死存亡的关键时刻，市委、市政府应该有所作为，应该助力打破和谈僵局。曾峰亲自打电话给主管副市长，指示他以宾州市委、市政府的名义，邀请廖芮作为特邀嘉宾，参加宾州市首届旅游文化节。

宾州举办首届旅游文化节，为如火如荼的旅游招商引资造势，是实施"曾"式发展方略放出的另一个大招。宾州市委、市政府对旅游文化节，做了充分的前期准备，费时两年耗资数亿在宾江湖旅游景区建设了大量的人文景观，组织专人赴民间挖掘传统美食文化，推出地地道道的宾州系列小吃，耗巨资邀请国家一线艺人到景区同台献艺，为旅游文化节晚会现场造势。宾州市委、市政府组织的这场声势浩大的旅游文化节，组织不可谓不严密，阵容不可谓不强大，格调不可谓不高雅。宾州首次举办"高大上"旅游文化节，观众超过了10万，创东江省组织同类活动的历史纪录。这对一个县级城市来说，组织如此高水准、如此恢宏气势、如此壮观场面的文艺晚会，不能说不是宾州的另类奇迹。

宾州市委、市政府邀请廖芮参加旅游文化节，与宾州本土几位部队将领同排共坐在特邀嘉宾席上，不可谓不风光。也是曾峰特有的政治智慧，不仅给廖芮赚足了面子，让他感受到宾州的真诚，领略到宾州的深厚文化底蕴，而且还顺势打破谈判僵局，把他拉回干法水泥项目合作洽谈桌上。这一次，廖芮不想再有过多纠结，也不想让宾州市委、市政府脸上难堪，毕竟项目的前景非常看好，投资回报完全可以预期。倘若洽谈达成了协议，日后还有许多事与宾州市委、市政府打交道，干大事的人不能只算经济账，更要算政治经济复合账。

有了市委、市政府的间接助力，两人一见面，廖芮就抛出合作底线条件："各方按比例到位出资本金后，后续资金则通过融资渠道解决，金菱集团仍愿意承担融资责任，融资首选银行贷款，次选民间融资，民间融资月利率按四分计取。"按照廖芮的设想，首选与次选无非是时间顺序问题，实际操作弹性空间很大，加上法人代表由控股方金菱集团委派，是先银行贷款还是民间融资，金菱集团完全可以主导实际操作，现阶段可以不予纠结，至少暂时不用过多考虑。开出合作条件后,廖芮脸上堆满了微笑,出乎意料地走近关锐,拍了拍关锐的后背,一副高屋建瓴的口吻说:"给关董一个建议,今天咱们只谈合作原则,不谈具体事项,操作细节及执行层面的问题交由执行团队去解决,也许他们比你我更聪明更具智慧,让他们来处理执行过程中的日常问题,可能更合适一些。""哦哦……"关锐一时回不过神来,慌乱中无言以对。

洽谈中,廖芮始终把控着整个谈判的走向,关锐则一味迁就退让,虽然多有顾忌,担心高息融资是个陷阱,又苦于手上无牌可打。这场谈判犹如一场不同重量级的拳击比赛,一开场就不存在什么悬念,尚未交手就注定了输赢结果。

此时的廖芮,凭借自己特有的精明与狡诈,早就揣摩透了关锐的内心世界,料定他会乖乖地接受所有的融资条件,于是在抛出合作底线条件之后,便以不容更改的口吻,锁定了协议条款:"关董,我们已经按合作底线条件制作好了合同文本,给你两小时时间考虑,签与不签就看关董的了!"说完站起身,头也不回地回到下榻酒店。经过痛苦纠结,关锐最终认栽,违心地签下了廖芮一手炮制的、充满算计与陷阱的合作协议。

按照合作协议,远泰水泥实业进行了股份重组,金菱集团占51%的股份相对控股,法人代表由控股方金菱集团委派,廖芮委派姻亲舒敏出任董事长;关锐占25%的股份任总经理,桂平占24%的股份任常务副总,关锐与桂平合计49%的股份,由控股人沦为普通参股人。

重组后的远泰水泥实业,尽管天还是原来的天,地还是原来的地,人还是原来的人,但角色已经转换。一周后,办公室进行了调换,关锐从董事长室撤出,搬进了原总经理办公室,而桂平只能调换至另行为他安排的常务副总室。就在同一天,新任董事长舒敏在关锐、桂平的陪同下,堂而皇之地走进了董事长室。可别小看这办公室的变动,它代表了资本实力,是资本话语权,是对项目对企业的掌控权。

从舒敏走进董事长办公室的那一刻起,关锐丧失了远泰水泥实业的主导权,失去了对干法水泥项目的掌控,身份由主角变成了配角,而金菱集团的

第九章 引狼入室

廖芮成了远泰水泥实业的新主人,主宰着它的现在与未来。

值得一提的是,远泰水泥实业新老董事长交接工作的那天,廖芮刻意找了个理由缺席了仪式,他特意给关锐挂了个电话:"关董,因另有工作行程安排,我得请个假,而且还得请你原谅,本人就不能参加交接仪式了,只能拜托关董你来主持。""好的!从今以后,我会认真完成廖主席交给的任务,有什么事您尽管吩咐好了。"关锐言不由衷地说出此话的时候,心里酸酸楚楚的,像打翻了五味瓶,不知道是什么滋味了。

不幸中万幸的是,廖芮让自己来主持交接仪式,避免了诸多场面上的尴尬,也算是给足了自己面子。这么一想,关锐的心里似乎又好受多了。

第十章　政治新贵

政治洗牌的结果,有人沦落,有人崛起。正如赵德峰所言:"无论曾峰多么强势,毕竟要人来做事,要靠干部出政绩,而政绩链上的每件事离不开本土干部,这是当下干部体制决定的。"

钟信生于民办教师家庭,父亲上过几年旧学,在穷乡僻壤的山旮旯里,算是个有文化的人。钟信父亲运气好,读旧学时,结识了本家一后生伢子,该后生伢子与后来成为革命家的国家某部赵部长系远房亲戚。

钟信从省公安专科学校毕业那年,父亲去了趟北京,找赵部长秘书帮钟信安排工作。赵部长秘书向东江省委打招呼安排个人,根本算不上事,可对钟信的人生来说,却是个天大的事。于是,赵部长秘书一句话改变了钟信的命运。

曾峰走马上任宾州次年,关锐的远泰水泥实业取得了宾州 4500t/d 干法水泥项目建设权,项目落户于宾州工业园区,后因资金链断裂,引进边西金菱集团控股投资。其间,金菱集团在边西卯州乃至投资地大规模集资,引发挤兑危机,加上拖欠农民工资,拖欠供应商货款,致远泰水泥实业常发生堵

第十章 政治新贵

门堵路、停水停电事件。维护企业正常秩序，是园区公安分局的份内之事，于是隔三岔五就得出警。

钟信干过刑警，在公安局诸多岗位历练过，算是认真履职、工作称职。钟信学的是刑侦，一无背景二无靠山，除了侦查啥也不会。基层公安是事务管理岗，哪有多少大案要案要破？哪有机会彰显英雄本色？要出人头地，就得想办法博领导眼球，让组织破常规发现破常规任用。这一年，远泰水泥实业矛盾纠纷频发，是市委、市政府的一块心病，连曾峰都感到束手无策，寄希望于公安部门看管好，不至于演化成群体性事件。随着矛盾的不断升级，园区社会治安就像一堆乱麻，理不清剪不断，犹如火药桶，随时可能引爆。处在一线的园区分局，没人愿到这里工作，以致教导员空岗两年多。

钟信怀揣着抛头颅洒热血的激情，自告奋勇地要求到园区公安分局任职，解了领导的燃眉之急，了却了局党委一桩心思。此时的局党委正为园区分局干部配备发愁，有人主动请缨自然求之不得，于是周瑜打黄盖，一个愿打一个愿挨，皆大欢喜的事。

钟信缘何逆流而上？自有他自己的"小九九"，一是园区分局系高配的二级机构，上任就能顺势升任正科；二是他与关锐多年交好，在对方艰难之际帮衬一把并不是坏事。钟信任园区教导员的那些年，干法水泥项目资金链断裂，引发农民工、债主及材料供应商闹事，这处警出警的事，都是分局的职责。钟信到园区分局任职，可谓受命于危难之中，于公于私苦干了两年，因岗上敢于担当的表现被曾峰看好，被提拔为公安局副局长。此后，他把准政治站位，不久转岗升任镇长，半年后任镇党委书记，上任仅两年转任市政法委常务副书记。政法委书记身体不好，又是个即将到龄的老同志，船到码头车到站，遂把钟信推到前面主持政法口日常工作，自己则心甘情愿做个隐身人。钟信政治上顺风顺水，短短数年里，走完了别人一辈子走不完的路，不久还顺势升任市委常委兼联系政法口副市长，成为宾州最年轻的市级领导。

事过多年后，钟信仍庆幸当年的选择。一个农村孩子，没啥政治背景，图个出息容易吗？只能凭一腔热血博领导眼球，引领导关注。经观察，他发现曾峰虽不动声色，却极其关注干法水泥项目，生怕有闪失生怕出什么幺蛾子。他喜不自禁，以为找到走近高层的捷径，时刻提醒自己："钟信，你得给我记住！警察的职责就是治乱平叛，维护社会稳定，这干法水泥项目不就是个火药桶吗？咱小警察要出人头地，就得往火海里跳，就得帮领导冲锋陷阵挡子弹。"

此后，只要是远泰水泥实业的处警，钟信亲自领队前往。干法水泥项目事关产业发展，事关传统产业转型升级，也是检验"曾"式发展方略的重要指标，无论如何曾峰都不会撒手不管。钟信坚信，只要坚持不懈，迟早会进入曾书记的视野。

钟信非常清楚，自己头上这算不上职务的教导员，在市委、市政府眼里，不会拿正眼去瞧你，只有帮市委、市政府看好门守好夜，掌握化解信访危机的先机，才是最大的政绩。此时的钟信，表现得格外卖力，尤其是在特护期，把值班室搬到处警现场办公，24小时轮流值班。果然，他的一举一动，让密切关注干法水泥项目的曾峰，看在眼里、记在心上。此后，每逢园区视察，曾峰都钦点钟信参加，听取他的汇报。说来也怪，这钟信掌握的情况，竟然比当地党委、政府还多，让曾峰十分诧异："这愣头儿青咋掌握那么多情况？"市委书记的喜爱写在脸上了，稍有政治头脑的人都懂，钟信八成傍大运出息了。

果然钟信上位前夕，曾峰在换届选举动员会上吹风："这次换届选举，就是要敢于提拔工作热情高，有责任感的年轻人；破格起用埋头苦干，替市委、市政府排忧解难的基层干部。组织部门要解放思想，敢于打破用人惯例，为年轻干部脱颖而出创造条件。"曾峰还特意表扬了钟信，把他当基层干部典型来推介。有了宾州一号的力挺，钟信所主政的乡镇，便顺理成章地成为工作最给力的乡镇。

本来，钟信半路出家，缺乡镇工作历练，打开工作局面有难度，曾峰派市委秘书长郑林，代表自己挂点压阵，这老虎不吃人吓死人，谁敢跳出来叫板？郑林熟悉宾州一号的想法，上来就鼓气："钟信呀，乡镇工作怕就怕'内鬼'，一旦'内鬼'捣乱就会乱阵脚，有市主要领导压阵，若是还有人使坏添乱，

第十章 政治新贵

不是脑子灌了水,就是猪脑子蠢到了家。估计没人搞事了,大可放开手脚干事,别辜负了书记的期待!"钟信感动得连连道谢:"谢书记关照!谢秘书长关照!"没想到钟信运气忒好,风调雨顺,工作平稳推进,成为市委、市政府年度表彰首个乡镇主政领导。宾州政坛突然间杀出一匹黑马,让诸多局行乡镇"一把手"颇有微词,但碍于曾峰的威权,没人敢站出来公开发声。

宾州文化名人谢蒙,没掂没量惯了,只要是他看不惯的事,准拿大嘴巴去说事。看到钟信多有议论,免不了跳出来,大讲特讲大家私底下的风凉话:"这钟信不是真有啥本事,他得宾州一号的意,这宾州一号要权给权,要钱给钱,还派人站台撑腰,这镇长、书记怕是狗都能当好。"这还不算最难听的,难听的不气疯人那才叫怪:"钟信与宾州一号有如主仆,讲坏了仆就是讲坏了主,主仆自古不分家。"这话说得既尖刻又粗俗,虽然听者用心,却无人附议,大家表面摆出一副"事不关己,高高挂起"的模样,背后却竖起耳朵聆听,私底下偷着乐。

龙之接受组织审查当年,钟信调任政法委常务副书记。宾州一号之所以起用钟信,自有政治考量。以龙之为首的"本土权力圈"盘踞宾州数十年,政治影响力全覆盖。政法委拿捏着"刀把子",掌控着公检法司,拥有令人忌惮的司法权。年纪轻轻的钟信,没受"本土权力圈"的影响,让他压阵政法委,既能调动新生代的积极性,又能震慑"本土权力圈"漏网之鱼,可谓一箭双雕。曾峰上任省政府副秘书长前夕,特意向接任的章志做了政治交代。果不其然,钟信政法委常务副书记没干两年,又被提拔为市委常委兼副市长,分管公安与司法,联系检察院、法院工作,角色定位仅次于常务副市长。钟信的快速上位,让宾州人领教了啥叫火箭式的提拔速度。

钟信在政法委常务副书记任上,干了件惊天动地的事情。时年,国家鼓励农村土地经营权流转,宾州和全国一样,刮起了双向流转风,炒得最热的是林地。宾州是林业大市,面积200多万亩,占全市总面积的60%,宾州的林业工作惯来走在全省前列,曾多次荣获全国林业先进市(县)。宾州惯来紧跟中央步伐,这次也不例外,在全市大张旗鼓推广林地流转。一些人神魂颠倒，把它当发财机会，削尖脑壳钻。在这帮人眼里，谁掌握了林权，谁就有了套取国家林业开发资金的路径；谁成了林地大东家，谁就掌握了开启财富的钥匙，便发疯似的接受林地流转。

靳国是林地流转的大庄家，不仅自己受让了万亩林权，还接受H省林业公司的委托，代理流转了近10万亩林地经营权，只是代理这步棋走得太烂，把天捅了个大窟窿，给自己惹了个大麻烦。

H省林业公司背景复杂，依托国家林地经营权流转政策，以烂柴价收购贫困省份百万亩林权，一边用林权套取国家林业开发资金，一边以林权包装上市圈钱。H省林业公司在西陵、东岭等几个县市收购成功后，把手伸到了宾州。

起初，H省林业公司找宾州林业局合作，林业局是政府部门，收购流转的事得正正规规办，费用成本省不了，报价高一大截。这H省林业公司幕后金主系私募基金公司，追求的是无限利润，自然价格谈不拢，便找到林地流转大户靳国。这靳国也是玩套路的主，有人送钱上门，哪有不接招的道理？经讨价还价，达成了林地收购代理协议：H省林业公司委托靳国收购30年林地经营权，流转面积10万亩，若实际经营每亩1800元，不实际经营680元。H省林业公司先按非实际经营流转价付款，若需要实际经营，则按约定标准补足价款。这靳国小商小贩出身，脑子灵活，做事勤快，加上胆子忒大，天下就没有他不敢干的事情，收到定金后，大张旗鼓地启动了林地流转代理。

靳国巧嘴簧舌，不厌其烦地鼓动村支书参与林地流转："人家啥都不要你的，一不摘二不砍，权证上挂个名就行，说穿了就是给农户送钱。"村支书一听，无不惊讶："白给咱送钱，天底下还有这等好事？"靳国拍着胸脯保证："俗话说，讲打不算打，落地分真假。谈好了，真金白银立马到手，这事还能假？"村支书以为碰上了财神爷，连声应允："好！好！好！"靳国见对方上心，继续吊胃口："人家H省林业公司不吃你的糖，不动你的奶酪，流转还不就是个名义，山还是那座山，林还是那片林，难道它还能把山搬走不成？只要农户在协议上签个字，钱哗哗哗地流进腰包，天底下哪有这等好事？"在靳国的嘴里,仿佛H省人做义举善事,替上帝撒馅饼。农户平时足不出户,没见过世面,都把村支书当神,村支书金口开,句句是真理,一句顶一万句。如今村支书发了话,岂有不信之理?在村支书的鼓动下,靳国每亩压至200元、300元不等的价格收购流转权,不到半年时间,竟然代理了七八万亩林地流转,赚了数千万代理费。

本来,靳国连哄带骗代理林地流转,差不多成功了,没想到中途出了幺蛾子。没读过几册书的靳国,做事图简单不讲章法,既委托村支书管护林地,又委托他们收购经营权,把林管费与林地流转款一块转给村支书个人账户。山中无老虎,猴子称大王。这些村支书也不是省油的灯,甚至不少是雁过拔毛、见钱眼开的主,他们先是连哄带骗把林地哄过来流转,等到付款就磨磨叽叽,个别胆子大的将流转款挪作他用,有的干脆塞进自己的腰包。这流转农户林地看不到林地,钱又收不到钱,落得"钱地两空",齐刷刷赴省上访。省里都把农民的事当大事,接到举报拍案而起:"竟然把局做到农民头上,岂不是与中央保护农民利益政策对着干?真是秃子打伞无法(发)无天!"对宾州又是点名又是督查,把曾峰气得不行,当即给政法委常务副书记钟信批示:严查!

钟信立马召集公检法联合办案,部署精兵强将,彻查靳国林地流转犯罪。动员会上,钟信正襟危坐地发号施令:"农民的事是天大的事。保护农民利益,事关国家的长治久安,也是市委、市政府的大事要事。不法林地流转商不惜以身试法,把黑手伸向农民兄弟,党和政府决不允许!严肃查处损害农民利益的行为,是政法部门义不容辞的职责,公检法要当好农民利益的保护神,敢于向伸向农民的黑手亮剑,对以身试法者要重拳出击,决不心慈手软!"

钟信在政法委任职期间,接到过无数涉政法干警的举报。给赌场注资灌水、提供保护、参与高利放贷,哪件不是触碰红线的事?赌场与高利贷相伴相随,没有政法干警的参与保护,能存活下来吗?特别是近年,高利放贷的投资公司兴起,不少干警涉足其中,明里暗里参与高利放贷,招来源源不断的举报。钟信警察出身,与他们算是老同事老伙计,自然不愿得罪昔日的同行同事，对举报大都内外有别，内部消化完事。钟信护犊子的做法，虽然引发民众的不满，却博得了政法同行的叫好。钟信的所作所为，无疑是政治犯忌，好在他平时不显山不露水，连他的政治伯乐都给蒙了。倘若曾峰知道自己提拔的人不讲原则不守规矩，恐怕打死也不敢起用，毕竟用人涉及到举荐人的政治声誉。

钟信高调宣布查处啥也不是的靳国，捧热屁子的自然大有人在。如果说引爆调查靳国，表面原因是流转农户的越级上访，触及了政治人物的敏感神经；那么深层次的原因是，靳国林地流转代理一夜暴富，让人很是不爽。宾州人比较保守狭隘，见不得人发达："你靳国一个下里巴人，要文化没文化，要人品没人品，凭啥一夜之间富贵荣华？"

钟信刑警出身，惯来强势有加，养成了看谁不顺眼，上去就是一脚的脾性，对那些暴发户，更是打心眼儿里看不起，连正眼都不瞧一下，更何况啥都不是的瘪三靳国。

案子是曾峰批示给自己的，作为案件牵头人，无论如何都得有一个交代。再说，流转已激起众怒，导致群体性越级上访事件，政治色彩本来就浓。政治事件政治手段解决，是政治正确的选择。不管怎么样，平息民愤平息事态是当务之急，维护社会稳定本身就是最大的政治。钟信指示公安部门，把靳国和所有流转村支书先逮起来再说。钟信从警多年，先逮人后套口供，先定调再整证据，轻车熟路，他不讳言交代："人先逮起来，还怕这帮孙子不认账，不认账就没办法收拾他们？"在钟信的潜意识里，靳国以林地养护费名义，利用合同这种合法形式掩盖非法目的，变相向非国家工作人员行贿，只要上手段就不难锁定证据，只要认定靳国涉嫌商业贿赂犯罪，追缴林地流转所得，给瘪三靳国、土霸王支书定罪量刑，当是坛子里摸乌龟十拿九稳的事。

时值中央反腐，从专注"打虎"转向"打虎与拍蝇"并重，钟信喜不自禁，在公安立案侦查的同时，会同纪委抢先对未经审判定性便以受贿犯罪，一次性开除10个流转村支书的党籍，撤销其支书职务，数量之多创东江省"拍蝇"纪录。林业局局长憨厚老实，在林地流转中存在失职，被责成引咎辞职，这组织一谈话他就两腿发软,生怕触犯刑律,次日一早就向上级提交了辞呈。林业局长的引咎辞职,让"本土权力圈"失去了个指标性权力岗位,也标志着宾州林地流转工作的彻底失败,靳国所代理的全部流转林权证随即被市政府撤销。

钟信迫不及待地将案子上报省、市纪委。这"拍蝇"是反腐斗争的新动向,一次性处理10个村支书,全国罕见,此举引起省纪委的重视,进而全省通报表彰,入选全省反腐"拍蝇"十大典型案件。这无疑给宾州带来了无限荣光,也给曾峰、章志前后两任市委书记赚足了面子。只是让他俩没想到的是,两年之后,靳国林地流转案演变成了悬案,所有林权证被撤销,直接导致H省林业公司数千万流转款打了水漂。对流转农户来说,这钱自然是易进难出,林权证撤与不撤都不会退款,难堪的是宾州市政府,这林权证一撤,数千万流转款的流失如何收场?

更为糟糕的是,公安局信誓旦旦查处的靳国林地流转贿赂犯罪铁案,提请公诉后,检察院竟然认定不构成犯罪,数次以"事实不清,证据不足"退补侦查。这下把钟信逼急了,以案子受到省纪委挂牌表彰为由,向新一届市委、市政府施压。在全面依法治国的大形势下,宾州整出了个冤假错案来,这让堂堂的宾州市委、市政府脸往哪搁儿?见案子整到这份上,书记、市长才意识到案子翻盘是不可承受之重,一旦翻盘千万赃款返还事小,错案追责事大。

进退两难的宾州市委、市政府,只能将错就错,给案件定调:"案子只能进不能退!"这钟信代表市委、市政府一表态,检察院只得照章办事,照抄公安《公诉意见书》,一字不差地将靳国以涉嫌行贿犯罪,起诉到宾州法院。只是检察院预留了一手,你政法委给案件定性行贿我照办,却对10个收受林地管护费的村支书,无论如何不肯认定为受贿,遂做出不予起诉决定。此举等于摆明着看案子笑话:这没有受贿的行贿案,看你市委、市政府干扰办案,到底如何收场?

意料之中的是,检察院不起诉决定书一下,这帮"土霸王"支书立马炸了锅,他们哪一个是吃素的主?既然认定不了受贿,无疑就是个错案,遂以林地管护费系约定报酬为由，要求公开平反昭雪、恢复党籍，还踏上了越级上访之路。案子整到这步田地，却苦了案审法院，碍于政治压力，靳国被以行贿罪判处有期徒刑三年，然后把矛盾推给二审法院。靳国上诉后，这二审法官一翻案卷头皮就发麻："行贿案的受贿人在哪儿？行贿犯罪若是没有了受贿人，这罪还能成立吗？"只得以事实不清、证据不足，撤销原判发回重审。

虽然林地流转案搞砸，但有了两届主政者的力挺，钟信的上位最终未受影响，如愿升任市委常委兼副市长。可钟信并未吸取教训，对所分管的宾州大市场放出场地涨租招租"大招"，同样惹来了大麻烦，弄得灰头土脸、里外不是人。

宾州大市场是龙之手上的政绩项目。20世纪90年代，宾州财政吃紧，连人头费都尚且难保，哪里有钱搞啥市场建设。恰恰这"空口打哇哇"的事是龙之的强项。当年的龙之，年轻气盛，不知天高地厚，加上主政过多个乡镇，白手起家建了多个乡镇集贸市场，是个"玩空手道建市场"的老手。一天，市委秦书记把他叫来，不等落座就宣读任命书："经市委研究决定，任命龙之同志为宾州大市场建设指挥部指挥长。"突如其来的组织安排，打了个龙之措手不及："您能给我点时间考虑吗？""不行，任命书都下了，还是服从组织安排吧！"答复不留余地。秦书记是个做事的官，想以市场建设来推动宾州经济转型与升级，可建市场要钱没钱要人没人，靠"无源水"起家，难度可想而知，他不得不寄望于龙之，眼睛里流露出的是满满的期待："龙之同志，政府只能给地，其他啥都给不了，一切全靠你自己了。"接着，声音提高了八度，"龙之，你是我力排众议钦点过来搞市场项目的，是骡子是马牵出来遛遛，我就等着看好消息。"秦书记把话说到这份上了，龙之只能背水一战，硬着头皮上了。

可以说，龙之受命于危难之中，虽说市政府给了土地，可那时房地产还没起步，压根儿就没有土地财政的概念，给你再多的土地又有啥用呢？龙之盯着秦书记，眼里充满期望："能多给点资金支持吗？"秦书记揣着明白装糊涂，背对着龙之说了一句激将话："行不行，给句话。你要是不敢上我找

第十章 政治新贵

别人来上。还是那句话，只能给你300亩土地，外加50万启动资金，你得帮我把大市场建起来。记住，钱还是银行的贷款，是借给你的，你得还我。"看着秦书记殷切的眼神，龙之深感责任重大。50万元启动资金建大市场，无异于杯水车薪，难度可想而知。跟班秦书记多年，龙之熟悉他的性格，知道他确实有难处，否则不会这样绝情。龙之犹豫了半晌，最终还是没能忍住，抱着死马当活马医的心态试探："我服从组织安排，唯一的请求就是多给我50万，项目竣工后我双倍奉还。"秦书记摊了摊双手，断然拒绝："龙之，你给我听好了，要钱没有，要命一条。实话告诉你，财政一元钱都拿不出，下半年的工资尚无着落，你要钱我没办法帮你解决，要人随便给，包括我在内。"龙之一听转身就走，第二天就开展征地、拆迁、补偿、招商工作，苦撑了整整两年，建成投资近10亿元、面积20万平方米的东江省地州市县最大的综合批发市场。宾州大市场的建成，带来了滚动开发效应，五年后建成占地数百亩、投资过百亿、建筑面积数百万平方米的东江省东部经济圈最大的商贸交易中心。大市场的建成，每年租金近亿元，成为宾州市政府国有优质资产中的优资资产。

那年的大市场主体大楼开业典礼上，秦书记不无自豪地宣布："宾州大市场的建成，改写了东江省县市一级市场建设的历史，项目做成了政府未给、财政未投、老百姓未筹、银行未贷的奇迹，这是前无古人、后无来者的壮举。"会上，秦书记虽未直接表扬龙之，但对龙之工作的肯定溢于言表。

时隔20年，钟信任市委常委兼副市长，分管宾州大市场。新官上任三把火，为做出政绩，他大张旗鼓地推出涨价招租，可惜出错了招，劲使错了地方。钟信逆势而行虚高租金招租，一级租户承受不了租金压力，开业半年便歇业关门。这下可苦了二级租户，他们从一级租户手上承租场地，都交了巨额合同押金，都经大市场书面准入认可。一级租户的歇业关门，把二级租户害惨了，个个湿手抓了干面粉，想甩手都不行。

等到恶果显现出来后，钟信这才意识到涨租招租的问题严重性，可世上哪有后悔药吃？只得把法律顾问方宾请过来。方宾是个火中取栗的主，屁股还没坐稳就出馊主意:"钟市长,依我看这事好处理,如果给法律意见,唯一的建议就是起诉。二级租户诉讼地位很不利,他们赢了不得了,输了更不得了,大市场稳坐钓鱼台,铁定不吃亏,咋搞都是个赢字,这还不是个好事?"这迷魂汤一灌,把历练不足的钟信灌得迷迷糊糊,大手一挥现场拍板:"好!那就按你的意见办,走诉讼程序。"大市场这帮子管理者,更是吹牛拍马的主,接到批示后的当天就起诉,诉求法院解除租赁合同,强制租户搬出租地,还请求法院判令租户补交欠租。方宾这招着实歹毒,让二级租户进退维谷,继续承租铁定承受不起虚高房租,早晚得打包走人,死缠烂打打官司,官司何时休?钟信与方宾一鼓捣,把二级租户逼到了墙角,让他们揭竿而起,奋起反击。

钟信做梦都没想到,方宾把他当傻子搞,背后玩起了"两边通吃",一边鼓动起诉,一边与皮雍做幕后交易,许诺收回场地后,利用法律顾问的影响力,协助其拿场地赚取好处费。一场官司结三代怨,驱逐租户是"蛇要肚子饱,青蛙要命丢"的事,无疑会遭到二级租户的极力抵制:"我们是你大市场与一级租户共同引进的,这请来的兵,召来的将,怎能说驱逐就驱逐?"大家知道是方宾使的坏,在钟信面前灌迷魂汤,灌得他稀里糊涂拍板进入诉讼程序,遂把账算到两人头上。

好在法院自有公道,庭审认定二级租户经大市场核准进入,租赁合同合法有效;一级租户因租价虚高,不堪重负跑路,连累了二级租户,二级租户才是受害者,大市场驱逐租户的行为于法于理失据。主审法官当庭警告:"案子若能调解是上策,若是判决结案,恐怕就不是一两场官司能够收场了,得做好长期诉讼甚至诉讼'趴窝'的思想准备。"且不忘忠言相劝:"恶意诉讼得不偿失,请大市场认真考虑一下诉讼后果。"接到法官的直白警告后,大市场这才放低身段,降租续租给二级租户,案子最终得以和解结案。

法院是止纷解争的专门机构,通常情况,只要法院一受理,政府万事大吉,就有一百个理由脱责。什么"政府不能干预法院办案""司法权大于行政权,行政服从司法",理由应有尽有。有智慧的领导,遇到麻烦事就往诉讼上引，推给法院处理。郑林深得曾峰真传，办事只管结果不问过程，口若悬河地鼓动下属放手工作："凡是解决好了的就是科学的，就是实事求是的；凡是处理好了的，就是市委、市政府的态度。"这话虽然难脱故弄玄虚之嫌，但确确实实是领导艺术与智慧的体现。因此获得了不俗口碑："郑林用人不疑，疑人不用，替他做事就俩字：超爽。"

宾州大市场涨租招租事件，经过一年的博弈，总算有了圆满结局。本来，你好我好大家好的事，谁还没事找事弄出个事来？可当大市场董事长一汇报，钟信的脸色立马阴沉下来，虽然他极力克制情绪，最终还是没能忍住，拍桌踢椅训斥了半个时辰："你不懂规矩不懂事，那么大的事情不请示不汇报，自作主张搞调解，出了问题谁来担责？"官大一级压死人，堂堂的市委常委、副市长一动怒，吓得大市场董事长连大气都不敢出。董事长年轻，悟性不够，搞不懂钟信为何发火，遂摸着后脑勺子问身边人："调解结案难道天就会坍塌下来？难道是个天大的错误？"

大市场涨租招租事件，没多久传到曾峰的耳朵里，让他跺脚叹息："钟信历练了那么多年，怎么还那么嫩？竟然还犯这等低级错误。"这还不算啥，更糟的是引来老干部骂娘："毁业容易创业难，好端端的宾州大市场，红红火火了那么多年，硬是给钟信这帮二愣子糟蹋得歇业关门了数年！"

文人向来尖刻，谢蒙与赵德峰趣味相投，惺惺相惜，有事没事聚一起，快意锐评宾州时事。这时的钟信，深陷舆论旋涡，两人本来就不看好他，免不了找碴添堵。"钟信出身卑微，历练不足，年纪轻轻总想着出人头地，不靠吹毛求疵，如何上得了位？"谢蒙话音未落，赵德峰接着就来："你还别看钟信智商不咋的，情商极高，就这么个二流政客，居然上位得那么快！"谢蒙惯来语不惊人死不休，说出来的话火药味十足："赵老讲得非常到位，钟信靠吹吹拍拍上位，功夫全在嘴巴上，除了嘴炮真不知道还能干啥！"赵德峰的评价虽然刻薄却不乏中肯："钟信啥事都打着个人的'小九九'，整天围着领导转，别看他办事不行，可他这种人偏偏就讨领导喜欢，天生就会傍官跑官。"文人尖言冷语，看人难免偏执武断，把不准脉。其实，钟信不呆不傻的,情商有目共睹,他早看透了人情世故,对两人的话不屑一顾:"跟着领导跑有啥不好?至少不会吃亏!"

新一届权力班底中,最让曾峰看重的是常务副市长郑林。郑林一米九,就凭这往人堆里一站,任何时候都扎眼。郑林天生就是个当官的料,有超强的行政能力,加上担任过乡镇长、党委书记,市政府办主任、市委常委、市委秘书长,多岗位历练让他深谙政治艺术,懂得趋利避害。就在曾峰与"本土权力圈"酣斗之际,他处在市委秘书长岗,夹在市委书记曾峰与常务副书记龙之之间,要说有多尴尬就有多尴尬,怎么做两边都不讨好,若非"大内高手"的功夫,恐怕早就得打包走人。那段时间里,郑林就像捧着一钵子油,战战兢兢,生怕有闪失,生怕有差错,生怕一不小心掉入权斗旋涡。

通过一段时间的观察,曾峰发现郑林虽年纪轻轻,却很注重政治分际线,什么事可为,什么事不可为,掐算得非常精准。他敢于担当,不选边站队,不背离职责。曾峰也是党政大秘出身,担任过县市一级党政办主任,晓得权斗中的大秘难处,非常理解郑林的"不选边站"。从内心来讲,曾峰需要有人来沟通,需要有人来协调平衡。

作为一个有着强烈政治责任感的市委书记,他需要人来做事,需要能人来辅佐施政。曾峰用心培养郑林,虽然不能说没有掺杂个人情感,但更多的是从工作着想。

推行"曾"式发展方略,决策层面在市委,实施层面在政府,这政府班子的配备至关重要。此时的郑林,在市委秘书长岗历练两年有余,已成为曾峰的头号战将,用得顺手也最省心。对曾峰来说,不管发生什么事情,只要郑林在心里就踏实。为加强政府的执行力,宾州一号忍痛割爱,硬是把郑林塞到市委常委兼副市长岗上,作为接任常务副市长的后备人选。这一安排,是曾峰事前与组织上沟通好的,让郑林提前到政府任职,就等常务岗腾空后接任。没想到等了一年多时间,好不容易等来了换届机会,省委组织部又打招呼,让个挂职副市长到常务岗过渡。

组织上的这一安排,让郑林尴尬不已。这常务历练是上位的指标性岗位,

第十章 政治新贵

有了常务历练的经历,几乎等于拿到了上位门票,提拔是早晚之间的事。好在郑林是个干事的人,而且还是个工作狂,个性与曾峰极其相似,也是个有政治抱负的人,煮熟了的鸭子飞了,情绪肯定有,但不会影响到工作。大概这就是郑林特有的政治智慧。

曾峰心里清楚,这些年,郑林鞍前马后跟着自己,可以说指东打东,指西打西,风里来雨里去,成为名副其实的"救火队长";而且还因此受了多少委屈,帮自己挡了多少子弹,担当了多少责任,个中苦楚只有当事人自己清楚。这郑林上位的事一波三折,让曾峰心里头焦急。

现行政务体制,看似一号政治人物权力很大,但很多时候不得不接受各方力量的挤压与利益平衡。要应付种种复杂的人际关系,常常力不从心,个中的酸甜苦辣,包括不得已做出一些妥协,甚至是忍辱负重,只有身在其位的人才能体会。

曾峰与"本土权力圈"另一指标性人物系农校同学,有过三年的同窗情谊,而且数十年来,一直以同窗情往来。曾峰调任宾州之初,特地把这位同窗找过来,边聊家常边扯淡,聊到动情处,流露出内心想法:"在历届市委书记中,谁是宾州人民心目中的一号?"同窗不假思索,照直说事:"当属你们西陵的秦老书记。"可惜的是,这位同窗好友官场上混了大半辈子,也算是个政坛老油子,政治敏锐性明显不足,表现得过于木讷,竟然没领会曾峰的良苦用心。

稍有政治头脑的人都明白,曾峰此时端出敏感的话题,显然是醉翁之意不在酒。曾峰以另类方式流露出改写宾州历史、青史留名的想法,他多么期待同窗好友能够成为自己政见的坚定支持者。

更糟的是,这位同窗系龙之的铁杆兄弟,在"本土权力圈"与体制派的权斗中,他死心塌地维护龙之,最终难以逃脱权斗牺牲品的命运。无独有偶,同窗与龙之都在同一天接受调查,还在同天受审,被法院以受贿罪判刑12年。

也许是同窗之谊的缘故,同窗的倒台让曾峰心存愧疚,就在自己调任省政府副秘书长前夕,带着常务副市长郑林,看望尚在保外就医的同窗。稍许寒暄之后，曾峰表达来意："老同学，我即将调离宾州，临行前专程来看望你，一来想了解你有什么困难，有什么要求；二来想听听你对我在宾州任上的评价。"同窗满腹怨气，自然出言不逊："既然你曾峰找上门来听我的意见，那我就不客气了。我所听到的评价是，你有两大政绩，一是反腐，抓了数十个科局以上干部，是宾州新中国成立以来反腐数量的总和，作为市委书记，你功不可没；二是建了全国屈指可数的办公楼，规模之大、品位之高，创全国之最。"话语煞是尖刻，煞是难听。郑林听出了弦外之音，赶紧将话题引开："曾书记要走了，临走前想知道你有啥困难和要求。""监所里关了那么多年，身体关垮了，工作关没了，连看病吃药都成了问题。"同窗继续酸溜溜地揶揄着。曾峰一听，知道话不投机，再聊下去已无实际意义，遂指示郑林："老领导的困难你记着，通过民政渠道帮他解决部分医药费。"同窗听了之后，既不推辞也不道谢，眼神表达出来的全是怨恨，那情形更像无声的控诉："这一切还不都是你造成的吗？给我多少钱都赎不回你对我的伤害，也换不回我对你的谅解。"同窗的态度，似乎在曾峰预料之中，只是出乎意料的是，他把自己宾州市委书记任上倾全力推动的轰轰烈烈的南城区建设，说成了"建全国屈指可数的办公楼"，这让曾峰颇为难堪，且久久不能释怀。

　　郑林终于如愿以偿，在曾峰调离宾州的前两年，升任常务副市长，成为宾州真正的三号实权人物。曾峰果然没看走眼，郑林的卖力工作，不遗余力地践行"曾"式发展方略，成为宾州最具执行力的市政府领导。但好景不长，曾峰上任省政府副秘书长后，郑林曾因常务副市长岗被曾峰过分倚重，任上功高盖主，让时任市长章志的实际权力受到制约。章志接任市委书记后，对其昔日的骄横难以释怀，磕磕碰碰成为家常便饭。新一届市委书记与郑林的不对号，让郑林的日子过得很不舒坦，不久，他向上级组织请求调离，组织部门向来扶强不扶弱，玩了"明升暗降"的小把戏，把郑林"提拔"为地级市政府副秘书长。没想到郑林因祸得福，有机会结识官运亨通的市长，又时来运转了一把，一下子飞黄腾达起来。

　　市长是个工作狂，每天工作10多个小时，常加班加点熬到深夜，等到他下班的时候，连年轻的秘书都扛不过打瞌睡了。这郑林大秘出身，丰富的岗位历练，让他学会了如何博领导眼球，讨领导欢心，加上受曾峰多年来的言传身教，让他一进地级市就与众不同。也许是他崇拜工作狂的缘故，也许是他有意制造被领导发现的机会，每天都在市长下班后才回家，数个月如一日。一天晚上，带着好奇心的市长主动敲开门询问："都什么时候了，怎么还不下班？""看到市长每天那么晚下班，要是市长加班的时候，出现个停电啥事的，这黑灯瞎火的咋办呀？"寥寥数语，让市长心里热乎起来。不久，市长指名道姓，把郑林调到自己身边做专职秘书。无独有偶，郑林遇到了人生中第二个政治恩人，跟班市长不到一年时间，市长顺利接任市委书记，郑林搭上了仕途顺风车，经新一届市委书记提名，被提拔为区委书记。

是金子总会发光！郑林终究没有辜负曾峰的栽培，凭着聪明才智，凭着勤奋努力，不仅成为曾峰最为赏识的宾州新权力班底中的得力干将，也成为地级市进步最快、最为年轻耀眼的政治新星。

郑林的成功逆袭，让一直看好他的赵德峰忧心忡忡，丢下一句耐人寻味的话："郑林官欲太重，看似仕途平坦，实则危机四伏，恐怕他的未来不好预料哦。"

第十一章 忘年之恋

关锐不打牌不喝酒，除了情感生活有点乱，几乎没有不良嗜好。他善积女人缘，虽然生活作风那点事，对民企老板来说不算事，但遭遇利益之争时，免不了被捅刀。

关锐与发妻青梅竹马，确立关系是在关锐做油漆手艺年间。那时的关锐人生得意，一个20多岁的毛头小伙，腰缠万贯，事业有成，加上人长得精神，在毗邻县市小有名气了。那时，给关锐说媒的人络绎不绝，美女任选任挑，若是不挑肥拣瘦，随便抓个便可以结婚，那么多上门提亲的，万花丛中选花，看得眼花缭乱，就差抽签认婚了。与发妻的结合，虽说有点意外，却不能算草率。

发妻与关锐同乡，父亲是大队支部书记，算是有高贵血统的人，加上家教严谨，性格温和，人又长得清秀，方圆几十里人见人夸。发妻对关锐的好感由来已久，暗恋关锐多年，就在关锐与多个女孩子打得火热之际，她发起爱情攻势，隔三岔五送点艾叶斋、炒豆子、爆米花啥的，且有时间就帮关锐织衣做饭，把他服侍得像个王爷似的。这人心都是肉长的，吃着小美人儿做

第十一章 忘年之恋

的点心，穿着小美人织的毛衣，甜在嘴里暖在身上，令关锐怦然心动。虽说自己花心萝卜，但内心深处仍崇尚传统审美，最终选择了纯朴秀气、不失传统本色的发妻。

婚后，关锐的小日子过得有滋有味，不久，便有了儿子和女儿。儿子听话，名牌大学毕业后留学，归国后应聘在东江省某商业银行，算是学业圆满，事业有成；女儿虽读书不多，却性格温顺，不失大家闺秀本色，嫁了个厚道人家，小日子过得快意遂心。幸福的人幸福是相似的，不幸的人各有各的不幸。平平淡淡、和和美美、平平安安，或许就是幸福人生的境界。关锐的家庭虽说不属极品类型，小日子却过得恬静、平淡、安逸，若不是关锐花心，打破了夫妻情感平衡，引发婚姻变故，应该算最幸福的家庭之一。

关锐事业顺风顺水，从事业起步到大富大贵，从没缺失过发妻助力，平心而论，关锐的发家史有发妻的一份功劳。一路走来，过坎爬坡，发妻起早贪黑，任劳任怨，与关锐一道奋力打拼，不知道吃过多少苦头，碰过多少钉子，不知道流过多少泪水，闯过多少道难关，无论遇到什么，夫妻俩总是相伴相随，最终关关难过关关过，把难办的事一件件地给办妥了。就这样，夫妻俩一步步前行，牵手把家庭、事业、人生经营到了极致。

年轻时的关锐风流韵事没停歇过，上年纪后，公司业务一大堆，忙得晕头转向，再不愿意花时间谈情说爱了，生理上有需求，三下五除二夜店完事。随着公司业务量的迅速拓展，关锐的应酬越来越多，特别是邓公南方谈话后，钢铁产能呈几何级增长，带动了产业链上游产业的发展，关锐的远泰矿业生意火得不行，交易量成倍增长，几乎垄断了毗邻县市的铁路货运场。公司业务做大了需要攻关协调关系，免不了与夜店女子打交道。关锐日进斗金，袋子里装满了钱，加上生来好这一壶，物以类聚，人以群分，常常带着客户出入风月场所，整出了不少故事。

那时，地方财政普遍吃紧，政府干脆甩包袱，实行差额经费拨付包干，下拨个基数给公安，不足部分从罚没收入中自行解决。于是乎，公安把抓嫖抓赌当产业搞。这下可热闹了，宾州公安层层分配任务，所属各股、队、所均组织了打嫖抓赌力量，配备警械警具，大张旗鼓地"打黄扫非"。有年轻干警干脆走捷径，与夜店女里应外合，开着车子满街逛游，罚没所得按比例分成，没想到把远泰矿业的一个大客户给指认出来了。远泰矿业在宾州本来就出名，指认该公司大客户嫖宿，查嫖干警高兴得不行，以为逮着了大鱼，把大客户当财神爷来搞，又是哄又是吓，不招认嫖宿甭想出门。

关锐得到消息后，直奔公安局捞人，撞上查嫖干警装腔作势吓唬大客户："这嫖娼是国家明令禁止的，识相的图个态度好罚款了事，不识相的送劳教所劳教，何去何从自己掂量好了。"关锐听到这话，气不打一处来，不管三七二十一，对着查嫖干警就开涮："开个价吧，要罚多少钱？"查嫖干警一听就懵，虽然知道逮了个财神爷，却没想到竟然还是个"爽爷"，表面不露声色却内心窃喜，满脑子全想着好事："这财神爷就是财神爷，连罚款都那么爽，真是运气好，中彩了。"于是狮子大开口开铡："罚款5000元。"嫖娼卖淫罚款上限是5000元，查嫖干警好不容易逮了条大鱼，便不惜下重手，顶格下达处罚。"不行，不行。罚个款也不大气，是怎么玩警察的？我给你开个价，直接罚3万好了。"查嫖干警一听就蒙，心里犯着嘀咕："八成碰上个脑膜炎，不然咋不把钱当钱呢？活了一辈子，今天才算长见识了，这世上竟然还有人跟钱过不去，哪见过罚款不讲价还加价的？"没等查嫖干警缓过神来，只见关锐嘭的一声，把3万元丢在桌子上，拉着吓傻了的大客户转身就走。查嫖干警半晌才回过神来，跟在屁股后面喊："别走，别走，罚不了那么多，再说，你还没有做笔录喂！"关锐头也不回，丢下一句耐人寻味的话："钱就不用退了，一次罚不了就多罚几次，直到罚完为止。笔录就不陪你玩了，自己想办法去搞定，要是不行的话，我给你们钟信局长打个招呼，要他来给你帮忙！"几个回合下来，把个查嫖干警挤兑得不知所措，眼睁睁地看着关锐与大客户扬长而去。

第二天一早，副局长钟信带着查嫖干警到远泰矿业赔礼道歉，还带来了3万元罚款。关锐见到钟信一干人后，边招呼着喝茶边揶揄查嫖干警："那天，他也忙乎了一整天，这钱算他拉的赞助费，给公安当办案经费好了。"钟信

第十一章 忘年之恋

对关锐知根知底,晓得关锐的脾性,忙招呼查嫖干警赔不是:"还不谢董事长,知道关董是谁吗?他是市里的纳税大户,每年纳税数千万,是咱们的衣食父母,连书记、市长都敬他几分。你倒好,吃了豹子胆,竟敢拿远泰矿业的客户开刀。"望着不知所措、傻笑的查嫖干警,钟信哭笑不得,不忘提醒:"以后做事长点脑子,别到处瞎碰误撞,吃了亏都不知道咋回事。"查嫖干警是个愣头儿青,年纪轻轻不懂事,听了之后一脸惊恐,连忙对着关锐赔不是:"对不起关董!你大人不记小人过,原谅晚辈不懂事。"说完行了个90度鞠躬大礼。打那以后,凡是远泰矿业的客户,嫖宿也好赌博也好,只要报上远泰矿业名号或者关锐的名字,再也没人刁难了,即使逮着现场,也是睁一只眼闭一只眼,无一例外地法外开恩,佯装视而不见罢了。

什么样的交情最铁?时髦的说法是:"合过作、共过事、同过窗、扛过枪、嫖过娼。有了这种关系,不是亲兄弟却胜似亲兄弟。"关锐与钟信的往来,五项里占了几项。关锐大规模采矿那些年,钟信从局机关调到矿区任副所长,只等所长党校学习期满提拔接任,钟信副所长主持工作,实际上是矿区"警王"。采矿涉及千家万户利益,这山民靠山吃山靠水吃水,乡霸地痞更不会缺位,敲诈勒索成常态。远泰矿业是宾州矿产业的龙头老大,"警王"钟信免不了与矿山打交道,与关锐关系密切,当是情理中的事。

矿山涉农关系很复杂,占山毁林、借地修路、水土保持、环境污染、治安环境等,哪件不涉及农民切身利益?要吃矿业这碗饭,难免与地方产生矛盾,难免和乡霸地痞打交道,磕磕碰碰的事犹如一日三餐,缺了就不是矿业,没了才是怪事。

钟信在矿区派出所任职的那些年,正是关锐大力扩张发展之时,关锐一口气打下16眼井,钟信给了全方位保驾护航。虽说矿区资源支撑了地方经济发展,但也成了矛盾纠纷的"火药桶"。

乡霸地痞搞事在矿区司空见惯,关锐有了钟信这层关系,牛鬼蛇神唯恐避之不及,矿山开采少了诸多麻烦。可以说,没有钟信护着,就没有远泰矿业今天的辉煌;没有警所罩着,关锐想在矿区站稳脚跟谈何容易?钟信的好关锐心知肚明,自然是投桃报李。关锐给警所提供经费赞助的同时,还给所里干警"开小灶",接受他们的高息借款,月利息少则两分,多则三四分,每年给他们为数不少的利息回报,让钟信警所兄弟感激涕零。关锐的好钟信心知肚明,遂用足用活权力,把关锐的事当家事来办。可以说,远泰矿业与警所犹如鱼水关系,谁也离不开谁,谁缺了谁日子都不会好过。

关锐与钟信的关系,让总戴着有色眼镜看世界的谢蒙,多有看法。谢蒙吃不得的吃得,讲不得的讲得,横挑鼻子竖挑眼,只要看不惯就说事,且说出来的话煞是难听:"关锐与钟信,远泰矿业与警所成了利益共体,远泰给警所出钱,钟信为远泰办事,充当远泰矿业的看家护院。"评价是尖刻了些,却反映了关锐与钟信、矿企与警所的实际关联。

那时,关锐日进斗金,按民间的说法:"钱用麻袋装,多得没地方放。"钟信明白,关锐根本就不差钱,接受警所兄弟的借款,就是变着法儿讨好自己,可谓用心良苦。法无禁止皆可为,以民间高息融资的方式输送利益,巧妙地规避了禁忌,即使有人知道,上不了纲上不了线。钟信从警多年,是个"老麻雀",他把借款手续整得有板有眼,最大限度规避法律风险。尽管如此,这种事仍只能私下里来,若是张扬出去,即使不违法也犯纪,倘若较真的话,轻则没收所得,重则立案查处,没准拔出萝卜带出泥,就吃不完兜着走。

偏僻山区办企业,山高皇帝远,日子过得清苦,这里的人找乐子的事,就是下山"剿匪",目的非常明确,一手交钱一手交货,谈好了上床,提起裤子走人。这"剿匪"是山里人的行话,有如土匪下山打劫一样,一完事就拉倒,现卖现买不留后遗症。懂行熟规的人一听就晓得是"玩妹子"。关锐常挂在嘴边的话:"大山深处待长了,人难免孤独寂寞,非定期发泄不可,否则准憋出个鸟来。"

那时的关锐,钱多得发愁,不知道咋去花了。身边不乏有人撺掇:"这人生在世总得享受享受,赚来的钱得有地方消遣,否则哪怕你躺在钱垛子上又有啥用,还不是一日三餐一餐三两米?"听得关锐心旌摇曳,直犯嘀咕:"有钱又咋了?若是日子过得枯燥无味,过得缺色少彩,这人生还有啥意义?"

第十一章　忘年之恋

关锐落寞之余，常以考察洽谈为由，拉着钟信等警所兄弟游山玩水，吃荤尝鲜打牙祭。

钟信一出道就从警，同事、同学遍布省内外。这警察里不缺两面人，台面之上查处"黄赌毒"道貌岸然，台面之下与"黄赌毒"称兄道弟，分不出个你我来。往往越是法律禁止的东西，越吸引人去踏踩触碰。作为查处"黄赌毒"、掌管诸多资源的一线警察，对它的了解"全球通"，哪个玩法新潮热门，哪里是人间天堂，尽在掌握之中。可以说关锐有钱，钟信有路径，两人一拍即合，玩遍名山大川，尝遍清汤鲜辣，享尽人间艳福。

关锐浪荡江湖多年，"剿匪"数不胜数，时间一长，这种事就跟吃饭一样随便，唯有一次让他刻骨铭心。那是一个寒冷的冬天，关锐带着钟信直奔省城顶级会所。会所是钟信在省厅的朋友兄弟开的场子，朋友是省厅总队长，彼此往来密切，没少聚会没少"剿匪"。朋友熟悉关锐与钟信的脾性，会所开张的那天，专门发函邀请他们捧场。关锐与钟信一到，朋友特意门口迎接，叮嘱值班经理："用心安排好二位远道而来的兄弟，别让他们乘兴而来扫兴而去。"值班经理一听，知道来头不小，遂亲自安排两人到贵宾房。

会所位于省城最繁华的地段，是省城一家超豪华的综合性休闲场所。会所装潢考究，气势恢宏，灯光音响一流。每当夜幕降临的时候，会所流光溢彩，霓虹灯闪烁，奢华程度堪比京城的天上人间。这里宾客盈门，美女如云；这里豪车汇聚，物欲横流，是普通人连正眼都不敢瞧的地方。会所有完备的配套服务，设有歌厅、洗浴休闲中心，服务项目应有尽有，宾客在这里可享受到无微不至的服务。

会所有200多个夜店女坐堂，都着低胸透视装，浓妆艳抹，个个妩媚性感，个高一点的叫模特，个矮一点的叫公主，模特的价格高于公主；收费多少得看服务项目，服务不同收费不同。只要有客人进门消费，领班就会引领夜店女款款走来，她们一字儿铺摆开来，10人为一组，一拨拨走上前自我推荐，让客人任挑任选，直到中意为止。这些夜店女经过严格的岗前培训，上场统一行鞠躬礼，轮到谁谁就向前跨出半步，向客人报上名号后推荐自己，就像超市里的商品一样，任挑剔的客人挑选，选中了即被领走，只要肯付钱想干吗干吗。

　　关锐直接进了贵宾房，省了尴尬的"选美"流程，不一会儿，值班经理领个羞涩女孩入场，嫩声嫩气地介绍："大哥您就不用挑选了，刚采摘到两个'鲜货'，老板交代好了，特意给您和您朋友留的。"关锐一看，女孩果真与众不同，十六七岁的样子，文文静静秀秀气气，一看便知道是个涉世不深的女孩。女孩不好意思地低着头，见有人盯着自己，更是不敢抬头，怯生生羞答答，很是害怕。值班经理一边招呼女孩，一边把女孩介绍给关锐："她叫小云，是农村来的孩子，喜欢跳舞唱歌，她是艺校大一学生，因家里负担不起昂贵的学费，跑出来打寒假工，赚钱交学费。"说完之后，转身交代小云，"好好侍奉这位大哥，只要让他高兴起来，学费就不用担心了。"小云似懂非懂地点了点头。

　　那天，望着楚楚可怜的小云，关锐动了恻隐之心，眼前这个涉世不深的女孩，懵懵懂懂，为赚学费到夜店打工，让常在风月场上厮混、司空见惯的关锐内心震撼，萌生了父爱之意。就是这次普通得不能再普通的艳遇，让关锐开始对钱有了罪恶感。他俯下身子，轻轻地问小女孩："你叫小云？""是的。""你考上了艺校？还喜欢上了舞蹈？""嗯。"小云的声音从喉咙里发出来，脆脆生生的，轻得几乎让人听不清楚。关锐继续发问："完成学业一共需要多少学费？""四五万。"一说到钱，眼泪便在小云的眼眶里打转。"如果你有了学费，还来打夜店工吗？"关锐继续发问。"赚到了学费就不打工了，我就想上学，就想读书。"小云的声音越来越小，最后泣不成声。

　　小云的回答，触动了关锐父爱的神经，他鼻子一酸，泪水差点掉了下来。仿佛眼前这个女孩不再是个夜店女，而是自己的女儿，自己的女儿去夜店赚学费，对一个父亲来讲，是多么悲伤的事情。此时的关锐，陷入无限的联想中，果真落到了这步，岂不是父亲的莫大悲哀？岂不是男人的莫大讽刺？倘若这一切发生在自己身上，真不知道如何面对！

　　那天的关锐只与小云聊天，拉扯着家常，闲聊中了解到这个女孩的凄惨

第十一章 忘年之恋

身世。小云的父亲刚去世，母亲身体不好，因交不起学费才让她休学，小云执意不肯，遂自己出来打工，听人介绍夜店来钱快，就懵懵懂懂来到了会所。会所老板同情小云，就留意着给她找个好人，出个好价钱换她的处女身。关锐听得酸酸楚楚的，临别的时候给了小云一张卡，卡里存有6万元，足够她交两年的学杂费用。小云不肯接，说了一句话，让关锐刻骨铭心了一辈子："大叔，我还不起你这钱，就把这身子当给你，就当还你的人情吧。"那天，关锐什么也没做，只是反复交代小云："要好好读书，只要书读好了，这钱就不用还了。"女孩一听，哇的一声号啕大哭，整个儿哭成了一个泪人，哭得伤心至极，哭得感天撼地。

关锐一生风流，熟悉他的人都知道，要他不花心还真做不到，只是他把这嗜好复制到客户关系的处理上，没想到歪打正着，收到意想不到的效果。远泰矿业高速发展的那些年，同时被多家钢铁公司列为原材料供应代理商，与大客户往来频繁；接待大客户，理顺与大客户的关系，成了远泰矿业最重要的工作。你可别小看这接待工作，听起来是客客气气，看起来是吃吃喝喝，玩起来是搂搂抱抱，却发挥了意想不到的功效。

钢铁公司都是国字号大企业，别小看那些国企业务员，虽然职务不高，但个个人模人样，派头十足，什么质量、品质、合同份额、产品验收把关，哪一项不是出自他们之手？说你行就行不行也行，说你不行就不行行也不行。更不用说那些科长、处长与老总了，那个层级的人更是得罪不起，架子摆起来，衫衣角儿扬起来都能撩倒人。这帮子人常常以采购为名，经常串供应代理商的门，说是考察工作，其实是下来旅个游、打个牙祭、收个红包、泡个小妞什么的，过点神仙日子罢了。这些人一下来，不是爷就是爹，不服侍好怎么行？

开始，关锐亲力亲为搞接待，后因接待工作越来越多、越来越频繁，每天喝得醉醺醺，连个正事都办不了，没办法只得招聘了一批美女学生代劳，负责公司的接待工作。没想到这办法还真灵，无论业务员也好，科长、老总也罢，个个整得一脸笑。有这帮子女大学生"三陪"，不再要求老总啥了，有的干脆指名道姓要谁谁陪，侍候好了啥都好说。那一年的远泰矿业，通过女大学生的公关接待，业绩拓展神速，利润直线飙升，创造出一个又一个奇迹。

这帮女大学生，个个青春靓丽，个个古灵精怪，个个能歌善舞，个个能说会道。在她们中间接待领班小云最为出色。小云就是关锐三年前在会所艳遇并资助上大学的艺校女生。如今的小云已亭亭玉立，成了妩媚性感的大美女。她一米六五的个儿，身材曲线分明，红润润的脸上镶嵌着两只小酒窝，一头浓密的头发和一双勾魂似的眼睛，只要瞟你一眼，准能电出火花，让人神魂颠倒。

关锐读书不多，只能讲不会写，合作洽谈签合同啥的，得带个文员跟进处理。小云乖巧灵活、聪明能干，在远泰矿业的大客户群里，特别是科长、处长、老总级别的人来了，非点名小云接待不可，仿佛只要她出了场，才算是顶级接待，才显得格外有面子。时间一长，只要小云在，几乎所有的业务洽谈，都能迎刃而解。

随着时间的推移，关锐对小云的依赖与日俱增，犹如左膀右臂，一刻也离不开，重要的洽谈，关锐都带着小云前往。时间一长，客户看到关锐常带着小云跑，以为她是关锐的相好，免不了开上几句玩笑。一开始，关锐听得紧张兮兮的，生怕小云生气，赶紧去制止。没想到小云很坦然，尽管玩笑开得出格，却没啥异常反应，落落大方一笑了之。

可没过多久，闲话传到发妻耳朵里，这下可不得了，捅了马蜂窝。发妻把婚姻家庭当成了全部人生，只晓得守住男人过日子，一心一意经营家庭，若是有人侵入她的一亩三分地，好比天要坍塌下来一样，为守护家庭准会卷起衣袖跟人拼命。她开始发疯似的阻止两人的交往，只是她没想到，这一出手掀起了惊涛骇浪。

男人的尊严是身价，女人的尊严是清白。这事经发妻一闹腾，闹得满世界都知道，把小云臭得灰头土脸，几乎出不了门。

到了这步田地，除了关锐与小云，所有人都相信两人有一腿，怎么解释都不管用，甚至是越描越黑，越解释越真似的。或许正是这无休止的闲话，促成了关锐与小云的苟合，把两个原本只是互相欣赏的人弄一块了。闲话的功效很神奇,越否定越是疯传,越疯传越能弄假成真,整个环境氛围,像是非把他俩整一块不可似的。

发妻是个执着的女人,在她的人生里,男人是天,男人是地,男人是她的全部人生。她可以失去自己,却不能失去男人;她可以为男人牺牲一切,却不能容忍男人的情感背叛。20多年来,就是为了这一信念,她几乎失去了自我,整天围着男人转,围着家庭转,围着孩子转。可以说,她为家付出了一切,赔上了整个人生。当她风闻关锐与小云的私情后,如同天崩地裂,除了大吵大闹,除了怨天尤人,似乎没啥招数了。这以后,发妻像变了个人似的,整天缠着关锐闹腾,整天臭小云的名声。

发妻的闹腾,让关锐既忍无可忍,却又无计可施。虽然自己喜欢小云,却不敢越雷池半步。这并不是他改邪归正不食人间烟火了,而是顾及自己年龄,一个父辈身份的人,咋忍心伤害比女儿还小的女孩?除此之外,他对小云似乎还有种说不清道不明的父女情结,甚至是潜意识里,宁愿与小云是父女关系,倘若真是这层关系,则省了诸多麻烦。关锐自以为懂小云,在他的内心深处,小云依然和数年前一样,还是那个纯朴善良的女孩,自己有责任去保护她。正因为如此,关锐有意无意地充当了小云的"保护神"。可以说,小云在接待领班岗上,没受到过任何伤害,这与关锐的刻意保护分不开。

如今,发妻把屎盆子往小云头上一扣,不管关锐与小云如何解释,她只认一个理,非得让关锐承认那层关系,非得把小云的名声搞臭搞烂,使她无处藏身,整个儿屈打成招的架势。发妻的胡搅蛮缠,让几十年的夫妻情分毁于一旦,从此两人恩断义绝,老死不相往来。

事实上,小云努力把工作做好,起初只是为了感恩。在小云眼里,关锐这个足以做自己父亲的男人,没多少文化,没有繁文缛节,却有着令人敬畏的男性力量。本来,她对仅有一面之缘的关锐满怀感激之情,是他四年前的慷慨资助,让自己读完了大学。倘若没遇到这个男人,自己的人生恐怕要重新改写;倘若他对自己有非分之想,恐怕自己早成了他的盘中餐。可他没有伤害自己,还资助自己圆了大学梦,这恩情深似海,只能用心工作来报答。

然而经过关锐发妻这么一闹,她开始重新审视与关锐的关系。她竟然发现自己对关锐,除了感恩,似乎还有了情感上的依赖,有了说不清道不明的感觉。或许在她的内心深处,还是希望与他在一起。平心而论,关锐从一个普通农民走到今天,算得上是个人物,在他身上有许多大男人的优点,无论从哪个角度讲,好像都值得女人托付终身。

小云应聘远泰矿业,源于两人的第二次偶遇。那一年,远泰矿业在宾江湖景区举办年会,邀请公司客户参加,关锐带着公司高层,在景区的宾江湖酒店召开年度订货会。关锐非常看重年会活动,旨在借此鼓舞员工士气,增强团队凝聚力;借此融通与客户的关系,签订下个年度的购销合同,为公司的来年发展搭桥铺路。可以说,未来一年生产经营的好坏,很大程度上取决于年会了。

宾江湖景区山清水秀,景色宜人。酒店依山傍水,位于核心景区,是绝佳的度假休闲场所。酒店休闲十分新潮,沐脚桑拿、卡拉OK、歌舞晚会应有尽有,豪华程度堪比五星级酒店会所。远泰矿业租下整个酒店三楼,三楼集会议、表演、休闲于一体,功能设施完备。

这一年冬末春初,小云即将大学毕业,正在酒店里实习体验、撰写毕业论文。小云是学形体艺术的,以艺术实习生身份,参加了远泰矿业组织的年度晚会。晚会一开场,小云一曲《幸福万年长》独舞,把待嫁新娘的妩媚风情演绎得惟妙惟肖。小云婀娜多姿的身材、青春靓丽的形象、飘逸甜美的造型、曼妙柔软的舞姿,深深地感染了台下所有的嘉宾,也深深地感染了关锐。那天的关锐认出了小云,特意上台献花,献花的时候对小云说:"若是以后找不到更合适的工作,可以来远泰矿业发展。"说者无心,听者有意。半年之后,就在远泰矿业的年度招聘会上,不知道搭错了哪一根神经,小云鬼使神差地应聘与自己所学专业风马牛不相及的接待领班岗;更意想不到的是,就这次阴差阳错的应聘,让小云与关锐结下了不解之缘,演绎出一场匪夷所思的情感故事。

就在发妻死缠烂打闹腾了半年之后的一天,接到小云的预约电话。关锐

第十一章 忘年之恋

赶到宾江湖景区，看见景区环湖公园的古槐树下，坐着楚楚可怜的小云，只见她双手抱膝，身子卷曲，静静地等候着自己的到来。两人相见之后，彼此凝视对方，良久不曾说出一句话来，或许都在等待对方打破宁静，期待冲破心理防线后的热烈。见关锐瞻前顾后、犹豫不决的样子，小云率先打破宁静："你要是没有话说，那就好好地看着我的眼睛，听我说好了。"小云似乎豁了出去，准备去面对任何挑战，准备去豪赌一次人生。关锐久经风月场，以他的情感阅历，不会猜不出将要发生的事情，面对纯洁得像白纸的小云，再次动了恻隐之心，关锐害怕由于自己的贪婪自私，伤害到一个无辜善良的女孩。从第一次见到小云那刻起，自己就在"魔鬼"与"天使"之间徘徊，眼前的关锐明白了，原来天使与魔鬼就在一念之间，面对着勇敢无畏的小云，关锐忐忑不安，心怦怦直跳，嘴里发出言不由衷的"嗯嗯"声。此时的小云更像一个骑士，无畏无惧，勇敢地发起了冲锋。只见她眼睛一眨不眨地盯着关锐，一字一顿地说："陪我去旅游吧！"语气里满是坚定。

尽管关锐到来之前，设想过无数种见面的场景，却怎么也没想到，小云会要求自己带她去旅游。关锐从小云义无反顾的神情中看懂了，她已经做出了人生最重要的选择，结果无论是好还是坏，她都会坦然面对。关锐内心极度震撼，为小云的选择彻彻底底地感动了一回。那一瞬间，关锐的原始欲望从心里冉冉升起，伴随着男人的野性一起燃烧。关锐的脑子似乎一片空白，仿佛灵魂从躯体飘出，他情不自禁地将小云揽入怀里。此刻的小云早已泪流满面，热切等待着关锐，期待自己被激情融化。心有灵犀一点通，两人终于不约而同地拥着对方，两颗炽热的心交集着、碰撞着、融化着，变成了熊熊烈火。

关锐关机了，失联了整整半个月。董事长突然消失得无影无踪，自然引起公司管理层的恐慌。这对偌大的远泰矿业来说，无疑是天大的事情，立马成了特大新闻，公司自上而下都在议论："关董到底干吗去了？"遂一起找总经理桂平打探消息："桂总，咱董事长没音没讯的，半个月没露面了，又联系不上，那么大的公司，当家的这么长时间不在咋行呀？"桂平知道大家心里急，面对大家的疑惑，他脑子一激灵，派人去找小云，发现小云也失踪了，同样手机关机，同样联系不上。桂平是个精明人，立马通知召开公司管理层会议，会上吹风辟谣："董事长有急事出差，刚才打了电话给我，说是一时半会儿回不来，公司管理层该干吗干吗，不要胡思乱想，不要影响工作。"没想到，桂平这招还真管用，很快平息了风波，消除了董事长失联的恐慌。

当关锐重新出现的时候，人们发现一同出现的还有小云。此时的小云落落大方，没有了往日的顾忌，也不刻意回避什么，还和以前一样，工作照常开展，唯一变化了的是，她不再掩饰与关锐的亲密关系。没多久，人们发现关锐不回家了，后来干脆买了套房子，堂而皇之地与小云过起了小日子。

当消息传到发妻耳朵里，她惊呆了，知道这回祸闯大了，到了为自己的胡搅蛮缠买单的时候了。本来，要怪就怪小云这个狐狸精，是她用狐狸功迷住了丈夫，自己穷尽一切手段驱逐"侵略者"，把关锐这只迷途羔羊给拉回来，没想到这一闹腾，反而把丈夫彻底推到了狐狸精的怀抱。这次，发妻算是彻底明白，自己已输得精光，输得惨不忍睹。

出乎预料的是，发妻从此不再闹腾，像变了个人似的，终日借酒浇愁，终日以赌度日，把身上数百万元现钞输得干干净净，还到处借高利贷，整个儿一副甘于堕落的样子。

不久，关锐接手干法水泥项目，与金菱集团廖芮合作，直至股权之争爆发，把无辜的小云也给牵扯了进去。在廖芮经济法律顾问方宾的撺掇下，金菱集团把关锐包养小三的事举报到网上，意欲以重婚罪把关锐击倒整垮。面对排山倒海似的舆论大潮，小云又一次被推到了风口浪尖，又一次徘徊到人生的十字路口。

重婚罪是自诉案件，若受害者不告，司法机关就可以不理。尽管方宾以金菱集团的名义，三番五次唆使关锐的发妻搞事，愿意出钱出力提供法律援助，帮助她以重婚罪打击负心男人与狐狸精。好在发妻已经回归理智，"这关锐毕竟是孩子的父亲，我可以没有丈夫，孩子怎么能没有父亲？伤害了孩子他爹还不是伤害了孩子？天要下雨娘要嫁人，无可奈何的事情，他愿怎样

第十一章 忘年之恋

就怎样,随他去吧!"对婚姻极度失望了的发妻,虽然心灰意冷,却不愿落井下石,不愿掉入方宾设计的陷阱里,否则的话,重婚罪砸到关锐头上,即使不死也要脱层皮。

关键时刻,发妻还念着30年的夫妻情分,让关锐免遭了一次劫难,发妻的宽宏大量,让关锐从心底里感动了一回。

一天晚上,小云接二连三地拨通关锐的电话,催他赶紧回家。小云的火急火燎,让关锐紧张不已,预感到有大事发生,他不敢懈怠,连忙放下手里的工作,三步并作两步地赶回家。一打开门,发现整个房间漆黑一片,关锐急得大喊大叫:"人呢?人跑哪儿去了?小云你在哪儿?"连叫多声没人应答,便径直往卧室里闯,推门便看见小云楚楚可怜地坐在床沿上,泪眼婆娑,一副失魂落魄的模样。看见关锐,小云从床上跳下来紧紧抱住关锐,然后,拳头鼓点似的砸在关锐的胸口上,边砸边喃喃自语,声音里满满的全是无助:"我有……有了。"关锐听得云里雾里,一脸茫然:"有了什么?我没听懂,别急,别急,你慢慢说!"见关锐半天搞不明白,小云急得直跺脚,大喊大叫:"我怀孕了,怀孕了,你还不明白吗?"起初,关锐满以为小云开玩笑,一副漫不经心的口吻:"怎么那么巧就怀孕了呢?不是采取措施了吗?"没想到此话一出口,小云情绪反应激烈,像是蒙受了天大委屈似的,伤心得啜泣不止。关锐一看这架势慌了神,忙俯下身子安慰小云:"不用怕,要真怀上了,那就生吧。"也许是关锐的口吻过于轻浮,触动了小云的泪点神经,她哇的一声号啕大哭。

小云还年轻,生儿育女对她来说,毕竟是个天大的事,更何况与关锐还不是合法夫妻,政策允不允许尚且不讲,没有婚姻保障的感情,能经受住生儿育女的考验吗?看到关锐反应平平,忽略自己的感受,小云失望至极,心凉了半截。等关锐回过神来,意识到自己的疏忽后,不知费了多少周折才让小云平静下来。

关锐入狱前不久,小云生下了个漂亮女儿。女儿牙牙学语的时候,关锐与廖芮的矛盾空前激化,被省公安厅常务副厅长杨桄领导的专案组以涉嫌涉黑涉恶犯罪予以抓捕。关锐蹲监的那些日子里，小云吃尽了苦头，一个人既当爹又当妈，包括生活费都成了问题，仅柴米油盐酱醋茶这些破事，就已经把小云弄得焦头烂额，更何况社会环境普遍鄙视小三，各种冷嘲热讽乃至当面羞辱潮涌而来，令她感到委屈，可又无法申辩，只能打落牙往肚里咽，仿佛一下子坠入人生的至暗时刻。

　　在狱中服刑的关锐，日子也不好过，他用大部分时间去想念小云母女俩，以此来打发漫长的牢狱时光。也许关锐这辈子没少做违心事，也许愧疚的人不止小云一个，但对小云的愧疚却是最多最深的，自己不仅没能给她稳定生活，还带来了无尽的伤害。小云本应有一个美好的未来，本应有她自己的幸福生活，阴差阳错，命运把她与自己紧紧地连在了一起。

　　每每想到此，他都会暗暗发誓："要在有生之年，尽全力弥补对母女俩的亏欠！"

第十二章　两面人生

宾州最流行的说法，薛民是个会做官的官，肖明则是政商通吃的两栖人。

两人都是文化人，都心高气傲，都想出人头地，这两个骨子里不安分的人搅在一起，就没有他们不敢干的事。两人掌握宾州重权力后，一拍即合，成为宾州"卖光走人""买断走人"的推手，掀起公有制企业改制的热潮，把曾经闻名全国的宾州小水泥、小制造、小化肥、小钢铁、小农机"五小工业"，改得七零八落，改得连根拔起，改得断了香火。

那时，公有制企业人浮于事，企业所担负的社会功能性重负，严重削弱了它的市场竞争力，公有制企业停产的停产，歇业的歇业，破产的破产，各种矛盾纠结一起，把它推到了崩溃边缘。宾州也不例外，境内"五小工业"成为社会不稳定因素，下岗职工越级上访成了常态。

市委、市政府此前推出的"责任制""简政放权""让企业走上市场""让企业成为市场经济主体"等改革，对处于"僵尸"状态的公有制企业不起任何作用。可以说，公有制企业到了生死存亡的十字路口，何去何从成为社会热点。此时，薛民政府对破解困局表现得一筹莫展，昔日风光无限的公有制

风 云

企业，一夜之间成了"牛皮癣"，谁见了都躲，谁都不愿沾边，谁碰上了都是晦气。惊慌失措中，薛民巴不得它早歇业早关门早走人，于是开出了"卖光走人""买断走人"两剂药方。

早在 20 世纪 70 年代，宾州的"五小工业"已全国有名，不仅种类齐全，而且数量众多，仅上规模的企业就四五十家，工业企业的税收占财政收入的 60%，是名副其实的工业强市，受到过中共中央、国务院的表彰。薛民乖巧伶俐，善察言观色，做常务副市长时，在书记、市长面前表现得格外低调谦逊，开口闭口"代表书记、市长"，从不自作主张，从不逾越红线，"早请示晚汇报"功修炼得炉火纯青。薛民的低调谦虚，虽赢得了带班长的认可，却让子弟兵不能理解，不时有人为他鸣冤叫屈："老大要水平有水平，要人缘有人缘，可以说要啥有啥，咋任人摆布当听差使唤？"薛民闻后不置可否，丢下一句耐人寻味的话："副手就是副手，副职的本分就是韬光养晦，少做多听多请示！"此话一出，子弟兵心领神会，佩服得五体投地，不约而同地赞美："老大就是老大，政治智慧非同凡响！"

时年，龙之任市委常务副书记，分管党群工作，掌管干部人事调配权；薛民任常务副市长，负责市政府日常工作，与龙之并驾齐驱，半斤对八两，这一"龙"一"民"，分别把持市委、市政府两个重岗。那时，人事制度刚推行"避籍"，执行上却谈不上严格，这本土官员经组织批准，可升任政府首长。恰逢换届选举年，宾州坊里民间早有讨论，市长人选非"龙"即"民"，难免龙虎之争。事实上，薛民与龙之的主客观条件相当，表现各有千秋，"龙虎之争"的说法并非空穴来风。

等到世纪交替之年，宾州换届选举尘埃落定，薛民在与龙之的竞争中脱颖而出，当选市长。薛民的胜出沾了中央竞聘上岗的光。那一年，省委组织部根据中组部要求，推出数个厅级岗竞聘，可领导内定了人选，只等按部就班，对号入座上任。薛民天生善应试，笔试面试排名位列前茅，这下难倒了省委组织部。竞聘与换届选举大同小异，竞聘人不得越位，越位即犯忌，好在薛民是组织干部出身，懂行熟规，不等打招呼，便主动向省委组织部请求让聘。

第十二章　两面人生

薛民过五关斩六将，凭借过硬的功底，一步步选拔上来的，单从竞聘角度来讲，无论是面试还是笔试成绩，站着坐着都有份。可这竞聘上岗专为领导秘书量身定制，虽然他的竞选实力不赖，笔试面试却在薛民之后，让省委组织部颇感为难。

薛民拿出姿态让聘让贤，帮省委组织部化解了难题。为此，部长专门召见了薛民，推心置腹地谈了次话，"薛民呀，你这次让聘，是顾大局的表现，客观上帮了组织的忙。"接着话锋一转，"让聘行为已证明你经受住了组织考验，精神难能可贵，希望发扬光大。这次算组织欠你的人情，我心里有数。"薛民受宠若惊，听后赶紧表态："部长言重了！这是我应该做的，说来受党教育多年，也算是组织老兵了，懂得政治规矩，理解组织难处，之所以让聘，就是不想给组织添麻烦，更不想让部长您为难。"部长听后走近薛民，在他的肩上拍了拍，连声夸奖："说得好，说得好，现在就缺你这样能力强、顾全大局、有政治格局的干部。今后，组织部门要重点培养像你这样思想纯、觉悟高、德才兼备的年轻干部。"省委组织部部长当面讲出这话，政治意味浓厚，让薛民感激涕零。

高级干部就是高级干部，一言九鼎。果不其然，省委组织部部长没有食言，在薛民日后的数次任用上，都站出来为他说话。有了部长的力挺，薛民的升迁路异常平坦，没几年工夫便成了全省最年轻的厅级干部。

薛民让聘的次年，宾州市长升任书记，这空缺的市长岗，让薛民与龙之蠢蠢欲动起来，两人都觊觎大位，自然成了竞争对手。龙之位居市委常务副书记，也有过常务副市长岗的历练，政绩可圈可点，又具备能干事干大事的实力，加上资历老历练完整，是市长的不二人选。但他属性情中人，行事率性，游走在官场与江湖间，沾染社会习气，就像别人评价的那样："龙之不善于玩政治，喜欢感情用事，且哥们义气太重。虽然他是个做事的官，性格存缺陷，容易得罪人，注定难成大器。"

而薛民恰恰相反，他行为机警，说话滴水不漏，处事讲政治，玩转官场。为上位动了不少心思，选举前他把圈内几个子弟兵局长叫来交代："知道几位老兄与书记关系密切,有几句话麻烦兄长带给书记,我薛民永远是书记手下的一个兵,永远听书记的话,做到书记指向哪里,冲上哪里。今后,一定做到把书记的话当作行为准则,说到做到,决不食言!"几个子弟兵局长谁不是绝顶聪明之人,除把话带到书记外,还给薛民提供了一次表忠的机会。

子弟兵以赴北京考察农业项目为名,邀请市委书记与薛民一同参加。赴京路上,薛民把自己当跟班,替书记泡茶倒水,迎来送往,不嫌麻烦不嫌腻,哪怕自己人用餐,都要"约法三章",当着书记的面作交代:"书记不落座我们不要落座,书记不夹菜我们不要动筷子,书记不起身我们不得移步。"这媚功表现得相当到位,把个憨厚的书记灌得飘飘然,忘记了自己姓啥。这子弟兵都是政坛"老麻雀",个个鬼精得很,对薛民的一言一行心领神会,把卖力表现的机会留给他。

这次北京行,看到薛民淋漓尽致的谦卑表现,市委书记发自内心地感动了一回;也就是这次北京行,薛民获得了书记的信任,让他心甘情愿做了自己的上位推手。

任用政府首长,虽不是同级党委一号说了算,但党委一号的态度至关重要。组织部门配备干部,必须考虑党政班子的工作搭配与团结,政府一号能否与党委一号搭好班子,能否配合工作,是干部任用的首要条件。薛民有了书记的力荐,加上省委组织部部长的站台,优势自然而然地盖过了龙之。果然,当年的换届选举,薛民毫无悬念地当选宾州市长。

薛民是土生土长的干部,加上组织部经营多年,上位不久,光芒就盖过了书记,以至于市委对市政府的领导渐渐流于形式。随着威望走高,薛民再无必要戴上遵从的面具,开始对温和憨厚的书记不太当回事,场面上虽未公开对撞,私底下并不用心,甚至有意无意地抵触书记。

此后,宾州市的政治生态很难说是处于正常状况,书记表态的事,市长薛民若不附议,落实上则大打折扣,甚至不了了之,市委的表态差不多成了"摆设";而薛民表态的事,附和的大有人在,时间一长,这市政府班子成员看出了问题,这宾州的实际一号是薛民,权力掌握在他手上。一些人狐假虎威,

第十二章　两面人生

有意无意地强调党政分工，对来自市委的意见，统统归于对市政府工作的干预，一些资历深厚的副市长有恃无恐，半公开场合放话："政府的事就是政府的事，你市委就不要干预了。"仿佛书记的建议，就是"干扰工作"的代名词。

市政府敲定城镇建设"十二五"规划时，市委书记提了若干不同意见，被资历深厚的常务副市长当面"涮"了一把："制订规划是政府职权范围内的事，市委是不是管得太宽了？"同为本土官员的龙之实在看不下去了，站出来替书记解围："党政分工虽说是组织原则，但党的领导是宪法规定的；而同级常委对政府的领导，也是党章的规定，市政府咋能如此排斥市委的意见？"

龙之站出来一说话，把薛民给惊动了，这市政府连市委书记的意见都听不进了，传出去岂不是政治笑话？薛民的政治智慧远在他人之上，咋能犯低级错误？当日他就在政府常务会上强调："党的领导是宪法和党章规定的，市政府要自觉接受市委的领导，这是市政府工作的基本要求，任何时候都不容置疑，欢迎市委领导常到市政府指导工作。"薛民一表态，不仅政治口实消除了，而且给足了市委的面子。市委书记是个和事佬，不愿激化矛盾，加上薛民的话听起来顺耳，便顺水推舟："这政府的事就是政府的事，一般情况下市委能不管则不管。"没想到此话一传开，市政府上下统一了口径："书记发话了，政府的工作归政府管，市政府日常工作无须报告市委了。"

在薛民任市长的一年多里，市政府差不多成了"独立王国"，针插不进水泼不出，好在书记心胸开阔，不怎么计较，只要工作不添乱添堵就行。那几年煤炭供不应求，资源经济快速增长，掩盖了深层次社会矛盾，市委与市政府虽然不怎么对号，总体上还能相安无事。

薛民主政市政府工作的那段时间，是公字号企业快速没落之时。在他的施政理念里，公字号企业病入膏肓，连神仙都救不活了，既然救不活就不要做无用功，与其"僵尸"一样半死不活，不如卖光走人。

薛民上任后，推动新中国成立以来宾州最大规模的企业改制。动员会上，薛民高调表明改制的决心："政府要拿出壮士断腕的气魄，敢于攻坚碰硬，敢于对落后体制亮剑。要不惜一切手段排阻，坚定不移地破除体制藩篱，全力推进前无古人、后无来者的体制改革。"薛民亲自点将，任命肖明任市长助理兼改制办主任，操刀企业改制。在这两人的鼓捣下，几代宾州人辛辛苦苦建立起来的工业基础，瞬间土崩瓦解，宾州的"五小工业"从此走向消亡，退出了历史舞台。

肖明瘦条细个，文质彬彬，配上一副金丝眼镜，典型的书生模样。从外表看，他讲话轻言细语，亲和力特足。别看他书生气十足，肚子里的"弯弯绕"不少，号称"宾州最具智慧的人"，有"小诸葛"之称。肖明学的是药学，却喜欢舞文弄墨，虽然从文与所学专业风马牛不相及，但这一爱好却给他带来了诸多人生机会。肖明医专毕业后，因文字功夫好，被分配到宾州医药局任文员，常在报刊上发表"豆腐块"文章。时间一长，引起宣传部的注意，这宣传部选人啥都不看，就看"豆腐块"，仿佛能写"豆腐块"就是人才，肖明就凭这"豆腐块"，被当作人才引进到宣传部。他一进门，宣传部的"豆腐块"当年就爆表，第二年被市政府秘书长点名，调至市政府办一室主任过渡，半年后接任市政府办副主任，负责市政府文字把关。肖明上任后，市政府办的文字水平飙升，风头盖过了市委办与宣传部，实至名归，成了公认的文字"标杆人物"。

一段时间里，宾州上下把肖明当"才子"看待，仿佛经他把关的文字，就是质量上乘的公务文书。人怕出名猪怕壮，肖明任市政府文字主任，显得游刃有余，政治前程被人看好。那时，工农干部多文化低，他们格外崇拜文化人，加上肖明表面上低调谦虚，不翘尾巴不摆谱，特别讨工农干部的喜欢，他们私下一嘀咕，联名向组织上推荐肖明。次年，肖明被任命为某镇党委书记，任职不到两年时间，当选为宾州市副市长。

肖明的顺风顺水，却阻止不住儿子的变坏，这不能说不是他人生的遗憾。王八羔子不读书不学好，满身纨绔子弟习气，整天与一帮子前身文狮后身文虎的人厮混，这狮子老虎张开血盆大口，时刻准备着吃人，谁不忌惮？王八

第十二章 两面人生

羔子四肢发达头脑简单,成天想当一方霸主,挂着个硕大的黄金珠子项链,赤着膀子往人群里一站,露出满身横肉,就这模样足以让人紧张得不行。可王八羔子看到有人害怕得不行,自我感觉非常好,便真当自己是威震一方的霸主了。

肖明时常为儿子的事提心吊胆,生怕出什么幺蛾子,搭上了自己的政治前程。就在肖明当选副市长那年,市政府让他分管征兵工作。肖明早就想把儿子弄到部队,接受部队的管束教育,没想到王八羔子很犟,非驻京特种兵不当。这驻京部队特种兵啥来头呀,全是兵中之王,全是百里挑一的料,且在大规模征兵前,优中选优选定的。

这下把肖明逼急了,利用分管征兵工作的便利条件,求爷爷告奶奶,调换兵员名额,把儿子塞进驻京警卫团。没想到这神不知鬼不觉的事,还是让对方家长获悉了,将肖明告到中央有关部门,有关部门把举报当大案要案办,不仅退回王八羔子,还责令东江省委追责。这下子以权谋私的肖明纵有三头六臂也难逃此劫,当选副市长不到一年时间,硬生生地给就地免职了。政治上的挫折,让肖明遗憾了一辈子,也耿耿于怀了一生。

薛民此番点将肖明主导企业改制,把他放在市长助理兼改制办主任岗,是经过深思熟虑的。文质彬彬的肖明表面谦逊有加,内心却清高孤傲,骨子里存舍我其谁的霸气。之前受儿子牵连撤职查办,肖明备感屈辱、心有不甘,也引发了诸多同情,这做父母的谁不为儿女操心?在宾州人的人情世故里,只要不是贪腐,无须大惊小怪,似乎利用职权为儿子谋点私利,是天经地义的。

薛民也有些同情肖明,知道他心有委屈,重返政坛之心未死,赌一赌、搏一搏的愿望强烈,遂动了点心思:"让你肖明主导企业改制,帮我前面冲杀,冲好了有我的功劳,冲砸了有你肖明前面挡着,这卸磨杀驴的事,又不是我发明的。"

薛民清楚,改制是啃硬骨头的活,说穿了就是与弱势群体掰手腕,涉及平民百姓的切身利益,没个舍得剽霸得蛮的个性,担纲不了这活。在市政府权力班底里,没有比肖明更合适的人选,这肖明市长助理身份,权力可大可小，职责可重可轻。这改制是与老百姓硬碰硬的事，让肖明挂帅是最佳选择，加上他当过副市长，有足够的资历操改制的盘，让他顶这个差再合适不过。

肖明改制的第一记大锤，砸向了市政府接待中心。接待中心供养着百十号人，是市政府直属企业，按理这爹爹养崽崽的事无可厚非，没人觉得有啥不妥。单从经营效益层面讲，接待中心并非非改不可，问题是肖明看上了接待中心的优质资产，它位处宾州繁华地段，商业价值忒好，光旺铺就有三四十间，只要一改制政府准受益。薛民推出的"卖光走人"改制，是将政府利益放在优先位置上，也是改制的基本定位。肖明盯上这块肥肉，旨在通过对市直属企业下手，为接下来的企业改制打造模板做出表率，同时发出坚定不移的改制信号。

此外，肖明还打着个人的"小九九"。他的堂弟肖敏，虽没读过几册书，外表粗俗言谈举止浪荡，却聪慧机敏，头脑发达，做事有眼有板，算盘打得相当精准。他原本是国有企业职工，企业倒闭前停薪留职做生意，因胆子忒大闻名，被肖明看好，认为他是个可塑之材，只要给机会，准是个把天捅个窟窿不知道害怕的主。时势造英雄！在经济社会转型的时刻，怕就怕不要命的，而且他善于前瞻性思维，看到有人在地产业多有斩获，便按捺不住要转行。这次，薛民点将堂哥肖明担纲企业改制，正中肖敏下怀，以他的性格个性，咋会放弃这天赐良机？怎么样都会伺机傍上去弄杯羹喝。

这"统兵领军"的动了歪心，改制自然变了味，肖明之所以把接待中心拿出来率先改制，也有为肖敏量身定制的用意，试图让他来拿下该宗资产。事前，他把肖敏叫来面授机宜："若能拿下接待中心那宗地，把周边的门面倒腾出去，至少挣个上万平方米的酒店，没准还能捞上数百万元现款，你得打起十二分的精神来，千万别错过这天赐良机。"

宾州文化名人谢蒙喜欢刷存在感，看到市政府把卖资产当成改制，免不了蹦出来，品头论足一番："把经营得好好的市政府接待中心拿出来改制，怕是有人打啥歪主意了。我看肖明这人，城府极深，一肚子'弯弯绕'，既当婊子又立牌坊的事，只有他才可以做到滴水不漏。"谢蒙信口开河惯了，

第十二章　两面人生

他的话自然不能太当真，但这次歪打正着，无意中点到了肖明的穴位。事实上，以肖明的智慧，尽管他不希望有人给肖敏添乱，表面文章该做还得做，而且还要做到位，只有做好做到位了，才能够堵别人的嘴。

肖明心知肚明，土地招拍挂水深得很，政府就好比钓客，鱼儿上钩前，又是下诱饵又是撒窝子料，千方百计引鱼儿上钩，鱼儿一上钩拉紧线儿不放，想跑谈都别谈。加上，这宾州人惯来"崇洋媚外"，对本土人历来看不起，肖敏名不见经传，以他的名字报名肯定没戏，谁不晓得你肖敏几斤几两？再说，政府对房地产开发，从头管到脚，掐着你的生辰八字，就算肖敏能中标，谁不想打税费主意？办这种事得讲究技巧，找准理由与政府讨价还价，谈得好钱成千上万的省，谈得不好千儿八百万，不知道咋打了水漂。等合同一签订，生米煮成了熟饭，啥都免谈了。一切的一切，肖明都得事前铺摆好，弄不好前功尽弃。

值得一提的是，肖明身份十分微妙，他既是政府的组标人，又是投标的隐性参与者，活跃在组标与投标之间，掌控着挂牌招标进程，同时充当肖敏投标的操盘手。万事俱备，只欠东风，此时的他不显山不露水，只需肖敏配合着来事，便稳坐钓鱼台了。

宾州就那么几个暴发户玩主，他们私下一捏手，便合伙向市政府压价，然后和标，拿下的好处二一添作五。这帮人志在必得，做着黄粱美梦，等着接待中心这只馅饼掉入口中。他们甚至私底下放言："宾州好歹就我们几个人，中标当是坛子里摸乌龟，十拿九稳的事，还怕你市政府翘尾巴耍大牌不成？"

果不其然，接待中心以1280万元的超低价挂牌出让，在傲慢的暴发户操控下流拍了。让暴发户没想到的是，此时的肖氏兄弟正虎视眈眈地盯着接待中心的宗地，就等着他们犯低级错误。在这节骨眼上，肖明反复叮嘱肖敏："以静制动，让他们闹腾够了再说。记住，对手的狂妄自大，就是我们的机会。"肖明料定了暴发户会失算，就等着招标流拍，然后不失时机地向薛民汇报，抛出肖敏有意愿揭标，附上税费包干的条件，以猛虎下山之势拿下这宗地，收割胜利果实。

风 云

肖明吃透了薛民，新官上任三把火，作为新一届市长，无论如何都会把接待中心的拍卖，当成指标意义上的公字号企业改制，绝对不允许出状况。果然，当薛民听取肖明的汇报后，亲自主持了政府常务会议，拍板接受了肖敏开出的条件，在不改变招标底价的前提下，市政府以100万税费包干，把接待中心的资产以邀标的方式直接处置给了肖敏。还别小看税费包干这一招，其实相当于减少了数百万开发成本，这对肖氏兄弟来说，简直是天大的好事。接待中心挂牌的结果惊天翻转，让不可一世的暴发户玩主傻眼了。更跌破眼镜的是：肖敏揭标的时候，自有资金仅30万元，肖明从自己管理的政府改制资金中借出200万元给肖敏，七凑八凑，好不容易才凑齐了250万元报名费。

揭标后，肖明调动一切政经资源，把接待中心的资产先过户给肖敏，然后拿产权证到银行抵押融资1000万元，把现代"空手套白狼"版经典神话演绎到了极致。暴发户玩主这才如梦方醒，原本想着合伙"坑"政府一把，没想到半路杀出个程咬金，让名不见经传的肖敏给玩趴了，彻彻底底当了回"冤大头"。

肖敏拿地后，把周边的门面一开发，除套取千万现款外，还捎带上了个价值2000万元的宾馆，捞到了人生第一桶金。那时候，人们月工资才1000左右，这肖氏兄弟不到一年时间，获取资产数千万，成就了一夜暴富的神话。更让暴发户玩主追悔莫及的是，此次失算，造就了一个横冲直撞的地产大鳄。肖敏的成功崛起，让宾州的地产业充满了权谋与算计，掀起了房地产业的腥风血雨。

严格来讲，市政府直属企业的改制，员工说到底还是自家人，对员工可以再就业安置，比起其他企业的改制，所遇到的阻力要少得多。肖明改制完接待中心之后，盯上了药材公司。药材公司是名副其实的政府企业，点多面广，在城区商业街乃至乡镇都有它的商业布点。肖明为何先拿药材公司改制，盯上的是它庞大的优质商业资产。

门面资产在宾州历来都是抢手货，价钱高成交快。肖明是土生土长的宾州人，晓得宾州人对临街门面情有独钟，有钱就买门面，租金稳稳当当，老了收租颐养天年，比啥投资都保险。肖明吃透了投资者的心理，他所主导的改制没啥好招，就凭薛民给出的"买断走人"这一招打天下，且一招制胜。

公开场合，肖明以薛民的忠实支持者自居，台上台下大讲特讲薛民的改制理念："改制办是市政府的工作部门，也是市政府意志的坚定执行者。要完成薛市长交给的任务，就得有敢为人先的大无畏气概，敢于向落后体制积弊亮剑。我作为改制办负责人，必须无条件地执行薛市长的指示。"在肖明的意识里，改制就是卖资产，就是甩包袱，就是帮政府圈钱，与薛民的施政理念完全一致。实际工作中，肖明更愿意把薛民推到前面，不仅仅是为了讨好他，也是出于扫障排阻的需要，更是出于让他为可能出现的风险担责的考虑。可以说，凡事非言薛民指示不可，肖明不仅仅是盲从，更是政治利益算计，之所以甘心当马前卒，是因为相信薛民能够助力自己东山再起。

改制前的药材公司，经济效益佳，职工福利好，靠的是行政特许。这行政许可向来只对公不对私，谁想当药店老板，得一手交钱一手交货，买个行政许可，否则想都别想。肖明拿药材公司改制，看中的不仅仅是它的资产，更看中行政许可的价值。一个证值几十万，这肖明安排评估公司一评估，资产值多少钱，行政许可值多少钱，一项一项明码标价，既允许资产与许可证一起买，还允许拆开来选择买。没想到这招特管用，竟然卖得相当顺利。

岂料大意失荆州，所推出这套改制方案，肖明不仅没有意识到违规，还为此沾沾自喜，公开场合不无炫耀自己："把资产与许可证拆开来卖，就是为了更好地满足市场需要，确保公平公正交易，就像屠夫杀猪卖肉，大卸八块，瘦肉、肥肉、猪蹄、内脏分开来卖，秤摆在那里，明码标价，按斤两算钱，便于市场交易，便于企业处置，便于资产保值。"只不过倒卖行政许可的改制，是法律明令禁止的。看到市政府卷走了药企数亿改制资金，把1000多号员工惹毛了，集体赴省进京上访维权。

事态的逆向发展，让赵德峰的预言成真："薛民推动的卖光走人、买断走人的改制，实质上就是与民争利。若能处理好职工安置，买断走人也好，倒卖行政许可也罢，大可相安无事。倘若他们无视职工的合法权益，按年龄工龄一刀切买断身份，多则一万少则数千打发职工，最终难免惹翻众怒，改制沦为改乱改砸。"

本来，药企职工对肖明主导的改制抱有期望，想法也很朴素："改制是中央倡导的，国家大势谁也阻挡不了，与其让别人来改，不如让你肖明改，好歹你肖明是俺药企培养出来，想必吃井水念前情，不会连娘家人都给卖了吧。"谁都没想到，这肖明六亲不认，开口闭口按政策办事，一点面子都不给，不少员工找赵德峰投诉。

赵德峰对政策法律吃得透，一听明码标价卖行政许可就皱眉："这证咋能倒卖呢？岂不是公然踏踩法律？亏你肖明还号称'小诸葛'，做出这种傻到家的事来！我看你是金玉其外，败絮其中，整个儿猪脑子，一个法盲！"次日，赵德峰一篇题为《宾州改制念歪经明码标价卖许可》的央媒内参稿，引起央视《焦点访谈》栏目组记者的注意，奔赴实地明察暗访，把宾州药企卖证改制搬上了央视。这下，肖明成了新闻名人，宾州成了新闻名市，薛明成了名市长。出了这档子烂事，自然少不了大嘴巴谢蒙，注定要来凑番热闹："肖明聪明反被聪明误，好在他不止一次登上丑闻榜。上电视新闻的事，对他来说有如一天三餐，隔三岔五就得来一次。"

宾州"买断走人"的改制，改得怨声载道，已严重影响到宾州的形象，也影响到肖明的政治声誉，让他的二次上位变得扑朔迷离。肖明清楚，"买断走人"涉及诸多底层职工的命运，作为改制的操盘手，无外乎两种政治结局，要么闯关成功，成为宾州政治能人；要么闯关失败，成为下岗职工的罪人，二者必居其一。可以说，自己的命运，自绑上企业改制战车的那一刻起，就紧密联系在一起了。

肖明出师不利，但仍怀着"不成功则成仁"的悲壮，把改制这块"硬骨头"当作"投名状"，以博取薛民的信任，为自己的东山再起做准备。果不其然，他一个标准划线，一个政策到位，一竿子捅到底，横冲直撞了两年，把公字号企业资产全部卖光，职工身份全部买断，把"卖光走人""买断走人"的改制执行得不偏不倚。尽管有薛民一路护航鼓气，但社会舆论并不买账，骂

第十二章 两面人生

娘声一浪高过一浪。

薛民政坛耕耘了半辈子，积累了丰厚的社会政治人脉资源，加上善笼络人心，哪怕别人做的人情，他都能巧妙地揩把油。薛民自组织部任职开始，练就了左右逢源的功夫，见人讲人话，见鬼讲鬼话。每逢干部提拔，都会第一时间把信息透露给对象，或是"你的问题解决好了"，或是"你的事研究过，结果不尽人意，继续努力还有机会"。不管是提拔的还是未提拔的，就这简简单单的几句话，让人感激涕零。

从干部组长到市长，经薛民手提拔的各级干部成百上千，哪一个不对他感恩戴德？如今站在宾州市政府一号位上，实际影响力早盖过了市委一号，成了实际上的宾州头号政治人物。以肖明的精明，自然懂得傍上薛民的政治意义。

那时的薛民，威望如日中天，不看其他，就看他全票当选就足以证明。薛民在宾州的话语权可用"一言九鼎"来形容，赢得他的青睐，取得他的信任，就等于拿到了上位的门票。依薛民的"卖光走人、买断走人"标准评估宾州的改制，肖明的努力无疑是成功的，但它对宾州的影响则是灾难性的。自那时起，宾州的公字号企业告别了"五小工业"的辉煌，走上没落的不归路。

用最少的钱把职工打发走，这"国家粮"经过企业改制，用货币置换身份后，身价就1万来元。企业职工发现上当后，频繁越级上访，质疑"买断走人"改制。特别是一些老同志看着自己一把屎一把尿拉扯大的企业，一个个给改没了，怒斥道："发展经济怎么可以不要产业？宾州迟早要为今天的蠢行付出代价！企业可以转型，但不能改没改丢改垮，不能搞杀鸡取卵、吃断根药式的改制。"把横下心来力推"卖光走人""买断走人"的肖明，骂得狗血喷头。

数年后，宾州改制的恶果尽显，工业基础削弱，税源萎缩，社会矛盾累积，群体性上访激增，说穿了就是个"麻烦事"，从政治角度看，需要有人来担责。肖明是改制办主任，改制引发的社会问题，无论如何都脱不了干系。事已至此，还不得不佩服薛民的深谋远虑。在薛民看来："这角色不是谁都能当，肖明才是不二人选。"

对肖明来说，替市政府一号挡子弹，帮他脱责让他亏欠自己一把，政治上并不是坏事。肖明清楚，企业改制走到今天，对自己的政治伤害是致命性的，破了上位美梦。可肖明是个利益精算师，他算的是政治经济复合账，政治上的亏本"买卖"，经济上要加倍来补偿，让宾州最具权势的薛民负疚自己，是最具价值的事情。

果然，肖明策划的灯具厂改制，让他如愿以偿，获得了高回报，最终成了个人经济利益的大赢家。

20世纪60年代，宾州举全市之力创办的灯具厂，系劳动密集型集体企业，养活着1000多号职工，年上缴税收过千万。"一大二公"时期，虽然集体企业身份不打眼，却肩负着中南数省民用灯泡供应重任。灯具厂位处城南中心，拥有100多亩土地。肖氏兄弟在接待中心的改制中尝到了房地产甜头，对灯具厂的土地垂涎三尺。城区中心搞开发，皇帝女儿不愁嫁，谁拿下了谁就是宾州的财富王者。

肖明推出的灯具厂改制方案，极具包装效果，打着"保留产业香火，改革落后体制，市场化改革，民营化经营"的招牌，口号喊得震天响，忽悠了不少人，是肖明端出的一道大菜。此时，薛民主政下的宾州市政府，对公字号企业管理体制弊端统一了认识："继续沿用落后管理体制，难逃歇业倒闭的命运，民营化改革是地方经济发展的必由之路。"

肖明的灯具厂改制方案，明眼人一看就知道，是贱卖贱买，是国资流失。当肖明把方案报给市政府后，薛民露出捉摸不定的神情："灯具厂改制涉及上千员工，事关社会稳定，不仅要上政府常务会，还得报经市委同意，但可以先作为改制方案汇报并上会讨论。"历经接待中心改制后，薛民对肖明多了个心眼。此时的他，算定肖明在改制负面舆论的风口浪尖，继续推出灯具厂的改制，八成是看上了这块肥肉。

官场有官场的潜规则，不然谁还替你去卖命？作为一个资深官员，薛民不会不明白，官场的事说到底就是玩利益平衡。权力需要有人为你捧场，需要有人为你冲锋陷阵，否则权力就成了空中楼阁，成了水中浮萍。肖明主管

第十二章 两面人生

改制得罪了那么多人,受了那么多委屈,背了那么多黑锅,变相地给他点好处,安抚一下情绪,也是情理之中的事。尽管对肖明逼宫似的做派多有不爽,以薛民的精明,如何不知道他葫芦里卖的什么药?经过利弊权衡之后,他最终选择了妥协。

此时的宋臻上任副市长,分管国土城建规划,免不了与资产处置打交道,薛民希望他关键时刻能襄助,便叫过来交底:"肖明改制吃了苦、受了委屈是事实,心理不平衡可以理解,但在舆论的风口浪尖抛出灯具厂改制,怕是项庄舞剑意在沛公,逼我还人情来了。"他一示意,宋臻心神领会:"放心,我会盯着此事,也知道该怎么做。"

灯具厂改制事关重大,涉及上千员工、过千万税收,市政府不可能不慎重,薛民交代肖明:"政府常务会议研究灯具厂的改制问题,须邀请市委领导参加。"殊不知,市委书记对卖光走人"买断走人"的改制早有看法,不想蹚这浑水,把皮球踢给了龙之。

常务副书记龙之代表市委参会,符合工作惯例。会议听取了肖明的汇报,他端出改制方案后,煞有介事地强调:"灯具厂事关千号员工的饭碗,'企业要改革,职工要吃饭',改制当是保稳定的改制、保产业的改制。不管谁来接手企业,建议市委、市政府从'保企、稳企、扶企、活企'出发,整体打包出让,让利扶持企业发展。"肖明的讲话滴水不漏,既抓住了决策层的心理,又彰显客观公允。

此刻,如果说他人还稀里糊涂,对肖明抛出灯具厂改制的立意还蒙在鼓里的话,薛民则心如明镜似的,知道肖明是醉翁之意不在酒,借改制之手圆财富梦,这种时候,薛民自然不会随便授人以柄,遂把目光转向龙之:"灯具厂的改制是宾州的大事,必须取得市委的支持,请大家认真听取龙之书记的意见。"薛民不动声色,把龙之推到了风口浪尖。本来,龙之也不愿意蹚这浑水,自薛民主政市政府以来,市政府的工作由市政府做主,市委对市政府的影响力很是有限,要不是市委一号让自己代会,他根本不愿搅和到改制里来。既然你市政府平时不把市委放在眼里,你市政府想怎么弄就怎么弄,好事也好坏事也罢，只要愿意担责就行，何必装模作样请示市委？眼下若不是薛民指名道姓请自己发言，听会就是听会，真不想凑这份热闹。

看来打马虎眼是交不了差的，一来自己与薛民私交不错，二来既然代表市委到会，恐怕不讲两句不合情理，便勉为其难地讲了几句耐人寻味的话："企业改革乃大势所趋，落后体制不能不改，但改制必须经得起历史检验，市委对改制的态度是一贯性的，只能谋发展不能毁基业，更不能学挖藕挖一截吃一截。改制必须是改强改活，有利于宾州的长远发展。"听话听音，龙之的话无懈可击，看似四平八稳的发，实则绵里藏针，隐含着对市政府过往工作的不满，让薛民一班人听得如坐针毡，煞是难堪。

薛民当然听得出弦外之音，知道市委对自己主导的改制并不看好，甚至是多有想法。但薛民毕竟是薛民，善于以柔克刚，立马放低姿态，展现柔软身段："龙之副书记的讲话很重要，市政府完全接受，必须加以认真对待。灯具厂的改制，要坚持'保产业活企业'的大方向，市政府原则上同意改制方案，请改制办深入调研，拿出具体的配套措施来。"市政府常务会原则上通过了灯具厂的改制方案，让肖氏兄弟窃喜，虽距肖明的目标有一段距离，但毕竟向前迈进一大步，结果来之不易。

有了肖明台前幕后运作，尽管市委刻意冷落，薛民仍不改初衷，坚持推进灯具厂的改制。经过几个轮回的上会讨论，市政府决定将灯具厂以608万元的价格整体打包，向社会公开招标，附加条件是：企业必须开工生产，保证70%员工上岗，并为缴纳他们养老保险。

这条件说苛刻也苛刻，说不苛刻也不苛刻，关键看企业资产用途。按照合同设置的条件开工生产，企业要养活那么多人，要管近千员工的吃喝拉撒，没几把刷子真扛不下来。一句话，兑现合同约定不是件容易的事。反过来，若是不履行开工生产义务，光机械设备当废铜烂铁贱卖，也不止区区几百万价款，仅中心城区100多亩土地，怎么说也值几个亿。这年头，饿死胆小的撑死胆大的，除了肖氏兄弟，没几个人敢下这盘棋。

预料之中的是，早就虎视眈眈的肖敏毫不犹豫地揭了牌，以烂柴价买下

第十二章　两面人生

了过亿资产的灯具厂。揭牌当天，肖明叮嘱肖敏："给我记住，怎么也得开工生产做样子，让企业运行一段时间，然后编个理由找市委、市政府土地变性开发，不然是讲不过去的。"

等大幕落下之后，大家看清楚了，站在肖敏背后的是肖明，有他指点江山，就没有肖敏办不成的事。历经诸多变故后，宾州人对这对兄弟有了新的认识："肖明看似书生，实则老奸巨猾；肖敏虽没文化，却情商极高，办事滴水不漏。这两人一前一后，一文一武，一阴一阳，配合得十分默契，堪称神仙组合。"

接手灯具厂后，肖敏迫于情势需要启动了半年生产，虽然开工时间短，却让他体验到生产性企业的艰辛，更坚定了搞开发的决心。本来，他看上的是灯具厂100多亩土地，只要允许房地产开发，最终设法将厂区搬至工业园区，这土地连环阵铺摆开来，财富呈几何级增长。

当年，宾州遭遇百年不遇的洪灾，洪水淹没了大半个城区。灯具厂位于城市下游，地势低洼，洪峰一到，整个厂区连玻璃炉子都给淹废了。这人算不如天算，灾情帮了肖氏兄弟的大忙，让他们找到了关厂的理由，反正这民事法律条文中有不可抗力条款，百年不遇的洪水不算不可抗力啥算呀？

天上掉下个林妹妹。在肖明眼里，洪水就是天赐良机，岂能错过？立马组织大规模的舆论造势，把灾情损失渲染得悲情四溢，仿佛天就要塌下来似的。对肖氏兄弟的表演，薛民洞若观火，咋不知道他们唱的是哪出？可灯具厂的事原本是大事，弄不好引火烧身，谁吃饱撑着没事找事？这时的他多了个心眼，揣着明白装糊涂，佯装不知道。可肖氏兄弟不管不顾，拉出不达目的不罢休的架势来。

此时肖敏，不再是当年的愣头儿青，与省内上层诸多领导混得精熟，有的称兄道弟拜把子了。就在薛民犹豫之际，省检察院主管反渎的卫民检察长打来电话："薛市长，肖敏是俺兄弟，他的事你可得上心哟。"接到电话后，薛民的脸色骤变，像变了个人似的，一改过往的装疯卖傻："是是，他的事我会上心，一定办成办好，办得让您满意。"并当即指示宋臻"通关放行"，将灯具厂工业用地变性为开发用地。这卫检一个招呼，市政府给肖敏的不仅仅是允许土地变性开发，连价款都象征性地交了数百万完事。市委书记本来十分介意此事，却碍于卫民的权威，自然不会自讨没趣，于是睁一只眼闭一只眼，听任薛民政府处理完事。

灯具厂的改制，让肖氏兄弟声名大噪，也让宾州人耳闻目睹了现代版蛇吞象的故事，用谢蒙的话说："这外表文弱书生肖明，其实并不简单，他身上所表现出来的城府、贪得无厌，让人不得不忌惮，不得不恐惧。"

肖明主导的改制，虽然把自己的声明改得臭名远扬，但丝毫不影响肖氏乡里乡亲对兄弟俩的好感。这些纯朴得像白纸一样的乡亲，把小时候并不怎么出息的他俩，当作肖氏家族中的精英，都以家族出了这么对宝贝疙瘩为荣。这兄弟俩出息了之后，还惦记着乡里乡亲，每年春节都会花少则5万、8万，多则10万、20万，给乡里乡亲送鱼送肉，给老人发祝寿红包，让那些没出过多少远门的山里人感激涕零。

直到曾峰上任后，了解到灯具厂的情况后，露出惊恐不已的神情。一天，他怀着别样的心情，相约了新任市长章志，来到已变成高档住宅区的灯具厂，站在高大气派的大门口，驻足良久后叹息："这宾州的改制到底咋了？怎么把好端端的企业给改没改丢了呢？"

第十三章　反目成仇

　　金菱集团成立之初，走的是实体兴企路线，靠发展实体与务实经营发展壮大。它初始的成功，体现在"稳""实"上，在道路运输、机械制造、涉农产品加工等传统产业领域不断延伸拓展，一步步地把企业做强做大。后来，电子商务、科技信息、房地产、高科技等新兴产业的发展，光芒盖过了传统产业，成为获利最快最好的行业。特别是投资公司的兴起，挟"资本"以灭"诸侯"，以迅雷不及掩耳之势，强势杀入经济领域，把实体经济冲得七零八落，溃不成军，严重挤压了实体经济的生存空间。可以说，凡是投资公司涉猎的行业，大部分利润被洗劫一空，行业活力与社会财富无一例外地被"榨干"。

　　新兴产业与投资业的异军突起，其发展速度之快、利润之高、财富增长之迅猛，看得廖芮目瞪口呆。曾经声名赫赫、威震四方、创造传统产业奇迹的金菱集团，看上去像一架老掉牙的马车，在信息与资本经济高速发展的时代，已远远落后于时代步伐了。这对一个闯荡江湖数十年，事业人生成功，引领民营经济发展多年的弄潮儿廖芮来说，绝对难以接受。

　　廖芮痛心疾首地在集团高管会上发出警告："房地产、虚拟经济、投资业这些传统产业的'杀手'势不可挡，在它们高速发展、疯狂攫取社会财富的时候，金菱集团遗憾地缺了位。这意味着什么？意味着金菱集团，意味着集团管理团队，在伟大的时代面前掉队了。逆水行舟，不进则退。在残酷的现实面前，金菱集团输了，输在延长赛上。"说到这里，廖芮动情地用拳头敲打着桌子，语速放慢，声音悲怆，饱含惋惜，"我们不得不面对现实，金菱集团已远远落后于时代步伐，行动上的故步自封，观念上的保守落后，使集团失去了发展先机，这是集团发展战略上的重大失误。作为董事局主席，有必要告诫大家：是到了深刻反思、认真检讨的时候了，再不急起直追，再不迎头赶上，我们终将难逃被时代抛弃的命运。"廖芮这番痛彻心扉的讲话，犹如平地惊雷，震撼了高层精英，让他们意识到故步自封的后果，也感受到被淘汰的危机。这一刻，集团上下像打了鸡血似的，蠢蠢欲动起来。也就在那时起，金菱集团这艘硕大无比且老态龙钟的超级舰船，在廖芮的推动下，偏离了既定航向，驶向了充满诱惑的虚拟经济世界。

这以后，廖芮力推集团发展战略转型，实施大规模的扩张战略，大举进军房地产，大肆并购企业。为适应快速扩张发展的需要，开展大规模的融资经营。为此，金菱集团成立了融资部，负责集团的融资策划、调度与统筹。廖芮安排儿子担任融资部总裁，对自己直接负责，凸显融资在集团中的重要地位。廖芮还首次提出了"融资经营"理念，把融资经营提高到集团发展的战略高度来要求："集团要高速发展，资金是关键，要解决集团高速发展中的资金缺口问题，必须做好做活融资经营这篇文章。"

此后，廖芮把集团重心转向虚拟经济，偏离了长期坚持的实体兴企路线。他把"融资经营"当成集团发展的重中之重，不管遭遇多大困难，廖芮始终认为："融资经营搞得好，不仅可以为企业扩张发展提供资金支持，还可以为企业获取丰厚的利润回报。"廖芮还独创了规避融资风险的理论："资本投资利润高风险大，已是不争事实。投资业之所以风险难控，是因为其自身存短板，这个短板就是缺乏自我消化资本的功能，缺乏实体对投资资本需求的支撑。"据此得出结论："投资业把资本寄生在他人的实体上滋生利益，

第十三章 反目成仇

无法摆脱寄生形态的获利方式,与实体经济载体一荣俱荣一损俱损,一旦载体出状况,投资方很难独善其身。"他还颇具见地地指出其弊端之所在:"投资业无法实现自救的原因,是其存先天缺陷,倘若找不到自救路径,就没有资格谈长远发展,要维持投资业的高利润回报,就必须摆脱资本的寄生形态。"为此,他因病施治,对症下药,给投资业开药方:"要确保投资业的健康发展,就得发展规模庞大的经济实体,用实体经济作为资本的投资载体。"廖芮还武断地做出判断:"创办庞大的经济实体,是投资业自我消化资本,实现自我救济的必由之路。"增强投资业的自救功能,是廖芮融资经营理论的核心所在。廖芮选择激进的发展路线,依托融资经营促进集团快速扩张。

宁当鸡头,不做凤尾。廖芮仿佛生下来就要当老大似的,自他把金菱集团推上融资经营、激进发展战略那一刻起,就掀起了并购扩张的惊涛骇浪。那时的金菱集团能量通天,银行融资犹如提款机,一次性贷款数20亿砸向煤炭产业,并购两家亿吨级煤田,运气忒好,碰上能源大涨价,挖煤就像淘金,短短两年里,生产数百万吨优质煤,获利近10亿元。廖芮脑子灵活转得快,他敏感地意识到,煤炭开采风险大,深受国家产业政策的影响,岂能恋战不休深陷其中?于是见好就收,在煤价高峰期将煤矿悉数倒腾出去,价款上狠狠地"宰"了对方一把,不仅全身而退,还赚了个盆满钵满,账面净增30个亿利润。融资经营旗开得胜,让廖芮尝到了资本经营的甜头,被胜利冲昏了头脑的他,自以为选对了方向走对了路。

在廖芮的"融资经营"理论指导下,金菱集团的并购扩张脚步从边西省迈向了全国,从机械制造、交通运输、矿产资源领域走向全域经济。短短几年里,就规模扩张速度来讲,金菱集团的确很成功,体量呈几何级扩张,规模翻了番,金菱集团以雄厚的融资资本做后盾,并购了矿山、建材、家具、家电等诸多企业,进入宾州干法水泥项目,仅仅是众多并购企业中的一个"小猪猪"项目。

通过"并购扩张融资,再融资再扩张再融资"的循环运作,金菱集团融资触角延伸到了并购地,伴随其疯狂并购的脚步声,产业规模像滚雪球,越滚越大，资金需求越来越大，风险越来越不可控。一开始，融资经营释放的红利，让金菱集团尝到了甜头，随着融资款挤兑压力飙升，资金链随时有断裂的危险。明眼人都明白，廖芮倚靠的融资经营，犹如饮鸩止渴慢性自杀。就连廖芮自己都没想到过，会有骑上马下不来的时候。可以说，是廖芮亲手打造的"融资经营"，把曾经辉煌无限的金菱集团商业帝国，送上了不归路。

廖芮入主远泰水泥实业后，与关锐有过一年的合作蜜月期，之后因畸高的融资款利息，引发矛盾纠纷，引爆了股权争夺大战。

廖芮在项目合作上，惯使的招：先给人家一颗糖，让别人尝到甜头时信任自己，从此建立与控股身份相匹配的威权。按照合作协议，金菱集团51%的股份应出资本金8210万元，首批款5570万元，合同签订后的第三天就到了位。仅此，让在融资上吃尽了苦头的关锐与桂平，吃下了定心丸。

巨额股本金一次性到账，足以证明金菱集团的实力。不用再忧心资金，对放弃控股权、高息融资尚存纠结的关锐，给了不少安慰。资口缺口问题解决了，告别了担惊受怕的融资，仅此就让关锐感到欣慰，甚至不厌其烦地念叨："面包会有的，一切都会有的。"

是的，用这话形容关锐的心境，最恰当不过。关锐在近两年的融资泥坑里摸爬滚打，有了痛彻心扉的体验，如果有人问他："这世上还有什么事情让你恐惧？"他会不假思索地回答："是融资。"有了痛苦的融资经历后，关锐谈之色变，像恐惧瘟疫一样。他常安慰自己："只要你金菱集团承担融资责任，我就心甘情愿地做你廖芮的马仔，做你金菱集团的跟班，哪怕是当佣人做丫鬟使也心甘情愿。"此后的关锐，对控股权已经不怎么纠结了。这种心路历程的变化，连关锐自己都感到吃惊："奇了怪了，怎么轻易释怀了呢？怎么改变得那么快呢？"

面包会有的，一切都会有的。在美好愿景的支持下，关锐与廖芮有过一年时间的合作默契。关锐是远泰水泥实业的"开山祖"，项目在他手上搞了两三年，上上下下的关系理顺得差不多了，自然而然承担起了协调外部关系的责任。金菱集团是控股方，主要责任在融资上，当然要总揽企业的财务管

第十三章 反目成仇

理与人事调度。舒敏是远泰水泥实业董事长，实际上是廖芮的代言人，代表廖芮履行控股职责。表面看来，是舒敏在打理远泰水泥实业，只有大事决策上，才能够看明白舒敏仅仅是廖芮的一只传声筒、一个替身，重大事项只有廖芮才有最终决定权。这一点，关锐心领神会，也处理得非常好。倘若工作配合上与舒敏有不同意见，多数情况关锐不会过多地纠结，等到与廖芮会面时沟通沟通，就解决好了。

合作的头一年，廖芮与关锐相互配合，项目进展顺利，厂房建设、设备安装、办公楼建设样样神速，照此速度下去，要不了多长时间，基本建设便会完成，再有半年时间试车投产了。廖芮与关锐彼此都承认，两人有过短暂难得的愉快合作。

牙齿与舌头都有打架的时候。双方闹出的首场不愉快是金菱集团把出资本金当融资款计息引发的。按照协议约定，金菱集团出足资本金后，才能够启动融资，金菱集团第二笔进账5200万元，比下差资本金2640万元多出2560万元，金菱集团以此为由，将该笔进账款按融资款月息四分计息，当月孳息208万元，脊再将利息当本金计息，以此类推周而复始。一年下来，该笔进账款利滚利，仅利息高达3000万元，再从利息中拿出一部分交资本金，余款再做融资款借给远泰水泥实业。

当董事长舒敏把融资款结算一公布，把关锐、桂平俩气得肺要炸了。桂平青筋暴起，抑制不住心中怒火，大喉咙高嗓子率先发飙，只见他往桌子上一掌，震得桌上的杯子起跳，似乎还不解气，拿起茶杯往地上一砸，嘭的一声立马粉身碎骨："罢，罢，罢，上当了，上大当了！没想到老子江湖闯荡几十年，阴沟里翻了船，被廖芮这老儿给算计上了！"接着又泼妇式地骂街，"他奶奶的，刚脱虎口又落入狼窝，碰上廖芮这狗娘养的，怕是死无葬身之地了。"关锐脑子一片空白，良久才缓过神来，背对着桂平，既像自言自语，又像是庭上辩论："才多久呀？就孳生了那么多利息，按此速度孳息，别讲是建厂办企业，就是开印钞厂，能印得过来吗？"桂平气急败坏，牙齿咬得咯咯作响："就这么一下子，连下差的资本金都不用交了。这个狗杂种，把资本金当融资款放在公司高利放贷，再用孳息抵交资本金，这跟光天化日下抢劫有区别吗？"惯来脾气暴躁的桂平，在紧张得冒烟的气氛中，火上浇油了一把。"这还用说？照此下去，要不了多久，廖芮及其金菱集团就会蚕食掉我们的股份，就会独吞了整个干法水泥项目。"与桂平相比，关锐的声音虽然低八度，却阴森得让人害怕。

突如其来的变故，让关锐、桂平这两个大喊大叫惯了的人，顿感束手无策。关锐这才领会到啥叫上当受骗，啥叫生吞活剥，啥叫被撕咬被蚕食。这时的关锐才真正意识到，与金菱集团合作无异于玩火，与廖芮打交道无异于与狼共舞。

关锐闯荡江湖大半辈子，啥事没经历过？啥世面没见过？他原本就是江湖人，江湖事江湖了，对付廖芮这个超级江湖，只能以其人之道还治其人之身，只有针锋相对，或许还能搏出一条活路来。走到这一步，关锐总算是明白了，廖芮投资合作是虚，高利放贷是实。高利放贷普通人咋敢涉猎？不是心狠手辣的主咋敢在这行当里玩？果不其然，金菱集团这个资本巨鳄，不"玩"则可一"玩"惊人，玩就是惊天玩法。就凭廖芮大张旗鼓高利放贷这点，足见其胆大妄为，足见其心狠手辣，足见其贪得无厌。廖芮醉翁之意不在酒，意在独吞整个干法水泥项目。想到这里，关锐脊背上顿时冒出阵阵冷汗。

月息四分无论什么行业都承受不了。那时的干法水泥项目，眼巴巴地等米下锅，若不能解决后续资金问题，只能眼睁睁看着项目"倒地身亡"。人在屋檐下不得不低头，关锐别无选择，哪怕是陷阱合同，也得乖乖地签。可事实上从一开始，关锐有自己的盘算，就等项目建成投产之后，再与廖芮理论到底是互利合作还是巧取豪夺。

现实中的关锐、桂平只有一个想法：千招万招找人出资才是真招，千理万理救活项目才是真理。走投无路的两人，把引资合作当成救命稻草，表面上什么都依，背地里却起了意："怕什么？只怕他不来投资，不怕他背地里使坏。有道是强龙不压地头蛇，孙悟空再有本事，还能翻过如来佛手心？"关锐的话刚落，桂平大手一挥，嘴巴不干不净，张口就骂娘："管他要多高的利息，先把项目建成再说。老子现在强忍着不发作，先咽下这口气再说，只要项目投产了，你廖芮一个外地人再怎么牛掰，看你能折腾出啥名堂来！真要是走到摊牌这一步，那就由不得你了，能够合作就好，不能合作就屌！"话刚出口，就被关锐制止："小心隔墙有耳，别乱讲话，传出去多不好听呀，以为我们算计人似的。"桂平平时说话不带脑子，经关锐一提醒，知道说漏嘴了，便尴尬一笑，右手习惯性地掴了自己一耳光："瞧，我这张嘴！"那时的关锐与桂平，想法自欺欺人，自以为在宾州是个人物，牛逼得不得了，以为躺着都能走路，把江湖套路当撒手锏，把金菱集团当傻子弄。没想到廖芮还真不是盏省油的灯，竟然掀起惊涛骇浪，把项目投资搞成了股权大战。好就好在关锐、桂平俩一开始，就有了摊牌对撞的思想准备，否则，不气得上吊那才叫怪。

此时的金菱集团尝到了"融资经营"的甜头，正全力践行廖芮的"融资经营"理念，先后开辟了两条融资战线，一是银行融资，二是民间集资。银行融资成本低，与成本成反比的利润产出就高，成了金菱集团的优先选项。为应对银行融资评估体系，金菱集团成立了上百家关联公司，建立庞大的树状融资网络。

商业银行所建立的贷款考核体系，最重要的是银行流水，以银行交易流水来评估贷款企业的经营优劣，作为是否放贷的依据。银行流水频繁且流量足，就会评价为信用A级企业。当企业的信用级别再往上提，提高到信用AAA企业时，银行的钱差不多是自己的钱，想贷多少就贷多少，想怎么贷就怎么贷，无须什么抵押了。当然，要想评为信用AAA企业谈何容易？即使评上了，要保证不出征信纰漏难乎其难，特别是贷款信用违规的问题，它像高压电，碰都别碰，谁碰谁死。殊不知，银行流水固然可以反映贷款企业的经营状况，可这一套机械的考核体系，对在商海沉浮几十年的廖芮来说，简直就是"小儿科"，实在是不值一提。

你银行考核的不就是交易流水吗？通过旗下的关联公司专门应付银行考核，左手交易右手，营造虚假贸易繁荣，交易要合同有合同，需要考察的内容一项不少，且根据需要调整银行流水流量，想怎么弄就怎么弄，弄得你银行高兴就行，弄得你银行乐意放款就好。银行是做票子生意的，低息揽储高息放贷，赚的就是利率差，票子只存不贷，银行还用得着开吗？银行不放贷这银行还叫银行吗？在银行眼里，大客户稳定，存贷业务量大，利息稳定可靠，金菱集团这样的大客户，打着灯笼都难找，谁都想傍着沾沾光。谁不乐意与优质大客户打交道？

　　银行与大客户攀友结亲，建立信贷往来，无论借方还是贷方，个个乐得其所，可谓周瑜打黄盖，一个愿打一个愿挨。一来二往，金菱集团与银行打成了一片，搞成了鱼水关系。近些年，金菱集团银行交易流水激增，银行据此作出评判：它就是个产业巨人、贸易巨人、经济巨人。有银行信用AAA企业金字招牌，金菱集团就像财神爷，谁都想傍着分杯羹喝。

　　承兑汇票是银行为A级信用企业提供的信用保证，对AAA信用企业金菱集团来说，用对号入座四个字形容，一点不为过。银行承兑汇票是银行基于对A级信用企业的高度信任，为其工矿商贸活动提供银行预期支付担保。它不仅可以提现，而且利率低，只要提现人贴息就行。可别小看了银行承兑汇票功能，实际上它就是准贷款，比正常贷款还方便，金菱集团看好的是这一功能优势。试想一下，凭借商业信誉快速从银行拿到承兑汇票，贴息提现做投资经营资本金，月息少则三分四分，多则六分七分。瞧！多赚钱的买卖。这几年，金菱集团成功地套取了数以10亿计的银行承兑汇票，拿去投资经营，赚了个盆满钵满。但好景不长，用银行承兑汇票提现，当资本金去高利放贷，不仅构成"高利转贷"犯罪，而且是典型的资本"走穴"，一朝不慎必然导致满盘皆输，只要资金链出了问题，就会引发多米诺骨牌效应，无异于一场人生豪赌。

　　常在河边走哪有不湿鞋，玩火玩久了，最终烧伤了别人，也烧痛了自己。金菱集团拿银行承兑汇票提现高利放贷，连续多宗投资出了问题，资金放出去回笼不了，银行到期贷款还不上，代表企业资金链出了状况。这下把廖芮逼急了，钱回不了事小，坏了企业信用事大，一旦企业信用破产，将是毁灭性打击。从来是用银行的钱进行高利放贷的金菱集团，被迫高息揽储保运转，踏上了非法集资的不归路。

就在金菱集团资金链出状况之际，干法水泥项目工程建设正如火如荼，眼巴巴地等着资金投入。曾经热火朝天的工地，因融资款到不了位，开不出工程款，一夜之间骤停。

就像赵德峰所预见的那样："金菱集团玩融资经营，玩的是刀口上舔血、要钱不要命的活。"远泰水泥实业资金链再次断裂，各种矛盾汇集在一起，把干法水泥项目再次推到风口浪尖，推到了生死存亡的十字路口。金菱集团借融资之名高息放贷，触及了关锐、桂平的根本利益，引爆了新老股东间的股权大战。

围绕股权之争，最惹人注目的人是方宾。方宾自从政协、人大兼职后，基本上不出庭诉讼了，一门子心思放在捞政治名誉与招揽案子上。就这么个有律师身份，基本不出庭的律所主任，却从来没有脱离过宾州人的视线。方宾利用娴熟的法律知识，以及律师执业20多年的经验，游走于老板与领导之间，利用所积累的人脉资源及社会影响力，专干"请托""了难"之事，用方宾自己的话说："咱律师吃的就这碗饭，谁给钱就替谁办事，谁出钱多就帮谁。你还别看不顺眼，我们干的就是这活。"此话出自他嘴里，并非随便说说，其实也是大实话，是其品行的真实写照。

金菱集团进入干法水泥项目之初，方宾毛遂自荐，向廖芮推荐了自己。那天，方宾特意来到廖芮所下榻的酒店，找到了正在议事的廖芮，当着众人的面说："廖主席，我叫方宾，有'宾州律王'之称，如果聘请我做您的经济法律顾问，金菱集团的利益能够得到最好，也是最有效的法律保护。"廖芮平日里并不待见律师，这个干实体起家的人，律师在他眼里，归属于非社会主流一族："律师一不产钢铁二不产粮食，天生就是寄生体，只有寄生才能存活，对寄生体只能利用不能亲近。"这也难怪，廖芮一个赫赫有名的胡润榜边西卯州首富，咋会瞧得起靠耍嘴皮子混饭吃的律师？那天，不知道是被方宾的开场白打动了，还是搭错了哪根筋，竟然对他有了莫名其妙的感觉，就是这种感觉，促成了两人之间的合作。

那天的廖芮，仔细审视了方宾，以其惯有的洞察力，一眼便知道方宾是咋样的人，遂对他产生了浓厚兴趣，便不动声色地发问："请问方宾律师，你准备用什么来证明自己的能力？"方宾回答："请廖主席放心，在工作成果没有产生效益，没有得到检验之前，我不会收取您丁点报酬。"短短数语，听得廖芮为之一振。眼前这个方宾，虽不怎么讨人喜欢，却有着鲜明的个性，让廖芮不得不另眼相看。向来识人精准的他，知道方宾是个人物，是个鬼点子多、奉行利益至上的家伙。这种人，容易支配且有利用价值，只要给他好处，便能让他成为一只猎犬，让他咬谁就咬谁。恰恰平常人最不待见的这点，让廖芮看上眼了。这时的廖芮深藏不露，不动声色地试探："那你不会是来做义工的吧？""对不起！我从来不做义工，我要告诉廖主席的是，不仅不做义工，而且顾问费还很高。"方宾边说边伸出五个指头来。廖芮心领神会，知道对方开出的顾问费是50万元，遂故意伸出一个手指头，过了好一会儿才说："工作要是干得出色的话，每年给你100万顾问费。不过，我得提醒你，倘若工作得不到认可，按集团的通常做法，不会花一分冤枉钱的。接受上述条件便可试用一年。"方宾一听迈步上前，紧握廖芮的手说："廖主席名不虚传，果然是个干大事的人，跟着您干准没错，成交！"大千世界无奇不有，方宾自引自荐轻松过关，只是让人颇感意外的是，这原本并非同类的两人，因为趣味相投，一拍即合，当场达成了合作协议。

廖芮聘请方宾担任集团在宾州投资的经济法律顾问，台面上的工作是提供经济法律咨询服务，负责协调新老股东间的工作，对接地方政府的关系；台下的工作就是廖芮及其金菱集团的枪手，为金菱集团的利益扫障排阻。仅从履职上讲，方宾确实认真负责，没有辜负廖芮的期望。在宾州投资期间，金菱集团的大事小事都有方宾的影子，都有他幕后台前的故事。

廖芮与关锐的合作，一开始就充满了权谋算计。只是廖芮没想到，让经济法律顾问方宾介入处理新老股东间的合作，无异于火上浇油，不仅弥合不了双方的分歧，还会成为矛盾的催化剂。自与廖芮合作以来，方宾称得上是

第十三章 反目成仇

用心尽责，涉及融资与合作洽谈，都由方宾主导实施，其中不乏陷阱，处处体现了算计的办事风格。每次融资合同，方宾还刻意以这样那样的理由，安排在边西省卯州签订。可别小看这安排，其实就是一个个不折不扣的陷阱。依现行法律规定，诉讼管辖地可由合同双方协议约定，也可以依法律规定，由合同签订地、履行地法院管辖。实践中，案审很难做到依法、公平、公正，法外力量影响案审，成为法治建设中的顽疾，也是司法审判中的"牛皮癣"。可以说，谁争得了司法管辖权，谁就差不多掌握了胜诉的魔杖。

金菱集团进入干法水泥项目，应出资本金为8210万元，项目融资8490万元，共计到位资金1.67亿元，金菱集团委派的董事长舒敏，不顾关锐、桂平的激烈反对，将其中的1.113亿元，以廖芮女婿的名义，放给远泰水泥实业，月利率少则4%，多则12%。一年半时间里，金菱集团融资款经利滚利，仅利息就达1.09亿元。

尽管高息融资遭到关锐、桂平的抵制，把控着远泰水泥实业的金菱集团，仍然我行我素，后来干脆绕过董事会，直接由舒敏单方面签字入账。金菱集团简单粗暴的做法，无异于给新老股东合作装上了"定时炸弹"。

引爆新老股东间的冲突，让他们彻底翻脸的，是融资款本息转股。当舒敏在年终决算会上宣读融资款利息结算方案后，金菱集团"蛇吞象"的玩法惊呆了关锐和桂平。惯来匪气十足脾气暴躁的桂平听后怒发冲冠，一脚踢翻桌子，破口大骂："奶奶的，世上竟然有如此贪婪之人，简直是吃人不吐骨头！"舒敏见识过桂平的横蛮，见势头不对，害怕吃当面亏，赶紧开溜。可以预见的是，倘若不是他溜得快，以桂平的脾气性格，没准会当场上演"全武行"。

关锐、桂平这两个江湖"老麻雀"，闯荡数十年，啥没见过？啥没玩过？唯独没见过金菱集团的这种玩法。廖芮的心狠手辣，让平日里咋咋呼呼惯了的两人目瞪口呆了一回，落下满腹狐疑："遇上廖芮这样的狠角色，莫非真要拼个鱼死网破，才能收场？"

关锐明白，尽管与金菱集团的矛盾日趋紧张，可项目还得继续做，资还得继续融，建设还得继续搞，否则，巨额的投入只能成为一堆烂铜废铁，与廖芮不计后果地斗下去，结果就是把项目斗垮斗烂。也许是基于同样的考虑，新老股东尽管分歧严重，但在项目的推动上，利益密不可分，才让原本剑拔弩张的双方有了难得的克制，也就有了难得的平静。

为了对付廖芮，关锐频繁约见桂平："继续依靠金菱集团高息融资搞建设，远泰水泥实业迟早被生吞活剥。虽然项目少不了融资这道菜，但融资必须摆脱高利放贷，融资不能靠别人，只能靠自己。指望别人哭娘，没有眼泪出。"虽然桂平平时大大咧咧惯了，关键时刻丝毫不含糊："是的，必须摆脱高利贷融资。关总，你说怎么办就怎么办，我听你的。"

被廖芮逼得走投无路的关锐，遂频繁与银行沟通融资，调动一切政经关系网，甚至把曾峰也请出来协调，终于打通了东江省华融银行的关节。东江省华融银行系省政府控股银行，该行通过周密考察之后，愿意向远泰水泥实业提供3.5亿元建设资金贷款，前提条件是，企业注册资本金必须增至2.5亿元。按照关锐的设想，贷款到位后，一部分用于发展生产，一部分归还金菱集团的融资款本息，可大幅降低企业财务成本。

依关锐的推算，廖芮对银行融资应该不会有什么问题，但将企业公积金转为注册资本金，就没那么简单了。原因是公积金积累中的绝大部分，是金菱集团高利放贷利滚利产生的孳息，若把金菱集团的融资本息转为注册资本金，又不增加金菱集团的股份份额，既不符合廖芮的"融资经营"理念，更不符合其利益最大化原则。况且，一旦将公积金转为注册资本金，将助推远泰水泥实业向银行成功融资，实际上破了廖芮独吞干法水泥项目的梦。

要获得银行融资，必须迈过增资这道坎，而增资必须取得廖芮的认可，否则一切免谈。摆在眼前的现实是，一旦增资不成，银行融资或将成为一句空话。为取得廖芮对增资的支持，关锐顾不上尊严，只身跑到边西省卯州市金菱集团总部面见廖芮，面对面协商公积金转资本金一事。

金菱集团的声名，在边西省卯州几乎家喻户晓。金菱集团办公大楼坐落在卯州金菱大道中心广场，气势宏伟的金菱大厦，是一栋21层超豪华欧式风格建筑，虽然楼层不是城市最高，但内外装修别具一格，奢华程度堪称一流。大厦为欧式风格建筑,意大利全进口大理石窗套,欧式造型大理石幕墙,窗户是防弹玻璃,大理石台阶直接通往大厦三楼高大气派的大厅。大厦前面是28根造型别致的通天圆柱,为整个大厦增添了肃穆雄伟的气势。

大厦一、二层楼是隔音玻璃封闭停车场,场内整齐有序地排列着数十台奔驰500豪车,台阶两旁是高大威武的汉白玉石麒麟,犹如天神守护着大厦,保护大厦的安宁。大院中间是进口加厚大理石铺就的人行通道,通道两侧各有一座造型奇异的假山,环院修建了10米宽的"V"形车道,车道直通一、二楼室内停车场。

花园设计相当考究,"V"形车道从花园贯穿而过,车道两侧清一色的高大楠木,花园里处处是红豆杉、黄花梨、非洲酸枝等珍稀树种,最普通的要数桂花树,最小的也有一米胸围。这里的每一处园林景观,景观里的每一棵树,盆景里的每一株花卉,都可以用"极其精致"四字来形容。可以说,这里的一切无不彰显出财富,无不彰显出雍容华贵,无不彰显出主人的身份地位。毫无疑问,金菱大厦在边西省卯州是一座毫无争议的地标式建筑。

廖芮的办公楼设在大厦的顶层,整个顶楼都是廖芮的专用区,楼层里有办公室、休息室、会议室、会客室、宴会厅,甚至连室内游泳池也配置好了,各种功能房应有尽有,就像一座全封闭的私人会所。顶层办公区连接着屋面生活区,偌大的楼顶就像一座空中花园,园中全是珍稀花木,花木丛中建有一栋近千平方米的空中别墅,别墅里有专用电梯,连接着大楼顶层办公区。廖芮除了工作时间在顶层办公,业余生活起居全在别墅里度过。

这里与世隔绝,纯粹是廖芮的个人世界,累了在游泳池里泡泡澡,晒晒日光浴;悠闲的时候,可以在花园里散散步,锻炼锻炼身体。这里空气新鲜,鲜花簇拥;这里绿树成荫,四季如春;这里鸟语花香,蜂蝶飞舞,到处弥漫着生命的气息。在世人的眼里,这是一个世外桃源,这是一个微缩的空中公园,这是一个无上的威权象征。这里是廖芮的私人领地,除了少数几个达官贵人可以进出自由外,普通人根本没有机会一睹芳容。廖芮在这里过着几乎与世隔绝的生活,他站在象征着财富与权势的金菱大厦楼顶,统率着金菱集团这个庞大的商业帝国。

关锐上楼后,按照值班女秘书的吩咐,报上身份名号之后,被安排到会客室等候。按照接待惯例,所有来访的宾客都会被女秘书挡下来进行礼节性的问候:"先生请止步,有什么事情告诉我,我替您转告廖主席。"接下来,礼节性十足地问候:"您需要用什么茶?"如果没有特殊要求,她会给你泡上一杯极品红茶,还会客客气气地对你表示歉意:"先生,廖主席还有客人预约,大概需要一小时后才能见您,请您耐心地等候。"话语轻轻柔柔,从年轻漂亮的女秘书嘴里飘出来,虽然礼节性十足,却显得冷若冰霜,让人感觉不到丝毫亲和力。

两天前,关锐就给廖芮打了电话,预约卯州登门拜见,没想到还是被刻意冷落了,虽然关锐心里多有不爽,表面上却不敢失礼,仍礼貌地回答漂亮女秘书:"没关系,我在这儿等,您有事先忙。"好在女秘书还算准时,一小时刚到,就把关锐引入廖芮办公室。廖芮一见关锐,便矫情十足地快步上前握手,边把他引到会客厅,边装模作样地责怪女秘书:"关总是集团的尊贵客人,他过来了,怎么不提前打个招呼呢?害得他等那么久。"就这轻轻松松的几句话,把关锐漫长等待的怨气差不多给消除了。这时的关锐不得不服输,暗自感叹:"打了你还不许你哭,酸了你还不让你怨,恐怕只有廖芮才能够做到。"

高大气派的会客厅足足有250平方米,四周墙壁挂满了国家、省、市政要和名人参加金菱集团重大活动的剪影,会客厅正中央摆放着一套金丝楠木沙发,显得既肃穆庄严又奢华尊贵。当廖芮接到关锐来访的电话后,以他惯有的精明,不难猜到对方的来意,他算定关锐此行就是摊牌,正面冲突似乎在所难免了。为此,他特意选择在会客厅来接见关锐,就是要在关锐面前展现自己强大的政经背景,给对手制造强大的心理压力。这办法曾经屡试不爽地帮助他,击败了无数竞争对手,让对手不战而降,低下高傲的头颅。廖芮这次故技重演,就是要与关锐打心理战,玩猫捉老鼠的游戏。

关锐自走进会客厅的那一刻起,从满墙的合影中看懂了廖芮与诸多政要

第十三章 反目成仇

和名人的图谱联系,读懂了廖芮强大的政经背景,也感受到了前所未有的压力。关锐知道这是他在向自己亮肌肉,展示其强大的背后力量。方锐还在廖芮不动声色的眼神背后,感受到了廖芮的蔑视与挑衅,甚至闻到了他发出的无声警告:"我把机枪架在这里,有不怕死的就往前冲。"可关锐生就一副不见棺材不掉泪、不撞南墙不回头的性格,用他自己的话就是:"宁肯站着死,不愿跪着生,大不了回到从前,大不了还做自己的油漆工。"就这副臭脾性,咋能被对手吓倒?咋可能轻易服软认输?更何况,干法水泥项目已经耗尽了他半辈子积蓄,事关他的人生成败,事关一家人后半辈子生计,无论如何都不可能就此收手。

将公积金转注册资本金,这种事必须得到廖本人的授权,任何人不可能代替他做主。关锐专程跑到卯州面对面沟通,本身就意味着直接摊牌,要么被接受要么被拒绝,两者必居其一。关锐明白,继续磨磨叽叽是在浪费时间,也不会起到任何效果,从廖芮流露出的表情可以看出,他不会给自己太多的时间。于是,他眼睛一眨不眨地盯着廖芮,话语里饱含着诚恳:"廖主席,远泰水泥实业走到今天,您功不可没。在干法水泥项目再次亮资金红灯的节骨眼上,东江华融银行雪中送炭,愿意给项目提供3.5亿元贷款,前置性的条件是企业注册资本金必须增至2.5亿元。这次我专门到卯州拜访廖主席,就是请您批准将公积金转注册资本金,以满足银行发放贷款的条件。""你说,你说,你继续说。"表面来看,廖芮是在认真听取关锐的汇报,究竟是同意还是不同意,一时无法作出判断。看到廖芮沉默不语,关锐知道增资融资的事没戏了,但还是硬着头皮,继续表明自己的态度:"资金到位后,至少可以拿出一半贷款,还金菱集团的融资款本息。可以肯定的是,银行融资对项目、对金菱集团、对您本人都是件利好的事情。"廖芮习惯性地抿了口茶,不置可否地"嗯嗯"着。此时的廖芮表现得一脸诚恳,未等关锐说完,便清楚了对方的来意。他耐着性子,直到关锐汇报完毕后,才拨通秘书的电话:"可以通知经济法律顾问方宾过来了。"然后,脸上堆满着微笑,礼节性十足地表示,"关总,本来这事电话里说说就行,那么远跑来跑去,多辛苦呀,实不相瞒，舒敏董事长向我作了汇报，情况我也已经掌握了。这事我也请了方宾顾问、舒敏董事长过来，专门对接你来洽谈此事。"看到关锐一脸疑惑，廖芮接着解释，"金菱集团已全权委托方宾顾问与舒敏董事长与你方进行沟通。我相信他们的智慧，相信他们会替集团做出正确的决定。"关锐闻到了弦外之音，对方分明是在委婉地拒绝自己，可关锐仍不甘心，抱着死马当活马医的侥幸心理，继续争取机会："廖主席，难道我们就不能面对面沟通吗？"廖芮夸张地耸了耸肩，两手摊了开来："对不起，我得马上参加董事局会议，真没有时间了，有什么话直接跟方宾与舒敏说好了。"

就在关锐感到绝望之际，他最不待见的人方宾与舒敏，双双推门走了进来。让关锐感到惊讶的是，方宾竟代表廖芮、代表金菱集团，与自己洽谈增资融资的事。来者不善，善者不来，方宾与舒敏的同时出现，完全出乎关锐的意料。只要稍微带点脑子的人，都不难看出，廖芮是有备而来。关锐惴惴不安，心怦怦直跳，突然间有了莫名其妙的沮丧感，洽谈还没开始，似乎先乱了方寸。

此时的关锐已经顾不上保持尊严了，既然是过来摊牌的，是人是鬼、是好是坏都得接触，哪怕对方请来的人是令人生厌的方宾，也得与他谈，否则的话，怎么了解对方的意图？怎么表达自己的想法？关锐抱着"死马当活马医"的心态，继续与方宾、舒敏周旋，不管结果如何，他都得弄清楚对方的想法，搞明白对方的底线。此时的方宾，仍然和往常一样，大摇大摆地坐在金菱集团一方的主席位上，舒敏等一帮子人在其左右依次坐下。自与金菱集团闹掰以来，双方所有的合作洽谈，只要集团董事局主席廖芮不在，方宾当仁不让地把自己当个人物，把惯来就有的张扬个性，表现得淋漓尽致。有了胡润榜边西卯州首富廖芮的特别授权，方宾的自我感觉非常好，就差把自己当卯州首富了，仿佛廖芮的授权像黄袍加身，赋予了自己至高无上的威权。

"关总，受廖主席的委托，我与舒敏董事长与你洽谈银行融资事宜，希望通过洽谈能够消除彼此之间的分歧，达成一致性的意见。"关锐一向看不惯方宾的趾高气扬，可人在屋檐下，不得不低头，他只得耐着性子听他讲完。

第十三章 反目成仇

轮到自己发言的时候，关锐先是介绍了与银行对接贷款的情况，然后反复强调："争取银行给项目融资，实在是来之不易，也是远泰水泥实业的出路之所在，机不可失，时不再来，倘若走失了机会，恐将后悔莫及。"关锐话音未落，舒敏抢着说话："可以考虑增加注册资本金的融资方案，但前提是须对金菱集团前期融资本息做个了断，要么你方按49%股份比，先清偿所欠融资款本息，要么按实际出资减持你方的股份，两套方案任由你方选择。"关锐一听股比增资，头皮就发麻，赶紧解释："我早就表明了态度，融资款到位后，可以拿出其中的大部分用来归还金菱集团的融资款，余款待启动生产之后，从所产生的利润中优先偿还。""这怎么行？世上没有免费的午餐，金菱集团的融资款是钱不是纸，若想将公积金转注册资本金，必须先处理好融资本息款，这是前置性条件，且不容更改。"舒敏的讲话，没有了过往的客套，既像是摊牌，更像是最后通牒。听话听音，知道对方已经抛出了底牌，关锐不愿束手就擒，据理力争："既然话说到了这份上，我也就不客气了。"话音一落，便从包里掏出金菱集团融资本息表，往桌子上一放，抛出了反制的撒手锏："出资股金哪有计息的道理？我方减持股份可以，但金菱集团出资股金与融资款，必须免息才能计股，还得按民间借贷法律所允许的利率，同时核减融资款利滚利所产生的孳息。"

关锐话音刚落，就被舒敏驳回："免息计股与核减融资款孳息，涉及集团重大利益调整，触碰了集团投资利润红线，与廖主席的融资经营理念背道而驰，不可能获得集团的支持。"方宾态度强硬，更不留余地，把关锐直接逼到了墙角："免息计股不可谈，若是不同意本息入股，还有一个方案可供你选择，金菱集团可以考虑收购你方的股份，但收购价格必须是依市场行情，按实时评估的市场价格收购。"

方宾喜欢出馊主意，提出股份收购方案，旨在逼关锐退出项目，此举戳到关锐的痛处，本能地遭到拒绝："闭嘴，退股是绝不可能的事情。"此时，关锐百感交集，暗想："自己含辛茹苦拿下来的项目，到头来竟然落到要被人驱逐出局的下场。方宾这狗娘养的，咋胳膊总往外扭？咋帮外人欺负宾州人呢？"

果不其然，接下来的博弈中，方宾以不容置疑的口吻，锁定了底线条件："关总，鉴于股东关系不和、合作不畅的实际情况，继续维持合作关系无益于项目建设，经报集团董事局批准，提供两条路供你方选择：要么按金菱集团提出的股调方案，将融资款本息转股，你俩所持的49%股份将减持至15%，调股后的金菱集团，将持有远大水泥实业85%的股份；倘若你俩不同意融资款本息转股的减持股份方案，金菱集团愿意出5000万元，打包收购你俩的股份。"

关锐一听，怒火中烧，忍不住破口大骂："廖芮醉翁之意不在酒，终极目的就是独吞远泰水泥实业，独吞干法水泥项目。"

令人唏嘘不已的是，此时的方宾与廖芮早达成了协议，由方宾负责实施具体行动，将关锐、桂平排除出干法水泥项目，倘若这一目标得以顺利实现，方宾可获得数以百万计的酬金。

第十四章 "一号标地"

以旧办公楼置换新办公楼，助推南城区开发建设，是"曾"式发展方略的核心含义。

万事开头难，启动南城区建设，总得有第一个吃螃蟹的人。这第一人不会是别人，只能是政府自己，政府不拉开建设架势，不打造市场与投资信心，"荒茅野地少人耕"的地方，谁来投资置业？曾峰谋的是战略布局，下的是一盘大棋，南城区的开发建设，若是没有政府的大开发战略，没有良好的营商环境，如何吸引商客来投资？政府不拿出有影响力的项目，如何去推动南城区建设？

新官上任三把火，作为主政大员，谁不想尽快出政绩？政府决策向来眼高手低，想做事苦于囊中羞涩，只能借鸡生蛋，这种政治环境成就了政治人物。精明的官员一定是个谋略家，虽然袋子里空空如也，却拿捏政策制定权，千方百计"造"出个投资环境来，用别人口袋里的钱帮自己办事，变着法儿去引资发展。

全国上下都搞引资，引资说起来容易做起来难，招个好商客更是谈何容易。以曾峰数十年的从政经验不会不知道,开发南城区少则数十亿多则上百亿,建设好南城区缺位不了社会资金,缺位不了商家投资,缺位不了房地产项目。商家追求的是投资回报,房地产讲究的是人脉人气,没有人脉人气玩啥房地产?房地产老板不呆不傻,哪个不是人精?哪个不是百里挑一的玩主?不掐准投资回报谁会投资?谁脑膜炎跑到你南城区去撒钱?

要招商引资,政府得描绘诱人的投资前景,还得拉出建设架势,苦于手臂长衣袖短,手上没多少牌可打,营造营商环境除了基本建设还是基本建设,更多的时候打建楼堂馆所主意。楼堂馆所是中央三令五申明令禁止的,这办公楼在禁令红线里首当其冲,曾峰与其政见铁杆支持者郑林,不会傻到触碰中央禁令红线。

南城区是郑林的家乡,自龙之倒台后,郑林以敢作敢为敢担当的个性,赢得了曾峰信任。这宾州一号把他调任市政府副市长,分管城建、国土与规划,负责南城区开发建设,这一人事布局,让郑林迅速取代龙之,成为左膀右臂。也许基于同一政治理念,也许是爱家爱乡情结,郑林成为曾峰开发南城区的铁杆粉丝。

政治家式的人物,喜欢用政治来思考问题。市委、市政府是一个城市的政治中心,把政治中心迁至南城区,干的是迁府之事,以迁府推动南城区开发,带动政治经济文化中心位移。可迁府就得建办公楼,建楼就会触碰中央禁令红线,政治人物触规犯纪,轻则处分重则免职查办,迁府牵一发而动全身,实际上考验着主政官员的政治智慧。经过权衡利弊得失,在郑林的支持下,曾峰最终决定把市委、市政府迁至南城区,打造新的政治经济文化中心。

以建"发展中心"的名义推动迁府,是郑林的创意。行政中心是综合性行政服务机构,符合中央的便民服务政策,但名号偏小,不能覆盖市委、市政政府办公楼项目。郑林突发奇想,把行政中心更名为"发展中心",问题不就迎刃而解了吗?当他报告想法后,受到曾峰的夸奖:"好,好,好,这个名字富有创意,就命名为'发展中心'好了。"可别小看这更名,其实很具政治智慧,"发展中心"意在谋发展,发展是放之四海而皆准的硬道理,

第十四章 "一号标地"

放谁都不敢污名化。这名字上不着天下不着地，容量可大可小，规模可放可收，是个"口袋名称"，啥都可以往里塞。可以说，它是一个全新的概念，任由主政者定义，更重要的是可规避楼堂馆所禁令红线。

曾峰不呆不傻，在中央反对奢靡之风的大势下，顶风建办公楼，哪怕是最弱智的人，也晓得事情的轻重，不成功则成仁，为了践行自己的政治理想，他愿意去赌一赌、搏一搏。

再造一个新城，对县级城市来说，无疑是最宏伟、最具创意的计划，要实现这一计划。就得造势拉开建设架势，制造出轰动效应来。曾峰知道，只要把几个政府项目一字儿铺摆开来建设，数十架塔吊一开工，工地上人声鼎沸，机器轰鸣，还怕没有人来投资置业？要造势就得加快开发步伐，加大资金投入，但项目建设不是纸上谈兵，动手就是钱，更何况偌大的一个项目，如何筹集天文数字的启动资金，是曾峰最头痛的一件事。

行政事业单位的资产，大都位于老城区黄金地段，依市值估算就是金山银山，只要处置得当财源滚滚来，曾峰之所以敢推动南城区开发建设，倚靠的是老城区数量庞大的国有资产。在地方财政普遍吃紧的情况下，筹集南城区巨额建设启动资金，出路在处置行政事业单位资产。

启动"发展中心"，配套南城区基础设施建设，至少需要数十亿投入。"处置行政事业单位资产，筹集30亿，不要财政负担，再造一个宾州新城"，是市委、市政府会上的承诺，曾峰主政下的宾州，没有捷径可走，只能按承诺行事，否则上下怎么交差？这承诺犹如"双刃剑"，一方面让南城区开发建设，获得了较高的民意支持；另一方面戴上"紧箍咒"，束缚了政府大张旗鼓搞建设的手脚，曾峰不得不有所顾忌。

政治是政治，现实是现实，要一下子筹集到那么多资金，困难可想而知。虽说市政府在南城区储备了万亩廉价土地，但土地不炒热，变不出钱来，就算前景再好，也是远水解不了近渴。这样一来，不得不开足马力，加快行政事业单位资产处置。

处置资产首当其冲的是市政府大院。曾峰之所以把它拿出来先行处置，有其政治含义，借机把资产处置工作推向高潮。

市政府大院位于老城区商贸中心黄金地段，寸土寸金，前景非常看好，宾州市政府把它命名为"一号宗地"项目，当作政治经济政策的"风向标"，将它对外出让来推动整个处置工作。"一号宗地"凭借的自身优越条件，成为地产商心中的"地王"，自然而然赢得宾州商家的青睐。在这帮商家眼里，谁拿到了"一号宗地"，谁就是未来宾州地产的霸主，谁就拥有了业界超话语权。各路地产"诸侯"不管是势在必得的竞价者，还是假戏假做的玩主，都不约而同地放出狠话来，或都打着个人的"小九九"。有的踌躇满志，借此一举成名，成为宾州的地产王；有的想"牛贩子捏手"，从中讨杯羹喝；有的心怀鬼胎，借竞价打击对手，削弱对手实力，赢得宾州未来地产霸主地位。这些人搅和在一起，让本来波谲云诡的气氛，多了一分神秘，多了一分悬念。

宾州地产大鳄肖敏是宾州家喻户晓的人物。随着财富的飙升，连走路姿势都不同过往。瞧！昂首挺胸的他，大幅度摇摆双臂，眼睛朝上仰视天空，形态傲慢张扬，那架势和气场足以掀翻人。肖敏发达后，习惯按自己的思维逻辑处事，以自己的好恶来整合他人，见不得人在眼前晃来悠去，更容不得别人搞对抗。可以说，遇事只进不退，不择手段排阻清障，用狠招硬功打开一片天地；加上堂兄肖明在其背后压阵，替他规避诸多法律政治风险，事业像滚雪球，越滚越大，越做越红火。事业上的高歌猛进，让他不可一世，说一不二。

肖敏奉行极端利己主义，对看不顺眼的事，一定会干预，甚至是不惜发横使狠，倘若有不识相的人，继续不听招呼，势必遭明里暗里打压。在肖敏的潜意识里，宾州是他的后花园，容不得他人肆意挑衅，仿佛自己就是爷就是爹，就是上帝的宠儿；仿佛自己就是天就是地，就是宾州地产业的"太上皇爷"。

毋庸置疑，以肖敏张扬极致的个性，绝不会把人放在眼里，他会藐视别人的存在，把每个报名参与竞价的人，当作自己的敌人，除了调动力量强势碾压，别无其他选择。一句话，他就是一个志在必得的主，无论什么情况，

第十四章 "一号标地"

就凭他在宾州大名鼎鼎的名声，就凭他在宾州响当当的大佬地位，都会毫不犹豫地把"一号宗地"拿下。

皮雍是近年来崛起的玩主，早些年混社会，傍着工程老板混饭吃。这工程老板是个粗人，粗犷豪放的性格，大大咧咧的处世方式，颇讨官家人喜欢。早年官场风气正，官家人多以工作为重，也没多少繁文缛节，一个项目弄下来，吃几顿饭喝几瓶酒，送两条烟加上几件土特产，联络一下感情，就能让官家人感动不已。天长日久，这官家人都觉得他靠谱，做事做人不失性情本色，大都愿与他打交道。工程老板做事实在，让官家人省心，项目留都留给他做，几年下来，他赚了不少钱，完成了原始积累。不久，在大规模的公有制企业改制中，盘下了一家路桥公司，这路桥公司是个大企业，靠管理出效益，对没念过几天书的工程老板来说，无疑是个挑战，于是请了沾亲带故的皮雍来帮忙。

皮雍伶牙俐齿嘴巴子甜，三五个回合，便把工程老板哄得开心，心甘情愿地把一个个工程项目交给他管理。等工程一结束，工程老板亏得一塌糊涂，却把皮雍养得肥肥胖胖，好在工程老板认死理，不怪天不怪地，就怪自己撞晦气，认栽认赔完事。

当局者迷，旁观者清。这大家都看得清楚的事，唯独工程老板看不清，引来嘘声一片。好嚼舌根的邻居阿婆，率先打破沉默："谁不清楚皮雍是啥人？请他帮忙准是脑子进水，吃错了药。"张家大嘴巴婶婶，嘴巴子更不饶人："这工程老板咋了，那么大的财咋发起来的？怕是傻人傻福，发财发蒙了。"李风水师故弄玄虚惯了，咋都不会错过表演机会："天作孽不可违，自作孽不可活。傻子才做捉老鼠放仓里吃谷的事，工程老板作死，怕是连自己怎么死的都不会知道。"

皮雍捞到第一桶金后，另起炉灶单干，只是口碑差，没几个人信任他，最终没接几单项目。这公司门一打开，得管一帮子人的吃喝拉撒，没个两年时间便坐吃山空，亏得一干二净。辛辛苦苦多少年，一夜回到解放前，无奈的皮雍，回归混社会老本行。

风 云

落魄的男人老婆嫌。皮雍风光的时候，花天酒地，看不起发妻，落魄之后发妻见啥都没了，成天闹着离婚。那时候，心灰意冷的皮雍，破罐子破摔，老婆的不理不睬正中他的下怀，面对人老珠黄的发妻，皮雍早没了昔日的激情，要不是顾念一对仙子般的女儿，巴不得早离早走人，落得个人清静。

落难中的皮雍不甘寂寞，成天想着东山再起、一夜暴富的好事。好在他风月场上如鱼得水，没几刷子便把个富婆弄得神魂颠倒。这富婆是个简单女人，老公车祸魂归西天，留下万贯家财，年纪轻轻不愿独守空房，找个男人过日子，也是情理之中的事。

在旁人眼里，皮雍与富婆半斤对八两，模样着实般配。这富婆心高气傲，不愿意做妾做小，硬是逼着皮雍净身出户，搬出来合铺过日子，最终把个花心男变成了老公。皮雍晓得搞，把个富婆哄得开开心心，哄得像乖乖猫似的，整天沉浸在爱情的蜜罐里，到处炫耀自己的爱情，就差当歌来唱了："活了一辈子，到现在才知道什么叫爱情了！"说到情深处，幸福得眼里溢满了泪水。

这富婆对皮雍格外用心，一结婚便拿出一笔巨款，帮皮雍开了家投资公司，专干高息放贷的活，没想到这活还挺适合他，没两年工夫，赚了个盆满钵满。数年之后，皮雍发达得大红大紫。

皮雍既有大智慧又有小聪明，知道高息放贷这活赚钱是赚钱，却踏踩法律红线，须见好就收，一旦事发将万劫不复，于是来了个华丽转身，把投资公司盘出去，转行土地投标"舀水"。皮雍的强项不在实体经营而在资本"走穴"，这"走穴"既不买地又不竞标，用资本报名参与竞标，牛贩子捏手，谁想低价拿地就得标前"放血"，否则不被"走穴"资金整趴不可。谁想底价拿地，只有破财消灾，花钱打发"走穴"资本退标。皮雍除"舀水"外，还拆借资金给人"过桥"，少则百万，多则千万，月利息少则三四分多则七八分，赚得盆满钵满。

皮雍玩得风生水起之际，正是工程老板落难之时。依当地风俗，腊月二十七，是留给债务人保尊严的时间，既不能讨债又不能借钱。这天，工程老板鼓起勇气求助于皮雍："老弟，讨债人实在是逼得紧，否则不会向你开

第十四章 "一号标地"

口,能否帮我一把,借20万给我?"皮雍嘴巴子抹了蜜:"大哥先别焦急,等吃完饭再说。"那天,皮雍亲自下厨,做了几道好菜,都是工程老板喜欢吃的,还拿出两瓶年份茅台,与昔日的大哥边喝酒,边勾肩搭背侃大山:"大哥,宁愿伤身体,不愿伤感情,咱兄弟难得一聚,这酒不喝歪不喝倒,你我就不算真兄弟。"工程老板一听,感动得不行:"老弟,哥现在混得不好,差不多揭不开锅了,亏你还看得起老哥。这酒我喝!"说完举杯,一饮而尽。"这什么话?咱俩兄弟一场,一路搀扶着走到今天,咱兄弟谁跟谁呀?"皮雍满脸笑容,把个工程老板灌得云里雾里,心里头全是开心全是感激。等到工程老板半醉半醒着,跌跌撞撞告别的时候,皮雍从裤袋子里掏出个大红包,里面装了5万元崭新的百元大钞,塞给了工程老板。工程老板这才明白,皮雍把自己当成了乞讨,给了常人看来算是个相当体面的红包。这位宾州曾经叱咤风云的人物,顿感悲愤难当、无地自容。

宾州市政府处置"一号标地",皮雍蠢蠢欲动,这一次立意是"舀水",七凑八凑凑了1.8亿元保证金参与竞标。在皮雍看来,这样一个黄金宝地项目,只要"舀水"成功,弄个三两千万还不是一句话,没准一夜暴富,岂料玩过火了,遇上不可一世的肖敏。肖敏惯来目中无人,咋肯把名不见经传的皮雍放在眼里,便放话:"皮雍,他是啥东东?"气得皮雍狗急跳墙,横下心来捣乱,准备与肖敏拼个你死我活。

宋臻竞价"一号标地",绝不是心血来潮,他有备而来,参加"一号标地"竞价的地产"诸侯",只有他才是深谋远虑的主。当公有制企业走下坡路时,宋臻调入行政部门,官至副市长,因能力强经验丰富,加上性格耿直敢作敢为,是宾州市政府班子成员中最敢讲真话的人。

薛民调任东岭后,在章志新一届政府班底中,宋臻是最懂经济的副市长,施政理念与市政府一号不怎么对号,好在章志知道他的性格,发生分歧不计较,也不至于发生对撞。要不是曾峰与交换至东岭任职的薛民隔岸交火引发矛盾,作为薛民头号"马仔"的宋臻,轻易不会选边站,薛民与曾峰隔空交火公开后,宋臻别无选择地站位于"本土权力圈"。宋臻的选边站队,让曾峰很是不爽:"既然你宋臻不识好歹,就别怪罪谁了!"遂把他当"本土权力圈"的要角加以打压,直至他接受组织调查率先倒台。

宋臻虽在政治上备受打击,但对其个人事业发展来说,绝对不是坏事,刑满释放后进军房地产,凭借实力与丰厚的人脉资源,成为"本土权力圈"唯一再崛起的政治人物。

宋臻参与"一号标地"竞价,自有战略考量,作为政治上有污点的人,转行房地产后,备受肖敏等业内大佬打压。可以说,自转行地产那一刻起,夹缝中求生存,熬到今天很不容易。市政府向社会推出"一号标地"后,宋臻凭政治智慧作出判断:"若要在房地产业站住脚跟,要么拿下'一号标地',成为宾州房地产业的标杆人物;要么利用'一号标地'竞价,削弱对手的力量。"宋臻这样做,是让"一号标地"成为别人手里的烫手山芋,把对手囚禁在项目上,为自己未来业内打拼赢得数年发展空间。以宋臻对肖敏的了解,宾州这个横冲直撞的地产龙头老大,绝对不会放弃"一号标地",把他引上土地竞价不归路,是完全可以预期的。从谋略上讲,宋臻的判断具高度前瞻性,只是错估了肖氏兄弟的能量。这个宾州房地产大鳄,绝对不是寻常人物,中计之后成功突围,成为宾州地产业中的庞然大物,是宋臻乃至各路竞标"诸侯"没有想到的。

"一号标地"项目用地56亩,评估基价为1.8亿元,虽然评估价不高,但宗地所处的地段位置极佳,注定了竞价之路将会荆棘丛生。招标挂牌设置的竞价保证金为评估基价,竞价方式为公开拍卖,地点设在宾州国际酒店圆形会议室。报名参加竞标的,有十几家知名地产商,项目的招拍挂由宾州市国土局主持。因为有了如此复杂的社会背景,加上宗地具有极高的商业价值,项目前景一片光明,对任何一家地产商来讲,都是极大的诱惑。项目无与伦比的优越条件,注定了竞价是一场残酷"战争",注定了这场战争有一场精彩故事发生。

"一号标地"挂牌正是深夏时节,久旱不雨的天气似乎熬到了尽头,天空被黑压压的乌云笼罩着,大地在太阳的长时间炙烤下,仍在向天空吐出滚

第十四章 "一号标地"

滚热浪，整个世界就像一个大焖炉，连空气都像在燃烧，弥漫着烧灼的味道。竞价那天，老天爷似乎闻到了不祥的气息，虽然没让炎炎烈日来捣乱，却沉闷得让人烦躁不安，让人紧张窒息。尽管人们讨厌这非晴非雨的天气，却无法拒绝它的存在，无可奈何地在热浪翻滚的大街上蠕动，迎合着混浊沉闷的节拍，大口大口地喘着气，留下一路"呼哧呼哧"的喘息声。人们大汗淋漓，衣服被汗水湿透得能拧出水来，透过裹得紧紧的衣服，身体轮廓一览无余。男人倒无所谓，女人却狼狈得很，用稀里哗啦来形容，一点不过分。此时的宾州人，都在做同样的事情，要么发泄不满，要么骂娘骂街："这是啥鬼天气？雨要下非下，催命鬼似的折磨人，碰上这鬼天气，真是撞了霉头！"

此时的肖氏兄弟，坐在被奔驰、宝马簇拥的劳斯莱斯限量版豪车里，当豪车群缓慢地驶入宾州国际酒店时，开路的奔驰里走下漂亮的女秘书，待劳斯莱斯停稳之后，娴熟地打开车门发出优美的邀请动作，一看便知道是位训练有素的知性女。肖敏挂着招牌式铂金项链，傲慢地从豪车里下来，夸张地摇摆着双臂，步履缓慢而有力，敲得大理石地面咚咚作响，仅凭这非同凡响的脚步声，就够吸引所有人的注意。

在大家的注目中，肖敏在随行的簇拥下，径直走进观光电梯，直奔酒店顶层的圆形会议室。与肖敏的高调张扬格格不入的是肖明，他习惯于低调行事，今天同步出现在如此高调的场合，哪怕作为配角儿也低调不起来，他一声不吭地跟在肖敏的身后，表面上只是肖敏的堂兄，真实角色令人忌惮，他是肖氏地产集团当之无愧的智慧中枢神经，不管如何低调做作，都没有人敢忽略他的存在。公共场合里，肖明表现得格外谨慎，不越位不张扬，表现出下位与谦卑，给人的印象就是一配角儿，一个白领而已，恰恰这正是肖明狡黠阴险的一面。

当肖敏一行刚跨入圆形会议室，主持人立马招呼："欢迎肖敏董事长一行莅临招标会，请迎宾小姐安排到一号嘉宾位就座。"随着主持人的话音落地，会场上所有的目光聚焦在肖敏身上。这一号嘉宾位，位于竞价席中间位置，毫无疑问是主持方与竞价人达成的默契，有意为肖敏留下的。无论从身价还是气势，肖敏的到来足以影响到竞价场上的气氛，之前的喧哗不休瞬间沉寂下来，显然，肖敏身上所特有的气场，让参加竞价的各路地产"诸侯"显得寒碜不已。这些腰缠万贯、平日里吆喝惯了的，同样不可一世的地产"诸侯"，不得不承认，发达得大红大紫的肖敏，浑身上下弥漫着浓郁的山野气，就是这咄咄逼人的气息，呈现出让人畏惧的力量，让所有见过他的人，不敢忽略他的存在，不得不低下高傲的头颅。

招标会庄严肃穆，圆形会议室主持席上方的显示屏上，定格在"宾州一号标地现场拍卖会"11个字上，竞价场上前排是参与竞价的地产商，后面才是观摩嘉宾。"一号标地"的现场拍卖会聚焦着宾州人的目光，既是遵循惯例，更是项目的影响力，宾州市政府特邀纪委、监察、检察、国资、法制办现场观摩监督。进入竞价阶段，所有参与组标的工作人员集中封闭在休息室里，手机被收缴，纪委、检察院的介入，让本来诡异的气氛增添了几分神秘、几分肃穆。

今天的皮雍，显得有些气馁。招标前一天，连续吃了肖敏几次闭门羹的他，尝试着做最后努力，与肖敏讨价还价，几句寒暄后就直奔主题："肖董，我专程拜您的码头来了，看能否达成这样一个妥协：我配合您中标，您补偿点给我，您吃肉给我留碗汤喝，怎么样？"肖敏头也懒得回，冷冷地扔下一句话："这地我要定了，你就不要瞎搅和了。恕我直言，我是自己的钱，你是高息融资，一个没有实力的人与我竞价土地，绝对是不明智的选择，抗衡的结果一定惨不忍睹。有些话不得不讲，到时吃了大亏别说事前没提醒过你。"皮雍当然不会轻易放弃机会："肖董，您老板那么大，应该懂得鱼死网破的道理。如果您不考虑我的建议，就不怕拼个鱼死网破？真要是那样的话，受伤的不单单是我，也包括您，请董事长您三思！"皮雍苦口婆心，试图让肖敏做些让步，哪怕松动一点就可以顺势下台阶。肖敏虽然粗俗，却不失精明，当然知道皮雍的意思，语气破天荒地缓和了些，但回旋余地仍然有限："皮雍呀，你必须放弃幻想，这地我要定了，若是你听得进我的话，以后找个机会一起去进京尝鲜，包你玩得开心，这大牌演员咱玩不起，二三十万身价的主持任

第十四章 "一号标地"

你挑任你选,怎么样?"

话讲到这份上,在不可一世的肖敏面前,皮雍知道再说啥也不管用了,留给自己的或许只有拼死一搏。此时的肖敏,就像宾州房地产业的霸主,率性而为,以强凌弱,横冲直撞。在他的处世哲学里,不会怜悯任何人,不会给任何人机会,更不会容忍别人去挑衅自己。

招标会如火如荼地进行,主持人依惯例宣布竞价规则,起标价1.8亿元,每次举牌加价500万,不设上限。没想到话语一落,肖敏身边的漂亮女秘书优雅地起身举牌,一加价就是5000万,开出了2.3亿元的首标。这首标一出来,把各路竞价"诸侯"彻底吓傻了,所有的侥幸所有的梦想,全都被来势汹汹的首标击得粉碎。第一轮举牌之后,肖敏每次加码1000万,其他人加码500万,竞价场上呈现"两边倒"态势。其他竞价者一看肖敏拿出高歌猛进的架势,知道"捡漏"拿地的幻想破灭了,抱着"我活不了,你也别想好活"的心态,自觉不自觉地抱团,联手对付肖敏。两大阵容互不相让,斗得难分难舍,经过20多轮的举牌,竞价到4亿元的时候,远超所有竞价者的心理预期,连心态最好的玩主都胆怯了。

最后,只有皮雍与肖敏掰手腕。皮雍有皮雍的考量,我原本就是个赌客,原本就想"舀水"讨点小钱买酒喝,没想到你肖敏如此绝情,咬着牙对天发誓:"既然狗娘养的肖敏目中无人,我就让你尝尝小鬼难缠的滋味,让你体验一下阴沟里翻船的痛楚,让你感受一下如鲠在喉的难受。"竞价到这一步,肖敏表面上不动声色,脚底下冒着凉气,难免心虚后怕,甚至心惊肉跳。在所有的竞价者眼里,接下来的每一次加码举牌,主持人手上的标槌如千钧重负,一旦落下,犹如敲开了地狱之门,万劫不复将在顷刻之间。此时的肖敏,脑海里刚闪过退缩的念头,就立马被自己否定:"要是把项目拱手让人,自己丢不起这人不讲,这以后还怎么混社会?不管怎么样,得把眼前这帮王八羔子的嚣张气焰打下去!"接下来,肖敏与皮雍这两个非同类型的人,谁都不肯相让,杀得一时性起,杀得失去理智,最终标槌落下,肖敏以4.85亿元中标。肖敏虽然拿到了"一号标地",却一点儿开心不起来,离开的时候,少了些许趾高气扬,少了些许目中无人。进入地产业20余年,参加过多少次土地竞价,从没像今天这样沮丧过,是福不是祸,是祸躲不过,也许命中注定有此劫难。

肖敏与皮雍的火拼,看得人眼花缭乱,看得人心惊肉跳,过程肯定精彩,结果一定难堪。"一号标地"让肖敏与皮雍两败俱伤,谁也没讨到便宜。竞价的结果是:肖敏成功中标,却要多付出2亿的价款;皮雍"舀水"败落,偷鸡不成蚀把米,亏了数百万元融资利息,没多久便在业内销声匿迹了。

让绝色美女来举牌,是肖敏特有的做派,土地竞价原本是男人之间的战争,让一个美得像花的女人来举牌,连玩高息放贷起家、玩趴无数商客的皮雍,也觉得有些残忍。让人津津乐道的是,许久没露面的肖敏,身边又有了个青春靓丽、气质高雅的女秘书。女秘书的出场,让斗得你死我活的竞标多了些滑稽、多了些残忍、多了些嘲讽。在世人眼里,一群壮硕无比的男人,毫不手软地与一个绝色美女缠斗,斗得难分难舍,杀得刀刀见骨,无疑是宾州最具传奇性的故事。

宋臻是竞价会上心情最为轻松的人,本以为竞价到最后,留下自己与肖敏单挑,没准斗个你死我活,意想不到的是,皮雍冲到了前面,代表宾州的地产业报了一箭之仇。宋臻、皮雍两个素无交集的人,乃至竞价的各路地产"诸侯",都以为竞价结果即使不能击垮肖敏,也会让他受到重重一击。当两人一前一后走出圆形会议室的时候,都发出察觉不到的会心一笑,临别时还特意握了握手,所表达出来的内容极其丰富。只有他俩才清楚,除了读懂彼此的内心世界,还在感激彼此的默契配合,削弱了共同对手,泄了久积于心的怨气。

"一号标地"的成功出让,意味着处置老城区行政事业单位资产,获取南城区建设启动资金的思路是可行的。按照"一号标地"的处置价格,单宗资产获近5亿的出让金,以此类推,老城区行政事业单位的闲置资产远超30个亿预期,可获50亿元资金,南城区开发建设启动资金问题将迎刃而解,无疑给了曾峰、章志一个意外的惊喜,也给"曾"式发展方略的社会实践注入了一支强心针。

第十四章 "一号标地"

次日，曾峰在"发展中心"的奠基典礼上，做了热情洋溢的煽情演说，为南城区开发建设造势："'一号标地'的成功出让，有力地证明了市委、市政府全力推行的以旧换新的城市建设思路是可行的。改革重在转变观念，出路在于思路，思路取决于人的超前意识。一年之计在于春，一日之计在于晨，市委、市政府鼓励干部想事谋事干事，并将出台对应的干部政绩考核政策，为敢闯敢干敢担当的干部提供组织服务与保障，搭建人才脱颖而出的舞台。市委、市政府号召全市干部，积极投身于富民强市的建设大潮中去，为宾州跨越式发展，为宾州的改革开放大业，为践行中国梦、宾州梦贡献力量！"曾峰极具激情的演说，让宾州年轻干部热血沸腾。

就在宾州市委、市政府为成功处置市政府资产，沾沾自喜之际，意想不到"一号标地"每亩平均900万竞价，相当于省城一类地价，这对一个县级城市来说，无疑是天价土地，触发了省土地出让风险预警系统，省国土厅向宾州市政府发出了预警通报。

土地预警系统是省级政府设立的全省土地出让风险监管机制，旨在预防投标人失去理智，造成土地竞价疯涨畸高，可能引发的烂尾楼风险所进行的管控与救济机制。依该机制，竞价人可申请组标政府给予救济，申请撤销竞价结果。当然，发生撤销竞标结果情形的，申请人须得缴纳一定数量的违约金。按照"一号标地"出让设置的条件，正常情况下的毁标违约金为5000万元，至于土地交易触动预警机制情形下的撤标，交多少违约金没有规定。但可以预期的是，竞得者一旦申请撤标势必获准，且无需按违约金标准缴纳；同样可以预期的是，申请人一旦撤标，将永远失去获得预警宗地的资格。毁标人无论从情理上还是操作层面上讲，都不可以心安理得地参与再竞标。

毁标犹如自己的脸自己打，对目空一切的肖敏来说，绝对不在考虑之列。更重要的是，毁标对肖敏，无疑是人生的奇耻大辱，不仅失去了"一号标地"项目，更失去了宾州地产业龙头老大的荣誉与象征。接受竞标价格，硬着头皮干，这无疑会让自己很是受伤，虽不至于输掉辛辛苦苦打下的基业，但会坐失稳居多年的宾州地产业霸主地位。对一个野心勃勃的人来说，毁标与不毁标成了两难选择,成了人生不可承受之重。

化解"土地预警"危机,需要的是战略格局,需要的是政治智慧,需要的是驾驭能力。肖敏虽然情商极高,但毕竟文化层次太低,关键时候容易掉链子,最终还是肖明再次发挥了定海神针的作用,扭转乾坤,帮他转败为胜,助他稳定了宾州地产业的霸主地位。

论辈分,肖明与肖敏同辈,论作用地位,肖明系肖氏地产的大脑神经中枢。不是冤家不聚头,这兄弟俩开疆拓土20年,一个武将前线统兵打仗,一个文臣幕后出谋划策,虽然难免磕磕碰碰,却文离不开武武也离不开文,注定你中有我我中有你,谁少了谁都不行。

这次竞标,肖敏脑膜炎不听招呼往别人设计好的圈套里钻,想拦都拦不住,竞价到4亿元时,肖明曾示意他弃标,没想到愣头儿青硬是视而不见,一个劲儿地往前冲。这些年,事业上的高歌猛进,让肖敏忘乎所以,张狂得不知道自己姓啥,发起横来像条犟驴,十头牛都拉不回,这种时候阻止他举牌,绝对是自讨没趣。这犟驴可不管你是堂哥不堂哥的,也不管你难不难堪,更不管啥不啥大场合的,一定会弄得你当场下不了台,那时候由着他的性子来,或许是唯一的选择。不等标槌落下,肖明拿着手机掉头就走,理都不理肖敏。这肖敏虽然平日里眼珠子往上翻,谁也不放在眼里,但对堂哥肖明还算是尊重,这时候知道错了,无论肖明给啥脸色,都会忍着不作声。

就在肖明为天价标愁眉苦脸之际,省国土厅向宾州市政府发出了风险预警通报,肖明获悉后如释重负,露出常人不易察觉的微笑。这土地风险预警,符合《民法通则》中的显失公正情形,若能做足做活"显失公正"这篇文章,可彻底扭转竞价上的不利态势,为此,肖明迅速部署舆论造势。以肖明的智慧,无论如何会扭住风险预警不放,把它当作救命稻草,当作上帝赐给自己的一份厚礼,进而放大成又一个人生奇迹来。肖明一面向市委、市政府书面报告,表达退出"一号标地"的意愿,一面面授机宜,指示肖敏调动一切人脉资源化解危机,还特意叮嘱他:"遇事多动脑子,带上女秘书,多听听她的意见。"

毁标是宾州市委、市政府最不愿意看到的结果。"一号标地"是老城区

第十四章 "一号标地"

行政事业单位资产处置的第一标，开标就毁标，出师不利不讲，传出去岂不是笑话？再加上肖敏确确实实是宾州实力最雄厚的地产商，接受他的毁标，意味着标价直线滑落。而"一号标地"生来就是个城市地标式建设项目，市委、市政府咋不希望招个实力雄厚的商家？咋不想搞出个政绩工程来？无论从经济实力，还是从项目的建设格局，肖敏是不二人选，问题是以什么理由，既满足肖敏的降价要求，又不至于造成消极的社会政治影响。这土地招拍挂刚性规则一箩筐，弄不好留下一大堆口实，羊肉未吃惹身骚。曾峰、章志毕竟是久经沙场的政坛老将，对"一号标地"毁标这种高度敏感的事，不能不投鼠忌器，不能没有政治考量。

就在曾峰、章志颇感为难之际，接到来自省、市领导的批示，要求宾州市委、市政府处理好"一号标地"的"风险预警"事件。这明眼人一看就明白，各路政治人物的粉墨登场，无疑是肖氏兄弟调动政经资源，化解危机的结果。

政治上的事说不清道不明，犹如千斤重担一个人背负，注定是压垮压扁；一群人分担，责任规避得一干二净，这官场人谁不是千锤百炼出来的？吃素长猪脑子的傻老帽，能爬到这位置上来？稍有点政治常识的人，都会把担责的事，通过集体研究、集体担责的方式规避风险，只有政治上不成熟的人，才会玩"敢于担当"之类的傻事。

曾峰、章志虽然接到过省、市领导的说情电话，但电话里的交代上不了台面，说穿了是既想当婊子又要立牌坊，别人做人情让你来担责，一旦有事一个个比兔子还跑得快。直到"一号标地"风险预警事件发生后，肖氏兄弟活动到省市领导的交办批文，才算有了上得台面的理由，才敢启动变通处理程序，有了上级领导的交办意见，又有了"集体担责"的护身符，处理"一号标地"风险预警事件，就变得顺理成章了。

常务副市长郑林代表市委、市政府主持了"一号标地"风险预警专题协调会。郑林何尝不知道这事具高度政治敏锐性，虽然极不愿意蹚这浑水，但身处常务副市长岗，处境十分尴尬，心里不愿意办，职责不允许推脱。他明白，自己不能拒绝这个差事，哪怕刀山火海，也得硬着头皮上，这是常务岗职责范围内的事，除非你不在这个岗，岗位职责需要他为市委、市政府挡子弹。郑林是个政坛"老麻雀"，会前向宾州一号、二号人物做了汇报，建议召开"四个班子"联席会，把"风险预警"的事拿到会上去表决，拿到了"尚方宝剑"就等于拿到了"护身符"。

郑林明白房地产是商业行为，是国家明令禁止适用招商引资优惠政策的行业，标后变相降价，怎么讲都是触碰红线的事。果不其然，当降价方案拿到协调会上一讨论，立马遭到职能部门明里暗里的抵制。这些局长"老油条"首先考虑的是政治利益，在这班人的潜意识里，自己好不容易爬到现在的位置，犯不着为别人的事去担风险，这利人害己、触碰法律红线、睡在被窝里要认账的事，谁吃饱了撑的、没事找事替你担责？你市委、市政府领导想做好人，拖着部门来担责，这不是坑人嘛！"老油条"们可不管政绩不政绩，也不管你毁标不毁标，更不管啥不啥社会政治后果，他们只认死理：程序是不是合法？要不要自己来担责？

郑林主管城建、国土多年，与这帮"老油条"打交道已久，熟悉他们的生辰八字，说话做事无须"弯弯绕"，开门见山："省厅通报了'一号标地'风险预警，想必大家都清楚了，我就不多说了。现在标已经开了，直接降价肯定行不通，大家开动脑筋，想想如何去解决预警问题。""老油条"们异口同声："我们听市委、市政府的。"郑林清楚，碰上无须担责的事，这帮"老油条"太极打得如行云流水。"既然大家没意见，那就变通解决标价过高的问题。我建议用'奖励+配套'的办法，给项目不超过1亿的支持，大家看怎么样？"事不关己，高高挂起，"老油条"纷纷附和表态："服从市委、市政府的决定。"口里表示支持，实则不愿担责。在这帮"老油条"眼里，市委、市政府怎么决定是你们的事，我不反对就是。即使有责任你市委、市政府担好了，真要担责的话，充其量我们处在执行层面，横竖只那么大的责任。

当郑林把缓交出让金的想法端出来讨论时，却遭到"老油条"们的一致抵制。"肖敏请求撤标，不允许撤标就得缓交出让金。依我看，情况确实有些特殊，能否让他先搭车后买票，先发证让他启动建设？"郑林话音刚落，

第十四章 "一号标地"

国土局局长站出来率先抵制："缴足土地出让金是土地发证的刚性条件，出让金还没到位就发证，这责任国土部门担不起，除非有市领导签字。"建设局也不是吃素的主跟着附和："土地发证是前置性条件，土地没发证这建设用地规划许可证咋能发？"房产局局长更不是省油的灯，站出来添乱："前置性许可发不了，预售许可证我们更不能发。"郑林一看势头不对，赶紧搬出"撒手锏"，把省、市领导批示缓交出让金的事抖搂出来："省、市几个领导已明确批示土地出让金缓交，这担责的事有人替俺干了，咱就将就着执行吧。"知道"老油条"们心里不服，暗中较劲，郑林不惜放下身段，耐心解释："大家的心情我理解，从实际出发，市委、市政府想把'一号标地'做成地标式项目。大家谁不熟悉肖敏，论实力论格局无疑是最合适的人选，加上'风险预警'是板上钉钉的事，处理不好肖敏肯定会退标，退标后再挂牌，价格必定大幅回落，政府铁定占不到便宜，变相降点价，大不了少标了1亿。"郑林观察了一下"老油条"们的反应后，站起来摊牌："经'四个班子'联席会议决定，同意以'奖励+配套'的方式，变通处理风险预警事件。"

话讲到了这份上，"老油条"们的态度才开始软化。郑林见火候已到，起身一字一顿地宣布："土地证暂不发放，待肖敏与政府结算'奖励+配套'后，补足下差部分的价款再办理，但国土局要开具'土地证正在办理中'的书面证明，以启动后续行政许可程序；建设局与规划局要发放建设与规划许可证；房产局要发放房屋预售许可证。责任统一由市委、市政府担，请各局今明两天办好，各部门要站在讲政治的高度，用实际行动来支持市委、市政府的工作。"郑林分管城建、国土、规划多年，与"老油条"们相处得算是融洽，这些重权局长，虽然个个牛气十足，但毕竟理顺人熟，该担的责市委、市政府担了，于公于私不好再为难了。

可以说，郑林为顺利过会，使出了浑身解数，最终把会议需要完成的议程完成了，该走完的流程走完了。这政府的事就这样，只要开完会，形成会议纪要发文，就算是"集体担责"，这"集体担责"一旦形成，再大的事也不算是个事了。

按照协调会所决定的事项，"一号标地"广场建设、三通一平、广场亮化工程、临街面建筑物玻璃幕墙、地下人防工程，由市政府出资，委托肖敏承建，建成后据实评估结算，抵土地出让金价款。此外，市政府将项目纳入"招商引资"奖励。这样一来，宾州市政府"奖励+配套"等于给肖敏"一号标地"项目变相削减了1亿价款。化解预警危机，宾州开启了标后毁标的先河，让多年来建立起来的土地招投标游戏规则瞬间坍塌，其开启的标后降价，对土地招标挂产生了消极影响，是短时间无法消除的。

"风险预警"事件，经肖明渲染造势，成功策划，最终演变成巨大利益，成了肖氏兄弟财富人生的另一个转折点。对肖明来说，他的老谋深算，他的聪明才智，他的超强应变能力，最终成就了他的价值人生。在宾州人眼里，没有肖明就没有肖敏的财富人生，他是宾州最令人忌惮的人物。

谢蒙横挑鼻子竖挑眼，虽然与肖明同过事，还是昔日的文友，交往也算不错，但文人挑剔的毛病不改，尤其看不惯肖敏的高调张扬，时不时给俩兄弟找碴，品头论足一番："按理，男人有了钱就有了社会地位，因为台面上的尊重，是财富身价可以决定的；而人的个性修养、教育层次，与财富多少并无多少关联，无论你多有钱，也改变不了人格格局与文化修养。别看肖敏前呼后拥，戴着比山枣还大的铂金项链，一看便知道是个特别有钱、特别山野的人，却从来没有被人尊敬过，从没有真正跨入过上流社会的门槛。"

正如谢蒙所言，肖敏发迹后，过着挥金如土的生活，把猎奇逐艳当日子来过，风闻京城天上人间夜总会美女如云，个个貌若天仙，便邀请数个猪队友，开着限量版劳斯莱斯进京尝鲜，随行提醒他带足现款，肖敏不屑一顾，随手摸出一把银行卡，手一扬脱口就训："你土鳖了不是？以后给我长点记性，到了我这个层次，还要用钱？刷卡就是！"这泡妞的小费咋能刷卡？弄得随行队友无所适从，后来这事传开去，成了肖敏标志性的土豪笑话。

肖敏身边从来不缺漂亮女人，但都是风月场上混的主，个个能歌善舞，个个风情万种，玩转男人没的说，却都是些没读过几年书，上不了大场面的女人。自从有了这女秘书，肖敏的私生活开始收敛起来，少了诸多山野气。

第十四章 "一号标地"

　　这女秘书把肖敏当自家男人来调教，把个浪荡惯了、满身匪气的肖敏，收拾得服服帖帖。在她的潜移默化的影响下，肖敏的衣着谈吐有了明显变化，变得不怎么大喊大叫了，变得开始疏远混社会的人了，变得不怎么厮混风月场所了。肖敏身上这些看得见、摸得着的改变，给人以脱胎换骨的感受："这土豪的言行举止教养，确实有了不少的变化。"

　　女秘书来自贫困省份，天生丽质还会读书，可惜红颜薄命，出身于贫苦人家，考上京城一所著名的大学后，因家里供养不起，无奈到天上人间夜总会陪歌伴舞、赚钱养读。没想到，女秘书夜总会站台时，偶遇上了肖敏，这肖敏啥女人没见过，却被女秘书清丽无比的知性气质所打动。这时的肖敏，俨然一个大情种，竟然蹲守夜总会一个多月，等着女秘书现身。精诚所至，金石为开，这女秘书终于被肖敏的痴情打动，被他身上特有的山野气征服，自此死心塌地地跟着肖敏，等到学业一结束，便义无反顾地来到宾州，心甘情愿地做起他的小女人来。女秘书的到来，让肖敏的事业如鱼得水，她的无与伦比的知性气质，她那谦逊而不失大方的谈吐，足以征服任何一个男人；女秘书的情之所钟，也让世人对肖敏这个土豪，刮目相看了一回。

　　肖敏在"风险预警"事件中能够全身而退，女秘书功不可没。为打通这一绺子关系，女秘书的社交专长派上了用场，在一周的高效公关的行动里，肖敏带着她拜访高官政要，一个个走访攻关，其作用可用"所向披靡"来形容，让高官政要心甘情愿地为他去办事，尽管潜规则少不了，却毕竟省心了不少。

第十五章　聚头冤家

这些年，肖氏兄弟凭借积聚的巨额财富，在源源不断的举报中，竟然毫发无损，且越来越嚣张跋扈，越来越横冲直撞，甚至公开场合放话："请带句话给赵老头，他没完没了地告了那么多年，不知告够了没有？要是没告够的话，请继续告好了，愿告多久就告多久，想怎么告就怎么告，有本事把老子告倒，真要告准了，我替他放鞭炮庆贺！"就这话，让赵德峰心存纠结，耿耿于怀了十几年。

十几年前的肖敏，是个名不见经传的小混混，在堂兄肖明的帮助下，空手套白狼，在市政府接待中心项目，捞到第一桶金。接着趁势而上，连续拿下数宗廉价国有资产，用于房地产开发，短短几年时间登上了宾州首富的宝座。一个小混混一夜之间成精，让那些接待中心竞价中曾经志在必得的玩主，个个义愤填膺，相约找赵德峰投诉。

此时的赵德峰，因笔杆子戳死人的传奇故事，早就声名远扬了。就在他七十寿辰的那天，东江媒体人蜂拥而至，东江卫视大牌当红主持赴宴采访，惊动了宾州市委、市政府。龙之任过宣传部部长，又正在常务副市长的任上，

第十五章　聚头冤家

懂舆论力学场规则，如此高规格的媒体聚会，在地级市乃至东江省都算新闻事件，于是他抓起电话就给市政府秘书长下指示："赵老的七十生辰，不仅仅是他的事，也是全东江媒体人的事，更是咱宾州市委、市政府的事，这接待工作由市政府来操办。"市政府秘书长八面玲珑，虽然早有这个想法，碍于私事公办的顾忌，不敢擅作主张，如今常务副市长发了话，正合自己心意，赶紧表态："龙市长发了话，市政府办坚决执行您的指示，一定把赵老的生日办好，把媒体接待工作做到位。"那天，宾州带星级的宾馆、酒店的房间全被市政府包场，害得那些来宾办事的人，无论身份多贵身价多高，无论意见多大怨气多嗨，只能待在小旅店里，怨天尤人或者跺脚骂街。

　　惊奇的是，一个退休多年的老头生日搞成了媒体人的聚会，东江省内的大小媒体近百家，新闻记者好几十号人往宴会上一站，竟然成了宾州乃至东江省政治文化生活一部分，不能说不是一个媒体人的传奇，不能说不是宾州文化史上的奇迹。那天，除了不在宾州的市委常委、市政府班子成员，几乎悉数参加了赵德峰的生日宴会。龙之是市政府主办私人生日宴的发起人，自然不会放过既可露脸又可与媒体套近乎的机会，八面玲珑的他，遇上这种说不上特殊却确实特殊的场合，他得好生把握一下。于是他交代下去："舆论的事只能疏不能堵，媒体人只能迎合不能得罪，得罪谁也不能得罪媒体。"那天的龙之，以其政治悟性，拍板由市政府承办赵德峰的七十寿辰，实则是主动与媒体博感情套近乎。这媒体的事原本就不是小事，既然不是小事那就得当大事办，既然媒体的定位那么高，那么具有政治影响力，既然赵德峰的生日宴成了全省的媒体盛会，这宴会理所当然升格到政府意志层面，理所当然地由官方来举办。宾州为个人举办七十寿辰，成就了赵德峰的人生传奇。东江卫视《写写人间不平事，做个舆论急先锋》人物专题，中肯总结了他的不平凡人生。赵德峰从小通讯员做起，用独特犀利充满正义的笔触，弘扬真善美，鞭挞假恶丑，为公平正义发声，为平民百姓讨公道，经媒体推波助澜，渲染热炒，赵德峰这三个字偶然成了行侠仗义的代名词，成了名贯宾州、享誉东江的自由媒体人。

就在宾州官方热捧赵德峰不久，宾州发生一起震惊东江媒体的事件，幸亏极具政治敏锐性的薛民出手，阻止了事态的发展，否则，势必演化成不可收拾的媒体舆论海啸。

那时的赵德峰，不打牌不喝酒的他，就这么个小爱好，习惯于独守山塘边，挥舞小钓竿钓鱼，过着清闲悠哉且与世隔绝的生活。市政府接待中心竞价失利的那帮玩主，憋了气总想搞事，遂跟踪追击，发现赵德峰在山塘边独钓，也搬了张凳子坐过来，一副不期而遇的样子，让不知内情的赵德峰颇有缘分感，没几天便把他们当成了钓友，最终被有备而来的他们轻松"拿下"。

这帮竞价失利玩主不甘于败落，想方设法与赵德峰混熟后，便你一言我一语，把肖氏兄弟套路标渲染得黑幕重重，张姓兄弟一句："你看这个肖敏，一无资金二无口碑，明明就是一个小混混，凭什么拿下接待中心这个项目？"李姓哥们一句："他肖敏凭什么，还不是凭他堂哥肖明以权谋私？这领导干部一手捏着公权力，一手以权谋私敛财，这世道怕是没治了！"赵德峰惯来疾恶如仇，听到"以权谋私"四个字，气不打一处来。这个写了无数曝光稿，玩了一辈子媒体监督，没啥心计的他，被竞价玩主几刷子便搞定了。这时的赵德峰，脸色铁青，神情激动，把渔具往水里一扔，嘴里冒出钢枪钢炮："这还了得？接待中心是无数老同志省吃俭用辛辛苦苦建起来的，咋能让肖明说糟蹋就给糟蹋了！"玩主们见状心领神会，继续添油加醋、火上浇油了一把："接待中心违规出让的事，您赵老要是撒手不管了，咱宾州就真没人管了，只能眼睁睁地看着它被肖氏兄弟给生吞活剥了！"

赵德峰疾恶如仇，眼里容不得沙子，听到国有资产被侵蚀，怒火中烧，当天一篇题为《宾州接待中心贱卖，干部中饱私囊》的曝光稿，发往某央媒东江分社，第二天在央媒内参上发表，引发东江省委的重视，批示给地级市纪委查处。没想到文中"名不见经传的小混混肖敏，自有资金仅30万，在其堂哥改制办主任肖明的帮助下，空手套白狼，上演了一出'蛇吞象'大戏"文字，把暴发户肖敏气得差点上吊。此时的肖敏，成功运作接待中心项目后，不知天高地厚，以为本事不得了，哪里肯把一介文人书生的赵德峰放在眼里？

第十五章 聚头冤家

混混劲一上来，带着几个马仔跑到赵家大闹天宫："你这老不死的，今天就让你见识一下什么叫小混混！什么叫马王爷三只眼！"嘴里不停歇地骂着娘，走的时候连神龛都给掀翻了。宾州自古有"挖祖坟、砸神龛"两大禁忌，本人吃点亏无所谓，影响后代发达的事绝不允许。动了这两样东西，就等于动了祖宗牌位，伤了风水龙脉，绝了后代光宗耀祖的希望，谁不希望后代前程似锦？遇上这种事，放谁都不可能善罢甘休，放谁都会与对方拼命，没准结下梁子，祖宗三代都成了冤家仇人。

赵德峰一生文刀铁笔，威震宾州，无论红道黑道，谁敢在他面前撒野？今天见鬼了，碰上个不怕死的愣头儿青肖敏，他不管不顾，横冲直撞了一回，几刷子便把赵逼到了墙角。面对突如其来的变故，赵傻傻地看着肖敏撒野后扬长而去，连报警都给忘了。

宾州尊宗敬祖的意识根深蒂固，砸大门神龛犹如动了山神菩萨。这事像长了翅膀，一传十、十传百，成了街头巷尾的笑料，吸引宾州人的眼球。围绕这一事件，愤愤不平的，说长论短的，冷嘲热讽的，应有尽有，其中不乏坐山观虎斗，等着看笑话的人。倒是懂得内幕的人知道这下有好戏看了，谁不清楚赵德峰是谁？更有好事者巴不得把事闹大，巴不得整出个龙虎斗来。

谢蒙当天就跑到赵家，煽风点火："赵老呀，肖敏这段时间到处放话，说让您老这回丢尽颜面了，这话气得我直打哆嗦，您可不能就此罢休！"赵德峰听后，轻轻地摇摇头，不动声色地说："狗咬了我一口，我总不能咬狗一口吧？再说，我都一把老骨头了，连路都走不稳了，总不能拉开架势与人干一架吧？"面对诸多闲言碎语，虽说赵德峰嘴里不当回事，心里头却忒憋屈。这事无论时间流逝多久，都无法释怀。那时的赵德峰，强压心中的怒火，只是交代家人："这推倒的神龛不许扶正，砸坏的大门不许修好。"摆出架势，等着看宾州市委、市政府的态度。

没想到皇帝不急太监急，这事急坏了央媒。赵德峰是央媒东江分社的特约通讯员，即使放在央媒总社也是颇具知名度的。就这样一个有影响力的媒体人，因内参发稿遭到打击报复，这下把央媒东江分社的领导给惹急了，酒不好喝看糟（粕）面，打狗欺主的事也敢做，传出去央媒的脸往哪儿搁？他们一个电话打到地级市委："请转告宾州市委书记、市长，这是性质恶劣的，危害媒体人生命财产安全的事件，请宾州市委、市政府严肃依法处理，否则本社将作出反应！"然后地级市督查电报一个接一下下传，把上任市长不久的薛民吓得额头上冒冷汗，半晌说不出话来。

改制第一记大锤砸下来，就砸出个大麻烦来，接下来的改制还能走顺畅吗？薛民立马把肖明叫来，不等他落座就劈头盖脸地一顿训斥："你也算是个政府老同志了，难道不知道他赵德峰是谁？你要是不太清楚的话，那我现在来告诉你，他是阎王爷头上的虱子，阎王爷都拿他没办法，谁能拿他怎么样？肖敏更是不懂阳间的事，斧头不惹惹锯子，竟敢在太岁头上动土！不是我说你肖明，任由肖敏瞎胡闹下去，想过怎么收场了吗？莫非他真活腻了不成？莫非他真想自寻死路？今天我把丑话说在前头，你们得罪的不仅仅是他赵德峰，也得罪了整个东江媒体人；不仅是给你们自己添乱，也是在给市委、市政府添乱。肖敏没读过几天书，不明事理情有可原，你也算是个吃过盐油的人，咋不清楚政治后果？事情发生那么久了，居然还不主动把屁股擦干净，莫非真想把事情闹大，真想闹到不可收拾的地步？"

其实在肖明的潜意识里，这事横竖就那么大，大不了拘留几天，这对肖敏来说有如一天三顿，更何况这愣头儿青口袋里有了钱之后，正不晓得天高地厚，让他碰碰壁吸取点教训，并非不是好事。这样一想，甚至还有些幸灾乐祸："你赵德峰不是很牛吗？再牛还能把个肖敏怎么样？你不是能量很大吗？再大还能把肖敏给生吞活剥了？"肖明原本没想过息事宁人，可如今薛民站出来一发话，情况就大不相同了，遂连声表态："好的，好的，既然薛市长您都已经发话了，无论如何我一定负责处理好。"虽得到肖明信誓旦旦的保证，薛民仍不敢掉以轻心："告诉肖敏，倘若处理不好，不能获得赵德峰的谅解，就以涉嫌私闯民宅犯罪立案查处。"

宾州民间风俗，顶级赔礼道歉就是放鞭炮。当天，肖明带着肖敏到赵家赔礼道歉，这鞭炮"噼里啪啦"一响，肖敏道歉的事，方圆十里八乡无人不知无人不晓，搞成了个宾州新闻。这一次，肖敏除了维修被损的物品，赔付1500元精神损失费，还被赵德峰老婆骂了个狗血喷头。历经这次变故后，肖敏才意识到问题的严重性，接着暗自庆幸："好在有堂哥在，这事总算平息了，否则，都不知道怎么收场。"

薛民在宾州政坛耕耘了大半辈子，与赵德峰的关系很微妙，上位市长后，随着政治根基的日益稳固，薛民和所有的恋权者一样，喜欢大权独揽，喜欢颐指气使，喜欢发号施令，容不得反对意见，哪怕是宾州一号的过多干扰也不行。这时的薛民，虽然不是法定意义上的宾州一号，但实际影响力盖过了书记，事实上他就是宾州的龙头老大。以薛民眼前的实力，完全可以目空一切，唯独对媒体心存顾虑，生怕一不小心捅出娄子来，尤其是对待赵德峰这样的媒体大佬，再怎么牛掰也不敢放肆，得罪谁也不敢得罪他。那时的赵德峰，在媒体的影响力如日中天，没人敢藐视他的存在，就算趾高气扬惯了的薛民，公开场合也尊赵德峰为师，每年春节还屈尊前去慰问。随着薛民政治地位的不断飙升，他的这一做法被历届继任者仿效，成了不成文的惯例。

别看赵德峰刚烈似火，了解的人都知道，他原本是个简简单单的文人，领导打个电话，走访一下，喊声"赵老，赵老"，就能让他满足。而薛民是个情商极高的领导人，善于处理人际关系，对他来说，对付毫无心计的赵德峰，简直不在话下，光嘴巴里甜甜"老师！老师！"一喊，三两下就把他哄得服服帖帖。事实上，薛民任市长的几年里，赵德峰几乎没给他添过堵，甚至还时不时夸他几句："薛民呀，你是宾州为数不多尊重老同志的市长，那么忙还记得我这个老头，真是难为你了。今天丢句话给你，以后有什么事直讲就是，能不添麻烦的，就不添麻烦了。"就这平平常常的几句话，听得薛民心花怒放，忍不住跨上前，紧握着赵德峰的手，说出腻歪歪的话来："谢谢老师！有您这句话我就放心了，以后家乡有什么公益事要办，正常途径能够解决的更好，不能解决的话，您直接找我，我来给您办。"寥寥数语，也把赵德峰哄得一脸开心一脸笑。

薛民与赵德峰的交往由来已久，薛民还在市委常委、市委秘书长任上，就与赵德峰的关系处得热络。秘书长是地方党务大内总管，什么事都得管，什么人都得接触，特别是媒体曝光这类敏感事。自那时起，薛民就刻意向赵德峰示好，对外以老师相称，既可表示尊重又可套近乎。这赵德峰虽然自命不凡，对官场的事咋都看不顺眼，总找岔子添堵，唯独对薛民却有了异乎寻常的好感。那时的薛民年轻有为，30多岁就进入市级班子之列，仕途看好，犹如一颗政治新星，所到之处全是赞誉声。赵德峰凡夫俗子身，免不了受人云亦云的影响，对薛民也就有了好感，即使他有这样那样的毛病，也在包容之列，加上薛民开口闭口"老师"，把赵德峰灌醉酒似的。那时候，只要薛民一进门，赵德峰便拉着他的手叮嘱："薛民呀，你年纪轻轻站位高，政治前途一片光明。听我一句话，眼光放远点，将来必成大器。"赵德峰冷眼看世界惯了，尤其戴着有色眼镜审视官场，却意外地把薛民当成官场另类，还生怕他受到伤害，这对向来挑剔有加的赵德峰来说，是绝无仅有的。

赵德峰对自己的好，薛民心知肚明，遂投之以桃、报之以李，只要赵开口交办的事，几乎是有求必应，做到了事事有着落，件件有回音。晚年的赵德峰回老家居住，这家乡村支两委脑瓜子灵活，把老头子当财神爷，利用他的影响力，为村里要项目拉赞助，有事没事拉上他往市委、市政府跑。这赵德峰有名在外，后面有薛民这个大靠山，谁不买账？特别是薛民一路升迁，从常务副市长到市长，对赵德峰的事关照有加，给足了面子。赵德峰虽说铁面无私惯了，却是个重情义的人，对薛民的好看在眼里记在心上，薛民任上发生了什么事，能不管就不管，能不曝光就不曝光，能通融尽量通融，尽量不让薛民难堪。这次肖敏上门搞事，要不是薛民适时出手，阻止了事态恶化，没准弄出个惊天动地的事来。

这薛民是个实用主义者，惯来圆通圆滑，遇上赵德峰盯上的人和事，能帮则帮，特别是子弟兵摊上事了，都会找赵德峰说情。别看赵德峰平日里总板着面孔，只要薛民发了话，大都能大事化小、小事化了。就这样，凭借与赵的私人交情，薛民网罗了不少子弟兵，扩大了圈子，为未来数年的顺利施政，奠定了坚实的政治基础。

第十五章 聚头冤家

是年，赵德峰准备曝光一位副市长的违法乱纪行为，得到消息后的这位副市长，脸色吓得苍白，情急之下找到薛民。此时的他刚上位宾州市长，正在圈人用人之际，巴不得有人来投靠，便爽快地答应帮忙。

薛民熟悉赵德峰的性格脾性，知道赵德峰是个"大烟枪"，便特意带了两条他喜欢的烟，一大早跑去见他。新任市长薛民只身前来，让赵德峰颇感意外。堂堂一市之长，管理偌大的宾州市政府，哪有空闲时间来串门？今天突然登门拜访，稍有点情商的人都知道是有事相求。赵德峰不等薛民开口就问："薛市长那么忙，今天一早跑来，如果没猜错的话，莫非有事找我？"薛民微笑答："果然啥事都瞒不着老师，您也知道，我无事不登三宝殿，果真有事找老师帮忙。""是不是为曝光稿件的事？"赵德峰反问。"是的，是的，老师您跟了那么多市委书记，熟悉官场游戏规则，我刚上任市长，可以说屁股还没坐稳，情况还没搞熟，工作还没上手，就碰上这棘手的事，不来找老师您，我又能去找谁呀？现在市政府用人之际，您曝光的这位同志，他所分管的工作非常重要，说白一点，我需要这个人来辅佐工作。今天特向老师您求个情，只要不是原则问题，能否以批评教育为主，给他个改邪归正的机会？"曝光对象平日里高调张扬，群众反映强烈，赵德峰对他早有看法，想挫挫他的锐气，没想到稿子尚未发出，薛民就找上门来求情，让赵德峰陷入两难境地。一边是民意呼声，一边是人情人缘，赵德峰显得犹豫不决："只有他才能辅佐你？"看到赵德峰心有所动，薛民赶紧回答："是的，您知道我刚接任市长，一上来就调整班子，政治上很是犯忌，肯定不利于工作，加上此人经验足能力强，工作扎实情况熟，目前找不到更合适的接替人选，只得求老师您高抬贵手。"赵德峰沉默半晌才说："这人私心重架子大，群众反映强烈，不敲打敲打，怕是尾巴翘天上去了。"看到赵德峰仍没完全松口，薛民赶紧表态："老师，这人确实有点狂，不挫挫他的锐气怕是不行，隔天我带他负荆请罪，要杀要剐任老师您来处置！"话讲到了这份上，赵德峰别无选择，或许只能将就着薛民，放曝光对象一马了。

告别的时候，薛民提议："老师，咱们好久未见面了吧，一块合个影好不好？"赵德峰心直口快，没过多考虑便答应了，只是他没想到的是，这张合影立马传到曝光对象的手上，让他感恩戴德了薛民一辈子，从此成了薛民的铁杆政见支持者。

灯具厂改制后，肖敏从启动生产到关厂，再到土地变性开发，整个过程如过山车，一路颠簸一路翻转一路惊奇，让人眼花缭乱，云里雾里，等到尘埃落定之后，面目全非了，上岗没几天又回到下岗之列的职工们，如梦初醒，这才意识到掉入肖氏兄弟精心设计的陷阱里，遂顿足捶胸，如丧考妣一样。

灯具厂老厂长是工业战线的元老，曾为宾州工业发展立下过汗马功劳，看到自己一把屎一把尿拉扯起来的工厂说没了就没了，心痛得泪流满面，那个纠结无法用语言来形容，便带着职工上访维权，从市里告到省里，从省里告到北京，成了薛民眼里最让人头痛的访民。

老厂长与赵德峰系老同事、老朋友，30多年前，宾州市委、市政府把经委副主任任上的他，任命为灯具厂筹建指挥部副指挥长，指挥长由常务副市长兼任，这日常工作自然落到他头上。那时，国家执行的还是计划经济体制，灯具厂须经省级计委批准立项，各地为自身发展，争项目争资金成了那个年代的时尚，宾州也不例外，老厂长带着一帮子人把关系走到了省城，将德高望重的宾籍老首长请出来帮着说话。首长身在省城权力机关，红墙碧瓦院子深，岂是平民百姓随便出入的地方？连门都进不了，还怎么找首长办事？好在老厂长头脑灵活，拿着老首长的私信信封当通行证，这门卫武警一见信笺，立马打电话给首长办公室，没多久，首长派秘书把老厂长一干人接走。首长是个战争年代里摸爬滚打出来的老革命，说话办事雷厉风行，听了老厂长的情况汇报后，立马打电话给地级市市委书记，这省里首长发了话，争了一年的灯具项目，最终花落宾州大地。

那个激情燃烧的年代，人与人之间的关系很淳朴，无论职务高低、年龄大小，大家都以同志相称，说话做事多了些许率性，少了些许"弯弯绕"，要是心里有了纠结，讲明讲开了心结也就解了，没准还赢得对手的尊重。

正是有了老厂长这样的人，呕心沥血地工作，才把灯具厂建起来。如今

第十五章 聚头冤家

这些老同志看到辛辛苦苦建起的厂子，被政府贱卖给肖敏，心里难受。起初，他们天真地认为只要企业开工生产，工人便可以上岗发工资，就解决了一家子的吃喝拉撒，才忍痛割爱响应市政府号召配合改制，岂料开工不到半年就歇业，土地被肖敏拿去搞开发，岂不是行哄打骗忽悠人？协议禁止房地产开发，还得保证"70%员工上岗"，怎么说歇业就歇业，说违约就违约？这些人聚在一起嘀咕，越议越气，越骂越起劲，一怒之下向赵德峰投诉。

老厂长与赵德峰交往20多年，又是市委同僚，一个楼上一个楼下，一个宣传口一个经济管理口，都从小公务员做起，一直做到科局级领导干部。灯具厂组建时，一个埋头苦干搞建设，一个尽心尽责搞宣传，灯具厂有他俩洒下的汗水。

老厂长身体硬朗性格耿直，大喉咙高嗓子的性格不改，看见赵德峰老远就嚷嚷："老赵，灯具厂不是你看着建起来的吗？现在被肖氏兄弟拿去搞房地产，今天找老赵主持公道，你得告诉我，能看着我们被骗被坑被宰能不管吗？"很久未见面的两个老伙计，久别重逢自然亲热得不行，赵德峰兴奋地握着老厂长的手调侃："老伙计，有事不能慢慢说吗？总不能见面就满脸官司，见面就放炮骂娘，就是有气也不能撒在俺老赵身上呀。"老厂长这才意识到自己的失态，尴尬地笑一笑，连忙解释："是的，是的，老赵是俺宾州的包公，再有气也不能在老赵面前撒，要是得罪了咱老赵，这官司还用得着打吗？"冷静下来的老厂长，这才把灯具厂的事讲清楚了。赵德峰对肖氏兄弟原本心存芥蒂，一听又是他们使坏，忍不住当场发飙："真是岂有此理！过亿的国有资产就这样被这两条蛀虫给蚕食了，这宾州还是不是共产党领导的？这世道还有没有王法了？"

一个月后，接到赵德峰实名举报信后的地级市反贪局，将正准备出门的肖明堵在车里，连人带车一并带离宾州，同时带走的还有他的妻子。肖明的突然间失踪，可急坏了薛民。

随着这些年肖氏兄弟的财富叠加，薛民闻到了危险气息，有意无意与他们保持距离。以肖氏兄弟的精明，对薛民的刻意疏远自然而然地紧张起来，不得不另辟蹊径寻找靠山。就在肖敏遭举报之际，薛民不时接到上级领导的电话："薛市长，今天有个私人宴请，人都是你认识的，能否参加一下？"这话从领导嘴里说出来，听起来像征求意见，实则是指示，最木讷的人也能看出门道来，这以后只要领导一说宴请，十之八九是肖敏。人在江湖身不由己，何况领导都是金言玉口，既然发了话，薛民岂有不听之理？愿不愿意都得去，而且还不能有委屈。领导叫你一个县级市长去陪吃陪喝，说白了是给你面子，虽然名义上是陪伴，用意却不言而喻。

　　薛民知道，现在的领导鬼精得很，想做什么不会落下把柄，出个题目给你悟，悟明白了再做。尤其是这种场合，领导不会交办啥的，只是让你出现在肖敏宴请的场合，让你看懂他与肖敏的关系就够了，说穿了宴会的目的只有一个，以宴请的形式告诉你："肖敏是我的人，他的事就是我的事，何去何从你自己掂量吧。"薛民绝顶聪明，以他的智商，咋不知道其中的奥秘？咋不清楚其中的风险？可薛民清楚除非隐退江湖，否则就得接受潜规则，哪怕是地雷也得去踩。

　　有上层罩着肖氏兄弟，这些年薛民没少违心地帮两兄弟办事，而且件件都是踏踩法律红线的事，有的事说不清道不明，较起真来没准吃不了兜着走。为稳住舆论阵脚，薛民刻意与赵德峰套近乎，千方百计稳住这个媒体"刺头"，生怕一不小心让他搞出个事情来。天有不测风云，人有旦夕祸福，严防死守之下，没想到还是出了状况，赵德峰揭露灯具厂改制黑幕的稿子，发给央媒东江分社。这东江分社是个政治敏锐性极强的媒体，意识到稿子与中央推动的国企改革息息相关，一旦发出势必产生连锁反应，没准会给如火如荼的市场经济改革泼上盆冷水。为慎重起见，遂把稿子通报给了东江省委。于是立刻引起省委的高度重视，省领导批示后，转给了地级市委、市政府查办。这下，把宾州搬到了火炉上烤，书记、市长急得不行，马上派车把赵德峰接到市政府，人还在路上，薛民就早早到大门口等候，未等车子停稳，便迎上前拉着赵德峰的手，一口一个老师地叫："老师慢点，慢点，咱们到办公室去说。"进门泡茶递烟，一副自家人关门说事的口吻："老师呀老师，不是我说您，

第十五章　聚头冤家

您老要是有什么想法，完全可以找我解决，怎么一捅就捅破天了呢？是不是老师不要我这个学生了？"赵德峰压根儿没想往复杂里想，仍就事论事，开门见山说事："这肖氏兄弟实在是不像话，把上千号职工当猴耍，资产一到手便釜底抽薪搞开发，职工的饭碗说没了就没了！薛民市长你给评评理，这事我该不该管？"听话听音，薛民知道他这次真动怒了，赶紧附和："该管，该管，您老要是不管了谁管呀？尽管事该您管，但今天我还是要说老师您的不是了，再怎么样得先给我通个气，对不对？"赵德峰虽然性格脾气犟驴，却被薛民一口一个老师，叫得心软软的："事前没给你通气，是我的不对，现在把事情交给你处理，得先给我透个底，怎么个处理法？"薛民一听这口气，赶紧表态："老师，灯具厂职工上访的事，既然您老出了面，我咋敢不解决好？今天当着老师的面表个态：一是让肖敏补交出让金，所交的出让金全部用于职工缴纳养老保险，不足部分由市政府托底解决；二是把符合条件的职工纳入低保救济范围，且保证做到应纳尽纳。老师您看这样行不？"话说到这份上了，赵德峰再有想法也不好坚持了，遂做了个顺水人情："罢，罢，罢，水浸到第三丘了，再怎么纠结也不能把灯具厂变回来，那就特病特治，按你的方案处理吧，希望不要再发生类似事件了。"此话一出，薛民才松了口气，如释重负地落了座。

然而地级市纪委在调查灯具厂的贱卖中，意外查到肖明擅自挪用改制资金的问题，这挪用公款是犯罪，深究下去势必拔出萝卜带出泥，没准把其他事给抖出来，导致薛民急得不行，连夜召集班子成员吹风定调："肖明挪用公款的事，事前向我口头报告过，怪就怪我当时未引起足够的重视，以致酿成法律后果。在座的各位与我一样，维护大局稳定责无旁贷。我想提请大家注意的是，倘若企业改制的节骨眼上折兵损将，不仅会影响宾州的形象，还会影响到后续的企业改制。我的看法是，既然已经发生了，市政府就不能袖手旁观，能担责则担责，不能放任事态发展。"带班长发了话，等于下了圣旨，谁敢没事找事？于是，大家依葫芦画瓢，纷纷表忠递投名状："是的，是的，市政府该担的责还是要担，不能让干事的人吃亏，以后谁敢做事呀？""改革是摸着石头过河的事,前无古人后无来者,若是不允许改革者犯错,有事就一棍子打死,这改制还能顺利推进?谁还敢担着风险搞改革?"有了薛民的力保,肖明挪用公款的事,经市政府定性为"事前口头报请市政府同意,但肖明未取得书面批复的情况下动款,负有一定的责任"。市政府全力揽责,帮肖明避重就轻了一把。倘若不是薛民出手相救,法律铁拳砸下,没准让他监狱里待上个三年五载。

摆平地级市纪委的调查后,按照对赵德峰的承诺,薛民召开了市长办公会,专题部署解决灯具厂的职工养老保险与低保救济问题。此时的宾州市委、市政府只得把灯具厂职工全部纳入社会养老保险统筹,所有的险金费用由市政府买单,还把困难职工纳入低保范围,此举舒缓了职工情绪,减少了职工怨气。到了这步田地,灯具厂所有的包袱,经改制转了一圈后又回到了起点,最终落到了宾州市政府头上。薛民和他主导的市政府,在肖氏兄弟的夹击下,彻彻底底地当了回"冤大头"。

次年开春的人代会上,薛民出人预料地脱稿致歉,就灯具厂改制问题作出表态:"改革是摸着石头过河,不断探索前进的社会实践,是前无古人后无来者的事业。宾州过往两年的企业改制中,存在忽视职工利益的倾向,工作出现偏差,特别是灯具厂的改制,背离了'救企活企稳企'改制初衷。必须承认,灯具厂的改制是失败的改制,让无辜职工承担了改制失败的后果,宾州市政府亏欠了灯具厂的职工,亏欠了为灯具厂建设与发展做出贡献的老同志,今天我谨代表宾州市政府向灯具厂全体下岗职工表示歉意!"话音一落,薛民起身鞠躬,其他班子成员见状,也纷纷鞠躬致歉。

推金山倒玉柱,薛民就这道歉鞠躬,几个连贯性的动作出来后,不仅获得老同志的谅解,还赢得了与会代表的掌声。这一颠覆性结果的出现,怕是连薛民自己做梦都没想到,坏事竟然变成了好事,再经媒体渲染报道,薛民意外地收获了"敢于担当、敢于负责"的名声,引发当年人代会代表的热议。

转眼之间,赵德峰已是风烛残年。在他人生的最后20年里,他一直坚持着做一件事,那就是从未间断过对肖氏兄弟的举报,但都泥牛入海不了了

第十五章 聚头冤家

之。如今的肖敏膘肥体壮,能量今非昔比,成了赫赫有名的地产大鳄,成为名副其实的宾州首富。这时的肖敏,关系网遍布东江省,甚至触角延伸到更高层级,再不惧任何人的举报了,哪里肯把赵德峰放在眼里?多年来房地产路上的摸爬滚打,肖氏兄弟从来没间断过踩踏法律红线,对举报早习以为常了,别说已是昏庸老朽赵德峰,就是重权在握的法纪部门,如果没有高层领导的钦点,也拿他没办法。有了庞大的政经背景保护,肖敏在源源不断的举报中毫发无损,不能说不是他人生中的一个奇迹。

拿下"一号标地"后,肖敏的事业如日中天,攀上了人生巅峰,连标后降价这种超难的事都能搞定,还有啥不能摆平的?从此,再不把事当事了,再不把人当人了,眼睛里除了金钱就是利益,除了少数几个达官贵人,其他啥都没有了。"一号标地"原本是一个旺铺项目,早一天建设早一天受益,肖敏催命似的逼着工程队快马加鞭,没日没夜地抢时间赶进度,没想到偷鸡不成蚀把米,逼出来个伤亡安全事故来。

塔吊是建筑工程必备的起重设备,因施工队拼命赶进度,疏于保养,吊装过程中钢丝绳老化断裂,吊装到空中的水泥砂浆连同起吊设备从空中雨点般砸下来,把塔吊下施工的6个工人砸倒在地。工地一次性死亡6人,构成较大伤亡等级事故,这在宾州建筑史上闻所未闻。这安全责任事故是大事,追究起来轻则罚款停业整顿,重则追究刑责。此时的肖敏,正与风情万种的美女秘书云里雾里,接到事故通报后,头皮发麻,一个激灵坐起来。别看他平日里张狂得不行,碰上这种事,再狂的人也知道后果。他连衣服都没穿,抓起手机给保安队长下指令:"你在哪里?工地发生了死亡事故,火速派人封锁现场,不允许走漏风声,否则拿你是问。"等肖敏赶到现场后,工地已经封锁,无关人员被驱逐,仅落下肖明与保安队长数人,与死者家属交涉费用补偿问题。

越是情况复杂,肖明越是处乱不惊,越是冷静得出奇,几十年的官场历练,数十载的摸爬滚打,练就了他临危不乱的处事风格。工地上死了人不仅影响到项目建设,还要接受行政处罚,甚至引发刑事追责,理想的结果就是与死者家属私了，让他们接受意外死亡事故定性，让事故悄无声息地消化完事。为此，肖明一边安排人一对一洽谈，一边派人放话："人死不能复活，要多替活着的人考虑，大家可想好了，要么依法依程序处理，严格依照赔付标准，该赔多少是多少；要么接受私了方案，认可意外死亡事故定性，除按规定赔付到位，还可获得慰问金。"肖敏混社会出身，处理这档子烂事轻车熟路，一边指示手下人备好车，做好送火葬场火化的准备；一边与官府密商危机处理预案，一旦死者家属闹事，拒不接受处理，请公安部门以寻衅滋事为由，强行将尸体火化。一句话，无论采取什么手段，都不得带走尸体。显而易见，肖敏已经做了最坏的思想准备。

　　肖明擅长各种谈判，应对突发事件轻车熟路，一旦遇大事，肖敏铁定请肖明出场。肖明一出场，似乎让事故处理有了底气。

　　以肖明的经验，必须想方设法搞定"出头鸟"，这"出头鸟"势头大话语权重，很具号召力，一旦搞定就能影响一片，达到事半功倍的效果。肖明不急不躁，一如既往地打悲情牌："出现这档子事，谁都不愿意看到。此时此刻，我和大家一样，心情非常难过。但此时此刻我最想说的是，现在不是沉溺在悲伤的时候，有更重要的工作等着我们去做，那就是如何让逝者安息，让生者安心，生活过得更好。""出头鸟"在此前沟通中，摸清了对方的底牌，遂主动抛出善意："是的，人都已经死了，再纠结责任划分已无实际意义了，重要的是如何让死者安息，让生者得到更多的实惠。"肖明不失时机地试探："有什么好想法好建议，开诚布公地讲出来，合情合理的诉求，我们会考虑的。""出头鸟"人精中的人精，掐准肖明的心思后，开出底线条件："考虑到死者已死、生者要生的实际情况，六位死者家属已经统一意见，责任划分上可以不纠缠，但赔偿金须按双倍标准赔付，这是家属们的唯一要求。""出头鸟"一发言，立马获得家属们的赞成。肖明见时机成熟，便站起来表态："赔偿金多少好说，但必须满足三个前提条件：一是必须认可意外死亡事故定性，这是前提条件；二是统一家属思想，不得出现乱杂声音；三是连夜将尸体火化，所有人撤出施工现场。"人已经死了，再纠结责任划分还有啥意义？毕竟生者比死者更重要，让对方多赔点钱比啥都好。这样的处理对双方来说，或许是最好的结果。果不其然，宾州建筑安全生产史上唯一一次六人死亡的安全事故，以双倍标准赔偿私了的方式结案，竟然给"大事化小，小事化了"了。

谁也没想到的是，这"天知地知你知我知"的事，最终还是被谢蒙知道了。谢蒙是个耐不住寂寞的人，没事就找事，有事就嚷嚷，得到消息后的他，拔腿就往赵德峰家里跑，老远就开始嚷嚷："赵老，赵老，六条人命说没了就没，连这种事都敢私了，还有啥事他肖氏兄弟不敢做呀？"赵德峰听得云里雾里，忍不住数落："谢蒙呀，你也六十好几的人了，能不能改掉冒冒失失的老毛病？"说得谢蒙打躬作揖，连连道歉："对不起！对不起！"这才静下心来，讲完整了肖氏兄弟"私了"事故的事。赵德峰听了之后，气得又是一通拍桌打椅骂娘。

无独有偶，距"私了"事不到半年，肖敏又弄出了个震惊宾州的事来。宾州有个愣头儿青，怀揣着数千万元存款，以为身价不得了，整天想着钱生钱一夜暴富的好事，看到有人在房地产赚大钱便按捺不住，竟异想天开地相中了肖敏看上的一宗核心城区的旺铺资产。此时的肖敏，不知道为何动了恻隐之心，不想看到愣头儿青不明不白地死在竞价上，遂派人把他找来，面对面向他亮底牌："这块地我看上了，虽然不大但我需要它，你就不要瞎搅和，免得吃了闷亏，伤了和气。"说完往后一招手，女秘书端出装着10万元新钞的盘子，脸上露出妩媚动人的微笑，发出甜美悦耳的声音："这是肖董给您喝茶的，请笑纳。"没想到，愣头儿青不把肖敏的善意当回事，不识相地露出赖皮相，竟然不知天高地厚地与肖敏讨价还价："肖董，在宾州您是个比天还大的人物，既然您也看上了这块地，打发个百八十万给我，我立马走人。"肖敏气得暴跳如雷，破口大骂："就你这不懂事的小瘪三，给你脸不要脸，马上给我滚，否则别怪老子翻脸不认人。"竞价的时候，肖敏连脸都不肯露，随便委托个手下参与竞价，竟出了个天价标来，把愣头儿青辛辛苦苦一辈子赚的数千万元亏了不算，还摊上千万高利贷，被迫躲债"跑路"。后愣头儿青鼓起勇气，找上门跪求肖敏6折价回购，想讨回点本钱过日子。此时的肖敏斜靠在老板椅上，一脸鄙夷，鼻孔里哼出"自作自受"后，连头都懒得抬了，压根儿没正眼瞧愣头儿青一下。

这还不算结束，趁愣头儿青开工建设之际，肖敏派出数个马仔现场捣乱。马仔跟班肖敏多年，趾高气扬惯了，搞事不管不顾，开着奥迪轿车往愣头儿青工地大门直撞，砰的一声巨响，大铁门应声倒地，再把车横在大门口，堵住了施工现场出入，瘫痪了工地建设。愣头儿青闻讯后吓傻了，当晚拿着两条极品黄鹤楼烟求肖明说情。肖明收烟后，满脸堆笑装糊涂："还有这样的事？我咋没听过呀？"愣头儿青赶紧解释："千真万确，就是给我一百个胆子，也不敢在您面前胡说八道，要有假随便您怎么处置。"肖明听后半晌才说："要不你先表示下诚意，出钱把撞坏的车修好，我再来帮你沟通，行不？"听了肖明的话，愣头儿青长长地舒了一口气："谢天谢地！幸亏找对了人，终于可以把事给了结了。"遂按肖明的吩咐，派人把车拉至4S店维修，付了数万元修理费。按理，杀人不过头点地，肇事车倒修倒赔了，还三番五次赔礼道歉，算是该低的头低了，该给的面子给足了。意想不到的是，等车修好后，肖明电话不接面不见，愣头儿青这才死了心，找赵德峰替自己讨公道。赵德峰一听又是肖氏兄弟在搞事，气得全身打颤，手往桌子上一拍，破口大骂："真是胆大妄为！真是岂有此理！"之后，不停地念叨："恶霸不除，天理难容！恶霸不除，天理难容！"这以后，愣头儿青有了赵德峰的力挺，横下心来抗争，捏着赵德峰执笔的举报信一路上访，直至惊动了省市纪委，引来层层督查督办，肖敏这才放了愣头儿青一马。

长期目睹肖敏的骄横跋扈，几乎对举报失去信心的谢蒙，一日心血来潮，再次来到赵德峰家，见面就发牢骚："赵老，您与肖氏兄弟斗了20年，青发斗成了白发，该举报的举报了，该做的全都做了，肖氏兄弟竟然毫发无损，且越来越嚣张跋扈，您说，还有机会扳倒他们吗？"赵德峰听后，心里十分难受，沉寂良久之后，说了句意味深长的话："谢蒙，公道自在人心，正义永不落幕；上帝要其灭亡，必先令其疯狂。肖氏兄弟迟早会应验这话：多行不义必自毙！"

第十六章 烫手山芋

曾峰满怀施展理想抱负的信念,他深谙手中权力的力量,要有所作为须强力排阻,否则,什么价值人生理想,一切皆无从谈起。现行施政体制,没有人怀疑市委书记是一个地方的一号,但实际权力能否与职位同步,与领导人的个人特质密不可分。强势领导人控局能力强,而弱势领导人,施政瞻前顾后,控局能力就弱。主政领导若想放开手脚施政,须打造自己的权力班底,这对曾峰来说,有着非同寻常的意义。曾峰从基层一步步干出来的,有着丰富的岗位历练,对权力重组理解得独到透彻,有大立就有大破,任内要想有所作为,不能不深谋远虑,不能不长远布局。他崇尚毛主席老人家"政治路线确定以后,干部是关键"这话,把它当作治市理政上的至理名言,不遗余力地加以实践。

然而权力布局牵一发而动全身,涉及复杂的人际关系,处理不好后患无穷,使得任何一位主政者都不敢肆意妄为。

龙之接受组织调查后,五个市级领导先后被抓,20多个科局干部或是免职,或是辞职,或是被组织调查,一时间,"本土权力圈"人人自危,生怕被牵扯进去，不久悉数退出政治舞台，以致宾州政权史上，多个重权力岗空缺，出现权力真空。

"本土权力圈"遭重创后，成就了权力重组条件，曾峰一口气调整了36个重岗干部，打造出属于自己的权力班底，为未来数年的顺利施政奠定了基础。曾峰上任后，所遇到的"威权难威"问题，得到了彻底解决。完全可以说，经过新一轮的权力布局，宾州政局才得以稳定，为全面推行"曾"式发展方略，奠定了政治基础。

权力布局的成功，既赢得了施政主动权，也引来如潮般的非议。如宾州文化名人谢蒙，就是生事议论中的代表人物，他担任文联主席多年，宾州撑门面的事少不了文人捧场，更少不了他。谢蒙乐此不疲，不嫌麻烦不嫌累，与领导攀亲交友闲聊说事，给领导写点赞美文字，哄得领导心甘情愿掏腰包给赞助。

领导干部与文人往来，并非真喜欢他们，多半是利用。一是与文人博感情，免得文人借文字添堵生乱。文人喜欢钻牛角尖，要是讨厌上谁，就会认死理，觉得你这也不行那也不是，没准啥都不是了。明智的领导晓得搞，放低身段迎合他们，夹条泥鳅给猫吃图个省事。二是附庸风雅，鼻子里插葱装象，给自己上点文化色，沾点仙风仙气，好显摆炫耀。三是油多不坏菜，与文人结交虽不一定有好处，绝对没啥坏处，文人好捧好哄，哄得他们兴致一来，写个口水文章拿出去发表，没准还能帮你捧出个好名声来。

赵德峰惯来反对媚官，揶揄辛辣尖刻："文人自命清高，死要面子活受罪，日子过得清苦，却不会轻易言穷，给点赞助啥的，还会问赞助理由，一旦接受了就当人生知己，没准感激涕零，开口闭口'滴水之恩，当以泉涌相报'，把你当爷当爹。"此话抓到了谢蒙的痒处，自然而然地引发了他的自嘲自讽："咱文人就这副德性，认的就是死理，千古不变的尿性模样。"

其实，领导自有过人之处，否则领导岗那么稀缺，竞争那么激烈，如何脱颖而出？说来也是，有人帮你吹喇叭唱赞歌，这还不是好事？批点钱犒劳犒劳"吹鼓手"，乃情理之中的事。这钱是财政的，又不是家里的，反正得

第十六章　烫手山芋

批给人去花，批给谁还不如批给晓得搞的人，你好我好大家好，何乐而不为？好在谢蒙没啥政治野心，他就图个场面上露脸。说穿了，是个简单地与领导合个影，拿回家贴在墙上炫耀炫耀就能满足的人。也许正是这副尿性模样，让领导彻底放下心来，与他称兄道弟，安心喝酒说事。不过也别太当真，别看他们场面上勾肩搭背，"领导""兄弟""哥们"叫得欢，到底是真心实意还是虚情假意，只有上帝才晓得。

龙之出道之初，处事低调，常给自己敲警钟："政治人物要注意交往，老实人可来可往，变色龙不结不交。"他分管党群工作多年，干的是选人用人的活，自有一套选拔任用的办法："宁用愣头儿青，不用政治花心。使用干部忌变色龙，变色龙不地道不靠谱，犹如墙上草，风吹两面倒，无论如何入不得围，无论怎样不能进圈。"谢蒙一个酸文人，思想单纯，无非是图点名声，弄点经费旅游采风，出个小册子嘚瑟嘚瑟，只要给他点小恩小惠，就能让他感恩戴德，没准还陶醉得不行。这谢蒙讲义气嘴巴子甜，好听的话不离嘴："领导的好没齿难忘，领导的恩情铭记于心。"现在的领导晓得搞，手上有权有钱，只要不添乱不添堵，批点经费啥的，那还不是小事一桩？对谢蒙这种人，领导就拍肩、赞助两招，让他打躬作揖，感激一辈子。谢蒙这德行，被龙之全接纳，成为他聊天说事、附庸风雅的朋友。

与谢蒙接触时间一长，批经费弄赞助成了常态，好像长辈给晚辈发红包，成了少不得的礼仪。倘若领导忘了，谢蒙准会找上门去死缠烂打，不打发点不出门。谢蒙眼明手快腿脚勤，虽然说话没遮没拦的，好在领导都晓得他的性格，不与他争长论短，当然也不把他惹人烦招人嫌的性格当回事。龙之与他交往甚密，说话直言不讳，当面没少揶揄："你这个人呀，三天不见还挺想念你，要是与你处上三小时，没准会讨厌上你。"这话入木三分地刻画了他的性格。领导虽然烦他纠缠，也知道他没心没肺，私下里还挺愿意接纳他，甚至当他是个人物，自然而然地，谢蒙就成了"本土权力圈"多数领导家里的常客。

曾峰初来乍到，与谢蒙接触不多，也不喜欢他没掂没量的性格，看到谢蒙与"本土权力圈"一帮子人走得近，便不把当他一回事。谢蒙发现曾峰有意晾着自己，遂张开大嘴巴发难。

原宾州市委秦书记喉癌晚期，卧床很长时间，说不出话来，聊天说事只能用笔写。秦书记与谢蒙交往不错，谢蒙不定期地探望，让他格外高兴。这以后只要谢一到，秦书记眼里泛着光泽，用手力撑身体坐起来，打起精神聊天。秦书记是地道的西陵人，也是曾峰的老领导，对曾峰有知遇之恩。秦书记主政宾州时，是宾州最艰难的时期，他倾全市之力拓宽了境内国道，在全国率先喊出了"要致富先修路"口号，开了地方出钱修国道的先河；他还在全省率先掀起水利建设高潮，结束了宾州"靠雨种地，靠天吃饭"的历史。秦书记任上干了几件事，奠定了他在宾州的历史定位，让宾州人赞不绝口，在他们的心目中，秦书记就是当之无愧的"一号书记"。秦书记对宾州素怀感情，把宾州当第二故乡，在他升任东江省建设厅长后，仍一如既往地关注着宾州的发展。

谢蒙的探望，让秦书记兴奋不已，示意妻子扶自己起身。秦书记说不了话，切开气管输氧进食，却耳聪目明、头脑清醒。妻子知道他有话要问，遂将笔纸递给他。"宾州发展得怎么样？"秦书记吃力地写上几个字，饱含着对第二故乡的关切。谢蒙不假思索地回答："这些年，城市建设发展快，工业企业落跑也快，财政越来越拮据，差不多揭不开锅了。如今的宾州全靠煤炭经济，财政成了'杆子'财政。地上企业垮的垮，没落的没落。老书记，您手上辛辛苦苦建起来的，红红火火了那么多年的企业，折腾得没几家冒烟了。"在谢蒙嘴里，宾州成了"叫花子"，他把薛民"卖光走人"的改制，全都甩锅给了曾峰。"咋会这样？咋会这样？"秦书记笔下的字写得歪歪斜斜，连续出现了几个大问号。"曾峰接任市委书记后，市民议论纷纷，说他只干了三件事，一是打扫卫生，二是建豪华办公楼，三是西陵人整宾州人。"见秦书记听得专注，谢蒙更是口无遮拦："龙之是您一手提拔的，对不？曾峰连他都不放过，整倒大批本土干部后，还不想就此收手，看样子他非把本土干部全都赶下台不可！"话匣子打开之后，谢蒙手舞足蹈，信口开河，把市委、

第十六章 烫手山芋

市政府创"文明卫生城市"说成是"打扫卫生",把开发南城区说成建豪华办公楼,把反腐败斗争说成是宫廷烂斗。谢蒙好像一生下来,就狗嘴里吐不出象牙,什么话经他嘴里放出来,说有多尖刻就有多尖刻,煞是刺耳难听,只是他说这话时,少了点记性,连秦书记是西陵人都给忘了。

秦书记一听,脸色阴沉下来,表情颇为难看。只见他吃力地扭转身子,对着妻子写下:"转告曾峰,别这样搞了。"谢蒙一出门,妻子赶紧接通曾峰的电话,看到妻子把话传到位了,秦书记像是办好了人生最重要的一件事似的,才静下来。

曾峰接到秦书记妻子的电话后,脸都气歪了,托人带了句话给谢蒙:"不要妄议市委!"字虽然只几个,潜台词的意味却十分明确。宾州一号的严厉警告,吓得谢蒙胆战心惊,从此闭上了大嘴巴,再不敢"妄议"了。

谢蒙虽闭上了大嘴巴,但他的话引起了曾峰的高度重视。曾峰明白,发展是硬道理,再怎么玩政治手腕,不发展经济,不做几件看得见、摸得着的事,话讲得再悦耳动听,画描绘得再美丽动人,老百姓不会买账。

"本土权力圈"瓦解之后,曾峰倾全力推动的"曾"式发展方略,才得以无障碍地施行。其中最重要的就是建设南城区,如何开发建设。曾峰自有想法。开发南城区关键是如何"经营城市",如何用这一理念引领城市建设。他在全市经济工作会上说:"过往,我们只注重城市建设,轻视城市管理,缺位了城市经营意识,最终影响到城市发展。要实现城市建设跨越式发展,必须转变观念,用经营城市的理念,引领老城区的升级改造,推动南城区的开发建设,闯出城市高速发展的新路径来。"

曾峰推出了全新的城市经营建设思路:"以创建文明城市为手段,提高城市影响力,增加城市附加值;抓住高速公路建设的契机,把连接线建成贯通新老城区主干道;处置行政事业单位资产,整合资金建'发展中心',撬动南城区开发;以大规模的基础设施投入,炒热南城区土地,通过土地储备增值,获取建设发展基金。"曾峰大会小会煽情演说,把城市经营、滚动式发展理念,描绘得像一幅绚丽无比的图画,加上自己打造的权力班底,着力推介实施,南城区俨然成了一块投资热土。

在这一思路的推动下,宾州率先端出一盘大菜,耗资过10亿在南城区建成占地面积500亩、建筑面积15万平方米的"发展中心"。紧随其后,公、检、法重权部门不甘落后,争相攀比建设,呈"品"字形围绕"发展中心",一字儿铺摆开来,拉开了南城区开发建设序幕。这组办公群楼建筑,后来被媒体一再盯上,当作违反"中央八项规定"典型,热炒成"世上最豪华的政府办公楼",弄得曾峰灰头土脸,提心吊胆。

行政中心最早规划在老城区,列入宾州"十二五"规划,选址在宾州大道中段西侧,毗邻宾州公园,规划用地360亩,建筑面积8万平方米,总投资3.5亿元。项目是上一届市委、市政府决策的,龙之是项目指挥长,也是项目决策主要推手。

因项目涉及数亿资金投入,往届市委、市政府不可谓不慎重,调研不可谓不缜密,仅从规划设计与经济效益测算来讲,先后10个甲级规划设计资质单位参与竞标,最后由拥有全甲级资质的省建筑规划设计院中标。经论证,行政中心依托老城区基础设施,可有效管控建设成本,将投入控制在预算范围内。项目资金通过国有资产行政置换调节,将市委、市政府大院置换给公、检、法,再将置换资产挂牌出让,至少可筹集5个亿的资金。加上行政中心建成后,各部门统筹办公,可整合约30亿元的国有资产,再将整合资产出让,以旧换新再不是一句空话。这一方案拿到人代会表决,近500位行政村支书、600位副局以上领导、60位退休市级领导联署,获当届人代会一致通过。可以说,老城区"行政中心"建设方案,获得了高民意支持,符合宾州财政预算支出实际,能有效管控建设投入,并可起到优化财政功能的作用。

龙之任常务副市长、常务副书记期间,宾州较大的建设项目决策,少不了他的一票,甚至他原本就是重要的决策者,尤其在老城区原行政中心项目,以及与之毗邻的公园建设项目,均以常务副书记身份,兼任两个项目指挥长,有了岗位职责身份,其对项目的影响力可想而知。万事俱备,只欠东风,只等项目用地许可下来,全面启动建设。没想到节骨眼上,龙之接受组织调查,接下来是清除"龙之流毒",凡他参与的决策,都成了审查对象,仿佛龙之是个晦气,谁撞上谁倒霉似的。老城区"行政中心"建设方案,也被曾峰当"流毒"清除了。

官场上的庸俗作派,赵德峰疾首蹙额,点评入木三分:"权力岗系稀缺资源,僧多粥少。政治力学场经过演变,已经从简单的情感圈、粗放的人际交往,变成了人身依附,干部提拔靠傍,傍准了人等于搭上了顺风车,要风得风要雨得雨,入错了圈等于上错了船,船在人在,船毁人亡。官场依附犹如押注,败坏了道德伦理,推高了庸俗政治。无怪乎塌方式腐败层出不穷,无怪乎反腐上的'一片倒''一片切'目不暇接。"官场的过度反应,给与龙之交往甚密的谢蒙,留下了口实:"人亡政息现象见怪不怪,一个人犯了罪垮了台,把他过去所做的一切都归咎为流毒,只有连根拔起才算彻底决裂,这种做法正常吗?合乎政治伦理吗?"

"本土权力圈"瓦解后,一夜之间空缺了诸多权力岗,引发了新一轮的政治人身依附竞技。出于利益考量,各路人马粉墨登场,改旗的改旗、易帜的易帜,纷纷向曾峰递投名状,其中不乏有人故意"整"出一些事情来。

"宾州公园"的取名,是龙之常务副市长任上敲定的,对首家公园的命名,宾州市委、市政府可以说慎之又慎,曾发出上万份征名问卷,征得上百个名号,最终考虑到历史沿革,以及有利于扩大地方影响力,取名为"宾州公园"。这次征名可用"兴师动众"来形容,可无论动静闹得多大,碍于糟糕的财政状况,宾州市政府瘦鸡婆屙硬屎,硬着头皮建了个气势磅礴的石拱门与10万平方米的简易广场后,项目最终因资金问题停摆。

龙之被查之后,身边不断有人给曾峰吹耳边风:"宾州公园是典型的民生项目,也是往届政府留下的半拉子工程。如今宾州走上了发展快车道,城市面貌日新月异,环境建设也应跟上时代步伐。启动公园建设是'救活一个项目,赢得一片叫好,收获一城民心'的政绩工程!"在他们眼里,公园建设等同于民心工程,等同于政绩工程:"建设高品质公园,是新时代的要求,包括公园名号在内,应当与时代主题、时代步伐相适应,唯此方显本届市委、市政府引领时代的英雄气概。"此话一出，立马引起曾峰的重视。

曾峰向来讲究政治功效，注重标新立异，强调颠覆性的社会效果，特别是公园重新命名的提法，合乎他的理念。不久，曾峰在市委全会上提出公园建设总目标："公园建设是当下最重要的民生工程，也是本届市委、市政府的大事要事，要力争建成全省区县规模最大、品位最高、文化最厚重的公园。"宾州一号一表态，附和的大有人在，不久，宾州不惜耗巨资请书法名家题写园名，将公园石拱门上挂了十余年，气势恢宏"宾州公园"四个字撤下来，换成了"文化公园"。当然，公园建设还得要体现曾峰"文化公园要注重文化内涵，突出文化要素"的指示要求，投入近亿元资金，在公园建人文文化景观，什么书院、阁楼、凉亭等应有尽有。至于景点建成后，文化是否厚重起来就不得而知，人们只看到提出更改名号的人，提拔到权力显赫的岗位，成为重岗领导。

曾峰作为政治家式的人物，善于整合社会资源，凝聚合力干大事。老城区建"行政中心"，不足以体现曾峰的政治魅力，在他眼里充其量是个"城中城"项目，不可能成为颠覆式的政绩工程，仅此就不看好。龙之"本土权力圈"瓦解前，否决老城区行政中心项目，他还有所顾忌；龙之被查之后，这种顾忌已不复存在，加上常务副市长、组织部部长、纪委书记等市级主要岗位领导，以及国土、财政、发改、交通、教育等重岗局长，都是经自己手提拔的，可以说，新一届市委、市政府权力班底，是经自己手打造出来的。这种状况，连正常意见或建议声都难听到了，整个宾州政坛都习惯于"按书记的指示办事"，宾州成了"大一统"政治。此后的"曾"式发展方略，如入无人之境，曾峰完全可以发挥政治想象力，全力践行施政理念，实现政治理想。

启动南城区"发展中心"群楼建设前，宾州市委、市政府所属的宣传机器全力开启，舆论造势做到了极致，"财政不出一分钱，以楼置楼建新城"喊得震天响，蛊惑力十足，颇具震撼力。

践行"经营城市"的理念，用老城区行政事业单位资产置换全新办公楼，政府不出一分钱还能造出一座新城来，实现城市板块再造升级，拉动地方经

第十六章 烫手山芋

济长线发展。"曾"式发展方略的这幅图画，前景十分诱人，只要稍有点政治头脑的人，就知道何去何从了，谁要是不晓得搞，指手画脚，说穿了就是脑膜炎，吃饱了没事找事。遇上这等好事，遇上如此智慧的领导，还去添乱添堵，不被唾沫子淹没那才叫怪。

"发展中心"建在南城区核心区域，高速连接线西北侧，是个"一拖四"群楼建筑。"发展中心"坐西北朝东南，两侧四个四层各数千平方子楼，犹如四尊守护神。四个子楼分别为四个功能性服务楼，南侧为政务中心与信访接待中心，北侧为会议中心与后勤服务中心，中间是15层的主体大楼，外加一层地下车库，总面积15万平方米。

发展中心群楼系欧式建筑，楼体为大理石外挂幕墙，窗户为蔚蓝色隔音玻璃。整个大楼气势磅礴，内设巨型圆顶透明有机玻璃天窗，楼盘四合院布局，全为单子间，设环形内走廊，"日"字形架构造型。大楼空气对流顺畅，阳光照射充足，楼内装有10台大型高速电梯，交通快捷便利。大楼前面是26米高的巨型门庭，门庭高大挺拔、宏伟壮观，14米宽进口大理石铺就的"V"字形车双向六车道，自南往北贯穿其中，直达大楼大门口。

大楼后面是面积过15万平方米的巨型园林式露天停车场，这里绿树成荫，鸟语花香，四季常青。大楼前面是过30万平方米的巨型园林式广场。广场最前面横亘着一条人造护城河，护城河水景别致新颖，每当夜幕降临的时候，整个广场色彩斑斓，灯光科幻奇异，让人目不暇接。广场系花岗岩铺就而成的，四周是造价过亿的园林景观，园内花木可以用"非奇即贵"四个字形容，不是名贵花卉就是珍稀树种。超大型的园林式景观广场，让"发展中心"既显尊贵荣华，又不失庄严肃穆。

广场设计别具一格，有水有山，有河有桥，既显高端大气，又不失精致典雅。整个"发展中心"群楼，乃至配套的广场、园林等设施气势非凡，设计独具匠心，布局精致完美，工艺巧夺天工。单从建筑审美来讲，"发展中心"群楼本身就是一座完美无瑕的艺术作品，当你走进大楼，能够由衷地感受到豪迈之气，体验到城市格局的无限遐想。

风　云

　　"发展中心"冲破重重阻力，最终建成宾州地标式建筑。大楼的落成，让曾峰既喜又忧，喜的是自己殚精竭虑推进的南城区开发建设，以"发展中心"群楼建筑为标志，阶段性建设目标已经实现。通过这一阶段性成果的功能辐射，公安、消防、检察、法院等群楼依托"发展中心"两侧拔地而起，加上政府优惠政策作为导向，数家房地产公司相继进入，开发了数百万平方商业住宅楼盘，并且随着宾州义乌国际商品城的开业，南城区渐渐有了人气。这些建筑楼群的落成，标志着南城区城市架构轮廓已具雏形，大建设架势业已拉开，项目井喷而出。在可预见的未来，宾州新城将以全新的姿态，横亘在宾州东南部，并与老城区遥相呼应，列为宾州的"双子城"。仅此来看，以"发展中心"建设推动南城区建设开发，推动宾州发展的大战略，露出了胜利曙光。

　　目睹星罗棋布的南城区建设项目，工程进度快速推进，城市建设日新月异，曾峰感到无限欣慰。他在开春的人代会上，喜形于色地向全市人民报告："宾州以南城区为标志的城市建设，走上了高效、优质、快速发展之路。经过几年的实践，城市规模扩大了一倍，城市品质有了质的提升，取得这一成果，是经营城市理念引领城市建设的结果，更是宾州人民努力奋斗的结果。我们有理由相信，只要坚持不懈地走下去，不久的将来，宾州一定能够实现'全国闻名、全省领先'的宏伟目标！"与过往反应不同的是，曾峰通篇贯穿着"全国领先，世界闻名"基调的激情演说，再也没了过往的看衰声，取而代之的是热烈的掌声。那时的曾峰，踌躇满志，沉浸在"曾"式发展方略的成功喜悦中，宾州人从中感受到了城市翻天覆地的变化，领略到了宾州社会经济发展的加速度。

　　当然，有喜必有忧。忧的是南城区建设像一头吞金巨兽，吞噬了数十亿资金，庞大的建设支出，拖垮了宾州过往殷实的财政，开启了赤字预算先河。与此同时，庞大的财政负债也引发了社会恐慌。为消除市民担心，曾峰在市委全会上给出了解释："负债搞建设怕啥？市政府通过南城区开发，储备了万亩土地，相当于储备了200个亿的财富。"

　　在"负债发展"理念的推动下，同步启动老城区改造，"穿衣戴帽""亮

第十六章 烫手山芋

化工程""三创四化"等新名字满天飞。放眼宾州，东南西北中，到处是热火朝天的建设景象。宾州人"摸着眼钉个钉"，以崇尚勤俭节约为荣，铺张浪费为耻，经过"大建设大负债大发展"思想的浸染，传统节俭美德一夜之间被颠覆，成了"土老帽""瞎唠叨"，成了不思进取的代名词。

无论是狂热还是恐慌，变化有目共睹，引用曾峰的话就是："经过几轮高速建设，呈现在人们眼前的是道路宽敞了，楼盘整洁了，街道绿化了，城市亮堂了，城市面貌焕然一新。"可这些变化，无法消除"本土权力圈"来自骨子里的抵触情绪："无节制的城市建设，改写了宾州赢利财政的历史，是曾峰一手打开了负债建设之门，财政巨额赤字终将成为梦魇。"没想到一语成谶，这负债魔门一开，宾州财政负债直线飙升，至曾峰调省政府任职时，财政赤字加上财政担保融资高达 30 个亿。

倘若后曾峰时代的宾州市委、市政府能及时警醒反思，踩住负债建设的刹车，调整负债发展思路，有万亩土地储备抵御风险，宾州财政不至于走到崩溃边缘。不幸的是，继任者继续沿袭负债发展的激进路线，建立多个融资平台，设立引资重奖，借钱维持建设、催生政绩。一时间，宾州只要是钱就敢借，借钱成了时尚，会借钱就是本事，能借到钱就是贡献。

曾峰走后的数年里，宾州负债建设的脚步越迈越宽，债务激增至 350 个亿，每年财政仅债务孳息就达 30 亿元。财政状况的恶化，给不同政见者以口实："宾州年财政收入仅 20 多个亿，可用财力不到三分之一，如今光负债年孳息就达 30 个亿，不吃不喝都脱不了'赤'帽了。"这账算得着实有点尖刻，但确实道出了宾州未来财政捉襟见肘的实情。

"发展中心"集中行政，客观上为限制各部门首长的签字权创造了条件和提供了可能，就理所当然地会触动各阶层的利益神经，从而引发诸多不满。宾州 2000 号干部集中往大楼里一站，黑压压的一群人，部长、局长变科长，法人单位成了二级机构。可别小看这些变化，实际上触及各阶层的既得利益，签字权一收，报销制变成了报账制，无异于变相"削藩"，难免遭到明里暗里抵制。

这签字权自然很诱人,过往局行分散办公,各自为政,有条件把单位财政变成家庭财务,甚至不惜铤而走险,无惧引发举报。曾峰所推动的发展中心建设,集中行政办公,实际上堵住了若干利益攫取的渠道,给可能发生的贪腐设置了障碍。

于是不时有人出于不同动机,向中央、省、市纪委举报,举报宾州市委、市政府以建发展中心为名,巧立名目盖办公楼。发展中心群楼刚落成,就被省、市纪委盯上,接下来是一茬接一茬的调查,谁敢招摇过市顶风搬迁?恰恰是不能正常搬迁,惹得谣言满天飞,天天有新闻故事,时时有八卦消息,什么"谁谁接受组织调查""谁谁在会场被省纪委带走",谣言如滚雪球越滚越大,越传越玄乎。谎话讲了一千遍,也就成了真理,这司空见惯的社会现象,这悬而未决的"组织调查",搅得曾峰心绪不宁。

曾峰当然清楚谣言的危害性,也明白搬迁是破解谣言的最好办法。发展中心群楼落成的一年里,搬与不搬成了宾州市委、市政府最艰难的决策。为搬迁,曾峰先后两次部署搬迁提案,拿到"两会"上表决,以不搬迁将造成新的浪费为由,获人大、政协表决通过。岂料举报者不买账,大有不达目的不罢休的架势,导致搬迁一拖再拖,到曾峰调离宾州都未能实现,这不能说不是曾峰的遗憾,不能说不是"曾"式发展方略的遗憾。

那一年,宾州发生了一起辅警强闯民宅抓赌事件。只是谁也未料到这原本简单的治安管理执法,却掀起了惊涛骇浪,给曾峰的继任者章志出了一道大难题。

那天领衔抓赌的,是一个干了多年的老协警,也算他运气好,没逛游多久,便在辖区内一支部书记家里抓到了聚众赌博,虽涉赌金额不大,却撞到了枪口上,于是老协警当场给涉赌人员每人开具2000元行政处罚决定书。没想到支书是个"尿撑屌",当了一辈子土霸王,竟当场把处罚决定书撕了,嘴里还不干不净地骂:"瞎了你的狗眼,胆敢跑到家里来捣乱,就不怕告你私闯民宅?剥了你这身皮囊,省得你到处耀武扬威,把自己当爷当爹来搞!"老协警哪受得了这气,掏出铐子上来就抓人,同时向所长呼叫求援:"所长,抓赌现场发生了袭警，赶快派人增援。"派出所所长一听"袭警"二字，立马调集十来个干警，驱车奔赴事发地，把"土霸王"支书治安拘留15天。这15天拘留，是治安行政的顶级处罚，显示了当地警方的威严。

只是人算不如天算，没想到支书的儿子在主流媒体当记者，与赵德峰往来甚密，合作多年写过无数采访报道。当赵德峰获悉消息后，立马将此事捅给省内主要媒体，理由有二：一是警方粗暴执法，超越界限；二是将不具备执法权的协警置于前端，严重违反执法程序和相关规定。于是有媒体的电话打到了宾州市委，把刚上任的市委书记章志惊呆了，抓起电话就给公安局局长下指示："马上放人！马上放人！"这支书脾气犟，提出"开除抓赌协警，免除派出所所长职务"的无理要求，否则决不走出拘留所大门。支书得理不饶人，让公安局局长很是为难。"猪八戒吃西瓜倒打一耙！难道抓赌有错？要是不明不白处理了执法干警，传出去岂不是笑话？传出去警察这活还怎么干？"公安部门的一连串的"怎么办"更让章志很是为难。这边，媒体的电话和来人接连不断；那边，一篇题为《宾州耗资2.9亿顶风建豪楼》的新闻稿在东江日报等主流媒体上刊发，立马引爆了舆论场，一夜之间，宾州成了全省瞩目的城市。

由抓赌引发的舆情及连锁反应来势汹汹，作为宾州现任市委书记，章志必须迅速拿出处置措施，否则上下里外都无法交代。他第一时间主持召开了"四个班子"联席会议，进行专题研究。这天，与会领导与各应急部门首长个个面面相觑，忐忑不安，一言不发地盯着面无表情的章志。章志满脸严肃，一动不动地坐在主持席上，看得出来他在努力压制怒火，铁青着脸听取涉事部门的汇报。

章志中等个子，文质彬彬却不失沉稳。他从省委组织部选派宾州挂职科技副市长干起，担任过组织部部长、纪委书记、市委常务副书记、市长，市委、市政府所有的岗位都历练过，是个熟悉宾州风俗民情，又深谙人情世故的领导，处事惯来以圆滑谨慎著称，但在应对本次突发性事件，从一开始就缺乏政治敏锐性，错失了处理的最佳时机，以致发展到不可收拾的地步。事已至此，只能亡羊补牢，亲自主持应急处理会。

依惯例，涉事部门做了首个发言，公安局长汇报抓赌情况后，闪烁其词地做官样检讨："一是抓赌引发的媒体事件，给市委、市政府添了麻烦，我作为涉事单位'一把手'，代表单位表示歉意；二是抓赌是正常的治安管理工作，是公安正常履职行为，其正当性不容否定；三是公安督察部门已对治安执法行政行为进行审查，一旦发现违规违纪，将作出严肃处理。"公安局长态度暧昧，明显叫怨叫屈护犊子。

政法委书记是个老资历，说话颇有分量，敲打意味浓："局长同志，现在不是谈追责的时候。目前，舆情汹涌的根源，皆出自这波执法引发的同一媒体事件，如果继续任其发酵，极有可能给宾州各项工作带来极大的困扰。事件的起因清清楚楚，解决问题须对症下药，现在到了需要公安局拿姿态做牺牲，为组织排忧解难的时候了。"纪委书记虽未明示解决办法，但指向性清晰，字字重若千斤。

正当与会人员的眼睛齐刷刷盯着公安局长，等待他表态的时候，市委秘书长手里捏着份省纪委加急明传电报，匆匆走进会场的他，低着头附在章志耳边准备汇报时，被章志当场挥手打断："用不着藏着掖着了，当着大家的面念吧！"宾州一号一表态，秘书长自然不敢懈怠，拿起电报照本宣读："东江省纪委明传电报第×号，宾州市委：根据省委的指示要求，东江省纪委就媒体反映的宾州耗资2.9亿顶风建豪楼事件，成立调查组赴宾现场调查，请予配合调查！东江省纪律检查委员会。"会场瞬间一片寂静，在座的人，或是低头沉思，或是面面相觑。

此时的章志心里跟明镜似的，"发展中心"的投入远超10亿元，媒体所曝光的2.9亿元，还不到"发展中心"群楼总投资的零头，若继续深挖，把内幕挖出来公之于众，后果不堪设想，必须穷尽一切手段，阻止媒体事件的继续发酵。

看到公安局长一脸委屈相，章志气不打一处来，心里骂道："事是你公安惹出来的，到现在还在推卸责任，还配当这局长吗？"不过修养极好的章志还是强压怒火，站起来喊话："请公安局虚心接受在座同志的意见！"接着，他一字一顿地发出第一道指示，"一、既然事情已经发生了，方方面面就不要相互埋怨、相互推诿责任了，请把精力集中到应急处理的措施上；二、请公安局拿出担当与牺牲精神，为平息媒体事件做出姿态，并付诸实际行动；三、为给媒体事件降温，建议公安局解除涉事协警的聘用合同，调整涉案所长的岗位；四、请公安局班子成员放下身段，登门解释沟通，配合当地政府做好涉事人员的工作，取得涉事人员及其家人的谅解；五、请秘书长带队赴省城，不惜一切代价，浇灭媒体这场熊熊大火。"章志把话说到这份上了，公安局长纵有天大的委屈，也只能打掉门牙往肚里吞，自认倒霉了。

声势浩大的媒体事件，在章志的精心阻击下，终于平息下来。严格地讲，章志也有天大的委屈，开发建设南城区，以"发展中心"群楼项目推动造城运动，是曾峰主导下的治市理政"力作"。主政风格强悍的他，不允许任何人挑衅他的主政意志，作为时任市长的自己，充其量只能算个执行者。对章志来说，与强势有加的曾峰搭班子工作的10年里，名义上是二号人物，话语权与身份明显不匹配，常常大权旁落。曾峰主政下的宾州，重大决策上自己只有执行的份。好在自己性格温和，深谙与一号相处的艺术。这一号是天一号是地，与一号离心离德，是政治上极不成熟的表现；现行的施政体制下，没几人在与一号的"叫板"中占到便宜。

曾峰对造城运动与建"发展中心"群楼，有较为客观的风险评估，它既是"曾"式发展方略中的骄傲，又是对手攻击的"软肋"。曾峰清楚，楼堂馆所是高压线，是中央明令禁止建设的，更与后来的"中央八项规定"相抵触，不管其对推动地方经济发展所起的作用如何，都可能成为对手攻击的目标。曾峰明智，在调任省政府副秘书长之前，极力向省委、地级市委举荐章志接任市委书记，章志的历练与资历完全符合晋升条件，有在任市委书记力荐，上位阻力极大减小，上位概率呈几何级增加。果不其然，在曾峰的举荐下，章志无异议地晋升为宾州市委书记。

章志顺利接任市委书记，印证了曾峰的高瞻远瞩。曾峰相信，章志是"曾"

式发展方略最合适的继承者,只要他接任市委书记,过往施政路线图不会走偏,也不会"人亡政息"。曾峰甚至作出了精准预判:"宾州所推动的'曾'式发展方略社会实践,是'负债搞建设'的产物,所产生的巨额财政赤字后遗症,必将饱受非议。倘若被定性为方向性错误,那自己本人及任上着力推动的社会实践,其历史定位必将改写。"曾峰别无选择,力推章志上位,把章志绑上"曾"式发展方略的战车。

举荐章志接任市委书记,是一着政治高棋。从实施层面讲,宾州市政府是第一责任人,作为市长无疑首当其冲,如果说需要人为错误决策担责,章志无论如何脱不了干系。助推他上位,不仅政治上顺理成章,也是政治谋略的集中体现。曾峰坚信不疑,章志不仅会继承自己的"政治遗产",还会因自己的极力举荐,背上"知遇之恩"的包袱。政治背叛是官场忌讳,也是"圈子文化"的禁忌,世上没有无缘无故的爱,也没有无缘无故的恨,无论从哪个角度讲,章志都不可能有政治背叛。事实上,章志处理媒体事件的果敢表现也证明了这一点:政治家式的人物,总能未卜先知地规避政治风险。

经过半年的调查,省纪委调查组认定宾州耗资数亿建"发展中心",系巧立名目建楼堂馆所,背离中央倡导的勤俭节约精神,但审批发生在党的十八大前,且大部分规划曾报经省府批准,定性上打了擦边球。定性结论出台后,媒体事件彻底画上了句号,对上对下都能交代了,还可名正言顺地实施搬迁。可以说,搬迁像个烫手山芋,让宾州市委、市政府如鲠在喉,此时终于迎来了解决的契机。

浇灭媒体事件的熊熊大火后,如何实施搬迁,章志仍表现得十分谨慎。经周密论证,敲定"分步走"方案,先搬迁服务窗口,后事业单位,最后才是党政机关。明理人一看就明白,章志是在一步步"试水",观察民意,试探社会对搬迁的包容度。搬迁方案无论从哪个角度讲,都称得上"一绝",时间可快可慢,方式可进可退,进程可调可控,计划不可谓不周密,不可谓不用心。此外,宾州市委、市政府在搬迁上表现出了足够的耐心,一搬就是两年,悄无声息地搬进近2000人、上百个行政事业单位,最后剩下党政首脑机关。

那年的"七一"建党节,章志以"请老同志、老党员建言献策"为由,请退休退岗老同志参加座谈。会议在市委接待中心举行,显得简朴隆重。

会前,市委办公室给与会老同志人手一份汇报材料,还破天荒发放纪念邮册。这些老同志退休退岗多年,平时闲居在家,没人理没人管,就剩下写回忆录,寻找记忆里的辉煌过日子。建言献策会由章志主持,他的开场白情真意切:"感谢老同志百忙之中抽时间参加会议,感谢你们对宾州发展和我本人工作一如既往地关心与支持。今天请老同志来座谈,就是想听听你们对本届市委、市政府的工作建议,就是想听听你们对'四个班子'机关搬迁的意见。"说到这里,章志有意识地环顾四周,目测老同志的反应,接下来一字一顿地强调,"我代表'四个班子'领导表个态,今天的建言献策会,只用耳听不用笔记,一定做到听者有益,闻者足戒,言者无过,请老同志畅所欲言,市委、市政府认真听取,虚心接受。"

一开始老同志心存顾虑,听到章志的话后,知道章志真想了解社情民意,真想听老同志的意见,顾虑烟消云散,话匣子随即打开,说着说着口无遮拦起来,慢慢地批评之声不绝于耳,难听的话张口就来,都集中指向巨额的财政负债上。老工业局局长抢先发言:"宾州这些年实体经济发展缓慢,税源不足,税收上不来没人管,借钱搞建设的脚步一刻没停,这不是本末倒置吗?"退休多年的财政局局长性格豪爽,火力超猛:"财政包袱越驮越重,赤字越来越大,钱越借越多,包袱何时了?天大的窟窿拿啥去填?宾州财政怕是永无翻身之日了!"纪委老书记不鸣则已,一鸣惊人:"近几届市委、市政府盲目追求政绩,产业弱化无人管,企业垮的垮卖的卖,老本吃得一干二净,不知道以后吃啥。"退岗不久的发改局局长全家吃皇粮,他忧心忡忡,担心工资发不下:"靠借钱过日子,势必难以为继,市委、市政府再不引起重视,宾州迟早得断粮断炊,迟早有揭不开锅的日子。"年过七旬的国土局局长,惯来挑剔,讲出来的话煞是难听:"宾州的经济是泡沫经济,宾州的繁荣是虚假繁荣。特别是曾峰走后,净增300多亿元负债,债务成了'三座大山',

政府实际上已破产了！"

发牢骚的这些老同志曾为宾州的发展呕心沥血过，他们怀着对家乡的感情，时刻关注地方的发展，对曾峰主政宾州以来无节制地负债建设表达了担忧。这些老同志平时没机会说话，一旦逮着机会，就像打开闸门倾泻而出的洪流。好在德高望重的老市长通人性，理解章志开座谈会的立意，也体谅他的难处，遂站起来打圆场："本届市委及章志书记尊重咱老同志，我们应当珍惜机会，不能把建言献策座谈会，搞成民主生活会，建议老同志少点怨言多点建言，帮现任市委、市政府出谋划策，排忧解难。"接着话锋一转，向宾州一号建言，"市委、市政府听取老同志对'四个班子'机关层面搬迁的意见，恭敬不如从命，我就表个态，对事说事不隐瞒观点。从运行成本考虑早晚都得搬，拖了那么长时间真该搬了，加上职能部门搬进去了，剩下个'四个班子'首脑机关，'身首分家'不合行政管理常规，更不符合便民服务原则。建好的房子不用，本身就是浪费，从实际出发搬迁就是便民、就是节约。但从政治影响层面考虑，'四个班子'机关的搬迁仍牵动着社会敏感神经，舆论事件刚刚平息，千万不能因搬迁反弹，建议'四个班子'机关暂缓搬迁。"老市长在宾州深受人们尊敬，讲话具影响力，一锤定音。他的话一出口，获老同志一边倒支持。老市长的发言，虽帮章志解了围，却加深了他对搬迁工作的顾虑，遂决定继续搁置"四个班子"机关搬迁。

想不到的是，搬迁一拖又是三年，直至章志卸任，都没能兑现全搬迁的人大决议案。与曾峰一样，章志在主政宾州的数年里，未在"发展中心"豪楼里拥有过办公室、上过一天班，这对两个宾州最具权势的人来说，不能说不是他们共同的人生遗憾！

第十七章　惺惺相惜

龙之在东岭法院受审时，宾州上百人驱车前往，其中多为龙之的亲友、故交与同事，他们均怀着别样心情参加旁听的。

经过大半年的审查，龙之像变了个人似的，脸庞黝黑浮肿，胡子拉碴脸发黄，整个人消瘦了一圈。历经人生巨变后的他，穿着抢眼的黄马甲囚服，被两名法警挟持着，缓慢地移动着脚步，朝被告席走去。此时的龙之，精神状况极差，既憔悴又疲惫，完全失去了往日的干练与威风。看到昔日朝夕相处的熟悉面孔齐刷刷转向自己的时候，心情极为复杂，像打翻了五味瓶。也许人到了这步光景，人世间的真情与冷漠、人性中的虚伪与劣根性，或都显露无遗，此时的龙之，能够感受到原汁原味的人性，明白了谁在念着自己的好，谁在记着自己的仇。

早些时候，郑林代表曾峰专程探监，地方党政组织出面看望，不仅仅是同僚同事间的往来，更代表的是一种政治态度。郑林此行一是转达曾峰对龙之的问候，毕竟龙之曾为宾州经济社会发展做过贡献，这功是功过是过，即使犯了罪也不能否定过去的功劳；二是或多或少地释出惺惺相惜之意，间接

风 云

表示安抚；三是发出宾州市委、市政府希望案子快审快结的政治信号。郑林委婉、全面、到位地表达了上述意愿，营造案子快审快结的政治氛围，舒缓了龙之的审查压力。

此后，龙之的处境趋于好转，不久侦查告一段落，案子移送起诉。对案犯来说，审查阶段是最难熬的，鲜有人挺过这关；绝大多数审查对象历经从天堂到地狱的剧变，意志崩溃，选择认罪服法，巴不得快审快结，快点移送执行。案子移送起诉后，龙之同样长长地舒一口气了。或许宾州这位昔日权力角斗场的主角，历经人生变故之后，才真正沉下心来，重新开始了人生思考。

龙之服刑后，曾峰在宾州的治市理政路上，虽然少了诸多阻力，却遭遇懒政与行政执行乏力的尴尬。新老城区环线连接线竣工验收前夕，市委书记曾峰、常务副市长郑林、主管工交钱的副市长，以及职能部门一帮子人前去视察。按照与高速公路达成的协议，环线作为新老城区的连接线，道路由高速公路建设指挥部出资建设，环线街道绿化配套由宾州市政府负责。此时，道路基本成形，双向八车道沥青路面已经铺好，道路辅助设施基本完工，连接新老城区跨度2000米的大桥业已竣工，单从道路等级来讲，已达到城市主干道建设标准。可市政府承担的道路绿化显得寒酸保守，建设进程明显滞后，且看不到优化效果与快速跟进的迹象，让曾峰很是不爽。

工程拖了后腿，曾峰心情郁闷，脸色自然不好看，遂当着一干人的面，询问主管副市长："绿化设计招标是你主持的吗？"主管副市长察言观色，知道书记心里有疙瘩，紧张得发毛，连声音都变了："是的，是我主持设计与施工招标的。""你不觉得道路绿化过于寒碜，与道路等级明显不匹配吗？"曾峰语气满满的全是质疑。主管副市长年纪轻资历浅，吓得连大气都不敢出，小心翼翼地解释："规划设计有'高配与低配'两套方案，高配方案造价6000万元，苗木大品质好造价高，注重'高大上'效果；低配方案2000万元，苗木偏小但价格低廉。招标时考虑到市本级财政的承受能力，最终决定采用低配方案。"曾峰继续发问："需要多长时间见到效果？""10~15年。"主管副市长回答。曾峰两眼紧紧盯着对方，眼神里流露出不快："15年？怕

第十七章 惺惺相惜

是你我不是退休就是离岗了，我看不用等了，改高配方案。"主管副市长面露难色："书记，高配方案得增加4000万元投入，光招标程序就得走两个月，调整方案势必影响工程验收。"曾峰皱上眉来，头也不回地走上车，摇下玻璃，丢下一句话："走正常招标流程，程序太复杂，也浪费时间。我看先上车后买票，有关部门跟进补办相关手续。"说完盯着吓傻了的主管副市长，逐句逐字下指示，"工程一刻都不能耽搁，无论如何得先启动建设，军中无戏言，误了工程验收拿你是问。"

郑林一听头皮发麻，侧过身轻轻提醒曾峰："书记，不经招标就开工，不合乎法律规定，也是工程项目招标法规所禁止的，恐怕操作不便。"曾峰一脸不屑："按特事特办程序处理，有困难找章志市长解决，市长就是法。"弄得随行视察的官员个个面面相觑，私底下议论："曾峰书记果然霸气有加，这种事恐怕只有他和昔日的龙之才敢讲才敢做才敢拍板。"

遇上这档子事，郑林很是理解曾峰，且理解颇具新意："政治家是立规矩的，不是遵循规矩的，用常人的眼光看政治家，肯定是光怪陆离，肯定是无法理喻。曾峰原本就是政治家式的人物，他的思维与治市理政方式自然与众不同。成大事者不拘泥小节，磨磨叽叽不是大气，更不是政治家应有的作派，没个'三下五除二'的果敢劲，如何成得了大器？"

越是遇到行政乏力，曾峰越是惦记龙之的强处。在曾峰的内心深处，最看好龙之的，是他雷厉风行的处事风格，他的担当，还有置之死地而后生的处事风格，这在现任班子成员中，很少有人能比。过往宾州大的建设项目，只要是龙之主抓的工作，无论是书记还是市长都省心，倘若是龙之抓环线绿化配套，同样会省了诸多操心。

严格来说，龙之与自己是同类，都是想干事能干事干大事的人。掐指一算，自己对龙之的了解有20年之久。那时，毗邻县市乡镇党委书记因处理边界关系，常见面切磋工作经验，有事没事往来走访，他俩所主政的乡镇，结成睦邻友好乡镇，顺理成章，两个人成了好朋友，彼此往来密切。

走马上任宾州的那一刻起，曾峰就希望与龙之相向而行，一起为宾州的发展奋力打拼，一起扛起改变宾州的历史责任，一起打造宾州未来的辉煌。曾峰不曾怀疑与龙之的合作，他就是最佳"二传手"，没准就是梦之队组合，就是高效率施政团队。可惜的是，这两个政治强人终因施政理念不合走向对立。或许走向政治对立的不归路，是命中注定的性格碰撞，是不可避免的命运归宿。但权斗归权斗，赏识归赏识，曾峰内心深处，始终保留着对龙之干事不要命的欣赏。龙之原本就是个干事的人，有着饱满的政治热情，喜欢把职责当本分、把工作当家事来做，仅此足以赢得曾峰的尊重，尽管后来与龙之分道扬镳，却没有改变对他的初始认识。就此来讲，哪怕是作为对手，龙之仍值得尊重。

龙之接受组织审查不久，曾峰主导的"乡城兼治"工作，获国务院有关部委的高度肯定，并作为样板在全国推广施行。曾峰作为这项举措首创市市委书记，被邀请到中央党校市（县）委书记集训班上讲课，传授"乡城兼治"经验，还因此获国家领导人的接见。

木秀于林风必摧之，行高于众众必非之。出足了政治风头的曾峰，让地级市委、市政府主要领导心存纠结，你一个县级市的光芒盖过了地级市，情何以堪？

正当全国风行"乡城兼治"时，宾州所在的地级市却无动于衷，表现得异常冷淡，这一尴尬境遇让曾峰很是难堪。好在他的老领导、政治伯乐在省委常委任上，向身陷尴尬境地的曾峰伸出了援助之手，带着省委办公厅、省委宣传部乃至东江卫视等主流媒体，组织规模庞大的省委、省政府考察班子直奔宾州学习经验，这才在全省掀起了"乡城兼治"高潮。

省委常委带队莅临宾州考察，绝不是简单的例行公事，而是力挺的政治宣示。尽管地级市市委书记、市长对曾峰标新立异、抢风头的作派有点感冒，但省委常委专程考察宾州的"乡城兼治"工作，却不是简单的例行公事，以他们应有的政治智慧，应该懂得省委常委代表的是省委，是省委对"乡城兼治"的政治态度，绝对不敢懈怠。官大一级压死人，省委常委现身宾州就是政治倾向，你可以对下属工作任性说不，但决不可以对上级领导的做法存疑，

第十七章 惺惺相惜

这是官场的通行规则。谁想在官场上混，就不得不尊重政治伦理，否则不是政治幼稚病就是脑膜炎，幼稚病也好脑膜炎也罢注定不会有政治作为，也注定成不了政治气候。

那天，天高云淡，风和日丽，省委常委一行在地级市市委书记、市长的陪同下视察宾州。按惯例，曾峰带着宾州"四个班子"领导，一早来到市界界碑处迎接。省委常委一行在曾峰的引领下，先是视察宾州创建全国文明卫生城市工作，之后到乡镇转悠了一圈，这一转悠不要紧，让他们大开了眼界。宾州的"乡城兼治"社会实践，所带给乡村的社会深刻变化历历在目，千百年来形成的乱丢乱弃、乱摆乱放的陋习顽疾得到了根治。看到宾州乡村文明建设上的新风尚新变化，省委常委丝毫不掩饰对曾峰的赞赏，当着地级市委书记、市长的面大加点赞："常言道，耳听为虚，眼见为实。宾州的'乡城兼治'工作能够获得国务院有关部委的认可，进而当作先进典型全国推广，绝非偶然。宾州市委、市政府敢于担当、敢为人先的精神，值得各位学习，值得全省学习。"寥寥数语，充分肯定了曾峰的工作。省委常委的表态，代表了省委对曾峰的政治支持，地级市委书记、市长只得依葫芦画瓢，一改过往的消极应付态度，做了跟进表态："宾州的'乡城兼治'与'创建全国文明卫生城市'工作，有目共睹，成绩斐然。市委、市政府号召全市上下积极行动起来，推广宾州的'乡城兼治'经验，把省领导的指示落到实处。"随行的其他部门领导，个个是"跟风派"，个个跟着和尚拜下，纷纷附和表示拥护。

有了省委常委现场考察，东江省一夜之间统一了口径，充分肯定了曾峰的主政政绩。次日，《东江日报》头版头条刊发了省委常委的讲话，号召全省推广宾州的"乡城兼治"经验，这也使得曾峰最终从饱经非议中脱身开来。受之影响，"乡城兼治"从"丑小鸭"变成了"金凤凰"，政治行情随之大幅看涨，经东江省主流媒体大张旗鼓造势，把曾峰捧成了政治明星，迅速走红东江南北。

这一年，东江省委破天荒地对宾州市委书记曾峰就地加官封爵，提拔为

"副厅级干部",算是对他主政宾州的组织肯定。这"副厅级干部"头衔并不打紧,可"就地拔高提拔"方式,在东江组织史上绝无仅有。

谁能想到,曾峰的"曾"式发展方略主打戏,"城市创建"与"乡城兼治",最初的创意受到过龙之的启发。曾峰上任之初,龙之与曾峰彼此心无芥蒂,这对未来的冤家对头,那时配合还算默契。一天,龙之端着茶串门到宾州一号办公室,两人一边喝茶一边聊天,率性地就宾州如何发展进行了讨论。话到投机处,龙之放言高论:"宾州经过长时间的高速发展,已经到了转型升级的关键时刻,今后的路必须是高质量发展之路。建议曾书记将粗放型发展转到质量型发展上,从单一的城市治理转型到城乡同步治理上,从倚靠资源型经济转型到产业经济协调发展上。"英雄所见略同,曾峰听后眼睛一亮,觉得这一提法颇具深意,产生了共鸣:"是呀,发展是硬道理,已成为全社会的共识,可如何实现跨越式发展,如何闯出一条可持续发展的路径,是本届市委、市政府工作的重中之重。"见龙之欲言又止,尚在犹豫,曾峰连声鼓励:"龙老书记还有什么好的想法,都讲出来,咱们共同探讨摸索。"

那天,他俩聊了很久,所有话题都围绕着宾州未来的发展,没想到彼此观念如此前卫,思想如此接近,加上性格合拍,直至龙之起身告辞,曾峰仍意犹未尽,丢下一句意味深长的话来:"宾州未来的发展,你龙老书记最有发言权,期待你在我的任期上,多替我担待些,分忧解难,多有作为。"宾州一号的坦诚以对,同样感染了龙之,让他对未来的合作有了热切的期待。这是他俩搭班子以来,合作上有过的短暂愉快,尽管后来在如何治市理政上发生了分歧,但在社会经济共同均衡发展、城乡同步治理上,却有着广泛的共识。

最让曾峰感动的是,当年省水利厅来宾州验收防洪大堤工程,龙之代表市委、市政府进行工作对接,为让省厅多拨点款,他舍命陪君子,酒桌上放开喝酒,喝得烂醉如泥,差点把命丢在酒桌上,还在医院待了整整一周时间。

那时候,国家工程项目水深不见底,全国上下流行跑"部"跑"官"要钱。国家部委、省厅掌握着大批项目大把钱,手里有钱有项目,就不愁当不上"爷"

当不上"爹",这当"爷"当"爹"的,儿子孙子一大堆,谁乖巧伶俐就疼谁,谁孝顺听话就给谁糖吃,这乖巧孝顺的孩子,总是多占面子多沾光。对地方领导来说,满脑子政绩思想作怪,为争项目资金,谁不想做孝顺听话的孩子?谁不是变着法儿讨"爷"讨"爹"欢心,让他们多掏腰包多放血,支持嗷嗷待哺的地方经济?

这水利厅长是个性情中人,与龙之差不多同龄,他在处长任上就与龙之认识,在省委党校同过学同过寝,与龙之交往甚密。宾州的防洪堤工程项目,是龙之通过厅长这层关系争来的。项目竣工前,厅长特别交代:"宾州防洪堤项目是我主抓的水利重点工程,这个项目我会亲自参加验收,顺便看望龙之这位老同学。"这不,酒桌上兴致勃勃的厅长与龙之"杠"上了,酒过三巡,他一边拍着老同学的肩膀,一边大喊着敬酒:"龙之老弟,大哥我今天特别高兴,兴致勃勃地跑到宾州来,就想讨几杯酒喝,有劳老弟多陪几杯。当然,这酒不会让你白喝,喝一杯奖100万,决不食言!"然后,煞有介事地要随行秘书记好数。这龙之一听,知道厅长在兴头上,难得亲自下基层的他,绝非嚷嚷着要喝什么酒,八成这位厅长是看在同学面上想帮自己一把,找个理由多拨点项目款。若是厅长揣着这份心意,岂有不陪好不喝好之理?于是舍命陪君子,放开量喝:"厅长既是领导又是兄长,既然兄长发了话,做小弟的肯定得舍命陪君子。今天当着省厅各位领导的面,我龙之不喝倒就不出这个门。"说完,拿着一瓶茅台,连倒20杯一口气喝完。厅长一见豪气上涌:"龙之老弟,就凭你这20杯酒,给你的防洪堤项目奖励2000万元。"龙之一听,兴奋得两脚一软,歪倒在酒桌上,醉得不省人事了。

那天,厅长同样醉得不行,一进房间就歪倒在床上,第二天很晚才醒来,获悉龙之酒精中毒,特地赶到医院探望,不无歉意地嘱咐:"老同学的心意领了,好好调养几天,好好调养几天。"接着交代随行处长,"你们看看,我老同学多够朋友,与咱们厅那么贴心,为陪咱喝好酒,连命都豁上了,这份情义很重呀!咱们可不能辜负人家,对不对?你们几个给我记好了,回去就把防洪堤项目款外加2000万奖金,一并拨给宾州。"

龙之舍命陪酒的事，传到曾峰耳朵里，让他突发奇想，龙之这般搞工作的样子很像自己，有股子拼命三郎的劲，倘若两人携手合作，步调一致，没准成为最强班子组合。可惜事不遂意，宾州时下两个最具政治智慧、最具行政力的政治人物，成了权斗中对垒的双方，这不能说不是彼此的人生遗憾。

龙之是宾州特定历史时期社会经济发展的重要推手。这一说法没有人会怀疑，也是龙之政治人生的真实写照，常挂在他嘴边的话："牛皮不是吹的，是干出来的；讲打不算打，落地分真假；真金不怕火炼，是骡子是马拉出来遛遛。"正是这咄咄逼人的个性，使得他动不动就骂娘，动不动就埋汰这埋汰那，动不动就上升到讲政治的层面来说事。这领导干部一旦把强势变成了强权，什么事都得自己说了算，什么事都得依自己的意志来办，最终成为众矢之的，成为体制内的"异己力量"。从这个角度讲，龙之不是败给别人，而是败给了自己。

这唯我独尊的脾性说好也好，成大事者需要这种性格。宾州一段时间里的大事要事，在龙之的强势主导下，件件给办成办好了；这脾性说不好也不好，要是脾气一来，就啥都不管啥都不顾，没准把人给得罪了。

后备干部推荐是领导干部的一项特权，龙之作为常务副书记，分管党群工作，这一票含金量高。帮人就是帮己，当子弟兵镇长得知龙之推荐的人，不是其所在镇党委书记，遂带着人上门说情。这镇长可不是学雷锋做好事的主，打的是政治"小九九"，这党委书记一上位，镇长接任还不是板上钉钉的事。他私下称龙之"老板"，自恃与龙之关系铁，说话不拐弯抹角："老板，党委书记是我的带班长，也是我哥们，帮他就是帮我。谁不知道我是你的人呀？你要是不推荐他，小弟我的面子往哪儿搁？"龙之脸色一沉，官话套话张口就来："选拔干部有规有矩，党组织不是牛贩子，不可能私下捏手做交易，我也是四五十岁的人了，推荐谁与不推荐谁，难道要你来教我？"龙之正颜厉色地数落，弄得镇长与党委书记尴尬不已，落荒而逃。龙之这脾性没少得罪人，甚至与宾州一号、二号不对号，也是常有的事，给自己的悲剧人生埋下了伏笔。

第十七章　惺惺相惜

全国"撤乡并村"的那年，宾州按照省、市部署，开展"撤乡并村"工作。按撤并比例要求，宾州32个乡镇并至18个，行政村保留总数的一半。"撤乡并村"算宾州大事，凡大事交人代会代表表决，是治市理政例行程序。时任市委书记希望平稳推进工作，怕引发社会动荡，不想动静过大，便以宾州一号的身份，在人大主席团预备会上吹风："宾州的'撤乡并村'工作处在特殊的历史时期，平稳过渡当为第一要务，建议两步走，用两年时间到位，第一年推出试点摸索经验，第二年撤并实施到位。"不料话音刚落，龙之站出来反对："'撤乡并村'涉及千家万户的利益，牵动着社会敏感神经，一条牛是养一群牛也是养，我不赞成人为地一口饭分作两口吃。"书记一听就急，打断龙之的话，以商量的口吻说："龙老书记，'撤乡并村'书记办公会已经通过，这次就不要纳入主席团讨论了，按既定方针办好不？"没想到这话惹恼了龙之："请书记耐心听不同意见，也请书记尊重一下副职，让我把话讲完行不？"此话一出，空气像凝固了似的，大家都为龙之捏了把汗。只见龙之豁了出去，继续他的发言："我并非刻意反对书记的意见，但基于对工作负责，基于岗位职责，不能不表明态度。至于对错是非等我讲出来之后，请书记与主席团定夺。"此话一出，书记还能说啥，只好迁就："那你说吧！"龙之正憋着气，索性一吐为快："作为分管党群工作的副书记，仍坚持自己的观点，'撤乡并村'顺不顺利，关键在'快'字上，快刀斩乱麻，几刷子就搞定它。"话一讲完，龙之发现大家紧张地盯着自己，这才意识到过了火，此时早没了退路，只得硬着头皮往前冲，"工作怕就怕拖，越拖越被动，越拖越麻烦。'撤乡并村'不能打'持久战'，更不能搞'马拉松'，一旦久拖不决，就会陷入人情世故的泥潭里。"

龙之熟悉基层工作，"撤乡并村"说到底，比的是背景，拼的是靠山，人情关系牵一发而动全身，可谁没个关系背景的？谁不想护乡保村报效故土？看到大家顾虑重重，龙之干脆竹筒倒豆子："'撤乡并村'夜长梦多，等到背景、靠山缓过神来，站出来一说话，人情长人情短，伸脚踹了爷缩脚碰了娘，那就麻烦大了。人情关系的应对原本就是难上难，基层的同志都知道，基层工作讲究的是眼明手快，讲究的是速战速决，'撤乡并村'战线一拉长，干部人心惶惶，哪里还有心思搞工作？"话音一落，获主席团压倒性支持，让书记尴尬不已。政治上的事，说不清道不明，西瓜傍大边，现实中可能缺这缺那，却从来就不缺趋炎附势。打那以后，龙之的威望直线飙升，一言九鼎。

那年的"撤乡并村"工作正如龙之预期的那样，虽多有阻力却平稳落地，是东江省最稳最快最好的县市之一，这一结果得益于龙之"一步到位"的建议。事后，书记专程向龙之道谢："龙老书记，还是你熟悉情况，办事果断，提出了切合实际的建议。'撤乡并村'工作的顺利推进，你功不可没。"龙之一听，内心感动："书记理解就好，那次会上我说话的方式欠妥，让你闹心了，还请书记见谅！""龙老书记，你我同事一场，共事合作是一种缘分，有合作就有分歧，争议在所难免，都是为了工作，没啥谅解与不谅解的。"君子坦荡荡，书记的虚怀若谷，让龙之愧疚不已。

不过随着话语权日重，龙之也不能免俗，开始拥兵自重，若宾州一号弱势，迁就迁就也就过去了；若宾州一号强势，搭班子合作难免性格碰撞。好在龙之主管组织人事多年，表面文章大都做得好，与宾州一号虽不怎么对号，时不时闹出些小摩擦，多数情况能守住政治分际线，彼此相安无事。

不是冤家不聚头，该来的总会来。曾峰是个强势领导，在他的治市理政词典里，上级就是上级，下级就是下级。下级要懂政治规矩，分得清轻重，下级不得僭越职权，不得喧宾夺主。曾峰与龙之都是想干事能干事干大事的人，都有鲜明的个性，这两个强势人物在一起搭班子，原本是政治大忌，工作上的磕磕碰碰，掰手腕使性子的事在所难免。用龙之的话说："两个政治强人做搭档的结果，要么意气相投，称兄道弟共事；要么性格不合，拍桌打椅掀桌子。"这就注定了他们之间迟早会有一场较量。

龙之接受组织调查的前些年，在老家租赁30亩荒山，种植名贵花木，潜在价值可观，加上用围墙把苗木园围了个严严实实，成了名副其实的后花园。这下可好，被举报人死死咬住不放，渲染成现实版"刘文彩庄园"。这名字极具煽动性，听起来怪吓人的，都解放大半个世纪了，宾州版刘文彩竟然在无产阶级专政的铁蹄之下复活了,让地级市卫民检察长领导的专案组如鲠在喉。

所谓的"刘文彩庄园",是中央倡导发展"三农"经济大背景下的产物,当年的宾州市委、市政府响应中央号召,发文鼓励干部起表率作用,出钱出力开发山地农业。以龙之为代表的本土派干部带头租地发展种植经济。在这一政策的推动下,荒山荒地基本得到了治理,成为宾州农业经济的一支劲旅。

严格来说,龙之的苗木园符合当时的产业政策,没啥可挑剔的,却不被专案组认同,按照办案逻辑与惯性思维,你一个被组织调查的对象,对群众举报的庄园问题,不管如何都应当配合解决。可龙之执迷不悟,一口咬定系"民事经济合同行为",不属于违法违纪范畴,就是不配合处理。这下可好,触动了卫民检察长的威权神经,他游说地级市纪委发督办函,督促宾州市委、市政府强行解除租地合同,拆除苗木园围墙,没想到此举"整"出不大不小的风波来。

专案组与宾州市委交涉,理由冠冕堂皇:"瓦解腐败分子的经济基础大势所趋,是落实卫民检察长的指示要求,也是反腐败斗争的通行做法。拆除'刘文彩庄园',关键是解除租地合同,拆除苗木园围墙。"专案组还上升到讲政治的高度,向宾州市委施压:"实施强拆是反腐败斗争的政治需要,能否解决既往'刘文彩山庄'的问题,也是衡量反腐专项斗争是否取得决定性胜利的重要标志。"大道理一堆,水里讲到火里,火里讲到水里,目的只有一个,拆除必须得到宾州市委的认可,取得曾峰的支持。

事实上,强拆若获得地方党委、政府的支持,落实起来无疑容易得多。就在专案组紧锣密鼓实施强拆的节骨眼上,曾峰却有了不同看法:"龙之犯了罪,依法查处就是,苗木园围墙要不要拆除,也要依法依程序来办。"

接到专案组实施拆除通知后,曾峰把国土局局长叫到办公室:"这件事就交给你去处理,建议与省国土资源厅沟通一下,围墙到底属不属违法建筑?强制拆除到底合不合法?请省厅来界定。"国土局局长一激灵,宾州一号此时作出这样的安排,分明是在释放出对强拆持不同看法的信号,自己与龙之都是本土干部，谁愿意当刺头去得罪人？可上级纪委的督办函摆在桌子上，谁敢贸然违背？国土局长官场混了一辈子，人鬼精得很，顺势向市委请求增援："曾书记，事情我来办没问题，只是这专案组来头大，我一个小局长咋敢节外生枝，能否请咱纪委书记牵这个头？"曾峰二话没说，立马安排纪委书记领衔。国土局长犹如千斤石头落了地，放心大胆地开展工作，当天拖着纪委书记跑到省厅搬救兵。省厅级别高权威大，掌管着全省土地违规查处权，既懂法又懂政策，他们可不管啥不啥专案组、啥不啥政治的，对照政策与法律法规条款，是什么就是什么，该怎么结论就怎么结论。

省厅土地执法局局长行伍出身，说话做事丁是丁卯是卯，没半点含糊，接到宾州市国土局的书面报告后，军人作风尽显，当场亮态度："法律上没有'刘文彩庄园'一说，强制解除苗木园租赁合同、拆除苗木园围墙，目前尚无法律依据。围墙可以认定为苗木园保护性设施，不属永久性建筑。政治不能代替法律，政治不是强拆的理由，实施强制拆除，必须合乎法律规定。"并当场作了书面批示。国土上没有"庄园"一说，间接证明了龙之"刘文彩庄园"本质上是土地租赁合同关系，属民事法律范畴。

当国土局长将省厅结论向曾峰汇报后，曾峰的脸色舒展开来，脱口而出："好，赶紧向市纪委汇报，尽快统一思想、形成共识。"

取得省厅支持后，曾峰在专案组面前，阐明了自己的观点："严格来说，苗木园是民事行为，也是宾州特定历史时期的经济产物，与当年的大政策吻合，不能简单地与龙之犯罪混为一谈。"专案组一听，颇为不满："曾峰书记，我们是督查拆除行动的，宾州市委、市政府只须配合执行就行。"曾峰据理力争："苗木园围墙究竟是违法建筑，还是保护性措施，须经权威部门认定，结论出来之前贸然实施强拆，可能会造成不良影响，请专案组考虑一下我的意见，这也是宾州市委、市政府的意见。"有了省厅的支持，曾峰亮明了对拆迁的态度，此举无异于给强拆泼了盆冷水，引发专案组的不满。专案组的站位，注定了只注重政治不会考虑其他，加上有地级市检察长卫民的支持，临走丢下一句硬话："我们执行的是组织决定，不是来征求宾州市委、市政府意见的。"噎得曾峰两眼翻白,忍不住回敬了一句话:"既然这样,那你们专案组想怎么办就怎么办,不必与宾州市委交换什么意见了。"说完,转身就走。

果然,曾峰的先见之明在后续的强拆行动中得到验证。当专案组调动公、检、法、国土等单位上百号人马,开着铲车挖机,浩浩荡荡开赴现场,大张旗鼓地实施强拆时,遭到当地老百姓的抵制。龙之与当地的关系处理得好,强拆行动引发当地群众不满,男女老少数百人,自发组织人墙阻止强拆,差点酿成了群体性冲突。

强拆行动受阻,让专案组心有不甘。这督办函是卫民检察长与其领导的专案组一手下的,要是不了了之,岂不成了笑柄?只得硬着头皮死撑,到处找人告状,把执行不力的责任推给了宾州市委、市政府,还把"官司"打到了省委巡视组长处。巡视组长是退居二线的高官,既是龙之案也是后来肖敏黑社会团伙案的巡视首长,状告到了他这里,也就算是到"终审"层面了,当巡视组长了解到事情原委后,当即拍板:"一是依法办案,龙之犯了啥罪就按啥罪处理;二是苗木园租赁合同是民事行为,民事行为就按民事程序办理;三是围墙拆与不拆,乃至何时去拆,是当地村组的权利,这太监不急皇上急的事咱可不干,交由当地村组处理吧!"巡视组长位高权重,法律政策掌握得全面准确,一言九鼎,他的态度一出来,龙之"刘文彩庄园"的问题也就盖棺论定了。

声势浩大的强拆行动,最终成了轰动一时的闹剧,这撑伞出门收伞回家,在宾州是最丢脸的事。卫民及其领导的专案组一手导演的强拆,最终以失败告终,成为宾州街头巷尾的笑话。

曾峰处理"刘文彩庄园"的态度源于其政治伦理,并非刻意护短;与龙之的不对号,仅仅在政见分歧上,龙之犯了罪,该怎么惩罚就怎么惩罚,搞株连式清算肯定不行,不仅宾州人不会买账,就连自己也通不过。如今混官场的人多,办实事的人少,而想干事能干事的人更少,而龙之就是个干事的人,仅此足以让曾峰敬重。

风 云

曾峰调任宾州的次年，南国大地发生了50年不遇的冰灾，突如其来的冷空气降临宾州大地，大雪纷飞，大地变成了冰雪世界。放眼望去，视野里白茫茫一片，湖泊江河顿失滔滔，万物生灵被冰雪覆盖。山上的竹林树木早被肆虐的冰雪压垮，田间的水草一夜之间不见了踪影，到处是荒凉景象，仿佛世界末日就要来临。

宾州位于大冰灾的核心区域，一夜之间变成孤岛，水气电、通信信号、道路交通全都中断，基础设施瞬间被冰雪摧毁。宾州是全省有名的农贸经济大市，每个乡镇都有集贸市场，全是钢结构搭建的，如今钢棚覆盖上了厚厚的冰雪，远超设计承载负荷。老百姓百条心，加上时至年关，没准聚集在市场里摆摊经营，一旦垮塌后果不堪设想。曾峰非常清楚，越是紧急关头越要保持头脑清醒，越要防范安全事故。

近20年里，龙之在市委、市政府常务任上，习惯于以大管家身份搞工作，习惯于事无巨细、眉毛胡子一把抓的工作方式。此时的他，同样牵挂着全市集贸市场的安全。特别是大镇重镇集贸市场，大都是他常务任上主抓的政绩工程，集贸市场就像他的孩子，时刻关注着它的命运与安危。

宾州政坛这两个未来的冤家对头，都在热切地关注着集贸市场的安全，火急火燎地聚在一起。忧心忡忡的曾峰见面就喊："龙老书记，冰灾形势万分严峻，我最担心的是集贸市场，那么多人聚集在一起，一旦垮塌后果极其严重。你替我值班，我去排查险情。"龙之一听主动请缨："你是宾州的主帅，理应坐镇市委指挥全市的抢险，我去乡镇排查，发现问题马上报告。"患难见真情，龙之关键时刻挺身而出，让曾峰备受感动，他情不自禁地走上前，紧握着龙之的手说："那就劳驾龙老书记带队，带上公安、消防、市管部门，组成巡察组下乡督查，发现问题及时通报，紧急情况可以先斩后奏予以处理。"龙之啥也没说，转身带着一帮子人，马不停蹄地赶赴乡镇一线。

两小时后，曾峰接到龙之接二连三的险情报告，所有的乡镇集贸市场，都在摆摊经营年货，聚集着上千赶集人，情况万分紧急，必须尽快疏散撤离。险情就是命令！接到险情通报后，曾峰迅速部署，将市委、市政府班子成员

第十七章　惺惺相惜

分成若干个组，火速带队开赴全市集贸市场乡镇，坐镇指挥疏散撤离工作。当全市疏散撤离完毕才一小时，位于宾州最大的乡镇集贸市场上万平方米钢棚不堪重负，轰的一声垮塌下来。值得庆幸的是，市场内数千人已全部撤离，无人员伤亡。听到消息后的曾峰与龙之，惊得半天说不出话来，脊背阵阵发凉，良久后发出感叹："天道酬勤，老天护佑宾州平安无事！"

冰灾期间，整个宾州犹如一座"死城"，处于瘫痪状况。为抢在除夕夜前通水、通电、通路、恢复通信信号，让全市人民过上祥和热闹的春节，市委、市政府向全市人民立下军令状：保证除夕夜前实现"四通"。为此，曾峰与龙之分工合作，并肩作战，苦战半个月兑现了承诺。

龙之负责电视信号塔发射机组安装，他带着一班人马，冒着零下20摄氏度严寒，肩扛手提、人推马拉，把数十吨设备送到了海拔1000多米的发射塔主峰。等到设备调试成功，大家人困马乏，连动都懒得动了，一身水一身泥地挤在发射塔主峰机房里，在山上过了个春节。这种干事不要命的劲儿，是曾峰最看重也最为欣赏的。

曾峰的前任两届市委书记，不能算是个真正的主政者，大事小事都得常委会议来决定，得到龙之首肯的政见，推行起来顺顺当当，否则不是遭遇执行乏力，就是阻力重重。久而久之，龙之习惯于被宾州一号宠着惯着，常委会上他还时不时使点性子，时不时喧宾夺主一回；他的一言一行深度影响着常委会的议事结果，没少让宾州一号难堪。那段时间，宾州政治生态很难说处于正常状态，其主因是副手太强悍，倘若市委书记谦让一下，或许还能将就；若是市委书记强势，这搭班子的事肯定就不顺畅了。曾峰个性鲜明，能力有目共睹，完全不同于过往两届市委书记，以曾峰的个性，当然容不得身边有刺儿。

客观地讲，龙之不是谋位而是恋权，位置是组织加冕的，即使他想争也争不过来。他只是希望自己不被边缘化，有一定的政治话语权，希望宾州一号给自己一些特权。那些年，以龙之为首的"本土权力圈"势头日益看涨，谁来主政宾州，谁出任市委书记，谁竞选市长，都不能忽略"本土权力圈"

的存在，更不能对龙之视而不见。除此，作为一个本土培养出来的精英型干部，龙之似乎还有一份对故土、对家乡的责任感，或许是"担当"二字，让他不愿做过多的妥协，做过多的迁就。

地级市市委常务副书记与龙之多年上下级的关系，利用视察的机会，特意把龙之叫去，推心置腹地谈了一次话："龙之，你在宾州市委、市政府常务位置上待了20年，说来也算是个老资格了，应该挪个岗了，要不到市里来，当个组阁局局长怎么样？"那时的龙之，根本没有离开家乡的想法，只是客气地表示谢意："谢谢老领导，我生来只是个小人物，在宾州混了一辈子，如今都奔五的人了，落叶总要归根，更何况我没啥大的志向，还是留在宾州好。"老领导一听皱上眉头，虽然知道龙之主意已定，说啥已无实际意义，但出于爱护考虑，仍在继续疏导，且话里满是诚恳："你可想好了，作为你的老领导，可以说是看着你成长的。今天，我以一个资深组织人的名义，特意给你提个醒，既然选择了从政，就得遵循从政的游戏规则，一个地方不能待太久，待久了容易出状况。"龙之还是不愿松口："老领导，我没了其他想法，也干不了几年了，让我在宾州干到退休算了。"龙之的不开窍，老领导叹息不已，最后不无惋惜地摇着头，既像对龙之更像对自己说："换个地方干，不一定是坏事，在哪干还不都一样？"临别的时候，老领导还是不忘提醒龙之："你不要急于回答我，好好想想我的话，想通了随时来找我。"天上掉馅饼的事，搁谁身上谁都会高兴，可龙之一根筋，就像没听见似的，辜负了老领导的一片心意。

龙之从农村走出来的，见证过宾州的荣辱兴衰，曾全身心投入到宾州社会经济发展的实践中。随着时间的推移，龙之对家乡故土有了深厚的感情，哪怕长期待在配角位置上，也不愿离开宾州。或许是政治上不得志，或许是这恋乡眷家情结，或许两者兼而有之，让他放弃了一次次异地升迁的机会，最终，注定了他的后来人生结局。

对龙之的审判，持续了整整四天，几乎座无虚席，留下来的全是龙之的亲朋好友加同事，都在等待着审判长法槌落下的那刻。庭审前的半小时，审

第十七章 惺惺相惜

判长特意提审了龙之，不无善意地提醒："早十年就听说过你的名字，知道你在宾州是个有影响力的人物。你大概也能猜到，案子是上级法院指定我院审理的，这种安排，法官的自由裁量权很有限，所以，无论做出什么样的判决，都请你理解。坦率地讲，你我并无个人恩怨，我也没有必要为难你，请你配合我走完法定程序。"审判长的话，让龙之忐忑不安起来，犹如掉入冰窖，寒心彻骨。

龙之受审的那天，薛民已在东岭市委书记的任上，他曾与龙之搭过班子，对他来说，生活上关心一下，既是人之常情，也符合处理人际关系的惯例。那天，薛民一早给东岭市法院院长打电话："龙之是我过去的同事，请他吃个饭，不算违规吧？""不违规，不违规。"法院院长诚惶诚恐，连声回答。"不违规就好，今天我以龙之老同事的名义向你求个情，托人点了几个菜送到庭上，能否通融一下？"市委书记亲自打电话，院长当然不敢拒绝："好的，好的，我马上安排。"以共事多年的同事为由，委托人请犯人吃餐饭，且送到审判庭上，既不违反规定，又彰显人性。可以说，薛民此举处理得相当艺术，让人不得不竖起大拇指。

法院院长也是个晓得搞的人，他装模作样做足了表面文章，先是煞有介事地打电话给检察长，报告薛民书记所托之事，然后叫人搬饭桌到审判庭现场，让龙之一家子围在一起用餐。虽然卫民及其领导的专案组对这件事多有想法，法律上却无可挑剔，只能佯装视而不见。

面对久违了的美味佳肴，一家人在这种场合聚餐，龙之百感交集欲哭无泪。当80岁的老母亲用瘦削黝黑的右手，夹着一块肉送到儿子嘴里时，龙之泪水潮涌般泻下。此时的龙之，再也控制不住情绪，跪在母亲面前情不自禁地号啕大哭："娘啊，儿子让你蒙羞了！"老太太见状，紧紧地抱住儿子的头，抚摸儿子凌乱的头发，仿佛回到了久远的从前，只见老太太一边轻轻地拍着儿子的背部，一边轻声地哼着儿歌："龙之乖乖，龙之不哭，龙之乖乖，龙之不哭……"

出乎意料的是，薛民庭上宴请的事，在宾州一传开立马炸了锅。这看似不经意间的安排，赢得了满堂喝彩，成了宾州人津津乐道的话题。谢蒙与薛民的交往素来密切，巴不得有机会表现一下，何况这种事更迎合人情世故，他哪里肯放过，便四处捧热屁子："薛民书记晓得搞，人情味十足，难怪官场混得那么好，真是既会做官又会做人，简直是个政治奇才。"人都是凡夫俗子，谁不喜欢听好话，做大官的也不例外。虽然谢蒙的话没几个人愿意相信，当他的话传到薛民的耳朵里，高兴得薛民反过来倒夸："这文痞谢蒙确实是个人物，总能变着法儿让人高兴。"

龙之的案子，是卫民上任地级市检察长后，主抓的第一件大案要案。自龙之接受组织审查的那一刻起，他指示专案组按10年以上有期徒刑查办，审理如此重大且有影响力的案子，自然少不了过审判委员会的堂，起初审委会研究结果是12年，没想到龙之当庭翻供，控告专案组刑讯逼供，还提出"非法证据排除申请"。这下彻底激怒了卫民，更激怒了他领导的专案组，以认罪态度不好为由，建议法院从重判处，加了4年有期刑期，数罪并罚后决定执行有期徒刑16年。

或许到了山穷水尽的地步，龙之才幡然醒悟，才痛彻心扉地感叹："官场不贪不腐，一尘不染的有几人？贪了之后东窗事发又有几人？偏偏自己成了落网之鱼。"至此，龙之真正明白过来，要是早听老领导的话，换换环境挪挪岗，早调离早上岸早脱身，也许啥事没有；要是早晓得韬光养晦，懂得识时务、知进退的道理，或许不会落到这步田地。

此时，龙之悔恨交加，肠子悔青，不停地反躬自问："有吃有喝干吗还那么贪心？干吗憋着劲与人争长论短？干吗扛着'担当'二字没事找事？难道到头来，就图个接受法律审判？"

第十八章 龙争虎斗

当方宾、舒敏代表金菱集团，把远泰水泥实业股份调整方案一端出来，新、老股东公开摊牌，矛盾彻底激化。

如果说之前因为顾忌合作关系，双方还都藏着掖着的话，那么自股份调整方案端出后，掀掉"合作"遮羞布的那一刻起，就变得没有调和余地了。关锐、桂平如梦初醒，感到了巨大危机，产生了从来没有过的恐惧感。他俩清楚，一旦股份调整方案付诸实施，就意味着自己的人生彻底玩完，接受这一方案，无异于将干法水泥项目拱手让人，自己所剩不多的股份，毫无悬念地成为廖芮的"盘中餐"。

自幼闯荡江湖的关锐，一路走来，从没出过状况，也没打过败仗，岂料自家门口碰见鬼，阴沟里翻了船。关锐喟然长叹："一着不慎，满盘皆输，引资竟然成了引狼，引得狼烟四起，引来人生溃败，且败得如此憋屈。"关锐捶胸顿足，追悔莫及。

无奈之下的关锐与桂平，厚着脸皮求方宾，还带上两扎万元大钞做见面礼。"方宾律师，你我生在宾州，长在宾州，同为宾州人，同饮宾江水，看在同乡的分上，帮帮我俩吧！这点钱不成敬意，算是给你买烟抽，事成之后定当重谢。"关锐顾不上男人尊严，边说边把钱放在桌上，寄希望方宾看在同乡的份上帮帮自己，哪怕是暗中助力也行，至少不要死心塌地帮外人。岂料遭方宾正言厉色拒绝："你这话说哪儿了？律师受人钱财替人消灾。我接受了金菱集团委托，依职责就得替委托人办事，要是日后有得罪之处，还请二位老总海涵。"边说把钱退回。遭到拒绝的关锐，尴尬不已却不死心："没关系，买卖不成仁义在，这钱你收下，权当几条烟钱。""这怎么行？作为金菱集团的代理，如果再收你们的钱，有悖于职业道德。对不起！这钱只能请你们拿走。"方宾态度坚决，不留一点余地。

　　这方宾到底是什么人，但凡与他打过交道的，都不外乎这样评价："方宾见钱眼开，只要给钱啥都肯干，可能他啥都会拒绝，唯独不会拒绝利益。若是他高谈阔论谈职业道德，多半是另有所图。"找方宾之前，关锐就了解过他，听了他一番冠冕堂皇的话后，联想起别人对他的议论，知道病急乱投医，做了件蠢事。

　　没想到这事传开后，"民所"主任找上门来，煽风点火："关总呀，方宾好不容易傍上金菱集团这个金主，能不死心塌地跟在后面舔屁股眼吗？你关总也不掰开手指算算，就你这点实力也能买通他？"

　　有了"民所"主任的提醒，关锐知道自己又多了个强劲对手。

　　就在"民所"主任向关锐耳边嘀咕的当天，方宾驱车赶到了边西省卯州市，在富丽堂皇的金菱大厦顶层，晋见了尊贵无比的董事局主席廖芮。廖芮凭经验断定他有要事相告，于是早早地吩咐值班秘书："其他的工作延后，把方宾安排在优先接见之列。"他还特意提前到餐厅，等候他共进晚餐。在金菱大厦顶层接待客人，是廖芮赋予尊贵客人的专属待遇，享有这种待遇的人少之又少。廖芮想借此拉近与方宾之间的距离，把他培养成一只猎犬，让他充当马前卒，死心塌地为自己去卖命，为自己去冲锋陷阵。

　　金菱大厦顶层的接待餐，都是五菜一汤，虽然数量不多，却是做工考究，色香味俱全，其中不乏山珍海味，品质不亚于星级酒店的豪华宴请。廖芮看见方宾进门，忙起身招呼入座："菜都凉了，赶紧坐下吃饭，我们一边吃一边聊。"廖芮以尊贵之身屈尊等候，让方宾受宠若惊，不停地致谢："谢谢廖主席！谢谢廖主席！"方宾添油加醋地把关锐"挖墙脚"、策反自己的事，当作"投名状"送给了廖芮，还不忘表忠心："廖主席，以我对关锐的了解，他是个不肯轻易服输的人。有迹象表明，关锐到了进无可进、退无可退的境地，没准他会狗急跳墙，铤而走险，您得提前做好准备，斩断他的退路，打掉他的幻想，逼他低头认输，才有望彻底解决股比的问题。"廖芮暗自吃惊，方宾果然是狠角色，不仅洞若观火还诡计多端，好在他站在自己一方，若是他帮衬着关锐，那将是个可怕的对手，就凭他认钱不认亲这一点，足以让人畏惧。

廖芮心思缜密，不显山不露水，处事滴水不漏，不留任何痕迹。这时的他，城府极深，哪怕心里有疙瘩，表情仍和平常一样。他边听边点头鼓励："这建议不错，有新意，还有什么好的想法，都一块说出来，别藏着掖着。"一开口就得到认可，让方宾受宠若惊，看到胡润榜卯州首富认真听取自己的意见，备受鼓舞："廖主席，长痛不如短痛，既然牌已经打了出去，开弓没有回头箭，股权之争怕是早晚间的事，迟解决不如早解决，建议廖主席痛下决心，一劳永逸地解决融资款转股的问题。"廖芮微笑着："这建议不错，继续说！继续说！"受到表扬的方宾表现得更加露骨："建议廖主席用'拖'字诀，依靠金菱集团雄厚的资金实力拖垮对手。据我了解，关锐、桂平都摊上了高利贷，项目一旦停摆，危机立马引爆。"说到这里，方宾眼睛盯着廖芮，有意识地放慢语速，一字一顿地说，"等到债主上门逼债，就由不得他俩了，摆在他俩眼前的，或许只有两条路可走：要么接受金菱集团的股份整改方案；要么逼到走投无路时，再跪求着金菱集团收购变现还债。到了那时候，您廖主席再出手，给点钱打发走人。"廖芮欲擒故纵，装作不经意地问："倘若他俩死扛到底，拒不认输怎么办？"方宾胸有成竹地说："用'拖'字诀应对的同时，启动诉讼程序，彻底打断两人的幻想，双管齐下逼他们就范。到时候关锐、桂平俩纵有三头六臂，也折腾不出啥名堂来！"

廖芮表面不动声色，内心不得不高看了方宾一回，暗自思忖：看来，这个貌不打紧却诡计多端的家伙,所出招数正中自己下怀。见火候已到,廖芮干咳了两声之后表态:"你的想法很有见地,对你用心且卓有成效的工作,集团会给你记着,我本人心里有数,今后会给你一个满意的说法,希望你再接再厉,继续做好本职工作,争取取得更大的成绩。至于如何解决股份调整的问题,我们必须做到未雨绸缪。我的想法是,先按你的思路,做好前期准备工作,集团一旦决定了,就交由你与舒敏负责实施。"廖芮嘴巴里讲出来的,全是对方宾的肯定,至于私底下究竟如何想,除了他本人,别人怕是永远无法知晓。

历经这次变故,廖芮似乎更加认识了方宾,虽然一见面就知道他满肚子"青蛙崽",没想到他对同乡下手狠到毫不手软的程度。廖芮提醒自己:"方宾见利忘义,有奶便是娘,与他打交道,须时刻谨慎小心。"坦率地讲,方宾端出这两招前廖芮不是没想过,只是心存顾虑,毕竟招招致命,一旦祭出就没有了回旋余地。是药三分毒,下药须谨慎,他不敢贸然行事,他不能不考虑后果,担心整出什么幺蛾子来,担心赔了夫人又折兵。可这次,经方宾一鼓捣,激出了廖芮骨子里的贪婪与赌性,让他跃跃欲试最终下了决心:横下心来与关锐摊牌。

"方顾问,董事局会认真考虑你的建议,一旦敲定,就会迅速出击。今天我要强调的是,采取行动前,务必做到保密,不要引起不必要的麻烦。"临别时,廖芮特意将方宾送至电梯口。这一细节让方宾感动不已,他知道这个世界上,能够让廖芮如此看得起的人一定不多,这让方宾颇有成就感。

在方宾与廖芮密谋之际,关锐与桂平也没闲着,正聚集一起,商量着如何应对巧取豪夺,如何拆解廖芮的烂招恶招。他们知道增加注册资本金向银行融资已再无可能,也懒得去想了。廖芮已经露出了青面獠牙,拉出吃人不吐骨头的架势,意图一举吞掉对手的股份,当下最重要的是保住股份。两人清楚自己的处境,继续迁就下去,铁定尸骨无存。也许是强烈的危机感,让一贯冷静的关锐癫狂起来:"桂平,不能再退让了,廖芮不让我们赖活,我们就不让他好过,哪怕赔上整个项目也在所不惜!"桂平江湖混了半辈子,

第十八章 龙争虎斗

早憋着一肚子气,一听这话立马来劲:"是的,是的,他不仁我就不义,事已至此,只有拼死一搏了!"关锐眼里的桂平,性格鲁莽,火易点难熄,牛脾气一上来,肯定有好戏看了。利用桂平使横发狠,关锐何尝不知道这是一着险棋,弄不好惹火烧身,想到此,心里有了几分悲壮。此时的两个人,吃了秤砣铁了心,只有铤而走险,不惜一切代价来维护自己的利益了。

经过密谋后,决定由桂平打头阵,以招收企业保安人员为名,吸纳社会上的人,成立"护厂队",将他们充实到远泰水泥实业的外围部门,以加强对企业的实际管控。关锐负责招租引商,组织承包经营,以此来摆脱金菱集团对项目的控制。关锐、桂平的冒险行动,无异于在远泰水泥实业组织了一场另类"政变",投下了超级"震撼弹",搅动了宾州社会的神经。

正当廖芮与关锐酣战不休之际,干法水泥项目一期工程经过断断续续的建设,好歹熬到了竣工,并通过了试投产验收。因新老股东无法达成融资共识,无法组织海量流动资金,只能将生产线对外承包经营,由此引发谁来主导招租的问题,同样成了新老股东间的矛盾焦点。廖芮指示舒敏招租他推荐的边西华鹏水泥集团来承包。华鹏集团承包经营一年里,仅生产熟料28万吨,水泥35万吨,亏损高达2600万元,且安全事故频发,质量远达不到设计要求。

华鹏集团一年来的糟糕表现,让关锐对项目前景失去了信心,加上它连续半年不能交租,经营状况混乱不堪,看不到任何希望,且华鹏集团的履约状况,已构成了单方解除合同的条件。关锐认为解雇承包团队、夺回企业控制权的时机成熟,遂以总经理的名义,向董事会打报告,要求召开临时董事会,讨论华鹏集团的合同违约问题,意欲终止其承包合同,重新组织招租承包。按关锐的设想,要夺回经营主导权,就必须打破廖芮主导的生产经营架构,解除承包经营合同,挑战廖芮的权威,削弱金菱集团对企业的控制,一步步地夺回远泰水泥实业和干法水泥项目的控制权。

当报告递给舒敏后,任凭其以各种理由推脱搪塞,不答应就不准出门。关锐、桂平铁了心,摆出不达目的不罢休的架势,逼宫舒敏召开临时董事会。问题在于舒敏充其量只是廖芮的替身,当然不能做出答复,自然而然引发了口角，进而演变成肢体冲突，甚至惊动了110出警。

接到廖芮电话之后的方宾，第一时间赶到了现场，配合处警干警平息事态，与关锐进行了面对面的首次较量。

显然，方宾得到了廖芮的特别授权，话讲得相当强硬，火药味十足："关锐、桂平两位老总，你们的行为本质上是'逼宫'，具违法性质，必须停止侵害行为，否则，金菱集团将启动法律程序，追究你方的责任。"关锐有备而来，自然不会轻易认怂："华鹏集团的承包经营，已经造成了数千万元的亏损，要追责的不是我们，恰恰是廖芮，是金菱集团。作为总经理，我有责任维护企业利益，维护股东权益，有责任纠正决策上的重大错误。"方宾四两拨千斤，不正面回答关锐，只强调责任界定程序："是否存在渎职责任，由谁来承担责任，这是法律层面的问题，不是你我可以决定的，必须依法定程序来界定。退一步讲，即使构成渎职责任，亦应循法律途径去解决，你们的所作所为，说轻一点是违法，说重一点是犯罪，违法犯罪必须承担法律后果。"方宾向关锐、桂平发出了严厉警告。"不管啥后果，我们都愿意去承担。当前最重要的是，企业要回到正轨上，须尽快解除华鹏集团的合同，再也不能任由他们瞎折腾了。"桂平大喉咙高嗓子，怒不可遏地回道。"不管听不听得进去，我都给你们一个忠告：千万不要意气用事，千万不要一意孤行，千万不要一条道走到黑。"方宾不甘示弱，讲话带最后通牒的意味。

混战之下，口水战自然不会有什么结果。

方宾在律界怎么说都算是个人物，不然这"宾州律王"岂非浪得虚名？从那天开始，金菱集团及其董事局主席廖芮与关锐的每一次矛盾冲突，方宾都悄悄地安排人进行了拍照录音。这些资料后来当作关锐、桂平黑社会团伙定罪量刑的关键证据，这是两人万万没想到的。

此后的关锐、桂平逼迫舒敏召开临时董事会。会前，关锐发函给宾州市国资委，邀请其以监事身份参会。因为依照招商引资协议约定：宾州市政府为干法水泥项目垫资1亿，用于500亩项目征地、土地报批、拆迁等费用开支，该垫资在企业投产后逐年偿还；垫资还清前，国资委全程监管企业经营，

第十八章 龙争虎斗

并派员担任企业监事,参加公司董事会会议。为开好这次会议,关锐、桂平做了充分的前期准备,该请的人全请到了,该造的势造够了,该准备的全准备好了,只等会议上亮剑摊牌。

果然,那天的临时董事会开成了声讨会,把华鹏集团承包期间糟糕的经营状况、合同违约行为,还有承包经营的归责问题,翻了个锅底朝天,骂了个呜呼哀哉。会议一开始,匪气十足的桂平阴沉着脸,一手抓着外衣,一手捏着手机与香烟,气冲冲地走进会议室,人还未站稳便把手机往桌子上一扔,用力把椅子拖出来。沉重的红木椅与地面摩擦,发出刺耳的声音。旋即,桂平往椅子上一躺,椅子受压移位发出"吱吱"声。就这几刷子落地,让金菱集团的人骤然紧张起来。

紧接着,桂平亮开嗓子开炮:"华鹏集团是水泥设备制造与贸易企业,强项在设备制造与经营领域,与水泥生产线风马牛不相及,可以说完全是个门外汉。廖芮把一个经营性企业引荐过来,即使不是出于私心,也是极不负责任的行为。之前,出于合作关系的考虑,我们没有反对,但并不代表支持华鹏集团的承包经营。近一年的承包实践已经证明,引进华鹏集团承包经营,是个彻头彻尾的错误。华鹏集团承包的一年里,组织生产不到半年时间,实际生产能力仅为设计产能的一半,亏损却接近3000万,每天净亏10万。长此以往,远泰水泥实业就是座金山银山,也会坐吃山空。"国资局派员发出了同样感叹:"干法水泥项目试投产近一年,市政府垫资1亿分文未取,经营状况却如此糟糕,产品质量问题层出不穷,这样一来,政府垫资收不回事小,影响宾州形象、危及社会稳定事大。目前,远泰水泥实业所暴露出来的问题堆积如山,资金链断裂、拖欠农民工工资等,已成为宾州社会经济极不稳定的因素,希望公司董事会,正视问题的存在,尽快整改解决。"国资局派员的态度温和,貌似中肯,实则间接表达了对廖芮及其金菱集团的不满。

会议从一开始就炮声隆隆,火药味十足。舒敏是个精明人,善于察言观色、趋利避害。他一看这架势,知道对方有备而来,兴师问罪的意味颇浓,这情这景,似乎已无法回避引商失误的责任,只能以主观善意来辩解:"华鹏集团是廖主席引荐的,这没有错,其糟糕的承包经营状况,也出乎廖主席的预料,但不能就此否定廖主席引进华鹏集团承包的善意初衷。"桂平一听火冒三丈,顺手将水杯往桌上重重一放,啪的一声,茶水溅到了对面舒敏的脸上,尚存热度的茶水烫得舒敏一哆嗦,气势立马减了一半。桂平并未就此收手,指着舒敏的鼻子开骂:"你胡说八道,数千万元损失竟然以'善意'两字开脱责任,这是对企业的犯罪,对股东的犯罪!以善意初衷替廖芮推卸责任,这一说法绝对不能接受。如果数千万损失都可以免责,那其他的错误是不是同样可以免责?"舒敏磨磨叽叽,仍不肯认错。"错误引进华鹏集团,对远泰水泥实业来说,不仅仅是损失多少钱的问题,更重要的是开局失误,影响了企业士气,打击了股东信心,这才是远泰水泥实业不可承受之重,不追责就是董事会的失职,就是股东的无能。"桂平乘胜追击,又连续放炮。

方宾以金菱集团经济法律的顾问身份,参加了临时董事会,他本想帮廖芮撇清一些责任,却苦于找不到合适的理由,毕竟引进华鹏集团是个重大失误,想完全撇清廖芮的责任,不仅于事无补,还会引发众怒,只好在一旁不作声,但他并没有就此闲着,而是把会上发生的一切,用文字与录音的形式记录下来,以备后用。

那天的关锐还是和往常一样,保持着惯来的沉稳。他讲话不温不火,不带情绪,等候合适的时机出击。按照与桂平事前达成的默契,桂平在前面冲锋陷阵,搅乱对方阵脚,然后再由关锐重拳出击,打扫战场。关锐见火候已到,才缓缓地站起来,发表总结性讲话:"引进华鹏集团承包经营,是公司决策上的重大失误,远泰水泥实业已经为此付出了沉重代价,教训极其深刻,事实已经证明了华鹏集团不具备承包经营能力,作为主持日常事务的总经理,我应当站出来履行职责。"方宾见关锐话里有话,预感不妙,遂抢先发言:"关总,能否让我先讲几句?"桂平一见,"嘭"地站起来阻挡:"你抢什么抢?让关总把话讲完!"桂平把方宾的气势压下之后,关锐抓住机会快速表态:"现在,我本着对远泰水泥实业、对公司股东利益高度负责的态度,以总经理身份宣布:华鹏集团连续拖欠半年租金,构成合同严重违约,符合单方解除合同的情形,遂决定终止其承包合同,限其承包团队三天内撤出,否则一切后果自负。'护厂队'要认真履行职责,为确保安全生产,须对滞留人员实施强制驱离。华鹏集团撤离后,公司尽快组织招租招商经营。"关锐话音刚落,方宾、舒敏本能地站起来抗议。关锐见状,生怕节外生枝,大声宣布:"散会!"

突如其来的变故,让方宾、舒敏面面相觑,惊恐不已,不约而同地冲着关锐、桂平背影气急败坏地喊叫:"你们不能这样做,你们无权背着廖芮主席做这样的决定。各位政府领导,你们不能对关锐、桂平的胡作非为放任不管……"

关锐、桂平精心策划的临时董事会,打乱了廖芮的如意算盘,也打了个舒敏、方宾一个措手不及,让他们意识到真正的摊牌较量已经悄然上演。开弓没有回头箭,临时董事会一结束,关锐就紧锣密鼓地对外引商招租。当他从会议室走出来的那一刻起,就知道自己已"逼上梁山",走上了与廖芮分庭抗礼的"不归路"。关锐清楚,与廖芮这种有强大政经背景的人搞对抗,无异于"玩火",风险要说有多大就有多大。如今,牌已经开打出去,狭路相逢勇者胜,不管前面有多大阻力、后果多严重,只能硬着头皮走下去,破釜沉舟往前冲。

好在招租引商比较顺利,经过多轮艰难协商,关锐与雁城黑狮水泥集团达成了承包经营协议:对方交1000万元合同保证金,承包期为两年,月上交承包金280万元。这关锐主持的招商,原本唱的是"独角戏",无论效果如何,金菱集团都不会接受。此时的关锐正在高度亢奋之中,哪里肯迁就?哪里肯收手?不管金菱集团愿不愿意,不管廖芮如何抵制,都以远泰水泥实业总经理的名义,大包大揽了招租引商工作,替廖芮做了一回主,与雁城黑狮水泥集团签下了承包经营合同。

为配合新一轮的引商招租经营,桂平组织他的"护厂队"紧锣密鼓地实施强制驱离行动,清走华鹏集团管理团队。"护厂队"逐个下达书面撤离通知,限时腾空占用场地,撤离机械设备,否则视为遗弃物品处理;对不听招呼的滞留人员,"护厂队"以保护人身安全为由,实施24小时全程看管。

那天，华鹏集团承包管理团队几个胆大的玩主，心存侥幸赖着不走，与"护厂队"玩"猫捉老鼠"的游戏，他们躲的躲、溜的溜、藏的藏，没想到被"护厂队"挖地三尺，全都给找了出来。对不愿配合走人的，"护厂队"抬的抬、拖的拖、扔的扔，连同他们的随身用品，强行丢到了厂门之外。这些"实打实、硬碰硬"的措施，震慑了金菱集团，包括董事长舒敏、顾问方宾，一时间噤若寒蝉，无计可施。

关锐、桂平驱逐华鹏集团管理团队的行动，无疑给金菱集团委派的团队上了点眼药水，来了个"下马威"。与廖芮的明争暗斗，绞尽脑汁解决不了的问题，竟然用争强斗狠的土办法，给轻而易举地解决了，连梦寐以求的企业主导权，都轻轻松松地拿了回来。

然而人算不如天算，就在关锐、桂平为夺回企业主导权沾沾自喜之际，意想不到的是，与廖芮的股权利益之争，惊动了高层领导。这是因为廖芮有通天的能量，他会动用政治力量，把股东间的经济利益之争变成了司法权力博弈。更要命的是，这场股权纠纷经政治人物的推波助澜，演变成了政治斗争，最终让关锐锒铛入狱，监狱里待了整整三年时间。

就在人们以为远泰水泥实业的股权之争将要尘埃落定之时，一篇题为《宾州一份送礼单：揭开黑恶势力贿赂官员，坑惨投资商黑幕！》帖文在网上赫然出现，震撼了宾州政坛。舆论风波是如何引爆的呢？这还得从宾州市委、市政府穿针引线，招引金菱集团参与项目合作说起，为协调上下关系，市委、市政府成立由退居二线的老同志组成的重点项目帮扶领导小组办公室，内设数个工作组，其中，协调组长是个任过数个重权局局长的老同志，因资格老办事认真，关锐有意安排他对接政府部门的工作，协调部门关系。偌大的一个项目，从征地到用地报批，从环评到立项，从规划许可到工程建设审批，有多少事要办，需要麻烦多少人，哪一项不是过五关斩六将过来的。关锐主管协调工作，每年安排10万元经费给协调组长开支。没想到他一根筋，把经费分成三六九等级造表发放，以示公开透明。这协调组长是个"老古板"，自以为是，常以公正无私自诩："关总批给我的经费，我一碗水端平，按贡献大小发放，股东与财务可以随时查账。"没想到说者无心，听者有意，这话被方宾听到了，使了个小心眼，找到管小钱柜的小伙子，拿出一扎万元大钞在他面前晃悠："给你个发财的机会，干不干？"小伙子一听眼睛发亮，激动得连声音都变了："送啥发财机会给我？""把礼单分配表给我，这扎大钞就是你的。"听得他屏住呼吸，连声应允："行，行，行，我现在就复印给你！"

拿到礼单后的方宾，如获至宝，连夜跑到边西卯州，与廖芮的律师团队精心炮制出个媒体事件来。这招一出，打得关锐、桂平措手不及，还把宾州市委、市政府拖入舆论旋涡。

此时的曾峰，已调任东江省政府副秘书长，由章志接替他出任宾州市委书记。曾峰主政宾州的10年里，社会经济快速发展，施政畅通无阻，与市长章志工作默契配合分不开，但工作搞得再好，政绩再突出，难免有失误，有不尽如人意的地方，怕就怕别有用心的人打个人的政治"小九九"，把施政上的瑕疵与失误无限放大，作为攻击对手的武器。

通常情况下，组织部门把一个地方的工作连续性，作为重要的考量因素。地方主政官员的升迁或调离，组织部门任用的接替人选，往往会征求上届主政官员的意见，其意见或建议的分量很重，往往起到临门一脚的作用。或许出于工作连续性考虑，或许担心遭遇"人亡政息"的尴尬，曾峰调离前力荐章志接任自己，还在"四个班子"领导干部座谈会上吹风："感谢大家对市委、市政府工作的支持，宾州未来的发展需要大家参与支持，宾州经济能否保持持续向好势头，一个爱宾州懂宾州的带班长至关重要。亲不亲故乡亲，热不热贴心热，章志市长与宾州同呼吸、共命运20年，完全融入宾州了，他是最熟悉宾州情况的领导，倘若组织推荐他接任市委书记，相信在座的诸位都是其坚定的支持者，对不对？"曾峰主政宾州10年，在座的领导都是经他手提拔的，这种场合站出来力挺，代表的是政治态度，代表的是信任与托付，以曾峰多年积累起来的威望，自然得到异口同声的响应："我们都是书记与市长政见的坚定支持者，书记的意见就是大家的意见，书记的想法就是大家的想法。"座谈会上，章志始终保持着谦逊的微笑，直到章志顺利上位，曾峰这才放心离去。

金菱集团实施举报后，章志开始并未太当回事，直到舆情监管部门隔三岔五地报告此事，这才引起了章志的注意。遗憾的是，此时舆论已经发酵，几乎到不可收拾的地步。

章志出身书香门第，性情温和圆滑，用谢蒙的话评价，就是"柔性有余，刚性不足"。接任之初，章志的角色定位少了些许刚毅果敢，少了些许政治敏锐性，处理负面舆论过于谨慎，以致错过了澄清事实的最佳时机，任由廖芮、方宾炒作，引发媒体关注，眼巴巴地看着舆情发酵。媒体带倾向性的炒作，掩盖了金菱集团高利放贷原罪恶，经舆论定格化渲染，宾州处处是商家投资的陷阱，俨然成了黑社会的天堂，投资商家成了"唐僧肉"，成了受害者，造成了宾州市委、市政府工作的极大被动，也让调任省政府副秘书长岗的曾峰扼腕叹息却爱莫能助。

在方宾与廖芮精心策划下的舆情，完全朝着有利于金菱集团的方向发展。廖芮要的就是这个结果，他非常清楚，事实就是事实，真相就是真相，与关锐、桂平的矛盾纠纷，起因是自己的高息融资。更重要的是，利用虚假交易银行流水，骗取银行承兑汇票后，再套现高利放贷，涉嫌高利转贷犯罪，一旦事发，将是自己的人生梦魇。

这年头，违规违纪的事小，涉嫌犯罪的事大，这违法犯罪无人举报则好，一旦遭举报查办，不死也要脱层皮。廖芮心里明白，开弓没有回头箭，既然杠上了关锐、桂平，也得罪了宾州市委、市政府，就得拼尽全力把关锐送进监狱，把他往死里整，让他在监狱里待上十年八年，即使运气好留下一口气，充其量也只是个风烛残年的废人一个，就算关锐再能折腾，还能折腾个啥东东来？要扳倒关锐、桂平，就得先搞定其官方背景，让其幕后的官员人人自危，让他们知难而退，避之唯恐不及。廖芮、方宾通过舆论炒作，轻松地做到了这点，让关锐背后的政治力量诚惶诚恐，从此把关锐、桂平当"烂药"，见着就躲碰着就溜，生怕惹火烧身，生怕惹是生非。

第十八章　龙争虎斗

操控舆论事件，方宾煞费苦心，功不可没，他从关锐身边人下手，弄到一份给宾州市政府干部的春节礼单，再把礼单与举报信同时发布在网上，犹如引爆了一颗超级炸弹，炸翻了宾州官场。礼单总额10万元，分配到上百个干部，少则数百，多则一两千，虽然单笔金额不大，当礼金与黑恶势力"坑商""宰商"关联在一起的时候，就产生了巨大的政治杀伤力，引起东江省纪委的高度重视，并立马组织专项巡视进驻宾州，把与关锐、桂平及干法水泥项目有关联的干部，查了个锅底朝天，人仰马翻。虽然巡视组最终低调处理了这事，绝大多数礼金作退款处理完事，仅仅处分了少数几个干部，但此事给宾州官场带来的震撼，却是不容小觑的。与礼金相关联的干部，过往对关锐的好感一夜之间消失殆尽，这关锐缺点德行，就这打发叫花子似的几百元钱，连买条好烟都不够，还造个表留个把柄害人，岂不是与人过不去！

一时间，关锐、桂平成了"瘟疫"，人见人厌人见人躲，实在躲不开，也是打个哈哈应付完事。遇上这档子事，关锐纵有天大的委屈，只能打掉牙往肚里吞，怪自己猪脑子傻到家："江湖人凭个'义'字闯天下，最忌讳的就是出卖朋友。本来，一年到头拉着政府部门忙这忙那的，年终发点礼金慰问一下，联络联络感情，没啥不妥的，没想到大意失荆州，被人给算计了，留下害人的口实，怕是这世上谁都不敢再相信自己了！"

经历了那么多变故之后，关锐才明白"人生处处是陷阱"这话的含义。如果说礼单事件把关锐、桂平变成了"小人"，那么廖芮动用政商人脉关系，把他俩当作黑社会老大举报到省、市，获各级领导一边倒支持，作出严厉打击批示后，关锐、桂平成了人人喊打的"过街老鼠"。为掰倒关锐，廖芮可谓费尽心机，利用媒体造势，没想到一箭双雕，既打击了关锐、桂平，又丑化了支持关锐的宾州市委、市政府。一时间，处在舆情旋涡中的关锐、桂平，坏到千夫所指的程度，俨然成了十恶不赦的黑社会头子，而宾州市委、市政府似乎成了黑社会保护伞。

廖芮之所以敢横冲直撞，倚靠的是强大的政经背景；廖芮能够成为边西卯州首富，能够站到今天这个位置上，绝非等闲之辈所能做到的。以他的智慧，清楚践踏法律红线的后果，也清楚一旦前线失守，难逃兵败如山倒的命运结局。无论如何，廖芮必须全力阻击塌方式的结果发生，否则，轻则失去宾州的投资项目，重则殃及苦心经营的金菱集团商业帝国，那才是不可承受之重。

近几年，廖芮推行激进式扩张战略，依托庞大的银行与民间融资，走上了"饮鸩止渴"之路。他明白，所谓的民间融资，就是非法集资；所谓的银行融资，就是银行骗贷，用银行资金进行高利转贷犯罪。廖芮之所以兴师动众，不惜一切代价打压关锐、桂平，就是因为太熟悉这两个人了，这种人要么不搞事，搞事就不要命。廖芮尤其惧怕关锐，说穿了他就是个赌徒，只要拼命三郎的劲一上来，就会杠上自己，而一旦走到这一步，引爆刑事追责的定时炸弹，则是大概率的事情。与关锐的几年合作，廖芮真正知道他的超强战斗力，他的高致危属性，他的强悍生命力。与他打交道，必须承认，他既是可敬的对手，更是可怕的敌人，与他斗得慎之又慎，走好每一着棋，否则，一着不慎，满盘皆输，绝非耸人听闻。

廖芮指示方宾给媒体喂料的同时，没有忘记走"边西权力圈"路线。边西是廖芮的发迹地，他拥有广泛的人脉资源，他的事业从边西卯州起步，乃至走向全国，从来没有缺失过"边西权力圈"的影响力。地方主政官谁不想出政绩？谁不希望主政地经济快速发展？要发展就得借力打力，就得招商引资，就得想方设法留住本土商家。廖芮是什么人？他是胡润榜上赫赫有名的边西富豪，这样的超级富豪你不重视，那你重视谁？廖芮在边西民企富豪商贾里，算是个实力雄厚、地位崇高的成功商人。仅凭这一点，边西历届的高官政要，都不可能忽略他的存在，都会挽留他发展地方经济。

廖芮与边西政界的交往，一开始是正常的政商融通关系。廖芮身上所特有的豪爽性格，他的视野格局，他的办事风格，往往与高官政要一见如故。高官政要最想要的就是政绩，要想有耀眼的作为，就离不开招商引资，离不开与富商的合作。廖芮在商海里摸爬滚打了多年，深知现行的体制下，民企发展与政治密不可分。自己的人生轨迹，金菱集团的发展史，足以证明这一点。企业要生存发展，离不开政府的助力，离不开高官政要的支持，地方经济发

第十八章　龙争虎斗

展同样少不了商家投资这道菜，就像鱼儿离不开水，水也离不开鱼儿一样。于是乎，两个不同频道的人，为了各自的利益走到了一起，一来二往有了不薄的交情。

多年来，边西和其他对方一样，绞尽脑汁引资建设，借力于商客投资助推地方发展，自然而然与廖芮搞成了鱼水关系，久而久之，边西的高官政要几乎都成了廖芮的朋友。在边西任职的一茬茬党政要员，当然不可能长期滞留在此，最终因为提拔或者调动，走向了全国各地，继续担任要职，这些人成了金菱集团、成了廖芮走向全国的助力，其中就有人在边西担任要职，现升任东江省公安厅常务副厅长的杨桄。

廖芮在宾州的干法水泥项目，经过关锐、桂平的闹腾，彻底失去了对项目的掌控权，加上宾州市委、市政府明里暗里护着关锐、桂平，默认他俩的瞎胡闹，再不收拾局面，怕是要打包走人了。与关锐的缠斗，如一盘棋局，前半局输了，输得惨不忍睹，为了扳回下一局，廖芮不得不求助于"边西权力圈"。于是，廖芮亲自出马，带着方宾、舒敏去了趟东江省城。

没多久，东江省成立了由杨桄任组长的庞大专案组进驻宾州，彻查关锐、桂平黑社会犯罪团伙一案。

第十九章　地产大鳄

几次土地竞价豪赌，成就了肖敏的事业人生，也成就了他的目空一切、专横跋扈的脾性，让整个宾州地产业对他望而生畏。

"一号标地"项目经过两年建设，建成地标式现代化商城建筑，连取名都"高大上"，冠上"国际宾州"大名，凸现其高端大气，更加引领时代潮流，并成为与"宾州大市场"并驾齐驱的商业综合体。所不同的是，宾州大市场是市政府倾全市之力打造的国有资产，而"国际宾州"却是肖氏兄弟的私有财产。以肖敏的说法是："不要小看'国际宾州'四字冠名，它代表的是视野、格局、品牌、实力、赢家，更是俺肖氏家族的梦想。"

"国际宾州"是一座仿美国"奥特莱斯"商业模式建筑，商城的地上部分是既独立又统一、既相互联系又互为依托的连体建筑，整个建筑由数十台电梯连接贯通。"国际宾州"临街是近万平方米广场，广场有造价数千万元的人造景观，商城立面全玻璃幕墙，商城负一楼为2万平方米超大型生活超市，负二、负三层是4万平方米地下停车场，足以满足购物车流的需求。"国际宾州"主体楼高八层，面积10万平方米。每当夜幕降临，商城流光溢彩，灯火阑珊，

第十九章 地产大鳄

就像一座超大型的水晶体，点亮半个宾州城。广场隐藏式的水体景观，每天早晚与节假日开启，届时一排排线形水柱冲天而起，象征着"宾州国际"横空出世。商城布局别致新颖，设计独具匠心，风格现代新潮，无论从设计理念还是从建设布局，完全算得上是超现代化商业建筑。

商城引进诸多国内外知名连锁商业企业，荟萃国际国内顶尖品牌。商城走的是高端路线，践行的是品牌与服务理念。它的成功定位，吸引许多一线商家入驻，一投入运营便成为宾州最繁华高端的购物中心。单从社会经济效益考量上看，宾州市委、市政府不惜破规毁标，留住肖氏兄弟开发"一号标地"项目，无疑是选对了人做对了事，换成其他人开发，或许是另一种建筑模式，没准就是个纯房地产项目，即使还存商业元素，也与"高端大气上档次"绝缘。

"国际宾州"项目的成功，心情最为复杂、感触最深的莫过于肖明。这个前宾州副市长，曾经权势显赫的政治人物，在"一号标地"这块土地上，快速崛起又迅速倒下。商城开业典礼一结束，他就叫上司机往家里赶，交代妻子关上大门、拉上窗帘，拒绝任何来访，甚至关闭手机掐掉电话线，一会儿在客厅里踱步，一会儿在沙发上静坐，表面异常平静，内心激流涌动。

肖明戒烟多年了，那天他拆开两包极品云烟，发疯似的一根接一根点燃，不一会儿，把偌大的客厅弄得烟雾缭绕。此时的肖明，闭上眼睛，仰躺在沙发上，两只手在头部轻轻摩挲，似乎无感于烟笼雾锁，完全沉浸在遐想冥想中。茶几上两包烟已空空如也，烟蒂堆满了烟灰缸，多是没抽上几口又被掐灭的烟卷，肖明用糟蹋的方式，释放心中淤积已久的郁闷心情。

长时间保持固定坐姿的肖明，渐渐挺不住体能上的消耗，为缓解不适，他用手指敲打着太阳穴，身子一动不动，像座雕塑。整整一个昼夜，肖明渴了抿口水，困了眯会儿眼，可思绪却一刻未停歇过。政坛上的败落，对肖明这种自以为志存高远才高八斗的人来说，无疑是个奇耻大辱。他迄今仍为儿子当兵一事受牵连耿耿于怀，不就让儿子当个兵吗？不就让儿子部队锻炼学好吗？这一不贪二不腐的，比起动辄几千上亿的贪官污吏，算啥问题呀？谁家没个儿女情长的事？犯得着这么较真吗？犯得着把人往死里整吗？

今天的肖明，仍然站在这块让自己饱经屈辱的土地上，以胜利者姿态重新站起来，或许这种结果对自己也算是一种安慰。这一天他等了整整20年，尽管姗姗来迟，毕竟还是来了。这20年里，自己与兄弟肖敏一道，经过奋力打拼，财富呈几何级增长，整个肖氏家族变得强大无比。这一切的一切，怎能不让人心潮澎湃呢？

肖敏拿下"一号标地"后，宾州市政府以"奖励＋配套"的方式变相降价，最终引火烧身，把自己逼到了墙角。肖敏对配套垫资投入及政府奖励，给出高达3亿元的造价预算，这一报价，把包括宾州市委书记章志、常务副市长郑林在内的所有人吓傻了。

宾州年财政收入25亿元，一下子砍掉宾州十分之一的财政收入，这可不是闹着玩的。"一号标地"4.8亿元中标，砍掉了大半个价款，这消息一传开，把所有的竞标人激怒了，犹如捅了"马蜂窝"："中标价拦腰斩，斩出个半价标来，'一号标地'怕是狗都能搞。""政府干吗要标后毁标？岂不是典型的利益输送！这标后毁标先河一开，有样看样无样看世上，以后比照着办就是。"……

这个时候，谁还敢为肖敏的结算说话？宾州市委、市政府这才意识到，标后毁标的严重后果。这"奖励＋配套"高达3亿元的报价，比原设想减价1亿元翻了两番，数亿价款说没了就没了，谁担当得起责任？任由肖敏美梦成真的话，怕是渎职追责免不了。这追责法槌砸在谁头上，谁就得粉身碎骨。此时的宾州市政府一班人，都在寻找脱身理由，就连霸气主持预警事件协调会的郑林，不仅没了往日的咄咄逼人，甚至还有些忐忑不安："这标后降价是领导的指示，干吗自己蹚这浑水替人担责呢？"

自肖敏报价出台后，宾州所有的官员见着就躲。既然没人担责，结算就落不了地；结算落不了地，土地价款就不能清缴；价款清缴不了，谁敢发土地证？土地证发不下，最终影响到银行按揭；银行按揭到不了位，无疑影响到资金链。一连串连锁反应像牛皮癣缠身，处理不好，会引发系列问题。肖敏知道走到这步，谁也指望不上了，继续等下去，结算铁定遥遥无期，或许留给自己的只有诉讼这条路了。最终，肖氏兄弟决定铤而走险，把宾州市政府告到省高院的被告席上，把"一号标地"推到了舆论的风口浪尖。

方宾既是人大兼职常委，又是肖敏的法律顾问团成员，还是宾州市政府及国土局的法律顾问，依规定，人大代表及人大兼职律师，不能出庭参加诉讼，作为原、被告双方的法律顾问更应该回避。可面对利益诱惑，方宾决定火中取栗，以法律顾问身份接受宾州市政府委托参加诉讼，在他的潜意识里，咱律师专做诉讼代理的，有利可图的事还能不干？更何况这官司到省城打，没准瞒天过海，啥事都不会有，压根未想过回避的事。

肖明是肖氏集团的智慧神经中枢，当然清楚方宾参加诉讼是犯忌的事，这种时候，他要的是未雨绸缪，不去捅破这层窗户纸，甚至还乐意方宾顶这个差，反正市政府得请诉讼代理，这代理谁当还不如你方宾当好，至少不会挖坑整我，没准透露个信息啥的，比啥都强。他吩咐肖敏："方宾担任市政府诉讼代理，这是好事不是坏事，我们装聋作哑好了！"方敏一听，心领神会："是的，反正人是你政府请的，出了事不关我事。倒是你方宾不晓得搞，给我添堵，别忘了我还捏着你的生辰八字，随时告你违规，叫你吃不完兜着走，谅你方宾就是孙悟空，碰上如来佛还能逆天不成？"没想到，这方宾果真成了精，对案里案外的事掐算得相当精准。若不是他得意忘形，做事张狂得罪人，被案外人揭发检举，还真天知地知你知我知。

摊上这档子事，常人难免六神无主，可肖明镇定自若，像个战地指挥官，有条不紊地指挥着诉前准备工作。他把诉讼重心放在结算证据的收集上，不惜重金聘请业内最具声名的预算师、造价师与律师，组成强有力的诉讼团队，从证据层面、诉讼层面、法律层面、攻关层面，层层布局精心打算。有了雄厚资金做后盾，有了缜密的诉前准备，加上对方诉讼代理方宾至今领取自己的顾问费，这你中有我、我中有你的官司，虽然打得滑稽可笑，无论怎么盘算，市政府都没有赢的理由。

事如所愿，肖氏兄弟轻松赢得了一审、二审官司，两级法院均判决被告宾州市政府给予"一号标地"项目"扶持+奖励"资金共 2.9 亿元。就在判决付诸执行之际，宾州的检举信源源不断地寄往省、市纪委监委，加上省监委所调查的一宗腐败案牵涉到本案关联人员，案审结果再次引起了两委注意，让宾州市委、市政府的主政官员不敢掉以轻心，决定向省高院提起再审，这是肖明没有料到的。

此时此刻，"一号标地"项目已竣工运营，官司的输赢对肖氏兄弟来说，并无多大影响了，更不会影响到"宾州国际"运作。肖氏兄弟在"一号标地"项目捞了过亿现金，还赚了个规模10万平方米，价值四五个亿的商业资产。走到这步田地，还怕你宾州市政府逆天了不成？就算你赢官司了，又能赢到哪去？大不了划点资产抵债，反正是赚来的，想要的话用天价抵给你；就算你拿到了资产，还得交给我"国际宾州"物业去管理，如此一来，给的差不多就是个数字。

这土地挂牌不缴足出让金，就允许开发建设，带来的是没完没了的后遗症。就此来看，是宾州市政府给自己惹了个大麻烦。

"一号标地"把肖敏喂养得肥肥胖胖，一跃成为东江省东部地区赫赫有名的地产大鳄。事业上的高歌猛进，让肖敏脾性看涨，霸气变霸凌，霸凌变狂妄。此时的肖敏，凭借无与伦比的经济实力，凭借与日俱增的横蛮劲，让本土地产商忌惮有加，不得不迁就他，不得不看他的眼色行事。

"一号标地"的竞价举牌，人们见证到了肖敏的争强斗狠，也见证了他的惊天能量。打那以后，凡是他看上的项目，鲜有人凑热闹，担心偷鸡不成蚀把米，啥都没捞着还受伤。宾州的土地招标竞价，就像一桌丰盛的酒席，最好最上眼的那几道菜是肖敏的，剩下的拿着去分。要是还不知足，惹恼他的话，连残汤剩菜都不给，看你拿石头去砸天？肖敏凭借超强的经济实力，丰厚的政经人脉资源，左右着宾州土地招拍挂市场。直到他觉得宾州这池水太浅，已经养不下自己这头巨鳄了，才把目标转向了二、三线城市，本土地产商死老鼠挪活，才有了生存空间。山中无老虎，猴子称大王，没有了肖敏打压，他们又耀武扬威了起来。

随着地产业的发展，宾州市政府越来越倚重土地财政，而随着老城区、

第十九章 地产大鳄

老房子拆得越多,各种原因导致的"钉子户"就会不断冒出来。为避免硬碰硬,转移矛盾,项目主管方往往把拆迁打包给开发商。

肖明开疆拓土一路走来,从没缺失过与土地开发相伴相随的强拆,凭借混社会的本事,竟然得心应手、所向披靡。

要站稳脚跟,强拆是躲不开的坎,做不到铁腕强拆,就别想在业内混。开发商的唯利是图,加上官方的放任纵容,注定了强拆充满暴力与血腥。对付"钉子户",肖明无所不用其极,虽然"拆"无不胜,却拆出了无数冤家对头。

肖明对老城区的土地情有独钟,旺地搞开发,房子不愁销不愁卖,但旺地有旺地的难处,问题多矛盾多,强拆是躲不过的坎,且都是烂肠子烂屁眼的事。

肖敏连续开发了老城区多个楼盘,这些楼盘大都成了城市地标式建筑,特别是宾江大道江景房,更是他的杰作。宾江河两侧原本是滩涂,民房星罗棋布,散落在宾江河畔。宾江大道建成后,既是防洪堤坝又是风光带,曾经荒芜的沙滩时来运转,成了开发房地产的风水宝地。肖敏一口气拿下数块宗地,却无法绕过强拆这道坎。好在他混社会出身,强拆轻车熟路,种下墙倒众人推的苦果。

沿江风光带江景房购房业主,要么是政府官员,要么是社会名流,这些人不是有权就是有势,个个是争强斗狠的角色,平时不会没事找事,一旦利益受损,则会做出强力反应,甚至不惜调动力量搞事。商家唯利是图,追求利益最大化,肖敏也不例外,拿地后恨不得一块地做两块用。主体落成后,千方百计占用绿化地建车库,没想到触犯了众怒。数百购房业主自发阻工,这车库建了又毁、毁了又建,把个肖敏惹毛了,调来百十个混混,拿着棍棒一顿乱砸,把个阻工业主砸得鼻青眼肿,四处逃窜。这还不算结束,肖敏指挥混混轮流守护施工,谁阻工就揍谁,谁搞事就找谁家麻烦,直到车库建成交付为止。肖敏使出这套狠招,连110都没办法,这肇事的混混刚带走,帮肖敏说情的电话接踵而至,弄得110根本没法处理,最后不了了之,眼睁睁地看着肖敏霸占绿化地，建车库捞钱。

　　大庭广众之下，混混公然搞事，此举刺激了一个购房客的神经，他就是宾州公安局主管刑侦的副局长。作为在岗副局长，于公于私都不能容忍，便鼓动业主举报，没想到举报信转了一圈后，又转到了肖氏兄弟手里。这次，肖明特意找到副局长，不动声色地说："兄弟，咱认识也不是一两天了，对不？就凭这，我不能藏着掖着，也不能绕圈子，只能实话实说了。肖敏托我带句话给你，阻工也好举报也罢，说都是你领头的，再不收手，他会上门来拜会你。"肖明话里有话，虽不带脸色，也没有指责，却威胁味颇浓，把个副局长肺都差点气炸了，犟脾气一上来，带着一帮业主，把肖敏涉黑涉恶举报到省厅市局。没想到市局一个领导，专门把副局长叫到办公室，关着门数落："兄弟，肖敏的水深得很，说深不见底一点不夸张，市局根本就治不了他，这治不了人，反被人伤的事，咱就别干了好不？听我一句话，尽快脱离举报，别人怎么弄咱管不着，你就别蹚了这浑水好不？"副局长与市局领导交往甚密，刑侦战线一起摸爬滚打了多年，知道此话出自他嘴里，绝非空穴来风。副局长不呆不傻的，晓得市局领导说话的分量，不久便退出了举报，只是他怎么也想不通："我一个堂堂的主管刑侦的副局长，连自己的合法权益，都不敢去保护，情何以堪？这世道到底怎么了？到底出了啥问题？"但嘀咕归嘀咕，意见归意见，到头来还不得不认怂，不得不咽下这口恶气。

　　果不其然，接下来发生的一件事，验证了肖敏的惊天能量。肖敏的一个哥们开洗浴城，治安例行检查中抓了个现场，这哥们被公安带走调查，没想到他有恃无恐，公然与警察发生肢体冲突，这下把个骄横惯了的年轻执勤警察惹毛了，趁这哥们激烈反抗之际，一个耳光将他掀翻在地，嘴里骂个不停："这世道邪门了，简直是秃子打伞无法（发）无天，连警察都不放在眼里，真是不懂规矩不懂事，胆大妄为至极。知道警察是干啥的吗？不清楚的话，我现在来告诉你，是专门打击犯罪的国家机器，故意对抗执法就是挑衅法律，不清楚的话我现在就教会你。"说完，当场出具刑事拘留决定书，火速刑拘了这哥们，并准备以涉嫌妨碍公务犯罪，予以立案侦查。此外，将多名涉黄

第十九章 地产大鳄

人员带离现场，并对洗浴城下达停业整顿处罚决定书，大有不整趴不罢休之势。抓到了现场，且人赃俱获，这是办案最高境界，或许对任何涉案人员来说，只有认罪服法的份，没想到肖敏出面一说情，这哥们关了不到一天，就被取保候审了。更没想到的是，这哥们出来后，涉黄人员一个个翻供，最后均以证据不足免于处罚，连停业整顿的洗浴城，也在一周后开张。

重新开张的那天，有如重大节日一样，洗浴城灯火辉煌，烟花鞭炮震天响，烟火染红了半个宾州城，热闹场面震撼宾州。那天，来洗浴城捧场的人很多，甚至不乏政商名流，这些人虽然不愿敏感时刻露脸，也不是冲这哥们去的，纯粹卖肖敏一个面子，露个脸捧个场，好在肖敏面前有个交代。这场面，明眼人都知道，是对公安执法的公然回应，把查处那哥们的执勤警察们，气得个个吐血。更意想不到的是，一周过后，这哥们在省城弄回个耳膜穿孔医学鉴定书，伤情等级为轻伤。这下，轮到执勤警察倒霉了，被检察院以涉嫌滥用职权犯罪刑拘。一年之后，执勤警察被法院宣告无罪释放，他才明白那哥们刑拘释放后，肖敏带着他当天去了趟省检察院，走了主管反渎职犯罪的卫民副检察长的后门。

那天，肖敏一出省院大门，卫民检察长拿起电话，通知宾州检察院到省院领命。就在那哥们取保的第三天，宾州市检察院主管反渎副检察长，奉命领取查处批文之后，径直找宾州公安局长摊牌："公安渎职举报不少，已经引起省院的高度重视。今天我就不讲套话了，得带个人走，我是奉命行事，职责所在，请不要为难检察院。"公安局虽然也是个强力部门，执法行为接受检察监督，这是宪法规定的。作为单位领导，谁都不想单位出事，遂本能地想护犊子，遂试探地问："看在司法同行的分上，您看能否做内部消化处理，给予党政纪处分行不？"主管检察长一听，脸色阴沉得难看，当场予以拒绝："这怎么行？实话告诉你，不是不给公安面子，省院领导批示对公安的渎职举报有三件，检察院必须得办一件，否则无法交差。给你个面子，具体办哪一件，交由公安局自己决定。"说完，把省院卫检的批示摆在桌子上，公安局长是个人精，知道再说啥都不管用了，怕是检察院早盯上目标了，别犯傻连累其他兄弟，便主动认怂，将执勤警察交出来。当天，宾州市检察院就以涉嫌滥用职权犯罪，将执勤警察刑事拘留，不久向法院提起公诉。

公安局长的口碑本来就差，混日子都难，屋漏偏逢连夜雨，船迟又遇打头风，可检察院偏偏把案子的选择权交给了他，这事传开去后，开罪了执勤警察，法院宣告无罪后，便被执勤警察缠上了，没完没了地给他找事，甚至公开场合动了粗，弄得他实在是待不下，连连向组织打报告，直到调出宾州才完事。

案子怕"夹生饭"，检察院查办执勤警察滥用职权案，被法院宣告无罪后，把平日里高调张扬的主管检察长弄得里外不是人。案子翻转恰恰证明检察院渎职，这下执勤警察可不干了，没完没了找检察院要说法，三天两头跑到主管检察长家，又是哭又是闹："你检察院与肖敏是啥关系？为何替他做'打手'？莫非充当黑恶势力'保护伞'？逮到涉黄现场，这哥们还敢袭警，检察院不管袭警犯罪，却查警察渎职，屁股坐哪儿了？"这一连串为什么，把个主管检察长弄得灰头土脸，连连赔不是。执勤警察监狱待了一年，委屈比天还大，哪肯善罢甘休？不依不饶地找检察院要说法，不给说法不走人，打110也没用。

执勤警察110出身，这110小兄弟一见是他，知道说啥都不管用，这以后主管检察长一报警，干脆走过场，央求执勤警察："哥，给个面子，不要太出格，别让兄弟们为难好不？"好在执勤警察体谅这帮小兄弟，再怎么找人麻烦，也不会太出格，让110处警那帮人放下心来。这以后，主管检察长一报警，干脆现场报到向后转完事，于公于私都有了交代，却苦了主管检察长，每天提心吊胆，生怕执勤警察搞事，特别是节假日，连家门都不敢进。后来，组织上抽人援疆，主管检察长借机一走了之，总算躲过了"跟踪追击"。

检察院查办该宗滥用职权案，在司法同行看来，纯粹是"窝里斗"，纯粹是大水冲了龙王庙，一家人不认识一家人。可牢骚归牢骚、意见归意见，这官大一级压死人，省院主管反渎检察长卫民交办的案子，不管怎样都得办，有意见想法只能保留。你可知道省院主管反渎检察长是啥官吗？那是专门查办公职人员渎职犯罪的，不怕官只怕管，掐着公职人员的生辰八字，谁敢没事找事？对基层检察院来说，省院交办的案子就是大案要案，谁敢怠慢？更何况省院领导坐镇宾州督查，你一个基层院主管检察长，说白了就是件工具，理解的要执行，不理解的也要执行。

能够搬动省院卫检坐镇宾州，督办执勤警察的滥用职权案，算是闹出惊天动静来。这老虎不吃人吓死人，肖敏为那哥们出气扳倒执勤警察，无异于杀鸡用牛刀，让宾州人见识了他的通天能量。

外行看热闹，内行看门道。肖敏看似替那哥们出气，实则践行自己的人生信条："皇帝维护威权统治，不惜杀人立威；我要维护肖氏家族的利益，就得整出事来震慑宾州，震慑挡财路的人。"

卫民检察长是中院审判庭庭长提上去的，分别担任过10年地级市正、副检察长，也是查处龙之受贿案牵头首长。肖敏与省院卫检交往20多年，当他还在党组成员、反贪局局长位上时，肖敏想方设法搭上这层关系，不久卿卿我我，称兄道弟拜把子了。随着时间的推移，肖敏与卫检的关系成了公开秘密，差不多是地球人都知道的事情。肖敏搭上这层关系后，把卫检当爹当爷供着，没少给他好处。这卫检也算是个性情中人，投之以桃、报之以李，对肖敏的事业人生，称得上关照有加，称得上有求必应，称得上不遗余力。这次肖敏为那哥们的事，亲自登门拜访，对卫检来说，这肖敏当面交办的事，自然得当大事要事来办。

傍上省院卫检这棵大树，肖敏扯大旗，作虎皮，常打着他的招牌吓唬人。生意场上的老板，多是寻常百姓家，只懂生意不懂政治，一听省院主管反渎卫民检察长大名，吓得屁滚尿流，哪里还敢跟肖敏抢饭吃？有了卫检的力挺，肖敏的事业如鱼得水，拿地搞开发，如入无人之境。这次，肖敏动用关系替那哥们出气，一举两得：一是给手下鼓劲打气，兑现"跟大哥干横竖不吃亏"的诺言，笼络手下的人心；二是警告生意场上的对手，做事带脑子，别没事找事。主管检察长本想讨好卫检，奉命查处司法同行，没想到案子整成了"夹生饭"。偷鸡不成蚀把米，弄得里外不是人。更闹心的是，案子搞砸后，省院卫检拍屁股一走了之,留下自己背黑锅挡子弹,替人受罪。主管检察长揣着一肚子委屈没地方诉苦,体验了一回"有苦难言"的尴尬。

主管检察长援疆后,宾州检察院成了出气筒,这下苦了检察院"大当家的",时不时被执勤警察堵住,重大节日送个花圈啥的,让耀武扬威惯了的他颜面尽失。此时的执勤警察,看守所受了刺激,患上了抑郁症,到司法技术部门一鉴定,弄假成真,鉴出了个间歇性精神病。此鉴定一出,执勤警察有了法定免责理由,闹得再出格也拿他没办法了。好端端的一个人,弄到这步田地,自然博得了不少同情,谁还忍心伤口上再撒盐?为平息事态,"大当家的"不惜委屈自己,三天两头往公安局长办公室跑,求他帮忙:"摊上这摊子烂事,也许只能用钱解决了,执勤警察有啥要求,能满足则满足,只要稳住他不搞事就行,钱检察院出,你们只管报销就行了。"这渎职案,办得如此糟糕狼狈,宾州司法史上怕是绝无仅有。滑稽的是,尽管检察、公安为这档子破事弄得焦头烂额,苦不堪言,而肖敏却没受丁点影响,照样横冲直撞,照样花天酒地。

肖敏专横跋扈,他的做事不择手段,整人不计后果,不达目的不罢休的土霸王做派,开罪了不少人,换来了源源不断的涉黑涉恶举报,最终惊动了中纪委、公安部领导,双双批示给东江省纪委、省公安厅查处。省纪委、省公安厅打黑办一干人,奉命到宾州明察暗访,调查肖敏的犯罪证据。这次暗访是绝密行动,为避免走漏风声,避开了当地公安、检察机关。

此时的肖敏蒙在鼓里,有了省院卫检一帮子人的保护,老子天下第一,哪里还怕啥举报?事实上,这些年肖敏从没缺过举报,一有风吹草动就有人通风报信,最终举报信都落到了他的手里。随着肖氏地产王国的确立,肖敏把相当一部分精力用在融通关系上,结交了不少达官贵人,这些人能量惊人,替他遮风挡雨,为他闯关攻坚,帮他克难避险。起初,肖敏对举报还心存顾虑,看到举报被密不透风的关系网封杀,自此眼珠子上翻,再不把举报当回事了,甚至公开放言:"在宾州我就这样子了,谁能把我怎样?举报我可以,有本事别让我知道,要是知道了,让你见识见识,啥叫马王爷三只眼!"在他的

第十九章 地产大鳄

强权哲学里,举报人当是微不足道的蝼蚁,轻蔑常挂在嘴上:"谁愿意告就告,想怎么告就怎么告,虾米鱼仔岂能翻大船?"确确实实,肖敏在源源不断的举报中成功脱身,乃至他的财富人生,从未缺失过关系网的保护,就这张关系网,助他"一号标地"咸鱼翻身,助他稳稳地坐在宾州地产业的王侯霸主位上。

省纪委、省打黑办一干人,密集会见了多个举报人之后的一天,乔装成产品推销商,直奔肖敏老巢,准备短兵相接,零距离接触宾州地产大鳄肖敏。

肖敏的老巢设在20年前买下的市政府接待中心,这是他白手起家的地方,肖敏将其改名为"宾州酒店"后,吃喝玩乐全在这里。谁也没想到,就这么个一点不打眼,普通得不能再普通的地方,住着个宾州惊天级人物。近些年,虽然肖敏多数时间待在五星级酒店的总统套房里,但这里是他"无源水"起家的地方,别看他大大咧咧,不把事当事,却很迷信这风水宝地,再怎么飞黄腾达,都把这里当根据地,重大决策仍在这里作出。

肖敏的办公室,仍挂着各个时期开疆拓土、打造地产王国的活动剪影,从侧面见证了肖氏兄弟,从一无所有到奇迹般崛起的历史。唯一变化的是,随着财富的叠加、仇家的增多,肖敏有了极强的防范意识。他重金聘请了两个东北大汉当保镖,保镖文满了虎狼狮豹身,野兽张开血盆大口,凶神恶煞煞是吓人,这普通人一看这文身标签,便识得是个江湖玩主。那时,只要肖敏一现身,俩保镖形影不离,招摇过市耀武扬威。这行头给人的感受,不仅仅是凶神恶煞,更是滑稽可笑,让人一看便知道,肖敏不仅玩转官场,还玩转江湖社会,是个名副其实的黑白通吃的人物。

肖敏选保镖就一个要求,要有混社会的背景,一出行俩彪形大汉紧随其后,这时的肖敏,自我感觉非常好,自以为安全无忧,威风八面,震慑"诸子百家"。只是当局者迷旁观者清,旁人的看法完全不同,若是肖敏真有安全之虞,一定来自身边,这保镖都是混社会的玩主,一反水注定是地动山摇级的新闻。可肖敏不管不顾,他就喜欢这行头,满门子心思想着,如何给自己立威。

风 云

自女秘书来到肖敏身边后,她力主辞掉文满虎狼狮豹身的东北大汉,换了个武功高强的退伍特警当司机,这行头的外在形象,明显软和了不少,保护力却一点不亚于东北大汉,且没了凶相毕露的观感。在女秘书的精心调教下,肖敏的出行虽保持着前呼后拥的招牌架势,但身边多了些戴眼镜、提包包的专业人士,形象自然好了不止一个层级。

那天,肖敏从楼上走下来溜达,正好碰上明察暗访一干人,这些人谁都没想到,宾州声名远扬的房地产龙头老大肖敏,就是眼前这个其貌不扬的小个子男人,随口便问:"肖敏董事长在吗?"肖敏异常敏感,顺手往楼上一指:"他在楼上开会,请稍等一会儿。"肖敏这个久经江湖考验的"老油条",见来者个个气度非凡,操着正宗的省城口音,可一报推销产品身份,便看出了破绽。这帮人为何刻意隐瞒身份呢?没准来者不善,善者不来,一定大有来头,联想到传闻中的风言风语,肖敏暗自吃惊,二话不说拦下一辆的士,马不停蹄地直奔省城。

五小时之后,肖敏在首都机场现身,一下飞机就换了台手机,他先给女秘书打了个电话,了解这帮人的身份后,交代好近期工作,便把手机卡拔出来连同手机一块扔掉,切断了一切联系,躲在京城高官安排好的地方,销声匿迹了整整一个月。就在肖敏隐匿的这段时间里,他调动了所有的政经关系,甚至是把后门走到了京城高层,最终摆平了明察暗访事件。那时,正值特大老虎把持政法系10年,天大的事都可以用钱摆平,恰恰这肖敏不缺钱,最终钱搞定了一切。一个月后,肖敏在省检察院卫民副检察长、省公安厅常务副厅长杨桄的陪同下,大摇大摆地回到了宾州,让所有等着看肖敏笑话的人,知道再没啥戏看了。

说来也怪,明察暗访事件发生后,对肖敏的举报,竟然消失了好长一段时间。这事让肖敏颇有感悟,庆幸自己有了才貌俱佳的女秘书,是她让自己学会了改变。更难能可贵的是,这女孩不仅人长得漂亮,而且忠心耿耿,一门子心思帮衬着自己,用她名校女生所特有的智慧潜移默化地影响着自己,雕琢塑造着自己。要不是这些年,她时刻提醒自己注意收敛,仅凭惯来的低

第十九章 地产大鳄

俗表现，以及张狂至极的个性，极有可能躲不过今天的劫难，没准被省纪委、省打黑办一干人逮个正着，连个找人救济的机会都不会给你。这一切的一切，只有自己才明白眼前这个女人，对自己的后半辈子有多重要。

肖敏对女人惯来心存偏见，在他眼里，女人都是喜财好色的动物，除了宣泄肉欲之外，从来不会多看她们一眼，在他的女人词典里，女人就像衣服，多一件不多少一件不少，过季就换厌了就扔。跟他有染的女人数不胜数，却没一个让他刻骨铭心过，没一个让他死心塌地过，玩到最后给笔钱打发走人，从此一刀两断，老死不相往来。多少年来，肖敏都在重复着千篇一律的女人故事。与他有染的女人也是如此，盯着的只是他口袋里的钱，把陪伴当谋生手段，走的时候亦不会有啥留恋。经历许多之后，肖敏悟出了一个道理："玩才是男人应有的女人哲学。"

这些年，女秘书以她特有的智慧，用她对男人特有的感悟，推翻了肖敏陈旧的女人哲学，让他重新认识了女人，见证了女人是男人不可或缺的组成部分。历经诸多变故之后，在肖敏极度糜烂的私生活里，那个貌似丰满、实则空虚的心灵，竟然在女秘书身上找到了慰藉，竟然点燃了他的心火。虽然肖敏还不能肯定，饱经荒诞不经情欲浸染的自己，内心深处是否还存爱的元素，但有一点可以肯定，自己未来的人生，或将离不开眼前这个秀外慧中的名校女人。

明察暗访事件发生后，以肖敏的狡诈不难发现，哪怕是经济巨人，在政治面前变得不堪一击。此时此刻，他才理解堂哥肖明耳边经常念叨的话："政治左右着经济，掐着经济强人的生辰八字，左右着经济强人的命运，这样的故事层出不穷。建立强有力的政治防火墙，无异于给自己上道保险，也是一道必答题。"此后的肖敏，按照肖明的授意，拼命巴结高官政要，甚至不惜投资，把信得过的人推到更高的领导岗位，成了肖敏最重要的一项工作。

时下党中央把净化政治生态，反对圈子文化，当作反腐重头戏来唱，简单的权钱交易风险极高，不再适应形势发展需要了，聪明的政治人物再不做拉开屉子收钱的傻事，当下的腐败似乎以更加狡猾的形态存在。正如赵德峰分析的那样："官场腐败在新形势下，方式更加隐蔽，花样更加繁多，且多以扶植利益代言人的方式存在，利用权力帮利益代言人圈钱，再把利益代言人当钱袋子使，让'钱袋子'替自己潜规则。绕了一圈后，权钱交易就变得非常隐晦，就像水库理论，溪水流入江湖后，再也不是溪水了一样，稀释了权钱交易原罪恶，再怎么追究起来，充其量是党政纪责任，即使搭错车上错船跟错人受到牵连，也难上纲上线，也难定罪量刑。"

领导岗位是稀缺资源，要想脱颖而出，离不开领导的提携。在竞争日趋激烈的环境下，一个家庭背景并不怎么显赫，一个没有经济实力做后盾的人，想得到领导的关照谈何容易？帮肖敏签字担担，缓交"一号标地"出让金的地级市重岗领导，与肖明系老同事老朋友，感情深厚，很早以前，肖敏通过肖明的引荐结识了他。重岗领导是土生土长的宾州人，因能力突出破格提拔，进入地级市领导班子，在大秘岗"趴窝"多年后，升任常务副市长。他颇有政治魄力，是个满怀政治抱负的领导，受制于政治生态现实，常抱怨生不逢时，感叹壮志难酬。

重岗领导是个政坛"老麻雀"，长期在市委、市政府大秘岗，跟着党政主要领导混官场，修炼成太极真功，不仅玩转官场还玩转大家。初识肖敏，重岗领导就发现其身上与众不同的特质，虽然不喜欢他身上的山野之气，却十分欣赏他天不怕地不怕的个性，一看就知道，是个想干事能干事干大事的人。就这样，两个政商原本不同类的人，一见如故，相见恨晚，一来二往成了拜把子兄弟，就差共一个裤裆了。

肖敏成功运作"一号标地"项目后，声名大振信心大增，遂大举进军省、市级地产市场，在重岗领导的鼎力相助下，平价拿到了数块土地，项目一完工，数以10亿计的财富进了腰包。暴富后的肖敏，尝到政治经济的甜头后，更加懂得权力的重要性，更加注重权力潜规则运作。

这些年，重岗领导常带着肖敏，晋见比自己更高位的政要高官，投之以桃、报之以李，肖敏对重岗领导的晋升可谓费尽心机，使出了浑身解数，陪同他无数次赴省进京，晋见省会京城的达官政要。只是这种场合，肖敏仍不改大珠子项链的土豪形象，言谈举止不弃江湖习气，所表现出来的粗俗让重岗领导尴尬有加，却无计可施。毕竟人家是自己的金主，毕竟人家也有所求，世上没有免费的午餐，人家替你搭桥过河，沾光揩油，搭个顺风车，结识下高层领导，怎么说也不过分，怎么讲都是人之常情。

就在肖敏成功运作"一号标地"项目不久，重岗领导因帮肖敏签字解套，缓交出让金一事引发举报，影响了晋升。这一次，肖敏主动陪他晋见京城高官融通关系，没想到偷鸡不成蚀把米，肖敏的粗俗表现弄得重岗领导颜面扫地，几乎下不了台。

晋见京城高官，肖敏可谓煞费苦心，调动了诸多人脉资源，好不容易找到中间人，出了 20 万元引荐费用才敲定。依中间人的建议，选定一家外观不养眼，却在京城上流社会十分流行的会所宴请，接待厅设在会所后院的二楼包厢。这座京城的四合院会所，青砖碧瓦、四周高墙耸立，占地面积 600 多平方米，建筑面积数百平方米。院内环围墙系青砖铺就的廊道，廊道被葡萄藤包裹得严严实实，人在廊道里行走，有如进入了叶绿果香世界。从外观看，整个建筑是座普通得不能再普通的四合院，这青砖绿瓦四合院，放在任何地方都不会养眼，你可别小看这不怎么养眼的院落，那可是曾经的王公贵族旧居，这样的院子绝不是你有钱就能买到的，在京城拥有这样的四合院，绝对是尊贵身份的象征。就这不挂牌经营，流行于京城上流社会的会所，成了高官政要、社会名流聊天说事的场所。会所从不对外招揽顾客，却从来不会缺少客人，到这里订餐宴请，需交数万定金，还得提前一个月下单，若是因故退餐，定金肯定是不给退的。毫无疑问，这里是寻常百姓家想都不敢想的地方。

会所的外形，一点也不像接待贵宾的场所，可能就是这并不怎么养眼的缘故，却讨得了京城高官政要、社会名流的欢心。他们不喜欢繁华高调的地方去凑热闹，却愿意到清静不打眼的场所聊天说事，饮酒品茶。来这里参加宴请的高官政要、社会名流，不收重金厚礼，只论附庸风雅，只谈吟诗作赋，连馈赠礼品也别具一格，充满着文化气息，要么名家收藏，要么大师手笔。别看四合院外观一点不引人注目，可室内的陈设，却是清一色的金丝楠木仿古家具，朱红色加厚羊毛地毯，踩上去软软绵绵的，不会发出丁点儿声响，这室内的摆设与装潢，奢华程度远超任何一家五星级酒店。在这里宴请宾客，高雅脱俗上品质，不掉任何人的身份，难怪这京城上流社会，对这幽静却不失尊贵身份的地方情有独钟。

接待室一个客厅两个厢房，客厅是客人活动休息的地方，厢房一间用于谈事，一间用于吃饭。每个接待室配置三个服务员，服务员只能在客厅旁边的工作室待着，随时等候着客人的叫唤，一般情况下，她们会把时间留给聊天说事的客人。来这里参加宴请的人，不希望有人来打搅，要是客人有了招呼，高挑白皙、端庄漂亮的服务员，就会像云彩一样飘过去。你可别小看这些服务员，都是从京城大学百里挑一选出的大美人，选拔要求不亚于北影、中戏招生，要求精通英语，且须经过严格的京腔训练才能上岗。这里的服务员个个身怀绝技，张口就能哼上几句京腔京韵小调，而且京味范儿十足。客人在这里用餐，品着宫廷美味，饮着陈酿茅台，听着京味小调，仿佛置身于中国博大精深的传统文化宝殿之中，让人留恋不舍，让人回味无穷。这里的一砖一瓦，这里的一颦一笑，无须表白、无须讲解，谈笑风生间，便能让人体验到想要的惬意。

除了安排好用餐，肖敏还为重岗领导备了份精致礼物。近些年，重金厚礼晋见高官政要已不再流行，肖敏按照中间人吩咐，高价收购佛学大师、书法大家赵朴初，早中晚三个时期的书法代表作真迹，作为晋见京城高官的见面礼。本来，重岗领导与京城高官都是文化人，两人的谈话颇有性情相投、相见恨晚的感觉，当脖子上挂着硕大的铂金项链，山野气重的肖敏一露面，京城高官脸上便有了察觉不到的反应，更让他不待见的是，肖敏一进门便夸张地躬着身子，双手毕恭毕敬地递上名片："领导好，我是肖敏，东江宾州国际实业董事长，很高兴认识领导。"京城高官虽然礼节性接下了名片，却随手推至一边，连眼角儿都不曾瞟一下，接下来再不怎么说话了，象征性地动了几下筷子，打了个招呼便起身告辞。

京城政要如约出场，中间人的任务业已完成，但立意解决的问题，怕是

第十九章　地产大鳄

连边都没让重岗领导摸着,让他不得不扼腕叹息。这时的肖敏,似乎并未看懂其中奥妙,在京城高官退场的那刻,仍示意着重岗领导拿礼品跟上,重岗领导露出一丝苦笑,只能佯装视而不见,尴尬地跟在中间人后面,目送着京城高官驱车而去,之后,面无表情地在会所门口驻足良久,半晌才回过头来,招呼肖敏买单退场。

京城高官走到大门口,最终还是没能忍住,丢了句话给中间人:"你们家乡的这位领导,怎么跟社会上的人混在一起?"说完,像断了线的风筝,连中间人的电话都不接了。

郑林代表市委、市政府主持过"一号标地"的预警事件协调会,每当提拔晋升的关键时刻,都被对手拿出来说事。这肖敏毕竟是江湖人物,以江湖道义安身立命,帮不帮得上忙姑且不讲,绝对不能落下过河拆桥的话柄,便装腔作势,摆出一副乐善好施、成人之美的架势,到处找人说情,到处拉人催票。最终,郑林并未受到过影响,凭借自身过硬的素质、硬核政绩与实力上位。

对肖敏的所作所为,尽管街坊邻里多有议论,从没吝啬过对他的指摘,但褒奖他的人亦大有人在,甚至不乏"铁杆粉丝",把他当成偶像,当成追捧对象。

连他的死对头赵德峰,也不得不承认这样一个事实:"不管肖敏这人如何令人生厌,却无人能够否定这样一个事实:一个没念过几天书的人,却掌控着并不缺失任何人才的一流企业管理团队;虽出身草根一族,却凭着一己执着,累积了丰厚的政经人脉资源;虽是个俗不可耐的山野村夫,身边从来不缺绝色美女;虽言谈举止缺失教养,却把常人看来天大的事,件件办得有着有落,堪称圆满;他原本是社会最底层的人,却成为名贯东江的地产大鳄;他横冲直撞,结下无数冤家仇恨,却总能成功突围,屹立不倒。纵观当今社会,肖敏已经不是一个孤立个体,或已成社会现象,不知道是肖敏疯了,还是社会病了。"

自古巴蜀不分家,既然赵德峰先发了话,自然缺位不了谢蒙:"肖敏就这样一个人，无论你憎恨他也好，唾弃他也罢，在宾州他就是个成功者，就是个响当当的人物，不管你服不服气，这是铁的事实。呜呼！这官场与商场的事，犹如一出大戏，虚虚实实，真真假假，台上台下，戏里戏外，看似雾里看花，虽看不太明白，看不明就里，但戏中的角色，个个心里跟明镜似的。你好我好大家好的事，都会高兴一把，若是撞上了晦气，谁都不要有怨言，认命就是！"

　　谢蒙的话虽然没斤没两、没深没浅的，却不乏深刻，不能不催人深思。

第二十章　鹿死谁手

自阵容庞大的专案组进驻以来，宾州掀起了新一轮风暴，关锐、桂平再次成了焦点人物。不过，本次聚焦不同过往，之前以史诗般的创业角色亮相，这回则 180 度大转弯，昔日的英雄豪杰成了黑社会头目，成了无产阶级专政的对象。

世人眼里的黑社会，无恶不作，鱼肉百姓，欺行霸市，巧取豪夺，专干欺负老百姓的事，老百姓憎恨黑社会甚至超过了贪官。关锐黑社会犯罪团伙案，是省公安厅挂牌督查的大案要案，宾州突然间来了那么多警察，而且专案组绕过地方政府，直接对省厅负责。在常人眼里，这是惊天大案的查法，谁都免不了突发奇想，不是死罪咋拉出惊天大案的查法？专案组阵仗吓人，由主管刑侦的省公安厅常务副厅长杨桄担任专案组组长，地级市公安局局长任副组长，全省抽调 78 个精干力量，彻查关锐、桂平黑社会团伙犯罪。专案组一行浩浩荡荡开赴宾州，规模之大、规格之高、势头之猛，宾州绝无仅有。

专案组一进驻宾州，谣言满天飞，经舆论发酵渲染，关锐、桂平由人变成鬼，差不多成了青面獠牙、十恶不赦的劫匪。他们把边西金菱集团骗至宾州投资，项目一完工就翻脸不认人，巧取豪夺，不择手段打劫外商亿万投资资产，这与拦路打劫有区别吗？在不明真相的人眼里，舆论说他们是黑社会，他们就是黑社会，是黑社会就得诛之而后快。这舆论有如海啸，以排山倒海之势向关锐、桂平俩袭来，冲击力超乎想象。

中华五千年文明史，历经传统文化熏陶，正义、道德、良心等传统美德深入人心。近些年，虽然社会道德水准有所下降，但对大是大非问题，却毫不含糊地站在正义一边，人们纷纷站出来，谴责关锐、桂平的不仁不义，斥责他们干缺德事，不该"涮"宾州人的脸面、坏宾州人的名声，一时间关锐、桂平成了"臭狗屎"，成了"烂仔"，成了人人喊打的"过街老鼠"。

正当廖芮调动一切力量对付关锐、桂平之际，这两人还蒙在鼓里，误判形势，为夺回企业主导权沾沾自喜。他们对廖芮的举报置若罔闻，不当一回事儿，放出来的话更是刺耳难听，充满着嘲讽与挖苦："你廖芮不是一直在告吗？告了那么久了，不是瞎子点灯白费蜡，啥结果都没告出来吗？"

面对好心人的提醒，关锐无外乎几句话："我有没有问题自己最清楚，请放心好了。但不管怎样，都得感谢你的好意。"在关锐的潜意识里，自己与黑社会有啥关系？与金菱集团的矛盾冲突，撑死了是经济纠纷，是股东间的股权纷争。司法部门最牛掰，总不能无视中央禁令，插手民间经济纠纷吧？廖芮再牛掰，还能改变经济纠纷的定性？还能把金菱集团非法集资、高利放贷、高利转贷犯罪给告没了？再说，地、县（市）两级公安部门，不是早受理过你的举报吗？查来查去，还不是没查出啥问题来，还不是把你所举报的问题定性为企业内部经济纠纷！反正我没有非分之想，所主张的全是股东正当权益，行使的是总经理工作职责。真金不怕火炼，你说我是黑社会就是黑社会？看你还能凭空生出个"打砸抢"来？凭空捏造出黑社会犯罪事实来？关锐这么一想，便以为啥事都没了，便以为谁都拿自己没办法，甚至公开放言："谁愿意告就告，想怎么告就怎么告；谁愿意查就查，想怎么查就怎么查，我没违法没犯罪的，身正不怕影子斜，有啥好怕的呢！"

值得庆幸的是，所引进的雁城黑狮水泥集团承包团队经过半年运行，彻底扭亏为盈，企业走上正轨，生产经营步入良性循环；产品质量稳定，产销两旺，承包金及时到位；支出明明白白，所收承包金全部用于支付货款，发放拖欠民工工资，偿还电力部门电费旧欠。不比不知道，一比吓一跳，前后承包经营的结果一对比，高下立判，一个在天上一个在地下。

看到企业向好发展，关锐这才放下心来，甚至不无炫耀地给自己打气："事实证明，我关锐冒着巨大风险，强行解除华鹏集团的承包合同，更换承包商的决策正确。事实摆在那里，效益摆在那里，成绩有目共睹，还怕你给告歪了不成！"

那一年的农历八月十六，是关锐女儿的婚嫁之日。关锐特意选在中秋佳节的次日，帮女儿举行婚礼宴会，是有特别寓意的，期待女儿圆圆满满、和和美美，与心爱之人相守一生，白头偕老。那天，关锐在宾州国际酒店宴请四方宾客。依宾州的婚礼风俗，女方的父亲母亲须亲自把女儿送至婚宴现场，与男方父母一道，为儿女举行隆重的婚庆典礼仪式。婚礼有道必不可少的议程：女方的父亲牵引着穿婚纱的女儿，手把手地将新娘交到男方手上，男方在全体宾客的见证下，对女方的父母作出承诺，保证用一生来守护新娘的幸福，与妻子执手未来、白头偕老。只有办完整了婚礼，才算了却人生心愿，仿佛只有在隆重的婚礼场合，接受男方的承诺，父母才可以安心。

偌大的五星级酒店宴会大厅里，坐满了宾州政要、富商与亲朋好友。宴会厅布置得喜气洋洋，红红灯笼高高挂，天花板飘满了颜色各异的气球。婚庆主持台上挂满闪闪发光的玫瑰红"囍"字，"囍"字两边是五颜六色的彩绸。正厅中央铺设红红的、厚厚的羊毛毯，踏上去软软绵绵的，格外轻柔舒适。依当地风俗，关锐夫妇满面春风，身着大红中式礼服，脸上洋溢着幸福的微笑，守在宴会厅入口接待来宾，与宾客频频握手，拱手答谢，全身心沉浸在女儿婚嫁的喜庆中。

婚礼在既定的吉时良辰举行，着中式礼服的新郎官从关锐手上接过新娘，在伴郎伴女的簇拥下，带着幸福的微笑，踏着欢快的轻音乐节拍，穿过空中飞舞的礼花屑，缓缓地登上婚礼台，接受亲朋好友的祝福。接着双方父母致答谢辞。正在关锐登台致辞时，手下一人匆匆地走上前来，对着关锐耳语："专案组昨晚进驻宾州，已封锁了婚礼现场。"关锐获悉后，犹如晴天霹雳，面色骤改。遇上这种事，无论心理多么强大，谁都不可能无动于衷，谁都会焦虑恐惧。此时的关锐，只能寄希望于专案组网开一面，让女儿的婚礼举办完，纵有天大的灾祸，都由自己来独自承担，不要影响到婚礼，不要给纯洁得像张白纸的女儿留下阴影。慌乱中，他从主持人手上接过话筒，先是真诚地三次鞠躬，然后发表答谢感言："感谢各位来宾！感谢各位亲朋好友！感谢你们前来参加我女儿的婚礼，感谢你们一如既往地给予我本人，给予我的家人无微不至的关怀。借此机会，我向大家袒露心扉：不管我今后的路走得顺畅还是坎坷，也不管命运结局如何，我都会永远记住大家的好，记住大家的情分，衷心祝福大家幸福快乐！祝福我的女儿女婿能够牵手一生，白头偕老，成为一对恩爱夫妻！再次感谢大家的光临！"

专案组秘密进驻宾州，参宴宾客全都蒙在鼓里。关锐宴会上的答谢感言，说出一些奇奇怪怪的话来，让他们丈二和尚摸不着头脑，脑子一下子转不过弯来。接下来所发生的一幕，犹如过山车，让所有人目瞪口呆了一回。就在关锐发表完答谢辞，准备落座就餐之际，二十几个荷枪实弹的武装警察威风凛凛地闯入宴会厅，当场逮捕了关锐、桂平，参宴的其他黑社会成员及"护厂队"全员。

省公安厅常务副厅长杨桄，向来注重仪容仪表，既精神饱满又儒雅精致，似乎永远保持一副正人君子模样。他出身于一个南下干部家庭，父亲官至正厅级，官位不算高，但资格老、战友多、关系广，是个威望高、人脉资源丰厚的领导。杨桄自小养尊处优，大学刚一毕业，就被父亲送到曾经的老部下、时任边西省委第二书记门下讨饭吃。省委第二书记对老首长的儿子关爱有加，视同己出，一直带在身边做专职秘书；历练数年后，又安排他任边西省检察院反贪局局长，退休前再次施加影响力将杨桄提拔到东江省公安厅常务副厅长岗上，主管刑侦工作。杨桄的官二代背景，加上长期在领导身边工作，占尽天时地利人和，成长之路异常顺畅，尤其是调任政法重岗之后，手握生杀

第二十章 鹿死谁手

大权，颐指气使惯了，养成了说一不二的脾性，连顶头上司都对他忌惮三分。

杨桄主管刑侦工作多年，熟悉侦破技巧，懂得如何抓住机会造势，给犯罪嫌疑人以心理震慑。为创造快速破案的条件，他决定利用关锐女儿婚嫁宴请之机，集中力量抓捕黑社会犯罪团伙，给犯罪嫌疑人以雷霆一击。在杨桄的权术哲学里，此举具有非常重要的意义，也是案件成功侦破的关键之所在。

指挥这次抓捕行动的正是杨桄，他深知通过婚礼现场抓捕，能够极大地扩大政治影响，震慑黑社会背后的政治势力，警告他们不要为一个黑社会犯罪团伙而与专政机关唱对台戏，不要为一个行将灭亡的罪犯做无谓挣扎。确确实实，杨桄所使出的这招，让关锐体验到了切肤之痛，他万万没想到，女儿的婚嫁宴竟然成了人生的滑铁卢。

的确，众目睽睽之下，杨桄的专案组抓捕关锐、桂平黑社会团伙，让其幕后支持者，全都忐忑不安，生怕惹火烧身，生怕受牵连拖累。

自专案组大张旗鼓地实施抓捕行动以来，金菱集团所委派的远泰水泥实业管理团队成员，个个像冻僵似的老鼠，开始起死回生，他们以为大势已定，跃跃欲试起来。其中，最得意忘形的莫过于方宾与舒敏，按照廖芮的指令，他们一边重新接管远泰水泥实业，一边卖力地追缴关锐与桂平的股份。方宾上蹿下跳，扯起大嗓门对外放话："廖主席是啥子人呀？他手眼通天，别讲在宾州，就是在东江省，乃至天子脚下的京城，也是说得上话的人。"舒敏前段时间被关锐、桂平的疯狂举动吓傻，看到他们一个个被抓，便得意忘形，口吐狂言："关锐算个啥玩意，弄死他还不是跟捏死只蚂蚁一样随便，就凭关锐、桂平这几个土包子，也不撒泡尿照照自己，还敢跟廖主席斗？"那时的方宾与舒敏，一唱一和，不停地嚷嚷，给关锐、桂平的家属施加压力。

方宾是个火中取栗的主，这种时候咋会缺位？巴不得有机会露露脸，好邀功请赏，便步步紧逼关锐家人，找到他留学归来的儿子，利用其救父心切的心理，威逼利诱："你爸犯的事有多大，你肯定不会清楚，但有一点可以肯定，不是惊天大案，省公安厅咋会成立专案组来调查你爸？"听话听音，关锐的儿子嗅到了弦外之音，气不打一处来："我爸有没有事我不知道，我想即使有罪，肯定罪不至死。"有言道知子莫若父，倒过来说，就是知父莫若子，对关锐的儿子来说，父亲是什么人儿子咋会不清楚，还要你来说三道四？看到关锐的儿子无动于衷，方宾继续卖关子："我是看着你长大的，实话告诉你，要想救你爸廖主席是关键，只要廖主席撤回举报，你爸就啥事都没了。"听方宾这么一说，关锐的儿子对方宾葫芦里卖的什么药，心里有底了，便耍了个小聪明，引诱他露马脚："那你说说，我该怎么办？""只要你爸愿意放弃股份，我来做廖主席的工作，给你爸和桂平每人600万现金，拿钱走人，好好过你们的小日子，否则，司法程序一走完，怕是连神仙都救不了你爸了。"方宾一个劲地装好人，满以为凭三寸不烂之舌，便可以把个涉世不深的小青年搞定。

关锐的儿子知道，方宾此时装好人卖乖，盯着的是父亲的股份。之前他只是揣着明白装糊涂，不去捅破这层窗户纸罢了，既然你方宾把话说到这份上了，就怪不得我了。不等方宾说完，他便劈头盖脸一顿开涮："你是黄鼠狼给鸡拜年，没安什么好心。这些年，你有奶就是娘，昧着良心做事，帮坏人整好人，帮外人整宾州人，就不怕遭天打雷劈？虽然我不怎么清楚你说的那些破事，却晓得绝对不会退股，你们想怎么样就怎么样，大不了拼个你死我活，大不了同归于尽！"

正在大狱里蹲监的关锐，在儿子的极力怂恿下，拉开死猪不怕开水烫的架势，无论杨桃还是廖芮使啥手段，就是不认输，就是不退股，就是不认罪服法。熟悉他的人都晓得，这下有好戏看了："这关锐的牛脾气一上来，肯定会死死'杠'上廖芮，死死'杠'上金菱集团，事态发展到这步，到底鹿死谁手，现阶段还真吃不准，咱就骑驴看唱本，等着瞧吧！"

与此同时，廖芮的金菱集团紧锣密鼓地启动了诉讼程序，请求法院认定融资款本息转股，把8560万元融资款，两年利滚利至1.95亿元的本息，再以债权代持人廖芮女婿与姻亲的名义，向边西省卯州中院提起民事诉讼，诉讼所需证据，早由方宾、舒敏做实了。为规避诉讼异议，金菱集团将放给远泰水泥实业的融资款，由舒敏完成债权代持转移手续后，再由债权代持人廖芮女婿与姻亲做原告，起诉金菱集团控股的远泰水泥实业。明眼人一看就知道猫腻，原告是自己的债权代持人，被告系自己的控股公司，上演"自己告自己"的法律闹剧。更为惊奇的是，案子的诉讼管辖权早由董事长舒敏与债权代持人协议约定好了，由原告所在地边西省卯州法院管辖。这起由廖芮、方宾、舒敏一手导演的"诉讼大戏"，还没正式开打，差不多就知道判决结果了。

颇为荒诞的是，被告为远泰水泥实业，而判决结果直接承担者关锐、桂平竟然没有诉讼主体资格，只能以第三人身份参加诉讼。官司打得滑稽可笑，原本举张对立的原、被告双方，庭上立场完全一致，只有第三人关锐、桂平据理力争，这官司不未判先输那才叫怪。果不其然，卯州中院判决支持原告方的全部诉讼请求，1.95亿元融资本息款，在月息按2.5%计息的基础上，突破银行基准利率4倍的法律限制，再加息1.5%作为融资款财务成本，合计执行4%的利率，判决被告远泰水泥实业欠原告方金菱集团债权代持人3.5亿元本息，判决生效后不归还，继续按4%月利率挂息抵股。

廖芮、方宾导演的8560万元利滚利高利贷诉讼，经边西省卯州中院判决，不到五年利滚利达3.5亿元。金菱集团所涉嫌高利放贷、高利转贷，经法院判决合法化了，加上其8210万元应出资本金，经边西卯州法院确认4.32亿元，可折抵远泰水泥实业85%的股份；关锐、桂平出资7900万元，仅占总股份的15%。至此，廖芮与方宾打出的"空手套白狼"组合拳，基本达到独吞干法水泥项目的目的。

抓捕关锐、桂平黑社会犯罪团伙的第二天，宾州市委、市政府按照工作惯例，召开了专题打黑动员会，杨桄以省公安厅常务副厅长的身份出席了会议，并发表讲话："宾州黑社会犯罪猖獗，引起了省委、省政府的高度重视。事实表明，关锐、桂平黑社会犯罪团伙极大地破坏了当地招商引资环境，严重危害了地方经济发展，损害了党和政府的形象。这次，省委、省政府成立打黑专案组，旨在帮助宾州市委、市政府整肃干部队伍，净化地方投资环境，最大限度地保护外来客商的投资利益。在此，我谨代表省政法委、省公安厅，要求宾州市委、市政府全力协助，积极配合专案组抓捕关锐、桂平黑社会犯罪团伙其他成员，努力扩大打黑战果。值得注意的是，宾州少数干部仍然执迷不悟，至今心存侥幸，明里暗里与关锐黑社会团伙拉拉扯扯，甚至思想上行动上还在抵制专案组的调查。在此，我谨代表省政法委、省公安厅对涉案涉事干部提出严厉警告：必须悬崖勒马，必须把准政治站位，自觉与省委、省政府，与专案组保持一致；倘若继续阳奉阴违，充当黑社会保护伞，发现一起查处一起，发现一对查处一双，决不姑息养奸！"

接着，市委书记章志做了例行性表态发言："这次省委、省政府成立专案组，查处关锐、桂平黑社会犯罪团伙案，就是帮助地方净化投资环境，发展地方经济，作为宾州的带班长，对前期除恶打黑工作不力，负有不可推卸的责任。今天，我谨代表市委、市政府诚恳地作检讨，并在会上表明态度：坚决拥护省委、省政府成立打黑专案组的决定，坚决执行省委、省政府扫黑除恶各项指示，坚决服从专案组办案的工作安排，以实际行动支持专案组的各项工作。"市委书记章志一表态，市长、纪委书记、政法委书记、公安局局长等分别就办案纪律、打黑除恶警力调度、例行工作安排做了跟进性表态发言。

杨桄担任过10年省委第二书记专职秘书，经历多见识广，熟悉党委、政府的施政方式，靠会议来组织实施，靠会议来统一思想，靠会议来推动工作，这是当下中国政务治理的现实状况。他非常清楚，虽然领导会上说的与心里想的不一定是一回事，但领导表态是推动党政工作必不可少的形式，哪怕心里有疙瘩口头表示支持就行。杨桄所领导的专案组，要的就是领导在公开场合下的表态，既然你表了态，那就不管你私下里怎么想，今后的破案工作，就可以拿着鸡毛当令箭，这就是会议功效、会议的最终目的。

按照专案组的意见，关锐不经董事长舒敏的同意，强行终止边西华鹏集团的承包合同，擅自引进雍城黑狮水泥集团承包经营，涉嫌强迫交易犯罪，其承包合同同样具非法性质，必须予以取缔并限期撤离，将生产线收回并交控股方金菱集团管控经营。

第二十章　鹿死谁手

黑狮集团通过竞标取得承包权，这请来的兵召来的将，屁股没坐热就要被撵走，横竖都憋屈。有冤就得申，有苦就得诉，承包团队受了委屈，当然有抵触情绪，免不了激烈抗争："承包经营合同是双方的真实意思表示，咋讲都合法，怎么能说解除就解除呢？就算合同未经金菱集团同意，那也是发包方内部的事，怎能让承包方来承担法律后果呢？就算合同招标有瑕疵，至少是善意取得吧，善意取得同样受法律保护。更何况，承包方投入千万元设备，也未发生违约，这合同就算必须解除，也得协商解决吧，协商不成还可走诉讼程序，怎能用粗暴的行政手段干预经济合同纠纷呢？"这一连串的疑惑，让承包团队怨气比天还大。俗话说，兔子逼急了也会咬人，更何况事关千万的投入，说没了就没了，如何肯撤离？遂拉出"保护合法承包，拒绝毁约！"的横幅，以滞留的方式抗争，还把机械设备堵在厂区路上。

黑狮集团承包团队搞事的消息传到杨桃耳朵里，惹得强势有加的他气不打一处来："难道反了你们不成？我堂堂的打黑专案组组长、省公安厅常务副厅长，治不了一个非法承包团队？传出去岂不是政治笑话！他立马指示专案组，带着荷枪实弹的武装警察压阵清场，向滞留者发出最后通牒："倘若有人胆敢闹事，继续对抗专案组的扫黑行动，拒不撤离现场，按关锐、桂平黑社会犯罪团伙案协同犯处理。"听话听音，滞留者知道无力回天，再不撤离必遭强力碾压，个个吓得屁滚尿流，连滚带爬逃出了宾州，连千万元购置的设备都不敢带走。

与此同时，专案组对关锐、桂平的发家史翻了个锅底朝天，拿出放大镜检视其发家全过程是否合法，财富积聚过程是否存法律瑕疵。

杨桃在实践中总结出一个办案铁律，不管你官位多高，不管你老板多大，只要盯着你的财富来源，不怕查不出问题，只要查出财富聚集过程中存不法行为，就可以用足用活刑法理论，就不怕你不跪地磕头求饶。他甚至放言："不管是谁，不管背景多硬，谁要是吃了豹子胆，与政府过不去，谁就是自不量力，谁就是拿着鸡蛋往石头上碰，就是自寻死路。"

政府力量的定义，到底该如何下？连杨桃自己都搞不清楚，也不想搞出个所以然来，他只注重它的实用价值，只需要它的强大影响力，只要能铁腕碾压对手即可。常挂在他嘴边话就是："现在的干部和老板，归纳起来只有两种人，要么总结一下上北京（受奖），要么打个报告（举报）进牢门，二者必居其一，谁都不会例外。"以他的办案逻辑，这次专案组宾州打黑，一定会马到成功手到擒来，一定是个漂亮仗。

本来，下基层办案需要融通地方关系，需要当地党委、政府的配合，可杨桄身居省公安厅常务副厅长兼专案组组长高位，自然不会把一个县级市委、市政府放在眼里。

全省例行禁毒工作检查，杨桄一时心血来潮，绕道数百公里跑到宾州，到远泰水泥实业现场办公，督查宾州专项打黑工作，点名宾州市书记、市长到场，听取专案组对侦破工作的情况汇报。

轮到市委书记章志发言，当他说到金菱集团高息融资，成为矛盾诱因时，杨桄脸色一沉，用手掌重重地拍打着桌子，声色俱厉地斥责："章书记，请注意你的政治立场，都到这种时候了，宾州市委、市政府还是这种态度，还在护犊子，还在避重就轻，这就不难理解宾州的投资环境为何变得如此糟糕了！今天，我向在座的各位善意地提个醒，特别是主要领导干部，必须从讲政治的高度，支持省委部署的打黑专项行动，必须端正态度搞好政治站位，否则一旦出了问题，得由宾州市委来承担，最终责任落在宾州市委、市政府头上。"此话一出，吓得章志赶紧闭嘴，再也不敢讲实话了。

杨桄偏袒廖芮及其金菱集团的做法，连旁人都看不惯，自然而然少不了议论。可杨桄不在意别人的想法，反正有省领导的批示为挡箭牌，他就是要旗帜鲜明地保护省外商家的利益。在他眼里，保护了廖芮及其金菱集团，就等于保护了外商投资，优化了地方投资环境。谁对此有意见，想怎么想就怎么想，想怎么说就怎么说，反正自己是执行省委、省政府的决定，执行省领导的指示。

就在专案组紧锣密鼓地展开调查之际，关锐在监狱里正策划着针对廖芮、金菱集团的报复行动。自廖芮利用融资款利滚利吞噬干法水泥项目的野心暴

第二十章 鹿死谁手

露后，关锐、桂平就开始酝酿着绝地反击，暗中收集廖芮高利转贷、非法集资的证据。经观察分析，关锐总算找到了金菱集团的致命伤，廖芮所推进的激进扩张发展战略，软肋是海量资金需求，还得有高利润回报支撑。没有这两个条件，资金断崖危机随时都可能引爆，轻则把企业拖入困境，重则引发坍塌式崩盘。这是廖芮及其金菱集团激进式发展的软肋，一旦危机引爆，没有人能独善其身。廖芮全力推进的扩张发展战略，怎么算都五六个年头了，怎么算都到了周期性爆发的边缘了。

廖芮第二个战略错误，就是用银行资金进行高利转贷，这种事偶尔玩几次可以，长期做势必露馅。金菱集团近些年把融资当产业做，人为地制造盘根错节的虚假经济贸易实体，再用这些实体制造海量银行虚假流水，套取数以10亿计银行承兑汇票，套现后高利转贷，触碰法律红线，一旦事发难逃罪责。此外，廖芮所进行大规模的民间融资，月利息少则1%-2%，多则3%-4%，民间融资不计后果，说到底就是饮鸩止渴，就是自寻死路。目前，没有什么行业能够维持民间高利息成本，更何况成规模的民间融资，本身就是资金链断裂的危险信号，且民间规模融资触碰非法集资法律的红线。有迹象表明，廖芮的"融资经营"战略走到了断崖边。

关锐利用与律师会见的机会，面授机宜，让家人代自己向国家银监局、公安部举报廖芮高利转贷与非法集资犯罪。关锐之前暗地里收集证据，起初只是把它当谈判筹码，逼廖芮融资款降息，没想到廖芮心比蝎子还毒，不仅想独吞远泰实业，而且动用政治力量把人往死里整。廖芮这一招致命的玩法，让关锐耿耿于怀，无法原谅他的心狠手辣，更无法理解他的贪婪："股东合作不就是图个经济利益吗？为何要把人往死里整？为何要搞得你死我活？"

走到这一步，关锐可谓上天无路、入地无门了，他没啥好招抗衡廖芮的巧取豪夺，只能以其人之道还治其人之身，竭尽全力把廖芮送进监狱，才有机会扭转被动挨打的局面。当举报信送至国家银监局后，引起了该局的高度重视，立马通报全国商业银行，封杀了金菱集团的贷款业务，此举精准击中了廖芮的软肋，让他付出了极其惨重的代价。银行切断了廖芮的资金供应链，瞬间引爆了金菱集团的危机，资金链断裂的金菱集团，就像一座被掏空了的山体轰然倒塌，露出了资不抵债的原形。

这年初秋时节，边西省卯州金菱集团总部爆发了非法集资挤兑危机，曾令人肃然起敬的金菱大厦，失去了往日的尊严。平日里森严壁垒、荣光无限的商业帝国风光不再，颜面尽失，像一个苟延残喘的昏庸老朽，随时有性命之忧。

金菱广场聚集着数以千计的非法集资受害人，他们举着"廖芮，廖芮，行哄拐骗！金菱，金菱，归还我钱！"的巨大横幅，向金菱大厦发出一阵紧似一阵的怒吼，引来了上万市民围观，也引来了闻风而动的媒体人。边西卯州市委、市政府，哪里见过如此规模的抗议？面对突发性的群体事件，如临大敌，惊慌失措中调集上千警力，现场维持秩序，力避事态激化。

广场内熙熙攘攘，人满为患，花草树木饱受踏踩，已经不成样子。地上脏乱不堪，到处是生活垃圾，因为天气热时间长，已散发出阵阵恶臭，再不及时清走，极有可能成为传染性疾病的传播源。金菱集团的豪华电动伸缩大门紧闭，值班保安早不见了踪影，取而代之的是荷枪实弹的武装警察。事发后，卯州市委、市政府成立了突发事件应急指挥部，进驻金菱大厦，大楼的保卫由卯州市公安局接管。此时的金菱集团管理团队，犹如惊弓之鸟，走的走溜的溜，留下少数几个管理高层，他们在武警的保护下，协助政府处理债权人的信访问题，连平日里让人肃然起敬的董事局主席廖芮，也被警察隔离保护在大楼里，不敢轻举妄动，生怕被愤怒的债权人生吞活剥。

金菱大厦一、二楼车库仍然摆放着为数不少的豪车，车库的地面、豪车上已经积满了厚厚的灰，一脚踏上去，灰尘四溅，留下一行深深的印痕。只是近些天，踏走的人多了，地上凌乱不堪，竟然找不着一只完整的脚印了。这里的一切，明眼人一看就知道，车库已很长时间没人打理，到处脏乱不已、到处狼藉不堪，到处是落寞与无奈的景象。金菱大厦曾经金碧辉煌的三楼大堂，成了市委、市政府突发事件应急处置指挥部，市委书记、市长日夜坚守在现场，生怕疏忽大意出闪失，还破天荒与债权人进行对话，经过连日来的

第二十章 鹿死谁手

疏导解释，终于达成了一致意见：由卯州市政府托盘，对金菱集团的资产进行清产核资，尽最大努力保护债权人的利益，才让怒火中烧的债权人情绪降温。庆幸的是，连日来卓有成效的工作，让混乱不堪的局面得到有效管控；通过面对面的对话，让债权人感受到了党和政府的诚意，最终同意退场等待处理结果。

点燃引爆金菱集团债权人挤兑危机引信的是关锐，他的举报，导致所有银行切断了金菱集团的银行融资链条，成为压垮廖芮、压垮金菱集团的最后一根稻草。银行全面断贷，金菱集团再也无法兑付民间与银行到期融资本息，最终暴露其高达30个亿的非法集资犯罪。

此时的杨桄，正拿着省、市领导打黑批示尚方宝剑，指挥专案组大张旗鼓地组织抓捕犯罪分子。专案组成员个个身手不凡，不是技术骨干就是刑侦专家，他们长年累月在案子里摸爬滚打，练就了专业本领。这些人无一例外，都是杨桄钦点的精兵强将。对他们来讲，被省公安厅常务副厅长点将，本身就是无上荣光，自然把杨桄的指示奉若圣旨，理解的执行，不理解的也要执行。他们顺着关锐、桂平生意往来的线索，该问的问了，该查的查了，该取证的证取了，甚至连两人的私生活也没放过。专案组使尽吃奶的劲，把关锐、桂平的祖宗三代都查了遍，查了个锅底朝天。专案组的这一架势，吓得关锐、桂平的家人与亲朋好友个个瑟瑟发抖，噤若寒蝉，连出门都怕有人跟踪。经过拉网式的筛查，查出关锐、桂平涉嫌强迫交易、职务侵占、寻衅滋事、侵占耕地、虚假出资等六宗犯罪。侦查终结后，专案组又马不停蹄地提请东岭市检察院公诉，其速度之快、力度之大，创东江省刑事案件侦破纪录。尘埃落定之后的杨桄，只等法院量罪定刑，便可大功告成。

正当方宾、舒敏庆幸把关锐、桂平送进监狱，夺回干法水泥项目控制权而沾沾自喜之际，关锐举报廖芮利用银行承兑汇票进行高利转贷，扰乱国家金融秩序犯罪，被公安部列入大案要案，主犯廖芮列入红色通缉令A级嫌犯予以通缉。

金菱集团的非法集资案东窗事发，无疑会波及远泰水泥实业的高息融资，其始作俑者廖芮铁定难辞其咎，没准还连累到与他利益纠葛不清的官员。别看这些人平日里人模狗样，此时都怂了，个个胆战心惊，生怕哪一天被纪委、监委带走。没多久，更坏的消息一个个接踵而至，廖芮的非法集资案经媒体发酵，就像滚雪球一样越滚越大、越滚越吓人，几乎大到难以置信的地步。截止到公安部发出红色通缉令日止，已查明金菱集团银行骗贷70亿元，民间非法集资30亿元，总融资过百亿，查出来个惊天大案来。不久，廖芮的非法集资案，惊动了中央高层，引发了高强度的组织问责，在这轮问责中，注定有一帮子人被牵扯进去，成为金菱集团和廖芮的殉葬品。

　　金菱集团非法集资案案发，廖芮被公安部通缉并成功追逃，犹如晴天霹雳，把杨桄震懵了。他万万没想到自己不遗余力保护的人，竟然是个江洋大盗，竟然是公安部红通犯。事态的不断发展，令杨桄寝食难安，每天提心吊胆，生怕被牵扯进去。

第二十一章　男人本色

宋臻接受组织调查，把简单得像张白纸的烨吓蒙了，还没等她缓过神来，就被反贪局隔离审查，协助调查宋臻的渎职犯罪。

烨出生在一个充满艺术细胞的家庭，父亲多才多艺，琴棋书画样样精通，虽命运多舛，却从来没有放弃过对艺术的喜好，他的才华最终被发现，调入总工会做文艺干事，自此活跃在职工文化生活一线。烨的母亲是音乐学院的讲师，改革开放后，知识分子时来运转，烨母凭借高学历与声乐造诣，升任音乐学院副院长。受家庭环境熏陶，烨从小喜欢跳舞唱歌，加上人长得乖巧灵秀，成为学校里最活跃、最耀眼的一颗"星"。还在高中时期的她，被音乐学院特招，成为首批特招声乐学员。凭借一副得天独厚的嗓子，烨原本有机会成为省级文艺团体的艺人，没想到，她更想过普通人的生活，最终选择当教师，在宾州市属中学从事音乐教育。烨虽然从教，却凭借着享誉宾州的嗓子，始终活跃在宾州人的文化生活里，每逢市举办文艺活动，她被当作一张亮丽的文化名片推介，成为舞台上当仁不让的主角，成为宾州家喻户晓的"星"级人物。

烨虽在宾州声名赫奕，却意在做个普通女人，只想相夫教子，过平常人的生活。烨原本无过多的人生奢求，倘若命运对她公平一点，找个合适的男人，她会凭借与生俱来的小女人心，经营出个和和美美的家来，厮守男人守护家庭，让小日子过得有滋有味，纵然平淡无奇却不会少了充实，生活可能崎岖坎坷却不会缺失幸福。可命运捉弄人，让她这样一个优秀女人找了个稀泥糊不上壁的男人，烨的人生际遇，印证了红颜薄命的说法。可以说，烨是个没有经历过真爱的女人，与大叔辈分的宋臻结缘是上帝的安排，他的出现让烨体验了一回纵情洒脱，体验了一回爱的疯狂，体验了一回价值人生。自与宋臻走到一起的那一刻起，烨的人生轨迹改变了，她义无反顾地走进宋臻的温情怀抱，无惧道德伦理，无惧舆论压力。

　　与宋臻在一起的时候，正是宋臻春风得意之时，烨没想过要得到权力庇护，也没想过要获得物质上的回馈。烨只想听到他的声音，闻到他身上的男人气息，与他相拥一起窃窃私语，与他分享花前月下的浪漫，与他迈过人生路上的坎坷。烨以分享到一份真爱为满足，甚至希望宋臻给自己爱的同时，还能够周全着他的家庭。烨原本是个善良女人，不愿伤害同样爱着宋臻的另一个女人。烨耳闻目睹了宋臻妻子芳的善良与优秀，从来没想过要做一个掠夺者，更没想过牺牲别人成全自己。

　　宋臻与烨的私情曝光后，起初芳表现出强烈的嫉恨，恨烨妨碍了自己的家庭，伤害了自己的幸福，遂打电话约见烨，寄希望陈述利害，让烨把丈夫还给自己。凭直觉，芳知道烨是个善良女人，指望她弃恶从良放弃私情，甚至期盼她做好宋臻的工作，让他回归家庭。

　　当两人如约会面后，烨从芳的言谈举止中，切实感受到了芳的优秀，芳的秀外慧中，芳的雍容大度。从内心讲，烨着实不愿伤害芳，伤害着这个同样无辜且善良的女人。面对着既像指责更像哀求的她，烨无限伤感地说："芳姐，我一百个对不住您，要打要骂您随意好了。我只想告诉您一个事实，我与宋臻谁也离不开谁了，只请您相信：无论如何，我都不会伤害到您的家庭，只求您包容我的存在。"

第二十一章 男人本色

　　面对凄凄惨惨戚戚的烨，芳的脑子一片空白，满腹的怨恨化作无力哀求："你就不能找个好男人，过正常日子吗？"烨一脸无奈和哀伤，两眼死死盯着远方，紧闭着嘴不再说话了。看得出来，烨格外紧张，内心彷徨不安，她心虚得不敢直面芳，嗓子里发出微弱得几乎听不见的"哦哦"声。芳从烨的神态里，读懂了她的内心世界，知道自己无法阻断这段逆缘，便神情黯然内心绝望。本来，芳想着要好好地与烨谈谈，想对烨宣泄满腹怨气，乃至训斥着她的贪婪，甚至是不排除撕扯她、扇她两个耳光，一句话，她会竭力教训这个狐狸精。

　　面对楚楚可怜的烨，芳动了恻隐之心，竟然同情起这个入侵者。仿佛碰上烨这么个冰清玉洁的女人，注定了自己会是个失败者，必须独自承受痛苦。这以后，芳接受了命运的安排，听任烨这个狐狸精闯入自己的生活。严格来讲，芳这样做不仅仅是委曲求全，也是为了保全一个完整的家，还有来自心底的善良。就这善良，最终让她包容了丈夫对自己的背叛，也包容了烨的存在。

　　芳的忍让、善良与包容，切切实实感动了烨，是芳饱含痛苦的"包容"，让烨能够分享到宋臻的爱，烨把这份来之不易的爱，视之为珍宝，珍藏在心里。烨在享受着爱的时候，对芳心存愧疚，内心感动，由衷地敬重。同为一个女人，烨理解芳的忍辱负重，读懂芳对宋臻的真情实爱。烨发自内心地感激芳，是她让自己还存着对生活的信念。烨与宋臻在一起的时候，常吹枕边风："已经够对不住芳姐，不能再伤害她了！"烨仿佛有责任保护芳似的，自觉不自觉地充当起芳的"保护神"。

　　起初，办案人员把宋臻当大老虎打，千方百计从烨身上找到突破口，没想到烨与宋臻的交往，仅在男女私情上，除了床第之事其他一概不知。还可怜兮兮地说："我犯了生活作风错误，你们说咋处理就咋处理，要我负啥责就负啥责，要不你们把材料整好，要我咋签字就咋签字。"办案人员都是年轻小伙子，个个血气方刚，听烨这么一说，火冒三丈，于是你一言我一语，把烨骂傻了，嚷嚷着要送看守所刑拘。烨是个简单女人，哪里见过这阵仗，吓得号啕大哭，脚一软晕厥过去。在场的反贪局局长一看势头不对，生怕闹出人命来，忙把烨送到医院抢救，害得办案人员一连数天轮流守护，生怕她出了事，直至完全康复为止。

经过这次折腾，办案人员虽然名义上还将烨留置审查，实际上再没有为难她了，反过来安慰道："这是例行调查，等案件调查一结束就放你走人，放心好了。"此后，调查组生怕烨再出事，调来数个女警，24小时轮流陪伴，直到宋臻移送起诉当天才解除审查。有了这次劫难，烨像是成熟了许多，对人情世故有了刻骨铭心的体验。

起初，宋臻啥也不肯说，啥都不承认，办案人员拿烨吓唬他："如果不坦白交代，就把烨当同案犯，一并移送司法处理。"宋臻知道烨是个不谙世事的女人，也知道自己一进反贪局的门，就凶多吉少了，于是他大包大揽，凡责任都往自己身上扯，生怕把烨拖下水。客观地讲，宋臻做官还算比较清廉，平时爱惜羽毛，注重自我保护，拒绝大的礼金与贵重礼品。但人生活在现实里，难免有阿谀奉承之人，他们无孔不入，给烨送这送那的，这些东西单笔金额虽然不大，如果做"加法"也够人喝一壶的。宋臻没办法，凡烨所收红包礼品，统统扛起责任来，算来算去差不多4万元，怎么弄都可以定罪量刑了。

对宋臻的举报，集中在灯具厂的土地变性渎职上，获悉肖敏以打牌为名，变相贿赂线索后，办案人员如获至宝，掌握了这些线索，就等于拿到了降妖"魔杖"。依惯例，拿不下受贿证据，仅凭红包礼金治罪宋臻难以服众，拿下受贿口供，获取受贿证据，让宋臻认罪服法成了重中之重。

宋臻自视清高，晓得从政的风险，自我保护意识强，自以为啥事都上了道"防火墙"，加上家族企业红红火火，日进斗金，无须赤裸裸地收礼敛财。更何况宋臻鬼精得很，根本不会落下"小辫子"让对手抓。直到办案人员敲着桌子点穴："你就那么干净？就没接受老板请客打牌啥的？"此话一出，惊得宋臻魂飞魄散，陷入了极度惊恐的往事回忆中。

就在宾州遭遇百年不遇洪水的那年，灾后的灯具厂到处是残垣断壁，一片狼藉。这对成天想着关厂搞开发的肖氏兄弟来说，洪水不仅不是坏事，而且还是好事，于是天天缠着薛民土地变性搞开发。

宋臻任副市长那段时间，与烨如胶似漆，几乎所有的空闲时间，都在分享爱的浪漫，享受爱的甜蜜。特别是外冷内热的烨，有如回到了"娉娉袅袅十三余，豆蔻梢头二月初"的青春时节。

　　这天正是烨31岁生日。傍晚时刻，两人开着车来到寂静的宾江河畔，准备尽情享受着爱情的幸福。那天的烨风情万种，打扮得性感妩媚，把宋臻弄得越发心猿意马，不能自已。

　　忽然急促的手机声响了起来，宋臻一脸沮丧，拿起手机正准备发火，听筒里传来肖明的声音："宋副市长，薛市长到了宾州宾馆，请你马上赶过来。"一听到市长找自己，宋臻阴沉的脸立马转晴："薛市长找我？"手机里传来肖明明确无误的回答："是的，他请你赶紧过来。"放下电话后的宋臻，满腹狐疑地嘀咕："薛市长找我，怎么要你肖明来下通知呢？"但疑惑归疑惑，薛民有请的事，宋臻从来不敢怠慢，辰时请卯时到，堪比圣旨。

　　宋臻一到宾州宾馆，就被大门口等候的肖明引到宾馆的总统套房。之后，肖明悄然离去，他总能在恰到好处的时候出现，恰到好处时走开，正因为如此，规避了诸多法律风险，每逢他遭遇调查时，总能全身而退。

　　此时，薛民正与国土、城建投两个子弟兵局长，在套房客厅的麻将桌边等候。那时的肖敏刚刚发达，土豪气没练出来，待在旁边毕恭毕敬地泡茶，见宋臻进门便起身迎接。看到薛民，宋臻赶紧上前："老板，我来了。"虽然宋臻心高气傲，与人交往目不斜视，但只要薛民在场就会换一副模样，对薛民连称呼都不一样，不叫市长叫老板，心甘情愿地把自己当跟班当小弟。薛民微笑着点点头，示意他对面坐。

　　肖敏搬出八捆10万大钞，每方两捆，大大咧咧地打趣："各位领导难得来一趟，没什么好玩的，请你们打个牌，本钱我出，赚了拿走亏了算我的。"肖敏的话虽粗俗而直白，宋臻却不怎么讨厌，更何况薛民率先赶到，不看僧面看佛面，再不待见也得静下心来陪好薛民。

　　那天的牌局，除了薛民，其他人输得所剩无几，却都心满意足。那情那景，似乎大家都在感谢肖敏，让自己在薛民面前献了把殷勤。

风　云

　　薛民现身于肖氏兄弟安排的牌局，其行为本身就是一种态度，作为跟班的头号子弟兵宋臻，再不晓得搞岂不是猪脑子？打那以后，宋臻对灯具厂土地变性的事，睁一只眼闭一只眼，在自己的职权范围内助推了肖氏兄弟一把。有了城建投、国土局长及主管副市长的助力，灯具厂土地变性的事，就变得顺理成章了。

　　"接受老板的赌资打牌，到底算违纪还是受贿？"办案人员欲擒故纵，此话点到了宋臻的穴位，让他胆战心惊，恐惧有加。听话听音，宋臻知道办案人员掌握了"请赌"的事，好在当时没带多少钱走，不然就这20万元赌博本金，也够自己喝一壶的。倘若再把它与灯具厂的土地变性关联起来，既构成渎职犯罪也构成严重违纪。办案人员适时抛出撒手锏，让宋臻不得不低头认罪，加上自己不想让薛民难堪，最终大包大揽了所有问题。

　　拿到宋臻口供后，办案人员火速传唤肖敏。如今的肖敏今非昔比，咋会把办案人员放在眼里？接到传唤后，他大摇大摆地闯进检察长办公室。这位检察院"大当家的"晓得深浅，晓得他与省院卫检一帮人的关系，咋敢太岁头上动土？遂赔上好茶好烟款待，陪他天南地北瞎侃。

　　肖敏还是惯来的招牌架势，满身国际名牌，脖子上挂着铂金项链，大模大样地在检察长办公桌对面沙发上斜靠着。"大当家的"知道他摆姿势，主动将旋转椅溜至肖敏的对面，一边微笑着给他泡茶，一边陪着聊天。肖敏夸张地从包里摸出几包极品黄鹤楼，随手丢给"大当家的"两包："抽抽这新版烟，千元一包，味道挺不错的。"此时的肖敏，就想给办案人员制造难堪："哼，不是想传唤我吗？我就在检察长办公室等，看你们怎么对我！"

　　此时，办案人员在审讯室苦等着肖敏，电话追着肖敏跑，没想到只闻其声不见其人，正对着主管副检察长发牢骚，不经意间发现肖敏与"大当家的"在品茶，气不打一处来，主管副检察长当场发飙："我们传唤犯罪嫌疑人，你领导倒好，与嫌犯称兄道弟，莫非想当'保护伞'？"把"大当家的"弄得下不了台。肖敏这才知道闯祸了，只得乖乖地跟着办案人员走程序，接受笔录讯问。

第二十一章 男人本色

"先回答我一个问题，省纪委、省打黑办明察暗访那阵子，你跑哪去了？"办案人员正一肚子气，扔出重磅炸弹，想给他个下马威，岂料正中肖敏下怀，他故作吃惊地问："你们不清楚呀？省院卫民检察长到中央党校学习，他一个人在北京多寂寞呀，你们检察院事多没人陪，我不是替你们陪他去了吗？"

此话一出，办案人员倒吸凉气，这才清楚肖敏嚣张的原因。这些人长年累月与案子打交道，熟悉案子的潜规则，知道仅凭一己之力收拾不了他。果不其然，就在他们询问肖敏的时候，"大当家的"接到省院卫检的指示："肖敏是省内知名企业家，凡涉及纳税大户的案子，必须报经上级批准，这是纪律，请立即停止对肖敏的审查。"办案人员这才理解"大当家的"为何要与肖敏虚与委蛇，便顺势下台阶，装模作样走完程序完事。

拿不下肖敏的口供，灯具厂土地变性的事就办不了宋臻，办案人员只得拿红包礼品说事，以涉嫌受贿起诉到法院定罪量刑交差。

宋臻服刑期间，烨一如既往地定期探监，尽一个女人应尽的职责。宋臻在监所里待了两年，除人身自由受限外，肉体上并没吃啥苦头，反倒可以静下心来，思考未来人生。当然，宋臻在监狱里所拥有的优裕环境，固然与其背景分不开，但烨的殷勤奔走，让监所干警怜香惜玉，多有怜悯同情，也是重要因素。

初春时节乍暖还寒，大地焕发出一片生机。嫩绿的草芽儿迫不及待地从泥土里冒出来，大树长出三三两两的叶黄儿。果园里有了早开的花儿，鸟儿经不起春的诱惑，蠢蠢欲动地正想着从窝里飞出去觅食。农民们整装待发，开启了一年的忙碌。所有的一切都在预示着寒冬渐渐远去，大地迎来了春暖花开的季节。

这年的早春，对宋臻来说，是个苦尽甘来的日子，两年的牢狱生活总算结束了。出狱那天，宋臻拒绝同僚挚友的宴请，执意与家人团聚。那天，芳领着一家人一大早来到监所，迎接宋臻回家，替他接风洗尘。烨参加了这次聚会，她是芳特意邀请来的。这几年，烨对宋臻的好，芳看在眼里记在心上，是烨不离不弃，与家人同舟共济，陪伴丈夫一路走来，直至丈夫平安归来。

这一切，有烨的一份功劳，作为妻子不能不为之动容，不能不感激于心。于是两个女人就这么相安无事，甚至相互欣赏地维持着彼此的关系。

休养了一段时间后，宋臻决定转行房地产，没想到肖敏居然不念旧情，一度把他当成了对手，甚至不择手段加以打压，让他吃了不少哑巴亏。可以说，宋臻房地产起步阶段，受到过肖氏兄弟的诸多掣肘，完全是夹缝中求生存，以至于宋臻不得不把肖敏当作人生崛起的拦路虎，意欲先除之而后快。

在"一号标地"竞价上，宋臻不惜与诸路房地产"诸侯"联手做局，欲陷肖敏于困局之中，岂料事与愿违，肖敏咸鱼翻身实现突围，还在该项目中，狠狠坑了宾州市政府一把，把项目做得风生水起，把自己养得肥肥胖胖。庆幸的是，"一号标地"项目完成后的肖敏，也许是被胜利冲昏头脑，自我感觉非常好，主动退出宾州房地产市场，进军二、三线城市。肖敏的退出，让宋臻终于松了一口气，否则以肖敏不可一世的脾性，一定会掀起腥风血雨，没准会让自己"死"得难看。

宋臻成为"本土权力圈"瓦解后重新崛起的第一人，仅此"不倒翁"名声，让人不得不服气。宋臻自走进监狱的那一天起，就盘算出监后如何重整旗鼓，打造人生第二季，用事实来证明自己的男人本色，证明自己的"不倒翁"人生。

宋臻出狱后首个房地产项目是"宾城e号"。盯上这块肥肉的，几乎囊括本土所有的地产商，却意外地未发生拼死竞价的情况。宋臻主管过城建国土多年，在位期间没少给这些地产商帮过忙，行过方便。水泼在墙壁上有痕迹，这些开发商吃井水念前情，看在宋臻落难的分上，不仅没添乱，还给他提供资金支持，虽然收取了比银行高得多的利息，但对开发商这些"准资本"玩主来说，谁不是"铁算盘"？谁不是见钱眼开的主？更何况，宾州的土地投标"舀水"已成常态，谁都清楚土地挂牌项目，不报名不投标就是送财富；而他们又出钱又出力，在宾州房地产行业里算是绝无仅有，仅此足以证明大家对宋臻人品的认可。有了本土开发商的默默支持，宋臻最终以挂牌底价拿下了这块黄金地块。

宋臻能够顺利拿下"宾城e号"项目，证明此前的"联手制夷"策略起了作用。那时,桀骜不驯的肖敏为"一号标地"项目"配套+奖励"结算方式,与宾州市政府闹得不可开交,正酝酿着启动诉讼程序来解决争端,自然无暇顾及"宾州e号"项目。没有了肖敏的横冲直撞,宋臻在诸多地产商的谦让下,以招标底价拿地,意味着拿到了巨额财富。

就在关锐被抓捕入狱的次年同一天,同样是农历八月十六日,正是"宾城e号"项目奠基的日子。当天晚上,宋臻在宾州国际酒店演艺厅举行了答谢晚宴,感谢亲朋好友的鼎力相助,庆祝项目的开工建设。

那天的演艺厅,灯火阑珊,霓虹闪烁,出席宴会的人几乎挤爆了演艺大厅。这些人中,有给宋臻提供资金支持的地产同行,有昔日的同僚部下,还有职能部门的领导,他们表达了对宋臻的支持,虽然有的仅仅出于道义层面,但都带着一份真诚来表达美好祝愿。他们的到来,意味着对宋臻过往人生的肯定,对宋臻转行地产开发的支持。房地产是个行政职能管理的热门行业,涉及税务工商、国土规划、住建城管、环保人防等多个重权部门,若缺失了部门的支持,项目还能顺利建设吗?这些重权部门同时出现在宴会上,意味着宋臻的项目开发将少了些许麻烦,多了些许顺畅。

无官一身轻的宋臻,凭借以往累积的丰厚的人脉资源,仅一年左右时间,便把"宾城e号"搞成了高端房地产项目,不久乘势而上,连续开发了几宗地产,软硬实力与日俱增,成为宾州仅次于肖敏的地产巨头。宋臻的华丽转身,实现了由官员到商人的彻底转型,成了宾州"本土权力圈"瓦解之后,迅速崛起的本土代表人物。以此为分水岭,宋臻开启了人生第二季。

宋臻的崛起,不仅让对手刮目相看,更让文化名人谢蒙"评"兴大发,且不乏文采:"宋臻用华丽转身,实现了人生二次崛起;宋臻以事实说话,证明自己的非同凡响。如今的宋臻,谁也不敢藐视他的存在,人们不得不重新认识他,不得不佩服他的顽强生命力。人们对他的尊重,不再是他曾经有过的副市长身份,而是他的'不倒翁'人生。"

宋臻一生都活跃在公众的视线里,无论政坛还是商界,都是公认的社会精英。章志调离宾州后,接任的汤书记指名道姓约见宋臻,这对一个民企老总来说，是何等荣光的事情！能够获得宾州一号政治人物的青睐，岂止是增色增彩！宋臻在政坛里摸爬滚打了20年，咋不懂得民营企业的发展缺位不了政治助力的道理？与政府密切相关的房地产业，政治背景尤为重要。可以说，谁拥有了强大的政治背景，谁就取得了项目的话语权，谁就走向了财富快车道。宋臻这个商场"老油条"，当然知道与政治人物交往的价值所在。汤书记的示好，意味着财神爷进门，意味着人生机会多多。

汤书记的约见，无疑是宋臻心中的大事要事，既兴奋不已又焦灼不安，激动得他好些天都睡不好觉："市委书记是啥身份？是个威震一方、掌控绝对权力的地方主政大员，跟在他屁股后面舔屁眼的人，排着队要多少有多少，只要侍候得高兴，随便给你个项目，便能让你一夜之间暴富。无论如何不能坐失良机，无论如何得搞好关系。"宋臻是个体制内混出来的人，熟悉官场游戏规则，懂得傍官的意义所在。

汤书记的母亲年近八旬，性格倔强，不愿待在儿女身边，宁愿一个人守在老家宅子里，独自起居歇息，过平淡无奇的日子。汤书记是个孝子，总想动员母亲到自己身边，但无论怎么劝说，好话丑话讲了一箩筐，老太太就是不理这个茬，就是不跟儿女们生活，还给出了一堆冠冕堂皇的理由："乡下清静，空气新鲜，有时间自己种种菜，一边锻炼身体一边打发日子，日子过得挺舒畅的，根本不需要你们牵挂，只管忙你们的，搞好你们的工作就行。"老太太毕竟七老八十的人，身体再怎么硬朗，也不能不让儿女操心。因此，汤书记再怎么忙，也得隔三岔五回去看望一下。就这事让汤书记很是头痛不已，平添了诸多烦恼。

宋臻一门心思想讨好汤书记，却苦于找不到合适的理由，当他获悉这一消息后，知道这是千载难逢的机会。这时的烨与宋臻好得如漆似胶，爱得死去活来，心甘情愿地为他做任何事情，哪怕上刀山下火海，也在所不惜。当她了解到宋臻的心思后，便跑回家鼓动母亲来帮忙，老太太爱女心切，宝贝女儿开了口，自然没有不帮的道理。得到母亲的答复后，烨快活得像只小鸟，赶紧向宋臻报喜，宋臻高兴得不得了，顾不得有人在场，抱着烨旋转了一圈，在她的脸颊上亲了个响吻。烨被弄得羞愧难当，用力拍打宋臻的手臂，边拍边嗔怪："那么多人在，都一大把年纪的人了，怎么还这样没头没脑像小孩子似的？"

当晚，宋臻拉着烨一起面见了汤书记："汤书记，您是咱宾州的主政领导，家里的事不安排好，怎么能安心工作？这不，咱家烨妈也是独居，老太太身体好性格温和，又年轻十几岁，照顾您妈绰绰有余。我有个小建议，让两个老太太结伴生活行不？"烨妈是个声乐教授，修养好文化品位高，日子过得有品有味。此时的汤书记，正为老太太的事发愁，这个提议对他来说，如雪中送炭，连客套话都给省了，连声应允："行行，明天一早就把烨妈送过去。"第二天一大早，汤书记带着宋臻与烨，一起把烨妈送到老太太身边。意料之外的是，两个老太太一见如故，相伴相随着过日子，好得跟亲姐妹似的，到后来竟然谁也离不开谁了。这下可好，作为晚辈的宋臻与汤书记，自然而然成了异姓兄弟，关系好到分不出你我来。

宋臻有意无意地帮汤书记了却了一桩心事，让汤书记感激涕零。打那以后，汤书记对宋臻很上心，他的事就是自己的事，几乎是有求必应。这汤书记生来胆大妄为，天塌下来当斗笠，天底下就没有他不敢做的事，连破规烂矩的事都敢干。宋臻在一宗房地产开发项目的报建上，请汤书记关照，他看都没看，大笔一挥签字特许减免，规费从每平方米150元降至50元，近50万平方米的房地产开发楼盘，一下子减免了2000万元，乐得宋臻心旌摇曳，竖起大拇指就夸："这汤书记重感情、讲义气、够朋友，是值得交往的领导。"

就在宋臻的事业做得顺风顺水之际，他的"政治恩师"薛民被"双规"了。有了宾州"卖光走人"的改制前车之鉴，薛民主政东岭期间，力避宾州产业改制的老路，大力发展陶瓷、烟花传统产业，财政投入巨资注册东岭"红瓷"品牌，把广告做到了央视。不仅如此，薛民主政期间，东岭的城市建设规模呈几何级扩张，城区功能设施全面完善，城市品质大幅提升。可以说，薛民在东岭市委书记任上，卧薪尝胆，全力推动经济社会发展，重塑了个人政治形象。

东岭地处京广、沪昆交通大动脉线上，与省城、地级市均相距不足百公里，数条南北、东西向高铁、高速公路贯穿其境，如此独特的地理位置，与省、市争发展成了常态。国家修建京广高铁的那年，东岭市委、市政府倾全市之力，争来了高铁南站项目，却在征地拆迁上遇到了麻烦。

东岭市自古民风彪悍，征地拆迁一直是老大难问题。这次在高铁站的选址上，有家老字号饭店要拆迁，因该店人际关系网盘根错节，加上生意忒好，动不动为拆迁的事赴京上访，成为远近闻名的"钉子户"，饭店开出天价补偿不讲，还动用人脉资源设障设阻。当项目建设指挥部向市委、市政府汇报情况后，东岭班子成员集体噤声了。本来，类似难题，会上只要有人附议，主政领导拍板即可解决，可碍于"钉子户"的背景，没人站出来讲话。薛民知道，任由"钉子户"继续闹腾下去，高铁站建设将会久拖不决，以其个性，绝对不允许此类事情的发生，遂在会上发飙："高铁站项目来之不易，事关东岭未来的发展，倘若因为拆迁问题耽误了东岭的发展，如何向东岭人民交待？不能理解的是，在大是大非面前，在座的班子成员没人敢坚持原则，没人站出来捍卫东岭人民的利益，这是我万万没想到的，也是最不愿看到的结果。"市委书记近乎呵斥式的质疑，让参会人员如坐针毡。在薛民的敲打下，终于有人站出来讲话："拆迁最大的阻力来自老字号饭店的经营利益，只要严查公款消费违规行为，饭店就会一落千丈甚至关门，一旦饭店被迫歇业，工作难度将减轻一半。"薛民一听，当即拍板："请审计、税务、纪委监察，组成联合调查组，全方位审查各单位五年内的公款消费，把拆迁户老字号饭店的公款消费，列为本次审查的重点，发现问题严肃处理，决不姑息迁就。"此言一出，调查组立马采取行动，公款消费戛然而止。高压之下，给饭店出谋划策者害怕引火烧身，避之唯恐不及。此招一祭出，饭店生意一落千丈，没撑多久便关门歇业，不得不接受拆迁。

拆迁一事，让东岭人见证了薛民的冷漠无情，虽然褒贬不一，却没有人否定他的政绩："薛民书记虽然心狠手辣，倘若没有他的强势主政，东岭的高铁站建设、传统的陶瓷烟花产业、城市建设发展史恐怕得改写。"

薛民凭借显赫的政绩，把个博士市长不当市长搞。这博士市长好歹也算是个人物，哪里受得了这气？加上他一根筋，书呆子气十足，做事不管不顾，也算是个争强斗狠的角色。官大一级压死人，薛民在位时他只能将就，等薛民调任地级市委常委、市委政法委书记，书呆子市长接任东岭市市委书记后，老爷无事翻旧案，来了个秋后算账，把薛民过往的糗事全都翻出来，气得薛民肺都快炸了。这时的他大权在握，颐指气使惯了，咋能够咽下这口气："这书呆子，不知天高地厚，真是没事找事，自寻不痛快。"此后的两年里，两人你来我往，斗了个天翻地覆。为官那么多年，谁还没个闪失，结果彼此捏住对方的把柄不放，双双斗进了监狱。

宋臻步入政坛得益于薛民的关照，薛民因权斗入狱，宋臻如丧考妣，哀伤了好一阵子。虽然薛民曾经担任过地级市委常委、市委政法委书记，犯事后照样树倒猢狲散，也就和普通人一样，该退赃还得退赃，该求人还得求人，该请辩护还得请辩护，宋臻感恩于薛民过往的提携，主动去帮衬他。薛民接受审查的那年，宋臻陪着薛家人，忙碌了一年多时间，找关系请辩护，直到薛民判刑入狱，还不忘定期探监，给薛民留下开小灶的费用。

薛民过往官运亨通，被人众星捧月，风光了大半辈子，没想到人一倒霉，众叛亲离，到头来只有宋臻不离不弃，这让他感慨万千，半晌才说出一句话来："宋臻有情有义，也算过去没看走眼。"

第二十二章　赤膊上阵

　　《东江日报》总编文新是宾州人，以前和关锐素有往来，他压根儿就不相信关锐是乡痞地霸，以自己对关锐的了解，更不相信他是黑社会犯罪团伙的主犯。可事实摆在眼前，且越来越多的人因关锐涉黑涉恶与他划清界限。作为资深媒体人，文新总想弄清个中缘由，搞明白关锐到底是不是黑社会成员，如果他确实蜕化变质了，那又是什么原因促使他走上涉黑涉恶犯罪的不归路？此时的文新，充满新闻人与生俱来的好奇心，他只有一个想法，想探究出关锐的堕落轨迹。

　　就在文新纳闷之际，关锐的儿子找到他，文新一边听一边问，不想放过任何蛛丝马迹。关锐这些年到底干啥了？他身上发生了怎样的故事？他就想从关锐的儿子嘴里了解事件的龙来去脉，最大限度探究事实真相。当这位资深媒体人搞明白之后，内心极度震撼，他不敢相信自己的耳朵，甚至对关锐的儿子所讲述的情况怀疑过，他不止一次地拷问："你能保证，今天所说的没有虚假事实？"关锐的儿子发誓："没有，绝对没有。"文新从一线记者干起，经过20多年的摸爬滚打，才坐在东江省党媒主编位上，凭借资深媒

第二十二章 赤膊上阵

体人特有的敏感，他隐约感到，案子的远没想象的那么简单，或许真相背后隐藏着天大的黑幕。

　　一个简单的企业内部股权纠纷，竟闹出了惊天动静，惊动了省、市领导，案子的调查规格之高，已经不是"黑社会案"可以囊括得了的。正是这一连串的疑惑，让文新坚定了弄清事实真相的决心。为防止节外生枝，文新事前拜会了自由撰稿人赵德峰，相约一起探秘案子真相。邀请赵德峰加入不是心血来潮，而是经缜密思考后作出的决定。入新闻这行太久，深知这个行业的水很深，有的事不以人的意志为转移，会有很多意外原因，足以影响到职业媒体人的行为结果。

　　就当文新带着记者探密关锐黑社会犯罪团伙案真相之际，他意外地接到章志的电话："文老，谢谢您对宾州的关心，也敬佩您的正义感，更敬重您作为资深媒体人的新闻良心。不过这件事就请您文老别介入了，这里的水实在是太深了。"章志一番讳莫如深的话，让文新纳闷不已："章书记，采访一下案子，后果有那么严重吗？""是的，后果非常严重，而且还得请文老您原谅，我还不能给你拒绝采访的解释。"听话听音，文新知道章志确实为难，干脆变被动为主动："有啥要求，您就照直说好了。"一听这话，章志松了一口气："请文老您能体谅我的难处，拜托您别管这事了，把人带回去好吗？"电话里的章志，话语句句真切，语气更像是恳求，饱含着诸多无奈。章书记的闪烁其词，让文新极度震撼。"章书记，我这次来宾州采访，原本就想帮家乡做点事。作为土生土长的宾州人，不愿看到家乡人坑外地投资商，干损坏宾州形象的事；同样我也不愿看到，奸商打着投资的旗号，干违法犯罪勾当坑家乡人。"话音刚落，话筒里传来章志忧心忡忡的声音："知道文老非常热爱故乡，但这事已经给宾州和我本人添了很多麻烦，文老不管这事就是在帮我，就是在帮宾州。"

　　章志在宾州任职20年，与文新交往颇深，非常敬重文新的才华与文品，对他交代的家乡修路、水利、教育等公益事业建设多有关照，能照顾则照顾。这一切，文新看在眼里记在心里。今天，章志不愿配合采访的态度，让文新颇感意外，人非草木，孰能无情？章志把话说到这份上了似乎没有理由再为难了："既然书记对我的采访那么介意，肯定有难言之隐，恭敬不如从命，采访的事就到此为止吧。""谢文老的理解，谢文老的支持，知道让您不管这事，确实难为了您新闻人的良心，这事真是委屈您了，算章志欠文老您一个人情吧。"电话的那一头，传来章志如释重负的道谢声。

刚进宾州就发生这幕，让文新感慨万千，或许原本就无法拒绝宾州一号政治人物的请求，或许这一切早在自己的意料之中。

好在文新未雨绸缪，背后早留了一手。考虑到影响采访的意外情况，特邀了赵德峰协助调查，应对采访过程中的"八卦事件"。此时的文新，寄希望于赵德峰搞清事件真相。赵德峰的介入，用宾州人的话说："他是个做不得的做得，吃不得的吃得，让官府既畏惧又不得不尊重的人。"赵德峰写新闻报道，从不顾忌官场的好恶，从不看人眼色行事，只要他介入的事，总能给人以期待。

退休后的赵德峰，以仗义执言的自由媒体人身份，出现在宾州的社会政治经济生活里。严格地说，他是个颇有争议的人，除了社会底层对他一片叫好外，还是个让少数人又恨又怕，又不得不讨好巴结的人。无论谁背后损他，台面之上全是毕恭毕敬，连称呼都不伦不类，资历稍浅的叫他"老师"，资历老一点的叫"赵老"，仿佛只有这样去称呼，才能套上近乎，才能让他笔下留情，至于这些人私下怎么想就不得而知了。但有一点是一致的，那就是只要赵德峰来办事，都无一例外地用心办，能办好的不敢拖延，实在办不了的，一定耐心解释取得谅解，似乎宾州大小官员，都在乎他的那支笔："别惹他不高兴，逼他用文字搞事，那才叫吃不了兜着走。"就这个手无缚鸡之力的老人，他可不管你高不高兴，愿不愿意，就像个独行侠，我行我素，不受人左右，也不会顾及别人的想法。正因为如此，才被文新相中，相约他一起探秘关锐黑社会犯罪团伙案。

接到文新的所托电话后不久，由赵德峰撰写的一篇题为《东江一家民营企业，如何被高利贷"吃"掉的》新闻稿，在央媒的某内参如期刊发，犹如

第二十二章 赤膊上阵

向已有定论的关锐黑社会犯罪团伙案投下了重磅炸弹，引来了唏嘘声一片，被一边倒舆论蒙蔽眼睛的人们，开始了质疑："这闹得沸沸扬扬的关锐黑社会犯罪团伙案，到底是'狗咬狗'还是'黑吃黑'？"

与此同时，金菱集团的非法集资系列案爆发了，一向横冲直撞惯了的廖芮，再也没了往日的神气，借出国旅游之机滞留国外，公安部随即发出 A 级通缉令，不久廖芮被滞留国强制遣送回国。连日来发生的事，犹如魔幻大片，令杨桄极度恐惧，刑事干预经济纠纷，与中央提倡的依法治国大政方针背道而驰，也是中央三令五申明令禁止的。可杨桄所领导的专案组，纵然使出吃奶的劲调查关锐、桂平黑社会案，查来查去，能够称得上定罪量刑证据的还真找不着，勉勉强强查出关锐、桂平涉嫌六宗犯罪，最终能不能被检察院、法院认定，也许只有老天爷才知道。

本来，调查关锐、桂平黑社会案的大环境非常有利，省市领导都有表态，定案几乎不可能有什么阻力，没想到煮成了"夹生饭"，至今查不出像模像样的犯罪事实来，用刑侦行话就是："尚无足够的证据锁定关锐、桂平黑社会团伙犯罪。"

杨桄在政法战线混了 30 年，算是个元老级政法人，熟悉政法工作，深谙办案规则。他非常清楚侦查过程中的定性，充其量是初级产品，要经过起诉、审判层层把关，才能够定罪量刑。作为起诉审判过程中的检察院、法院，基本上是做"减法"，把侦查中认定的犯罪，剥笋一样剥去一层又一层，最后剩下个"硬核"底罪。每每想到此，杨桄忐忑不安，他寄希望于司法同行开恩。虽说公、检、法分工不同，只要不是原则问题，彼此都会给对方留点面子，互不拆台，成了司法部门之间的共识，谁不想给自己留条后路？谁想与人过不去惹麻烦？通常情况都会遵循"底罪"的潜规则。谁不清楚，灭了底罪等于触及人家的办案底线。再说，关锐、桂平案是上级领导督办的，数十个干警，奋战大半年取得的工作成果，这样一个闹得沸沸扬扬的案子，理所当然需要得到维护。尽管如此，但案子存在硬伤，锁定犯罪的"硬核"证据缺失，这种情况下，审判结果仍存变数，翻盘的风险仍未解除。每每想到这里，杨桄

风　云

格外紧张，时刻提醒自己："能否定案，毕其功在此一役，万万不可掉以轻心！"

　　杨桄清楚，领导表态永远不会有错。领导表态净化经济发展环境，打击黑社会犯罪，保护投资商合法权益，能有错吗？案子要真搞错了，需要有人来担责，也轮不到领导来担，难堪的是前线统兵打仗的人，自己领衔专案组组长，案子搞砸了铁定难辞其咎。预想不到的是，就在案子神速推进的节骨眼上，廖芮及其金菱集团出事了，且全都是大事，稍有点政治头脑的人都会明白，这是不祥之兆。事态发展到这步，或许杨桄到了孤立无援、背水一战的境地。能不能独善其身？能不能走出困境？全看自己的造化，全靠拼死一搏了。

　　对杨桄来说，自己不遗余力地查处关锐、桂平黑社会案，纯粹是履行职责，纯粹是执行领导的指示。当他获悉舒敏、方宾还在为争夺股权，继续威胁恐吓关锐、桂平家人时，顿时气不打一处来。情急之下，杨桄顾不上身份，以了解案子查处是否对企业生产产生影响为由，当即通知方宾、舒敏到省公安厅汇报情况。第二天一早，杨桄在办公室接见了方宾、舒敏，秘书给两人泡茶后被杨桄支开："忙你的吧，我与基层两位同志随便聊聊。"待舒敏、方宾坐下，杨桄装模作样地拿出笔记本，耐着性子听取情况，边听边做记录，可没听多久，忍不住挥手打断汇报，迫不及待地敲打起两人来："通过公安部门这段时间的扫黑除恶，极大地优化了宾州的经济发展环境，有效地促进了地方经济发展，扫黑除恶这一阶段性成果的取得，是省委、省政府坚强领导的结果，是专案组全体同志努力的结果。优化经济发展环境，为经济建设保驾护航，是专案组的第一要务，你们要把握这千载难逢的历史机遇，把心思用在生产经营上，用在企业发展上，别没事找事，专干不着调的事！"

　　舒敏行伍出身，习惯于直线思维，对杨桄冠冕堂皇的话，听得云里雾里，丈二和尚摸不着头脑。面对强势有加的杨桄，他不敢打马虎眼，一味表忠："是，是，我们一定遵照您的指示办事，一定抓住机遇，用心搞好生产经营。"此时的杨桄，一脸鄙夷，压根儿不想与舒敏扯淡，几句冠冕堂皇的话后，话锋一转，继续训斥道："你俩一个法人代表，一个经济法律顾问，不把握企业生产经营大局，却一门子心思放在股权之争上，还威胁罪犯家属，这是违法犯罪，知道吗？"善于察颜观色的方宾，知道杨桃葫芦里卖的什么药，脑子一激灵，毕恭毕敬地附和："感谢杨副厅长的关心，感谢专案组卓有成效的工作。请您放心，我们无条件地执行省厅领导的指示，无条件地服从专案组的指挥。"杨桃阴沉着脸，对方宾不痛不痒的话很不耐烦，不等对方讲完，便敲着桌子道："实事求是是党的思想路线，罪犯是罪犯，家属是家属，一人犯事一人当，应当严格区别对待，决不允许错位；案子是案子，股权是股权，决不能混为一谈。股权上有想法可以，但要依法依程序解决，决不允许法外来事，决不允许法外搞事。"

说到此处，杨桃把刚点燃的烟卷往烟灰缸里用力一按，然后一字一顿地说："作为省公安厅常务副厅长，我不得不警告你们，若要继续搞非法动作，触犯了法律，我照样公事公办，照样依法查处。"方宾、舒敏哪里见过这阵仗，看到杨副厅长阴沉着脸，露出凶神恶煞的模样，吓得胆战心惊，连脸色都青了，赶紧表态："是，是，一定不搞非法动作，一定依法办事。"当两人离去后，杨桃全身冒汗，半晌才嘘了一口长气。

当关锐、桂平黑社会案，提请到东岭市检察院公诉后，检察院以证据不足、事实不清为由，两次退回补充侦查。检察院的两次退补，传递了一个非常清晰的信号，案子悬了，没准就是个冤假错案。杨桃吃了大半辈子"法律饭"，清楚这事的法律后果，不管怎么说，必须锁定关锐、桂平的犯罪事实，否则78个办案人员丢脸事小，案子搞砸事大。如今犯罪嫌疑人已经关了两年多，都到这一步了，案子倘若定性为错案，办案人员的渎职追责少不了，这渎职追责的大锤一旦落下，自己这个专案组组长还能跑到天上去？想到此，他一次次与县级检察院交涉，可以说，几乎是屈尊降贵赤膊上阵了。

赵德峰的署名文章发出之后，社会舆论开始有了不同声音，宾州人渐渐冷却下来，接下来是理性反思：谁才是真正的黑社会？

虽然这一切来得有点晚，但对关锐、桂平及其家人来说，弥足珍贵。受了那么长时间的冷嘲与热讽，承受了那么多的谩骂与指责，经历了那么多的苦难与委屈，才获得些许社会同情和到民众的理解，才听到正义的发声。这一切，来得异常艰辛，来得着实不易。

四面楚歌的杨桄，为摆平关锐、桂平黑社会案，借干部交流之机，主动请缨到省政委副书记岗任职，好利用职务便利条件，影响案件审理结果。此时的他，更像个输红了眼的赌徒，连找个理由"遮丑"都免了，直接以省政法委的名义督查案子审理，坐镇高院组织的案审协调会，对结果定调："查处关锐、桂平黑社会犯罪团伙案，是落实省委、省政府领导扫黑除恶专项指示所采取的具体行动，是专案组78个干警半年多的工作成果。案审结果直接关系到党和政府的形象，法院应当从讲政治的高度，作出有利于打击黑社会犯罪，保护招商引资环境，维护法制统一性、严肃性的判决。"听话听音，与会的高院领导一听杨桄的口吻就明白，尽管案子多有漏洞，案审法院对案子多有异议看法，恐怕再讲"案件事实""定罪依据"，似乎已无实际意义了。杨桄以省政法委常务副书记的身份现场督阵，摆出"拼命三郎"的架势，就是要确保审判不走样不变形，按专案组的定性结论定罪量刑。

摆在杨桄面前的现实是：要么给关锐、桂平套上罪犯枷锁，要么自己去面对它，二者必居其一。杨桄别无选择，只能豁出去了。此时的他只有一个念头，不能让法院轻判，更不允许做无罪判决。关键时刻，只有赤膊上阵，使出浑身解数，阻止法院宣告无罪。

关锐、桂平黑社会案在杨桄的死缠烂打之下，一审法院对关锐、桂平分别判处5年、2年有期徒刑。关锐、桂平不服上诉到中院，中院为慎重起见，数次召开审判委员会讨论，经审委会研究决定，认为现有的证据不足以认定为犯罪，但考虑到杨桄这层关系，终审法院没有直接改判，只是将案子发回到原审法院重审。

看到案子拉锯式的反转，赵德峰忍不住发声："关锐、桂平黑社会案，经专案组拉网式的排查，耗时半年调查取证，检察院两次退补侦查。一审法院在杨桄的紧逼下，判处案犯有期徒刑；终审法院又以事实不清、证据不足为由，撤销原判发回重审。谁也没想到，案犯关锐被关押29个月后，走了

第二十二章 赤膊上阵

一圈法律流程又回到了起点。案子到底有无猫腻？是否存渎职犯罪？即使脑残恐怕也能看出来。"

这种凑热闹的事，缺了谁也不会缺席谢蒙，出自他嘴里的话，虽然刻薄却不乏深刻："中院发回重审，表明关锐、桂平的黑社会案值得怀疑，很有可能是个冤假错案。或许围绕关锐是否构罪，将有一场激烈的博弈。可以预见的是，杨桄若不把关锐做成罪犯，他就得面对犯罪的指控。"

最让杨桄忌惮的是，关锐绝地反击，举报廖芮非法集资、高利转贷、信用诈骗犯罪，被公安部挂牌督查。市局立案侦查后，查证廖芮在宾州所涉嫌的诸多犯罪，与干法水泥项目关联，顺着线索一查一个准，查出廖芮宾州民间非法集资2亿，银行骗贷3.8亿，卷走公司货款5个多亿，涉案金额7个亿，且大部分资金已经转至境外。廖芮投入干法水泥项目的出资本金和融资款，加起来才2个亿，等于卷走五个多亿资金，给当地社会稳定留下了巨大隐患。不查不知道，一查吓一跳，正当市局准备提请公诉时，杨桄利用主管刑侦的常务副厅长的职务影响力，以案犯廖芮的主要犯罪地不在宾州为由，强行将案子移送边西卯州管辖，助其躲过一劫。据此，杨桄不仅转移了宾州民众的视线，让廖芮的非法集资案不再聚焦，还有效地阻断了廖芮系列案在宾州的发酵。若任由案子演绎发展，势必影响到关锐、桂平黑社会案的处理，甚至助推案子翻盘。可以说，杨桄不仅保护了廖芮，还实现了自救。尴尬的是，专案组给关锐定性的六宗罪，经检察院、法院层层剥笋，仅剩非法侵占一项疑罪了。

杨桄领衔的专案组，原本把关锐强行解除边西华鹏集团承包合同，驱逐其管理团队，涉嫌强迫交易犯罪作为主罪，按照办案逻辑，只要能够认定关锐、桂平涉嫌强迫交易，差不多锁定了其黑社会犯罪性质。没想到的是，金菱集团所引进的边西华鹏集团实在是不争气，承包经营不到一年，亏损近3000万元，且事故不断质量问题频发，生产经营一塌糊涂。法院据此认定边西华鹏集团不履行合同交租义务，符合单方解除合同约定的情形，关锐作为股东兼总经理，站出来履行职责，依职权终止合同，既是抗辩合同违约，又是行使股东权利。加上边西华鹏集团与雁城黑狮水泥集团前后两次承包一比较，后者不仅效益佳，安全生产质量稳定，而且合同约定的 3000 万元租金足额到位。法院据此认定关锐、桂平解除边西华鹏集团合同的行为不构成强迫交易犯罪。对关锐、桂平的其他犯罪指控，本来就牵强附会，杨桄虽然不愿意抹掉，却因无过硬证据佐证，只能默认法院认定的结果。所剩的侵占公私财物，是否构成犯罪仍存争议，被杨桄死死咬住，将此当作给关锐定罪量刑的救命稻草。此时的杨桄，守无可守退无可退了。

依关锐与宾州市政府签订的《招商引资建设合同》约定，宾州市政府出资 1000 万元，委托关锐、桂平收购数个石料场作为配套，以支持干法水泥项目建设。收购时遗漏评估了数台铲车，石料场移交时，矿山业主把漏评铲车赠给了关锐、桂平。当时，正值金菱集团参股项目，关锐、桂平等人把铲车视为赠与物变卖处理，各分得 6 万元。专案组据此认定关锐、桂平利用职务便利，故意漏评漏入资产台账后变现获利，涉嫌职务侵占犯罪。

关锐、桂平的变卖行为，是否构成职务侵占犯罪？成为庭审争执焦点，控辩双方进行了激烈的交锋。庭审中，辩护律师对关锐侵占犯罪指控，进行了无懈可击的辩护："侵占犯罪是将他人的财物据为己有，以侵占相对人财产权作犯罪构成要件，铲车未入收购资产台账，依法依理仍归矿山主所有，而矿山主明确表示将铲车赠人，案发后又拒绝举证铲车所有权，并自始至终认为既然已经赠与，处置权也就随之转移。被告关锐、桂平通过接受赠予的行为，合法取得了赠与物，其处理赠与物的行为是行使合法物权，不构成犯罪。" 控方在杨桄的压力下，继续咬定专案组的认定意见："被告关锐等利用宾州市政府委托代理的便利条件，利用收购矿山的职务影响力，故意漏评铲车，故意不入收购资产台账，然后将铲车处置款私分，侵占了他人财物所有权，其行为构成侵占犯罪。""只要稍懂法律常识的人，都知道侵占犯罪以一方财产所有权受到侵害作为要件，既然认定为侵占犯罪，那就请控方指认侵占了谁的利益？"关锐自始至终未认罪，庭上的辩解简单明了，直白有力。庭审中，辩方的无罪辩护意见虽然响彻了庭审辩论阶段，但控方有了

第二十二章 赤膊上阵

专案组的坐庭压阵,始终不认可辩方的主张,这也难为了案审法官,面对法外力量的强势介入下,无法行使法律赋予的自由裁量权。

经过数次开庭审理,案子的是非曲直,无论是案审法官还是旁听者,心里明镜似的,都知道案子并不复杂,复杂就复杂在如何应对案审的干预上。

关锐、桂平黑社会案犹如"过山车",让民众眼花缭乱,纷纷站出来品头论足。有意思的是,到了案子审理后期,舆情并没有倒向查处黑社会犯罪的专案组,反而支持曾经被人唾骂过的黑社会头目关锐、桂平的声音占了上风,有位法制网评大咖也发表了颇具挑衅性的评论:"侵占犯罪以数额较大、拒不交还为要件。即使赠与关系不成立,关锐、桂平至受审之日,仍然没有接到交还财物的通知,拒不交还的主客观事实并不存在,侵占犯罪还能成立吗?"

杨桄的日子越来越不好过了,可当他获悉狱中的关锐为项目前景同样焦灼不已时,凭他多年刑侦生涯的经验,似乎找到解决问题的突破口了。杨桄非常清楚案犯认罪服法的重要性,你关锐不是很在乎干法水泥项目吗?你不是为项目付出了极大的心血吗?你不是想继续掌控远泰水泥实业吗?只要你低头认罪,就可以得到你想得到的一切,至于罪责是轻是重、刑期是长是短,我可以睁一只眼闭一只眼,也可以从此不管你和廖芮的股权之争,还可以让你立即走出监狱之门,不再受牢狱之苦,但要想得到你想得到的一切,前提只有一个:必须认罪服法。

是否走这着险棋,杨桄经过数天艰难的思想煎熬,终于明白了除此之外,已无更好的路径能让自己全身而退、摆脱困境了。当杨桄托人传话后,关锐辗转反侧沉思了几天几夜。关锐清楚,只要自己坚持不认罪,最终会成为无罪之人,但这样做的后果是否意味着短时间内难以走出监狱大门,答案是肯定的。

更糟糕的是,干法水泥项目若是再折腾个一年半载,或将彻底丧失起死回生的机会。因为随着技术不断更新换代,项目或许还未竣工便成为淘汰对象,到了那时,无论是自己还是远泰实业,都将再无翻身之日了。关锐更明白,只要自己低头认罪，就成了一个永远被人戳脊梁骨的罪犯，永远洗刷不了身上的污点。

最终在项目与清白、抗争与妥协之间，关锐选择了放弃男人的尊严，向命运低头，违心地选择了认罪服法。

关锐一案历经三年不能审结，刷新了东江省刑事审判史上审结期限纪录，就在杨桄与关锐达成认罪妥协之际，案子的终结迎来了曙光。

这一结果，让检察院与法院都松了一口气。不久，东岭法院作出了有罪判决，以侵占罪判处主犯关锐有期徒刑3年，判处从犯桂平有期徒刑1年，缓期3年执行。10天后，也就是在关锐放弃上诉后判决生效的当天，关锐从蹲了1094天的东岭市看守所走了出来，恢复了久违了的人身自由。

关锐的妥协，让案审有了不尽人意的结果，此举让赵德峰扼腕叹息，也让拟议中的媒体曝光计划胎死腹中。事态的发展，并没有像人们期待的那样，引发新一轮舆情海啸，因而成了宾州人的遗憾，也成了东江省法治建设中的一个痛点。

第二十三章　无解之局

　　为官一任，造福一方。可以说，"曾"式发展方略在宾州发展史上，是最为持久、最具影响力、最凝聚广泛共识的政治、经济、社会实践的活动。曾峰作为政治家式的人物，锲而不舍，咬定青山不放松，在主政地宾州烙下深深的印痕，打造了可圈可点的政绩，留下了无限的遐想。值得推崇的是，"曾"式发展方略中的主轴——城市提质改造功垂千古，让宾州告别了"一条道路两排房，前后就是垃圾场""屋内现代化，屋外脏乱差"的历史；"曾"式发展方略的第一锤，砸向了千百年遗留的陋习恶俗，宾州由来已久的乱吐乱丢、乱摆乱放的风俗，得到了有效治理。客观地说，这场社会治理活动得了宾州上下热烈响应，已深入宾州人的日常生活里，成了津津乐道的话题。

　　城市提质改造创建之初，曾峰饱受争议，遭遇诸多冷嘲热讽："农田无人耕，全员搞卫生。""经济无人揽，发展靠城管"可曾峰以他"硬碰硬"的个性，顶住压力，全方位推进城市提质升级改造，把市民的行为陋习纳入整治、规范、矫正范围。更具创意的是，把城市治理经验推广到乡镇、村组、社区，独创了"乡城兼治"的文明治理模式，在全国率先倡导、率先付诸社会实践。

可曾知道,以破旧立新为主旨的"乡城兼治",在其施行之初步履何其艰难,曾遭遇陋习恶俗抵制,差点胎死腹中。为矫正民意落差,曾峰身体力行,走到哪儿讲到哪儿,鼓动干部群众参与"乡城兼治"活动。他在全市大小会上,理直气壮地为"乡城兼治"造势打气:"物质文明靠发展,精神文明靠教化,'乡城兼治'要想抓出成效来,重在宣传教育,重在提高文明卫生治理意识。农民素质有差异很正常,用不着大惊小怪,我们就分门别类做工作,对症下药'开处方',开诚布公地告诉他们:'乡城兼治'就是帮他们建一个公园式的家。我相信,道理讲明了,任务讲透了,农民还能不理解?还能不支持工作?"曾峰主政的宾州,出台了31条政策,印发小册子送到农户手里,宣讲"乡城兼治"的惠民好处。

尽管市委、市政府全力推进乡村文明治理,仍免不了阻力。一次,曾峰带着市委一班人,到市郊的街道办事处视察,街道书记是两办下派的年轻人,给曾峰当过秘书,工作埋头苦干劲头足,执行市委、市政府决定丝毫不含糊。见到市委、市政府领导,街道书记像委屈的孩子见到父母,汇报工作叫苦连天:"'乡城兼治'与千年陋习作斗争,工作难度超乎想象,别讲普通农民,就连干部思想都转不过弯来,有个30年资历的老支书不理解,天天找领导发牢骚,工作软磨硬泡,街道三天两头上门做工作,就是做不通。"曾峰听后不以为然:"难道没讲31条政策?"街道书记连连摇头:"讲了,讲了,喉咙都讲哑了,他就一句话,开垦种田修水渠、婆娘养崽啥我都管,就管不了替女人打扫卫生的事。""还有这样的事?还有这样的人?要不把他叫过来,一起来做工作。"曾峰根本不相信还有这等顽冥不化的人。等与村支书面对面交流,曾峰苦口婆心做工作,从组织原则讲起,讲到31条的好处,火里讲到水里,水里讲到火里,这村支书就是榆木疙瘩脑袋,怎么也听不进去,还"一根筋"地发牢骚:"曾书记,我啥都听市委、市政府的,唯独这替女人打扫卫生的事干不了,这一不产钢铁二不产粮食的,为啥花那么大的精力去抓,这事您怎么说我都不会理解。"气得曾峰扭头就走,丢下一句重话:"既然31条讲不通，那就讲32条：就地免职，换人来干。"杀鸡儆猴，第二天，村支书免职通报全市。这基层工作就这样，喊一百次不如来一次行动。说来也怪，此次督查通报与处理措施到位后，"乡城兼治"工作顺畅了许多。

曾峰所推动的"曾"式发展方略社会实践，"寓教化于发展，寓发展于教化"，最终，卫生文明风尚扎根于宾州城乡，"乡城兼治"渐渐被全社会接受，变成金凤凰飞向全国。经过10年社会实践，回头看"乡城兼治"，着实值得点赞。

建设南城区是"曾"式发展方略的重大举措。曾峰顶着社会舆论压力，举全市之力推动城市扩容建设，投入数十亿建设南城区，让城市范围扩大了一倍。如今，南城区建设已经初具规模，城市建设架构业已成形，城市配套功能日臻完善，预计不远的将来，一座现代化新城将矗立在世人眼前，将惠及宾州人民，惠及子孙后代。

就曾峰主政宾州的评价而言，践行激进的"曾"式发展方略，财政赤字加隐形负债达30亿，开启了财政负债的建设先河。特别是力推"以建设行政中心，推动南城区发展"的社会实践，带动了宾州社会经济全面发展，但触碰到"楼堂馆所"禁令红线，连续数年受到省、市纪委的调查，让曾峰饱受非议。

"曾"式发展方略最没有争议的是宾江湖景区的旅游开发，结出了累累硕果。在曾峰的推动下，宾州勒紧裤腰带，挤出10个亿建设基础设施，开发旅游，描绘宾州大旅游开发宏伟蓝图，极大地增强了宾江湖景区的影响力，引起省委、省政府的高度重视，获得省级旅游项目投资立项，并被东江省旅游投资公司相中，全面接管了景区旅游开发，短短数年里，累计投资数十亿用于景点建设。如今的宾江湖景区，走上了快速发展之路，预计不远的将来，"西有张家界，东有宾江湖"的愿景，有望全面实现。

"曾"式发展方略的产业之路，虽然荆棘丛生，走得异常艰辛，但曾峰顶着巨大压力，推动的烟花爆竹产业结出了累累硕果。宾州举全市之力，创办30个烟花爆竹企业全部走上正轨，年产值过10亿元，从业人数过万，加上上下游产业链上的从业总人数过2万,每年给宾州带来4千万元税收。更重要的是,烟花爆竹企业的用工,清一色文化层次偏低、年龄偏大的家庭留守人员,这些人创收能力差,日子过得清苦,大都是典型的扶贫对象。虽然宾州的烟花爆竹企业,未能实现曾峰的百家规模愿景,成为宾州的支柱产业,但其社会综合效益仍然明显,烟花企业社会用工工资超4亿元,精准增强了贫穷对象的造血功能,不得不承认,它是"曾"式发展方略带给宾州精准扶贫上的一份厚礼。

  曾峰主政期间,招商引资项目大都落地生根开花结果,成为宾州产业经济的生力军,其中,最亮眼的是旭日升陶瓷基地,投资规模近10亿元,发展潜力巨大。投产以来,企业开足马力生产,不仅解决了上千人的就业,还给当地财政贡献了数千万税收。此外,国家煤电骨干企业等产业的引进建设,为宾州经济的后续发展注入了活力。哪怕是备受争议的干法水泥项目,虽然建设过程一波三折纷争不断,曾一度成为宾州最不稳定因素,所留下的诸多诟病饱受社会舆论质疑,但其在国家产能调整的大势下,为宾州保留了水泥产业香火,让传统产业不至于全军覆没,已是不争事实。

  客观地讲,曾峰主政的10年里,不能说没有失误没有遗憾,最让曾峰揪心的是,任上着力推行的"负债建设"发展理念,让过往殷实的财政不堪重负,也给继任者留下了负面示范。有地方打(稻)谷,就有地方放(稻)秆。曾峰主政宾州期间,徒增30亿元负债,原本他有"消赤与平衡发展"的考量,在践行"经营城市"的理念中,储备了万亩价值过200亿元的土地,旨在筹措发展基金,长线解决财政赤字的问题。若卸任前两年放缓建设脚步,休养生息,发力培育税源、涵养财政,炒热南城区土地,要不了几年便可消赤。只要解决了饱受非议的财政赤字问题,给继任者的治市理政做出示范表率,"曾"式发展方略算是功德圆满,画上了完美的句号。可惜的是,曾峰没能够抵御住"政绩"的诱惑,始终未停下激进发展的脚步,以致失去了财政止血的最后机会,给"曾"式发展方略留下了诸多遗憾。

  后曾峰时代,宾州数届主政者放弃了"消赤减负、欠债还钱"的传统财

第二十三章 无解之局

政理念，不计后果地融资搞建设，一门子心思放在政绩攀比上，数年之后恶果尽显。在"大负债大建设"思想的推动下，财政每况愈下，短短的七八年时间里，赤字飙升到300多亿元，宾州65万人口，人均负债5万元，宾州年财政收入仅20多个亿，不吃不喝连利息都还不了。糟糕的财政状况，引起省委、省政府的注意，不久被列为东江省财政失控县（市），纳入全省两个财政监管县（市）之列。

作为政治家式的人物，曾峰对激进式发展，有了痛彻心扉的感悟，后悔没下决心踩住刹车，消除负债发展的后遗症，被后任数届市委、市政府效尤，给宾州留下了令人痛心的遗疾。

与曾峰有着同样感受的是郑林，他是"曾"式发展方略社会实践的政治受益者。郑林仕途上顺风顺水，成为熠熠生辉的政治新星，但他毕竟是宾州人，毕竟是曾峰政见的支持者、组织者与实施者，对财政巨额赤字，同样忧心忡忡。

一天，怀着同样心情的郑林，专程拜访了政治恩师曾峰。他的到访曾峰并不意外，与郑林相处多年，熟悉他的脾性，知道他是个政治担当者，对负债建设谋发展所带来的诟病，同样揪心不已。郑林一进门，曾峰劈头盖脸地问："当下宾州糟糕的财政状况，难道就没有我们的一份责任？""老领导，责任肯定有，但绝对不是主要责任。"郑林读懂了老领导的内心。"负债发展之门是我们这届开启的，这责任我们能脱得了吗？"曾峰既像问郑林，更像问自己，话语里饱含着自责。郑林谨慎地替曾峰解围，旨在减轻他的自责："老领导宾州施政，政绩可圈可点，这是有目共睹的；您的施政理念推动了宾州跨越式发展，也是不容否定的事实。倘若您的任内后期，能放缓建设步伐，推动财政消赤，对宾州、对您本人将是功在千秋的一件事情。"郑林知道老领导此时此刻最想听到的是大实话。郑林的评价无疑中肯，听得曾峰连连点头："是的，是的，当初若能够做到这点，或许就没有今天的遗憾了。机不可失，时不再来，我们手上毕竟错过了绝佳的消赤机会，可惜呀可惜！"曾峰说完后也不看郑林的反应，独自走在窗前，远眺前方，沉默了良久。那天，宾州这一对天作之合的工作搭档，破例没有心情闲聊，直到分别也没多说几句话，似乎彼此都有解不开的心结，不是一两句话就能说得清楚的。

章志同样是"曾"式发展方略的主要推动者，分享了所有的赞誉，也承担了所有的指摘。作为曾峰的继任者，他不得不充当"曾"式发展方略诟病的"诊疗医生"。曾峰所推动的激进治理模式，遇到的阻力是空前的，为顺利施政，曾峰不惜开罪本土权力圈，一定程度上撕裂了官场社会。章志接任书记后，在完善"曾"式发展方略的基础上，平稳推出社会治理诸多举措，尤其在干部队伍上，以和为贵、稳为先，抚慰了大批本土干部，让宾州政坛得以休养生息。在特定历史转型时期，宾州始得平稳过渡，这一做法无疑也是不可或缺的另类政绩。

值得欣慰的是，宾州人同样没有亏待这位主政领导，尽管负评不断，仍瑕不掩瑜："当前的宾州，内忧外困，需要章志这样性格沉稳的领导，稳住阵脚疗伤养体。章志的平稳施政，客观上起到了减震器的作用，有利于特定时期的宾州工作。""宾州堪称运动式反腐，让本土干部多有怨言，章志书记主政后，安抚了本土干部，稳定了干部队伍。""章志书记保持了社会政治稳定，却延缓了发展进程，宾州的问题最终还得靠发展来解决。"见仁见智，褒贬不一，莫衷一是。尽管如此，人们不难发现，给他的正面评价远多于负面，这也算是宾州人自古以来就有的客观公允品质的体现吧。

龙之服刑不久，长期累积下来的高血压、心脏病、高血脂、高血糖并发症发作，到了不适合关押的程度。为防不测，监狱主动向法纪部门打报告保外就医，就是不被批准。就在他关押两年后的一天，龙之不堪重负，高血压引起中风昏厥倒地。监狱这才急了，慌忙送医院抢救，21天后才脱离危险，这下东岭市监狱有了拒绝收监的理由。监所啥都不怕，就怕监犯越狱，就怕监所里死人，无论越狱还是死人都得追责，轻则党政纪处分，重则追究刑责，一旦走到这步，就成了监所难以承受之重。出于自保，东岭监狱横竖不接受收监。

法纪部门向来高高在上，执法不严要监督，出了责任事故同样要监督，反正它是监督主体，你是监督对象，不管出啥状况，横竖都要追责。这次，

第二十三章 无解之局

监所拒绝收监的理由冠冕堂皇，法纪部门再强势，毕竟人命关天，谁也不敢打马虎眼，遂批准了龙之的保外就医，他这才有幸与家人团聚。

龙之是从医院直接接回家的。那天，80岁的老母拖着病体，在儿媳的搀扶下，专程到医院接儿子回家，看到中风初愈后的龙之颤颤巍巍，一脚高一脚低，从医院大门缓慢移出，全家人都被他消瘦得脱了形的模样给吓坏了。

大病初愈后的龙之，胡子拉碴，头发灰白，目光迟钝，显得弱不禁风。关押两年时间，龙之改变了许多，与人们心目中的过往强悍相比判若两人。当受到牵连被判缓刑的同案犯妻子强忍着泪水，搀扶着老母亲出现在龙之面前时，母子俩再也控制不住情绪，相拥而泣。良久，妻子强忍着泪水提醒婆婆："该回家了，家里人都在等着我们。"母子俩这才回到现实里，钻进汽车。车行至宾州与东岭两市的交界处，龙之示意司机停车，强撑着虚弱的身体，用力摆脱妻子的牵引，艰难地挪动着脚步，走在两市边境交界线界碑处，伫立良久，眼睛一动不动地凝视远方。此时的龙之，心潮澎湃，就在这熟悉得不能再熟悉的地方，思绪穿越了时空，仿佛回到了无限风光的昔日时光。那时的龙之意气风发，虽为副职却权势显赫，哪怕常委会上的发言，都能够感受到沉甸甸的分量。一次，常委会专题研究某乡镇领导干部的任用，有个常委把群众反映的其生活作风问题端出来说事。龙之一听火了，认为小题大做，把纪委的事拿到常委会上讨论，听得很不耐烦，当场动了怒，阴沉着脸敲打不识相的常委："瞎胡闹，干部私生活有问题是纪委管的，把纪委的事拿到常委会研究，难道常委会是研究这种事的地方吗？"那时的龙之一言九鼎，视宾州市委如自家的后院，在常委会那种严肃场合都敢讲这话，足以证明他的恣意妄为，做事不计后果。这话要是从他人嘴里说出来，没准是个政治笑话，而出于龙之口，就天经地义了，既然龙之已经有了态度，连宾州一号也不好说啥了，只得草草地走完流程完事。

骄狂是骄狂，工作归工作，龙之工作拼命有目共睹。每当春节来临，偌大的宾州，里里外外、大大小小的事，他做常务副市长落在常务副市长身上，他做常务副书记落在常务副书记身上，以致形成惯例传承至今。如今，他成了一个罪犯，难免凄凉悲怆，人间天上一念之间，过往之事，一幕一幕，历历在目，连回忆都成了撕心裂肺的痛楚。对权力斗争的败落，龙之心有不甘，但他对他所投身的宾州发展事业，却无怨无悔。此时的他站在东岭与宾州的分界线上，默默地为宾州祈祷，为家人祈祷，也为自己祈祷。最后，在他曾经迎来送往的地方，竭尽全力跺上三脚，然后喊道："宾州，我回来了！"

关锐、桂平黑社会案在东江省"两会"前审结，走出困境后的杨桄如涸鱼得水，又恢复了往日的神采，无论是作为省政协委员还是省政法委常务副书记，他在会议期间数次接受东江卫视记者的特别专访，并高调发表谈话："党中央首次提出'政法委是党领导政法工作的组织形式，必须长期坚持'，这让我们政法人欢欣鼓舞，同时深感身上的责任重大。落实中央的决定，要害是实施党对政法工作的领导，作为党领导政法工作的政法委，要带头守法，严格依法办事，特别是要在领导、监督具体司法实践过程中，摸索建立一整套防范干预司法界定的体系，发挥政法委行之有效的监督作用，让'以权压法''以言代法'无处容身，让'以权压法''以言代法'行为露头就打，无处遁形。"他还对政法委如何依法办事，如何领导、监督司法机关依法履职，如何确保司法部门各司其职，互相监督互相制约，确保侦查权、检察权、审判权正确独立行使，做了深刻独到的论述，赢得与会者的赞扬。令杨桄没想到的是，宾州人的反应极其独特，引来唏嘘之声一片，其中不乏嗤之以鼻者。

廖芮是恶的始作俑者，先是千方百计地害人，最终在伤害到别人的同时，也重重地伤到自己。廖芮非法集资、高利转贷、银行骗贷时间长达10年，早就衣不遮体，早已摇摇欲坠。关锐的举报，成了压垮金菱集团、压倒廖芮的最后一根稻草，让"胡润榜边西卯州首富"的神话，一夜之间灰飞烟灭。

经媒体权威披露，公安部门查实廖芮的涉案金额，相当于宾州4年财政收入的总和。边西省卯州中院宣判的那天，旁听席上挤满了非法集资受害者，他们不辞劳苦，连续数天蹲守庭审旁听，不仅仅是探风声，看能挽回多少损失，更是要目睹不可一世的廖芮受到怎样的法律制裁，得到怎样的报应。

边西卯州法院审判庭庄严肃穆，合议庭法官着庄严的法袍，坐在高高的

第二十三章 无解之局

天平椅上。此时的廖芮，着黄底镶红条囚服，满头白发，眼神里全是惶惶不安。从外形上看，这个昔日的"胡润榜边西卯州首富"已经没有了过往威风，一脸疲惫地站在被告席上，站在旁边的是他的妻子和儿子。经过十几天的冗长庭审，法庭认定廖芮系非法集资犯罪主犯，认定其妻子、儿子参与非法集资犯罪，判处主犯廖芮有期徒刑8年，廖芮的妻子、儿子分别判处5年和3年有期徒刑。法庭宣判后，这一家子当庭表示："认罪服法，放弃上诉。"

"一号标地"的"奖励与配套"结算诉讼案，其判决结果在宾州引发轩然大波，赢得官司的肖氏兄弟输掉了道义，冥冥之中有了不祥的预感。谁说商场没有政治？谁说商场拒绝民心向背？通过法院判决少交近2.5亿元出让金，无疑触碰了宾州民意底线，点燃了民众怒火。肖明从风起云涌的抗议声中，闻到了"乐极生悲""物极必反"的恐惧气息，他深谙政治潜规则，知道从肖氏家族赢得官司的那一刻起，注定会引起民怨官愤，注定会走向社会对立面。

肖敏这一生从未缺失过举报，法院判决引爆社会舆情的同时，也引爆了赵德峰的新一轮举报。时下，中央在全国大张旗鼓地开展扫黑除恶专项斗争，肖敏再次进入了省委巡视组的视线，被巡视组组长盯上，列为东江省涉黑涉恶大案要案。没多久，肖敏在一家五星级酒店的总统套房里，连同聚会的狐朋狗友，一并被专案组带走了。执行抓捕任务的是省公安厅特警总队，动用特警总队抓捕案犯，足以证明省纪委对案子的重视程度。肖敏的被抓，立马成为东江省家喻户晓的事。

肖敏被抓前夕，就预感到这天迟早会来。自中央发起声势浩大的扫黑除恶专项斗争以来，向来混得不分你我的省院卫检等一帮子高官，有意在疏远自己，这一微妙变化让肖敏紧张不已，这在过往怕是连想都不会想的事情。历经数天沉默的肖敏，最终失去了耐性，给卫检试探性打了个电话："老卫，这段时间你也太忙了吧，怎么连个电话都没有？连个人影也见不着？"对方支支吾吾地回答："这段时间确实忙，等忙完后再联系你。"说完挂了电话，连个解释都不给。第二天，堂兄肖明接到卫检老婆的传话："省纪委已经约谈了老卫，这段时间不要联系，你们自己也得注意点。"这话有如晴天霹雳，震得两兄弟头皮发麻。

接二连三的坏消息，让肖明整天提心吊胆，生怕法纪部门找上门来。这20年里，天不怕地不怕的肖敏，没少惹事没少开罪人，一大堆人睁大着眼睛，盯着两兄弟等着看笑话。肖明不得不示意肖敏，拼命巴结权贵，编织关系网。多年来，尽管举报从没停歇过，却都有惊无险。这次的情势完全不同于过往，不得不引起自己的警觉，连向来不知道啥叫害怕的肖敏也紧张得不行，不时跑来商量，如何应对可能出现的风暴？只是让两兄弟没想到的是，这一切来得那么快，来得那么突然。

肖敏进去后，围绕肖敏的传闻满天飞。肖明每天都接到坏消息，连省院卫检都主动交赃款600万、等候组织处理的消息也打听到了。这个平日里趾高气扬的检察长，在肖敏进去的次日，来到曾经任过职的地级市，宴请昔日的政法同僚，还人手准备了一份礼物。卫民任该地级市检察长多年，曾掌管官员的政治生辰八字，平日里人模狗样惯了，习惯于别人跪着求着，习惯于别人低三下四。

如今风水轮流转，轮到别人当爹当爷，自己做儿做孙了。要不是省委巡视组紧盯着肖敏不放，连累着自己倒霉，否则打死也不干这"老子求儿子"的事。更憋屈的是，所宴请的这帮子人平日里见了自己就像老鼠见了猫一样，此时竟然不识抬举，礼节性地露个脸，连个礼品都不肯拿，害得自己厚着脸皮把礼品原路带回。每每想到这里，卫民忍不住要骂娘："自己吐出来的痰自己舔回去，真他妈的窝囊！自己做了一辈子老鹰，竟然给啄木鸟给啄了，真他妈的把祖宗八代的脸给丢尽了！"

肖敏的事到底有多大，肖明最清楚不过了，别讲摊上涉黑涉恶犯罪，就高利放贷、串标围标、强迫交易、非法拘禁、故意伤害等诸多犯罪，哪一项都足够他喝一壶的。虽然肖明与肖敏是兄弟是利益共同体，可到了这时候，顾不了那么多了，肖明更关注的是自己和家人能否深陷其中。他非常清楚，自己在肖氏家族里充当的是中枢神经角色，虽不至于亲力亲为实施犯罪，但肖氏商业帝国的重大决策，哪一件不是出自自己之手，难免被人盯着不放；

第二十三章 无解之局

更何况不争气的儿子一直跟着肖敏混社会，嫖赌逍遥，敲诈勒索，无恶不作，真要追究下去，很难保证这小王八羔子不被牵扯进去。每每想到这里，如芒刺背，似乎只能听天由命，祈祷上苍保佑一家子平安，保佑一家子能够逃过此劫。

金菱集团的破产，集团董事局主席廖芮的被抓，让方宾跺脚叹息。数年来，他为廖芮冲锋陷阵，出了不少馊主意，使了不少绊子，让关锐、桂平吃尽了苦头，付出了沉重代价。在方宾的潜意识里，夹在廖芮与关锐之间，并非刻意要与谁过不去，自己所做的一切纯粹是为了钱，谁叫自己吃律师饭呢？

收人钱财替人消灾，律师职业使然，方宾的初衷只是傍着廖芮赚钱发财，做律师多年，喜欢做直截了当的买卖，一手交钱一手交货，不见鬼子不挂弦，且对此从来不讳直言："俺律师赚钱不问出处，就是个见钱眼开的主，不做亏本买卖，不干徒劳无功的活。说直白一点，做事讲良心，就不是俺律师的职业。"

这次替廖芮做事，原本想换种方式"经营"，先干出"业绩"，放长线钓大鱼，等"业绩"出来，还怕你胡润榜金主不掏腰包？傍上胡润榜边西卯州首富，算是祖宗八辈积来的福分，方宾有理由相信，只要赢得廖芮的信任，只要把他侍候得高兴，哪怕打发"叫花子"也享用不尽。方宾抱着"博大"的心态，应聘金菱集团宾州经济法律顾问的。廖芮的倒台破了方宾的发财梦，在他的律师生涯里绝无仅有，第一次做亏本买卖。

这些年，充当廖芮的打手，帮金菱集团咬住关锐、桂平不松口，让他俩防不胜防，吃尽了苦头。只是天算不如人算，金菱集团的破产，廖芮的被抓，方宾偷鸡不成蚀把米，招来如潮般的非议："方宾数典忘祖，昧着良心做事，为了利益连祖德祖宗都敢卖，就不怕被人戳脊梁骨？"方宾咋都没想到，自己使尽吃奶的劲帮衬着廖芮，到头来啥也没捞着，还招致一片骂娘声，这以后才开始反思："莫非这些年所做的烂事坏事，给老天爷盯上了？应了'上天有眼，老天爷报应'这话？"

不过他绝对不会认输，仍然相信自己还有东山再起的那一天，仍然在做着一夜暴富的美梦。

那一年，肖敏被抓前两个月，赵德峰乘坐法纪部门安排的专车，应约向省委巡视组长递交题为《揭开肖敏涉黑涉恶犯罪的黑幕》的举报信。过往20年里，赵德峰从未间断过对肖氏兄弟的举报，眼看身体一天不如一天，感觉自己时日无多，不得不拼死一搏。他的不懈坚持，最终引起了省委巡视组的注意，因而有了这次特别约见。那天，赵德峰毫无保留地把自己掌握的情况和盘托出，一讲就是3小时，到最后长嘘了一口气，说出令人动容的话来："肖氏兄弟盘踞宾州20多年，作恶不断，坏事干尽。我也举报了他20年，现在时日无多了，希望这次能够了却人生最后的一桩心愿！"听得巡视组长动情地向他保证："请赵老放心，坏人是一定会受到法律惩罚的。"事毕，巡视组长亲自送赵上车。回家后的赵德峰，兴奋得整夜睡不着觉，当天突发性脑出血住院，5天后不幸去世。

赵德峰的去世，坊里民间以不同方式表达哀伤，而宾州官方不同过往，却保持了意外的沉默。官方的刻意冷遇，并不影响赵德峰获得高民意支持，也挡不住宾州人对他如潮般的赞美："老赵仗义执言了一辈子，最终倒在了为民请愿的路上。老赵铮铮铁骨一生，可敬可叹！""赵老的一生是传奇的一生，也是让人敬重的一生！"公道自在人心，令人惊奇的是，葬礼的那天，方圆数十里的民众自发前去吊唁，送去"为平民百姓伸张正义，让牛鬼蛇神闻风丧胆"的挽联，成了宾州丧葬史上的奇闻绝唱。

关锐能够走出监狱，最高兴的人莫过于小云。自小云义无反顾地与关锐走在一起后不久，关锐锒铛入狱，她的好日子算是到头了。接下来一个女孩子带着嗷嗷待哺的女儿，又当爹又当妈，饱受冷嘲热讽，饱经人间屈辱，日子过得清苦异常。好在关锐儿女关键时刻没有歧视小云，不时送钱送粮接济她，让她好歹把女儿拉扯大了。如今，关锐出狱了，小云的苦日子总算熬到头了。小云原本最大的心愿，就是期待关锐出狱后，能够给自己一个名分，是关锐儿女在自己最无助的时候，不离不弃地帮衬了一把，让母女俩平安地度过了时艰。此后，小云对关锐家人有了深深的愧疚，是自己的出现，拆散

第二十三章　无解之局

了一个好端端的家，或许欠下一笔永远偿还不清的良心债，或许"名分"二字注定与自己无缘，从此再也不敢奢求了。

关锐出狱后，第一时间去了省城，拜见了省政府副秘书长曾峰，一来是感谢他在自己最艰难的时刻，给予了弥足珍贵的支持；二来今后的路到底怎么走，想听听老书记的意见。

关锐受审时，曾峰屈尊以证人身份数次到市、县检察院、法院作证，协助办案机关查明案件真相。曾峰无视杨桃的淫威，不随波逐流，在社会舆论一边倒的情况下，站出来逆势发声："高利贷是社会肌体上的毒瘤，关锐与廖芮的争端，起因于金菱集团的高利放贷，高利放贷才是股东矛盾的罪魁祸首。刑事手段介入经济纠纷是中央明令禁止的，作为干法水泥项目的推动者与见证者，希望司法机关不受法外力量影响，坚持独立办案的原则，坚守事实与法律底线，客观公正地审理案件，唯此才有利于企业稳定，才有利于项目建设，才有利于地方经济发展，才有利于民主法治建设。"

曾峰的话虽然不能够算是指示，但他是项目的主要决策者，也是身份显赫的证人，其政治影响力就非同寻常了。事实上，他的话对案子的审理，确实起到了敲山震虎、排除干预的作用，至少能够增加案件承办人真实表达案审意见的底气。那时，关锐案正处在扫黑除恶的风头上，政治人物避之唯恐不及，谁敢没事找事站出来讲公道话？仅此便足以让关锐感动一生。

关锐与曾峰的再次会面，已经阔别了整整三年，此次相见彼此之间或许有了些许陌生，多了些许伤感。"谢谢老书记！在我落难的时候，只有您站出来，顶住压力说了公道话。"关锐直来直去的性格不改，率先打破了沉默。"关锐，真没想到让你来顶项目，竟然顶出个天大的麻烦来，可这并不是我的初衷，我也没想到事态发展成这个样子来，真是苦了你了。"曾峰满脸诚恳，感慨之余，似乎不无愧疚之意。"不怪老书记，是我自己走错了路，不该任性'赌'项目，不该好高骛远，干超出自己实力的事，更不该饥不择食地引错人，触碰高利贷资金。"听到曾峰的自责声，关锐连忙扛起责任来。曾峰自然明白关锐的内心，沉思良久之后，说出一番意想不到的话来："关锐，听我一句话，放弃是非之争，放弃恩怨情仇，一切从头开始。项目是你的根，有了项目便有了一切，做好项目才是硬道理，才是你成功的人生。"告别曾峰之后，关锐心里豁达了许多，就像一只迷途羔羊找到回家的路一样。

经过一段时间的休养，关锐又回到了阔别三年的远泰水泥实业。深秋的一天，天空湛蓝湛蓝的，空气里弥漫着熟透了的果香，远处的山峦是漫山遍野的橘园，橘树上挂满了金黄色的果实，放眼望去，到处是一片黄绿交融的世界，绿的是叶，黄的是果，显得分外抢眼。橘园连绵起伏，一望无际，果树密密麻麻，铺山盖岭，沉甸甸的果实像要把树压垮似的。橘园有如黄绿辉映的海洋，等待着人们撒网、收割胜利果实。

位处宾州工业园区的远泰水泥实业，没有了机器的喧嚣声，没有昔日紧张繁忙的景象，整个厂区静得出奇，只有鸟儿悄悄地飞了回来，叽叽喳喳地在树上跳来跳去。这里的一切似乎在表明，远泰水泥实业又处在一个艰难的历史时刻。此情此景，关锐感到顿手搓足，深感责任重大。

金菱集团从专案组手上接管远泰水泥实业后，经营不到一年的时间里，卷走数过亿货款，致资金链断裂而再次歇业关门。此后，宾州市委、市政府牵头引进广东客商承包经营，没想到引商成引"狼"，广东客商又卷走数千万货款潜逃。屡遭劫难的远泰水泥实业，再次到了生死存亡的"十字路口"，需要有人搀扶它一把，需要有人来给它治病疗伤，需要有人助它强身健体。当管理层获悉关锐出狱后，大家期待着关锐扛起责任，撑起这艘风雨飘摇的破船重新扬帆启航，驶出激流险滩。当他们接到关锐要来公司走走的电话后，提前一天把厂区卫生打扫得干干净净，把关锐曾经用过的办公室收拾得一尘不染，还刻意布置得与三年前一模一样，之后管理层一帮子人，早早地在大门口打着"欢迎总经理关锐归来"的横幅，静候着关锐的到来，那架势就像是迎接远征归来的勇士一样。

目睹这一切，关锐百感交集，远泰水泥实业就像自己的孩子，是自己一把屎一把尿拉扯大的，如今被廖芮一帮子人糟蹋成这个样子，怎么不令人痛心？看到眼巴巴望着自己曾经一起奋斗的老部下老同事，关锐暗下决心，准

第二十三章　无解之局

备与大家同舟共济，把企业拉上正轨，让远泰水泥实业摆脱困境。

金菱集团在宾州投资期间，在东江华融银行骗贷3.8亿。金菱集团倒闭后，华融银行无奈地接受了"债务平移"方案，并签订了协议。按照协议，股权与债权两相抵销，华融银行取代金菱集团成为远泰水泥实业的控股股东。"债务平移"方案对重组各方来讲，周瑜打黄盖，一个愿打一个愿挨，是个"双方受益，多方俱好"的事情，它让所有的利益攸关方各有斩获，完全称得上是个皆大欢喜的结果。对廖芮来说，避免了银行骗贷的刑事追责，拆除了引爆异地刑事审判的引信；对华融银行来说，掩盖了发放巨额不良贷款的渎职责任，"平移方案"是贷借双方智慧的体现，找到了最佳解决问题的办法；对远泰水泥实业来说，有了银行控股背景，从此拥有了优质股东资源，彻底解决了企业发展中的资金瓶颈问题。

出乎意料的是，两年之后的金菱集团债权人，在律师的怂恿下，对"债权平移"方案提出了异议，要求将东江华融银行3.8亿贷款纳入破产债权平等清偿范围，遭到拒绝后又启动诉讼程序，请求法院将金菱集团所持远泰水泥实业的股份，纳入破产资产分配范围。诉讼结果究竟如何，目前不得而知，人们只知道，金菱集团债权人发起的破产债权追偿诉讼，让东江华融银行的高管们提心吊胆，生怕引爆贷款渎职追责。

关锐进入远泰水泥实业的第一件事，就是与东江华融银行协商启动生产，与预期的结果一样，洽谈得非常顺利，银行出于自身利益考虑，愿意提供低息贷款，作为生产启动资金。一个月之后，远泰水泥实业点火生产，工厂响起了久违的机器声，工人们又开始忙碌了起来。伴随着复工复产的脚步声响起，各种矛盾纷沓而至，关锐的心情越来越沉重，他清楚企业艰难之所在，也清楚自己所面临的艰难处境，能否扛起责任让企业起死回生，对关锐来说，犹如一场人生大考。

企业经过数年的运行，设施设备开始老化陈旧，需要海量资金维持大修改造与设备更新；负债过重、资金短缺仍是企业发展的瓶颈；股东间的利益矛盾，仍然是躲不开、迈不过的坎；廖芮主导远泰水泥实业期间，以项目的名义非法集资、卷走材料款，其抽逃货款的后遗症还在继续发酵；潜在矛盾将随着生产的启动，将源源不断地涌现出来。这一切的一切，都在困扰着关锐，困扰着远泰水泥实业的发展。

尽管路途坎坷，困难重重，关锐并没有绝望退缩。历经浴火重生的他，似乎和干法水泥项目一样，有了置之死地而后生的从容，有了面对新一轮挑战的淡定，有了人生再启航的内心冲动。

第二十四章 尾声

　　滚滚长江东逝水，浪花淘尽英雄。宾州几经时代变迁，政治、经济、社会、意识形态等领域均发生了巨大的变化，其未来发展更如不可逆转的历史洪流，滚滚向前。

　　数年之后，由于曾峰在宾州主政期间政绩突出，升任东江省政府副秘书长。曾峰走后，接任宾州市委书记三年的章志，调任省计划单列市东岭市任市委书记，也走了。无独有偶，郑林是曾峰最得力的干将，也是其政见最重要的支持者，在践行"曾"式发展方略中，身体力行，施展了自己的政治才华，走完了人生最重要的旅程，在章志调离的前一年，也走了。回顾三人在宾州十余年治市理政中，在各自的岗位上，身体力行地践行"曾"式发展方略，留下了掷地有声的政治遗产。可以说，无论世道如何变迁，无论世人怎么评价，无论你认可还是不认可，他们确确实实地在改写宾州的历史，在宾州政治、经济、社会发展史上，留下了浓墨重彩的一笔。

　　长江后浪推前浪，直到曾峰、章志、郑林全部调离宾州一年之后，新任市委汤书记，凭借自身没有任何政治包袱的优势，以"民意高度支持，不造成新的浪费"为由，取得省、市纪委明确批复，终于在新一届宾州市委手上，实现了政府部门全员搬迁至"发展中心"的总目标。与此同时，还对"发展中心"予以彻底"正名"，在主体大楼前，挂出了宾州市委和市人民政府两块醒目的烫金招牌。上两届市委、市政府梦寐以求的事情，成了汤书记主政宾州期间看得见、摸得着，最为耀眼的也是拿得出手的政绩。

新任市委汤书记也是西陵人，与曾峰同乡，是时下全国最年轻的县（市）委书记。凭借这些政治资本，他做事高调，不喜欢别人抢自己的风头，更容不得以下犯上。他的治市理政口头禅是："通不通三分钟，不换脑子就换人。"上任没多久，便接二连三地动了几次干部，让宾州干部领略了什么叫"绝对权力"。起用干部是一级党委的职权，汤书记把干部任用当自己的专有权力，想用谁就用谁，想怎么用就怎么用，频繁任性地任免干部，他主政宾州不到两年，调动任用了100多名干部，任职时间长的一年挂零，短的仅三四个月，有的还没熟悉工作，就接到了转岗调令，弄得干部队伍人心惶惶，引发不少非议。

一次，汤书记获悉离休宾籍老厅长回故乡探亲访友，便兴高采烈地拎着慰问品，带着一帮子人专程前往看望。老厅长家乡情结深厚，时刻关注家乡的建设与发展，对汤书记任性使用干部早有耳闻，多有看法。汤书记一进门，老厅长不等他落座，就当着随行人员的面数落道："你汤书记也算是个主政过几个地方的老同志了，在宾州的干部使用上，咋能跟走马灯似的？换了一茬又一茬，这在宾州乃至东江省都是奇闻。"听了这话后，平日里口才极好的汤书记顿时语塞，结结巴巴地认错："是，是，是有不妥的地方，以后一定改正，以后一定改正。"老厅长年纪大、资格老、威望高，连地级市市长都给他做过秘书，讲话自然不留情面，更不会拐弯抹角："岂止是不妥，简直是把党的干部使用规则当儿戏！"老厅长的话掷地有声。这时的汤书记，开始追悔莫及，自己没事找事主动献殷勤，没想到偷鸡不成蚀把米，马屁拍错了地方，弄得里外不是人，遂找了个理由告辞。没想到老厅长还是穷追不舍，示意汤书记把慰问品带回。这时的汤书记一脸尴尬，敢怒不敢言，却不敢不

第二十四章 尾声

遵从。回去的路上，汤书记垂头丧气，一路耷拉着脸，生着闷气，行至半路忽然叫停车子，抓起慰问品往一旁的河里使劲一扔。汤书记似乎还不觉得解气，牙缝里迸出一句脏话来："他奶奶的，管那么多干吗？"事后他仍我行我素，干部任免脚步没有就此停歇，想怎么弄还怎么弄，无所顾忌。

最让人跌破眼镜的是汤书记与粟市长的权斗故事。上任后的首次例行见面会，汤书记竟当着数百人的面公开宣讲："宾州的发展，关键在市委书记；党政班子团不团结，关键在市长。一元化领导是党的组织原则，市政府要自觉与市委保持一致，要自觉接受市委的领导。"这话从宾州一号政治人物嘴里讲出来，煞是咄咄逼人，让人听得不寒而栗。哪怕稍有点政治头脑的人，都在私底下犯着嘀咕："宾州怕是又要发生权斗了。"

汤书记主政的这些年，以他的年轻气盛，宾州的大事小事，没有他的表态，实际上是推动不了的。宾州大大小小工程项目，没有他的钦点，谁也别想拿到手，哪怕是场面上的事，也不会顾及同僚的面子。

以汤书记的霸道性格，与搭档粟市长的合作自然很难合拍。宾州一宗数亿的土地挂牌项目，他以市委书记的名义主持招标会，常务副市长是个讲政治规矩的人，咋看都不对劲，觉得偌大的土地项目出让，若是没了市长参加场面上不妥，便悄悄地走到汤书记身边，小心翼翼地提醒："汤书记，这么大的土地招标项目，是不是要通知粟市长到个场？"这汤书记一听，连连摇手阻止，霸气地给出了拒绝理由："有这个必要吗？我们替他做市长的事，难道他不领情？"噎得常务副市长两眼翻白，尴尬地待在一边，再也不敢说啥了。

其实，新上任的粟市长也不是盏省油的灯，他原本就是地级市的一个重岗局长，20多岁就当上了乡镇党委书记，曾先后担任过一个县级市的常务副市长、党群副书记，说论资历有资历，论能力有能力，是个性过于张扬，施政风格过于强悍的人，从政路上没少树敌，因而沉寂了多年。这次组织上再度起用他，原本看重他还能干事，等到汤书记调离后让他顺势接替上位。谁知粟市长经过多年沉寂之后，政治野心逐渐消退，贪心却在不断上涨，开始热衷于商场，与诸多公司老板称兄道弟，染上了一身江湖习气，混得分不出你我来。他上任宾州市长后，身边的这帮子江湖兄弟像苍蝇一样蜂拥而上，都想傍着讨杯羹喝。

按党政正常分工，市委管人市政府管钱，倘若都能守住职权分际线，大家就能相安无事。可汤书记的手伸得太长，几乎所有的工程项目都要去打招呼，把市政府财政当自家的钱袋子搞，这下粟市长可不愿意干了："你汤书记有人情往来关系要照顾，我这个当市长的也不是吃素的，也得要打点一下周围的关系吧，否则，还要不要在这个位置上干了？"再说，这权力是组织给的，宾州不是你汤家的深宫后院，总不能什么事都是你说了算吧？天长日久，两人为工程项目这档子事，打起了肚皮官司。这下可好，你市长要办的事，我书记不表态，谅你不敢乱动；你书记看中的项目，我市长卡着不付款，谅你也难成事。最后还是汤书记明智，主动放出姿态妥协，毕竟这钱袋子是市政府管的事，书记再威权也总不能踢开政府闹革命吧？两人明里暗里较劲了一段时间之后，都觉得内耗得太多，不符合彼此的长远利益，便自觉不自觉地做一些策略上的调整，相互迁就一下对方。这以后的两人似乎有了些许默契，依主次之分把个宾州的大小工程项目全都给瓜分了，于是，便有了一段时间的工作配合。

汤书记最大的本事，就是善结女人缘，常挂在他嘴边的话："男女搭配，干活不累。"让这有的人一听，心有灵犀一点通，这不是在暗示着啥吗？拍着后脑勺子一激灵，脑子立马开窍了。这以后，宾州市委、市政府大院，都知道汤书记好女色这一壶，于是引来蜂蝶满园，求他办事的人，想方设法找个美女陪着去，准能事半功倍。那一年，宾州市委、市政府两办，破天荒调进了一批美女，个个年轻漂亮，却都是中看不中吃的主。这两办的文字功夫，代表一个地方的官方文字水平，质量向来高抬一招，也是地方党委政府的文化名片。只是没想到，这美女秘书一多，文字质量骤然下降。为此，两办主任伤透了脑筋，却没丁点办法，只能睁着眼睛干着急。文字水平的快速下降，弄得市委常委个个牢骚满腹，总有那么几个不识相的老资格常委，会上站出来指摘秘书长。纪委书记是个下派挂职干部，官方背景深厚，讲话无所顾忌："这两办是要做事的，不是来选美的，进那么多女孩子干吗？"统战部长岗位趴窝多年，更是倚老卖老："两办不是农贸市场，怎么啥人都可以进？"市委秘书长刚上任不久，话语权式微，纵有天大委屈，只能独自承担，任凭他人冷嘲热讽，却不能够给出任何解释。

天长日久，这汤书记用人不讲政治规则，卖官鬻爵、生活糜烂、贿赂受贿等腐败行为东窗事发；特别是，他与肖氏兄弟称兄道弟，替其暗中助力，打赢"一号标地"官司，致宾州市政府白白丢了2.5亿元的出让金，引发了宾州众怒，于是被上级监委立案调查。

汤书记接受组织审查后，为立功获取轻判，举报了粟市长。不查不知道，一查这个粟市长原来也是个大贪官，除了帮自己参股的公司拼命捞工程外，还无原则地为商家请托办事，仅在推动市政府收购开发商一宗资产中，就收受商家好处费数百万元。汤书记在位时，婆婆的奶大家吸，捞钱的事彼此心照不宣，只要不是做得太过分，只要不影响自己的利益就行。如今，汤书记锒铛入狱，你粟市长照样吃香喝辣，照样耀武扬威，心理如何能够平衡？于是使出吃奶的劲，拼命把冤家对头的粟市长送进了监狱。

曾峰与汤书记都是土生土长的西陵人，与粟市长在东岭市政府也搭过班子，合作总体上也还算是愉快，本来曾峰对两人都抱有热切的期待，希望他俩在宾州继续自己的未竟事业，没想到人都稀泥糊不上壁，无一例外地倒在了腐败路上。

此情此景，让曾峰感到无限震惊、无限惋惜，所有的刻意名利、抱负，都成了过眼云烟；而现在的自己或许更该从是非成败的内心纠结中，彻底解脱出来，以平和而包容的心态去迎接未来工作的挑战。

大彻大悟后的曾峰，情不自禁地咏吟明代大诗人杨慎的《临江仙·滚滚长江东逝水》："滚滚长江东逝水，浪花淘尽英雄。是非成败转头空。青山依旧在，几度夕阳红。白发渔樵江渚上，惯看秋月春风。一壶浊酒喜相逢。古今多少事，都付笑谈中。"

品生活百态

阅人间精品